JN319410

ibrary

ュルツ全小説

Wszystkie opowiadania Brunona Schulza

平凡社ライブラリー

原文には差別的語句など、一部不適切な表現があるが、
時代状況や文学的価値に鑑み、翻訳上そのままとした。

Heibonsha Library

シュルツ全小説

Wszystkie opowiadania Brunona Schulza

ブルーノ・シュルツ著
工藤幸雄訳

平凡社

本書は一九九八年九月、
新潮社から刊行された。

目次

肉桂色《にっけいいろ》の店（第一短篇集）
八月　11
憑《つ》き物　23
鳥　33
マネキン人形　39
マネキン人形論あるいは創世記第二の書　48
マネキン人形論（続）　54
マネキン人形論（完）　58
ネムロド　64

牧羊神　70
カロル叔父さん　75
肉桂色《にっけいいろ》の店　80
大鰐《おおわに》通り　95
あぶら虫　108
疾風　114
大いなる季節の一夜　122
＊
砂時計《クレプスイドラ》サナトリウム（第二短篇集）
書物　139
天才的な時代　160

春　177
七月の夜　273
父の消防入り　282
第二の秋　292
死んだ季節　298
砂時計《クレプスイドラ》サナトリウム　319
ドド　353
エチオ　364
年金暮らし　374
孤独　396
父の最後の逃亡　400

*
秋　411
夢の共和国　418
彗星　428
祖国　452
訳者解説　461
巻末エッセイ――歪んだ創世記　田中 純　483

肉桂色《にっけいいろ》の店（第一短篇集）

八月

1

七月、父は決まって湯治場《とうじば》へ出かけていき、私《わたし》と母と兄とは暑熱に白いめくるめく夏の日々のなかに置き去られた。光に放心した私たちは休暇というあの大きな書物を一枚ずつ見披《みひら》いていくのであったが、どのページもちらちらと燃え、その底には黄金色《こがねいろ》の洋梨《ようなし》の実の気も遠くなるほどの甘みがあった。

明るい朝ごと、アデラは赤熱する真昼の火のなかから現れるポモナ（ローマ神話の果樹の女神）のように家へ戻ってきては、提《さ》げ籠《かご》のなかから色様々な太陽の美をばらまいた——透明な薄皮の下にいっぱいの水を含んだ艶《つや》やかな桜桃、匂いと味とのまるでちぐはぐな黒いさくらんぼ、金色の果肉に、長い昼下がりの芯を抱きつつんだ杏《あんず》——そうした果物の清純な詩情の傍《かたわ》らには仔牛のあばら骨の白い鍵盤をつけたまま、力と滋養に膨《ふく》らんでいる肉の一塊《ひとかたまり》が、また頭足類やひとでの死骸かと紛《まご》う海藻に似た青物が、次々にアデラの手で取り出された。午餐《ごさん》の材料となるそれらは、まだ形のない不毛な味しか持たなかったが、野趣と田園の匂う食事を構成する植物であり大地の稔《みの》りであった。

広場に面した石造りの建物の二階にある暗い住まいには、毎日、大きな夏全体が斜めに通り抜けていった。細かに震える空気の層の静寂、床に映って熱い夢を夢見る数個の矩形《くけい》の眩《まばゆ》い光、真昼の金の鉱脈の奥底から掘り出された手回しオルガンの旋律……どこかで弾くピアノの絶えず初めからやり直す繰り返し《ルフラン》の二つ三つの小節が、白い舗道の陽光に失神しては、昼なかの火焰のなかへ迷い去る。掃除のあと、アデラは布の日除《ひよ》けを下ろして部屋をいっそう暗くした。そんなとき、とりどりの色調は一オクターブだけ低まり、部屋じゅうがほの暗い海底に沈んだかのような翳《かげり》に満ち、いくつかの緑色の大鏡にさらにおぼつかなげに映し出された、すると、日なかの一切の暑気は真昼どきの夢想にかすかに波立つ日除けの上に息づいた。

土曜日の午後、私はいつも母親に連れられて散歩へ出た。暗い廊下を一歩出ると、たちまち太陽の蒸風呂《むしぶろ》のなかに入る。通行人たちは金色のなかを喘《あえ》ぎながら、まるで蜜で貼《は》り合わせたかのように眩《まぶ》しさに目を細め、開いた上唇の陰から歯ぐきごと前歯を覗《のぞ》かせた。金の真昼を行き悩む人々は一様にしかめた顔をしていた――それは太陽がその信仰者たちに同じ仮面――太陽の仲間同士の金の仮面をかぶせたかのようであった。こうして、通りを行く人間たちはたがいに出合いすれ違い、老人も若者も子どもも女も、歩きながら厚く金を塗ったその仮面で挨拶を交し、バッカスのような渋面《じゅうめん》――異教の野蛮な仮面を見せ合った。

広場は人けもなく黄色く焼けて熱風にさらされ、聖書の荒野のようにみえた。黄色い広場の空虚から生い育った棘《とげ》のあるアカシアの木々は明るく茂り、古いゴブラン織に描き出された樹のように緑色の雅《みやび》やかな透かし銀細工の葉《は》簇《むら》を沸き立たせていた。アカシアの木たちは風に甘えているように思われた。芝居がかった身振りでしきりに梢《こずえ》を震わせては、逸品の狐の毛皮のような銀色で裏打ちしたその扇の美しさを見せびらかせながら、木々は情熱的に身を屈《かが》めた。数知れぬ日々の風に磨き上げられた古い家々は、大気の反射光線に彩られ、また晴れやかな好天の奥深くに散らばり溶け込んだ様々な色合いの反響と追憶をとどめていた。それは幾代となく繰り返されてきた夏の日々が、年古りた正面《ファサード》から黴《かび》ついた漆喰《しっくい》を丹念に削りとる石工のように、偽りの釉《うわ》薬《ぐすり》を少しずつ剝《は》ぎとってゆき、建物のほんとうの顔を、内部から家々を形づくっている運命と生活の容貌《ようぼう》を、日いちにちと浮き出させてきたかのように思われた。いま、窓々は空虚な広場の白光に盲《めし》いて眠り、露台《バルコニー》は自分の空虚を天に告白していた、そして開け放たれた表口は涼気とぶどう酒との匂いを漂わせた。

　焼けつく炎熱の掃射を逃《のが》れて、見すぼらしい身なりの子どもの一群れが、広場の片隅の家の外壁のそばにたかり、代りばんこにボタンや硬貨《ぜに》を投げつけては、飽きもせず壁を験《ため》している、その様子は、こうして散らばった金属製の円形物の描く星座の配置を占うことで、大小の亀裂の象形文字によって綴られた壁の秘密を正しく読みとることができるかのようだ。それを除けば広場に人影はなかった。アーチ型の出入口に樽《たる》を積み上げたぶどう酒屋の前では、アカシアの細かに震える葉陰に、サマリア人《びと》の驢馬《ろば》（「ルカ伝」一〇章三〇―三八節）がくつばみを取られ曳《ひ》かれてくるのを、そして二人の店の者が灼《や》けた鞍《くら》の上から気遣わしげに病気の主人を下ろし、ひんやりとする階段伝いに安息日《あんそくにち》（ユダヤ教では土曜日が安息日）の匂いの籠る楼上へと運び上げていくのを、人は待っていた。

こうして母親と私が、広場の陽の当たる二つの側をそぞろに歩いてゆくと、私たちの折れ曲がった影法師は、ピアノの鍵《キー》の上を撫《な》でるように、ひとつひとつの建物に触れた。私たちの柔らかい、平らかな足どりの下には四角い敷き石がゆっくりと退《しりぞ》いていった——人間の皮膚のような薄ばら色の石もあり、金か青の色のもあって、どれも陽を受けてすべすべと温かく、ビロードを思わせた。それはいわば幾つもの太陽の顔が、行く人々の足に識別できないまでに踏みつけられ、虚無の至福にあるかのようであった。

ようやくストリイスカ街の角まできて、私たちは薬屋の日陰のなかへ入っていった。苺色《いちごいろ》の液を入れた大きなガラスの容器がひとつ薬局の広い窓に置かれ、どのような痛みも和《やわ》らげる芳香液《バルサム》の冷やかな肌ざわりを象徴していた。そこから数軒を過ぎると、通りはもはや都会の品格を保ちつづけてはいられない、それは生まれ故郷の村へ帰ってくるお百姓が、都会で身につけた上品さを道々脱ぎ棄《す》ててゆき、村の近づくにつれて、見すぼらしい村人へ戻っていくのに似ていた。

街はずれの家々は、小さな庭先に縺《もつ》れからむ花々のなかに窓ごと沈み溺《おぼ》れていた。大いなる一日に忘れ去られたまま、草も花も雑草もすべて思いのままに、そして静かに生い茂った、彼らはそのように時間の枠《わく》からはずれ、終りない一日の境界にあって、いつまでも眠り過ごすことのできる休息を喜んでいるのだった。巨大なひまわりが一輪、頑丈な茎にやっと支えられ、象皮病をわずらってお化けのように肥り切った重みに撓《たわ》みながら、黄色の喪服をまとい、残る命の悲しい日々を待っていた。しかし街はずれに咲く無邪気な釣鐘草や、モスリンでこしらえたような屈託のないちいさな花たちは、糊を利かせたばら色や白のシミーズ姿のまま、不器用に立ち尽くすばかりで、ひまわりの大きな悲劇に思い至るわけではなかった。

2

草花や大小の雑草やあざみなどの縺れあった茂みが午後の火のなかで燃えている。群れ飛ぶ虻《あぶ》の羽音は午睡する庭の寝息である。金色《きんいろ》に光る麦の刈株畑が、褐色の蝗《いなご》のように鳴く。降りしきる火の雨のなかできりぎりすが羽をこする。豆の莢《さや》が馬追い虫の鳴くように静かに爆《は》ぜる。

柵《さく》のほうへ向って草の大マントは膨れ上がったせむしの肩をもたげている。それは庭が大きく寝返りを打ち、分厚い、農夫のような背をこちらへ向けて大地の静けさに息づくかのようにも見える。そんな庭の肩のあたりに跨《また》がって、八月の女の淫《みだ》らさが大きな野牛蒡《ごぼう》*1の深い茂みの凹《くぼ》みにずかずかと割り込み、細かな毛の生えた葉や、生い茂る緑の舌をわがもの顔にしていた。そのあたり牛蒡の葉は、穿《は》き乱した自分のスカートのなかに半分隠れるようにどっかりと蹲《うずくま》る肥えた老いぼれ女の人形のように見えた。この場所では、粗悪品のライラックの実や、石鹸の匂いのするおおばこの束や、粗製の薄荷《はっか》液など、八月の季節のありとあらゆるつまらぬ品物をただ売りしていた（以上いずれも民間療法の薬に用いられる）。だが、柵の反対側、気違いじみた雑草のはびこるに任せた夏の隠れ処《が》の向うには、ごみ捨て場があって、あざみばかりがむやみと生えていた。あの年の八月が、ほかならぬこの場所で異教の躁宴《そうえん》を繰り広げていることを、だれも知らなかった。そのごみ捨て場には、庭仕切りに支えられ、野生のライラックが大きく枝を広げている下に白痴の娘トウーヤのベッドが置かれていた。彼女は、私たち皆からその名で呼ばれていた。掃き屑《くず》、切り屑、穴のあいた鍋、使い古した部屋履《ばき》、がらくたなどの散らばる上に据えたベッドは緑に塗られ、一本だけ欠けた足代りには古煉瓦《れんが》が二つ重ねてあった。

掃きだめの上の空気は暑さにうだり、太陽にいきり立ってきらきら狂い飛ぶ馬蠅《うまばえ》の閃光に切られ、目に見えぬ玩具のガラガラのように音立てて狂気をそそるのだった。

トウーヤは黄ばんだ寝具とぼろを広げたまんなかにちぢこまるように蹲っていた。黒い蓬髪《ほうはつ》が彼女の大きな頭を蔽《おお》っていた。顔の皮膚はアコーデオンのように伸び縮みが利いた。時おり泣きながら顔をしかめると、千本も横皺《よこじわ》を作ってたたみ込まれるが、驚きでもすると、顔は元どおりに伸びて皺は消え去り、ちっぽけな目の刻みも見えれば、豚の鼻面のように肉の盛り上がった唇の下から黄色い歯の並ぶ濡れた歯ぐきを覗《のぞ》かせた。暑く、けだるい幾時間かが過ぎてゆく、そのあいだもトウーヤは呟《つぶや》き、まどろみ、ちいさく唸《うな》り、そして呻《うめ》いている。蠅の群れがびっしりと貼りついて動こうともしない。だが、その汚れ切ったぼろ、つづれ、糸屑の塊《かたまり》が、にわかに動き始める――襤褸《らんる》のなかで生まれた鼠どもの騒がしさに生気を取り戻したかのように。目ざめた蠅は脅《おび》えていっせいに飛び立ち、唸りながら大きな群れをなす、怒りの羽音と光と煌《きらめ》きに満ちた群れである。ぼろ着が地面に脱げ落ち、ごみ捨て場の上を逃げまどう鼠のように広がると、そのあいだから、そろそろと中身《なかみ》が現れる。姿を見せるのはこのごみ捨て場の精髄である。半裸になった浅黒い白痴女は、ゆっくりと起き上がり、異教の女神を思わせて、子どものように短な足を踏んばって立つ、頸《くび》は憎しみに膨らみ、顔は怒りに赤く黒ずんでいる、その面《おもて》は、未開人の描く絵のように、膨脹した静脈のアラベスクで飾られる、と、獣《けもの》のような叫喚、かすれた叫喚があたりをつんざく、あの半獣半神の胸に収まった気管とオルガンのパイプのすべてから発する叫びである。陽に焼かれたあざみが悲鳴を上げ、牛蒡の葉は膨らみ上がり、しどけない肉体を見せつけ、雑草がぎらぎらする毒を吐き出している、すると白痴の女は、絶叫に声を嗄《か》らし、荒々しく身を震わせながら、肉づきのいい下腹部をたけり狂ってライラックの幹に打ちつける、放埓《ほうらつ》な情欲のしつこさの下で木はかすかに軋《きし》り、そのあさましい合唱によって、邪悪な異教風の受胎に共謀するのである。

トウーヤの母親はお屋敷に雇われては床磨きをしていた。背が低く、サフランのように黄色かったが、そのサフランを使って床や樅板《もみいた》の食卓、木の長椅子や閂《かんぬき》の艶出しをするのが仕事で、ただ貧乏人のところへゆくと水洗いだけで済ませた。私は一度アデラに連れられ、その年老いたマリシカの家へ行ったことがある。朝の早い時間で、薄い空色に塗られたちいさな家へ入っていくと、板敷き代りに粘土《ねばつち》の荒壁を塗った床の上には早朝の陽が射し込み、壁に懸った田舎くさい柱時計の刻む音ばかりが耳ざわりに聞こえる朝の静けさのなかで、陽光はけばけばしい黄色に映った。薄ばかのマリシカは、木箱のなかで藁《わら》を敷いて眠っていて、聖餅《せいへい》のように血の気なく蒼《あお》ざめ、脱ぎ捨てられた手袋のようにひっそりとしていた。そして彼女の眠っている隙《すき》を楽しむかのように、静寂が、黄色なけばけばしい意地悪な静寂だけが、おしゃべりや独白と口争いをつづけ、いつもの憑《つ》かれたようなモノローグをとりとめもなく声高に繰り返すのだった。マリシカの時間――彼女の心のなかに囚《とら》われていた時間は、そこから抜け、恐ろしいほど現実のものとなって、さまよい出し、この家を横切り、耳さわがしい、吼《ほ》え立てる魔性のものと変わり、水車を模した音高い柱時計から流れる早朝の際立った沈黙のなかで、粗末な粉、挽《ひ》きやすい粉、痴者《ちしゃ》どもの愚かな粉のように殖えていった。

3

焦茶色の柵に仕切られ、茂るに任せた庭の緑のなかに沈み込んだちいさな家々のひとつに、アガタ叔母さんが住んでいた。庭に入ると、色つきのガラスの玉が道しるべに並べた一本一本の杭《くい》の上に挿してあり、ばら色、緑、紫のボールのなかには、きらきらと光る明るい小世界がいくつもいくつも魔法の力によって収められていて、物の見事にシャボン玉に閉じ込められたあの数々の得もいえぬ幸福な映像のようだった。

薄暗い玄関口には古い彩色石版画が懸り、どの絵も黴《かび》に汚れ、古びて薄れかけていたが、そこまでくると、いつも私たちのなじんだ匂いがした。その頼もしい昔ながらの匂いのなかには、人人の生活が、人種の蒸溜器《ランビキ》が、血の種類と人々の運命の秘密とが、彼ら独自の特有な時間の日常の流れのなかにそれとなく混じり込み、不思議なまでに単純な混合物となって腰を据えていた。分別を知った年寄のドア——暗い溜息ごとにそれらの人々を引き入れ、送り出し、母や娘や息子の出入りを見守ってきた無言の目撃者——は、衣裳簞笥《だんす》を明けるほどに音もなく開き、私たちは彼らの生活のなかへと入っていった。彼らは自分たちの宿命の闇のなかでのようにそこに坐っていて、自己を守ろうとするではなく、最初の不器用な身振りで、私たちに己《おのれ》の秘密を明かした。私たちは血と宿命によって、あの人たちと結ばれていたのではなかったか。

濃紺に金糸《きんし》を織り込んだ壁掛のせいで部屋は暗く、ビロードのように柔らかく感じられた、それでも燃える真昼の照り返しは、庭の濃い茂みを通してではあっても、ここにも届き、額縁《がくぶち》やドアの握り、そして金色の細い飾り横木の上に真鍮の光を震わせていた。壁際からアガタ叔母さんが立ち上がった、大柄で頑丈そうな軀《からだ》、肥り肉《じし》の色白にところどころそばかすの斑点が赤い。私たちは彼らの宿命の岸に坐るかのように一家の人たちのそばに並んで腰を下ろした——彼らが気がねもせず私たちに示した何の構えもない態度にやや気恥ずかしさを覚えながら。それから私たちはばら色のシロップ入りの水を飲んだ、この不思議な飲み物のなかに、あの焼けつく土曜日の奥深いエキスを味わうように私には思えた。

叔母はこぼし話をした。それは彼女の会話の主調であり、白くて、多産なあの肉の声であった。その肉は危うく本人の限界からはみ出さんばかりにぶくぶくと揺れながら、どうやらやっとひとつに固まり、個人の姿という枠は保っているのだが、その塊《かたまり》のなかにあってさえ、すでに繁殖は進行していて、分裂し、枝分かれし、広がって、いつでも家族を作りかねないありさまである。それはほとんど自生に近い多産であり、束縛を解かれ、病的に羽を伸ばした女性性《フエミニテ》＊2であった。

およそ男っぽい香気、たばこの匂い、独身者の軽口のようなものさえあれば、そのように発火状態にある女性性を、放縦な単性生殖へと駆り立てる衝動としては十分かと思われた。そして叔母が夫のこと、召使いのことをこぼす不平ばなしも、子どもたちについての心配ごとも、すべてはまさしく満たされぬ繁殖力からくる気紛《きまぐ》れやふて腐れであり、また、怒りと涙の入り混じった手に負えぬ媚態《コケトリー》——彼女はこれによって虚しく夫を試練にかけていた——のつづきにすぎなかった。背の低い猫背のマレク叔父は、去勢された顔を向けて、自分の灰色の破産のなかで宿命と妥協した姿勢で坐り、無限の蔑視《べっし》という陰の場所に引き隠《こも》って、そこに安住するように見えた。叔父の灰色の目には、窓に遮《さえぎ》られた庭の遠い暑熱が宿っていた。時おり叔父は弱々しく身を動かし、何やら言葉を挟み、また反論を試みるのだが、そんな無意味な身振りは、自足する女性性の波のため傍らへ押しやられた、大波は勝ち誇って彼のそばを通り抜け、男のかよわい踠《もが》きにざんぶと水を浴びせるのだった。

この不潔で節度を欠く繁殖力には何か悲劇めいたもの、虚無と死の境界の上にあがく生き物の悲哀があり、自然の欠陥、男性の機能不全をさえ受精能力によって克服する勝ちを占めた女らしさのヒロイズムがあった。母性への狂奔、産むことへの狂気は、多くは流産、血も顔もない鬼子の死産に費やされてきたのだが、しかし実の子たちの様子は、その狂熱もさこそと頷《うなず》かせた。

ウーツィアが部屋に入ってきた。中背で、頭はひどくませているのに、色白の纖細な肉づきの軀はぽってりと子どもっぽい。彼女は人形のような、開きかけた蕾《つぼみ》のような手を私にさし出し、それからこぼれんばかりに朱《しゅ》の色を湛《たた》えた芍薬《しゃくやく》を思わせてたちまち顔いちめんに花咲かせた。メンスの秘密を明らさまに語っている自分の顔色を恥じて彼女は瞼《まぶた》を伏せ、どんなにつまらない質問にも、なおいっそう顔を赤らめた、質問のひとつひとつには彼女が紛れもなく女になったことへの人知れぬほのめかしが隠されていたからである。

従兄妹《いとこ》のなかでいちばん年上のエミルは明るいブロンドのひげを生やし、一切の表情の消え去った顔（それは彼の人生経験のせいなのだが）で、太めに仕立てたズボンに両手を入れたまま、部屋のなかを行きつ戻りつしていた。

伊達《だて》で値打ちものの衣裳は、彼が訪れたエグゾティックな国々の名残りであった。生気なく沈んだ彼の顔は日いちにちと自分を忘れてゆき、空虚な白い壁になってしまうように思われた。そしてそこにぼんやりと見えている青筋の網の目には、嵐に似た虚しく失われたあの生活の消えかけていく思い出が、擦り切れた地図上の線のように縺れ合っていた。彼はカードの名人でもあったが、とりどりの長い華奢《きやしや》なパイプをふかし、遠い国々の香りを漂わせるのが妖《あや》しかった。過ぎ去った思い出のあいだをさまようような目つきで、彼は不思議な物語を話した、しかしある所までくると、話は不意にとぎれ、そのまままちりぢりに消えてしまうのだ。

私は哀《かな》しい目で彼を追っていた、それは彼が私に注意を向け、倦怠《けんたい》の苦しみから私を救い出してほしい一心からだった。そして確かに、隣室へ入り際に、彼は私に目くばせをくれたような気がした。私はあとにつづいた。彼は低い長椅子に腰かけ、ほとんど頭の高さに膝を組んでいた、玉撞《ビリヤード》きの玉のようなつるつるの頭だった。その様子はまるで服だけが裳脱《もぬ》けの殻《から》でそこにあるように、皺だらけのまま、椅子に投げかけてあるように見えた。彼の顔は、顔の吐息のようなもの――通りがかりの見知らぬ人があたりに残していった一吹きの煙であった。彼は蒼白い、むしろ青く塗られた手に紙入れをもち、そこに挟んだ何かを眺めていた。

顔の霧のなかから、生気のない眼の白目が現れ、ふざけたように私にウインクした。私は打ち克《か》ちがたい同情を彼に対して覚えた。彼は私を膝のあいだに抱き上げ、目の前で写真の束を慣れた手さばきでカードのように切ってから、裸の女と男とが奇妙な姿勢をした図を幾枚も見せてくれた。横ざまに抱かれたまま、私はそれらの微妙な人間の軀たちを、遠い何ひとつ分からない目で見つめていた。ふと私は得体の知れぬ動揺——そのために空気はとつぜん濁ったのだが——の流体に捉えられ、それは不安の震え、次には不意の理解の大波となって私を襲った。だが、その隙《ひま》に、美しく柔らかな口ひげのあたりに浮かんでいた彼の微笑の靄《もや》も、こめかみにひくひくと血管を昂《たかぶ》らせていた欲情の兆《きざし》も、また一瞬、彼の顔を張り詰めさせた緊張も——すべては再び虚無へ戻っていた、すると、顔は放心のなかへと去ってしまい、自分を忘れちりぢりに消えていった。

＊1　野牛蒡は時には単に牛蒡の訳語も用いた。牛蒡はヨーロッパではあくまでも野原の雑草扱いであり、日本のように食材として栽培されない。シュルツは繁茂する植物の代表としてしきりに牛蒡を登場させる。細い根っ子を潰すと確かにゴボウの匂いがする。原語では łopian あるいは łopus。

＊2　女性性なる新語は、kobiecość の訳語として、この訳文中に三回にわたり初めて用いられた。この語は「七月の夜」でも繰り返される。時に一九六七年である。のちにフェミニズム運動の勃興と共に女性性は次第に広く一般用語に加わった。遥かにその先駆となり得たのは訳者の幸せな偶然である。

原題　Sierpień

憑《つ》き物[*1]

1

あのころ、早くも私たちの街《まち》は慢性的な薄暮の灰色のなかにますます沈みがちになり、街を取り巻くあたりは、暗黒の湿疹《しっしん》、綿毛の生えた黴《かび》、鉄色の苔《こけ》で蔽《おお》われていった。

一日《いちにち》は朝方《あさがた》の褐色の煙と霧の奥からようやく姿を見せたかと見るうち、にわかに卑しい琥珀《こはく》色の午後へと傾き一瞬にして黒ビールに似た透明の黄金《こがね》色に変わると、あとはやがて彩《いろど》り豊かな広大な夜の幻想を秘めたちぎれちぎれの蒼穹《そうきゅう》の方《かた》へと引き退《さが》っていった。

私たちの住まいは市場《いちば》の立つ広場[*2]に面していて、たがいに見分けのつかぬほど似通ったのっぺらぼうで盲目な正面《ファサード》を持つ建物のひとつにあった。

そのことは始終、間違いの原因となった。いったん、よその入口から入り、よその階段を上がってしまうと、見慣れぬ住まいやベランダ、見慣れぬ中庭へとつづく思いがけぬ出口など紛れもない迷路に嵌《はま》り込むのが常で、そのあげく、もともとは何のつもりがこの探検となったのかも忘れてしまう、そして奇怪な迂回《うかい》、複雑な冒険のすえ家へ辿《たど》りつき、それから幾日も経たあと、薄暗い夜明けどき初めてふとわが家のことを思い浮かべ悔恨に苛《さいな》まれるのであった。
背の高い箪笥《たんす》、深々としたソファ、曇った鏡、出来の悪い細工物の棕櫚《しゅろ》の木——そんな家具のいっぱいに詰まった私たちの住まいは、店に出がちの母親の投げ遣りと、足の美しいアデラが構わないせいで荒れ放題になっていた。だれに監督されるでもないアデラは、毎日、鏡に向かい長ったらしい化粧に時を費やし、抜け毛、櫛《くし》、脱ぎ捨てたスリッパやコルセットを所きらわず散らかしていた。

住まいの部屋数は一定しなかった、どこどこの部屋が、下宿人に占められているのか、だれも覚えていなかったからである。偶然のことで、そうして忘れられた部屋のひとつをあけ、無住のがらんどうであるのにいまさら気づくことも一度ではなかった。下宿人がとうの昔に引き払ったあと、数カ月も人の手に触れないままの抽出《ひきだ》しのなかには、思わぬ見つけ物もあった。

階下は店の者たちの部屋になっていた。そして夜なか、だれかが夢にうなされて発する叫び声に、うちの者みんながいっせいに目を覚ましてしまうことが幾度もあった。外は寝静まった冬の夜、父は蠟燭《ろうそく》を前に突き出し、床の上に、また壁に、脅《おび》えて飛び回る影の群れを追い立てながら、冷たく暗い下の部屋へ降りていった、うるさい鼾《いびき》の男どもを石のような眠りから呼び覚ますためである。

父が残していった蠟燭の灯りのなかで、彼らは汚《よご》れた寝具のなかから大儀そうに脱け、身を起こし、跣《はだし》の不恰好な足を下ろし、靴下を手にしてベッドの上に坐り、せめて束《つか》の間《ま》、あくびの快感に身を委ねた——それは激しい嘔吐《おうと》のときの口蓋の痛みを伴う痙攣《けいれん》に近く、肉感すれすれの長く引きのばすあくびであった。

部屋の四隅には大きなあぶら虫*3がじいっと貼りつき、ゆらぐ蠟燭の火の落とす影でいちだんと大きく見えた、その影は、頭部を欠いたあの薄べったい昆虫のどれかが、ぞっとさせる蜘蛛《くも》のような走り方で、にわかに疾走を開始しても、やはりついて回った。

そのころ父の健康は不調を見せ始めていた。冬の早かったその年、寒くなりだした初めから、父はくる日もくる日も薬瓶と錠剤と店から届く帳簿類とに囲まれたベッドに籠《こも》り切りだった。病気のいがらっぽい臭いが部屋の底に淀み、アラベスクの暗鬱《あんうつ》な壁紙がそれをいっそう際立たせた。

夕方、母親が店から戻ってくるころ、父は不機嫌なことが多く口うるさく言い募りがちで、帳簿のつけ方が不正確だ、と母に食ってかかり、顔を上気させ気の違ったように逆上するのだった。

ある晩遅く、私が眠りから覚めたとき、下着姿の父が素足で革張りのソファに乗り、その上を行きつ戻りつし、途方に暮れる母親に、憤懣《ふんまん》をぶつけているのを目にした記憶がある。

そうでない日には、父は物静かで神妙に帳簿のなかに埋まり、入り組んだ計算の迷路のなかに深く迷い込んでいた。

私には見える、煤《すす》けを増すランプの光のなかでクッションに取り巻かれ、寝台の彫刻を施した大きな枕板の下で蹲《うずくま》る父の頭の巨大な影法師が壁に映り、無言の瞑想のなかで頷く様子が。

時おり、父は計算の手をとめ、息をつくためなのか、その頭をもたげ口をあけ干からびて苦い舌を不快げに鳴らし、何やらを捜すように頼りなげにあたりを見回した。

そんなとき、父はそっとベッドから起き、部屋の一隅の壁に懸っている気に入りの器械の所へ小走りに近寄ることがあった。それは水時計あるいは大きなガラス器の一種で、一オンスごとに目盛りを刻み、黒っぽい液体が入っていた。父は長いゴム管でその器械と自分とを結び、うねくった痛々しい臍《へそ》の緒で繋《つな》がり合うようになり、こうして哀れな装置と連結されると、精神を集中したまま身動きをやめた。父の両の目には暗い影が射し、蒼白《そうはく》な顔には苦痛の表情が、いやそれとも何か悪徳の快楽の色が浮かび上がった。

やがてまた静かに仕事に熱中する日々がくるのだが、そのあいだにも父はしきりに孤独なモノローグを響かせた。そのようにして卓上ランプの灯りに照らされ、大きな寝台のクッションのあいだに父が蹲《うずくま》っていると、ランプの笠《かさ》のつくる影のために部屋は窓外に広がる街の夜陰と結ばれ、天井がいちだんとせり上がった。父はそちらに目を向けるまでもなく、囁《ささや》きとさざめきに満ちた壁紙の鼓動する茂みによって空間《くうかん》が自分を包むのを感じとった。そしてじっと聴いている耳殻と微笑を見せる暗い唇との花々のあいだに綻《ほころ》びかける流し目の意味ありげな目くばせで満たされた謀《はか》りごとを、見やらぬままに父は聞きとった。

そういうとき、父はいっそう仕事に精を入れるふりを見せ、計算や検算を繰り返した。父は自分のなかで膨れ上がってくる怒気をさらけ出すのを恐れていたのだし、また、そうしながら不意に叫び声を上げて自分の背後にあるものに夢中で飛びかかっていきたい誘惑、あれらの巻毛のアラベスク模様——夜のなかから生み出され育ち繁殖し、暗黒という母体の臍《へそ》から離れて絶えず新しい芽吹きと枝分かれをおぼろげに浮かび出させているあれらの目と耳の束——につかみかかり、一握りずつむしりとりたい誘惑と戦っていた。そして夜の白むにつれて壁紙が色褪《いろあ》せ、めくれ上がり、葉や花々も落とし尽くして秋めいた装いに変わり、遠い黎明《れいめい》を筒抜けに通すようになってから初めて父は安堵するのであった。

そのあと、壁紙の小鳥たちの囀《さえず》りと、黄色い冬の薄明のなかで父は二、三時間の濃密な黒い眠りを貪《むさぼ》った。

幾日、そして幾週間、複雑な当座勘定に身を沈めていると見えたあの期間、父の思考はひそかに自分の内臓の迷宮の奥深くへと迷い込んでいった。父は息をひそめては耳を澄ますことを繰り返した。そして向うの深みから、白っぽく濁った視線が戻ってくるとき、父は微笑でその視線をなだめた。食い下がってくる脅しやすかしの声にも、まだそのころの父は信用せず、ばかげたことと突っ返すだけであった。

昼まは問答と説得の遣り取り、果てしない単調な考えごとに費やされた、それはぶつぶつと小声で行われたが、そのあいだユーモラスな間《あい》狂言、茶目な冷やかしにもこと欠かなかった。しかし夜になると、その声は熱を帯びてきた。問い詰めの言葉は繰り返すたびに次第に明瞭となり、私たちの耳には神と父との対話がはっきりと聞きとれた、父は赦《ゆる》しを乞うかと思えば、しきりに求められている何物かを渡すまいと哀願していた。

こうしてある夜、その声は恐ろしく手のつけられないほどの怒声に高まり、その証拠を口によって、また内臓によって示せと喚《わめ》くのだった。やがて私たちは魔物が父のなかへ入るのを聞き、父がベッドから起き、預言者の怒りによってひょろ高くなった長身を見せ、割れるような声で機関銃のように言葉をぶつけるのを耳にした。格闘の物音、次には父の呻《うめ》きを私たちは聞いた、腰を砕かれた巨人族《タイタン》が、なお相手を嘲《あざけ》りながら発するあの呻きであった。

旧約聖書の預言者たちを私は見たことがない、しかし神聖な怒りに打ちのめされ、大きな陶製の溲瓶《しびん》の上に足を踏んばり、肩から沸き立つ龍巻、必死の身振りの黒雲に身を包まれ、その風と雲の上高く耳慣れぬいかつい声を張り上げるその男の光景を目にしては、古《いにしえ》の聖者たちの神聖な怒りもかくやと思い知られた。

それは雷《いかずち》の言葉にも似た鬼気せまる対話であった。振り回されるその手がずたずたに天を引き裂くと、その裂け目から激怒に膨《ふく》れ上がり、呪詛《じゅそ》に脈打つエホバの顔が現れた。目を向けるまでもなく、私は彼、いかめしい造物主《デミウルゴス》の姿を見た、それはシナイ山（モーゼが十戒を授けられた場所。「出エジプト記」一九―二〇章）に代る暗黒の上に腹這い、頑丈な手を窓掛の上縁に支え、窓の上のほうのガラスに巨大な顔を押しつけている、化け物めく肉の厚いその鼻がガラスの上で平たく潰《つぶ》れた。

父の預言的な長広舌の合い間合い間に、私は造物主の声を聞いた。膨れ上がった口から発する大音声《だいおんじょう》を聞いた、窓ガラスを震わせるその声は、呪《のろ》い、嘆き、嚇《おど》す父の怒声と混じり合った。

二つの声はときに静まり、言い争いは夜の煖炉《だんろ》に鳴る風の音ほどに低くなるのだったが、再び爆発しては、激しい喧噪《けんそう》となり、すすり泣きと呪いの言葉の入り乱れる嵐に戻った。とつぜん、暗いあくびをするように窓が明き、闇の広がりがそこから吹き込んだ。

稲光《いなびかり》に透かして見ると、父は下着姿を風になびかせ、恐ろしい呪いの言葉を呟きながら、溜まった溲瓶の中身を、しんしんと貝殻のように鳴る夜のなかへ、ごぼごぼと捨てているところであった。

2

父は次第に痩《や》せしぼんでいった。白髪《しらが》混じりのざんばら頭で、大きなクッションの下に身をひそめ、得体の知れぬ心のなかの出来事に没頭したまま、父は小声で自分自身との会話をつづけていた。父の人格は仲違《なかたが》いして意見の合わぬ数多くの自我に分裂したのであろうか、というのも、自分相手に声高に争い、一心にしつこく話し合い、言い聞かせ、頼みすがっているかと見ると、次にはおおぜいの利害関係者の集会の進行役を務め、熱意と雄弁のすべてを尽くして意見をまとめようと骨折るふうに思えたからだ。しかし、騒がしい白熱の会議は、いつでも悪口雑言の怒号のなかに終りを告げた。

そのうち、いくらか小康の時期が訪れ、心の平静が戻った。寝台、机、床の上には例の大きな帳簿がまたもや幾冊も取り散らかされるようになり、白い寝具や傾けた父の白髪頭の上のあたり、ランプの光のなかにはベネディクト会めいた労働《つとめ》の安らぎが漂った。

けれども、夕方遅く母親が店から戻るころになると、父は活気づき、母を呼びつけ、帳簿の元帳のページのあちこちに苦心惨憺《さんたん》して貼った美しい色つきの写し絵を得意げに見せたりした。

そのころ私たちだれもが気づいたのは、父が殻の内側から干からびてゆく胡桃《くるみ》の実のように、日いちにちにちいさくなり始めたということだった。

それでいて体力のほうはいささかも衰えを見せなかった。逆に、健康も機嫌も活気も本調子を取り戻してくるように見えた。

父はよく声を上げて賑《にぎ》やかに笑うようになり、腹を抱えて笑い崩れさえした。あるいはまた、自分でベッドをとんとんと叩いては、それに応えて「どうぞ」と独り言を言う、それも様々に抑揚を変え、幾時間でも同じことを繰り返すのだった。たまにはベッドを降り、簞笥の上によじ登り、天井にへばりつくようにして、錆《さび》だらけ、埃《ほこり》まみれのがらくたを整理したりした。また時には、二つの椅子を背なか合わせに並べ、背凭《せもた》れに両手を支え、両脚を前へ後ろへぶらぶらさせ、称賛と励ましの表情を求めて、きらきら光る目で私たちの顔を覗き込むこともあった。神とは完全に仲直りしたらしかった。夜になると、時おり、造物主がベンガル花火の暗紫色で彩られたひげの顔を寝室のそとに見せることがあった。そんなとき神は熟睡している父の様子を、一瞬やさしく見守った。歌うような父の鼾《いびき》が遠い夢の世界をさまようかのように聞こえた。

晩冬の薄暗い午後、父は時おり部屋の隅に入り込み、山と積まれたがらくたを相手に何時間でも長いあいだ捜し物をした。

昼食時、皆が食卓に着いても父だけ姿を見せないことが幾度かあった。すると母はなんども「ヤクブ!」と大声で呼び、スプーンで食卓を叩いた、やがて父がどこかの簞笥の上から、全身、埃と蜘蛛の巣だらけになって降りてき、父を夢中にさせ、そして父にしか分からない複雑な問題に没頭し切った呆《ほう》けた目つきを見せるのだった。

また父はカーテンの上の棚のように突き出た桟《さん》によじ登り、窓とは反対側の壁に飾られた大きな剝製《はくせい》の禿鷹《はげたか》をまね、動かないポーズをとることもあった。釘《くぎ》づけされたように蹲ったその姿勢のまま、父は霧のかかった目つきと、ずるそうに薄笑いを浮かべた顔で、いつまでもそうしているのだが、だれかが部屋へ入ってくると、やにわに両手を翼のように羽ばたき、雄鶏《おんどり》のようにとさをつくった。

私たちはこれらの奇行に関心を向けることをやめたが、父のほうでは一日一日と深みに嵌《はま》っていった。肉体的な要求を全く超越したかのように、何週間も父は何を食べるでなく、だれも理解できない手の混んだ奇妙な仕事のなかに、日を追って没頭していった。家の者たちから何を言われても耳に入れず、父独特の心のなかのモノローグを断片的に口に出してはそれに応じたが、そういう父の心の動きは外からの力ではどうにもならぬものだった。絶えず多忙で、病的な活気に駆られ、乾いた頰を上気させている父には、私たちのことは目にも入らなかったのである。

私たちは父の無害な存在に慣れ、その静かな独り言、自分のなかに溺れ切った子どものような囀り（その顫音《トリル》はいわばこの世の外《はず》れへと流れていった）にも慣れてしまった。そのころになると、父は時に幾日も姿を隠すことがよくあり、家のどこか引っ込んだ隅に入ったきり、いくら捜しても見つからなかった。

そうした雲隠れにも、私たちは驚かないほど次第に慣れてしまい、何日か経ってめっきり瘦せ、一周りもちいさくなって父が現れても、もうだれも長くは気に留めなかった。実際、私たちは父のことを計算に入れることをやめていた。父は人事、世事の一切からそれほど遠く離れた存在となっていた。父は一結び一結びずつ私たちから離れ、人間社会と自分とを結ぶ繫がりを、一本一本と失っていった。

父に残されたものといえば、あのなけなしの肉体の風袋《ふうたい》と、あの一握りの無意味な奇行しかなかったが、それとていつかはだれにも気づかれることなく消えてゆきかねなかった。部屋の一隅に積まれては、毎日、アデラの手でごみ溜めに棄てられる灰色のあの塵《ちり》の山のように。

＊1　この作品の訳名はこれまで「訪問」「訪れ」「魔の訪れ」と揺れたが、今回は最終的に「憑《つ》き物」の訳語を選んだ。英語に訳せば visitation である。

＊2　市の立つ広場とは、定期的に市場が出る市の中心地の広場をいう。単に〈市の広場〉ないし〈広場〉ともした。しばしば登場するので念のため。原語は rynek である。

＊3　あぶら虫の訳語（原語は karakony）は現代語ではゴキブリとあるべきかもしれない。ただし、訳者の幼かった昭和一桁時代の東京言葉では専らあぶら虫であった。ゴキブリは文学的ではないというのが訳者の語感である。シュルツ作品にはしきりにあぶら虫が登場する。

原題　Nawiedzenie

鳥

黄色い手持ちぶさたな冬の日々が始まっていた。赤っぽい地面は、使い古した穴だらけの寸たらずな雪の食卓布で蔽われた。屋根の多さにくらべて雪は十分でないため、板葺《いたぶ》きの屋根もアーチもあるいは黒、あるいは鉄錆《てつさび》色にくすみ、それらは屋根裏部屋の煤《すす》けた空間を、また垂木《たるき》や桁《けた》の肋骨《ろっこつ》を見せている黒く炭化した大聖堂の建物——あれらは真冬の寒風を呼吸する暗い肺臓だ——を秘め隠していた。朝な朝な、大小の新しい煙突があらたに姿を現した、それらは夜のあいだに伸び上がり強い夜風で膨らまされた悪魔のオルガンの黒いパイプであった。追っても追い切れぬカラスの群れが煙突掃除を悩ませた。カラスは夕暮れになると、寺院の脇の木々の枝に黒い葉の生き物のように群がってとまり、また飛び上がっては羽ばたきながら、やがてめいめいが自分の枝の自分の場所に収まった。明け方には、カラスはいくつか大きな群れをなして飛び立ってゆき、煤煙《ばいえん》の靄《もや》、黒い煤の薄板となり、幻想めいて高く低く舞い、早暁の薄ぼけた黄色の光の帯をかあかあと啼《な》く波立つ声で汚《よご》した。日々は、寒さとつれづれのせいで、年を越した残り物のパンのように、固さを増した。そして人々は、食欲もなく、けだるい眠けと共に、そのパンに鈍い刃のナイフを入れた。

父はもう外出しなかった。父は煖炉に薪《まき》をくべては、永遠に突きとめられぬ火の正体を研究し、冬の焔《ほのお》の塩からい金属的な味と煙っぽい臭いを、また煙突の吸込み口にちらつく火の粉をなめ取る火とかげ《サラマンダー》（ヨーロッパの伝説中の火の精、魔神。火中に住むと信じられた）たちの冷たい愛撫を感じとっていた。そうした日々、父は部屋の高い所にある一切の修繕仕事を好んで引き受けた。日中のどんなときでも、父が梯子《はしご》の最上段に身を支え、何やら天井の、高い窓の上のカーテン掛の、あるいはシャンデリアの錘《おもり》や鎖のあたりをいじくっているのを見ることができた。父は絵描きをまねて高い踏み台代りに梯子を使い、天井に描かれた青空やアラベスク模様や鳥の高さからの鳥瞰《ちょうかん》に満悦であった。父は実際生活の雑事からはますます遠のいていった。父の様子に心を痛める母親が、商売のこと、〝最終期限〟の近く迫った支払いのことなどの話に引き入れようとすると、父は放心した顔を引きつらせながら、茫然と、しかし不安に満ちたふうで聞いた。そのうち、突然、まじないをかけるように手を動かして話を中断させ、部屋の隅に駈け寄り、床の隙間《すきま》に耳を当て、両手の人指し指を立てて、いかにも重大なことなのだという意思表示をしながら、聞き耳を立てることがよくあった。そのころ私たちは、このように異様な言動の悲しい背景には嘆かわしい病的心理があって、それが父の内部で熟してきていることに思い至らなかった。

父に対して母は無力だった、その代りアデラに対する父の尊敬と関心は絶大であった。部屋の掃除は父にとって重大な儀式であり、それに立ち合うことを一度たりと父は怠らなかった。父はアデラの動作を恐怖と肉感的な震えの交じる目で追った。彼女の身の動きのひとつひとつが、父には深い象徴的な意味を持った。彼女が、若々しい思い切った身ごなしで、長い柄のついたブラッシを床に行き来させるとき、父はほとんど力尽きんばかりだった。父の目からは涙が流れ顔は声のない笑いで崩れ、全身をオルガスムスの快美な痙攣《スパズマ》が走るのであった。くすぐりに対する父の過敏さはほとんど狂気に近かった。アデラが指一本を動かしてくすぐるようなしぐさをするだけで、早くも父は慌てふためいてドアをばたばた鳴らしながら部屋という部屋を突っ走って逃げ、最後に寝台の上に腹這いになって倒れ、心のなかの抑え切れぬイメージに衝き動かされて笑いに身をよじった。このお蔭で、アデラは父に対してほとんど無制限の支配力を持っていた。

父が動物に情熱的な興味を寄せていることに、私たちが初めて気づいたのはそのころである。初めのうち、その情熱は狩猟家や画家のそれを合わせたようなものであった、それはまた同類でありながらあれほどにも違う生活形式に対して人間が抱くもっと深い、生物学的な共感、未開拓の生態記録の実地研究であったかもしれない。さらに進んだ段階になると、事態はとうてい明るみに曝《さら》け出すのも憚《はばか》られるような異常で複雑な、罪深く、そして自然に反する方向へ向かった。

それは鳥の卵を孵《かえ》すことから始まった。

たいへんな手間と金をかけて父はハンブルクから、オランダから、アフリカ各地の動物商から鳥類の有精卵を取り寄せ、ベルギー産の大柄な雌鶏《めんどり》たちにそれらを抱かせた。私もこれには夢中になった——雛《ひな》が孵り、形といい色といい、本物の怪物のようなものが生まれてきたのだから。ばかでかく奇想天外な嘴《くちばし》をもった化け物（その嘴は生まれるとすぐ大きく開き、物ほしげに喉をしゅうしゅう鳴らす）、せむしのような体つきをした弱々しい裸の蜥蜴《とかげ》類——それらのなかに未来の孔雀《くじゃく》を、雉《きじ》を、大雷鳥を、コンドルを認めることはできなかった。綿を敷いた籠《かご》のなかに一腹ごとに分けて入れられた怪龍めいた雛たちは、目の見えない白斑《はくはん》に覆われた頭をかぼそい頸《くび》で支え、啞《おし》の喉で声なく啼き立てた。緑色の上っぱりを着て棚を覗きながら行ったり来たりする父は、温室のサボテンを見回る園藝家を思わせた。父は生命に脈動する盲目の袋、食べ物の形でしか外界を認めないかよわい腹、手探りで明るいほうへよじ登ろうとする生命の塊《かたまり》を、無のなかから引き出してやったのだ。二、三週間経ち、それらの盲目の命の蕾《つぼみ》が光に割れると、部屋部屋は新しい住人たちの色とりどりのざわめき、きらめく囀《さえず》りによって満たされた。鳥たちはカーテン掛の上に、戸棚の縁どりの飾りの上にぎっしりと並び、またいくつも腕の出たシャンデリアの錫《すず》の枝やアラベスクの茂みに巣くった。

父が分厚い幾冊もの鳥類図鑑に目を通し、色刷りのさし絵をめくっていると、そこから羽のある幻影が飛び立ってき、部屋は、派手やかな羽ばたき、紫、サファイア、緑青《ろくしょう》、銀の色合で満たされるかのように思われた。餌《えさ》どきには鳥は妍《けん》を競う花壇となって床に波打ち、生きた絨緞《じゅうたん》のようにひろがったが、不用意にだれかが入ってくると、動く花々と変わり飛び散って空中に羽ばたき、やがて部屋の高い所に落ちついた。私の記憶のなかにはことさら一羽のコンドル——羽のない剝き出しの頸、皺《しわ》っぽい疣《いぼ》だらけの顔をした巨大な鳥の姿が焼きついている。それは痩せた苦行者、ラマ教の僧で、高貴な生まれに由来する鉄の礼式に則《のっと》り、あらゆる挙措動作にも厳然たる威容を保ちつづけていた。そのコンドルが何千年も昔のエジプトの神々の彫刻を思わせて身じろぎもせず、白味がかった瞼《まぶた》(その瞼は横のほうから瞳を覆い、崇高な孤独の思索のなかで完全に閉ざしてしまう)のかかる目を見せ、父と顔をつき合わせているのを見ると、石のような横顔といい、父を老《ふけ》させた兄のように思われた。躯つきも筋肉も皺っぽくごつい皮膚もすべて同様なら、共に似たように干からびた骨っぽい顔、角《かく》ばった深い眼窩《がんか》をしていた。手の形にしてさえ、父の節々の頑丈な肉の落ちた長い指、丸く膨らんだ爪はコンドルの趾《あし》と同類であった。目を閉じてじっと眠る鳥を見ていると、私はそれが、乾燥したためにちいさく縮まった父のミイラなのだという印象に逆らうことができなかった。思うに、その不思議な類似には母も気づいていたに違いなかった、もっとも私たちは一度もそれを話題にしたわけではないが。とくに記しておかねばならぬのは、コンドルと父とが仲よく同じ溲瓶《しびん》を共用したことである。

次々と新しい種類の鳥を孵す一方、父は屋根裏部屋で鳥の結婚をさせた、これはと思う鳥を連れ込み、引き合い焦《こ》がれ合っている同士を屋根裏部屋の隅の暗がりでめあわせた、そうするうち、私たちの家の屋根——板葺きの∧型の屋根は本物の鳥の宿、ノアの方舟《はこぶね》となってしまい、遠い国々のあらゆる種類の鳥がここに群がることとなった。鳥の飼育をやめてからかなり経ったあとでさえ、鳥たちの世界ではわが家の伝統が生き残った、そして春の渡りの季節には鶴、ペリカン、孔雀、あらゆる鳥の大群が幾度かうちの屋根に舞い降りてきたものだ。

だが、その事業も短いさかりを過ぎると、にわかに悲しい結末を告げた。間もなく父は、それまでは物置に使われていた屋根窓《マンサルド》の下の二部屋に、居を移さざるを得なくなったからである。そこからは夜明けと共に、鳥たちの様々な啼き声が入り交じって聞こえた。木箱のようなその部屋は、屋根裏の空間に反響して、鳥の走りさわぐ音、羽ばたく音、ぴい、ごう、くうという啼き声で割れ返るばかりであった。こうして私たちは何週間もつづけて、ほとんど父の姿を見なかった。

その父がたまに下に降りてくると、痩せて背も低くなり軀の縮まったようなのに私たちは気づいた。時おり、父はわれを忘れ食卓を離れて椅子から立ち上がり、両手で翼のように羽ばたきながら、ぴいと長く尾を引く啼き声を発した、すると父の目には瞼のような白い膜がかかった。そのあとで、父は気まずさをとり繕《つくろ》うように、私たちと声を合わせて笑い、事件を冗談に紛らせようとした。

ある大掃除の日、不意にアデラが父の鳥の国に現れた。戸口に立つなり、鼻を撲《う》つ悪臭に彼女は仰天した、床に、机に、家具に、所きらわず糞《ふん》の山が築かれているではないか。とっさに心を決めたアデラはまず窓を明けた、それから長柄《ながえ》のブラッシを振り回して群がる鳥たちを狂舞させた。羽毛と叫喚の阿修羅《あしゅら》の雲が立ち、その雲のなかでアデラはバッカスの供の女、振り立てる杖の陰に隠れた狂えるバッケーのように破壊の踊りをおどりつづけた。鳥の大群に交じって、父もまた手を羽ばたかせながら、必死で空中に飛び立とうと試みた。翼の雲は次第に薄らぎ、ついにこの戦いの場には、力尽き荒々しく息づいているアデラと、悲哀と屈辱に顔を歪《ゆが》め、どのような降伏も甘んじて受けようとする態《てい》の父だけが残された。

やがて父は己《おのれ》の領土をあとに悄然《しょうぜん》と階段を下《くだ》った――いまや父は流謫《るたく》の王者、王冠も王国も喪った失意の人であった。

原題　Ptaki

マネキン人形

父の鳥の事業は、輝く色彩の最後の爆発であり、あの性懲《しょうこ》りもない即興詩人、あの空想の戦略家が、不毛で空虚な冬の要害と塹壕《ざんごう》に向かってしかけた最後の、すばらしい幻想の反撃行であった。いまにして私は、街を麻痺《まひ》させる無限の倦怠にただ独り戦いを挑んだ父の孤独な勇気を理解する。孤立無援、家の者からさえ見放されながら、男のなかのあの男は失われた詩《ポエジー》を守りつづけたのであった。父は、虚《むな》しい時間という糠《ぬか》を入れ、それを挽いて東方の香木の薫りと花々の色にして見せる奇蹟の水車であった。けれども私たちは、その形而上的な魔術師の妙技に慣れすぎていたため、空虚な日夜の惰眠から私たちを戦い守ってくれる彼の至藝の価値を見落としがちであったのだ。アデラは彼女の不見識で愚かな破壊行為についてどんな非難にも遭わなかった。それどころか、私たちは絢爛《けんらん》の終焉《しゅうえん》に卑しい充足と破廉恥な満足を覚えた。私たちはあの華麗さを十分に味わい尽くしたうえで、そのあとは卑劣にもそれに対する責任を回避した。そういう裏切りのなかには勝ちを占めたアデラへの秘かな敬意もあったようである、私たちはこれと言ってはっきりしたものではなしに何かしらいちだんと高い使命といったものを彼女に振り当てていた。だれからも裏切られた父は、かつての栄光の座から戦うことなく退《しりぞ》いていった。剣を交じえることもせず、在りし日の壮大な版図を敵の手に委ねたのだ。自ら流謫《るたく》を選んだ父は玄関口の奥のだれも使わない部屋に引き隠《こも》り、そこに孤独の砦《とりで》を築いた。

私たちは父のことを忘却した。

再び都会の暗鬱な灰色が四方八方から私たちを取り巻き、夜明け前の暗い疱疹《ほうしん》、薄暮の寄生的な茸《きのこ》の花を窓々に咲かせた、それは冬の夜長のふさふさした毛皮のなかで成長する茸だった。ひところは楽しげに寛《くつろ》ぎ、あの多彩な翼の群舞のために開かれていた部屋の壁紙は元どおり自分のなかに閉じ隠り、濃縮し、苦々しいモノローグの単調さのなかに紛れ込んだ。

シャンデリアは黒ずみ、そしてすがれたあざみのように萎《しお》れた。いまではそれは、暗鬱に苦々しくそこに下がり、だれかが部屋の暗がりを手探りで歩くと、切り子ガラスの吊《つる》し飾りを静かに鳴らした。アデラはシャンデリアの腕という腕に色蠟燭《いろろうそく》を立てたが、それはつい先ごろまでその空中庭園を花咲かせていた華麗な照明を思わせるにはあまりにも見すぼらしい代用物にすぎなかった。ああ！　シャンデリアの花束のなかに見えていた囀《さえず》る蕾《つぼみ》、早熟なすばらしい果実はどこへいったのだろう。あの花束からは、魔法の菓子がぽっかりと割れたときのように、翼ある幻影が飛び立ち、そのたびに空気は魔術のカルタのように幾重《いくえ》にも切られ、一枚一枚が様々の色に塗られ、藍色や孔雀やおうむの緑色や金属の輝きの濃密な鱗片《りんぺん》となって振り撒《ま》かれ、線の模様とアラベスクを、飛行と旋回の閃く航跡を空中に描き出し、羽ばたきの派手やかな扇――それは飛び去ったあとも長いあいだ眩《まぶ》しい豊かな空気のなかにゆらめいていた――をひろげたのではなかったか。灰色に色褪《あ》せた空間の底には、いまも色華やかな輝きの残り香が秘められていたが、濁った空気の層をフルートの音色で貫こうとする人、錐《きり》で突き破ろうとする人は、だれ一人なかった。

くる週もくる週も奇妙な睡《ねむ》たさのなかに過ぎていった。

ベッドは、終日、片づけられもせず、シーツも掛ぶとんも重苦しい夢に乱れ捲《まく》れ上がったまま、深い小舟のように並び、星のない暗黒のベネツィアのどこか湿っぽい入り組んだ迷路のなかへ漕《こ》ぎ出そうとするかのようであった。静まり返った朝方《あさがた》、アデラは私たちにコーヒーを運んだ。私たちは冷たい部屋のなかでぐずぐずと着替えをした、ひとつだけ灯った蠟燭の灯りが黒い窓ガラスに幾重にも幾重にも映っていた。それらの朝はあちこち抽出《ひきだ》しや簞笥をあけて長々と捜し物をする無秩序なせわしさに満たされた。家じゅうに室内履を鳴らすアデラの足音が聞かれた。丁稚《でっち》*1たちはカンテラを灯し、母の手から店の大鍵の束を受けとって、渦巻く濃い闇のなかへ出ていった。母は気に入った朝の化粧ができずにいた。燭台の蠟燭はやがて燃え尽きようとしていた。アデラは下着を干しにどこか離れた部屋か、それとも屋根裏に消えた。呼んでも声は届かなかった。煖炉に焚《た》きつけたばかりの、ぼやけ薄よごれた火が、煙突の吸込み口に溜まった冷たいちらちらと光る煤《すす》をなめていた。蠟燭が消え、部屋は闇に沈んだ。食卓の布に頭を当て、朝食の残りはそのままに、私たちは着替えも中途にして眠りこけた。こうして暗がりの毛のふさふさとした腹部に顔を押しつけていると、私たちはその波打つ呼吸に乗って、星のない無の世界へと漕ぎ出していった。アデラの騒々しい掃除の物音に私たちは目を覚ました。母はまだ化粧が済まなかった。髪の整わぬうちに店の者たちが昼食に戻ってきたのだ。広場の上の闇は金色がかった煙の色を加えていった。やがてそのような煙の蜜、不透明な琥珀《こはく》のあいだからいちばん美しい午後の様々の色が浮かび出てくるはずだった。しかし幸福な時間は過ぎ去り、あかつきの混合物《アマルガム》は色褪《いろあ》せ、膨れ上がった真昼の醱酵《はっこう》はほとんど飽和点に達して無力な灰色のなかへと再び落ち込んでいった。私たちは食卓につき、丁稚《でっち》たちは寒さに赤らんだ手をこすった、すると突然、彼らの会話の散文がたちまち完全な一日——灰色の空虚な火曜日、伝統もなく顔もない一日をもたらすのだった。けれども、ガラス細工のような煮こごりに包まれた魚料理の皿が食卓に現れると——魚は大きいのが二尾ならび、頭から尾まで黄道十二宮の魚の形にそっくりなのだが——私たちはその魚に、その日の紋章を、無名の火曜日の暦の上の徴《しるし》を見てとった。そして、その一日が己《おのれ》の顔をとり戻したことに安堵して、手早く魚を皆に分け合った。

丁稚たちは敬虔《けいけん》に、暦の儀式の重々しさで料理を食べた。胡椒《こしょう》の匂いが部屋じゅうにひろがった。彼らがこれから始まる一週間の紋章学を心の秤《はかり》にかけながら、皿に残った煮こごりをパンでこすりとってしまい、煮上がった目をもつ魚の頭だけが残されたのをみると、私たちは皆この一日が一同の力によって克服されたこと、そして残り物はすでに眼中にないことを感じた。

事実、その跡始末を任されたアデラは遠慮で手間どることはしなかった。皿の触れ合う音、冷たい水の撥《は》ねる音のなかで、彼女は夕暮れまでの二、三時間をせっせと働いた。そのあいだ、母は長椅子の上で昼寝をした。そうするうちに食堂ではもうこの夜の演《だ》し物の準備ができていた。お針女のポルダとパウリナの二人が、手製の芝居道具を持ち込んできた。二人にかつがれて、部屋に入ってきたのは、口もきけず身動きもできない女——麻屑と布でつくられ、首代りに黒い木の球をつけた貴婦人であった。それでもドアと煖炉とのあいだの片隅に置かれると、物言わぬ貴婦人は、その場のヒロインめいて見えた。彼女はそこの一隅に身じろぎもせず立ち、若い女たちのすることを黙って見守った。娘たちが仮縫いの白い目じるしのついた布を当ててみるなどして、膝をついて一心不乱になっているのを、彼女は非難がましく意地の悪い目で追った。娘たちは我慢づよく丁重に扱ってやるのだが、無言の偶像を満足させることは不可能であった。このモロク神（フェニキア人が子供を人身御供にそなえて祭った荒神）は情け容赦を知らず――もっとも女もモロク神になることができると仮定してだが――絶えず二人に新しい仕事を言いつけた、すると紡錘《ぼうすい》の形に似て姿のいい娘らは、糸を繰り出す糸巻のように小止みなく、山と積んだ絹地や毛織の布を器用な手つきで次々に取り上げては、そのあでやかな色の塊にじょきじょきと鋏《はさみ》を入れ、安物の人造革の靴でペダルを踏みながらミシンを唸《うな》らせた。二人の周りには色とりどりの糸屑や切り屑の山が築かれていったが、それは気むずかし屋で無駄好きの二羽のおうむが餌をついばんでは、粒餌《つぶえ》の殻を次々に撥ね飛ばす風情だった。反《そ》りのある鉄の刃は、あのあでやかな鳥の嘴《くちばし》のように開閉し、そのたびに冴えた音を立てた。

娘たちは多彩な裁《た》ち屑を惜しげもなく踏みつけにした、ずかずかと何かカーニバルのあとのごみの山か、大仮面舞踏会がお流れのため不要となった衣裳のあいだを歩き回るかのようであった。彼女たちはヒステリックな笑い声を上げながら、軀《からだ》についた屑布を払い、ちいさな鏡を目でくぐった。彼女らの魂、彼女らの手の敏捷《びんしょう》な妖術は、テーブルの上に置かれているつまらぬ衣裳ではなく、舞い上がりそうに軽やかな数千の細かな裁ち屑のなかにあった、それは撒《ま》けば街全体に夢のような色ある吹雪を降らせることができたに違いなかった。娘たちはにわかに暑さを感じて窓を明けた——寂しさのあまり他人の顔、せめて窓に押しつけられた無名の顔をひと目みたさから。二人はカーテンを膨らませる冬の夜気に上気した頬を冷まし、燃えるようなデコルテの肌をいっそう剝《む》き出しにした、たがいに張り合って負けん気の彼女たちは、いま暗い夜風に運ばれて一人のピエロがその窓べにきたとしても奪い合いしかねなかった。ああ！　彼女らの現実への願いはいかにささやかなものであったことか。彼女らは自分のなかにすべてを持っていた、あまりにもすべてを持ちすぎていた。ああ！　おが屑を詰めた一人のピエロ、その口から囁かれる待ちかねた二言、三言——それさえあれば二人には十分だったかもしれない、彼女らが以前から用意してきた自分の台詞《せりふ》に跳びつくためには。とうの昔から口に出かかっている甘く、恐ろしい苦渋に満ちたその言葉は、赤らむ頬に涙を落としながら夜ごと貪《むさぼ》り読む恋の物語のページのように胸をゆさぶる。

　夜、アデラの目を盗んで、父はあちこちの部屋をうろつき歩いたものだが、その夜の静かな席にふらりと父は来合わせた。一瞬、父はランプを片手に隣室の暗い戸口に立ち停まり、熱気と火《ほ》照《て》りに満ちた光景、白粉《おしろい》と薄葉《うすよう》の色紙《いろがみ》とアトロピン*2の織りなす田園詩——このシーンにお誂《あつら》え向きの背景としてしつらえてあるのが、窓ぎわに膨らむ窓掛に息づく冬の夜であった——に魅せられていた。父はめがねをかけ直し、二、三歩近寄り、ランプをかざして照らしながら娘たちの周囲を一巡りした。開かれたドアの向うから吹き込む風が窓のカーテンを捲《まく》り上げた、娘たちは見られるに任せて腰をひねりひねりしたが、そのたびに目の七宝が、きゅうきゅうと鳴る靴のエナメルが、風に膨らむスカートの陰の靴下どめ《ガーター》の金具が、ちらちらと光った。取り散らかされた布きれが床を滑り、暗い部屋の開け放しのドアへ向かっていっせいに鼠のように走り出した、父は息を弾ませている女たちに目を注ぎ、小声で呟いた。――「*Genus avium*（若い鳥の種族。ラテン語。以下同じ）……そう言って間違いでなければ、*scansores*（攀禽類）あるいは*pistacci*（おうむ類）……これは大いに一見の価値がある」

　この偶然の出遇いは父の一連の講釈の始まりとなり、父はその特異の人柄でたちまち二人の娘たちを魅了した。彼女らの夜々《よるよる》の空虚を満たしてくれる慇懃《いんぎん》さと機智の溢れる会話のお返しに、娘たちは、細くて貧弱な自分の軀の構造を研究する自由を、熱っぽい観察者に許していた。それはまじめで上品な会話が、問題の核心の最もきわどい箇所へきて、あいまいな二重の仮面を脱ぐときに行われた。パウリナの膝から靴下を引きずり下ろし、膝がしらの無駄のない品よい形をほれぼれと眺めながら父は言った。――「あなたたちの選んだ生存形式、それはいかに魅力に満ち、いかに幸福なものか、あなたたちが、その生命によって表現すべく与えられたテーマ、それはいかに美しく、簡明なものか。しかも、あなたたちはその使命を、かくも見事に、かくも巧みに果たしている。もしも創造主への畏敬を捨てて、戯《たわむ》れに創造の批判が許されるなら、私はこう呼びたい。〈内容はより少なく、より多くの形を！〉と。ああ、内容の減少、それはどんなにか世界に安らぎをもたらすだろう。造物主よ、目標はもっと謙虚に、意図はもっと控えめに、そうすれば世界は、もっと完全なものになるだろう！」父がそう叫んだのは、父の手がパウリナの白いふくらはぎを靴下の囚《とら》われから剝き出しにしたその瞬間であった。そのときアデラが夜食の盆を捧げて食堂の開《ひら》いた戸口に立った。仇敵が相まみえるのは、あの大いなる対決の日いらい初めてであった。この再会の場に居合わせた私たちは一人残らず大きな動揺の瞬間を味わった。すでにあれほどの苦しい思いをなめた男が、またも恥辱を受けるのを目撃するのは、私たちにとって言いようもなく辛いことだった。跪《ひざまず》いていた父は、ひどくうろたえて立ち上がった、その顔には羞《しゅう》恥《ち》の色が、みるみる色濃く浮かんだ。だが、アデラは思いのほかその場に処する手を心得ていた。笑いながら父に歩み寄ると、彼女は父の鼻を一はじきした。それを合図にポルダとパウリナは陽気に手を拍《う》ち足踏みした、そして両側から父の腕にぶら下がるようにしてテーブルの周りを三人で踊った。こうして、娘たちの優しい思いやりのお蔭で、苦々しい葛藤《かっとう》の萌芽《ほうが》は、打って変わったその場の陽気さのなかへ解消した。

興味津々たる奇妙な父の座談は、このようにして始まった、その初冬の引きつづく幾週間か、少数の無邪気な聴衆の魅惑に誘われるままに、父はここへ通いつめたのだ。注目に値することだが、この異常な人物に触れられたとたんに、一切の事物は、何かその存在の根源のようなものへと立ち戻り、形而上的な核に至るまで自らの現象自体を再構成し、いわば第一義的な観念へと逆行してしまい、そこまでゆきつくとこんどはその場を捨てて、あの疑わしい、きわどい、そして二重の意味をもつ領域——ここでは簡潔に大いなる異端の領域と名づけておこう——へと揺れ傾くのであった。わが異端者は事物のあいだを通り抜け、磁石のように磁力を与え、その危険な魅力で事物を蕩《たら》し込んだのだ。私たちはパウリナを彼の犠牲と呼ぶべきであろうか。彼女はそれらの日々、父の弟子、父の学説の信奉者、父の実験のモデルとなった。

以下、私は極度に異端なあの教理を、つとめて慎重に、背徳にわたらぬように記述しておこう、当時、父は数カ月というもの、この教理にとり憑《つ》かれ、一切の父の行為は、それに支配された。

＊1　丁稚は女中と並んで戦前の用語。個人商店に勤める店員、日本の場合、その多くは住み込みであった。古参店員の意味では手代《てだい》を用いた。完全に廃語となったと思われるが、古めかしさを出すための用語である。原語は subjekt と starszy subject だが、戦後のポーランドでも同様に廃語となった。

＊2　アルカロイドのひとつ。ベラドンナ、チョウセンアサガオなどの根や茎から取れる。瞳孔拡大の作用がある。ベラドンナとは「美しい淑女」の意で、中世には目を大きく見せるため点眼薬として用いられたという。

原題　Manekiny

マネキン人形論あるいは創世記第二の書

造物主《デミウルゴス》は――と父は言った――天地創造を独占したのではない、創造はすべての精神の特権である。物質は無限の繁殖力、無尽の生活力を、そしてまたわれわれを造形へと誘う誘惑の力とを兼ね備えている。物質の奥底ではそこはかとない微笑が形づくられ、緊張が生まれ、形成への試みが凝縮している。涯《はて》知らぬ可能性は物質全体を波打たせ、かすかな震動となって彼女（物質）を貫く。精神の生命を吹き込む息吹きを待ちながら、彼女は自らのなかで際限なく溢れ、盲目の夢に立ち現れる数千の甘美な丸いもの、柔らかなものによって招き誘う。

自らは主導性《イニシアティブ》を持たず、肉感をそそるほどに従順、女性に似て柔軟で、すべての衝動に身を任せる――そういう彼女は法の外に置かれ、あらゆる種類のいかさまも道楽趣味《ディレッタンティズム》も通用する場所、一切の濫用やいかがわしい造物の企みを容れる領域となる。物質は宇宙のなかで最も受身な、最も無防備な存在なのだ。だれもが彼女を捏《こ》ね上げて、形をつくることができるし、だれの言いなりにもなる。物質の組成はすべて永続性のない、緩やかなものであり、容易に還元し崩壊する。生命を別の新しい形に変えることは、いささかも悪ではない。殺人も罪ではない。頑迷で無感覚に堕し面白みを失った生存形態にとってしばしばそれは不可欠な暴力となる。興味深い重要な実験のためという点から見れば、殺人は有益なものとさえなり得る。ここにサディズムの新たな弁明の出発点がある。

父は物質という不思議なエレメントの賛仰《さんごう》を切りもなくつづけた。生命のない物質は存在しない――と父は教えた――生命がないのはただの見かけであり、その向うには生命の未知の形が隠されている。それらの形は大小、無限の規模を持ち、陰影、ニュアンスも数限りない。造物主は重要な、また興味深い様々な創造の処方を持ち合わせていた。それによって彼は自ら更新する力を具《そな》える無数の種《しゅ》を創造した。これらの処方がいつの日か再構成されるときがくるかどうか、それはだれも知らない。だが、その必要はない、そのような古典的な創造の方法が永遠に手の届かぬものとなっているとしても、ある種の非合法な方法、異端と犯罪の無数の方法が残されている。

宇宙開闢《かいびゃく》のそうした一般論から進んで、さらに問題の核心へと近づくにつれて、父の声は突き刺すような囁《ささや》きにまで低まり、説くところはますます難しく入り組み、行きつく結論はいよいよ疑わしく危げな方面へと迷い込んだ。父の身振りは秘教的な荘厳さを増した。父は一方の目を薄く閉ざし、二本の指を額に当てた、父の妖しい視線は、まさしく人を竦《すく》み上がらせた。その眼光で父は話し相手に食い入り、彼女らの心の奥の秘めに秘めた部分へとずかずかと割り込み、最も深い隠れ場所を逃げまどう相手に追いついたうえで壁に押しつけて、皮肉《アイロニック》な指を一本つき立ててくすぐり、引っ掻いた、そしてついに女たちが降参して、理解の閃光と笑い声、容認と共犯の笑い声を発するまで、父はそれをつづけた。

娘たちは身動きもせずに坐っていた、ひとつきりのランプがくすぶっていた、ミシン針の下の布地はとうに滑り落ちているのに、機械だけは虚しくかたかたと鳴り、窓外の冬の夜の経《たていと》が繰り出してくる黒々とした星のない布にちいさな孔《あな》を空《あ》けつづけた。

あまりにも長いあいだ、われわれは造物主の比類なき完全さという恐怖の下《もと》に生きてきた——と父は語った——あまりにも長く造物主の創造物の完璧さがわれわれ独自の創意を麻痺させてきたのだ。われわれは造物主と争う考えはない。造物主と肩を並べようという野心はない。われわれは独自な、より低次の圏内における創造者でありたい、自分たちのための創造に、創造の甘美にわれわれは憧れている、われわれの願望、それはひと言でいえば、造物そのものなのだ。私は知らない、父がだれの名においてこれらの願望を宣言したのか、またどのような集団、どのような団体、宗派ないし教団が加担して父の言葉に情念《パトス》を与えていたのか。私たちにしてみれば私たちは造物のあらゆる誘惑から遠い場所にいたのだ。

それでも、父は第二の創世の計画、現存する時代に公然と対立するはずの第二の創造の世代の姿を展開して見せた。われわれは——と父は言った——長い息のつづく創造、長期間の存在にまでは力およばない。われわれが創るものは、何巻もつづく大長篇小説の主人公ではないだろう。制作品の役割は短く簡潔なもの、彼らの性格には遠大な計画は含まれない、しばしばただひとつの身振りのために、ひとつの言葉のために、われわれは彼らをその束の間だけ生へと呼び出す労をとるのだ。素直に認めよう、われわれは制作品の長つづきや堅牢さには力点を置かない、われわれの創るものはただ一度のための仮の存在でしかないだろう。もしもそれが人間であるなら、われわれは、例えば顔の片側だけ、片手、片足、つまり、彼らの役割に必要となるものしか彼らに与えない。関係もないもう一本の足の心配をしてやるなどは衒学趣味《ペダントリー》というべきだろう。せいぜい、後ろから縫いつけるか、それとも白く塗れば済むことなのだ。われわれの野心を誇り高いモットーに置き換えるなら〈それぞれの身振りに、別々の役者を〉ということだ。いちいちの言葉、いちいちの行為のために、われわれは別々の人間を生へ呼び込む。それがわれわれの好みであり、われわれの趣向にかなう世界とはそのようなものになるだろう。造物主が熱愛したもの、それは至上で、完璧でそして複雑な物質だった、われわれは粗悪品に対して最優先を与える。材料の安さ、粗末さ、安っぽさ、われわれはこいつに有頂天になり、現《うつつ》を抜かす。分かるかな——と父は訊いた——色紙、紙粘土、安ペンキ、麻屑、おが屑、そういうものに弱くて、夢中になってしまうことのほんとうの意味が？　それはつまり——父は痛々しい微笑を浮かべて言った——物質そのものに寄せるわれわれの愛情だ、物質が産毛《うぶげ》に蔽われ、細かな毛穴を持つこと、独特の神秘な手応えを持つこと、それが好きで堪《たま》らないのだ。造物主、あの巨匠、藝術家は、物質を目立たぬものにし、生命の戯れの陰にそれをひそめさせる。われわれは逆だ、われわれは物質の不協和音を、抵抗を、不恰好ぶりを愛する。ひとつひとつの身振りひとつひとつの動きの陰に彼女のへたくそな努力、彼女の鈍重さ、彼女の熊めいた不器用さを見るのが、われわれは好きなのだ。

娘らは身動きもせずガラスの目を瞠《みは》って坐っていた。彼女たちの顔は傾聴のために間伸びし、頬は紅潮に彩られた、彼女らが第一の創世の女なのか、それとも第二の創世の女か、この瞬間、測りがたかった。

要するに——と父は結論した——われわれはもう一度人間を創りたいのだ、マネキン人形を手本としてあれに似せたものを。

忠実な報告のために、ここで、ある些細な出来事について記述しておかねばならない、それは、父の話がそこまで進んだときに起こったが、私たちとしては何の重要性も置かない事柄である。出来事はここに物語る一連の事件のなかでは、全く理解できず無意味なものにすぎないのだが、解釈できるとすれば、それは前後の脈絡を欠くある種の断片的な無意識行為《オートマティズム》として、また対象の意趣返しが心理の分野に移されたものとしてでもあろうか。読者にお薦《すす》めしたいのは、われわれがそうしているように同じく軽い気持ちで、これを無視してくださることである。以下はその経過である。

父がマネキン人形という言葉を口にしたそのときであった、アデラは腕環《うでわ》についた時計に目をやり、それからポルダに目くばせで合図をした。次に彼女は椅子ごと一歩前へせり出すと服の裾《すそ》を捲《まく》って、そろそろと足先を現してゆき、黒い絹にぴっちり包まれたその足首を蛇の頭のように伸ばした。

こうして彼女は堅苦しい姿勢を保ったまま、アトロピンの藍色で深さを増した大きな瞬きする目を据えて、まる一時間ポルダとパウリナに挟まれて坐りつづけた。三人が三人とも大きく見開いた目で父を見つめていた。父は咳払いをし、黙り、肩を落とし、にわかにひどく赤面した。今の今まであれほど相恰《そうごう》を崩し、生き生きと動いていたその顔が、まじめくさった輪郭のなかにたちまち閉ざされた。

霊感に駆られた異端者、めったに狂熱の嵐から逃れ出ることのない父が、とつぜん自分のなかへ引っ込み、沈み、たたみ込まれた。あるいは父は別人に変わったのかもしれない。その別人は身を硬ばらせて坐っていた、顔はあくまで赤く、目を伏せて。ポルダが立っていき、父の上に身を屈めた。父の肩を軽く叩きながら、彼女は優しい励ましの口調で言った。「ヤクブは利口になるのね、言うことを聞いて、強情はよすの。そうなるわね……ヤクブ、ヤクブ……」

突き出しているアデラの片足の靴が小刻みに震え、蛇の舌のようにちらちらとした。父は伏し目のままゆっくりと立ち上がり、機械人形のような一歩を踏み出し、それから跪《ひざまず》いた。ランプが静寂のなかでSの音を響かせ、壁紙の茂みのなかには、往きつ戻りつ物いう視線が走り、毒を含んだ舌の囁き、思考のジグザグが飛び交った……

原題　Traktat o manekinach albo Wtóra Księga Rodzaju

マネキン人形論（続）

　次の夜、父は熱意も新たに、暗く入り組んだ例のテーマを取り上げた。その顔の皺《しわ》の線は、伸び縮みしながら、洗練された悪知恵を漂わせた。うねる線のひとつひとつには皮肉《アイロニー》の色が隠されていた。しかし幾重にも重なった皺の輪が時おり霊感によって引き広げられると、それらはみるみる成長して何か渦巻く巨大な恐ろしげなものに変わり、音のない渦を描きながら冬の夜の深みへ消えていった。蠟人形を知っているね――と父は始めた――あれはマネキン人形の磔刑図《たっけいず》ともいうべきパロディーだが、あのようなものでも軽々しく扱うことは気をつけねばならん。物質は冗談というものを知らない。彼女はいつでも悲劇的なまじめさを保っているのだ。物質は玩《もてあそ》んでもかまわないのだとか、冗談にそれで形をつくってみてもよいとか、冗談は物質のなかに根を生やさない、冗談は宿命や運命と同様、すぐさま物質に浸透しないものだとか、だれかそんな勝手な考えを抱く者があるだろうか。人形の苦痛が、あんたたちには予感できるだろうか、自分がなぜそうなっているのか、むりやり押しつけられたパロディーの形のままでなぜいなければならないのか、人形はその理由を知らない、そういう声のない苦悩、物質のなかに囚われ、閉じ込められている苦悩、それが感じとれるか。麻屑と布で作った顔に、あんた方は怒りの表情をつける、そして、その怒り、その引きつり、その緊張を永遠にさらけ出させておく、出口のない盲目の悪意と一緒に閉じ込めてしまうのだ。群衆はそういうパロディーを声立てて笑う。あんたたちは、むしろ泣くがよい、囚われの物質、虐げられた物質のみじめさを目にしたら、それを自分の運命と見なして泣くことだ、あれは知らないのだから……自分がだれなのか、何のためにそうであるのか、永久に与えられたその身振りがどこへ導くものなのかを。

　群衆は笑い声を上げる。あんた方は分かるか、恐ろしいサディズムが、その笑いのもつ陶酔を誘う造物の残酷さが？　なぜなら、物質の、暴行を受けた物質の悲惨をまのあたりに見ては、われわれは己《おのれ》の運命に泣くべきなのだ、そういう物質こそ恐るべき無法の犠牲ではないか、娘たちよ、すべての道化た泥人形《ゴーレム》たち、すべての不恰好な人形たちの恐ろしい悲哀がそこからくる、自分たちの滑稽《こっけい》なしかめ顔について悲劇的な物思いに沈む彼らの悲しみが。

　ごらん、これが無政府主義《アナーキスト》のルッケーニ（イタリア人、一八九八年ジュネーブでオーストリア・ハンガリー皇帝フランツ・ヨーゼフの皇后エリーザベトを暗殺した男）、これがドラガ[*1]、妖魔のような不運なセルビアの王妃、そして、これがオナニーの不幸な悪習に身を滅ぼした一族の希望と誇りの天才青年。[*2]ああ、何たる皮肉《アイロニー》か、これらの名、これらの姿！

　いったい、こんな人形のなかにドラガ王妃の何かがあるのか、王妃の似姿とまでいわずとも、せめて彼女の存在の影なりとがあるだろうか。この見せかけ、この外見、この名がわれわれを安心させてしまう。そして、この不幸なつくり物が、王妃自身にとっては何者であり得たのか、問うことを許さない。ところがこれは、娘らよ、きっとだれかに違いない、名のないだれか、恐ろしいだれか、不幸なだれか、その寂しい一生のあいだ一度たりとドラガ王妃の名を聞いたことのない、そういうだれかに違いないのだ。

あんた方は耳にしたことがあるかね、見世物小屋のなかに閉じ込められたあれらの蠟人形が夜な夜なぞっとする呻《うめ》きを挙げるのを、木製、陶製の胴体の群れが獄室の壁をこぶしで叩きながら、いっせいに悲痛な声を挙げるのを？

自ら闇のなかから呼び入れた数々の問題の不気味さに歪んだ父の顔には皺の大龍巻《おおたつまき》が生まれ、みるみる成長していくその漏斗《じょうご》形の底で預言者の一つ目がもの凄く光った。父の顎《あご》ひげは奇妙に逆毛立ち、疣《いぼ》やほくろや鼻の穴から突き出た毛は毛根の上にすっくと立った。父は燃える目で茫《ぼう》然《ぜん》と立ち尽くしていた、内的な動揺のために軀が震え、故障で立ち往生した機械人形のように見えた。

アデラは椅子から離れ、私たちにこれから起こることには目をつぶってほしいと頼んだ。それから彼女は父に歩みより、両手を腰に当て、決然とした様を見せながら命令口調で……………………………

娘たちは固くなって坐り、目を落とし、不思議な喪神状態のなかにいた。

＊1 Draga セルビア王室の侍女から、十歳年下のアレクサンドル・オブレノヴィチ王の妃にまでなる。国民の反感を買い、一九〇三年、王と共に暗殺された。
＊2 ユダの子オナン Onan、オナニーの語は彼の名にもとづく。「創世記」(三八章八－一〇節)。ただしオナニズムとは射精を避ける性交をいい、このためオナンは死罰を受けた。これがのち誤用された。

原題　Traktat o manekinach *Ciąg dalszy*

マネキン人形論（完）

それから幾晩目かのある夜、父は次のような言葉で講釈をつづけた。

形を与えられた物への誤解だとか、悲しいパロディーだとか、野卑な勝手気ままの結果だとか、あんた方に、そんなことについて話すつもりは、もともとなかった。マネキン人形を論じたのには別の考えがあったのだ。

父はそう言って、彼が空想のなかで編み出した《*generatio aequivoca*》（あいまいな世代。ラテン語）の姿を、私たちの目の前に描き始めた、それは半ばしか有機体でないある世代、物質の幻想的な醱酵の結果として生まれるある種の擬似植物、擬似動物のことであった。

それらは見かけのうえでは、動物――脊椎《せきつい》動物、甲殻類《こうかくるい》、節足動物に似た存在であるが、そういう外見はまやかしにすぎない。実際にはそれは無定形《アモルフィ》な、内部構造を欠いた存在であり、物質の模倣性向の所産なのだ、物質は記憶力を付与されていて、ひとたび採用した形態を習慣によって反覆する。物質のとり得る形態の可能性は一般に限られており、相異なる生活段階においてそれぞれ特定の形態グループのみが繰り返される。

これらの存在は運動しており、刺戟反応もあるが、真の生命からは遠いものである、ある種の複雑なコロイド類を食塩溶液のなかに吊すことによってこれらは得られる。コロイド類は数日後には、下等動物を思わせる一定の凝固体を形成し組織する。

このようにして得られた存在には、呼吸のプロセスや新陳代謝現象は確認できるが、化学分析の結果、蛋白《たんぱく》の結合物ないし一般に炭水化物はその痕跡《こんせき》さえ見られなかった。

しかしながらこれらのプリミティブな形態は、ある特定な環境下にしばしば発生する擬似動植物の形態の豊富さ、また立派さとはまるで比較にならない。この場合、特定な環境とは、数多くの生体や出来事の発散物が飽和状態を超えているような古い住居とか、人間の夢想という特定の成分を豊かに含んでいる古色蒼然とした雰囲気とか、思い出、悔恨、不毛な倦怠などの腐植土が豊富なごみの山とかを指す。そういう土壌では、いま言った擬似植物の発芽は急速で根は浅く、旺盛だがはかない寄生生活をし、短命な幾世代かを発生させて一時にどっと華やかな盛りを見せたあと、植物はたちまち消え萎《しお》れてしまう。

こうした住居の壁紙はすでに古びたもの、あらゆるリズムのカデンツァに合わせて絶えず放浪することに倦《あ》き果てた壁紙であるに違いない。そのような壁紙が遠い、危険な夢想の道へとさまよい込んでゆくのは不思議ではない。家具の髄、家具の実質はすでに凝集力を失い、退化し、犯罪的な誘惑に曝《さら》されているはずである。そのとき、この病み、疲労し、野生化した土壌の上には、美しい爆発のように、幻想の凝華《きび》が、多色のびっしりした黴《かび》が花咲く。

知っているように——と父は言った——古い住居には、人に忘れられた部屋があるものだ。何カ月もだれも訪れぬまま部屋は古い壁のあいだに打ち棄てられて萎れてゆき、ついには自らに閉じ隠《こも》り、剝《む》き出しの煉瓦ばかりとなって、永久にわれわれの記憶から失われ、次第にその存在自体を喪失してしまう。裏階段のどこかの踊り場を上がったところにある戸は、あまりにも長いあいだ住む人たちに見過ごされてきたため、壁のなかに落ち込み、嵌り込んでしまい、ドアの痕跡さえ罅《ひび》や割れ目の幻想的な模様ですっかり隠されていることがある。

いつだったか――と父は言った――冬の終りの朝早く、何カ月もの不在のあとで、そんな半ば忘れられたコースを通ってゆき、そういう部屋部屋の様子を目にして奇異の感に打たれたことがある。

床の割れ目という割れ目から、壁棚や窓框《まどがまち》からかぼそい芽が萌え出ていて、茂る葉の銀線細工のちらちらと光るレース編みによって、囁《ささや》きと煌《きらめ》きと静かな揺れとに溢れた温室のようなものの、また偽りの甘美な春のようなものの藍色の茂みによって灰色の空気を満たしていた。ベッドのあたり、いくつもの枝を伸ばしたシャンデリアの下、また戸棚沿いには、繊細な灌木《かんぼく》の茂みが揺れ、眩《まばゆ》い王冠を、レースの樹冠の噴水を高々と散らし、天井の塗られた空にまで葉緑素の細かな霧を吹きつけていた。その葉の茂ったあいだには大きな白やばら色の花芽《はなめ》が息づき、目の前で蕾《つぼみ》となり、花芯からばら色の肉を押しひろげてゆき、こぼれんばかりに開き切ってしまうと、花びらを落とし、慌ただしく萎んでいった。

わしは幸福だった――と父は言った――あの思いがけぬ花の盛りを見て。花は笞《むち》のように細い枝々の上を色鮮やかな紙吹雪のように往き来しながら、眩《まばゆ》くさやさやと鳴る音、快《こころよ》いざわめきで空間を満たした。

空気の震えから、豊かな雰囲気の醱酵から幻想の夾竹桃《きょうちくとう》のあの慌ただしい開花、充溢《じゅういつ》、落花が萌《きざ》し、そして形づくられるのをわしは見ていた。枝々に咲き乱れるばら色の大きな花房は希有《けう》な、緩やかに舞う雪のつむじ風となって部屋に溢れた。

夜になるまでには——と父は話を結んだ——あのすばらしい開花はもう跡形さえなくなった。あの幻《まぼろし》の蜃気楼《しんきろう》はただ瞞着《まんちゃく》にすぎず、物質が生命の姿を借りて見せる不思議な模倣の一例であったのだ。

その日、父は奇妙に活気づいていて、その視線、抜けめのない皮肉な目つきからは、気力と上機嫌が迸《ほとばし》った。そのうち急に、父は深刻な表情に戻り、多形の物質がとり得る形や色合いのいろいろについて再び検討を始めた。父を幻惑するのは、局限すれすれの形、問題を含んだ疑わしい形、たとえば夢遊病者の心霊体《エクトプラズム》、大脳の擬似物質やまた蠟屈症的《カタレプティック》な放散物であった。それはある場合には、眠っている人の口から出て、食卓の上いっぱいに広がり、増殖をつづける不思議な組織、肉と霊の境目《さかいめ》の霊体となって部屋全体を満たすのである。

分かったものではないのだ——と父は言った——人工的に接合され、無理やり釘づけされた戸棚や机の命、十字架につけられた木の命、人間の残酷な思いつきの声なき受難者となっているものの生命、それら苦難し不具にされ、ばらばらになっている生命の姿がどれほどの数だけあるか。たがいに無縁な憎しみ合う木の種族を接《つ》ぎ木することの、それらに枷《かせ》をかけて単一の不幸な個性に嵌《は》め込むことの恐ろしさ。

この家にある古い、なじみの戸棚の塗り込められた節や筋や木目《もくめ》のなかには、どれほどの古い、聡明な苦難があることか。かつての顔つきも笑いもまなざしも、鉋《かんな》で削られたうえ、磨き上げられて、その昔の姿は見分けようもないではないか！

そう語ったとき、父の面《おもて》には物思わしげな皺の線が広がり、一切の記憶を削りとられた古い板の節や木目に似ていた。瞬間、父はしばしば襲われる痴呆状態に落ち込むかにみえたが、とつぜん正気を取り戻し先をつづけた。

その昔、ある神秘的な種族には死者をミイラにする風習があった。彼らの家の壁には死体や死人の顔が嵌め込まれ塗り込まれた。客間《サロン》には父親が立っていた――剝製なのだ、そして死んだその妻の皮膚は鞣《なめ》され、テーブルの下に絨緞となって敷かれていた。わしはある船長を知っていた、彼の船室には人魚の形をしたランプが飾られていたが、それはマラヤのミイラ師に頼んで、殺された彼の情人を材料に作ったものだった。その頭の上には、大きな鹿の角がついていた。

船室の静寂のなかで、天井までも届く角からはずされると、その首はゆっくりと睫《まつげ》毛をひらいた、わずかに明《あ》いた唇の上には唾液《だえき》の膜が光り、その膜は声のない囁きに破られた。天井の桁《けた》からは頭足類、亀そして大きな蟹《かに》などが、シャンデリアとして吊されており、それらはその無限の静けさのなかで足を動かし、思い思いの場所で歩きまた歩きつづけた……

父の顔には不意に不安と悲しみの色が射し、父の思考は、どのような連想からか、新たな実例のほうへと移った。

隠しておくまでもないと思うが――と父は声をひそめて言った――私の従兄弟《いとこ》の一人は長い不治の病のすえ、姿が変わり、次第次第に一巻きのゴムの管《くだ》となった。かわいそうな従姉は、昼も夜も彼をクッションの上に載せて運び、その不幸せな人間に冬の夜のいつ果てるとない子守唄を聞かせてやったものだった。灌腸器《かんちょうき》のゴム管に変えられた人間ほど悲しいものがあるだろうか。両親の失望、落胆は思いやるも傷《いた》ましい、前途ある若者にかけた望みのすべてはむざんにも打ち砕かれたのだから！　それにしても、哀れな従姉の忠実な愛は変わらず、そのように変わり身したあとも弟に付き添ったのだ。

「ああ。もういや、そんな話、聞いてられやしない」ポルダが叫び声を上げ、椅子の上で身を屈《かが》めた。「黙らせてよ、アデラ……」

娘たちは椅子を立った、アデラが父に歩み寄り一本指を伸ばしてくすぐる意味の動きをつくった。父は狼狽《ろうばい》し沈黙し、恐怖に震え、振り動くアデラの指の前からあとずさり始めた。アデラは意地悪く指でおどすことをつづけつつ父を追い、一歩また一歩、父を部屋から追い出した。パウリナは伸びをしながらあくびをした。それから彼女はポルダと肩を組み、たがいに微笑を浮かべて相手の目を見つめ合った。

原題　Traktat o manekinach *dokończenie*

ネムロド

その年の八月いっぱい、私はちいさなすばらしい仔犬を相手にぞんぶんに遊んだ、それはある日、うちの台所の床にひょっこり現れたのだが、不器用に体を動かしては鼻で鳴き、まだ乳と幼さの匂いを漂わせ、形の固まらない丸い震える頭と、モグラのように横にひらいた脚と、そして得もいえぬ手ざわりの柔らかな毛並みを持っていた。

初めて目にしたときからその生命のちいさな塊は、少年の心のあらゆる感嘆とあらゆる熱中とを獲得した。

どのような天空からかくも思いがけなく、どんな美しいおもちゃよりも心に親しいあの神々の寵児《ちょうじ》が舞い落ちてきたのであろうか。年寄りのすこしもおもしろくない皿洗いの女たちも時にはこんなすばらしい考えを思いつくもので、このときも街はずれから――それも朝まだき、常識はずれに早い時間――あのような仔犬をわが家の台所へ連れてきた。

ああ！　まだ――悲しいかな――眠りの暗い胎《はら》から生まれ落ちることなく不在ではあったが、その幸せは早くも達成され、私たちを待ち受けていた、ただ台所の冷たい床に不恰好に寝そべっているその幸せはアデラや家の人たちには評価されなかった。なぜもっと早く私を起こしてくれなかったのだろう！　牛乳を入れた小皿はアデラの母性衝動を証明していた、それはまた、私にとって永遠に喪われた過去の瞬間と、私の味わえなかった母代りの身となることの悦楽を物語って、私を悲しませた。

けれども私の前にはまだ未来のすべてが横たわっていた。いかに果て知れぬ経験と実験と発見とが、いまや開かれていたことか！　生命の秘密、その秘中の秘が、あの単純な手ごろなおもちゃのような形へと導かれ、そこで飽くことを知らぬ関心の前に姿を現していた。これを何と呼べばよいのか、このような命の切れはし、永遠の神秘の分子を自分のものとして持つ喜び、それは楽しい目新しい形を持ち、われわれのなかにもあるのと同じ生命の横糸を思いがけず置き換えて、われわれとは全く別のけだものの形としたその珍しさによって無限の好奇心とひそかな尊敬とを呼び覚ます。

けだもの！　飽くことのない好奇の目標、命の謎《なぞ》の見本——それは人間に人間を示してくれるために創られたかのようだ、けだものは人間の豊富と複雑とを万華鏡の一千もの可能性に分解する、その可能性のひとつひとつは、ある自己撞着《どうちゃく》の極限へ、特徴に満ちたある豊饒《ほうじょう》へと導かれるのであるが。人間同士の関係を曇らせる私欲のしがらみをひきずることなく、永遠の生命の未知の発散への共感に溢れた心が、愛着し協力し合う好奇心——それは自己認識への飢えという仮面でかくされている——に満ちた心が、ひらかれていた。

仔犬はビロードの手ざわりを持ち温かかった、それはちいさな慌ただしく鼓動する心臓であった。柔らかい二つの耳の花びら、青みがかった曇っているちいさな目、ばら色の口——そこには何の危険もなしに指を入れることができた——かぼそい無邪気な脚、そして前脚の蹠《あしうら》のすこし上の裏側には泣き出したくなるようなばら色の疣《いぼ》がひとつずつついていた。そんな脚で仔犬は牛乳の小皿へ這っていき、貪るようにせっかちに朱いちっぽけな舌で液体をぴちゃぴちゃとやり、満足し切ると顎のところに牛乳のしずくをつけたちいさな顔を悲しげに上げ、牛乳の風呂からよちよちと後ずさりした。

仔犬の歩き方はどちら側かにはすかいになる方向の定まらぬ不器用な歩行であり、いくらか酔ったようによろめいた。仔犬の気分の主調となるものは何かとりとめのない、そして根を生やした悲哀、みなし児らしさと当惑であった——それは食事というセンセーションのあいだに挟まれた生活の空虚を何かで埋めることの不可能からきていた。そのことは運動の無計画と無駄、哀れな吠《ほ》え声を伴うノスタルジーの非理性的な発作、自分の場所を発見できないこととなって現れた。そうして彼が支えられ抱かれていたいという欲求を静める必要から、自分の体を折り曲げ、震える球体となって蹲《うずくま》る深い眠りのあいだにも、彼には孤独と喪家《そうけ》の感覚がつきまとった。ああ、いのち——幼くかよわいいのちが頼り切っていた闇のなかから、母性のぬくぬくとした愛撫のふところから、大きな見知らぬ眩しい世界に引き出されたとき、それはいかばかり身を縮め、尻込みすることか、また彼に押しつけられた試みを受け入れることにいかに躇《ため》らうことか——嫌悪《けんお》と反撥《はんぱつ》を全身に込めて！

けれども、ちいさなネムロド——彼はこんな誇り高い、勇ましい名をもらった[*1]——は次第次第に生きることを味わうようになっていく。母親へのひたすらな恋慕は、様々なものの魅力の前に道を譲った。

世界は彼のためにいくつもの陥穽《おとしあな》を作り始める――様々な食べ物の未知な魅惑ある味覚、その上に腹這うとあんなにも快い床に落ちる早朝の四角い日溜り、自分の四肢の動き、自分の脚、いたずらっぽく自分と戯れることを挑発するしっぽ、その下で徐々にじゃれまわる気持ちが熟してくる人の手のくすぐり、体を膨らませ、また全く新たな急激で大胆な運動の欲求を生む陽気さ――そのすべてが彼を買収し、説得し、生活の実験の受け入れ、またそれとの妥協へと促す。

そしてもうひとつ。ネムロドは分かりかけてきた、それはここで彼の身に起きることが、見かけの上では新奇に見えながら、その実、かつてあった――何度もあった――果てしなく何度もあった何かであるという事実である。彼の体は状況、印象、そして物体を認識する。事実、そのすべてがあまり彼を驚かせることはない。新しい状況にぶつかるたびに彼は自分の記憶、肉体の底深い記憶のなかに潜り込み手さぐりで熱心に捜しもとめる――すると出来合いの手ごろな反応を自分のなかに見いだすことがよくある、それは幾世代もの知恵が彼の血漿《けっしょう》のなかに、彼の神経のなかに蓄積されているからである。彼はある種の行動を、決定を見つけだす、自分では何も知らないのにそれらは彼の内側で成熟し、とび出す好機を待ちかねていたものなのだ。

彼の幼い生命の道具立てである台所――いい匂いのするいくつもの小桶《こおけ》や、うっかり欺《だま》されそうになる入り混じった匂いのふきん類、アデラが上履を鳴らす音、彼女のさわがしい掃除の音などにもう彼は脅えることもない。彼は台所を自分の領域と見なすことに慣れ、そこに居つき、台所に対して漠然とした所属の、そして祖国の感覚を展開し始めた。

だが不意に、床磨きの大洪水が彼に襲いかかる――自然の権利は解消され、生ぬるい灰汁《あく》が撥ねとび、あらゆる家具の底を濡らし、アデラのブラッシが恐ろしい摩擦音を響かせる。

やがて危険は去る、ブラッシは静まり、音もなく一隅に置かれ、動かなくなる、乾いていく床が濡れた板の甘い匂いを立てる。再び自分の自然権と自分の領域における自由を回復したネムロドは床の上の古毛布に歯を立て、力いっぱい右に左に振り回したいという生き生きとした欲望を感ずる。領分を征服することが彼を言葉のない歓喜で満たす。

にわかに彼は身を固くして息を呑む、目の前、仔犬の足で三歩ほどの所を、黒い怪物がたくさんのもつれあうかぼそい足を動かしてすばやく進んでゆく。仰天してネムロドはぎらり光る虫の斜めのコースを目で追い、蜘蛛《くも》の足の薄気味悪い身軽さで遠ざかるその平べったい、頭のない盲目のあぶら虫をじっと見送る。

それを見ることによって彼のなかで何かが大きくなる、何かが熟す、膨らむ、彼自身まだいずれとも分からない、それは怒りなのかそれとも恐怖か、だが、それはむしろ快いものであり、力、自負心、攻撃の身震いと結びついている。

とつぜん、彼は前脚の上に身を伏せて自分のなかから声を投げつける、彼自身もまだ知らない声、日ごろの甘え鳴きとは似ても似つかぬ他人の声を発する。

彼は声を投げつける、一声また一声、甲高い音を響かせるのだが、そのたびに調子はずれとなっていく。

しかし彼がその新しいとつぜんの霊感から生まれた言葉で、いくら虫に罵《のの》り声を向けようとも、そのかいはない。あぶら虫の思考のカテゴリーにはそのような雄弁を受け入れる余地はなく、虫は古来からのあぶら虫の祭儀によって神聖とされた動きを繰り返しながら、はすかいの旅を続けて部屋の片隅へといってしまう。

けれども憎悪の感情は仔犬の魂のなかではまだ持続性と力とを持たない。新たに目覚めた生の歓びはひとつひとつの感情を陽気さへと変形する。ネムロドはまだ吠えている、だが、その吠え声の意味はいつとはなしに変わってしまい、それはそれ自体のパロディーとなった――彼のほんとうの願い、それは、数々の刺戟と思いがけぬ戦慄《せんりつ》と軽妙さに満ちた生というすばらしい催しの、言語を絶する見事さに言葉を与えることであった。

＊1　ニムロデ Nimrode（ポーランド語読みではネムロド）はノアの曾孫。バビロニアの都市を建設した最初の権力者とされる。また狩りの名手でもある。「創世記」（一〇章八節）。

原題　Nemrod

牧羊神

庭の小道は納屋とそのほかの外回りの付属建物の裏壁に挟まれた一隅まで行きつくと、あとは道具小屋と外便所、それに鶏小屋の裏のところで行き場を失った——ここはがらんとした入江であり、その先にもう出口はなかった。

陸地の最先端、この中庭のジブラルタルはこの世界を閉ざす究極の壁、水平に板を打ち並べた行きどまりの塀に絶望的に頭をぶちつけていた。

苔《こけ》の生えたその厚板を潜《くぐ》って、悪臭を放つ黒い水、饐《す》えた脂っぽいどぶ泥がじくじくと流れ出していた——そこだけが板塀の境界を抜けて、そとの世界へと出る唯一の道であった。臭《くさ》い小道の絶望が、あまりにも長いあいだこの障害物に頭をぶつけたため、水平に並んだ頑丈な板の一枚が緩んでいた。あとはわれわれ男の子たちがやりとげた、そして重い板をはずしてそれを囚われの身から引き出した。こうしてひとつの抜け穴ができ上がり、太陽に向けた窓が開かれた。どぶに渡した橋代りの板に片足をかけると、内庭の虜《とりこ》は水平な姿勢で隙間を潜り抜け、そこから新しい、風の吹きわたる広い世界へと解放されるのだった。そこは荒れ放題の大きな古い果樹園になっていた。丈高いなしの木や横にひろがったりんごの木が大きな塊を作ってここそこに茂り、銀色の葉ずれの音に蔽われ、白っぽい閃光の網の目を沸き立たせていた。刈ることもなく伸びるに任せたぼうぼうの草が起伏の多い地所の上にけば立つ羊皮のようにかぶさっていた。そこには羽飾りのような穂のある普通の牧草も生えていれば、野生のパセリや人参の繊細な線条細工もあった、きづたの皺だらけのざらざらする葉っぱ、薄荷《はっか》の薫りのするおどりこ草、錆《さび》のような斑点をつけ、革のように堅くつやつやする葉を持ち、ごつい真《ま》っ黒な種を弾き跳ばすおおばこの類。それら縺《もつ》れ合い、けば立つ一切のものが、なごやかな空気に浸り青色の風にさらされ、空によって孕《はら》まれていた。草のなかに寝ころんでいると、人は、雲たち、流れてゆく大陸たちの青色の地理に包まれてしまい、空のひろびろとした地図を呼吸することとなった。こうした空気との交流によって葉や芽たちはかぼそい繊毛や柔らかな綿毛、鉤《かぎ》のようにとげとげした剛毛に蔽われたが、それは酸素をそこに捉えて保管しておくためかと思われた。そのような繊細な白っぽい被覆は、葉たちを大気と縁つづきのものにし、空気の波立ちの銀色と灰色の光沢とまた陽の翳《かげ》っているあいだの陰影の深い物思いとを葉たちに与えていた。それらの植物のなかのひとつは、蒼白い茎に乳のような液をいっぱいにして黄色く、風に膨らみ、空《から》っぽの茎から空気そのものを、牛乳色の羽毛の球形を吐き出すのだった、球《たま》は微風に散り、音もなく青い静寂のなかへ溶け込んでいった。

果樹園は広く、いくつかに枝分かれしていて多様な地帯と風土とを持っていた。ある箇所はひらけていて、空と空気のミルクに満たされ、そこに最高に柔らかくかよわくふさふさした緑を空に向かって敷きつめていた。けれども長く伸びた枝分かれのひとつを奥へ奥へと辿るにつれて、果樹園は廃屋となった元のソーダ水工場の裏壁と穀物倉庫の崩れかけた長い外壁に挟まれた影のなかに沈み、目立って暗鬱になり、不機嫌に投げやりに乱暴にそして不潔になっていった、いら草をやけくそに茂らせ、あざみを逆立て、ありとあらゆる雑草の疥癬《かいせん》にかかり、壁のあいだの終りまで行きつくと、果樹園は広い四角な入江で一切の節度を失い狂憤の発作に落ち込んだ。ここではもうそれは果樹園ではなく、たんに狂気の激発、怒りの爆発、冷笑する破廉恥、そして放縦でしかなかった。そこには野獣のように情念の迸《ほとばし》るに任せて、野牛蒡《ごぼう》の空虚でなりふり構わぬきゃべつ頭たちがわが物顔にのさばっていた——その巨大な魔女たちは白昼のなかで大きく広がった自分のスカートを次々に一枚一枚と脱ぎ捨ててゆき、しまいには彼女らの風に膨らんだ衣擦《きぬず》れの音のする穴だらけのぼろ切れは、狂った葉の裂片の陰に喧嘩好きな私生児の一族を埋めてしまった。貪欲なスカートたちは膨らみ肘《ひじ》で押し合い、ひとつまたひとつ上へ上へと積み重なり、葉のブリキ板の大仰な量《かさ》となって背伸びし、穀物倉庫の低い軒先まで伸びていた。

暑さで気も遠くなるような真昼どき、生涯に一度だけ私が彼を見かけたのはその場所であった。それは狂い立った時間が、出来事の挽《ひ》き臼《うす》を回しつづける目隠し馬の仕事から身をほどき、逃亡の浮浪者のように叫び声を挙げながら近道を通って野原を駈け抜ける瞬間であった。そのとき夏は制約を脱して限界も計算もなしに全空間へ伸び、荒々しい勢いであらゆる地点で増大し、二倍になり三倍になり、何か別の不名誉な季節のなかへ、未知の次元のなかへ、迷妄のなかへ入ってゆく。

その時間、蝶《ちょう》を捉えようとする狂気が私を支配していた、それはあれらの多彩な斑紋、燃え立つ空気のなかで不器用なジグザグを描いて翻弄《ほんろう》されているあれらのさまよう白い薄片を追う情熱であった。そのうちにふと、それらの色鮮やかな斑紋のひとつが舞い飛びながら二つに分かれ、さらに三つに散った――すると目も眩むほど白い震える三角形が狐火のように私を導き、私は太陽に灼《や》けているあざみの狂気のなかを突っ切っていった。

牛蒡の行きどまりまできてようやく私は足を停めた。私にはその大きく口をひらいた深みへ入り込む勇気がなかった。

そのとき不意に私は彼を目にした。

腋《わき》の下まで牛蒡の茂みに隠され、彼は私の目の前に屈んでいた。

汚れたシャツに包まれた彼の頑丈な肩とだらしなくボロを垂らした上着が私には見えた。彼は跳び出そうと構えるかのように前屈みになり、その背はひどく重い荷をしょい込んだかのように曲げられていた。彼の肉体は緊張のために息を切らせ、陽光にぎらつくあかがねの顔からは汗が流れた。彼は不動の、だが、何か巨大な重量と取りくみ、動かないままで激しく労働し、力を込めているように見えた。

私は立っていた、彼の視線が私を釘づけにし、私を檻《おり》に閉じ込めたかと思われた。

それは浮浪者か酒呑みの顔であった。きたならしい髪の束は、河に削られた丸石のように丸い秀でた額の上に乱れていた。だが、その額は深い皺に刻まれていた。このように顔に食い入り、その輪郭の線をぷつりと切れるかと思うほどに張りつめさせていたものが、苦痛であるか、灼きつける太陽の暑さであるか、あるいは超人間的な緊張であるか、それは明らかでない。黒い目は至高の絶望ないし苦悩の緊張を込めて私に食い込んだ。その目は私を注視し、そして注視しなかった。私を見、そして全く見なかった。その眼球は痛みの至高の忘我、あるいは霊感の激しい歓喜によって張りつめ、はじけんばかりに見えた。

するると、とつぜん、はじけるほどに緊張したそれらの線から一種の恐ろしい苦痛に歪んだ渋《じゅう》面《めん》が膨らんだ、その渋面は大きくなり、もう一方の迷妄と霊感とを自らのうちに取り入れ、それによってさらに膨れ、ますます膨れ上がったとみると、咆《ほ》えるようなあえぐような笑いの咳《せき》が爆発した。

心の底まで怯《おび》えながら私は、彼が厚い胸から笑いの怒号を吐き出しつつ、蹲《うずくま》った姿勢からゆっくりと立ち上がり、ゴリラのように前屈みになって、ぼろ切れを垂らしているズボンに手を押し込み、うるさく音立てる牛蒡の葉のブリキ板を大きく跳ね越えて逃げてゆくのを見た——あれは横笛をもたない牧羊神、慌てふためいて故郷の森へと逃げ帰ってゆく牧羊神であった。

原題　Pan

カロル叔父さん

土曜日の午後になると、にわかやもめの叔父のカロルは避暑地で休暇を過ごす妻や子どもに会いに街から一時間ほどの道のりを徒歩で出かけていったものである。

叔母が発《た》ってから家のなかは掃除したこともなく、ベッドも片づいている例《ためし》がなかった。パン・カロル（パンはミスターの意。姓にも呼び名にも用いるが、この場合カロルは呼び名）は夜遊びにくたくたに疲れ切って遅く家に戻るのだった、暑い空虚な日々のなせるわざである。揉《も》みくしゃの、ひんやりする、すごく乱雑になった夜具は当時の彼にとっては恵みの港、救いの島であり、彼は幾昼夜も嵐の海に翻弄された漂流者のように最後の力をふりしぼってそこへ辿りついた。

暗がりのなかを手探りで冷たい羽ぶとんに触れると、その白っぽい山、浅瀬、堆積のあいだに倒れ込み、方向は出たらめに横ざまになったり頭と足を逆さにしたままで、ふわふわする寝具に顔を埋めるのだが、それは夜のあいだに大きくなる巨大な羽毛の量《マッス》に、夢のなかで穴をあけて入り込み、そこを縦横に歩き回ろうとするかのようであった。叔父は夢のなかで、潮を乗り切る泳ぎ手のように寝具と闘い、また大きな練り桶に嵌り込んだみたいに寝具を押えたり捏《こ》ねたりした。そして灰色の明け方、息を切らせ盗汗《ねあせ》にまみれて目を覚ますとき、彼は夜の苦闘で斃《たお》し切れなかった寝具の高みの岸に投げ出されていた。このように眠りの深淵から中途半端につまみ出された叔父は、しばらく夜の周辺に無意識のままぶら下がり、空気だけはがっちりと胸でつかまえているのだが、寝具は彼の周りで大きくなり膨らみ醱酵をつづけ、重く白っぽい練り粉《こ》の山が再び彼を呑み込んだ。

こうして叔父は昼近くまで眠って過ごし、そのあいだ彼のいくらか静まった眠りは、枕でできた大きな白いのっぺりした平地をさまよった。叔父はそこを走る白い大通りに沿って、ゆっくりと自分自身へ、昼へ、現《うつつ》へと戻る——それからようやく目をあけるとき、叔父は停車中の駅で居眠りから覚めた乗客に似ていた。

部屋にはひっそりと一人暮らしの多くの日々の澱《おり》を含んだ落ちついた薄暗さが腰を据えていた。ただ窓だけが朝の蠅《はえ》の群舞に沸き、ブラインドがかっと燃え立っていた。パン・カロルは全身であくびし、躯の穴という穴からきのうの残り滓《かす》を吐き出した。そのあくびは痙攣《けいれん》のように叔父を捉え、あたかも彼の内と外をあべこべに裏返ししようとするかのようだった。こうすることで叔父は自分のなかから砂やら錘《おもり》やらきのうから消化されずに残っていたものを片づけた。

これが済むと叔父はのびのびとした気分になって支出の記入にとりかかり、計算したり数えたりまた思案したりした。それから長いあいだ身動きもせず横になった、そんなとき水色をした目はガラスのようでいくらか飛び出して見え濡れていた。部屋の水中の薄明かりはブラインドを通してくる暑熱の照り返しで明らんでくる、と叔父の目はちいさな鏡のように部屋じゅうのすべての明るいもの——窓の隙間の白い陽光、ブラインドの金色の正方形——を、敷き物や、だれもいない椅子の並ぶ静けさごと部屋全体をそっくりそのままに映した。

そのあいだにブラインドの裏側では昼が太陽に狂った蠅のいよいよ燃え上がるような羽音を立てていた。窓はその白色の火事を防ぎ切れず、ブラインドは明るい波立ちに失神した。

そのころ叔父は寝具から脱け出して、それからしばらくはベッドに坐った切り何ということなしに唸っている。彼の三十数歳の肉体は肥満に向かい始めていた。脂肪の厚みがつき、性の過度に疲れ、それでもなお精気ある体液で膨らんでいる生体の内部には、その将来の運命が、この静寂のなかで、次第次第に熟しつつあるように思われた。

こうして何を考えるでもない植物的な痴呆状態のなかに坐り、全身が血液循環と呼吸と体液の奥深い鼓動そのものになり変わっているとき、汗をにじませ、様々な場所が毛で蔽われている叔父の肉体の奥底には、未知の次元のなかへ幻想のように成長していく奇妙なおできのようなわけの分からない形をなさぬ未来が育った。叔父はそれを恐れてはいなかった、いつかは到来するに違いないその不可解な巨大なものと自分との同一性を感じていたからだ、叔父は静かな恐怖心から気も遠くなり反対することもなく、むしろ奇妙な合意のなかでそのものと一緒に大きくなった、そして叔父の内側の目の前で成熟していくそのばかでかいできもの、その幻想的な増殖に未来の自分を認めていた。叔父の片方の目は、そのとき、かすかに外側へずれていてどこか別の次元へいってしまったようにみえた。

そのあと叔父は放心のなかから、喪《うしな》われた遠方から再び自分に、そして現実の時間へ戻ってきた、彼は形も肉づきも良い女のような自分のカーペットを踏む足の甲を眺め、それから普段着のシャツの袖からゆっくりと金のカフスボタンをはずした。次には台所へ立っていく、そこの暗い一隅には水桶があり静かな感じ易い水鏡《みずかがみ》が叔父を待っていた——それがこの空虚なアパートの部屋で唯ひとつの生きた、物の分かる存在だった。叔父は金《かな》だらいに水を注《つ》ぎ、ぼんやりと光る熟した甘ったるい湿りを皮膚で味わうのだった。

長い時間をかけて叔父は念入りに身じまいをした、ひとつひとつの動作のあいだ休み休みして、決して急がなかった。

がらんとして捨てられた住居はそういう彼を容認しなかった、家具や壁たちは沈黙の非難を込めて彼のしぐさを追っていた。

彼らの沈黙のなかに入ると、叔父はこの水底に沈んだ王国の闖入者《ちんにゆうしや》のように自分を感じた、そこには別の独自な時間が流れていた。

自分の抽出《ひきだ》しをあけながら、叔父は自分が泥棒でもするような感覚を持ち、思わず知らず爪先立って歩いた、それはどんなちいさなものでも何かのきっかけさえあれば、すぐに音立てようと苛立《いらだ》たしく待ちかまえている騒がしい法外な谺《こだま》を目覚めさせるのを恐れたからだ。

それから最後に箪笥から箪笥へと足を忍ばせて往きつ戻りつし、必要なものをひとつひとつ捜し当ててから、いまは表情のない顔つきとなり、黙って彼を寛大に扱う家具たちのあいだで身づくろいを済ませ、いよいよ支度ができ上がると叔父は出かけるのを前に中折れ帽を手にして立ったまま、妙に気づまりな思いを味わった。目の前の敵意ある沈黙を一思いに払拭《ふつしよく》するような言葉のありそうなものだが、最後の瞬間になってもなかなかそのような言葉が見つからないためである、こうして叔父は諦め、首をうなだれてゆっくりドアのほうへ歩き出した。するとそれとは反対の方向へ同じように急がぬ足どりで——鏡の奥のほうへと——だれかが永遠に背を向けたまま、非在の部屋つづきの向うへと立ち去った。

原題　Pan Karol

肉桂色《にっけいいろ》の店

眠たげな冬の日が、朝の側と夜の側との両側で薄明のふさふさした毛皮の周辺へと引き入れられ、一日が最も短くなるころ、街は冬の夜の迷路のなかへ次第に深く枝分かれしていき、短な夜明けだけではただちには醒《さ》めもやらず、正気へ立ち戻りがたいほどであったが、そのころ父はすでに向うの領域に失われ売られそして誓約づけられた人となっていた。

伸び放題の白髪《しらが》混じりの髪や無精ひげは、短く、長く、また束をつくり、疣《いぼ》から眉《まゆ》から鼻の孔から思い思いに突き立っていた——そういう父の顔つきは、じっと聞き耳を立てる年老いた狐を思わせた。

父は嗅覚と聴覚とが異常に敏感となり、その物言わぬはりつめた顔の動きを見ると、父が二つの感覚を借りて暗がりの隅々、鼠の穴、床下の黴《かび》くさい空間、また煖炉の通路などの世界と絶えず連絡を保っていることが知られた。

一切の物音、夜なかの軋《きし》むような音、床の軋り声を挙げる秘密の命《いのち》——父はそれらを過《あやま》たず感じとる鋭敏な見張りでありスパイであり共謀者であった。父はそのことに熱中するあまり私たちの届きようのない領域に沈潜し切ってしまい、私たちにその世界のことを説明する試みもしなかった。

時おり父は見えない世界の気紛れがあまりにもばかげたものに思え、指を鳴らしたりあるいはちいさく笑い声を立てねばならぬこともあった。そんなとき、父は家の牡猫と目を交して頷き合った、猫もまた向うの世界の秘密に通じていて、縞《しま》のあるシニックな冷たい顔を上げ、退屈と無関心から斜目《はすめ》づかいに目を細めた。

昼食時《ちゆうしよくじ》など、父は食べている手を止めて不意にナイフとフォークを置き、首にナプキンを巻いたまま猫のように跳び立ち、だれもいない隣の部屋に通ずるドアのところへ爪先立ってゆき、細心の警戒心と共に鍵穴から向うを偵察することがあった。そのあと照れ隠しの作り笑いをしながらテーブルへ戻ったが、そのあいだも自分の没頭する内的な独白に関係のある文句を何やらぶつぶつと呟《つぶや》きつづけた。

気晴らしをさせて病的な探求から父を引き離すため、母は時おり夕方の散歩へ父を連れ出した。父は抗《あらが》うでもなく黙って散歩に出たが、しかしいつも魂の抜けたおぼつかない様子であった。一度私たちは劇場に行ったことさえある。

私たちは照明の乏しい汚れたあの広いホール、人々の眠たげな話し声と混雑に満たされたなかへ入っていった。ようやく人混みをかき分けて前へ出たとき、私たちの目前にどこか別の天界の空のような巨大な空色の幕が浮かび出た。垂れ幕の広がりにはばら色の大きな仮面がいくつか描き出され、膨らんだ頬を並べて沈み込んでいた。人工の空は大げさな言葉と身振りとの深々とした息吹きによって、また舞台の上でごんごんと音立てて組み上がってゆく派手やかな作り物の世界の雰囲気によって膨らみながら横に縦に広がり流れた。その空の大きな面相を貫いて流れる震え、巨大な垂れ幕の息遣い――そのたびに仮面は引き伸ばされ生気づいた――は、天空と見たものの幻であることを露見し、形而上的な瞬間になら、人はそれを神秘の去来と受けとりかねないような、あの現実の脈動をつくり出していた。

仮面たちは赤い瞼《まぶた》を瞬《またた》かせ、紅をさした唇は何ごとかを声なく呟いていた、そして私は、神秘の緊張がやがて絶頂に達し、膨れ上がった幕の空が割れてするすると揚がり、珍しい眩《まばゆ》い物たちが現れる瞬間のくることを知っていた。

だがその瞬間まで待つ機会は私に与えられなかった、というのは、何か落ちつかぬ兆候を見せ始めた父がポケットを探り回したあげく、お金や重要書類の入った紙入れを忘れてきた、と言ったからである。

母と私との短い相談――そのあいだにアデラの正直さについて慌ただしい検討があった――のすえ、私が紙入れをとりに家へ戻ることになった。母の考えでは、芝居の始まりまでには十分な時間もあり身軽な私なら遅れないように戻れるというのであった。

私は空の明るさに彩られた冬の夜のなかへ出た。それは星を鏤《ちりば》めた夜空が涯なくひろがり、いくつにも枝分かれしているよく晴れた夜のひとつだった。そういう夜、星空はばらばらに落下し、割れ、そして細かな空の部分からなる迷路に岐《わか》れわかれになってしまったかのように見え、それだけの数の空さえあれば、冬の夜々の長い月日の一夜一夜に振り分け、それらの彩色した銀色のクロッシュ（釣鐘型のもの）の陰に夜ごとのあらゆる現象、出来事、アバンチュール、そしてカーニバルをしまっておけそうに思われる。

そのような夜、年端《としは》もいかぬ少年を大事な火急の使いに出すのは許しがたい軽率と言わねばなるまい、星明かりの下で街路は数を増し縺《もつ》れ合い入れ替わるからだ。街の奥底には、言うなれば、二重の道、偽の道、嘘つきの道、たぶらかしの道が開かれてゆく。幻惑された想像力は架空の市街図を作り出し、それを以前から知り尽くしている地図そのものと思い込み、それぞれの道の場所も名前も心得たつもりでいるのだが、涸《か》れることのない繁殖力をもつ夜は、絶えず新しい幻想の地形を生み出すことに最高の仕事を見いだすのである。冬の夜のそれらの誘惑は、ふつう何げない心の動きから始まる、近道をしてみよう、いつもは使わない早道を通ろうという気紛れがきっかけとなる。いっそ試したこともない横道に入れば、厄介な道中がつづめられそうなものだという出来ごころに誘われてしまうのだ。しかし、この場合はそういう始まり方ではなかった。

数歩行ってから、私は外套を着忘れたのに気づいた。いったんは引き返す気にもなったが、それは時間の無駄だとすぐに思い返した、まるっきり寒い夜ではなかったし、それどころか奇妙な暖かさの流れが、偽りの春の息吹きが夜を込めていたからだった。雪はまばらに消えて白い羊の群れをつくり、無心な甘い捲毛《まきげ》からはすみれの匂いが漂っていた。それと似た羊たちは天上にも広がっていて、そのなかで月は二つになり三つになり数を増やしながら千変万化の相《すがた》と姿勢を見せた。

その夜、空は己《おのれ》の構造の内部を曝け、解剖学の顕微鏡標本《プレパラート》を覗くときのように、そこには光の螺旋《らせん》や光の層が、夜の淡緑色の塊の断面が、空間の緑玉髄《プラズマ》が、夜の夢の繊維がありありと見られた。

　こんな夜、ポドヴァウ通りと呼ばれる土手下の道、あるいは、広場の四辺のいわば裏地のような、どの暗い裏道を歩いても、きっと思い出さずにはいられないことがある、それは、ふだんの日にはつい忘れているのだが、あの個性的で魅力のある店々のうちのいくつかは、こんな遅い時間にもまだ時には開《ひら》いているはずだという考えである。私はそれらを〈肉桂色の店〉と呼ぶ、そこに滲《し》みついた底光りのする沈んだ木肌の色合いからそのように名づけるのだ。

　夜遅くまで開いているそれらの気品のある店は、私のなかでずっとくすぶる夢の対象でありつづけた。

　照明の乏しい暗く、いかめしげな店々のなかは、顔料、漆《うるし》、香料の底深い匂い、遠い地方や珍しい品々の香気がした。ここへくればベンガル花火、魔法の小匣《こばこ》、遠い昔に滅びた国々の切手、支那の写し絵、藍玉《あいだま》、マラバル（インド南西端の地方）のコロフォニウム油、おうむ、犀鳥《さいちょう》など異境の鳥類の卵、生きている山椒魚や背びれ蜥蜴《とかげ》、マンドラゴラの根*1、ニュールンベルク産のからくり玩具、ガラス管入りの一寸法師《ホムンクルス》*2、顕微鏡や天眼鏡、そして何よりも、稀覯本《きこうぼん》や特製本、奇妙な銅版画や気も遠くなる物語でいっぱいの古い二つ折判が見つかるのだった。

　私はあれら年老いて人品いやしからぬ商人たちを忘れない、彼らは客に接するときは伏し目となり、思慮深い沈黙を守り、客のどのように心に秘めた願望も嗅《か》ぎ分けてしまうだけの知恵を十分に持ち合わせていた。なんといってもいちばんの魅力は本屋だった、私はその店で一度、苦しい酔うような秘密のベールをめくりめくり、珍書や禁書、また会員頒布の秘密限定版を見たことがある。

それらの店に足を伸ばす気になるのはめったにないことであった——まして、はした金にせよ、ポケットに十分な小遣いを携えることはまずなかった。任された用事は用事でも、今夜という機会は見過ごせなかった。

私の計算では、横道へ入って二つ三つ十字路を越えさえすれば、夜の店々の開《ひら》いている通りに出るはずであった。それだけ遠回りにはなるけれども、岩塩採掘場へ抜ける道を戻れば遅れは取り戻せるに違いなかった。

肉桂色の店への憧れに翼を得て私は見覚えのある角を曲がり、道に迷わぬように気を配りながら、歩くというよりも飛ぶ思いであった。そうやって三つめか四つめの四《よ》つ角《かど》を過ぎたのだが、焦がれる通りはまだ見えてこなかった。そのうえ、あたりの様子も期待された光景とはほど遠い。店は影も形もない。通ってゆく道の家々は、どこにも入口がなく、ただぴっしりと閉め切った窓々に月光が眩く光るばかりだった。この家並《やなみ》の裏側へ出ればもうひとつ道が走っていてそちらが表口になっているに違いない、と私は思った。私は落ちつかぬ気分で足を早め、心のなかで店へ行くのは諦めていた。見知った界隈に早く出たい一心であった。通りの終りに近づいていた、どこへ出るのか私は不安になった。私は、とびとびにしか家影《いえかげ》のない広い街道にきていた、長いまっすぐな道であった。ひらけた空間の息吹きがにわかに吹きつけた。道沿いに、あるいは前庭の奥深くに、絵に描《か》いたようなお邸《やしき》風の家々、富裕な人たちのしゃれた建物が建っていた。家のとぎれとぎれには、公園が見え、庭園の塀が見えた。その景色は遠くから見ると、レシニャンスカ街の、私がめったに足を運んだことのない下手《しもて》のあたりを思わせた。月の光は天上の銀色のうろこ雲のなかに蒼白く溶け広がり、数千の羊の群れのなかに昼のように明るく、公園や庭だけが、その白銀の風景のなかで黒々としていた。

建物のひとつを仔細に見直してみて、それが確かに高等学校《ギムナジウム》の校舎であり、いままで一度も見たことのない裏側なのだと私は気づいた。裏口までくると、思いがけなく門はあいており玄関には灯《ひ》が灯《とも》っていた。私はなかに入り廊下の赤い絨緞に立った。人に見つからずに校舎を抜け表門に出れば、ぐっと近道になる、私はそのつもりでいた。

ふと私は思い出した、この時間にはアーレント教授の教室で課外のデッサンの授業をやっているはずだ、夜遅い時間、しかも冬という季節に、この名先生の励ましで私たちはデッサン練習に熱心にかよったものである。

それは大きな暗い教室で、ひと塊《かたまり》の熱心家の姿はほとんど紛れて見えないほどだった。瓶口《びんぐち》に挿したちっぽけな蠟燭《ろうそく》が二本だけ灯り、その光で私たちの頭が壁の上に大きく映ったり毀《こわ》れたりした。

実を言えば、その時間、私たちは大してデッサンなどしてはいなかったし、先生のほうもあまり厳しいことは言わなかった。なかには家からクッションを持参し、それをベンチに並べて仮眠する者もいた。蠟燭のそばの金色の光の輪のなかでデッサンをするのはいちばん熱心な生徒ばかりだった。

眠たい雑談に退屈しながら、私たちは先生の現れるのを長いこと待つのが常であった。そのうちょうやく部屋のドアがひらき先生が入ってくる——それは小柄で、美しい顎《あご》ひげを生やし、秘教的な微笑、思慮深い沈黙、神秘の香気を湛《たた》えた人物であった。手早く居室のドアを締めるのが彼の癖であったが、あけた瞬間、先生の頭の向う側には様々な石膏《せっこう》像——古典に登場する苦しみの表情のニオベ（タンタロスの娘。アポロとアルテミスのため、その子を皆殺しにされ[*3]、ゼウス[*4]の力で石になっても泣きやまなかった）、ダナイドたち（ダナオスの五十人の娘。一人を除き、皆が父の命で夫を殺したため水汲みの刑に処せられた）、タンタロスの子らなどの部分《フラグメント》、この石膏展示室で何年となく萎《しお》れつづけてきた悲嘆と不毛のオリンポス（ここではマルシュアスの父ないし子といわれる笛の名手か。マルシュアスが殺されたとき葬り嘆《うつ》いた）の全身像がちらと見えた。その部屋は昼間から薄暗がりに淀んでいて、石膏像の夢想、虚ろな目、蒼白な卵形の顔、虚無のなかへ消える思考が犇《ひしめ》き合った。私たちはドアの向うの静寂——蜘蛛の巣に包まれて崩れてゆく廃物の、また、神々の黄昏[*5]の倦怠と単調のなかで分解してゆくものの、溜息と囁《ささや》きに満ちた静寂に耳を傾けるのを好んだ。

先生は威厳に溢れ、だれも坐っていないベンチに沿って歩き回った、私たちはそこここに固まり合い、冬の夜の灰色の反映のなかでデッサンの手を動かしていた。静かで眠たかった。横になって眠っている仲間たちもちらほらあった。瓶に挿した蠟燭はゆっくりと尽きようとしていた。先生は年代物の古書や、古風な挿絵、版画、印刷物をふんだんに並べたガラス付きの深い陳列棚に見とれていた。先生は秘教的な身振りをしながら、晩景を描いた古い石版刷《リトグラフ》を私たちに見せることもあった、そこには夜の茂み、月明かりに照らされた白い道の両側に黒ずんで見える冬の公園の並木があった。

眠たい会話のあいだに時間は思わず知らず流れたが、その流れは一様ではなく時間の流れのなかにいくつか結び目のようなものができ、それらが持続の空虚な合い間合い間をいつのまにか埋めていった。気づかぬまに、移動したわけもないのに、私たち仲間は揃ってもう帰り道の途上にいて、黒く乾いた灌木の生垣《いけがき》のあいだの雪に白い小道を歩いていたりすることもあった。私たちは暗黒の毛むくじゃらな縁《ふち》に沿って、灌木の熊の毛皮の手触りを感じながら、軋《きし》る雪を踏み、月のない晴天の夜、とうに夜半を過ぎた乳白色の偽りの昼光のなかを歩いた。雪から、蒼ざめた空気から、乳色の空間から霧のように流れるその光のぼかされた白さは、枝を交す樹々の無数の線や毛羽《けば》が黒々と沈んでいるあの版画の灰色の紙のようであった。真夜中をとっくに過ぎた夜は、いまアーレント先生の見せてくれた晩景や夜の版画のシリーズを繰り返し、先生の幻想を継続していた。

公園の黒い茂み、樹々の毛深さのなか、折れやすい灌木の生い茂るなかには、ところどころぽっかりと深い肌触りのいい暗黒の巣が口をあけ、そこには縺《もつ》れ合いとひそやかな身振りと目だけで交す無秩序な会話が満ちていた。そうした巣のなかは静かで暖かかった。私たちはそこに入り込み、ふさふさと毛のついた外套を着て生温かく柔らかな雪に腰を下ろし木《こ》の実を食べた、あの春のような冬、公園の榛《はしばみ》の林はいっぱいに実をつけていた。下生《したば》えを抜けて声も立てずに貂《てん》やいたちなどが毛皮をまとい鼻をひくひくさせくさい臭いを振り撒きながら、短い脚の上に長い体を運んでやってくることがあった。私たちは、そのなかに、あるいは学校の博物教室で見かけた標本も紛れ込んではいまいかと疑った。たとい擦《す》り切れ禿《は》げてはいても、こんな白々とした夜なか、何の中身もない体の底でかつての本能の声、発情の声にもういちど目覚め、幻影のはかない命のあいだだけ元の茂みへ帰ってきたのではないだろうかと。

しかし春の雪の蛍光《けいこう》は次第に薄らぎ、そして消え、暁《あかつき》まえの黒く濃い闇がやってきていた。私たちのうちの数人は温かな雪のなかで眠りに落ち、残りはめいめい自分の家の闇に沈んだ門口《もんぐち》を探り当て、真っ暗い内側へ、両親や兄弟の眠りのなかへ、そして遅くなった夜道で幾度か洩らした深い鼾《いびき》のつづきのなかへと手探りで入っていった。

そうした夜の会合は私にとって神秘的な魅力そのものであった、だからいまも、あまり長居しなければいい、ほんのしばらく寄ろうと心に決めながら、絵の教室をちょっと覗きたい気持ちから逃《のが》れることができなかった。だが、足音のよく響くヒマラヤ杉の裏階段を昇りつめたとき、校舎のいままできたことのない見知らぬ側にいるのだ、と私は気づいた。

あたりの荘重な静けさを破るいささかの物音もなかった。校舎のこの翼《よく》の部分では廊下はずっと広く、上等な厚めの絨緞が敷かれていた。曲がり角ごとにはちいさな暗いランプが灯っていた。ある角を過ぎると、いっそう幅の広い大邸宅のように堂々とした廊下に出た。片側の壁はガラスの嵌った広いアーケードとなり住居のなかへ通じていた。見ると、そこから一続きの部屋が長々と始まり、眩いほどの豪華なしつらえで奥へ奥へと連なっていた。絹張りの壁、金に縁《ふち》どられた鏡、高価な家具、そして水晶のシャンデリアと次々に追う目は、彩り豊かな渦巻模様、微光を放つアラベスク、絡《から》み合う花飾り、蕾《つぼみ》を膨《ふく》らませる花々に満たされ、贅《ぜい》の限りを尽くした室内の柔らかな果肉に視線を吸いとられた。人のいないこれらの広間の深い静寂を活気づけるのは、鏡という鏡に影を映している秘密のまなざしと、壁面の上高く装飾となって走り、天井の白亜に消えてゆくアラベスクの慌ただしさだけであった。

私はこの華美の前に驚嘆と尊敬を抱《いだ》いて立ち尽くした。そして私の夜のエスケープが思いがけず校長の住んでいる翼棟《ウィング》の、しかもその居宅のすぐ前に導いたことを思い知った。私は好奇心に釘づけされて立っていた、胸が高鳴り、少しの物音でも逃げだす姿勢だった。もしもつかまったら、私の夜のスパイ行為を、無遠慮な覗き見をどうして言いわけできただろう。それにビロード張りの深々とした安楽椅子のどれかに、ここからは見えないが、ひっそりと校長の娘が坐っていて、読書の目をふと私のほうに向けぬとも限らない——謎めいて落ちついた彼女の黒いまなざしは、私たちのだれもが受けとめることのできないものだった。しかしいったん思いついた計画を果たさないまま、中途で引き下がるのは、われながら臆病ではないだろうか。それにしても、昼とも夜とも知れぬ薄暗い照明に照らし出された瀟洒《しょうしゃ》な室内のあたりには深い静寂が支配していた。廊下のアーケードを透《すか》して見ると、広いサロンの向う端にはガラス付きの戸が見え、それがテラスに通じていた。周囲は物音ひとつなかった、私はそれに勇気を得た。二、三段ステップを降りて広間の床に立つ、数歩の跳躍で高価な大絨緞を跨《また》ぎ越す、そこからテラスへ出る、あとは難なく見なれた街路に出られるはずだ、それは大した冒険とも思えなかった。

私はそのとおりにした。嵌《はめ》木細工のサロンの床へ降り、天井のアラベスク模様へ届くほどに茂るすっくと伸びた鉢植えの棕櫚《しゅろ》の並ぶ下に立つと、すでに中立地帯に出たと知った、ここには外側に面した壁が全然なかったからである。そこは一種、広い回廊《ロッジア》になっており、石段《いしだん》で街の広場へ通じていた。いわばその広場のつづきといった形で家具の一部は舗道に出ていた。私は数段の石段を駈け降り、再び通りへ出た。

見上げると、星座はどれも逆立ちし、星という星は反対の側へと大きく回転していた。月だけは切れぎれの雲——それらの雲は見えない存在によって輝いている——の羽《はね》ぶとんに埋まり、このさき涯しない道程を待つように見え、天上の複雑な手続きにかかずらって夜明けのことは月輪《げつりん》の思案の外《ほか》だった。

道ばたには走り疲れて気の抜けたようになった辻馬車が黒い影となって並び、かたわのざりがに、かあぶら虫が眠りこけているように見えた。一人の馭者《ぎょしゃ》が席の高みから、こちらに身を屈めた。人の良さそうなちっぽけな赤ら顔だった。「乗っていくかね、坊や」と、彼は訊いた。車はまず節足動物の体のあらゆる関節、繋《つな》ぎ目をいちどきに震わせ、それから車輪も軽く走り出した。

だが、こんな晩、頼りにもならぬ馭者の気紛れにだれが身を預けよう。かたかたと鳴る輻《や》の音、箱や幌《ほろ》のごとごとと鈍く響く音に遮られて私は行く先を馭者に呑み込ませることができなかった。何を言われても馭者はどうでもいいというふうに鷹揚《おうよう》に頷き、歌を唸りながら、街をとり巻く環状道路を走らせていった。

どこかの居酒屋の前までくると、屯《たむろ》していた辻馬車の仲間が親しげに手を振った。馭者は何やら嬉しそうにそれに応え、車を走らせたまま手綱《たづな》を私の膝に預け、馭者席から跳び降りて同業の群れのなかに加わってしまった。馬——年老いた、知恵者の馬はちらとそのほうへ首を向けただけで、あとは辻馬車らしく単調なトロットをつづけた。事実、馬は私の信頼感を呼び覚ました——馭者よりよほど頭がしっかりしているように思えた。だが、私は手綱のさばきようを知らない——馬に任せるより仕方がなかった。私たちは庭に挟まれた郊外の道を走っていた。庭は進むにつれて大きな樹の茂る公園になり、やがて森となった。

冬のいちばん明るい夜のあの光り輝く馬車の旅を私は決して忘れないだろう。色鮮やかな天空の地図は大きく広がって無限大の円屋根となり、そこには幻想の陸地と大洋と海とが、巡り流れる星々の線、天上の地理の燦然《さんぜん》たる線によって描き出されていた。空気は軽々と呼吸し易いものとなり、銀色の紗《しゃ》のように輝きわたった。すみれの匂いがしていた。白いカラクル毛皮（アストラカン毛皮のうち最も珍重される。ウズベキスタンのボハラ産。パミール高原の湖カラクル＝黒い湖が語源）のような雪の下からは、震えるアネモネが繊細な萼《うてな》のなかに月光の煌《きらめ》きを抱《いだ》き込んで顔を覗かせていた。十二月の空が惜しみなく撒《ま》き散らす何千という灯りと星に、森全体が照らし出されているように見えた。空気は何か秘密の春を呼吸し、雪とすみれの得も言えぬ清らかさに息づいた。私たちは小高い土地へさしかかった。裸の細枝を交す樹々を毛皮のようにまとった丘々の稜線は、幸福な溜息のように空へ向けて高まっていた。そうした幸せな丘の中腹で苔類や灌木をかき分けながら、地に墜ちて雪にまみれている流れ星探しに余念のない一群の人たちを私は見かけた。道は急勾配となり、馬はしきりに脚を滑らせ、あらゆる関節を働かせながらも車を曳くのがやっとであった。私は幸せだった。私の胸は快い大気の春を、星と雪の新鮮さを吸い込んでいた。馬の胸先には白い雪の泡の堆積が高まり、次第に深さを増した。馬は無垢《むく》な処女雪の嵩《かさ》に蹄《ひづめ》をとられてゆき悩んだ。やがて馬は疲れ果てた。私は馬車を降りた。馬は首を垂れ呼吸が荒かった。私は馬の鼻づらを自分の胸に押し当てた、馬の大きな黒い目に涙が光っていた。そのとき私は馬の腹に黒く丸い傷があるのに気づいた。「どうして言ってくれなかったんだ」私は涙声で囁いた。「いいんです、あんたのためだもの」馬はそう言った、と、馬はひどくちいさくなり木馬《もくば》の大きさに縮まった。私は馬を置き去りにした。不思議なまでに軽々とした幸せな気分だった。私は、近くを走るちいさな郊外鉄道を待とうか、それとも歩いて街へ戻ろうかと自問した。私は森を抜けて蛇行《だこう》する急坂を下り始めた、初めのうちは軽やかな弾む足どりであったが、そのうち勢いがつくと滑るような幸福な駈け足に移り、間もなくスキーの急滑降のように滑った。私は上体を軽くひねることで、思いのままに速度を調節し方向を転換することができた。

街に近づくと、私は勝利の疾走を緩め、散策者のまともな歩幅に変えた。月はいまなお高い中空に懸っていた。空の変容、おびただしい空のアーチの変身は際限なく、その星図の配置にいよいよ精緻《せいち》を加えていった。その夜、天空は銀色の天文観測儀のように内部の魔法のメカニズムを公開し、無限の天体の形成のなかで動輪と歯車の金に光る数学を見せびらかした。

広場では散歩を楽しむ人たちを見かけた。その夜の光景に魅せられて、どの顔も天空の魔術のためにけだかく、銀色に染まっていた。紙入れについての心配は全く私を放棄していた。父は奇妙な妄想に沈潜して、きっと紙入れのことなどとっくに忘れたに違いなかった、そして母のことなら私は気にしなかった。

一年にただの一度しかないそのような夜こそ、神の預言的な指先に触れられ、歓喜や霊感の訪れる時なのである。溢れる情感を抱きながら家へ向かおうとした私は、教科書を小脇に抱えてくる級友たちに行き遇った。あまりに早すぎる登校であったが、それはいまも終りを告げようとしない夜の明るさに目覚めさせられたためだった。

私たちは一塊《ひとかたまり》になって一気に下り坂になる道をゆっくりと降りていった。すみれ色の微風が渡っていた、一面の雪が銀色に光るのが、夜の魔法のつづきであるのか、それとも夜明けのせいか、私たちには定かではなかった……

原題　Sklepy cynamonowe

＊1　地中海地方に産するなす科植物、その根は人体に似て、引き抜くと声を出すといわれ、催眠剤に用い、〃恋の妙薬〃ともされた、英語マンドレーク Mandrake。

＊2　Homunculus (1)錬金術師がレトルトのなかなどで人工的に培養できると考えた人間。ゲーテの『ファウスト』にも登場する。(2)精液のなかに生きていると考えられた縮小された微細なこびとのこと。

＊3　Tantalos ゼウスの子、ニオベの父。神々の秘密を洩らし、その罰として顎まで水に浸《つ》けられた。しかし水を飲むことは許されず焦燥の苦しみをなめた。

＊4　娘のニオベと息子のペロプスを指す。父親に殺され、料理して神々に供されたペロプスはのちに蘇生できた。

＊5　「神々の黄昏《たそがれ》」とはワグナーのオペラの題名を借りて、ギリシャ・ローマ古代彫刻のレプリカの石膏像を暗示する（ヤジェンプスキ教授による）。

大鰐《おおわに》通り

父は大きな書類机の下の抽出《ひきだ》しに私たちの街の美しい古《こ》地図をいつもしまっておいた。それは二つ折の本の大きさにたたんだ羊皮紙で、もともと平紐《ひらひも》で裏打ちされた全ページを広げれば、大きな壁地図となって鳥瞰《ちょうかん》のパノラマを繰りひろげた。

壁に掛けると、地図はほとんど部屋いっぱいの空間を占めてしまい、くすんだ金色のリボンとなって蛇行するティシミェニーツァ川の全流域や、沼や池の点在する湖沼地帯、そしてまた山襞《やまひだ》を見せながら南へ伸びる裾野《すその》が、手前のほうでは稀だが奥へいくほど群がるような連山となり、丸い山々の市松模様を描きながら、次第にちいさく次第におぼろになり、やがて黄金《おうごん》にけぶる地平線の靄《もや》のなかへ溶け込む遠望を展開させた。そのようにぼやけた周辺の遠景を背景に、前面には街の姿がくっきりと浮き出していた、初めのうち街はまだ見分けがたい錯雑《さくざつ》とした様相を見せ、犇《ひし》き合う家々の塊や量《マッス》が街路の深い谷に切られているが、さらに近くなると、石造りの建物の一《ひと》棟《むね》一棟が、望遠鏡で覗いたように明確に刻み込まれ迫ってくる。この部分までくると、彫師《ほりし》の腕はいちだんと冴えを見せ、通りや横丁の無数に入り組んだあたりに、軒蛇腹《のきじゃばら》、軒縁《のきぶち》、飾り迫持《せりもち》、付け柱《ピラストロ》が、一切の曲折、凹みを深いセピア色の陰影に沈める午後の終りの暗い金色のなかに燦《さん》として光るさまを克明に描いていた。その陰影の塊とプリズムは、暗色の蜜のように街路の谷間《たにあい》に忍び入り、その温かい熟した粘体のなかに、こちらでは道の半ばを、向うでは家々のあいだの間隙を浸し、陰影の持つ沈んだロマンティシズムによって、雑多な建築のあの多音音楽《ポリフォニー》を劇化し管弦楽曲にまとめ上げた。

バロック風の遠近法の様式で描かれたこの地図の上で、大鰐通りの界隈は、ふつう地図で極地や存在の不確かな未踏査地方を示す空白のまま残されていた。そこにはわずかに数本の通りが黒い線で描かれ、その脇には飾らない文字で町名が書き入れてあり、ほかの文字がどれも上品な古い書体であるのとは画然と区別されていた。一見したところ、地図の製作者はこの界隈を街の一部として公認することを憚《はばか》ったため、そうしたがらりと異なるぞんざいな描き方によって敬遠の意を表明したのだと思われた。

そのような留保を理解するためには、われわれは街全体の主調とはあまりにもかけ離れたこの界隈のあいまいな疑わしい性格に注意を向けねばならない。

そこは実用性を表看板にする無趣味な商工業地区であった。時代の精神、経済のメカニズムは、私たちの街をも容赦せず、街の周辺の一部に貪欲な根を下ろし、そこに寄生的な地区を生み落としたのである。

旧市街ではいまも厳かな儀式に満ちたひそやかな夜の商取引が支配していたが、その新しい地区では商業主義の味気ない最新の形式がたちまちに広まっていた。擬似アメリカニズムが古い腐った地盤に種を下ろし、安物の粗悪な見せかけという大仰なばかりで実質も色彩もない植物をはびこらせたのだ。そこには安上がりで貧弱な石造りの建物が罅《ひび》だらけの漆喰《しっくい》で塗りたくった醜悪きわまる装飾の諷刺画《カリカチュア》めく正面《ファサード》を見せて建ち並んでいた。街はずれの古ぼけて傾きかけた平屋までが、やっつけ仕事で表口を作り足したが、そばに寄って見ればそれも大都会風の構えのみじめなまねごとと知れた。通りの風景を黒く映してはぐにゃぐにゃにしてしまう歪《ゆが》み曇り汚れた窓ガラス、鉋《かんな》をかけないままの正面の板戸、高い棚の上も、くたびれて崩れそうな壁も蜘蛛の巣だらけに任せている殺風景な店内の灰色の雰囲気――それらは一帯の店々に野生の土地クロンダイク（一八九七―九八年のゴールドラッシュで有名なカナダ北西部、ユーコン川流域の地方）の刻印を押していた。こうして仕立屋、洋品店、磁器商、化粧品店、理髪店などの店が軒を並べていた。灰色の大きなウインドウには形のいい草書体の金文字が、斜めかあるいは半円形に書かれていた、*Confiserie*（菓子店）、*Manucure*（マニキュア）、*King of England*。

　この街に元から住みついている人たちは、人間の屑、愚民、無性格な厚みのない人間、道徳的な粗悪品、その日かぎりの環境のなかで生まれる安っぽい人間の変種の住むその界隈には寄りつかなかった。しかし失意の日々、卑しい誘惑の時間には、市民のうちのだれかれとなく、なかば偶然にその怪しげな地区へと迷い込んだ。最良の人々でさえ時には自発的な堕落の、また身分・階級の平等化の誘惑に負け、気安い交際と汚れっぽい雑居を求めて社会の浅いぬかるみに転げ込んだ。この地域は、そのような道徳的逃亡者たち、個人の尊厳の旗の下《もと》から逃げ出す人たちの黄金国《エルドラド》であった。そこではすべてが怪しげにあいまいに見え、すべてがひそやかなウインク、皮肉なほどあけすけな身振り、これ見よがしに細められる流し目によって淫《みだ》らな望みへと招き寄せ、すべてが低劣な本能の束縛を解くよう呼びかけていた。

予備知識のない限り、この地域の奇妙な特徴に気づく人は少なかった、それは色彩の欠如である、まるで、この安物の急ごしらえの街では、色彩の贅沢などを許す余裕がなかったかのようだ。そこでは黒白《くろしろ》の写真のように、絵入りの説明書のように一切が灰色であった。この形容は通常の比喩《ひゆ》以上のものである、なぜなら、このあたりを歩き回っていると、しばしば、何かの説明書のページをめくるような、また、人を食いものにする気ではないかと疑われる案内、あやふやな能書、眉唾《まゆつば》の説明図などが幅を利かせる広告文のうんざりする見出しを読まされているような感じを持つものだからである。そしてそこを歩き回ること自体、猥褻出版物《ポルノ》の紙面が引き起こす妄想の刺戟と同じように不毛で実りのないものであった。

服を誂《あつら》えにどこかの仕立屋へ入っていくとしよう、服はこの地区の特色で安っぽくしゃれたものに決まっている。店は広くがらんとして天井が高く、そして色彩はない。大きな棚が一段また一段と上へ上へ重なり、どこまでとはっきりしない高さにまで届いている。棚はどれも空《から》っぽで、それが幾段にも重なるのを見ると、視線は自然にその上の天井のほうへ誘われてしまう。天井――だがそれは空《そら》、この地区で見られるみじめな無色の薄められた空であるかもしれない。一方、開け放しのドアから見えるこの先の店々では、天井までいっぱいに木箱やボール箱が巨大な書類棚のように積み上げられ、さらにその上では、屋根裏の濁った空の下で実体のない容積、無の不毛な構成単位に解体している。大きな灰色のウインドウは、グラフ用紙のように細《こま》かな碁盤模様の線が無数に引かれ、外からの光線の射し込む余地はない、というのも店内の空間には物体に影をつくるでなく、アクセントを与えるでもない水のような無関心な光が充満しているからだ。間もなく、すんなりとした若者が現れる、驚くほど愛想よく腰の低く身のこなしの柔らかな男は、客の意に沿おうと、いかにも安手の滑らかな文句を並べるのだ。ところが、男がそうやってまくし立てながら、幅広い生地をひろげ、どこまでもつづく布地の流れを量《はか》り、波立て、襞《ひだ》寄せ、そしてするすると腕《うで》を流れる服地が、その波間から幻想のフロックコートを、またズボンを形づくるとき、そうした手さばきの全体は何かしら非在なもの、見せかけ、喜劇と見え、また事物の真の意味の上にアイロニーを込めて投げかけた蔽いのように見えた。

やはりすんなりと細《ほそ》い軀で浅ぐろい肌を持ち、美しさのなかに必ずどこか欠陥のある店の女たち——それは傷物の商品を売るこの地区にふさわしいのだが——は、入ってきたり出ていったり、店の入口のそばに立つなどして、いま男の店員の手練《しゅれん》の腕に任された商いが成立するかどうか探るように目を配っている。男はしなをつくり、愛想笑いを見せ、実は女なのでは……と時おり疑いたくなるようなしぐさを見せる。いわくありげな細目を見せながら、品物の商標に、あからさまな象徴のマークに男がそれとなく注意を向けさせるとき、優しく膨らんだその頤《おとがい》をつかんでみたいとか、あるいはその白粉《おしろい》をのせた蒼白い頰をつねってみたいような気がしてくる。

衣裳の選択の問題は徐々に遠くへ退《しりぞ》いてゆく。女性化したように物柔らかなこの不良青年は、客の心の奥底をすばやく見てとり、こんどは客の目の前に次々と特色のある商標を繰り出す、それはさながらトレードマークの図書館、洗練された蒐集家のコレクションルームでもあるかのようだ。そしてそのとき、衣裳店というのは正面の見せかけにすぎず、その看板の陰では古本屋を営業しているのであり、怪しげな書籍や私家限定本などを集めていることが知られた。親切な店員はさらに天井にまでぎっしり詰まった本や版画や写真などの在庫を見せてくれる。あれらの挿絵、あれらの版画――それは私たちの最も大胆な夢想さえ遠く及びもつかぬものばかりである。頽廃のこれほどの極致、淫蕩《いんとう》のさほどの奔放をだれが予感しただろう。

店の女たちは本の陳列のあいだをいよいよしきりに往きつ戻りつする、彼女らは版画めいて灰色の紙を思わせるのに、頽廃の面《おもて》には色素――ブルネットの女たちの持つ脂で艶《つや》びかりのする黒の色素――が濃かった、その黒さは彼女らの目に潜み、不意にあぶら虫のぎらぎらする疾走のジグザグを描いてそこから飛び出してくるのだった。だが陽灼けした頬の赤らみ、ほくろのひりりと辛い烙印《らくいん》、暗い産毛《うぶげ》の人目を憚る母斑《あざ》は、凝固した黒い血を持つ種族であることをあざあざと露呈していた。あまりに強烈な力を持つその色、香気高い濃密なモッカの色合いは、彼女たちのオリーブ色の手にとられる書冊にべったりと染《し》みを落とすかのように見え、触れる手はそうして本を染めたうえに、興奮性の動物的臭気を放つほこり茸《だけ》のように、そばかすの暗い雨とたばこの匂いを空中に漂わせた。そのうちにも、あたりを込める放縦の気は見せかけの抑制をいよいよ取り除いていった。店の男は客あしらいの積極性も涸《か》れ尽きて、いつか女のような消極性へと移り変わった。彼は本棚のあたりに並んだソファのひとつに横たわり、デコルテの絹のパジャマ姿となる。女たちは一人ひとり向き合って、表装された版画のなかの姿や姿勢を見せ合い、ある者は急拵《ごしら》えの寝場所で早くも眠り込んでいる。客への働きかけは弱まった。客は押しつけがましい関心の輪から解き放たれ、一人のままに置かれる。店の女たちはおしゃべりに忙しく、客にはもう注意を向けなかった。彼女らはこちらに背を向けるか横向きになり、大胆きわまる姿態を見せて立ち、足を踏み替えるたびに、なまめかしげな靴をひくひくと動かし、形のいい全身に沿って手といわず足といわず上から下まで蛇のようにくねらせては、興奮気味の観客を無情に攻め立てるのだが、女たちにとって客は眼中にはない。かくて彼女らは引き下がって、思い入れたっぷりに奥へ去ってしまい、客の行動のための自由な空間をひらくのであった。向うに見られていないこの隙《すき》に乗じて、罪なき訪問が予期せざる結果となることを避け、再び通りに出ようではないか。

だれも私たちを引き停めはしない。雑誌や印刷物などの長い棚が両側に立ち並ぶ書籍の通路を抜けると、店をあとに大鰐通りへ出る。ここは、はるか遠く、未完成のままの鉄道駅の建物のあたりまで、広い通りのほぼ全容が見わたせる高みの地点に当たっている。灰色の日で――この地区ではいつものことだが――こうして見ていると、時々、一切の景色が新聞から抜け出た写真のように思われてくる、家も人も車もあまりに灰色で厚みがないのである。現実は紙のように薄く、継ぎ目のひとつひとつから作りものの馬脚《ばきゃく》が見える。時々、私たちの目の前の風景の切れ端《はし》は、遠近法に合わせて大都会の大通りを現出するようにその部分だけを組み立てたものという印象がしてくる、現に私たちの横にくると、にわか仕立ての仮装はその任を果たしかねて早くもばらばらにほどけ始め、私たちの歩み去った背後では漆喰や麻屑が剝《は》げ落ち、巨大ながらんどうの劇場の大道具置場と化していく。ぺらぺらの表側の上で、張りつめたポーズ、わざとらしい深刻な表情、皮肉な哀感が震えている。しかし私たちはこの光景の仮面を引き剝がそうという考えからは遠い。事情を知り尽くしているのとは裏はらに、私たちはこの地区の安っぽい魅力に惹き込まれていることを感ずるのである。もっとも、この街の風景にはある種の自嘲の色もないわけではない。街はずれのちっぽけな平屋建ての家々はボール紙作りのような何階建てもの石造の建物にとって替わり、看板と閉め切った事務所の窓や、曇りガラスめいた灰色の陳列や、広告と数字の混合体となっている。建物の足元には群衆の河の流れがある。表通りは大都会の並木道《ブールバール》らしく広々としているのに、横丁は村の広場のように粘土を固め上げた道で穴ぼこ、水溜り、雑草だらけなのだ。この地区の人通りは一見に値する、住民たちは頷き合うような光を目に見せながら誇らしくその話をする。灰色の無性格な群衆はあまりにも自分の役割に囚われていて、大都会の見せかけの誇示に熱意の限りを尽くすのである。とはいえ、せわしさとがめつさに拘らずその人の流れは、薄ぼけた単調なあてどのない彷徨《ほうこう》でしかなく、操り人形《マリオネット》の眠たげな輪舞のように見える。奇異な徒労の雰囲気が全光景に浸みわたっている。群衆は単調に流れてゆく、そして不思議なことに、それはいつもぼんやりとしか見えない、人影は縺《もつ》れ合う甘いざわめきのなかに行き交うばかりで、明確な姿をとらない。ただ時たま、おびただしい人々の喧噪のなかから、私たちの目は何か暗い生き生きした視線を、深々と頭にかぶったただれかの山高帽を、微笑に崩れたただれかの顔半分を——その口はたったいま何かを言い終えたところだ——また前へ踏み出したまま永久に固定したただれかの一本の足を、捉えるぐらいである。

　この地区でとくに変わっているのは、馭者《ぎょしゃ》を乗せずに勝手気ままに走っている辻馬車である。馭者がいないわけではないが、群衆のなかに紛れ込み、数あるほかの用事にかかずらって馬車のことは気にもかけないのだ。見せかけと空虚な身振りのこの地区では、行く先はどうでもいいことだ、だから乗客たちは、土地の気風である軽率さから、この迷走する乗物《のりもの》に身を任せてしまう。彼らが危険な曲がり角で、こわれた馬車の箱から大きく身を乗り出し、手綱を握りしめながら危うく車をかわすのは時たま見かける光景である。

ここには市街電車もある。それこそは市議会の野心が最大の勝利を上げているしろものだ。だが、紙粘土で捏《こ》ね上げた車体は、長い年月の使用のために歪み、見る影もなく、一見、哀れを催さずにはおかない。なかには車体の前方の風よけの壁がすっぽりと欠け、電車が近づくと、大いに威厳を保ちがたくなって坐っている乗客が見透しとなるようなのもよくある。電車は市の運送人夫たちが後ろから押して走らせる。それにつけても、奇怪の極みというべきは、大鰐通りの汽車輸送である。

しばしば、昼まの不定期の時刻に――それはいつも週末ごろに決まっていたが――町角で列車を待つ人々の群れを見かけることがある。汽車がほんとうにやってくるのか、くればどこに停まるか、それは毎回はっきりしない、そのため、停車場所について意見が折り合わないまま、人々は二手に分かれて、別々の地点に並ぶようなことがよく起こる。彼らは物言わぬ黒い群れをなして、ようやく見分けられるほどに描かれているレールの痕跡に沿って立ち、長いあいだ待ちつづける、一様に見せている横顔は、紙から切り抜いた蒼白な仮面の列に似て物思いの幻想的な線を保っている。ようやく出しぬけに列車が着く、思いがけない横丁から飛び出してきたのだ、模型のようなのが蛇のように低く這い出てくる、とちいさなずんぐりした機関車が汽笛を鳴らす。両側を埋める黒々とした人々のあいだを列車が入ってくると、道は炭塵《たんじん》を撒《ま》きちらす客車の長い列のために黒ずむ。機関車の暗い息遣い、妙に重々しく悲哀に満ちた微風、押し殺した慌ただしさ、そして焦燥が、急速に落ちひろがる冬の薄暮のなかで、しばし街頭を停車場の大ホールに変える。

乗車券の闇商売は賄賂《わいろ》と並ぶわが街の悪弊である。

列車が駅に着き、発車寸前の最後の瞬間まで、買収した鉄道員を相手に、あちこちでせわしげな交渉が興奮のなかにつづけられる。話合いが終らぬうちに列車は動き出す、すると、その後ろから諦めきれぬ群衆がゆっくりとついてゆき、かなり遠くまで歩いてから、ようやくちりぢりに去っていくのだ。

夕暮れと遠い鉄道線路の呼吸とに満たされ、応急の臨時駅となって束の間狭《せば》まっていた通りは、明るさを取り戻し、ひろがり、屈託のない散歩者の単調な群れをその道床に通す。人々は沸き立つ話し声のなかを店々の陳列窓——安物の商品や大きな蠟製のマネキン人形、美容院の髪型見本の人形でいっぱいの汚れた灰色の四角形——に沿ってそぞろ歩いていく。

裾長のレースのドレスの、目立つ装いで歩いているのは街娼《がいしょう》である。そうでないとすれば、美容師か、それとも喫茶店の楽師の女房どもに違いない。彼女らは一歩一歩辷《すべ》るような猛獣の足どりで歩き、頽廃のその顔にはかすかな瑕《きず》があって凄《すご》みを加える、それはやぶにらみの黒い目であったり、兎唇《みつくち》であったり、あるいは鼻の先がないことだったりした。

住民たちは大鰐通りの鼻をつく頽廃の悪臭を誇りとしている。躊躇《ちゅうちょ》することはない、われわれもまた大都会の真の放逸を味わうのだ、と彼らは誇らかに思う。彼らによれば、この地区の女は例外なく娼婦であるという。だれでもよい、手当たり次第にどの女かに目を向ければ足りる——

即座に迎えるのは、執拗《しつよう》な貼りつくような甘えかかる視線であり、その目の持つ淫蕩な自信がわれわれを凍え上がらせる。学校へ通う少女たちまでが、ここではある特殊な結び方でスカーフを巻き、かぼそい脚《あし》を妖しげに踏み出し、きたるべき堕落の前兆を湛《たた》えた目にあの不純な瑕を持っている。

それにしても――それにしても、私たちはこの地域の最後の秘密、入念に隠された大鰐通りの秘密を暴《あば》いてしまうべきであろうか。

私たちの報告を進めるなかで、私たちはいくどか然《しか》るべき警戒信号を出してきたし、微妙な方法で私たちの留保事項を表明してきた。注意深い読者にとって、以下に述べる事態の究極の急転回は決して意外なものではなかろう。この地区のいかさまな、幻影的な性格についてはすでに語った、だが、これらの言葉は、ここにある現実の中途半端で優柔不断な性格を浮かび上がらせるためには、あまりにも決定的な意味を持ちすぎる。

私たちの言語には、現実の度合いが果たしてどのようなものであるのか、つまり現実の濃度を明確に言い表し得るような言葉はない。遠回しな言い方はやめよう。この地区の宿命――それは何ごともここでは結果に到達しないこと、何ごとも決定的帰結に達しないことである。開始された一切の運動はそのまま空間に停止し、一切の身振りは時至らぬうちに凋れてしまい、ある死点より先へ越すことができない。私たちはすでにおびただしい繁殖力と浪費癖に注目した、それはこの地区を風靡《ふうび》する特徴であり、志向、計画、また予測、そのすべてにおいて然《しか》るのである。それは、あまりにも早く芽生え、そのために無力で空虚な欲求の醱酵以外の何ものでもない。極端に安易な雰囲気のなかで、あまりにも軽薄な思いつきが次々に発生し、永続しない緊張が膨らみ、空しい不毛の植物へと成長し、また細かな毛のある雑草、密毛の生えた色のない芥子《けし》など、幻想と麻薬《ハシシュ》の無重量の布でつくられた灰色の軽い植物がにょきにょきと大きくなっていく。この地区全体の上には懶惰《らんだ》で放埒《ほうらつ》な罪の流体が舞い上がり、家々も店も人々も、彼女（地区）の高熱に燃える肉体の上を走る悪寒《おかん》のように、熱病を病《や》む彼女の悪夢の上に浮いた鳥肌のように見える。ここにいるときほど、様々の可能性に脅かされ、成就の近さに動揺し、実現の肉感的な恐怖に蒼ざめ無気力になっている私たち自身を感じることはない。だが、万事はそこで行き止まりである。ある緊張点を超えると、豊富は停止して後退し、雰囲気は色褪せて消え、可能性は萎《しお》れて虚無のなかに散り、興奮を刺戟する狂った灰色の芥子の花は灰となってこぼれてしまう。

あのとき、品行うたがわしい仕立屋の店からつい出てきてしまったことを、私たちは永遠に後悔するに違いない。二度と再び、私たちはあの店へ戻れない。ひとつひとつ看板を頼りに私たちは迷い歩くだろう、そして何百回となく道を誤ることになるだろう。そっくり似たような店を何十と見つけて、そこへ入っていき、本棚のあいだをうろつき、雑誌や印刷物をぱらぱらとめくり、店の女たちを相手に、色素の強すぎる話、瑕のある美しさについて長いあいだくだくだしい会話を交すこともあるだろう、しかし彼女らには私たちの願望はついに理解してもらえない。

私たちは誤解に巻き込まれるだろう、そしてついには、私たちの熱意も興奮もすべてが、不必要な努力のなかへ、無駄に失われた追求のなかへと蒸発して消えてゆかねばならない。

私たちの希望は誤解にすぎず、そしてあの店、あの客あしらいの妖しげな外見は見せかけであったし、仕立服は本物の仕立服であり、店の男にしてもひそかな意図などなかったのだ。大鰐通りの女の世界といっても、その頽廃はごくありふれたものであり、道徳的な偏見と月並みな卑俗さの重圧に消し去られる程度。人間という材料の安価なこの街では、奔放な本能もなければ、異常なほのぐらい情熱も入り込む余地はない。

大鰐通りは現代のために、また大都会の腐敗のために私たちの街が開いた租界であった。どうやら、私たちの資力はせいぜい紙製の模造品や棚ざらしの去年の古新聞からの切り抜きを貼り合わせたモンタージュ写真しか賄《まかな》い切れなかったようである。

原題　Ulica Krokodyli

あぶら虫

　それは父の天才的な時期のすばらしい開花のあとにきた灰色の日々の時代であった。抑鬱《よくうつ》の長い幾週間、閉ざされた空の下、貧しくなった風景のなかで日曜日も祭日もない重い数週間があった。そのころ父はもういなかった。階上の部屋は片づけられ、ある電話交換手に貸された。さしもの鳥の事業から私たちに残った唯一の見本は、居間の棚の上に置かれた剝製のコンドルだけであった。カーテンを締め切った冷たい薄暗がりのなかでコンドルは生きていたときのように片趾《かたあし》で立ち、仏教の名僧智識の姿勢を保ち、痩《や》せ細った苦行者の顔は石のように固まって絶対の無関心と諦観の表情を見せていた。両眼は落ちくぼみ、泣き尽くして涙を残した眼窩《がんか》のあたりから鉋《かんな》屑《くず》がぶら下がった。剝き出しの力強い喙《くちばし》の上、また禿げ上がった頸《くび》の上に生えたエジプト風の角状のこぶ、そのこぶや色褪《あ》せた空色の突起物とが、この老人の頭部に何かしら高僧めいた様子を与えていた。

　コンドルの羽毛の衣《ころも》は方々、衣魚《しみ》に食い荒らされ、灰色の柔らかな羽毛は抜け落ちたが、抜けた羽毛は一週に一度、アデラの手で無名の塵《ちり》あくたと一緒くたに掃き出された。禿げ落ちた箇所には麻袋《あさぶくろ》の粗布《あらぬの》が見え、麻の詰め物がそこからはみ出ていた。父を喪ったあとあまりにも早く母が日常の秩序に移ったことで、私はひそかに母を恨んだ。母は決して父を愛してはいなかった——と私は思った——どの女性の心のなかにも根を下ろすことのできなかった父は、どのような現実にも居つけず、そのため永遠に人生の周辺に、半現実の領域に、現実のはずれに舞い上がったのだ。まともな、世俗的な死でさえ父には似つかわしくなかった——と私は考えた——父においてはすべてが奇矯であやふやでなければならなかった。折をみて思い切ってこのことを母に話そうと私は心に決めた。その日——冬の重苦しい日で朝から柔らかな薄明の鵞毛《がもう》が降っていた——母は偏頭痛《へんずつう》を病み、独りきり居間のソファで横になっていた。

めったに人の訪れない豪華なその部屋には、父の消えたときいらい模範的な秩序が支配していた、蠟《ワックス》とブラッシで丹念に掃除するアデラのお蔭であった。家具にはカバーがかけられ、すべての備品はアデラがこの部屋に課した鉄の規律に従って配置された。規律どおりにならないのは、整理簞笥《だんす》の上の花瓶に挿した一束《ひとたば》の孔雀の羽だけであった。それはいたずらっぽい危険な生命素《エレメント》であり、陰日向《ひなた》の激しい高校生のはめをはずしたクラスのように、捉えがたい革命性を持っていた。孔雀の羽の目たちは一日じゅうぐるぐると回転し、壁に穴を掘り、目くばせし、犇《ひし》き、睫毛《まつげ》を瞬《しばた》き、口に指一本当てながら、どれもこれも、忍び笑いを洩らし、茶めっけでいっぱいだった。羽は囀《さえず》りと囁《ささや》きで部屋を満たし、枝のたくさん出たシャンデリアの周りで蛾《が》のように鱗粉を撒きちらし、動きも楽しみも忘れ去り、光の消えた古い鏡に向かって多彩な群れをなしてぶつかり、鍵穴から覗き見した。頭に鉢巻をしてソファに寝ている母の前でさえ、羽たちはじっとしてはいられず、流し目を交し、合図し言葉ではなく色彩の意味深長なアルファベットで話をしていた。私の背後で行われている嘲笑《ちょうしょう》するような示し合わせ、ちらちらする共謀が私を苛立《いらだ》たせた。母のソファに膝を寄せ、考えごとでもするように、母の部屋着の柔らかな生地を二本の指でためしながら、ふと思い出した風情《ふぜい》で私は切り出した。

「前から聞こう聞こうと思ってたんだけど。ほんとうなの、あれがそうだって？」私はコンドルのほうに目さえ向けなかったのだが、母はすぐに悟って、ひどくどぎまぎし目を落とした。私は母の混乱を味わいとるために、わざと数瞬の間《ま》の流れるに任せた。それから、高まってくる怒りを抑えながら、落ちつき払って尋ねた。「それなら、どういう意味があるの、とうさんのことでつまらぬ話や出たらめを自分からばら撒いたりして？」

初め愕然《がくぜん》として取り乱していた母の表情は、再び普通に戻り始めていた。「どんな出たらめ？」母は目をぱちぱちさせながら訊き返した、その目は虚《うつ》ろで、濃い紺色が流れ、白目がなかった。「アデラが言ってたよ。でも、どうせ話の出どころはかあさんだから、ほんとうが聞きたくて」

母の唇がかすかに震え、瞳は私の視線を避けて、まなじりのあたりにさまよった。「出たらめなんか言うものかね」と母は言った。その口元が膨らみ、同時にちいさくなった。私は、母が、男に向かって女がするような媚態《びたい》を見せていることを感じた。「あぶら虫のことはほんとうだよ、覚えているだろう？」私は動揺した。事実、私は覚えていた、夜の暗さを蜘蛛《くも》のような走行でいっぱいにしたあのあぶら虫どもの侵入、あの黒い群れの洪水のことを。割れ目という割れ目は震える触角で満たされ、どんなちいさな裂け目からも不意にあぶら虫が跳び出し、床のどの隙間からも、あの黒光りするものが湧き出て、身の毛のよだつジグザグを描いて床を突っ走った。ああ、床板の上にぎらぎらと光る、黒い線で記された恐慌の野放図な妄想。ああ、手に投げ槍《やり》を握りしめ、椅子から椅子へと飛び移りながら、父の発した威嚇の叫び声。食べ物も飲み物も受けつけず、熱のため顔を上気させ、口の周りに嫌悪の痙攣《けいれん》を刻みつけながら、父は完全に発狂した。どんな生体もそのような憎悪の緊張に長くは耐えられぬことは明瞭だった。強烈な嫌悪感は父の顔を硬ばった悲劇的な仮面に変えた、そして下瞼《したまぶた》に隠された瞳孔《どうこう》だけが、永遠の疑惑のなかで弦《つる》のように張り詰めて、襲いかかる折を狙っていた。荒々しい音と共に父はとつぜん椅子から離れ、めくら滅法に部屋の一隅へ跳んだかと見ると、早くも槍を高々と挙げた、その先端には突き刺された巨大なあぶら虫が夢中であがいているのだった。そのとき恐怖に蒼ざめている父のところへアデラが加勢にやってきた、そして刺された戦利品ごと槍を受けとり、それをバケツの水に沈めた。ここまでくると、それらの光景がアデラの話から吹き込まれたものか、それとも私自身の目撃したものか、もはや言いがたい。そのころ父は、常人なら持ち合わせる忌《いま》わしいものの魅惑に対する抵抗力を失っていた。その魅惑の強烈な誘引力から身を守る代りに、狂気の虜《とりこ》となった父は、ますます深くそのなかに嵌り込んでいった。悲しい結末は遠からず到来した。間もなく、驚愕と悲嘆で私たちを満たす最初の疑わしい兆《きざし》が現れた。父の様子が変わった。狂気が、昂揚の幸福感が消えた。行動や一人芝居のなかに良心の呵責《かしやく》の兆候が見え始めた。父は私たちを避け始めた。父は終日、部屋の隅や、戸棚のなか、羽ぶとんの下に隠れるようになった。一度ならず私は、父が物思わしげに自分の手を眺め、爪や皮膚の堅さを確かめているのを見た、そこには黒い染《し》み、あぶら虫の甲殻のようにぎらぎらする黒い染みが、いくつも現れ出ていた。

昼ま、父はまだ最後の力を振り絞って戦っていた、だが、夜になると、魅惑は強力な打撃で父を打ちのめした。夜遅く、私は蠟燭の光のなかで床《ゆか》の上にいる父を見かけた。父は素裸で床に腹這っていた、その軀にはトーテム（未開人が種族、氏族に因縁ありとして世襲的にあがめる自然物）の黒い染みを点々と見せ、あばら骨の線をくっきりと浮き上がらせながら――それは外側に透して見せる解剖模型の挿絵のようだ――四つん這いになっていた――縺《もつ》れ合った道の奥深くへと父を引きずり込む嫌悪の魔力にとり憑《つ》かれて。父は奇怪な祭儀を思わせる節足動物の複雑な運動を見せて動き回った、私はそこにあぶら虫の儀式の模倣を認めて竦然《しょうぜん》とした。

　そのときから、私たちは父を見放した。あぶら虫との類似は日を追って明瞭の度を加えた――そして父はあぶら虫に変わった。

　私たちはそのことに慣れ始めていた。父を見かけることは、ますます稀になり、父は何週間もどこか自分のあぶら虫の道に消えていた――私たちは父を見分けることをやめた。父は完全にあの黒い不気味な種族と一体になったのだ、だれが知り得ただろう、父がまだどこかの床の隙間に生きているかどうか、あぶら虫の事業に引き込まれて夜ごと部屋を駈け回っていないかどうか、それとも、アデラが毎朝、見つけては気味悪げに掃き集めて捨てた腹を上にしてずらりと足を突き出す虫の死骸のあいだに父が雑《まざ》ってはいなかったかどうか？

「そうだけれど」と私はぼんやりして言った。「ぼくはきっと、あのコンドルがとうさんだと思うな」母は睫毛の陰から私を見つめた。「つらいからやめておくれ。前にも言ったじゃないか、とうさんは行商人になって国じゅうを旅行しているんだって。でもね、いいかい、ときどき夜には家に戻ってきて、明け方前に遠くへ出かけてしまうのさ」

原題　Karakony

疾風

その長い虚《うつ》ろな冬、暗黒は私たちの街に百倍もの莫大な収穫をもたらした。どこの屋根裏や物置部屋も、おそらく久しく片づけないままに放置され、鍋《なべ》また鍋、瓶《びん》また瓶と並び、空《から》の大瓶の部隊が増大するに任されていたのだろう。

そこ、屋根裏部屋の焼けた桁木《けたぎ》の森のなかでは、暗黒は変質して勢いよく醱酵を始めた。そこでは鍋たちの黒い議会、騒がしく空虚な集会、小瓶たちの早口のおしゃべり、籐巻太瓶《デミジョン》と小瓶のぶつくさ声が聞かれるようになった。そしてある夜、屋根の下の空間で増大した鍋と瓶の密集団は犇《ひしめ》く人の群れとなって街路へ流れ込んでいった。

屋根裏部屋を追われた屋根裏部屋たちは次々と広がり、黒い列柱に姿を変え、そのあいだを反響をとどろかせながら梁《はり》や桁木の騎馬行進が駈けた、木馬《もくば》たちは樅《もみ》の膝を折って跳躍《クルベット》を繰り返し、自由の身となったいま、夜の空間を垂木《たるき》のギャロップ、母屋桁《もやげた》と刳形《くりがた》の喧噪で充満させようとするのだった。

そのとき、あれらの黒い河が、樽《たる》と水さしの移動が、繰り出し、そして夜を流れた。彼らの黒い、艶やかな光沢の音さわがしい集団は街を取り巻いた。夜ごと容器たちのその暗い喧噪は犇《ひしめ》き、声高に話し合う魚の大軍のように攻め寄せ、喚《わめ》き立てるバケツ、逆上する桶《おけ》の侵攻は防ぎ止めるべくもなかった。

虚ろに底を鳴らしながら、大樽、小樽、水さしは重なり合い、土製の水槽がその上で左右に体を振った、ダンディーたちの古くなった山高帽やシルクハットは下からだんだんに積み上がり、高い柱となって空に届き、やがて倒れた。

そしてだれもが、木製の舌の釘をへたくそに叩き、木製の歯を不器用に合わせながら舌足らずに悪口雑言をほざき、夜の空間に向けて瀆神《とくしん》の言葉を泥と浴びせた。悪態の果てには、われとわが身を呪いさえした。

縁《へり》から縁へ溢れんばかりに吼《ほ》え立てる容器たちの呼び声に、ようやく隊商《キャラバン》がやってきて、頑丈なはやての天幕を続々と張り巡らせ、野営の用意は整った。巨大なキャンプの一団は黒い動く半円劇場となり、強大な円陣を組み、街へ向かって進軍を開始した。暗黒は爆発し、巨大な荒れ狂う疾風《しっぷう》は三日三晩怒り猛《たけ》った……

＊

「きょうは学校はお休みしなさい」朝、母が言った。「そとはひどい風だから」部屋のなかには、松脂《まつやに》の匂いのする煙の薄いベールが懸っていた。煖炉は吼え、口笛を吹き、犬かそれとも悪魔の群れがなかに繋がれているかのようであった。煖炉の膨らんだ腹の部分に描かれた大きなへぼ絵は色つきの渋面《じゅうめん》を歪《ゆが》め、丸い頬でふざけて見せた。

私は跣《はだし》のまま窓に駈け寄った。空は風のために縦にも横にも膨れ上がっていた。押し広がった銀白の空は、はち切れんばかりに緊張した力の線で描かれ、その強烈な条目《すじめ》は錫《すず》や鉛の凍てついた鉱脈を思わせた。いくつものエネルギーの場に分断され、張力のためにぶるぶると震えている空は、秘められた力量感に溢れていた。空には風力を示す図表が描き出され、姿なく捉えがたい疾風自身は、風景のなかでひそかに動力を充塡《じゆうてん》しているのだった。

疾風は見えなかった。家や屋根、彼女の激情がのしかかっていく場所で認められるだけであった。彼女の力が押し入ってゆくとき、屋根裏部屋はひとつまたひとつ伸び上がり、狂気で破裂するように見えた。

疾風は広場たちを裸にし、走り過ぎたあとの道にしらじらしい空白を残し、市《いち》の広場のひろがりを塵《ちり》ひとつあまさず掃き立てた。ちらほらとしか見かけぬ人間は孤影悄然として身を屈め、建物の角にはりついて羽ばたきしていた。市の広場は全体が膨らみ上がり、猛烈な風の疾駆の下でまっさらな禿頭《はげあたま》を光らせるかと見えた。

高空《たかぞら》では風は冷たい死んだ色を吹き流し、緑青《ろくしよう》色の、黄色の、またライラック色の縞をつくり、おのれの迷路の穹窿《きゆうりゆう》やアーケードを吹き膨らませた。その空の下で家々の屋根は焦燥と期待に満ちて黒く歪んでいた。疾風に押し入られた建物は霊感を得て立ち上がり、近くの建物を下に見下ろし、吹きさらしの空の下で預言することをつづけた。それから風の勢いに屈して倒れ消えた。烈しい風はさらに飛び、喧噪と恐怖で全空間を満たした。こんどは他の家々が未来予見の発作のなかで叫びを上げて突っ立ち預言を下すのだった。

教会の周りの巨大なぶなの木立は、衝撃の重大事の目撃者のように両手を高く捧げ、いつまでも悲鳴を繰り返した。

さらに向う、広場の屋根のあちらに、私は遠くの緋色の壁を、街はずれの家々の剝き出しの切妻壁を見た。それらは恐ろしさに立ち竦《すく》み、われ勝ちに背伸びして高まった。遠くの冷たく赤い照り返しが、季節遅れの色合いにそれらを染めた。

その日は昼食を食べなかった、台所で焚きつけた火が家じゅうに、もうもうとけむったからである。部屋は冷えびえとし風の匂いがした。午後二時ごろ郊外に火事が起こり急激にひろがった。母とアデラは寝具や毛皮や金目《かねめ》の品の荷造りにとりかかった。

夜がきた。風は力と激しさを加え、途方もなく大きなものとなり空間の全体を抱いた。いまではもう家や屋根を訪れるではなく、風は都会の上空に無数の階層と面をもった空間を、幾重にも重なり合う黒い迷路を建築した。その迷路から風は長く部屋のつらなる廊下を湧出させ、電光一閃、袖棟や渡り廊下をとり出し、轟音《ごうおん》と共に長くつづく列柱を作り上げ、それが終ると、空想の楼閣、穹窿、穹窖《きゆうこう》をばらばらに突き崩し、さらに高みへ舞い上がり、霊感によって無定形の無量無辺界を形成するのであった。

部屋はかすかに震え、壁の上の絵がかたかたと鳴った。窓ガラスはランプの油ぎった反射で光っていた。窓に懸るカーテンは嵐の夜の息遣いに膨らんでいた。私たちは、朝から父を見かけなかったことに気づいた。朝早く店へ出かけ、大風のために帰り道を閉ざされたに違いない、と私たちは思った。

「まあ、一日、何も食べずに、あの人は」母は嘆いた。手代のテオドルが夜と嵐を侵して食事届けを引き受けた。兄が遠征に従った。

二人は大きな熊の毛皮で身を包み、アイロンや乳鉢をポケットに詰め込んだ、強風に吹き飛ばされない用心に重みをつけるためのバラストなのだ。

夜へ通ずる表の戸が注意深く開かれた。手代と兄が、膨れ上がった外套ごと闇に片足を踏み入れると、早くも家の敷居の上で夜は二人を呑み下《くだ》した。風はたちまち二人の痕跡を一掃した。窓から覗くと、提げて出たカンテラの火さえなかった。

二人を呑み込んで風は一瞬しずまった。アデラと母はもう一度かまどに火を起こそうと試みていた。マッチは次々に消え、かまどの蓋《ふた》からは灰と煤《すす》が吹き出た。私たちは表戸に寄って耳を澄ませた。大風の哀号に紛れてくどく声、呼ぶ声、喚く声、様々な人声がするように思えた。やがて私たちは嵐のなかに踏み迷う父の助けを求める声を耳にしたと思った、と次には表戸のすぐ外で兄とテオドルの屈託ない話し声のようになった。その声があまりそっくりなので、アデラが戸をあけてみると、まさしくそれはテオドルと兄で、大風に首元まですっぽり嵌り、抜け出すのに難儀しているところだった。

苦労して表戸を締め切ると、二人は息を切らせて外廊下に入ってきた。しばらくは二人がかりで表戸を支えていなければならないほど、風はまともに吹きつけた。やっと閂《かんぬき》を掛けてしまうと、風は立ち去った。

二人は夜について、嵐についてきれぎれに話した。風に浸された毛皮から空気が匂った。二人は眩しさに目を瞬《しばた》いた、まだ夜をいっぱいに込めた目からは瞬《また》きするごとに闇がこぼれた。店まで行き着くこともかなわず、道に迷い、ようやっと戻ることができたのだ。街の様子は二人に見分けがつかず、道という道が入れ替わっていた。

母は出たらめだと疑った。実際、全体の印象からいえば、この十五分間、二人は一歩も歩き出さず、ずっと窓の下の暗闇に立っていたとしても不思議はない感じがした。だが、もしかしたら、ほんとうに街も市場もなくなったかもしれない、そして、風と夜とは私たちの家の周りを、唸り声と口笛と悲鳴の充満する暗い書割で取り囲んだのかもしれない。あるいは、疾風が私たちに思い込ませたあの巨大な哀しみの空間は全く存在しなかったかもしれず、あれらの哀れな迷路、たくさんの窓の並んだ通路や廊下――風はそれを黒い長いフルートのように吹き遊んだ――も全く非在だったかもしれない。私たちの心のなかには、次第次第にひとつの確信が強まっていった――この嵐はただドン・キホーテ式の夜にすぎず、狭苦しい書割の上で、悲劇的な無辺際、宇宙的な天涯無住、疾風の孤独の物まねを試みているのだという考えが。

そのころになると、表の戸は頻繁《ひんぱん》に開かれるようになり、マントとショールに身を包んだ客たちが通された。息を切らせた隣人あるいは知人は、首巻や外套のなかからゆっくりと現れ、喘《あえ》ぐような声でとりとめもない言葉を並べて話したが、どれもがやたらに大げさな、夜の無辺を出たらめに広げたような話ばかりだった。私たちはみな明るく照明した台所に坐っていた。かまどの火と煖炉の上の大きな煙覆いの背後は、数段上がれば屋根裏部屋へ昇る戸に通じた。

その階段には手代のテオドルが陣取り、風に鳴る屋根裏の音楽に耳を傾けていた。彼は風の合い間合い間に、屋根裏の梁《はり》の蛇腹が波打つのを聞き、またくにゃくにゃとなり大きな肺のようにぶら下がって溜息を洩らした屋根が、再び息を盛り返して垂木の垣根を並べ、ゴチック建築の円天井のように成長し、百回もこだまを繰り返す桁木の森をひろげ、巨大なコントラバスをいくつも入れた箱のように音立てるのを聞いていた。だが、しばらくすると、私たちは嵐のことを忘れた、アデラはかちかち音をさせながら乳鉢で肉桂を搗《つ》いていた。ペラジア叔母が訪ねてきた。小柄で、活発で働き者の彼女はレース付きの黒いショールをかぶっていたが、アデラを手伝って台所の片づけを始めた。アデラは雄鶏の毛をむしっていた。ペラジア叔母は煖炉の煙覆いの下で紙屑を焼いた、黒い炉床に大きな炎が上がった。アデラは鶏の頸《くび》をつかみ、むしり残しの毛を焼こうと火にあぶった。雄鶏は火のなかで急に羽ばたきし、叫びを挙げ、そして燃えた。するとペラジア叔母が食ってかかり、呪い、雑言《ぞうごん》を喚き始めた。怒り狂って彼女はアデラと母につかみかかった。私はあっけにとられていた。叔母はますますまっかに怒り、身振りと呪詛《じゅそ》の言葉の塊となった。怒りの発作のなかで彼女はばらばらに解体し、細かくなり、百匹の蜘蛛となり、床の上にちらばって黒いぎらぎらと光る狂気のあぶら虫の疾走に分かれるのではないかと思われた。そうなる代りに彼女はにわかにちいさく縮まってゆき、そのあいだにも呪詛と雑言を喚き散らした。背なかを丸めたちっぽけな彼女は不意に台所の一隅に駆け寄り、呪い、咳込みながら積んであった煖房用の薪の山をかき回し、二本の細い棒を見つけた。興奮に飛び立つような手でそれを握りしめると、彼女は両足にそれをとりつけ、竹馬《たけうま》のように立ち、こんどは床板をとんとんと鳴らしながら部屋を斜めに行きつ戻りつ黄色い杖《つえ》を支えに歩き回り、次第に早さを増すうちに、にぶい板の音を響かせて樅板《もみ》のベンチに駈け登り、そこから台所の四面《しめん》の壁に張り巡らせた皿を載せる棚にとりつき、がちゃがちゃとその上を走るかとみると、行き着いた一隅でますますちいさくちいさく縮んでいき、黒ずみ、燃えて縮かまった紙のように丸まり、一かけらの灰燼《かいじん》、細かな灰となり、そして無に帰した。

私たちはわれとわが身を焼き、食い平らげた狂気の怒りの前に茫然と立ち尽くした。発作の悲しい進行を胸の痛む思いで見つめていた私たちは、その哀れな過程が当然の結末に到達すると、ある安堵《あんど》と共に自分たちの仕事に戻った。

＊

アデラは再び乳鉢を鳴らして肉桂を搗き、母は中断された会話をつづけ、そして手代のテオドルは屋根裏部屋の預言に耳を澄ませながら、滑稽な渋面《じゅうめん》をつくり、眉を高く吊り上げて独り笑いを洩らした。

原題　Wichura

大いなる季節の一夜

だれしも知るところだが、凡庸通俗な年々のつづくなかで、奇矯な〈時〉は時おり別の、変わり者の不名誉な年を産む。そして小指の隣に生えた六本目の指のように、その年のどこかには十三番目の偽りの月が芽生えるのだ。

偽りというのは、そうした月が完全な成長に達することが稀であるからだ。遅くなってからできた子のように、このせむしの月は発育が悪く、半ば萎《な》えた、どちらかといえば現実的よりは空想的な子である。

それは、夏という老人の淫乱と遅まきの放蕩の活力に由来する。八月も過ぎながら、夏の太い老木は惰性からまだ実を結ぶことをつづけ、虫食い穴から、あれら不毛で白痴のへびりんごの日々、雑草の日々をひねり出し、そのおまけに大奮発して、食べられもしないなりそこないのトウモロコシの日々——奇異の目を瞠《みは》る不必要な白色の日々を投げ売りする。

それらは姿かたちも不揃《ふぞろ》いのまま大きくなり、発育不全の日々は化け物の五本指のように癒着《ゆちゃく》し合って芽を出し映日果《いちじく》の実の形に握られる*1。

これらの日々を、ある人々は四季の偉大な書の章のあいだにこっそり紛れ込ませた外典《アポクリファ》に、またその書のページのあいだにひそかに綴《と》じ込まれた消し書き羊皮紙《パリンプセスト》になぞらえ、あるいは印刷していない白紙のページに喩《たと》える、飽きるほど読み空想に富んだ目は、その空白の上に様々な絵を夢想し、その色彩を消して、白く、より白いページとしたうえで、その無の上に休らい、やおら新たな冒険、新たな章の迷路のなかへと魅《ひ》き入れられてゆくのである。

ああ、あの半ば黄ばんだ古い四季のロマンスの書、あの丁綴《ちょうと》じのほどけかけた大いなる暦書《れきしょ》よ！　その書物は〈時〉の古文書館《こもんじょ》のどこかに忘られている、だがその内容は裏おもての表紙のあいだを抜け出て大きくなり、月々の饒舌《じょうぜつ》のため、虚言の急速な自己繁殖のため、無駄話や夢想のために不断に膨らみ上がってゆく。ああ、さらに、これらの物語の筆を進めつつ、父についての話を次々にこの暦書の余白に並べつつ、もしや私は心ひそかに願っているのではないだろうか、それらがいつの日か、たれ知らず、あの絶妙の書、ばらばらになってゆく書物の黄ばんだページのあいだに紛れ込むことを、あの書のページから響く大いなるさざめきのなかへ入り混じることを。

ここに語ろうとする出来事は、その年、あの十三番目の月、番外の、いささか偽りの月に、暦《こよみ》の大いなる年代記のあれら空白の十数ページの上で起こったことである。

それは奇妙にぴりぴりと刺す爽快《そうかい》な涼気の朝々であった。落ちついた冷静な天候の歩みから、がらりと新しい空気の匂いから、また光線の特別な態度から、季節は新しい日々に、〈神の年〉の新たな領域に入ったことが知られた。

その新しい空の下では、人声は鮮やかな響きで震えた、それは塗料やペンキが匂い、すでに手は着けたが試みてはない物ばかりのあるまだ新築の人けのない一室のなかでのようであった。奇妙な感動を抱きながら人は新しい谺《こだま》を実験し、旅をあすに控えた寒い正気《しょうき》な朝、コーヒーに添えたケーキに手を着けるときのように、期待にときめいて、それを試みた。

父は再び店の奥の帳場に坐っていた、それは円天井のある小部屋で、そこでは細かに仕分けられた帳簿の列が格子か蜂の巣の模様をつくり、書類や手紙や送り状が絶えず厚い束となってこぼれ出た。大判の用紙のさらさらと鳴る音、果てしなく書類をめくりひろげる音のせいで、この部屋の罫線《けいせん》を引かれた空虚な実存が増大していった、そして用箋の綴じ込みのごく頻繁な置き替えの結果、無数の会社の社名入りの便箋が発する空気の漂うなかで、一幅の聖画が昔の色彩を取り戻すのだった――それはある工業都市の鳥瞰図《ちょうかんず》で、煙を吐き出す煙突の林を茂らせ、受賞のメダルがずらりとその周りを囲み、枠どりには麗々しく *& Co.* の花文字が弓なりに並んでいた。

父がそこの高い丸椅子に腰かけると、鳥籠のなかにいるように見え、帳簿の鳩小屋は重ねた紙のためにさらさらと鳴り、そしてどの巣もどの洞《うろ》も数字の囀りに満たされていた。

広い店の奥では、日いちにちとチェビオット（スコットランドの上等な毛織物）やビロードやコール天などの織物の仕入れが暗がりを増し、殖えていった。冷やかなフェルトの色を湛えた穀倉《こくぐら》か納屋を思わせる暗い棚の上では、在庫品の落ちついた暗色が百回も利子を稼ぎ、秋の強大な元手が肥えふとっていった。元手はそこで成長し暗い色を加え、大劇場の階段座席を思わせ、棚の上にいよいよ広って座をしめ、毎朝、秋の涼気とウオツカの匂いのなかで、顎ひげの運搬夫たちが、重みに唸りながら熊のような肩に乗せて朝さむと一緒に運び込む箱やケースの新しい仕入れ荷によって、日に日に補充され、殖えていった。丁稚《でっち》たちはたっぷり青系統の色を吸い込んだ新着の品々を積み上げては、高い棚の上の隙間を埋め塞いだ。それは秋のあらゆる色の巨大な一覧表であった。色合いに応じて分類され、幾重にも重ねられ、そして下から上まで、鳴り響くシロフォンの階段のように、一切の色彩のオクターブの音階に従って配置された目録なのだった。まず最下段は嘆くような遠慮がちのアルトの半音に始まり、そこから遠景のくすんだ灰色へ移り、ゴブラン織の緑や空色となり、いよいよ幅ひろい和音となって上へと伸び濃紺に達し、遠い森の藍色、木々の葉ずれさわぐ公園のプラッシ天に届き、やがてあらゆるオークル、紅《べん》がら、錆《さび》色、セピアを通って、枯れかけた庭のざわめく色へ入り、茸類《きのこるい》の暗い香りへ、秋の夜の深みに息づく朽ち木へ、さらに最も暗い低音の虚ろな伴奏へとさまよい込んでゆく。

父は秋の布地の在庫のあたりを歩きながら、それらの量《マッス》を、その募る力を、〈季節〉の静かな威力を、落ちつかせ静まらせた。蔵入れしたこれらの色彩の貯蔵を、父はできるだけ長いあいだ持っていたい考えであった。鉄の重みを持つ秋の元手に手を着け、あるいは現金に換えることを父は恐れていた。しかし父は、秋の風が、生暖かい木枯しが、いつかはこれらの棚に吹き荒れること、そのときは、すべてが空《から》になり、街全体の上に爆発する色彩の激流となって、それらがいっせいに流れ出すのを防ぎとめるすべもないことを、知っており、感じていた。

〈大いなる季節〉の時がやってきた。街の通りは活気づいていた。午後の六時、街は熱病に華やぎ、家々は頰を紅潮させ、そして人々は、何か内なる火に生気をかき立てられ、鮮やかな配色に塗られ、祭礼の日の美しい悪性の熱に目を光らせて歩いていた。

横丁や静かな袋小路は早くも夕方の領域に逃げ込もうとしていて街は空《から》だった。ただ子どもたちだけがバルコニーの下のちいさな広場で遊んでいた、彼らはさわがしくわけの分からない遊びに息もつかず熱中していた。彼らは口にちいさな袋をくわえ、それを膨らませると、にわかに赤くなり自分たちまでがぐるぐるするする音を立てて、大きく膨らみ、あるいは、ばかげた仮面をかぶってときをつくる赤いにわとりに化け、空想の、たわいない派手な秋のお化けに変わった。そのように膨らみ啼《な》きしきる子どもらは長い色ある鎖となって空中へ舞い上がるのではないか、そして秋の渡り鳥のように鉤形《かぎがた》に連なり街の上を飛ぶ――それは秋空を行く紙細工の幻想の小船隊――のではないかと思われた。子どもらはまた喚声を上げながら、音やかましいちいさな車をのろのろと走らせていた、車輪や心棒が多彩な雑音を発した。叫び声を満載した車は坂道へきて勢いをつけ、低みに流れる夕べの黄色い小川の手前まで一気に駈け下り、そこでばらばらと一山の輪と釘と板切れとに解体した。

　子どもたちの遊びが、いよいよかしましさを加え手の込んだものとなったころ、街の紅い頰は暗さを帯びて紫を咲かせ、世界全体がとつぜん萎《な》えて黒ずみ、そのなかからおぼろな薄暮がはたとこぼれると、たちまちそれは一切のものに感染した。陰険な薄暮の疫病は猛威をふるって広がり、ひとつの物から他の物へと巡った、ひとたび触れた物は、たちどころに腐り、黒ずみ、ぼろぼろの粉となって散った。人々は音のない狼狽のなかで薄暮から逃走したが、レプラはすぐに彼らに追いつき額に暗色の発疹《はつしん》を起こさせた、人々は顔を失い、顔は大きな、形をなさぬ染《し》みとなって落ちた。輪郭を失い目を失った人たちは、道々、次々に仮面を投げ捨てた。すると薄暮は人々の逃亡のあとに残されたそれらの仮面で犇《ひしめ》き合った。やがて、一切が、黒い色の殻をつけ始めた、殻は蝕《むしば》まれて脆《もろ》く、大きく剝《は》げ落ちてゆき、闇の病んだかさぶたをぼろぼろと撒《ま》きちらした。下の世界のすべてが崩れ落ち、静かな混乱、急速な解体の恐慌のなかで無に帰したとき、上方では夕焼けの声ない警報がつづき、次第に高まってゆき、百万の聞こえない鈴の囀りに振動し、銀色の大きな無限を目ざし翼《つばさ》を並べてゆく百万の見えない雲雀《ひばり》の飛翔で膨らんだ。するともう夜がきていた——大きな夜は、さっきまでは風の息吹きで横に広まっていたが、いまは上へ上へと伸びていくところだった。無数の夜の迷路には、ところどころ明るい巣が掘られた——それは色つきの大きなカンテラを灯し、積み上げた商品と、買物客のざわめきに満たされた店々である。それらのカンテラの透き徹ったガラスの向うに、秋の買物のさわがしい奇妙な儀式を見守ることができた。

闇によって高さを増し風のために幅をひろげた襞《ひだ》の多い大きな秋の夜は、その暗い襞のなかに明るいポケットや巾着《きんちゃく》を隠《かく》していた、そこには彩色《さいしき》を施した小物、それからチョコレートやケーキなど外国産の色鮮やかな品が入っていた。キャンデーの空き箱を貼り合わせてつくったちいさな屋台の店々は、内側にチョコレートの広告を目立つようにべたべたと貼り巡らせ、ちいさなせっけん、たのしい安物、金ぴかのちゃちな品物、銀紙、喇叭《らっぱ》、ウエファース、色つきの薄荷《はっか》などをいっぱいに並べていた。それらの夜店は夜の風にはためく巨大な、迷路のような垂れ幕の上にばら撒かれた軽はずみな宿場《しゅくば》であり、悩みなきおもちゃのガラガラであった。

大きな暗い人群れが闇のなかを流れた、数千の足が鳴り、数千の口が一時に物を言い、ごった返す喧噪のなかをざわざわと縺れ合いながら、そぞろ歩きの群れは秋の都会の大通りに伸びていった。こうして河は流れた——人声と暗い視線と陰険な盗み見に満ち、会話に細切《こまぎ》れにされ、饒《じょう》舌《ぜつ》に遮られる河、話し声と笑い声と雑踏の大きなどろどろが流れた。それは秋の乾き切った芥子《けし》坊主たちが、群れをなして繰り出し、さらさらと種《たね》を撒きちらしながら歩くかと思われた——人の頭はガラガラ、人々は鈴であった。

父は上気した顔で目を光らせながら、明るく照明した店のなかをいらいらと歩き、そしてときどき聞き耳を立てた。

陳列窓と入口のガラス越しに街のざわめきが、流れる人群れの喧噪が遠く聞こえていた。店の静寂の上には、大きな円天井から吊《つる》した石油ランプが明るく灯り、店じゅうの大小のあらゆる暗がりからたとえわずかな闇の痕跡をも追い出していた。がらんとした広い床は静けさのなかでみしみしと音立て、自分の光る四辺形、大きな板タイルでできた碁盤の縦と横とを照明の下で計算していた。タイルたちは軋む音によってたがいに会話を交し、それに答えて、はじけるような大きな音が、あるときはそこ、あるときは向うから聞こえた。その代り織物たちは声も立てず、ビロードのけば立ちのなかでひっそり静まっていた、ただ父の肩越しに、壁に沿って視線を投げ合い、棚から棚へ頷き合うひそかな信号をとり交した。

父は聞き耳を立てていた。父の耳は、この夜の静寂のなかで長く伸び、窓のそとまで枝を広げるかのようであった。それは夜の澱《おり》に波打つ幻想の珊瑚虫《さんごちゅう》、赤い腔腸動物《ポリプ》なのだ。

研ぎ澄まされた父の耳に聞こえてくるものがあった、高まる不安と共に耳に届いたのは、こちらへ近づいてくる遠い群衆の寄せ波であった。父は恐怖に打たれ、だれもいない店を見回し、店の者を捜した。だが、あれらの毛の黒い、また赤毛の天使たちは、どこかへ飛んでいったきりだった。父だけが、恐慌のただなかに取り残されたのだ、群衆は間もなく、店の静寂を打ち破ってなだれ込み、ののしり声を上げて掠奪を開始し、長い年月、ひっそりと大きな倉のなかに買い集めたあの豊かな秋のすべてを、分け合い、攫《さら》い去るに違いなかった。

丁稚たちはどこへ行ったのだろう？　暗い、織物の砦《とりで》を守るべき、あれらの美しい天使たちはどこにいるのか、どこか家の奥で、人間の娘たちを相手に罪を犯しているのではなかろうか、父にとってそれは痛々しい疑惑であった。父は不安にとり憑かれ身動きもせずに立ち尽くし、店の明るい静寂のなかで目を光らせながら、内奥の耳を澄ませて、家の奥で、あの大きな彩色したランタンの光る奥の小部屋で、何ごとが行われているのかを感じとろうとした。父の前に大小の部屋部屋は、まるでカードの家のように一枚一枚ドアを開いていった、すると、父の目には、丁稚たちがアデラのあとを追い、明るいだれもいない部屋をいくつも抜けて、階段を駈け降り駈け昇り、そして逃げおおせた彼女が明るい台所に跳び込み、食器棚で戸を塞ぐところまで、はっきり見えるのであった。

彼女は息を弾ませて立ち、輝き、はしゃぎ、微笑と共に長い睫毛《まつげ》を瞬《しばた》いた。丁稚たちは、くっくと忍び笑いをしながらドアの下にくらいついていた。台所の窓は夢と縺《もつ》れに満ちた大きな暗い夜に向かって開かれていた。斜めに開いた黒い窓ガラスは遠いイルミネーションの反射で燃えた。周りには鍋や太瓶《デミジョン》が並び、静かななかで油のように光った。アデラは瞬きしながら化粧した顔を用心深く窓の外へ覗かせた。男たちが待ち構えているに違いないと、下の暗がりに丁稚たちの姿を求めたのだ。いるいる、男たちは二階の窓の下に狭く突き出した飾り壁の上に恐る恐るずらりと貼りつき、遠いイルミネーションに壁ごと赤く照らし出され、彼女の窓のほうへ忍び足で近寄るところであった。父は怒りと絶望の叫びを挙げたが、しかしそのとき、吠え喚く人声は身近に迫り、明るい店の窓には接近した顔どもがにわかに映った、薄笑いに歪んだ、喚き立てる顔は、光るガラスの上にぺったりと鼻を押しつけた。父は激昂に紫色となり、売り台の上に跳び上がった。群衆は嵐のように砦《とりで》の攻撃を開始し、ときの声を挙げて店になだれ込んだ、すると父はひと跳びで生地を載せた棚の上に飛び移り、群衆の頭上高く身を支え、力いっぱい大きな角笛《つのぶえ》を吹き鳴らして、急を告げた。だが、円天井は援軍に駈けつける天使たちの羽音に満たされるではなく、却って角笛の響くたびに群衆の大きなはやし声が応じるのであった。

「ヤクブ、商売だ！　ヤクブ、売っとくれ！」だれもが叫んだ、そしてその叫びはいつまでも繰り返され、声を合わせるうちに一定のリズムを生み、次第にリフレインのメロディーと変わり、すべての咽喉《のど》によって歌われた。父は敗北を察し、高みから飛び降り、大声にどなりながら生地のバリケードへ突進した。父の軀は怒りのために巨大となり、頭は握りしめた紫色の拳骨《げんこつ》玉に膨れ上がった、戦う預言者のように布地の砦《とりで》に駈け上がると、父は大暴れにあばれ出した。父は重い毛織物の山に横合いから全体重でのしかかり、板に巻いた反物をたばねて引き出し、一気に担ぎ上げて二、三歩あるき、猫背の肩の上に高々とさし上げ、棚の高みからどさりと勘定台の上に投げ落とした。反物は飛び散り、巨大な旗となって空中にはためいた。棚は爆発を起こしてところきらわず生地を撒きちらし、モーゼの杖の神通力にかかったかのように布地の瀧《たき》を迸《ほとばし》らせた。棚という棚の在庫は、こうして流れ出し、激しく嘔吐《おうと》し、大河となって流れた。彩り豊かな棚の中身は流出し、水かさを増し、溢れ、勘定台やテーブルを水浸しにした。

店の壁はこの布地の宇宙開闢《かいびゃく》の強力な展開の陰に、堂々たる峰を重ねた連山の下に消失した。山裾《やますそ》のあわいには深い谷間が口をひらき、山々の弁ずる大言壮語の向うを張って大陸の曲線が雷鳴を轟かせていた。店のなかの空間は涯《はて》しなく広がって秋の風景のパノラマとなり、遠くには湖水も見えた。そのような山水を背景にして、父は幻想のカナーン（神がイスラエル人に約束した理想境。「創世記」一二章七節）の地の山襞《やまひだ》と谷のさなかを放浪していた、父は大股《おおまた》に歩き、預言者のように雲のなかで両手を十字の形にひろげ、そして霊感のひらめくままに国づくりに余念なかった。

はるか下方、父の激怒から成長したシナイ山のふもとでは、民《たみ》は身振りし、バール神（古代セム人の神、一般には偶像、邪神のこと）を呪詛《じゅそ》し、また信奉し、そして交易していた。柔らかな襞を抱え切れぬほどとる者、色とりどりの布地を軀にまとう者、即席のドミノや外套を巻きつけてみる者——とりとめもない話し声が、いつまでもつづいた。

父はとつぜん、その場に群がる商人《あきんど》たちを見下ろし、怒りに伸び上がって、重々しい言葉で高みから偶像崇拝者どもに訓《おし》えを垂れた。次に父は絶望に駆られて、見上げるような衣裳箪笥によじ登り、棚から棚へ、いまは裸にされて骨組みだけの棚の板を踏み鳴らしながら狂ったように駈けた、父は自分には見えぬ家の奥で展開されている悪徳のあられもない図を想像し、その光景に追われているのであった。まさしく店の男たちは窓の高さにある鉄板のバルコニーに辿りついて柵にしがみつき、アデラの上半身をつかみ、あっけにとられて目を剝き、絹の靴下に包まれたほっそりした足をばたつかせているアデラを無理やり窓から引きずり出した。

父が忌むべき罪を怖れ、その怒りの身振りによって風景の恐ろしさそのものと合体したとき、下では、悩みなきバールの民は無礼講の極みにあった。何やらパロディーめいた熱情、笑いの疫病のようなものが、彼ら下賤の者を衝《つ》き動かしていた。そういう彼ら――ガラガラ玩具の民、胡桃《くるみ》割りどもに、どんな生まじめさを要求することができよう！　飽きもせずけばけばしい言葉の粉を挽《ひ》きつづけるこれらの水車番どもに、父の大いなる憂いへの理解を要求することがどうしてできよう！　預言者の憤怒の雷《いかずち》には耳を貸さず、絹のマントを着た商人《あきんど》たちは、ひろげた布地の山々の周囲に輪をつくり、笑いさざめきながら品物の評定に熱中していた。この闇の取引所はよく回る舌で風景の美の実体を吹聴し、それを饒舌《じょうぜつ》の肉挽き機にかけてこまかくし食べてしまいかねなかった。

少し離れて別の場所には、色鮮やかな長衣、大きな毛皮のとんがり帽のユダヤ人たちが寄り集まって明色の布地の高い瀧を前に立っていた。それは最高法院（サンヘドリン、七十一人からなるユダヤ教の宗教会議）の長老たちで、手入れの届いた長い顎ひげをしごきながら、節度正しく外交的な会話を運ぶ様子は、神の恩《おん》寵《ちょう》と威厳に溢れていた。しかしその儀式めいた会話にも、交し合う視線にも、笑いを含んだアイロニーの光があった。それらのグループのあいだを突っ切って俗人たち、無形の群衆、顔と個性を持たない賤民どもが歩いた。彼らはこうして風景のなかの隙間を埋め、軽薄なおしゃべりの鈴やガラガラで背景を添えた。それは道化役、踊り疲れたプリチネラ（イタリアの道化芝居の主人公の名）やアルルカンどもの群衆にすぎなかった、何を買うというしっかりした意図もなしに、あっちこっちの取引に顔を出し、ふざけ話で茶化してしまう連中なのだ。

だが、陽気な彼らも、次第に冗談に飽きて、風景のなかの遠い場所へ散り、険しい岩や谷のなかへゆっくりと消えていった。舞踏会の夜、遊び疲れた留守居の子どもらが、部屋の隅などに入って寝込んでしまうように、道化たちもたぶん一人また一人、そこの穴、かしこの凹みへ入っていったに違いない。

さて街の長老たち、最高法院《サンヘドリン》の高貴の人々は権威と尊厳に満ちた塊を作ってゆっくりと歩き、ひそひそと奥深い討論をつづけていた。あの山の多い広大な地方に散らばって、長老たちは二人また三人と遠い曲がりくねった道を歩いていった。彼らのちいさな暗い影絵だけが、この荒涼とした山地に活気を与えた、連山の上には重たく黒い空が垂れ、雲の懸った襞の多い空は長い平行線の畝《うね》に切られ、銀色と白の稜線に終って、その奥になお遠く山脈《やまなみ》の層を重ねていることを示していた。

ランプの光がその山国に人工の昼を——明け方も夕暮れもない奇妙な昼をつくり出していた。父はすこしずつ平静をとり戻した。怒りは収まり風景の積み重なりのなかで冷《さ》めていった。父はいま高い棚の上に坐り、秋めくはるかな風光に目を当てていた。父の目には遠くの湖で魚捕りをしている様子が見えた。小舟には漁師が二人ずつ乗り、投網《とあみ》を打っていた。岸には籠《かご》を頭に載せて運ぶ男の子たちが見え、銀色の獲物《えもの》が籠のなかでしきりに跳ね回った。

そのとき、遠景の散歩者の一団がいっせいに空を仰ぎ、手を高く挙げて何かを指さすのが父の目に映った。

すると間もなく、空は色ある発疹をいちめんに吹き出し波立つ汚点に覆われた、それはみるみる数を増し熟し、やがて奇怪な鳥の群れが空間を満たした、鳥たちは高く低く螺旋《らせん》を大きく描きながら旋回し迂回し交錯した。雄大な飛翔、羽ばたく音、静かな滑走の荘厳な線で空いちめんが埋まった。大きなこうのとりのように悠々と翼を広げたまま身動きもせず流れるように飛ぶものもあれば、暖かい空気の波に体を支えるため、色とりどりの羽飾りが、蛮人の分捕品《ぶんどり》に似て、苦しげに不器用に羽ばたきする鳥もあった。そしてまた、翼といい太い趾《あし》といい禿げた頸《くび》といい、全体の不恰好さから、ぼろぼろと鋸屑《おがくず》をこぼしている禿鷲《はげわし》やコンドルのぶざまな剝製《はくせい》を思わせるものもあった。

なかには、頭の二つある鳥、数枚の翼を持つ鳥、そして片翼《かたよく》だけで弱々しく空《くう》を撃つかたわの鳥たちもいた。空は古いフレスコ画に似てきた、そこに氾濫《はんらん》する怪物や空想の動物たちは、旋回し遠ざかり、多彩ないくつもの楕円を描いて再び舞い戻ってくる。

父は棚の上ですっくと立ち、にわかに顔を輝かせて、昔ながらの呪文で鳥たちを呼び寄せながら両手をさし伸べた。見覚えのある鳥たちが父を有頂天にした。それは、かつてアデラが八方の空に追いやったあの鳥たちの世代の忘れられた遠い末裔《まつえい》であった。彼らが衰え、また栄えて帰ってきたのだ――あの人工の子孫たち、内側では腐っている退化した鳥の種族が。

むやみと背たけが伸び、ばかに巨大化した鳥たちは体のなかは空《から》で生命のない亡骸《なきがら》だった。鳥たちの生命力のすべては羽に乗り移ってしまい幻想だけが栄えていた。いわばそれは絶滅した鳥類の博物館、鳥の天国のがらくた置場であった。

あるものは裏返しとなって飛んだ、そういう鳥は一組の錠と鍵のような不細工な嘴《くちばし》を持ち、そこに極彩色のこぶをいくつもつけ、しかも目は盲《めし》いていた。

　この思いがけない帰還にいかほど父は感動し、鳥の持つ本能、主人への愛着にどれほど驚嘆したかしれない、追放された種族は魂のなかにその本能と愛着とを伝説のように抱きしめ、幾世代をも経たのち、種族の絶滅を前にした最後の日に、その力によって祖先の父なる国へ引き戻されてきたのである。

　しかし、それらの紙細工の盲目の鳥たちは父を見分けることがもはやできなかった。父が昔の呪文を唱えて呼ぼうと、忘れかけた鳥の言葉で叫ぼうと無駄であった、鳥は聞く耳もなく見る目も持たなかった。

　不意に唸りを上げて石つぶてが空《くう》を切った。愚かで無思慮な種族、あの陽気な連中が幻想の鳥の空を目がけてと飛び道具を向けたのだ。

　父の制止の声も呪いの身振りもどこ吹く風であった。こうして鳥たちは墜落した。つぶての一撃で彼らはぶらりと空に垂れ、萎えしぼんだ。そして地上に落ちるまでには形を失った一塊の羽毛に変わった。

　またたくうちに高原は不思議な幻想の骸《むくろ》に覆われた。父が殺戮《さつりく》の場に駈けつけるより早く、華麗な鳥の全種族は骸となって岩の上に散乱した。

　そのとき初めてまぢかに父はこの貧弱な鳥の世代の偽ものを、安直な解剖学の滑稽をまのあたりにしたのだった。

　それは、羽を大きく束ねて鳥の体のように膨らませたものにすぎなかった。たいていはどこが頭とも知れず、その部分は棒の形をしていて精神の兆候のかけらもないのだった。あるものは毛深い野牛の毛を貼り合わせてあり、ひどい悪臭を放った。あるものは毛の抜け切ったせむしの駱《らく》駝《だ》の死骸を思わせた。一見して、特別な紙でこしらえたらしい鳥たちは、中は空《から》なのに見かけばかりは美しく彩色されていた。あるものは、そばで見ると孔雀の長い尾羽《おばね》でしかなく、その色鮮やかな扇の形には、何か見せかけの生命がどうやってか吹き込まれていた。

私は父の悲しい帰還を見ていた。すでに人工の一日は徐々に平凡な早朝の色合いを帯び出していた。荒廃した店のなかでは、最上段の棚が朝空の色を吸い込んでいた。消え失せた風景の断片のあいだから、夜の舞台の壊れた袖から、父は目覚めて起き上がる店の男たちを見ていた。男たちは散らばった反物のあいだに立ち上がり太陽に向かってあくびした。二階の台所ではアデラが、まだ夢の暖かさを残し、乱れ髪のままコーヒーを挽いていた。器械は白い胸に当てがわれ、コーヒーの実はそこから彼女の艶と熱を貪るのだった。猫が日向で顔を洗っていた。

＊1　一般にヨーロッパ語では映日果《いちじく》の実とは転じて、人さし指と中指のあいだに親指を挟んだ拳を指す。日本では猥褻《わいせつ》な象徴にとどまるが、とくにスラブ世界では、強い侮蔑の意味を表す。その由来は不詳。あるいは、〈楽園追放〉のアダムとエバが恥部を蔽い隠したとして描かれるいちじくの葉も関連するか。ポーランド語では figa と書く。

原題　Noc wielkiego sezonu

砂時計《クレプスイドラ》サナトリウム（第二短篇集）

——ユゼフィーナ・シェリンスカに捧げる

書物

1

私はそれを名づけてただ〈書物《しょもつ》〉と呼び、一切の限定詞も修飾語も用いることをさし控える。そしてこの断念と抑制のなかにあるのは嘆息、超絶的なるものの捉えどころのなさに対する無言の降伏なのだ。というのも、いかなる言葉、いかなる隠喩も、あの名もない物の与える戦慄、胸さわぎそのままに光り輝き、香り立ち、迸《ほとばし》ることはないからである、あれは舌先に触れる最初の味わいからして、われわれの狂喜の容積を超える。形容詞の情感にせよ、修飾辞のけばけばしさにせよ、計量を知らぬあの物の前に、計算を絶するあの絶美の前には物の用に立つべくもない。もっとも読者なら、この小説が目途する真の読者ならば、わが意のあるところを理解してくださるだろう、それには私が読者の目の奥深くを見据え、そのいちばんの底に一閃、あの輝きを届かせて見せるだけで十分なはずである。そんな一瞬の、だが強力な視線のなかに、つい束の間の握手のなかに、読者は必ずや何かを感じとり、受け入れ、見分け、その深い受容に驚嘆のあまり目を細めるに違いない。なぜなら、お互いを隔て合う卓の下で、私たちは皆こっそりと手を握り合っていはしないだろうか。

〈書物〉……どこか幼年時代の暁、人生のそもそもの明け方に、この〈書物〉の優しい光に地平が明るんだのだった。それは栄光に満ちて父の事務机の上に載っていた。黙ってその本に見入りながら父が、唾をつけた一本指であれらの写し絵の背を丹念にこすりつけているうちに、やがて盲目の紙片は靄《もや》を帯び、薄くぼやけ始め、甘美な予感によって微光を放ち出し、にわかに薄紙のけば立ちが剝《は》げ落ちると、紙は孔雀《くじゃく》の羽根の玉模様を思わせる睫毛《まつげ》のある片影をわずかに覗かせた、すると視覚は失神しかけながら、神々《こうごう》しい色合いのけがれ知らぬ夜明けのなかへ、純潔の藍色《あいいろ》の奇蹟の湿《しめ》りのなかへ降りていった。

おお、明らんでくる目の膜《まく》、おお、侵入する輝き、おお、至福の春、おお、父よ……

時おり父は椅子を立ち、〈書物〉から離れて部屋をあとにした。そういうとき私は独りきりで彼女（書物）と向かい合うこととなった、すると風が彼女のページを吹き抜け、そのたびに次々とさし絵が立ち上がった。

そして風が静かにページをめくっては、色や姿たちを吹き動かしているとき、彼女の紙面の段組みを突き抜けて戦慄が走り流れ、それは活字のあいだから鉤形《かぎがた》の燕《つばめ》や雲雀《ひばり》たちを解き放った。こうして彼女はばらばらに散らばりながら、一枚一枚と飛び立ち、優しく風景のなかへと浸《し》み込んでゆき、その彩りをたっぷりと吸いとらせた。折おり彼女が眠り込んでいるとき、風はこけばらの花を吹くようにそっと吹きあおり、彼女の花びらの一枚一枚、瞼《まぶた》の一枚一枚をひらいていった、眠りに落ちた盲目のビロードの花弁がすべてひらかれた底の底には、藍色の眸《ひとみ》が、孔雀色の蕊《しべ》が、蜂雀の鳴き立てる巣が隠されている。

あれは遠い昔であった。母はまだそのころはいなかった。私は日々を父と二人だけで過ごしていた――私たちの、当時は世界ほどにも大きな部屋のなかで。

ランプに垂れ下がったプリズムのようなクリスタルは散乱する色彩で部屋を満たし、あらゆる隅々に虹がばら撒《ま》かれた、そしてランプが鎖ごと揺れると、部屋全体は虹の断片を伝《つた》って動き回り、七つの惑星のある天球がいくつも巡《めぐ》りつつ行き交うかのように見えた。私は父の脚《あし》と脚とのあいだに立ち、円柱につかまるように、両側から、その脚にしがみつくのが好きだった。父が手紙を書いていることもあった。私は事務机の上に坐り込んで曲がりくねる署名の肉筆を感嘆して見守った。その字はコロラトゥラ・ソプラノの顫音《トレモロ》のように縺《もつ》れ震えた。壁紙の上では微笑の蕾《つぼみ》が芽吹き、人の目が孵《かえ》り、ふざけた絵がとんぼ返りを打った。私を喜ばせようと、父は虹色の空間へ向けて長いストローからシャボン玉を吹いた。シャボン玉は壁に当たって空中にその七色を残しながらはじけた。

それから母がやってきた、するとそれまでの幼く明るい牧歌は終りを告げた。母の愛撫に囚われの身となって私は父のことを忘れたのだ、私の生活は新たな別の軌道を転がり出し、祭日も奇蹟も失った、そしてあるいは〈書物〉のことも永久に忘れ去るようになってしまったかもしれない――もしもあの夜とあの夢がなかったなら。

2

私はふと目を覚ました、それは冬の暗い明け方で、折り重なる闇の層の下、深々とした底のほうでは陰気な曙光が燃えていた。私はまだ瞼の下に群れ合うあいまいな形や徴《しるし》やらを残したまま、苦渋と空虚な哀感のなかで、その昔の、失われた〈書物〉のことを取りとめもなく思い描き始めていた。

だれにも私のことは聞き分けてもらえなかった、そういう鈍さに苛立って私はしつこくせがみ癇癪まじりに親に当たり散らしはじめた。

跣《はだし》に肌着一枚の姿で私は腹立ちに身を震わせながら、父の蔵書を手当たり次第にほうり出したあと、絶望と怒りにつれて私は、あっけにとられている聴き手を相手に、あの描写しがたい物のことについてやみくもに口で説明したのだが、いかなる言葉も、またすっくと立てた私の震える指が描いて見せるいかなる画像も、原物には及びようもなかった。縺れからみ矛盾する説明をつづけるうちに根気の尽き果てた私は無力な絶望感に泣いた。

おとなたちは、何もできぬことを恥じ、うろたえながら、しょうことなしに私を見下ろして立ち尽くした。心の奥では私に済まぬ気もなくはなかったろう。私の激しさ、こらえ性《しょう》のない私のむずがりの調子が、一見、筋の通った言いぶんの見かけを、無理からぬ要求の強みを私に供《きょう》した。皆は思い思いの本を抱えてきては私の手に押しつけた。私はいまいましさにそれらをほうり出してやった。

そのうちの一冊、厚みも重みもある大判のものを、父はしきりに繰り返し、おずおずと私にさし出した。私はそれを披《ひら》いた。それは〈聖書《バイブル》〉であった。そこに私が見たのは、大移動の動物たちが、街道という街道を流れ、幾隊にも枝分かれして遠い国を進んでいくさまだった。それから別のページには、空を埋めて連なる鳥の羽ばたいていくのが見えたり、逆立ちになった巨大なピラミッドのはるかな山頂が方舟《はこぶね》に触れているのも見えたりした。

私は父のほうに目を挙げた、非難の籠る目であった。「知ってるくせに、とうさんは」私は叫んだ。「よく知ってるのに、隠しちゃだめだ、ごまかさないで。こんな本をよこすなんて。なぜ、ぼくに渡すんだ、こんな汚《けが》らわしい外典《げてん》、千冊目の写本、できそこないの偽書《ぎしょ》を。あの〈書物〉はどこにやったの」

父は目を逸《そ》らした。

3

数週間が過ぎると私の乱心は収まり静まった、けれども〈書物〉の影像は、いまだに私の魂のなかで明るい炎となって燃えていた、それはさらさらと音立てる大きな〈法典《コデックス》〉であり、風がページに吹きわたり、その風に散りかけの巨大なばらの一輪のようにいたぶられ、乱れる〈聖書〉であった。

父は私がいくらか落ちついたのを見て、あるとき、恐る恐る近寄ると優しく提案する調子で私に言った。「ほんとうを言うと、あるのはただ本ばかりなのさ。〈書物〉は神話にすぎない、私たちは若いうちこそそれを信じているが、年の経つにつれてまじめに扱うことをやめてしまう」もうそのころ、私は別な考え方を抱いていた——私は〈書物〉が要請であり、責務であることを悟っていた。私は大いなる使命の重みを双肩に感じていた。私は何も応えなかった、軽蔑に加えて抑えがたい沈痛な自負心が何も言わせなかったのだ。

それと言うのも、あのとき、すでに私は不思議な巡り合わせによって手に入れた本の切れ端、哀れな残り物を持っていたからである。私はこの宝ものをだれにも見つからぬよう大切に隠しておいた——せっかくの本に手痛いけちのつくのがいやだったのだ、どうせそんな傷だらけの残りもののありがたさなどだれに理解してもらえるはずもないと思われた。事の次第はこうであった。その冬のある日、掃除仕事のアデラが床ブラッシを片手に書見台に凭《もた》れているところへ来合わせた私は、そこに何やらちぎれた古雑誌の片割れが載っているのを見かけた。私はアデラの肩に倚《よ》りかかった、それは好奇心からよりは、またもや彼女の体の匂いに酔いしれてみたかったからである。彼女の肉体の若々しい魅力が目覚めて間もない私の官能に露になり始めていたころだった。

「ごらん」文句をつけるでもなく、私が甘えかかるに任せながらアデラは言った。「ほんとうかしらね、髪の毛が、こんなに足まで届くほど長くなるなんて。あたしもこんなになってみたい」

私は印刷の絵を覗き込んだ。大判のその紙面に描かれた女は、どちらかと言えば、頑丈そうでずんぐりした体軀に精気いっぱいの世慣れた顔つきをしていた。その頭髪はふっさりとして、両の肩から重たげに垂れ落ち、太い編み毛の先端が足元まで伸びていた。それは何かあり得《う》べくもない自然の気紛れ——毛根から生え伸びた毛髪によって紡ぎ出された襞《ひだ》打つ見事なマントであった。到底、想像できないのは、それほどの重みが耐えがたい痛みの原因ともならず、首が保《も》ち堪《こた》えられていることだった。それどころか、この美髪の持主は、いかにも誇らしげな表情を見せていて、傍らに肉太《にくぶと》の活字で組まれたテキストは、この奇蹟の由来を、こんな文句で始めていた。

「わたくし、アンナ・チラーグ——モラヴィア地方カルロヴィッツェ出身——は、生まれつき薄毛でしたが……」

それは長い身の上話で、聖書にあるヨブの物語の構成に似かよっていた。アンナ・チラーグは神の懲らしめによって薄毛に生まれついた。町じゅうの人々が、この災いに同情した、天罰のくだる理由が全くないと言えないにせよ、彼女の非の打ちどころのない人と為《な》りに免じてのことである。そして今や、熱烈な祈りが実を結び、彼女の頭からは呪いが解かれ、アンナ・チラーグは文明開化の恵みを得て、御徴《みしるし》とお導きとを賜り奇蹟の妙薬たる特効薬を自ら調合し、これで彼女の頭髪は実りをとり戻したのだった。彼女の髪が生えそろったばかりではない、彼女の夫、兄弟、いとこたちまでが日に日にふさふさと黒い毛皮に似た頭髪をたっぷり生やすに至った。ページをめくると、そこには彼女の処方の効験から六週間後のアンナ・チラーグの姿が示され、彼女をとり囲む実の兄弟たち、義理の兄弟たち、甥たち、一家の主たちが、いずれも腰のあたりまで顎ひげを垂れ、口ひげを生やしていて、熊を思わせる正真正銘の男性美の爆発が驚嘆の目を瞠《みは》らせた。

アンナ・チラーグは町全体を幸せにした、神の真の祝福は波立つ毛髪、堂々たる美髪となって流れ、町に住む人々は帚《ほうき》にも似た太い顎《あご》ひげで地を掃き立てていた。アンナ・チラーグは豊髪の使徒となった。故郷の町を幸せになし終えた彼女は世の中そっくりを幸せにしたいとの願いから奨励と懇望を籠めてひたすら愬《うった》えていた——それは、彼女ひとりがその秘中の秘を知るこの神の賜物、この奇蹟の妙薬を自己救済のため手にとってほしいということなのだ。

その身の上話を私はアデラの肩越しに読み終えた、すると忽然としてある考えがひらめき、私はその一撃で全身を炎に包まれて直立した。これこそがあの〈書物〉であった——この巻末のページ、この肩の凝らぬ付録、この屑物とがらくたのいっぱいに詰まった物置小屋こそが！　虹の断片たちが渦巻模様の壁紙の上で回転し出した、私はアデラの手から古雑誌をもぎとると、われにもあらぬ声で喘《あえ》いだ。「どこから持ってきたの、この本は」

「ばかね」アデラは肩を竦《すく》めて言った。「いつも、ここらにあるじゃないの、まいにち、一枚ずつちぎりとって、うちで使っている紙よ、肉屋さんに肉を買いにいくとか、お父さんのお昼用のパンを包むとかに……」

4

私は自室に駈け戻った。興奮にわれを忘れ、顔をほてらせながら私は躍り上がるような手で古雑誌のページをめくり始めた。惜しいことに残っているのは十数枚きりだった。然《しか》るべき本文のページはひとつもなく、広告と案内があるばかりであった。長い髪をしたシビュラ[*1]の預言のすぐあとのページは、すべての病と障害に効く霊薬に割《さ》かれていた。白鳥の絵のついたこの薬液は〈エルザ水〉という名で呼ばれ、数々の奇蹟を起こした。このページを埋め尽くす確かな証言、感激の報告は、いずれも奇蹟を受けた人々のものであった。

　トランシルヴァニアから、スラヴォニアから、ブコヴィナから、完治した人たちが熱意に燃えて押しかけてきた、それは感動の熱弁によってめいめい体験談を証言し、語り聞かせるためだ。繃帯に身をくるまれ、背を曲げてやってくる人たちは、もはや無用となった松葉杖を振り回し、目に当てた絆創膏を剝《は》ぎとったり瘰癧《るいれき》の湿布を投げ捨てたりしていた。

　不具者たちが旅するこの列の向うには遠い悲しげな町々が見はるかせ、どの町も紙のように白い空の下にあって散文と日常性とのために硬《こわ》ばっていた。それは時間の奥底に忘れられた町々で、住人たちはそれぞれのちっぽけな運命によって一瞬たりともそこから身をほどけずにいるのだった。靴職人は骨の髄まで靴職人であり、材料革の匂いをさせ、ちいさな顔に疲れ切った近視の目をしょぼつかせ、その目の下には色褪《あ》せて、くんくんと嗅ぎ回る口ひげを垂らし、全身全霊が靴職人であると自覚していた。そしてもし潰瘍が痛まぬかぎり、腫れ物のために床につかないかぎり、人々は色褪せた灰色の幸せによって幸福でいられたし、安物のたばこ——オーストリア帝国の黄葉種のたばこを吸ったり、富籤《とみくじ》販売店の前で夢想したりしていられた。

　猫どもが彼らの行く手を、あるいは左側からあるいは右側から横切って走り抜け、また夢に黒い犬が現れるなどして、人々は手に痒《かゆ》みを覚えた。時たま、彼らは〈模範通信文〉に倣《なら》って手紙をしたため、念入りに切手を貼りつけ、ためらいつつ不信に満ちて郵便ポストに封書を委ね、ついでにポストが目を覚ますようにといわんばかりに、そいつをこぶしで叩いた。すると、あとで彼らの夢のなかには手紙を嘴《くちばし》にくわえて飛ぶ白い鳩が現れ、やがて雲のなかへ消え去った。

これにつづく幾ページかは日常的な事柄の圏を超えて純粋な詩の領域へと飛翔していた。そこにはハーモニカ、ツィター、竪琴《ハープ》が並んでいた——かつては天使の合唱の楽器であったものが、今日では工業生産の進歩のお蔭をこうむり大衆的な価格で一般の人、敬虔なる人々の手に届くようになっていて彼らの励ましとも、然るべき娯楽ともなった。

そこには手回しオルガンも登場した——それは技術の真の奇蹟、その内部にフルートや喉や管《くだ》、またむせび泣く夜鳴き鶯《うぐいす》たちの巣のように甘く囀《さえず》るパイプオルガンやらと無数に秘めたこの器械は、身体障害者にとってはかけがえのない宝、手足の不自由な人がしこたま稼ぐための収入源、ひろく音楽好きの家庭には欠かせないものである。見ると、手回しオルガンは美しい絵で飾り立てられ、そこいらの見すぼらしい老人どもの肩に吊るされて旅の道にある——老人たちの表情は生活に蝕《むしば》まれ尽くし、蜘蛛《くも》の巣を張り巡らせたように捉えどころがない、涙にうるんだような動きのない目をしたその顔は緩慢に流れ出してゆくふうだ、生きることで不毛となった顔面は、風雪にひび割れた樹皮のように色褪せて愚直であり、樹皮そのままに雨と空の匂いを漂わせていた。

老人たちは、自分の名前も正体もとっくに忘れ果てて自分を見失い、膝の曲がったまま、大きすぎて重い長靴をはいた小幅な規則正しい足どりで、曲折し交錯する通行人の通り道のあいだを縫いつつ、直進する単調な線に沿って足を引きずっていった。

しらじらと曇り日の午前、寒気に固まり切った午後、共に日々の日常に浸っているその時間、老人たちは人知れず雑踏から離れて、四つ辻に組み立てた台の上に手回しオルガンを載せた――電信線で区切られた一条の黄色い空の下、襟を立て、呆けたように道を急ぐ人々のさなか、彼らはいつものメロディーを奏で始めた、それも曲の出だしならぬ、きのう中断した箇所のつづきで「デイジー、デイジー、返事を聞かせて……」と鳴り立てるところ、家々の煙突からは真っ白い蒸気の羽飾りがもくもくと上がった。すると奇妙なことに、始まったばかりのそのメロディーはすぐさま、空《あ》いている空所へ、この時刻のこの風景のなかの自分の場所へと弾みながら収まっていった、それはまるでこの曲が、思いにふけって沈みがちなきょうという日にもともと属していたかのようであった。と、急ぎ足の人々の思考や灰色の物思いが、この調べのタクトに合わせて走った。

ややあって、手回しオルガンの内臓から引き出された嫋々《じょうじょう》の余韻を長々と引いてメロディーが終り、打って変わった別の音楽が楽器から流れ始めると、思考や物思いは、まるでダンスのときのようにステップを変えるために一瞬、立ち停まった、そのあとはもう惑うこともなしに、別の方向へ向け新たなメロディーに乗って回転を開始した。その調べは手回しオルガンの牧笛から駈け抜けて、こう響きわたった――「マウゴジャータ、わが胸の宝……」

すると、この昼前の放心のなかで、だれひとりとして、世界の意味合いが根柢から変わったこと、世界はもう「デイジー、デイジー……」の調べに合わせるのではなく、全く反対の「マウゴジャータ……」*2に乗って駈けていることに気づきさえしなかった。

私たちは再びページをめくる……これは何だろう。春の雨が降っているのか。そうではない、これは小鳥の囀《さえず》りが鉛色の散弾のように雨傘に降りかかる音だ、そのわけは、こんどの広告は本場物のハルツ・カナリヤをはじめとして真鶸《まひわ》や鶫《つぐみ》でいっぱいの鳥籠や、鳴鳥《めいちょう》やら人真似する鳥を入れた編み籃《かご》などをずらり売り出していたからである。紡錘形の体を持ち、綿の詰めものをしたように軽く、悪寒に見舞われながら跳ね飛び、囀りを上げて滑らかに回るボルトの上にいるようにしきりに向きを変え、掛時計の郭公にも似てよく響く声を立てる——そういう彼らは孤独の慰めであり、独り者の身には家庭の煖炉の温かさの代りとなり得たし、冷え固まった心臓からも母性の慈愛の喜びを誘い出すまでに可憐なものを持ち合わせていた。だから、彼らを置き去りにしてページをめくるときがくると、小鳥たちは立ち去る人々の背後からいちだんと高らかに甘えかかる囀りの合唱を送ってくるのであった。

だが、その先になると、お粗末な口上は、ますます拙劣の底へと落ち込んだ怪しげな占い師の講釈の迷路のなかへ下降していく。長マントを着て、黒いひげの奥から微笑の半分だけを覗かせ、必ずや皆さまのお役に立つと大見得を切るこの男は、そも何者か。イタリアはミラノの生まれ、名をボスコといい、黒魔術の大家を自称するご当人の講釈ときたら長々しいばかりで趣旨は不明、両手の指先をしきりに動かしての手振りも腑に落ちる説明とはならない。こうして、本人の納得するかぎりでは驚天動地の結論に到達するに至ったというのだが、その結論の重みも彼の敏感な指先で一瞬、感じとったらしく、指先の魔力が空中に四散しないうちに慌ててという風情《ふぜい》だ。さらにまた、ありゃ不思議と思わせぶりに眉を上げて固唾《かたず》を呑ませるついでに、長広舌の肝腎かなめの箇所をほのめかしもするのだが、結局、何のことやら話がまるで通じない、もっと悪いことには、分かってやる気がとても起こらない――おあいにくさまとばかり、この人物の身振り手振り、まことしやかな低声、あらゆる諧調の陰気な微笑をほうり出して、あわやばらばらにほどけんばかりとなっている残余のページを手早くめくる。

最終部分にくると、どこのページも夢のうわ言、現《うつつ》の世迷い言に嵌り込んでいて、どこやらの紳士が実行力と決断に富む人物となるための確実無比の鍛練術をはやし立て、そのための原則論と性格論に多弁を弄していた。ところが、ひとたび次のページを披けば、決断力なり、原則なるものについて混迷をきたしてしまうに十分なのであった。

ここに小刻みな足どりで登場するのは、長い裳裾《もすそ》に足の自由をとられた貴婦人、マグダ・ワンとやらで、体にぴっちりまといつく肌も露《あらわ》なデコルテ姿の高みから彼女は言い放つ――男性の決断力とか原則とかほど駄目なものはない、いかに強固な性格もへし折って見せるのがわたしの特技である、うんぬん。（ここで彼女は、床に引きずった長い裾を片足でさっとさばく）これには方法がございます――彼女は歯を食いしばった口構えで先をつづける――失敗のない確実な方法ですが、ここでは詳細はさし控えておきましょう、と彼女が体験談として一読を勧める自著の表題は『紫紅の日々』（人類学研究所出版部、ブダペシト）とある、植民地各地において人間の調教（この言葉の発音には力が籠り、目には皮肉な光を浮かべる）の実験を重ねた成果の報告がこれなのだ。奇妙なのは、しまりのない投げやりな話し方のこの貴婦人が、たったいま、皮肉な調子で口にしたばかりの当の実験相手の人々から、間違いなく賛意が得られると自信満々でいるらしいことだ。そう聞くと、あっけにとられて目を瞬《しばた》きながら、心のうちでは、道徳の奇妙な方向転換と、そして羅針盤が正反対を指すほどの異質な風土の存在とを人はつくづくと感じるのであった。

これが〈書物〉の最終の言葉であった、それは世にも不思議な幻惑の味わい、飢餓感と魂の昂揚との混合物をあとに残した。

5

その〈書物〉の上に身を乗り出し、私は恍惚から恍惚へと、人知れず顔を虹のようにほてらせた。読書に熱中のあまり、私は昼食を忘れた。私の予感に狂いはなかったのだ。これぞ〈本物《ほんもの》〉、聖なる原本であった——よしんば、かくも深刻な低俗と堕落のなかにあるにせよ。そして、その夜更け、満悦に微笑しながら反故紙《ほごがみ》の一束を抽出《ひきだ》しの奥深くしまい込み、目立たぬようさらにその上に数冊の本をかぶせ終ったとき、私は整理箪笥のなかに朝焼けを寝かしつけているような気がした——その朝焼けは、これから幾度でも新しく自ら進んで燃え、すべての炎を突き抜けて歩み、再び戻ってくる、そうしてそれは果てることを知らぬのだと。このとき一切の本が私にとっていかにつまらない存在になったことか。

通常の本は彗星に似ている。本のひとつひとつは、それぞれの一瞬を持つ、それは本が絶叫を発して不死鳥のように飛翔し、そのすべてのページで燃え上がる瞬間である。その片時のために、その一瞬間のためにわれわれは、それぞれの本をのちになっても愛する、たとえすでにそのころには本が灰と化していようとも。そして苦々しい諦めとともに、われわれは時に、あれらの冷《さ》め切ったページを散策する、木製のかたかた鳴る玩具を数珠《ロザリオ》のように手にしながら、死んだ定式をそこに訪ね歩くのだ。

〈書物〉の註釈学者たちの説くところでは、すべての本は〈本物〉となることを目ざす、実は、本は借りものの生命を生きているにすぎない、飛翔の瞬間、その生命はかつての本源へと戻ってゆく。だからこそ、本は減少し、そして〈本物〉は増大する。こうは言っても、〈教義〉の講釈で読者を退屈させるつもりはない。ただ次のことに注意を向けてほしいのだ。〈本物〉は生き、増大するという一事である。そこから何が帰結するか。つまり、われらの反故紙の束をこの次にあけてみるとき、あのアンナ・チラーグと彼女の忠実な連れたちが、いったい、どこへ行ってしまっているか、見当もつきかねるということだ。ひょっとすると、私たちの目に映る彼女は、長い髪の巡礼となっていて、モラヴィアの街道にマントを引きずりながら、遠い国を抜け、日常性と散文のなかに沈滞する白い町々を貫いて旅をつづけ、化膿症や疥癬《かいせん》に悩む敬虔な村人たちに芳香〈エルザ水〉の試薬を配っているかもしれない。ああ、そうなれば、あのとてつもない髪のために身動きもかなわぬ、気のいい町のひげ男たちは、どうするだろうか、度はずれた実りの手入れと管理を運命づけられた忠実な町民らは、何をするのか。だれが知るだろう――彼らはめいめいがシュヴァルツヴァルト製の本場物の手回しオルガンを買い込み、彼らの使徒のあとを追って世の中へと飛び出し、国じゅう彼女を探し回るかもしれないではないか、行く先々で、あのメロディーを奏でながら――「デイジー・デイジー……」と。

おお、ひげ面のオデュッセウスよ、手回しオルガンを抱え町から町へとさまよい、魂の母親を求めつづける人々よ！　この叙事詩を朗誦するにふさわしい吟遊詩人は、いつの日に現れるであろうか。自分たちに委ねられた町を彼らはだれに残していったのか、アンナ・チラーグの生地の都の魂の統治を彼らはだれに託したのか。彼らは予見できなかったであろうか――魂のエリートを失い、高邁《こうまい》なる長老たちが不在となったあと、その町は懐疑と背教に属し、その城門をひらくに至るであろうと。だが、何者の前にか――ああ、あの人を食った下ごころある女、マグダ・ワン（人類学研究所出版部、ブダペシト）の前にか、そしてマグダ・ワンは、この町に人間の調教と性格の打破とを教え込む学校を設立するのか。[*3]

それはそれとして、われらの巡礼者たちに戻ろう。

往昔《いにしえ》のかの強者たち、放浪のキンブリ族[*4]を知らぬ人はあるまい――キンブリ族の髪は漆黒にして体軀は見るからに逞しかったが、その肉体は固形分、水分を欠く組織より成ったという。彼らの体力のすべて、威力のすべては発毛にとられていた。黒い衣服をまとい、腰には太い銀製の鎖を巻き、指には頑丈な真鍮の指輪を嵌めたこの特異な部族については、人類学者が古くから研究に頭を痛めている。

私は彼らが好きだ、カスパル型もバルタザル型の人間もそれぞれに好きだし、キンブリ族の威厳も彼らの不吉な装飾好きも、コーヒー豆色の油性の光沢の美しい目をもつ男性の姿もすばらしい、スポンジ質の豊満な肉体に生命力の欠如する貴族性も、消えゆく種族の病弱も、堂々たる胸から洩れる苦しげな呼吸も、彼らの顎ひげの発する鹿子草《かのこそう》の匂いも、すべて私には好ましい。彼らは〈御顔の天使たち〉のように時おり不意にわれわれの台所の戸口に立つ、巨大な体で息を切らしている、疲れ易いせいである――彼らは空色の白目をぐるぐると回しながら濡れた顔から汗を拭《ぬぐ》う、そのときになると、彼らは自分の使命を忘れてとまどい、ここへやってきたことの言い逃《のが》れ、口実を見つけようと焦り、手をさし出して施しを求めるのだ。

話を〈書物〉に戻す。といっても、私たちは一度もそれを見捨てたわけではないが。ここで反故《ほご》となった古雑誌の奇妙な特徴を指摘しておけば――もはや読者に明らかなところだが――読んでいるひまにも、それが発展してやまないことと、この紙面の周囲の境界は、あらゆる変化と流れに対してひらかれていることとである。

一例を挙げれば、そこでは、いまやだれひとりハルツ産の真鶸《まひわ》を勧める者はない、というのは、あの黒い髪の男どもの手回しオルガンのなかから、またメロディーの折れ目や割れ目から、不規則な間隔を置いて、あれら羽毛のある小帚《こぼうき》たちが羽ばたいて飛び出し、色とりどりの活字が撒かれたように、広場はそれらの小鳥に溢れているからだ。ああ、何たる光眩《まばゆ》く、囀りに満ちた繁殖……。ありとあらゆる突き出たもの、横木、そして小旗の周りには、色あでやかな混雑がわれ先に現出して、羽音も賑やかに場所を争い合っている。だから、窓のそとへ長い棒を突き出してやるだけで、そこに羽ばたきながらずっしりと貼りついた群れごと部屋へ引き入れることは容易なほどである。

さて私たちは、この物語で、あの見事な、そして破局的な時代へと足早に近づきつつある、それは私たちの経歴のなかでは、天才的な時代と名づけられる。

最終的な事柄の到来を控えて、いまかいまかと待つときのあの胸の締めつけられる思い、あの甘美な不安、聖なるときめきを、現在の私たちが感じていないと否定しても空しいことである。この一幅の絵のなかで、最強のアクセントを置こうにも、強烈な明るさに光る超越的な輪郭にハイライトを引こうにも、必ずや私たちのパレットにはそのための色が、魂にはそのための輝きが不足する、そのような時は目の前にきている。

天才的な時代とは何か、それはいつ存在したのか。

このさい私たちとしては、しばらく、あのミラノ出身のボスコに倣って、秘密めかしい態度に変じ、声も低めて心に響く囁《ささや》きへと転じなければならない。われわれの論述する諸点を意味深長な微笑によってほのめかさねばならないし、捉えがたい微妙な事柄の数々を、一つまみの塩のように、指先を使って混ぜ合わせもせねばならない。人の目には見えない織物——さあ、これがそれだよと商人《あきんど》が手練《しゅれん》の手つきで、ありもしないインチキ商品を振り回して売りつける——そんな詐欺師の表情に、私たちの顔が時には見えてこようとも、それはわれわれの罪ではない。

いったい天才的な時代とは、あり得たのか、あり得なかったのか。答えるのはむずかしい。そうでもあるし、そうでもない。この世には完結する所までは生起できない事柄があるからだ。出来事のなかに収まるためには、それらは大きすぎる、あまりに見事すぎる。それらは、ただ起ってみようと試み、現実の置かれている地盤の強度をテストする——出来事の重みに耐えられるかどうかと。そのあとで、にわかに後ずさりする、実現の不完全性のうちに、それ自体のもつ完全性の喪失を恐れるからである。もしも、自分の出資金に手を着けてしまい、そのうえ、顕現の試みのなかで、あれこれと欠損を出していた場合には、惜しさから、やにわにその出資分を回収し、態勢の立て直しを図る、こうして、われわれの経験のなかに空白の部分が、香り高い烙印が残り、また日ごと夜ごと、大股に歩《あゆ》まれた天使たちの跣《はだし》のあと、あの行方不明となった銀色の足跡が残る。そんなあいだにも、栄光の満月は満ち、絶えず満ちつづけ、凱歌に酔って悦楽につぐ悦楽の限度を越えながら、われわれの見上げる頭上に中天する。

だが、それにしても、ある意味において、天才的な時代は、その個々の顕現こそ断片的であり欠陥だらけではあるが、それぞれのなかでは完全であり本来の姿を保っているのだ。この場合、代理とか代行的存在といった現象を考えてみればよい。ある出来事が、その由来、その手段ともちっぽけで貧しいとする、ところが、目に近づけると、実はその内側では、無限の輝かしい展望をひらいているのが見てとれるかもしれない、だとすれば、それは、より高度の存在が、このなかで自己表現に努力していて、とつぜんに、この内部で燦光《さんこう》を放っているお蔭である。してみると、われわれは、割れた鏡のかけらを集めるように、それらの暗示、それらの地上的な概算、われわれの人生行路の宿駅と行程を取り集めることになる。われわれがひとつひとつ寄せ集める破片は、切り離せないひとつの全体を形づくるだろう——それがわれわれの偉大な時代、われわれの生涯の天才的な時代なのだ。

超越的なるものの捉えどころのなさに脅《おび》えて、ますます弱気になったためにひょっとして、われわれは、あまりにも表現を控え、疑念にとり憑かれ、動揺しすぎたかもしれない。何しろ、あらゆる疑義にも拘らず、天才的な時代は存在したのであるから。

それは存在した――そうして、その確信、舌の先にいまも残るその輝かしい味わい、口蓋に焼きついたその冷たい火、空のように広く、また混じりけのないウルトラマリンのひと口のように新鮮なその嘆息を、われわれから奪い去る何ものもないのだ。

果たしてわれわれは、このあとにつづく事柄を受け入れるため読者にある程度の心構えを植えつけることができたであろうか、果たして天才的な時代への旅という危険に乗り出してもよいものだろうか。

われわれの気後れは読者にも伝染した。読者の精神的動揺は、われわれも感得している。外見はいかにも元気づいてはいるが、われわれの心は重く、不安は激しく募る。

されば神の御名において――われわれは乗車しよう、そして出発だ。

＊1　Sybilla アポローンの神託を告げる巫女《みこ》でヘラクレイトスの著作に現れる。アポローンは彼女に長寿を与えたが、同時に青春を受けとるのを忘れ、アポローンの求愛を拒み、年と共に枯れ萎み、蟬のようにちいさくなった。虫籠に入れられたシビュラは「何がほしいか」と子どもに訊かれると「死にたい」と答えたという。長髪との関連は不明。十人ほどの複数のシビュラがあるとの説もある。
＊2　「デイジー、デイジー」や「マウゴジャータ」とあるのは当時のはやり歌の一節であるが、手回しオルガンは好んでこの曲を演じた。
＊3　本篇を理解するための蛇足を付け加えるなら、アンナ・チラーグもマグダ・ワンもエルザ水も、シュ

ルツの幼少時、ポーランドの絵入り大衆誌にしばしば見かけたはずの広告ページに現れた主人公である。広告中のさし絵から受けた幼い日の刺戟がのちに本作を結実させたことになる（訳者解説中の図版参照）。

＊4　Cimbri ゲルマン族のひとつ。ユトランド半島から南下、前二世紀にガリア、北イタリアへ侵入してローマ軍を破ったが、前一〇一年、将軍マリウスに撃退された。体質的に毛むくじゃらである。

原題　Księga

天才的な時代

1

平凡な事実たちは時間のなかに配列されている、時間の線上に細紐で結ばれて。その線上に彼らは先駆と後続とを持つのだが、それぞれびっしりと犇《ひしめ》き合い、空《あ》きも隙《すき》もなく、踵《きびす》を接し合う。このことは物語にとってそれなりの重要性を持つ、語りの魂とは連続と継起にほかならないからである。

だが、時間のなかに己《おのれ》の場を持たない出来事、遅すぎて到着した出来事について、われわれはどうすればよいのか――すでに全時間が分配され、分割され、区分されてしまった以上、いまやいわば分け前もなく、配列されぬまま、空中に宙吊りとなり、家もなく行く当てもないそれらの出来事を？

果たして時間は出来事の一切をそっくり収める余裕のないほど窮屈なのか？　時間の座席はもう売り切れなどということが、よもや起こりうるのか？　焦燥を抱きつつ、私どもは出来事を連ねた列車のなかを駈けずり回る、早くも汽車の旅支度を整えながら。

お願いです、時間の切符を闇売りするところはないの？……車掌さん！

まあ、落ちついて！　あまり騒ぎ立てないでください、裏でやってみますから、可能な限りで。

複線の時間に引かれた時間の平行線について、読者は何か聞き及んだことがおありか？　然《しか》り、そのような時間の側線は何本も存在する、それらは確かにいささか不法でうさんくさいが、私たちのように、そんな登録に値しない番外の出来事をうまく乗せる闇取引さえすれば、大目に見てもらえる。それゆえ、われわれは歴史のいずれかの地点で分岐して、そうした側線、行き止まりの軌道へと逸《そ》れ、非合法の歴史をそちらへ押し流すことを試みようではないか。心配は無用である。停止しても気はつかず、読者はなんの衝撃も感じないはずだ。だれが知ろう、あるいは、こう話しているいま、私たちは不当な工作をすでに済ませ、早くも行き止まりの軌道を走り出しているのかもしれない。

2

母は驚き慌てて駈け寄り、腕《かいな》のなかに私の叫び声を抱きとめた、小火《ぼや》のようにその声を覆って、自らの愛情の襞《ひだ》で押し殺したかったのだ、母は唇《くちびる》で私の口を閉ざし、私の叫びに声を合わせた。

しかし、その母を突き放して、私が指さしたのは火の柱、黄金《おうごん》の梁《はり》だった、それは棘《とげ》のように空中に斜めに突き刺さり、動かなかった——輝きと旋回する埃《ほこり》とに満ちて——。私は叫んだ。

「あれを抜いて、引き抜いて！」

ペチカは、その額《ひたい》に描かれた彩色の大きなへぼ絵ごと渋面《じゅうめん》を見せ、全身に血を溢《あふ》れさせ、あれらの血管、縫い目、破裂寸前までに膨脹した解剖体《アナトミー》の痙攣《けいれん》の果てに、鮮やかな鶏鳴《とき》を発するかと思われた。

私は霊感のなかに磔《はりつけ》となって突き立ち、指を長くさしのばして指呼した、激しい感動に捉えられ、道標のように硬直し、恍惚に震えながら、怒りと共に指さしたのだ。

私の手――他人の蒼白なその手――は、ぐいぐいと私を引き導いた、それは教会に奉納される大きな手のように、誓いのためにさし上げられた天使の手にも似て硬直した蠟細工の手であった。

あれは冬の終りのころであった。日々は水溜りと燃えさかる石炭の火のなかに立ち止まり、その口中は火と胡椒《こしょう》の味わいに満ちていた。煌《きらめ》くナイフが一日のぐにゃぐにゃした蜜の塊《かたまり》から銀色に光るいくつもの薄片、薬草の根の鋭い辛味《からみ》のする多色の断面の並ぶプリズムを切り出していた。けれども、午後の時計の文字盤は乏しい空間にそれらの日々の輝きをまるごと集め、炎々と燃えさかるすべての時刻を示していた。

その時刻、赤熱の石炭を容《い》れかねる昼間《ちゅうかん》は、次々に幾枚もの銀箔、ちりちりと鳴る錫紙《すずがみ》を脱ぎ捨て、金糸で編んだ輝きの真髄を一層また一層と見せていった。するとそれだけではまだ不足かのように、煙突は煙を吐き出し、眩《まばゆ》い蒸気となって渦巻き、一瞬一瞬が天使たちの大いなる飛翔、翼の嵐を爆発させ、大空は飽かずそれらを吸い込んでは、新たな爆発を待ち受けて相変わらず口をあけていた。大空の明るい胸壁《きょうへき》は白い羽飾りの噴出を繰り返し、遠方の砦《とりで》たちが綻《ほころ》びて、積層する爆発の物言わぬ数々の無口な扇をひろげた――見えない砲列の目もくらむ一斉砲撃の下で。

部屋の窓は空の際《きわ》まで開け放たれ、それらの飛翔に果てしなく膨らんで、薄物のカーテンを溢れさせ、焰に包まれ火に焦げるその窓掛は、金色の陰影と陽炎《かげろう》の顫動《せんどう》となって流れた。絨緞の上には燃える四角形が傾いて横たわり、それは輝きに波立ちつつも、自《みずか》らをそこから引き剝がすことができなかった。心底まで私を混乱させたのは、この火の柱である。茫然として足をひろげて立ち、私はふだんの声ではなく、借り物の硬質な呪《のろ》いを込め、それに向かって吠え立てた。

表の入口、敷居のところには、驚き呆れながら手をつかねて、親戚たち、隣人たち、着飾ったおばたちが詰めかけていた。彼らは爪先立って近寄ってはまた立ち戻っていき、好奇心に駆られてドアから覗き見した。そのなかで、私は叫んだ。

「見てください」私は母と兄を叱責した。「いつも言いつづけてきたじゃないか、すべてが堰止《せきと》められ、退屈に閉ざされ、不自由の身だと！　でも、いま見て！　なんたる雪融け水、なんたる開花、なんという至福！……」

そして私は幸福感と無力感とから泣いた。

「目覚めなさい」私は叫んだ。「急いで手伝って！　この氾濫が自分ひとりで持ち堪《こた》えられる？この洪水が抑え切れる？　神が浴びせる目の眩《くら》む百万の質問にひとりだけで答えられる？」

無言を守る二人に、私は怒りの声を荒らげた。「急ぎなさい、この豊富を桶《おけ》一杯に汲むのです、ストックを貯えなさい！」

だが、だれも代役を務めることはできず、二人とも当惑して立ち尽くし、後ろを振り返って隣人たちの背後へと退《しりぞ》いた。

そのときになって、私はなすべきことを理解した、私は戸棚から古びた大型本の数冊、記入済みのばらばらにほどけかけた父のお店用の帳簿を引き出しにかかり、宙に浮かんで燃える火の柱のそばの床に投げ出した。私の独力で足りるはずもなかった。兄と母とは抱え切れるだけの古新聞の山を運んできては、次から次へとその束を床に投げた。爆発と花火と色彩に満たされて、眩《くら》しさに目の眩んだ私はそれらの紙の山のあいだに坐って画を描いた。印刷の活字と手書きの書き入れのあるページに。私はパニック状態となり大急ぎで横に斜めに線を走らせた。私の色鉛筆たちは何段組かの読みとれないテキストを横切って霊感のなかを飛び交い、天才的な早書き、命がけのジグザグのなかを走り回り、にわかに細まって幻想のアナグラムへ、発光する諸現象の判じ絵へ潜り込み、そして新たにほどけては空虚で盲目な稲妻と合体し、霊感の痕跡を探るのだった。

おお、まるで他人の手元から成長してくるような光り輝くあれらの絵、おお、あれら透明な色彩と影！　今日《こんにち》もなおどんなにか頻繁に夢のなかで、これほどの年月を経たのちにも、古い抽出しの底に私はそれらを見つけることか——朝のように新鮮に輝き、朝まだきの露にいまも濡れそぼつ姿形《すがたかたち》、風景、人の顔々を！

おお、恐怖に詰まる息を凍らせるあれらの淡い青、おお、驚愕よりもいちだんと深みある緑の緑色、おお、たったいま感じとり、いままさに自ら名づけようと試みつつある色たちのあれらの前奏曲《プレリュード》と色彩の囀《さえず》り！

どうして当時の私は、あまりにも無頓着に、不可解な気軽さと共にあのように浪費したのか？私は隣人たちがあれらのスケッチを掻き回し、掠奪することを許していたのだ。彼らは絵の束さえ持ち去った。あのころ、絵が辿り着かないいかなる家もなく、迷い込まないどんなごみ捨て場もなかった！　アデラは炊事場にそれらをぺたぺたと貼り出し、そこは明るく派手やかとなった——夜のあいだ窓のそとに雪の降りつもった翌朝のように。

それは残酷と伏兵と攻撃との充満する絵であった。私はじっと動かず物陰に潜み、弓のように張りつめて坐り、太陽が私の周りにあかあかと画用紙を燃え上がらせた——と、私の鉛筆の下に釘づけされた絵が逃げ出そうとかすかに身じろぐ。それだけで十分であった。その瞬間、私の手は怒り狂った猫のようにそれに跳びかかる、すでに他人の手となり、野生化し、猛獣となった手は、電光石火、怪物に嚙みつき歯を立てた、怪物は鉛筆の下から必死に逃れようと踠《もが》いた。そして抑え込んだ紙から手がようやく離れるのは、死んで動かない屍体が、植物標本で見るように色美しく奇想天外な全身を画帳に横たえたのちであった。

あれは死の狩猟、生と死の対決であった。鼻息荒い狂気の絡み合い、唸り叫ぶ恐怖の縺《もつ》れ合い、そのなかで、どちらが襲い、どちらが襲われたのか、だれしも見分けようもなかった！　私の手が二度、三度と跳び上がっては躍りかかり、やっと四枚目か五枚目かのページのどこかで敵を仕留めることも稀ではなかった。一度ならず、私の手はメスの下で身をよじる怪物どもに逆に組み伏せられ、ねじ伏せられて、激痛と恐怖の悲鳴を挙げもした。

一時間また一時間、幻影はいよいよ数を増して殺到し、犇《ひしめ》き合い、道を塞いだ、そしてある日、人波はすべての街道と裏道に溢《あふ》れ、国全体がいくつもの行進に枝分かれし、延々と続く何本もの列が進んだ——それは野獣と動物の果てしない巡礼の波である。

ノアの時代の日々のように、あれら色鮮やかな列、あれら毛と茸《きのこ》の川、あれら波打つ鬣《たてがみ》と尻尾《しっぽ》、一歩ごと頷《うなず》くことをいつまでもやめないあれらの額《ひたい》が、流れていった。

私の部屋は境界であり、関門であった。そこで堰止められ押し合いへし合いする行列からは、哀願の声が長く尾を引いた。不安げにまた荒々しく、その場を動き回り、また足踏みするものもあった。背に瘤《こぶ》をつけ角《つの》の生えたそれらの生きものたちは、動物学で知られたありとあらゆるコスチュームと武器を身につけながら、たがいに相手を怖がって仮面行列から逃げようと焦《あせ》り、彼らの毛皮の穴から警戒と奇異の目を光らせ、押し殺した哀れげな声を発した、その声は仮面の陰で猿ぐつわされているかのように響いた。

彼らは待っていたのだろうか——私が名前をつけてやるのを、不可解な謎を私が代って解き明かしてやるのを？　名前がもらえたら、そのなかへ収まって、その存在を全《まっと》うしようと待ちかまえていたのか？　奇体な妖怪、質問の塊《かたまり》の怪物、提案の七変化《へんげ》が入れ替わり立ち替わり迫るのに、私は悲鳴を挙げ、手で追い払った。

彼らはあとずさった——頭を垂れ、上目遣いに目を向けながら、そして自分自身へと迷い込み、解きほどけては無名の混沌《カオス》のなかへ、造形のがらくた置場へと引き返していった。あのとき私の手の下を、平らかな、また瘤のあるどれほどの数の鬣が通っていったか、ビロードの手触りのどれだけの数の額が過ぎていったことか！

そのとき私は理解したのだ、なぜ動物には角があるかを！　言ってしまえば——角とは彼らの生きざまに収まり切らない不可解なものであり、執拗で理屈の通らない気紛れであり、手懐《てなず》けられない気紛れであり、執拗で理屈の通らぬ盲目な頑固さにほかならぬと。なんらかの *idée fixe*（イデー・フィクス、固定観念。フランス語）が、動物の存在の限界をはみ出し、頭の上へと伸び上がり、とつぜんに外光のなかへ突き出て、触れ得る頑丈なものに冷え固まってしまった。観念はその場所で手に負えぬ思いもかけない呆れ果てた形態に脹らみ、くるりと捲《まく》れ上がって幻想的なアラベスクを描く、その形自体は彼らの目には映らないのに恐るべきもの、知られざる数字となり、その魔力の下《もと》では血管が危害を及ぼすのだ。私はあれらの角ある動物たちが、原因不明な野放しのパニックに、怯懦《きょうだ》な狂気に陥りがちな理由を悟った。狂乱に引き込まれたが最後、角の縺《もつ》れ合いから抜け出すことがかなわず、動物は頭を傾《かし》げながらその縺れのあわいから悲しげで凶暴な目を覗かせる——生え伸びた角の枝々を交して脱出する道すじを探るかのように。彼ら有角獣は解放からははるかに遠く、悲哀と諦観とを抱きつつ、頭上にその過誤の烙印を持ち回るのである。

だが、光明からさらに遠いものに猫たちがあった。猫のもつ完璧性は空恐ろしいものだった。その体軀に具《そな》わる精密と適正には過誤も偏向もない。ほんのしばしのあいだ猫は深みへ、存在の奥底へと降りていく、とそのとき猫は柔毛《にこげ》に包まれて身動きひとつせず、怖れと厳かな真面目さそのものとなるが、その目は満月のように丸まり、眼光は火の漏斗《ろうと》のなかへ呑み込まれる。だが、一瞬後、猫は岸辺へ、表側へと舞い戻り、魔力も失せ、幻覚も消えて、自らの空虚をあくびに紛らせた。

猫の暮らしは体内に閉じ込めた気品に満ち、それに代るどんな選択も入れ替わる余地がなかった。そして出口のない完璧性の牢屋のなかで退屈のあまり、猫は憂鬱《スプリーン》に取り憑《つ》かれ、皺深《しわぶか》い唇の周縁を動かして愚痴をこぼし、縞模様の幅のある短い顔に秘めた対象のない獰猛《どうもう》さに充満していた。その下を忍び足で貂《てん》、鼬《いたち》、狐——動物のなかの盗人《ぬすっと》、悪心をもつ生き物ども——が掠《かす》めた。この仲間たちは、天地創造の計画に背き、権謀術数によりめいめいが辛うじて生きる場を手に入れ、しかも憎悪に追われ脅《おびや》かされて絶えず警戒を怠らず、己《おのれ》の得た場所を奪われまいと始終、戦々兢々《きょうきょう》としていた。そういう彼らは盗みとった獲物を熱愛し、穴に身を潜める暮らしを後生大事にして、それを守るためには外敵を八つ裂きにするのも厭《いと》わなかった。

ようやくすべてのものたちが過ぎ去り、静けさが私の部屋の客となった。陽光を呼吸する反故《ほご》紙に埋もれて、私は再び絵にとりかかった。窓は開け放たれ、窓框《まどがまち》では土鳩や雉鳩《きじばと》が春風に震えていた。びくびくといつでも飛び立たんばかりの鳩は、首を傾《かし》げて円《つぶ》らなガラスの目のある横顔を見せた。日々は暮れ近く陽射しがオパール色に和らぐと見ると、こんどは薄靄《うすもや》に包まれた甘美を湛《たた》える真珠色に変わった。

復活祭の休日がやってきて、両親は一週間、家を空け姉の嫁ぎ先へ出かけていった。私はひとりきり家に残され、霊感の餌食に委ねられた。毎日、私に朝食と昼食をさし入れにきたのはアデラだった。晴着をまとい、レース編みや絹の薄物から香水の香りをさせながらアデラが表口に立っても、私はすぐにはそれと気づかなかった。

開《ひら》いた窓からは心地よい微風が吹き込み、遠い風景の照り返しで部屋を満たした。一瞬、明るい遠方から吹き運ばれる色彩が空気中に留まったが、たちまちに溶け去り、吹き散っては淡青色の影、優しさ、心の揺れに形を変えた。イメージの洪水はいくらか落ちつき、幻影の雪融け水も穏やかとなり静まった。

私は床に腰を下ろしていた。私の周囲にはクレヨンや色ボタン、神の彩り、鮮やかさに息づくとりどりの紺青色、驚愕の縁《ふち》まで迷い込んだ緑色が散らばっていた。私が赤いクレヨンを手にとると、そのたびに晴朗な世界には赤の幸せなファンファーレが響きわたり、すべてのバルコニーは赤い旗の波となって流れ、街路に沿った家々は勝利を祝う向かい合わせの列に並んだ。街の消防士たちは木苺色《きいちごいろ》の制服を装い、明るい幸福な道を行進し、男たちは桜桃色《さくらんぼいろ》の山高帽を脱いであいさつを交した。さくらんぼの甘み、五色鶸《ごしきひわ》の桜桃色の囀りが、ラベンダーと穏やかな陽光に溢れる大気をひたひたと満たした。

それから私が紺青《こんじょう》の色に手を伸ばすと——通りを進むコバルトの春の反射が窓という窓に照り、群青《ぐんじょう》と天上の火の色をいっぱいに受けた窓が、次々にガラスを響かせながらひらいた、カーテンは警報のように立ち上がり、嬉しげで軽快な通り風が人けのないバルコニーの上に波打つモスリンや夾竹桃のあいだの並木道を抜けていった、それはあたかも、長々と伸びる明るい並木道の反対側の果てのはるかな場所にだれかが現れ、近づいてくるかのようであった——吉兆と予感の予告に先立たれ、燕の飛翔に案内され、一マイルまた一マイルにあかあかと灯した狼煙《のろし》の明かりに導かれて——その光り輝くだれかが……

3

復活祭のさなか、三月末か四月始めごろになると、トビアシュの息子、シュロマが監獄から出所してくるのは常のことであった。夏から秋にかけて喧嘩《けんか》や乱暴沙汰をしでかしたあと、例年、冬いっぱいは監獄行きとなったからだ。その春のある午後、私は窓の向うに床屋から出てくる彼の姿を認めた。この床屋は街では瀉血《しゃけつ》と理髪と外科とひとりで三役をかねた男だった。床屋のぴかぴかのガラス戸を監獄の厳しさから身についた礼儀正しさでそっと開けると、三段になった板の表階段を降りてきたのがシュロマだった。ていねいに頭を刈りそろえてもらい、さっぱりと若返ったシュロマは、短すぎるダブルの黒服に縞のズボンを高く引っぱり上げ、四十という歳にしては細身で若々しかった。

その時間、聖三位一体《シフイエンタ・トルイツア》広場はがらんとして小《こ》ぎれいだった。春の出水と泥んこの退《ひ》いたあと、繰り返したどしゃ降りの雨に清められ、いまは敷石も洗われて、何日も続いた平穏な天気のお蔭ですっかり乾燥していた。日々はもう長くなっていたが、そんな早い時節にしてはひろがりを増しすぎたかも知れず、夕暮れの時間がだらだらと続く夜々にはとくに長すぎるように思えた。夕刻の深部がまだ空っぽで、期待の大きさとは裏腹に無益かつ不毛なためである。シュロマが床屋のガラス戸を閉めて出たあと、すぐさま空がそこに嵌《はま》り込んだ、翳《かげ》りのある天空の清潔な深みに向けてひらかれているその二階建ての家では小窓のすべてがそうなのだった。

階段を降りると、シュロマは広場の大きな中身の抜けた貝殻の縁《へり》でしょんぼりと立っていた。太陽のない空の紺青がその貝殻を横切って流れた。広く清らかな広場は、その午後、大きなかぼちゃのように、あるいは、まだ封を切らない新しい年のように横たわっていた。火の消えたような灰色の全身を紺青の色に染められて、広場の縁《ふち》に立ち尽くすシュロマは、ある決定によって未使用のこの一日の完全な球体を崩すことを憚《はばか》っていた。

一年に一度、監獄から出所のその当日にしか、自分自身がこんなにも清らかで、重荷も取れ、真人間になれたとシュロマが感じる日はなかった。この一日だけは、罪を洗い清めた新しい男、世界と仲直りした人間としてシュロマを受け入れてくれ、静謐《せいひつ》な美に飾られた地平線の清らかな広がりを彼の眼前に溜息と共にひらいて見せた。

シュロマは急がなかった。一日の周縁に立ち、昼下がりのこの優しげな半円を侵す気もなく、また小刻みで若い、いくらか不自由な足どりで、それを抹消し去ろうとも思わなかった。

透明な影が街の上に棚引いていた。午後三時の沈黙は家々の建物から白亜の清純な白を取り集めて、一束《ひと》のトランプカードを配るように、広場の周りに一枚一枚と音もなく置いていった。一巡《めぐ》り配り終ると、新しくまた配り始めるのだが、足りない分の白は聖三位一体教会のバロック建築の広い正面《ファサード》から集めた。教会のファサードは、神のお召し物の巨大なシャツが天から舞い降りるかのように、付け柱、軒縁《のきぶち》、開口部となって波立ち、飾り迫縁《せりぶち》と渦巻装飾の激情《パトス》によって爆発したため、体裁を整えようと急いでその破れた大きな衣を身にまとった。

シュロマは顔を上げ、空気の匂いを嗅いだ。快い微風に運ばれて夾竹桃の花は香り、祭日の家庭の匂い、肉桂《シナモン》の匂いが漂っていた。とたんにシュロマは激しく嚔《くしゃみ》をした、彼の嚔は猛烈なので有名だ、そのために警察分署の上にとまっていた鳩たちがびっくりして飛び去ったほどである。シュロマは独り笑いを浮かべた——神さまがおれの鼻孔に一発お見舞いして、春がきたぞとお告げなんだな。それは鸛《こうのとり》の飛来よりも確かな兆候であった、そしてそれからの日々、この大嚔は随時、聞かれることとなった。その音は街のざわめきに紛れて、ときには近く、ときには遠く、彼の身辺の出来事を自身のコメント付きで知らせた。

「シュロマ！」私はわが家の低い二階の窓べに立って叫んだ。

シュロマは私の姿を認め、いつもの優しい微笑を見せてあいさつした。

「広場にいるのは、二人だけだね、ぼくとあんたと」私は静かに言った、脹らみ上がった空《そら》のかぼちゃが空樽《からだる》のように共鳴するからである。

「ぼくとあんたと、ね」寂しい微笑と共に彼は鸚鵡《おうむ》返しに言った。「きょうはすっからかんの世の中だ」

二人でその世界を分け合い、それに新しく名前をつけることもできたであろう、それほど世界は無防備にひらかれ、だれのものでもなかった。そんな日にメシアは地平の果てに姿を現し、そこから地球を見そなわす。そして地球が白く静かで紺青の色と物思いに抱かれているのをご覧になれば、ひょっとしてメシアの目は境を見落とし、空色がかった雲の連なりが通り道をつくると、あるいはそこを通ってうかうかと地上へと降りてくることにもなるかと思われる。すると、瞑想にふける地球は、地上の道を通ったそのお方に気づきさえせず、午睡から目覚めた人々はなんの覚えもなしに終るのだろう。歴史はそっくり拭い去られたようになり、永遠の昔、それが始まる以前のままとなるだろう。

「アデラは家《うち》かね?」シュロマがにっこりして訊いた。

「だれもいないよ、ちょっとこない、ぼくの描《か》いた絵を見せてあげるから」

「だれもいないなら、この光栄は断れない。あけてくれ」

彼は門口のところで左右に目を配り、泥棒のような身ごなしで中へ入った。

4

「どれもこれも大した絵だ」目利きのような手つきで絵の束を押しやりながらシュロマが言った。色と光の反射を受けてその顔が明るんだ。時おり、彼は片手を丸めて目の前に置き、即席のその遠めがねの奥から眺めた、いかにも玄人《くろうと》らしい重々しさで眉を顰《しか》めながら。

「こう言えるだろうな」彼は言った。「世界があんたの手を通して移行したと。新しくなり変わるために、絵のなかに寛《くつろ》いで奇蹟の蜥蜴《とかげ》のように鱗《うろこ》を払い落とすために。おれが盗みをしたり、千回もばかな真似をしたりすると思うかね、もしも世界がこんなに使い古され、駄目になっていないとしたら、もしも世界じゅうの物たちから金箔が剝げ落ちてないとすれば——神の御手《みて》の遠い照り返しである金箔が? こういう世界で何を始めるべきか? 疑いを持たず、気落ちせずにいられるかい、すべてが無残にも閉ざされ、その意味が塗り潰され、どこを叩いても煉瓦ばかり、まるで監獄の壁みたいだとすれば？　ああ、ユーゼフ、あんたはもっと早く生まれるべきだったよ」

私たちは半ば暗がりの奥深いその部屋に立っていた、開《あ》けた窓がその向うの広場へ向けて遠近法を延長していた。そこからは空気の波が穏やかな脈動を打って私たちにまで届き、静寂をひろげた。波は寄せるごとに遠方の色合いに味付けされた新しい積み荷をせっせと運び込んだ――前の積み荷がもう使い切り底をついたかのように。暗いその部屋は窓の向うの遠い家々の反射ばかりで生きていて、その奥底に、暗箱《カメラ・オブスクラ》のように、それらの色彩が投影した。窓からは、円筒の望遠鏡で覗くように、警察分署の鳩の群れが見えた、胸を大きく膨らませた鳩たちは最上屋に沿う軒蛇腹を散歩しているところだった。時おり、彼らはいっせいに飛び立ち、広場の上空に半円を描いた。すると、部屋は彼らのひらかれた風切り羽のせいでしばらく明るみを増し、彼らの遠い羽ばたきの反映を受けて広まり、降りながら鳩が翼をたたむと、とたんに明るみが消えた。

「シュロマ」私は言った。「あんたに絵の秘密を打ち明けようか。始めたときからぼくは疑心暗鬼だった――ぼくがほんとうに作者かどうか。ときどき、無意識の盗作者のような気がするんだ、だれかに言われたこと、教えてもらったことをそのまま描くような……ぼくの霊感にはぼく自身でない何かが、ぼくの知らない目的のために役に立っていてくれるような」

それから私は彼の目を見つめながら、小声で言い足した。「ほんとうを言うとね、ぼく見つけたんだ、本物を……」

「本物だって？」不意の閃光に照らし出された顔で彼は言った。

「そうだよ、だったら、これを見て」跪《ひざまず》きながら、整理簞笥の抽出しを引いて私は言った。

私が取り出したのは、アデラの絹のドレス一着とリボンの入った箱、それに新調のハイヒールだった。おしろいと香水の匂いがあたりにひろがった。私はさらに数冊の本を持ち上げた。その底には長いあいだ目にしなかった貴重な一枚の紙が燦然と横たわっていた。

「シュロマ」私は上《うわ》ずった声を発した。「見て、ここにあるから……」しかし、彼は立ったままで手にしたアデラの靴の一足をまじまじと眺め回しながら瞑想に浸っていた。

「このことは神もお口には出さなかった」彼は言った。「だけども、心から納得させられる。壁に押しつけられて、おれにはぐうの音も出ない。この線《ライン》は反論の余地がない、強烈なほど的を射ている、動かしようがない、物事の核心を稲妻のように撃っている。どう自分を守ろうと、どう対抗しようと、もうどうにもなりやしない、何しろ、最も信頼できる身方に買収され、得票の差をつけられ、裏切られているのだから。創世の六日間は神の業《わざ》、光の業であった。だが、七日目、神は挫折した。その七日目、神は御手《みて》の下に自分のではない織糸を感じとり、愕然として世界から手を引いた、創造の熱意はその先、まだまだ幾日幾夜でも足りるよう計算されていたのに。おお、ユーゼフ、警戒せよ、七日目という日を……」

それから、形のよいアデラの靴を恐る恐る高々と捧げながら、その封蠟で作った裳脱けの殻の艶々しい皮肉な雄弁に魅せられたかのように言った。「女の足に履《は》かれるこのシンボルの醜怪なシニシズムが、こんな手間をかけた踵《ヒール》に乗って淫蕩な歩みを運ぶ女の挑発が、あんたに理解できるか？　あんたをこのシンボルの支配下に置き去りにする――そんなことがおれにできるか！　断じて許せん、おれはこうせねばならんのだ……」

そう言うと、シュロマは慣れた手つきでアデラの靴もドレスも首飾りも胸のあたりにたくしこんだ。

「どうするの、シュロマ？」私はあっけにとられて言った。

しかし、彼は、縞のズボンから突き出した足で軽くびっこを引きながら、足早にドアのほうへと遠のいた。ドアのところで彼は振り向き、もう一度、灰色の無表情な顔を見せ、片手を挙げて安心しろというふうに動かした。あとはドアの向うだった。

原題　Genialna epoka

春[*1]

1

　これはある春の、ほかの春よりはいっそう本物の、いちだんと眩《まばゆ》く色鮮やかであった春の、また己のテキストを、祭礼の日の最も明るい赤で書かれたあの霊感籠《こも》るマニフェストを、一語一語まじめに受けとめた春の物語である。それらの文字は郵便切手とカレンダーの赤に、色鉛筆の赤に、熱狂の赤に、あちらから届いた幸せな電報の紫がかった赤によって記されていたのだが……。

　どの春もこうして始まる。四季のひとつのためには不釣合いに巨大な、人を狂わせんばかりのあれらの天宮図《ホロスコープ》を出発点として。それぞれの春には、言ってしまうなら、あのすべて――無限の行進とデモンストレーション、革命とバリケードがある。そしてひとつひとつの春を突っ切って、ある瞬間、狂乱のあの熱い烈風、現実のなかに虚しく等価を探りつづけるあの際限のない悲哀と陶酔とがやってくる。

　しかしやがて、あれらの誇張と絶頂感、あれらの重層とエクスタシーは、開花へと足を踏み入れ、冷やかな木《こ》の葉の茂り合いのなかへ、夜がかき乱す春の庭園のなかへとすっぽり入り込んで、ざわめきに呑み込まれてしまう。こうして春という春は、己自身を裏切り、花咲く公園の苦しく息切れするさざめきのなかに、あれらの公園の増水と上げ潮のなかに沈み込み、自分たちの誓いを忘れ、自らの遺書から一枚一枚と葉を失ってゆくほかない。

あの唯一の春だけが持続し誠実を保ち、すべてを履行する勇気を持った。不首尾に終ったあれほど多くの試み、飛翔、呪術のすえに春はついに自らを真に現出させ、総体的なそしてもはやこれを限りの終焉の春をこの世に爆発させる意欲を抱いたのである。

あれらの出来事の嵐、あれらの事件のハリケーン——不運なクーデター、昂揚し勝ち誇ったあれら熱情の日々！

願わくは、この物語の歩みが、あれらの日々の霊感に満ちた拍子《タクト》を捉え、あの叙事詩的な事件の勇ましい音調《トーン》をつかみ、かの春日の〈ラ・マルセイエーズ〉の行進曲のリズムに歩調を合わせるものとならんことを！

それほど春の天宮図なるものは、人の理解を超える！　春がいちどきに百の方法で天宮図を読みとること、出任せを工夫すること、ありとあらゆる方向に綴り字を拾い読みすることなどに、いかに習熟していようと、だれもそれを悪意に解すべきではなかろう。小鳥たちの危うげな当て推量のなかから何かしら暗号解読に成功するとき、春は幸せなのだ。彼女は、そのテキストを頭から読み下《くだ》し、また終りから逆読みし、あらゆる可能な文章の組立てのなかで、無数の選択と顫《トレ》音《モロ》と囀《さえず》りのなかで、意味を見失っては、再びそれを見いだす。なぜなら春のテキストには暗示や婉曲な表現や省略のあいだを縫って、省略記号の点々が連なっているばかりの文字ひとつない虚ろな空間に、活字のあいだの空白に、小鳥たちが勝手気ままな思いつきや謎解きを嵌め込んでしまうからだ。それゆえ、この物語は、そうしたテキストに倣《なら》って、枝分かれした多くの小道にさまよい込んでゆくことになるだろうし、しかも春にふさわしい棒線《ダッシュ》や嘆息と思い入れの記号が、そこここに織り込まれることになるだろう。

2

春もまぢかな夜々――それは自然の厳しさを感じさせる大きな広がりをもった夜で、星の沙漠の道なき道、だだっ広い空中のひろがりを貫くまだ荒々しく、何の香りもない巨大な空に蔽われていた――父は広場のはずれの最後の二、三の建物の後ろ壁のあいだに閉ざされた小さな庭園レストランへ私を連れ、夕食に出かけることが多かった。

風が吹くたびにじじと音立てるガス灯の濡れた照明のなかを、弓なりに盛り上がった市《いち》の大広場を私たちは斜めに突っ切っていった、私たちの孤影は天空の迷路の巨大さに押し潰され、大気の人けのない空間のなかに迷い込み、方向感覚を失った。父は乏しい薄明かりに浮かぶ顔を空へ向け、枝分かれしていちめんに溢《あふ》れひろがる渦巻のあいだのそこここの浅瀬にばら撒かれたあの星の砂利道を気遣《づか》わしげに仰ぎ眺めた。濃淡とりどりの数え切れぬ光の渦巻は未整理のままに、まだ何の星座も描き出さず、ひろびろとした不毛の出水地帯を支配するどのような形もなかった。星の荒れ野の悲哀は街の上にのしかかり、夜の裾には、街灯がひとつひとつ結び目をこさえて無造作に括り上げた光線の束を織り込んでいた。それらの街灯の下に通行人たちは二人また三人と立ち止まっていて、その周囲の光る輪が卓上ランプの灯《とも》る室内と思わせるはかない幻覚を生み出すのであったが、周りにあるのは無関心な居心地の悪い夜であり、それはどこか高みのほうで分解しては、いくつもの不揃《ふぞろ》いな空間に分かれ、中天に懸る原始の風景の数々に区分けされていた――吹く風に打ちのめされる哀れな、家を喪った風景群である。会話は弾まなかった。帽子の深い陰に目を隠したまま人々は微笑した。そして物思いの底で星々の遠いさざめきに耳傾けた、その夜、夜空は星をパンだね代りに膨らみ上がった。

レストランの庭の通路は小石が敷かれていた。二つのガス灯はそれぞれ柱の上で思案げに鳴った。黒のダブルを着た男たちは、二人、三人と座に着き、真っ白に蔽われた卓の上に背をまるめて、眩しく光る皿をぼんやりと見つめていた。こうして坐ったまま、人々は天空の大きな将棋盤の上での引く手押す手を胸うちではかり、跳ねてゆく桂馬を、盤上から消える駒を、そして、そのすぐあとにできる盤面の配置を、心ひそかに星々のあいだに見ていた。

舞台の上の楽師たちは、苦いビールのジョッキに口ひげを濡らし、内側に目を向けたまま、うつけたように沈黙していた。彼らの楽器、優雅な形のバイオリンやチェロは、傍らに投げ捨てられ、音さわがしい星の驟雨《しゅうう》に声もなく打たれていた。ときには、楽師たちは、それらを手にとって試みに鳴らし、自分らの胸の音色――それを験《ため》すときには咳払いをする――に合わせて、幼児が泣き立てるような音をかき立てながら調律した。そのあとで、また元どおり脇に置いてしまう、あたかも楽器たちがまだ大人になり切らず、いまも無関心に流れつづける夜にはふさわしくないものであるかのように。そのうち、白く蔽われたテーブルの上でフォークとナイフが静かにかたかたと音立てるころ、静寂と思考の流れのなかを、にわかにバイオリンだけが身を起こし、ついさっきまであれほど甘え泣きして頼りなかったのが、年に似合わず成長して大人っぽく、いまでは雄弁となり、浅黒い体とくびれた腰を持ち、自分の成人ぶりを自覚して、しばらく繰り延べされていた一身上の問題を取り上げ、ひとたびは負けた審理を冷淡な星の法廷でさらに進行させるのだ、星々のあいだでは、楽器のS字形や輪郭が、とぎれとぎれの音節記号が、また未完成の竪《たて》琴《ごと》や白鳥が、透かし刷りでいくつも描かれていたが、それらは音楽の余白に星が書きつけた見よう見まねの痴《たわ》けた解説にすぎない。

さきほどから隣のテーブル越しに私たちのほうへ意味ありげな視線を投げかけていた写真師が、ビールのジョッキを卓から卓へと移し、とうとうこちらへ割り込んできた。彼は妖しく微笑し、頭に浮かぶ思念とあらがって、両手の指先同士を触れ合わせんばかりにするしぐさを繰り返しながら、いつまでも場面の捉えがたい要《かなめ》がつかめずにいるのだった。私たちは初めからこの場面のはらむ矛盾を感じていた。遠い星たちの賛助を得たこの急拵《きゅうごしら》えの戸外レストランは、次々と法外に釣り上げられる夜からの請求に応じ切れず、救いようもなく破産しかけ、苦境に呻吟《しんぎん》していた。こうした底知れぬ空漠に私たちは何で対抗することができただろう。夜は人間くさい企業——それを守るべくバイオリンだけが空しい試みをしていた——の抹殺を図ろうとして、隙間を占領し、奪いとった要所に配下の星座を引っ張り込んでいた。

私たちは、テーブルの設営が解体するのを見、ナプキンやテーブル掛の散らかった修羅場に煌々たる無数の夜が勝ち誇って侵入してくるのを見た。私たちもまた立ち上がった、そのときにはもう、私たちの肉体をあとにした思念は轣轆《れきろく》の音のかなたに遠く、ひろく大いなる明るい駅路に響きわたる星々のとどろきを残し、夜の馬車を連ねて走っていった。

かくて私たちは星々の大花火を頭上に、いよいよ募る夜の眩惑を、目をつむった心のなかで予期しながら歩いていた。ああ、勝ち誇る夜のあの尊大さ！　全天をわがものに抱え込んだ夜は、いまやその全空間を使い、物憂《ものう》げに、気前よくドミノに興じていた、そして百万もの賭金をかき集めながら、眉ひとつ動かさなかった。それに飽きると、こんどは、ドミノの牌《パイ》を伏せ散らかしたゲームの場所に、きらきら光るいたずら書きの人の笑顔をいくつも描きちらした、それは千回繰り返しても変わらぬ全く同一の微笑で、その笑いはたちまち——いまは永遠のものとなり——星々のほうへ歩み進んでいき、星空の無関心のなかへと砕け散った。

私たちは途中、ケーキを買いに菓子屋へ入った。ガラスの嵌った扉を軋《きし》らせ、目にも眩いキャンデーがいっぱいの真っ白く糖衣をかぶった店内に私たちが入るやいなや、夜は一切の星ごとはたと歩みをとめ、にわかに警戒と注意を高め、私たちが夜から身をかわしはすまいかと見守った。私たちがごく慎重にケーキを選ぶあいだ、夜はいつまでも辛抱づよく私たちを待ち、ドアのあたりを見張り、また空の高みからガラス越しに動かない星々の光を投げかけた。そのときだ、私がビアンカを初めて見たのは。彼女は横顔を見せてカウンターに向かって立ち、脇には養育掛の女が付き添っていた。ビアンカは白いドレスをまとい、小麦色の肌をして、天宮図から抜け出してきたかのように、肉筆《カリグラフィー》の美しさを持っていた。彼女は振り向かなかった。若い娘の模範的な

contraposto（美術用語で人体彫刻の構成について言うイタリア語。一方の足に重心をかけた姿勢。その場合、体のバランスをとるため上半身、両腕は自然それと反対の方向に軽く傾く）で立ったまま、クリームケーキを食べていた。私の目にははっきりと彼女が見えなかった、星と星を結ぶジグザグの光線にまだ私の全身が照射されていたためである。こうして私たちの星回り《ホロスコープ》は交差した、それはなおはなはだ漠としたものではあったけれど。星は出遇い、そして何の気もなしに離れた。あの初期の星の配置のなかでは、自分たちの運命をまだ解《かい》せぬまま、二人は他人同士として、ガラス扉を軋らせ店を出たのだ。

　それから私たちは家に戻るのにずうっと遠回りをして町はずれに出た。家々は次第に低くなり、間遠になって、ついには私たちの前から離れてゆき、私たちは違った風土に入り込んだ。私たちはとつぜん穏やかな春のなかへ、つい今しがた昇ったすみれ色の若い月が地面を銀に染める生ぬるい夜のなかへ足を踏み入れた。春を間近に控えたあの夜は慌ただしく進行しながら、やがて来たるべき段階を一心に予告していた。さきほどまで、この時節によくある苦味で味つけされていた空気は、たちまちむかつくほどの甘さとなり、雨靴の臭いや湿ったローム土の匂い、また魔法めく白光のなかで夢遊病者のように咲き出した初咲きの待雪草《まつゆきそう》の香りを漂わせた。そして奇異にさえ思われるのは、この惜しげない月光の下で、夜が銀白の沼のおもてに寒天状の蛙の卵となって群れをなしたり、卵のように孵《かえ》ったりすることもなく、また淡水の網の目をきらきらと光らせている小石の河原で、がやがやとうわさ話をする一千の小動物の顔となって夜が際限もなくしゃべり始めることもないことであった。一瞬、停止させられた夜が、もういちど動き出し、そして月が中天に達するためには、だから、ごぼごぼと湧き出す泉の夜、肌の裏側の細かな震えでいっぱいの夜のなかに喧《かしま》しい蛙の声を補足し、思い探らねばならなかった、すると月はその白色を杯から杯へ移し替え移し替えするかのようにいよいよ白さを加え、ますます高く、いよいよ冴え、次第に妖しさと超絶の美を募らせた。

こうして私たちは月の次第に強まる重力のもとを歩いていった。父と写真師は、眠たさのあまり転びかける私を、あいだに挟んで手を引いた。私たちの歩みは湿った砂地に鳴った。私は歩きながらも、とうに眠っていた。もう瞼の裏にあるのは燐光を放つ空全体であり、そこには輝く記号や信号や星々の現象が満ちていた、と、私たちは何もない野っ原にきて立ち停まった。父は地面にひろげた外套の上に私を寝かせた。目をつむったままで、私は太陽と月とそして十一の惑星が天宮に列を整え、私の前を行進していくのを見ていた。「ブラボー、ユーゼフ！」父は叫び、称賛の拍手を鳴らした。それは私ではない別のユーゼフに向かって言うべき賛辞の明白な盗用であり、全く見当違いな言葉だった。しかし私はそのことでだれにも責められはしなかった。私の父、ヤクブが首を振りながら舌を鳴らした、写真師は砂地の上に三脚をひろげて、手風琴のように写真機の蛇腹をのばし、黒い布の襞《ひだ》のなかに体ごと沈んだ。あの空の異変、燦然と光る天宮図を彼が写し撮るあいだ、私は頭を光に漂うに任せながらうっとりと外套の上に横たわったまま、夢を永つづきさせようと物憂く露出を繰り返した。

3

日々は明るくなり広がりを増した、いまだに乏しく取りとめのないその内容に比べてやや広がりすぎたほどに。それは先の成長を見越しただぶだぶの日々、期待でいっぱいの日々、退屈と待ち切れなさとに青ざめている日々であった。明るい吐息、光り輝く風がそれらの日々の空き地をよぎっては過ぎた、風はまだ陽光に満たされた裸《はだか》の庭の臭気にけがされず、清めるように道路を吹いた、掃除し立ての道は、だれかの、まだ遠い先の、未知の到来を待ち受けるかのように明るんだ。太陽はおもむろに春分点を目ざしていたが、走行を緩めて典型的な位置に達すると、はたと立ち停まり、理想的な均衡を保ったまま、水に飢《かつ》えた空っぽの大地に向けて、一区《ひと》切り一区切り火の流れを注いだ。

明るく涯しない風は、見渡す地平いっぱいに吹きわたり、遠近法の清潔な幾本もの線に二並びの木立や並木道やを配置していった、風は広漠を突っ切るうちに滑らかとなり、ついには霊感を得て、巨大な鏡となった――万物を抱擁する己の鏡のなかに、街のすばらしい映像を、街の発光する凹レンズの奥へと延長された蜃気楼を閉じ込めようと願うかのように。そのとき世界は一瞬、動きをとめ、茫然と息もつけずに立ち尽くし、その幻想の映像のなかへ、自分の前に開かれた束の間の永遠のなかへ、入っていこうとするのだった。しかし幸福な誘いかけははかなく過ぎ、風はその鏡をこなごなに打ち割って、再び時がわれわれを取り戻した。

復活祭の果てもない休日がきた。学校から解放された私たちは街じゅうを用も当てもなしに駈け回り、気ままをもてあました。それは完全に空虚で、名づけようもなく、また使うすべのない気ままであった。まだ定義づけられぬことでは同じ私たちは、時間からそれを予期していたのだが、時間は百千の遊び場所のあいだに迷い込んでしまい、その気ままを見つけかねていた。

喫茶店の店先では、もうテーブルが舗道に並べられていた。女たちは明るく華やいだ装いをして卓につき、一口ひとくちアイスクリームをすくうように風を呑み込んだ。スカートがひらひらと舞い、風は狂犬病の小犬のようにスカートの裾に咬《か》みついた、女たちは頬を赤らめて乾いた風に顔を灼《や》き、唇を荒らした。まだ幕間《まくあい》が、幕間の大きな退屈がつづいていた、世界は上気しながら、徐々にどこかの境界線へ近づき、まだ早すぎるのに決勝点らしいものに迫り、そして待ち受けていた。

それらの日々、私たちみんなは狼のような食欲を持った。風に干からびて家へ駈け戻ると、バターつきの大きなパンの切れを鈍い思考のなかで食らった、また街頭でパリパリする焼き立ての大きな輪型堅パンを買ったり、アーチ型の天井のある、広場の人けない建物の広い入口の廊下にみんなが並び——頭では何ひとつ考えるではなしに——腰を下ろしたりした。低いアーチの向うに真っ白く清潔な広場が見られた。外壁の下に一列に並んでいるぶどう酒の空き樽《だる》が匂った。私たちはまた、市の日には田舎くさい多色のスカーフがいくつもその上に載せて売られる長い売り台に坐り、しょうことなしに足で板を蹴ってはとんとんと鳴らした。

口いっぱい堅パンを頬張っていたルドルフが、不意に上着の下から切手帳を取り出し、それを私の前にひろげた。

4

そのとき私は、なぜその春が今の今まであのように空白で虚ろで息をひそめたものであったか、そのわけを一時に了解した、春はわれ知らず、ひっそりと自分のなかにひそみ込み、黙りこくり、奥へ身を退《ひ》いて場所を譲っていた、そして春は、純潔な空間、名づけようもない空虚な蒼穹《そうきゆう》——未知の内容を受け入れるべく身構えた驚きといぶかしみの表情を見せる手放しの形式《フォルム》のなかへと自らをひらいていた。だからこそ、そこには夢から覚めたばかりの中立性といったあの青さと、無関心とも映りがちの何ごとにもたじろがぬあの大きな覚悟がある。あの春は挙げて危急に備える態勢にあった、人のいない広漠たる春は固唾《かたず》を呑み余念なくひたすら役立つときを待った、ひとことで言えば、天啓を待ち受けていたのである。その天啓が眩《まばゆ》いばかりの鎧に身を固め、ルドルフの切手帳から凜々《りり》しくも立ち現れようとは、だれに予見できたであろう。

それはさまざまな文明の鍵を解《と》く奇怪きわまる略号、数式、秘法であり、手ごろな魔よけ札でもあった、それらのなかに入り込めば、二本の指先で国々や地方の本質《エッセンス》をつまみ出すことができた。それはまた帝国や共和国、群島や大陸へ向けて振り出された小切手であった。皇帝たち、王位簒奪《さんだつ》者たち、占領者たち、また独裁者たちにとってそれ以上の何が獲得できただろう！　私は土地を支配することの甘美をとつぜん悟った、その渇望はただ領有によってしか癒《いや》されない。

マケドニアのアレクサンドロス大王と共に私は全世界の制覇に憧れた。その世界からは一尺の土地も欠けてはならない。

5

私は黒く陽灼けし、熱狂し、うずくほどの愛情に満たされながら、天地創造の分列行進、国々の進軍、華やかなデモ行進、合い間合い間にやってくるそれらの行進を閲《えつ》した。日蝕の赤紫色の暗がりを通して、私の耳は高打つ血に塞《ふさ》がれたが、その血の脈動はあらゆる民族を一丸とするあの普遍的な行進曲に合わせて心臓を打った。ルドルフは私の眼前にそれらの大隊や中隊を繰り出し、パレードを整えるのに熱中した。彼はアルバムの所有者でありながら、進んで副官の地位に身を落とし、どっちつかずのあいまいな役割のなかで盲目になり、混乱しながら、誓いの言葉のように熱意の籠る報告を厳かにつづけた。しまいに、彼は興奮にとり憑《つ》かれ、何やら物狂おしい鷹揚さの込み上げるに任せてばら色の、五月のように輝くタスマニアと、入り乱れたアルファベットのジプシー言葉の群がるハイデラバードとを勲章のように私の胸につけてくれた。

6

そのとき、かの天啓が、世界の燃え立つ美の不意の幻覚が起こった、そのとき、かの幸せの便りが、秘密の使者が、実在の可能性のないあの特使が到来したのだ。むしょうに明るい、厳粛な、あっと息を呑むような地平が大きく開かれ、世界はその彎曲部《わんきょくぶ》において揺れ震え、危険に傾斜して、あらゆる節度と規則を破ろうと脅《おびや》かすのだった。

親愛な読者よ、君にとって郵便切手とは何であるのか？　フランツ・ヨーゼフ一世のあのプロフィール——禿げ上がった頭に月桂樹の冠を戴いている——は何であるのか。それは日常性の象徴、一切の可能性の限定、世界が永遠にそのなかに閉じ込められている越えがたい境界線の保証ではないのか？

世界は当時、四方からフランツ・ヨーゼフ一世に包囲され、彼を除いて出口はなかった。地平という地平にはだかり、隅という隅から立ち現れるのは、遍在し、かつ不可避なあのプロフィールであり、それは世界に牢獄のように錠をかけた。そうして私たちがすでに希望を失い苦々しい諦めに満ちて、世界の一義性に、フランツ・ヨーゼフ一世がその強力な後ろ楯であるあのがんじがらめの不変性に心のなかで妥協していたまさにそのとき、思いがけなく、（おお、神よ）あなたは私の前にあの切手帳をお披《ひら》きになった、はらはらと眩さを振りまくあの大冊、衣を脱ぎ捨ててゆく切手帳にゆくりなくも視線を投げることを、神は私に許された、そのページは一枚一枚めくるにつれてさらに色鮮やかに、いよいよ強烈さを加えた……だれが私を咎め立てしよう、あのとき私が目が眩《くら》んで感動のあまり力もなく立ち尽くしたとて、また眩しい光で満たされた私の目から涙が流れたとて。何たる眩惑的な相対主義、何たるコペルニクス的行為、一切のカテゴリーと概念の何たる流動性であろう！　いまにして知る、（おお、神よ）御身《おんみ》はかくも様々な生存のありようをお与えになったと、このとおり、御身の世界はかくも測りしれない！　私が抱いたどのような奇想天外な夢想もこれに劣る。そうしてみると、以前からのあの魂の予感は当たっていたのだ。見かけに欺かれることなく魂は固執《こしゅう》してきていた――世界とは計算不能のものであると！

7

世界は当時、フランツ・ヨーゼフ一世によって縄を張り巡らされていた。郵便切手の一枚一枚、スタンプのひとつひとつに現れる皇帝の似顔が、世界の不変を、世界の一義性という盤石のドグマを強調しつづけた。これこそが世界であり、ほかの世界は汝《なんじ》にはない、皇帝と王とを兼ねる老人の姿を描いたスタンプはそう教えた。それ以外の一切は幻であり、無謀な主張、僭称にすぎない。あらゆるものの上にフランツ・ヨーゼフ一世が座を占め、伸び上がろうとする世界を抑えていた。

親愛なる読者よ、われわれは心底から遵法の精神に敬意を表するものだ。われらの礼儀正しさに根ざす忠誠心は、権威の魅力に対して無感覚ではない。フランツ・ヨーゼフ一世こそは至高の権威者であった。そういう真理の秤《はかり》の上に、この権威に満ちた老人が己の重々しさでのしかかっている以上、致し方はない、身を焦がすばかりの魂の予感も諦めねばならなかった。必要なのはただひとつの可能な世界にあたう限り適合することであった。幻影もロマンティシズムも捨て

——そうしてひたすら忘却するほかなしに。

だが、あわや牢獄の錠が永遠に下ろされつつあるとき、最後の小窓が塗り込められたとき、すべての企みが行われたとき——それは神よ、御身を沈黙させんがためであった——そして神の御姿が二度と拝めぬように、フランツ・ヨーゼフ一世が残された最後の隙間の前に立ちはだかり、それを封じ込めたとき、そのとき神は大洋と陸地から成るマントの衣擦《きぬず》れの音も高らかに身を起こし、まんまと相手の鼻を明かされた。神よ、そのとき御身はあえて自らに異端の汚名を引き受け、かの巨大にして多彩、そして絶美なる瀆神《とくしん》を世界に向かって噴出させたのだ。おお、ありがたきかな、邪教の祖は！　御身はあのとき、私の内奥でかの燃え立つ大冊、ルドルフの隠しから取り出された切手帳となって炸裂した。そのときまで私は三角形の形をした切手帳をついぞ知らなかった。目を奪われた私は、それがほしさに紙製のピストルと交換した、それは教室の机の陰から発射しては教師たちを閉口させた代物であった。ああ、神よ、御身の射《う》ちようの見事さときたら！　あれこそはフランツ・ヨーゼフ一世と彼の散文国家に浴びせかける御身の熱烈な長広舌、火を吹くような見事な攻撃演説であり、真の閃光の書であった。

私はその大冊を披いた、すると私の眼前には諸世界の、風に抱きとられない空間の色彩の群れが、渦巻く地平線のパノラマが輝き出た。御身はそのアルバムのなかを歩まれた、ひとめくり、ひとめくり、ありとあらゆる地帯と風土から織りなされたあの長い裳裾《もすそ》を引きながら。カナダ、ホンジュラス、ニカラグア、アブラカダブラ、ヒポラブンディア……私はただちに神の意図を察した。それらはすべて御身の豊かさの御苑《みその》であり、御心に浮かんだままの最初の愛語であった。

神は手を隠しにさし入れ、一握りの釦《ボタン》を見せでもするように、御身のなかに漲《みなぎ》り溢れる可能性の数々を私に示したのだ。精確さはどうでもよかったので、御身は舌にのぼる言葉を出まかせに口にした。それは、こう言っても同じことだった。例えば、――パンフィブラス、ハレリヴァと。そうすればたちまち、空気は棕櫚《しゅろ》の木々のあいだでさわぐおうむたちの羽ばたきにかき乱され、そして天空は、百倍もの巨大なサファイア色の一輪のばらの花のように、底までしどけなく膨み開き、目も眩むような花芯を見せることになったであろう――孔雀の光彩にも似た御身のまなこ――睫毛《まつげ》の生えそろった、そして突き刺すように鋭いその目は、御身の智恵の真髄の色鮮やかさによって瞬《まばた》いて、超色彩の燦光を放ち、また超芳香を漂わせたであろう。神よ、御身の欲したのは私を盲《めし》いさせることであり、自ら誇ること、私に媚びることであった、なぜなら、御身にもまた自画自讃を信じ得ぬという虚栄の時があるのだから。おお、いかに私はそんな時間を愛していることか。

フランツ・ヨーゼフ一世よ、君は物の見事に身をやつすことになったではないか、君の散文の福音書ごと。私の目は空《むな》しく君を捜し求めた。そしてようやくにして発見したのだ。君もまたあの群衆のなかに紛れ込んでいた。それにしても今や玉座から追い降ろされた身は、いかにもちっぽけで、目立たなかった。君は南アメリカからわずか向うで他人に混じって街道の埃のなかを行進していた。そしてオーストリアの前までくると、君もまた声を合わせて歌っていた――ホサナ！　と。

8

私は新たな福音書の信者となった。ルドルフとは親しい仲になった。私は彼に感嘆した、ただ、ぼんやりとではあったが、彼は単なる道具にすぎず、この一巻の書の運命づける相手は彼以外のだれかなのだという予感が私にはあった。事実、彼はむしろこの書冊の番人であるかのように見えた。分類し、貼り付け、はぎ取り、鍵をかけて棚にしまう、それが彼の仕事だった。彼は、その実、自分の影が次第に薄くなり、引き替え、私の存在が濃くなりまさっていくことを知っている人間のように悲しげだった。彼は、主への道を正さんがために来たれる男なのであった。

9

一巻の大冊が他ならぬ私のために運命づけられていると受けとるには多くの理由が私にはあった。多数の兆候の示すところでは、この書巻は特別の御使《みつかい》として、個人的な急使、密使として私に呼びかけているのだった。そのことは、だれひとり、自分ではこの書の持主と感じていないという事実からつとに私の悟っていたところである。ルドルフさえも例外ではなく、彼はむしろこの書冊に仕える人間であった。所詮それは、彼には無縁の品だったのだ。いわば賦役に狩り出され、いやいや働く下僕の立場にルドルフはあった。時おり嫉妬が彼の心臓に苦々しさを注《そそ》ぎ込むことがあった。自分の持物ではない宝物《ほうもつ》の鍵番を務めさせられることに内々、反感を抑え切れずにいたのだ。私の顔の上を音のない音階をなしてさまよいつづける遠い世界たちの反映に、彼は羨望のまなざしを向けた。つまり、私の顔に反射されることによって初めて地図たちの遠い照り返しがようやく彼のところに達する仕掛である。本人の魂は到底そこに参加できはしなかったのだから。

10

あるとき私はこんな手品を見た。手品師——痩せた男だったが——が周りじゅうから見通しの利く舞台の上で、シルクハットを脱ぎ、それを見せびらかす、中は空っぽで白い底が覗いている。こうして種も仕掛もなく、どんな小細工もあり得ぬことを納得させた上で、男は指揮棒をふるって、魔法の印《しるし》を空中に切る、するとたちまち、誇張された精確さをもって、あれよあれよと見るまに、その棒でシルクハットのなかから繰り出してゆく——紙のリボン、色さまざまなテープが、何メートル、何十メートル、ついには何千メートルとなく——部屋はさらさらと鳴る華やかな量《マッス》に満たされ、百倍千倍と増殖するもの、泡立つ軽やかな薄葉《うすよう》の紙、光り輝く堆積のために明るみを増してくる、手品師はと見ると、果てしないテープを引き出す作業をいっかなやめない、気味悪がる声、感嘆を込めた抗議の叫びが挙がり、恍惚《エクスタシー》の絶叫、引きつったような泣き声が沸き立つのにも構わずに。その果てに事態はやがて火を見るよりも明らかとなってゆく——男は一文も懐を痛めるわけではない、男がこの豊富を汲み出してくるのは自分の貯蔵のなかからではない、そうでなくて、人間の尺度や計算を超絶したこの世のものならぬ泉が彼のために開かれたに過ぎぬのであると。

あの日、あの魔術のいっそう掘り下げた意義の受容を予《あらかじ》め運命づけられていたある人物は、家路を辿りながら、思いに沈み心に眩惑を覚えつつ、彼の内部に入り込んできたあの真理に深々《ふかぶか》と浸っていた――「神は無限である……」と。

11

ここではアレクサンドロス大王と私個人のあいだの簡単な類似点を展開しておく。アレクサンドロス大王は国々の芳香を感じとった人物であるに違いない。大王の鼻孔は未曾有《みぞう》の可能性を予感できていた。彼こそは、神がその手を眠っている者の顔の上に置き給うそういう人々の一人であった、そのお蔭で彼らは、自ら知らないことが何であるかを知り、洞察と懐疑の能力を十分に具えるようになり、また彼らの閉ざされた瞼《まぶた》の向うに遠い世界たちの反映が展開されるのである。ただし大王は神の暗示をあまりにも言葉どおりに取ってしまった。行動の人、別の言い方をすれば浅薄な心の持主であったがため、彼は世界の征服こそが神より課せられた己の使命であると自らに説いたのだ。大王の胸は、私の胸にあるのと同じ渇望によって満たされ、同じ溜息がそれらの胸を膨らませた。溜息は大王の魂のなかに巣喰い、地平線につぐ地平線を、風景につぐ風景を繰りひろげるのだった。大王は過ちを正してくれるほどの人物を持たなかった。かのアリストテレスにさえ大王は理解されなかった。かくて全世界を征服しながら幻滅のうちに大王は薨じた、追えば追うほど遠のいていく神を、神の奇蹟を疑いつつ。大王の似姿はあらゆる国々の貨幣と郵便切手の飾りとなった。刑罰として大王は彼の時代におけるフランツ・ヨーゼフとなったのだ。

12

かの一巻の書が当時、いかなる存在であったかについて、せめては大まかな概念を読者に与えておきたい、その春の最終的な事件の数々はそれらのページのなかで予め算出され、組み立てられていたのだから。

言いようのない、不安な風が吹いていた、風は郵便切手たちの形づくるきらめく並木の木立を抜け、国章と国旗が織りなす飾り立てた街路を吹きすぎては、息をつめた静寂のなかで、地平線の上に立ちはだかるまがまがしい黒雲の陰で、小刻みに揺れる紋章や徴《しるし》をむきになって大きく拡げてみせた。やがて、とつぜん、先導団の一隊が人けのない通りに現れ出た、彼らは晴着の腕に赤い腕章をつけ、ぎらぎらと汗に濡れて、漲《みなぎ》る使命感と当惑のために心細げにみえた。全身全霊を興奮と荘重さに捉えられ、彼らは沈黙のまま合図を下した。と、通りは繰り出してくるデモ行進のために薄暗くなり、たちまち接近する数千人の足音のなかで並木道は交差する道という道の角々において黒ずんでいった。それは国々の巨大な示威行進、世界を一丸としたメーデー、途方もない全世界のパレードであった。世界は宣誓するかのように高々と突き上げられた何千もの腕、旗、幟《のぼり》となって練り歩き、また何千の怒声となって示威するのだった――フランツ・ヨーゼフ一世を支持せず、はるかに偉大な人物を支持するのだ、と。それら一切の上に明るい赤色《せきしょく》が波打っていた、それはばら色に近い、得もいえぬ、人々を解き放つ狂熱の色であった。サント・ドミンゴから、サン・サルバドルから、フロリダから、息を切らせ、顔を火照《ほて》らせて代表団が詰めかけた、全員揃いの木苺《きいちご》色の上下を着て、桜桃色の山高帽を振ってあいさつすると、ひとつひとつの帽子の陰から囀《さえず》りも賑やかに二羽、三羽とまひわが飛び出した。

　光る風は幸せに飛翔する小鳥たちのラッパの艶を磨き立て、また、あたりいっぱいに電流の音のない羽帚《はぼうき》を落とす楽器たちの折り目折り目に沿って、そおっと羽づくろいしてやった。おおぜいの人出、何千人の行列にも拘らず、すべては秩序立って進行し、大仕掛なパレードは計画どおりに、かつ平穏に展開しつつあった。時おりではあったが、家々の露台から熱く激しく飜《ひるがえ》る旗、希薄となった空気のため赤紫色の吐き気のなかで――また音もない急激なはためき、空しい狂熱の高まりのなかで――身をよじっていた旗たちが、点呼に整列したかのように不動の姿勢をとったままそよとも動かなくなることがある、とたんに大通り全体が眩しいまでに赤くなり、無言の緊張が漲《みなぎ》る、折しも、暗みを帯びた遠方からは一発また一発、礼砲の遠鳴りが慎重に聞き数えられる、四十九発の砲声は闇に沈もうとする空に消える。

　やがて地平は春先の雷雨の兆《きざし》を思わせて急速に薄墨色となる、ただ楽隊の管楽器ばかりがどぎついまでに光る、と、静けさのなかに黒まりゆく空の発する虚ろな音、遠空《とおぞら》のざわめきが聞こえ出す、そのひまにも、あたりの庭々からはうわみずざくら《チェレームハ》の香りが重苦しいまでに漂ってき、力尽きては、散りぢりとなり、得も言われぬ広がりのなかへ溶けてゆく。

13

四月も末に近いある日、灰色の暖かな午前があった、人々は自分の前の地面に——足元の一メートル四方の濡れた地面に、絶えず目を落としながら歩き、公園の木々のそばを通りすぎるのにも気づかなかった、黒々と枝を交し合う立木の幹は、無数の箇所で割れはじけ、甘い、膿《う》みただれた傷口を見せていた。

木々の黒い枝々の網にからめ取られた灰色の蒸しむしする空は、人々の肩の上にのしかかった——それは強風をはらんで積層し、鵞毛《がもう》の羽ぶとんのように無定形な重さと巨大さをもつ空であった。人々はその下を這いつくばっていった。まるで黄金虫がこの生温かい温気のなかを、触角を働かせながら甘い粘土の匂いを嗅ぎかぎゆくように。世界はけだるく横たわり、どこか上のほう、またどこか後ろのほうや深いところで発達し、成長した——楽しげに力を抜いて——そして世界は浮かび流れた。時おり世界は速度を緩め、何やら漠然と思い出し、木立の枝に絡《から》みついてはこの灰色の日の上に投げかけられた小鳥の囀りというきらきら光るベールの網目を繕《つくろ》い、それから、地面の下にとぐろを巻く根、幼虫と毛虫の盲目の脈打ち、黒土と粘土の声のない暗がりを訪ねて深々と降りていった。

そのような無定形な広がりの下で人々は、聾者《ろうしゃ》となり、思考力を失って蹲《うずくま》り、両手に頭を抱えてしゃがみ、首うなだれて公園のベンチの上に懸っていた（膝に置かれた新聞からはテキストが流れ出し、この日の大きな灰色の無思考に注いだ）、人々はまだ昨日のポーズのままだらしなく垂れ下がって知らず知らずに涎《よだれ》を洩らした。

人々の聴力を奪ったのは、鳥の囀りの喧しいガラガラおもちゃだったのかもしれず、また倦《う》みもせず灰色の種を振り撒いては、あたりを薄暗くするあれらの芥子《けし》坊主たちかもしれない。鉛のような雹《ひょう》に打たれてのろくさと歩む人々は、篠つくその雷雨のなかで身振り手振りで話を交し、あるいは諦めて黙りこくっていた。

しかし午前十一時が回るころ、どこか空間の一点で、膨らみ上がった雨雲の巨体を通して、太陽が青白い犬歯となってぽっかり形を見せた――すると、とつぜん、木々の枝で編まれた籃《かご》という籃のなかで、ありとあらゆる芽がいっせいに光り始め、囀りの灰色のベールはゆっくりと薄い金色の網に変わって一日の面から離れていった、日は目をひらいた。と、それが春であった。

そのとき不意に、今の今まで人けのなかった公園の散歩道は、そこが街のすべての通りに通ずる主要な交差点でもあるかのように、四方八方へと急ぐ人々の群れで一瞬にして溢れるばかりとなり、着飾った女たちの花が咲いた。ほどよく均斉のとれた軀の足早な女たちのなかには、仕事へ、店へ、事務所へと急ぐのもあれば、散策の女たちもあった。だが、散歩道の透明の編み籃を通り抜け、花屋の店内に似たいきれを呼吸しながら、小鳥たちの顫音《トレモロ》を身に浴びてそぞろ歩くとき、女たちはしばらくこの道とこの時間とに所属する、女たちはそれとは知らず春の劇場の舞台に登る端役になっているのだ、言うなれば、燻《いぶ》し金の色に濡れた砂利石を背景に、みるみる育ってゆく枝々や葉の落とす繊細な影と一緒に、彼女たちはここのプロムナードで産み落とされたかのようだ、こうして女たちは金色の、熱い、高貴な脈を二度、三度と波打たせたあとは、にわかに色蒼ざめて、日陰に駈け込んでゆき、太陽が雲たちの物思いの陰に入るとたんに、透明な透かし細工と同じように、砂のなかへと消えてしまう。

しかし束の間にせよ、女たちは新鮮なせわしさで並木道を埋め尽くす、彼女らの下着の衣擦《きぬず》れの音からはこの道の得も言えぬ薫りが匂い立つかに思われる。ああ、陽春の歩廊の透き徹った影のもと散策に連れ出された風通しのよい、糊づけのあとも新しいあれらのブラウスたち、ブラウスの腋《わき》の下はじっとりと滲んでいて、遠方から吹くすみれ色の風に乾いてゆく。ああ、運動で火照《ほて》っているあれらの若々しくリズミカルな足たち、しゅるしゅると鳴る真新しい絹のストッキングの下には、赤い斑点やにきびが隠されている——燃える血の健やかな、春の吹出物が。ああ、この公園全体が臆面もないにきびだらけとなり、樹木という樹木ににきびの蕾《つぼみ》が吹き出ている、それらの破裂音が鳥の囀りではないか。

それから並木道には再び人影が絶え、弓なりに続くプロムナードをスポークの針金の音を忍ばせながら、かぼそい発条《ばね》に弾んで一台の乳母車がくる。エナメルを塗ったちいさな乗物、薄絹の糊の利いた襟飾りを高く立てた花壇のなかには、それよりもいっそうかよわい何かが花束に抱かれたように眠っている。若い女はゆっくりと車を押し、時おりその子の上に身を屈める、真っ白に花ひらいて揺れるままの籃を大きく傾け、車軸を軋《きし》らせながら、重みをいっぱいに後ろ車輪にもたせると、女は例のチュールの花束に優しく息を吹きかけ、熟睡する甘い核心（そこでは夢がお伽噺《ときばなし》のようにさまよっている）の妨げにならぬようにしてやる、折しも乳母車は影の縞を通りすぎるところだ——あの雲と光の流れ。

そのあと正午になっても、芽吹く花園は飽かず光と影を編みつづける、細かなその網目から絶えまなく小鳥らの囀りがこぼれ落ちる——枝から小枝へ、春日《しゅんじつ》の針金づくりの籠を通して、鳥の声は真珠と光ってこぼれる、なのに、散歩道のほとりを行き交う女たちは、早くも疲れて、毛髪は偏頭痛にほどけ、顔の肌は春にひび荒れている、もうすこし経つと、並木道からは全く人通りが消え、昼下がりの静けさのなかをそぞろに匂いが伝わってくる、それは園内の建物にあるレストランからだ。

14

まいにち決まった時刻に、ビアンカは女家庭教師に付き添われて公園の散歩道を漫歩する。ビアンカについて何を私は語ろう、彼女をいかに描写しよう？　知っているのはただ、彼女が極めて己《おのれ》に忠実な性格であること、計画はあまさず実行に移すことだけである。深い歓喜に心臓を締めつけられながらそのつど新しい思いで私は見つめるのだ——一歩また一歩——踊子のような軽い足どりで、彼女が自分の本質へと入ってゆくのを、べつだん意識することなしに、ひとつひとつの動きで確実に要所を捉えるさまを。

その歩き方はごく当たり前で、優美の極みというわけではない、だが、その飾りけのなさが、まともに心を捉える、あのように何の苦労もなしに、それでいてまさしくビアンカその人であり得ること、その幸せが心臓を締めつける。

あるとき、彼女はゆっくりと目を上げて私を見た。と、その視線のなかの知恵が私を突き貫いた、飛ぶ矢のように射たのだ。以来、私は知った——彼女にとっては何の秘密もない、そもそもの初めから私の考えを一部始終、読みとっていたのだと、その瞬間から私は彼女の意のままに献身した、無限にそして分かちようもなく。少女はそれとも見えぬ、かすかな目顔で受け入れた。言葉なく、行きずりに、一目交すだけでそれは成立した。

心のうちに彼女を思い描こうとするとき、せいぜい浮かんでくるのは、何の意味もないひとつの細部——少年のように擦り傷のある二つの膝小僧でしかない、このことは深く感動的であり、私の思いを駆って矛盾撞着の隘路《あいろ》へ抜け、うれしい反対語の数々のあいだへと導くのだ。すべてほかは、そこから上も下も、超絶的であり想像を拒否する。

15

きょう改めてルドルフの切手帳に没頭した。何というすばらしい勉強だろう。このテキストには参照記号と当てこすりと思わせぶりが溢れ、裏意のある瞬きに満ちている。しかし一切の線がビアンカへと通じている。何たる幸せな仮設であろう。結び目から結び目へと私の疑心は走る、まるで火縄のように――その疑惑は、しかし明るい希望によって妨げられ、明るさはいよいよ増す。ああ、この苦しさ、秘密の予感に胸が締めつけられる。

16

市《まち》の公園では、いま夕方になると音楽の演奏がある、径《こみち》という径に春の散歩者が流れる。人々は巡っては戻り、すれ違ってはまた行き遇う――左右均斉《シンメトリカル》な、絶えず繰り返すアラベスク模様のなかで。若い男たちは新調の春の帽子をかむって、投げやりに手袋を手にしている。立木の幹や生垣を透かしてそこの径《こみち》、あちらの径に、少女たちの衣裳が輝く。娘たちは仲よく二人ずつ、腰を揺《ゆす》りながら歩いてゆく。まるで白鳥のように、あれらのばら色と白の逆立てた羽――花咲くモスリンに膨んだ鐘――を身につけ、時おりはそのままベンチに降り立つ――空虚な行進《パレード》に疲れたかのように、ガーゼ地とバチスト麻の大輪のばらごと降り立つと、花は割れ、花弁がこぼれる。そのときである、娘らの足が露になるのは――重ね合わせて十字に組み、真っ白い形に結ばれた脚は、抗いようもない迫力で迫る、すると、彼女らの前を通りすぎる散歩の若い男たちは、口を閉ざして顔色を失う、的を射た論拠に衝撃され、心の底まで説伏され、圧倒されて。

夕暮れ前のひとときがくると世界の彩りは美しさを加える。あらゆる色合いが物の輪郭の上に現れ、晴れやかに熱っぽく、そして寂しくなってゆく。見るみる公園はばら色のワニスと眩しいエナメルで満たされ、そのために物という物はいちどきに色と光を強めるのだ。だが、早くもそれらの色合いのなかにはあまりにも深すぎる藍の色が、目立ちすぎて怪しまざるを得ないある美しさがある。次の瞬間、わずかに萌黄色《もえぎ》を振りかけられただけの公園の茂みはまだ裸の枝をひろげたまま、それ全体が夕暮れのばら色の時間によって輝き出す、それは冷気の安息香《バルサム》に裏打ちされ、永遠に、死ぬほどに美しいもろもろの口下手な悲しみに浸された時間である。

そのとき、とつぜん公園そのものが、挙げて巨大な沈黙のオーケストラへと変身する、振り上げられたままの指揮者の棒の下で、厳めしく緊張して、オーケストラは自分のなかに音楽が熟し、膨れ上がるのを待ち構えている、すると急に、勢い込んだ強大な交響楽団の上に華麗な芝居めいた夕暮れがすばやく落ちる、全楽器を動員して、激しく沸き上がる楽曲に応ずるかのように——どこか高みで新緑を突き貫く高麗《こうらい》うぐいすの声、一羽だけが林に潜んでいたのだ——と、にわかに周りじゅうが夜の森に落ち込んだように厳かに、孤独に、そして更けてくる。

あるかなきかの風が木々の梢をわたってゆく、名づけようもなく、そして苦いチェレームハの乾いた香りが悪寒《おかん》のように襲ってくるのはそのあたりからだ。その苦っぽい匂いは宵空の下で高みへ高みへ散り、死の無限の溜息となって漂う、その匂いのなかで光り出した星たちの落涙は、まるで、百合のように蒼ざめたこの夜からもぎとられたライラックの小花たちのようだ。(ああ、分かった——彼女の父親は船医で、母親には黒人の血が四分の一混じっている。波止場ではくる夜もくる夜もあのちいさな暗い河蒸気船が彼女を待ち受けている、船には大きな外輪がついていて、ランプは灯さない)

そういうとき、巡回する男女の組々、規則的に戻ってきてはまた出遇うことを繰り返すそれらの若い男や女たちの内側に何か不思議な力、ある霊感が入り込む。男たちは一人ひとりが美青年の押しの強いドン・ファンとなり、誇り高く、勝ちを譲らぬ人間になり変わってしまい、その視線は女ごころを竦《すく》ませる殺人的な力を具えるのだ。すると娘たちの目は深みを増して、その目のなかには径や迷路が八方に通じた何やら奥深い庭園が開かれる。彼女らの瞳は晴れやかな光に広がり、抵抗なしに大きく見開かれて、カンツォーネの歌詞のように幾度となく、シンメトリックに径の岐《わか》れわかれになっていく自分たちの暗い庭園の木陰道《こかげみち》に勝利者たちを招じ入れる、そしてついには、悲しい詩句のなかでのように、ばら咲く広場で、円い花壇の周りで、あるいは夕焼けの残り火が燃え立つ噴水の脇で待ち合わせ、見合い、それから再び別々になったあとは、公園の黒い量《マッス》のあいだへ、夜の茂みへと流れてゆく、その茂みはいよいよ密となり、さざめき立ち、そのなかで男女は、たがいを見失う、入り組んだ舞台裏、ビロードのカーテン、ひっそりした小部屋のあいだにさまよい込んだかのように。そして、あれらの真っ暗い庭園の冷気をくぐって、全く忘れられた、人知れぬ安息所へ何やら違う、柩を蔽う黒い布のように流れているいっそう暗い木立のさざめきのなかへと、いつ両人がそっと近づいてゆくのかは分からない、そこでは闇は醱酵し、腐敗し、静寂もまた永い年月の沈黙のために腐敗し捨てられたぶどう酒の古樽のなかでのように見事に分解しつづけている。

こうして庭園の黒いプラッシ天のなかを手探りしながら迷ったすえ、カップルはついに行き遇う――だれもいない林間の空き地で、空焼けの名残りの緋色の下で、幾世紀の昔からの黒い腐植土の積もる苗床のそばで、また崩れかかった露台の上で、時間の境界線のどこかで、世界の裏木戸のあたりで。それから二人は何やら遠く過ぎ去った生のなかへ、悠久な前存在のなかへと連れ戻され、見知らぬ時間とひとつになり、はるか遠い世紀の衣裳をまとって、なにか長い裳裾《もすそ》のモスリンの上で果てもなくすすり泣き、そうして達しがたい誓いを目ざしてよじ登り、忘我の階段を踏みしめ踏みしめ、ある頂きへ、ある限界へ到達する。そこを過ぎたあとはただ死があり、そして無名の快楽《けらく》の脱落があるばかりである。

17

春の薄暮とは何か？

私たちは事物の本質に達しただろうか、この道はもう先へはゆかないのか？　私たちは言葉の終ろうとする果てにきている。ここまでくると、言葉はもはやしどろもどろになり、うわごとめき、読みとりがたくなる。とは言えそのような言葉の限界の向うから、この春に内在する捉えられぬもの、言いがたいものがようやく始まっているのだ。黄昏《たそがれ》の秘蹟！　われわれの言葉を超えた場所、われわれの魔術がもはや届かない所で、あの暗い、抱きとれない自然力《エレメント》が音を立てている。言葉はそこでいくつもの要素に分裂し、解体し、自らの語源《エティモロジー》に回帰し、深みへと、己《おのれ》の暗い根っこへと後戻りしていく。深みへとは？　字義どおり深みのことである。そら、あたりが暗くなってくる、すると私たちの言葉は不確かな連想のあいだに迷い込んでしまう――黄泉《アクロン》、冥府《オルクス》、地下界……と。読者は感ずるだろうか、これらの単語から生まれるほの暗さを、土龍《もぐら》の穴が崩れるのを、深み、地下室、墓穴の湿った空気を？　春の薄暮とは何であるのか？　もういちどこの問いを発し、われわれの調べを熱望しているこの反復句《ルフラン》を呈してみよう、それに対する回答はないにしても。

木々の根がしゃべり出す気になったいま、地表の陰に多くの過去が、古い小説が、大昔の物語が無数に集積されているいま、根よりさらに深い所にあまりにも多くの喘ぐような囁きが、言葉の形にならないもやもやが、一切の言葉より先立つ息切れしたあの暗いものが溜りに溜っているいま、木々の樹皮は黒ずんでくる、そして、分厚い殻ごとばらばらに割れて剝げ落ち、木髄は、熊皮のような暗い気孔を開く。黄昏のそのふさふさの毛皮に顔を埋めることだ、すると一瞬、すっぽり蓋をかぶせられたように、暗く、虚ろで、息がつけなくなる。そのとき蛭《ひる》のように強情に闇の最も濃い部分に目を押しつけることが必要だ、そして多少の無理を強引に押して通り抜けられない所をくぐり抜け、無情の地面を貫いてしまう——と、不意に私たちは目的地に、事物の向う側にきている、深みのなかへ、地下の世界へきている。するとと見えてくるのだ……

思わくに反して、ここはまるで暗くはない。どころか、その内部全体に光が脈打っている。当たり前のことである、それは根の内側からの光、きつね火の燐光、ほのかな微光の筋（それらが闇を大理石のように封じ込める）様々な物質が発するちらちらと走る光。いわば眠りと同じことである、世界から切り離されて、深い内省へと遠く迷い込んでゆき、自我へ復帰する旅——そのときもわれわれは見ている、閉じた瞼《まぶた》の下ではっきり物を見ている、なぜなら、物思いはわれわれの内部の付木《つけぎ》によって燃え、長い火縄に沿って結び目ごとに明るく灯り、ちらちらと光りながらくすぶりつづけるのだから。こうして私たちのなかで全線にわたる後退が、深みへの後ずさりが、根への回帰が行われる。こうして私たちは回想の深みのなかで、地下の悪寒に全身を震わせながら、細かく枝分かれしてゆき、もうろうと浮かび出る地上を皮膚の下で夢見る。なぜなら、もういちど断っておかねばならぬが、地上でこそ、光のなかでこそ、私たちは発声正しいメロディーの震える束であり、雲雀の極める輝きの頂点であるのだが、地下の深みでは、もろくも崩れて、元どおりの黒い呟き、ざわめき、無数の終りない物語に散らばってしまうのである。

いまにして私たちは知る、この春が何の上に育ちつつあるのかを、何ゆえに春はかくも得もいえず悲しく、知るゆえの重苦しさを湛えているのかを。ああ、だれが信じよう、もしもそれが自分の目で見届けなかったことであるとすれば。ほら、ここが迷路、あれが納戸、物置、こんどは、まだ生温かい墓穴がいくつか、おが屑、そしてごみわら。遠い古代の物語。トロイの昔と同じように、七つの地層に分かれて歩廊があり、居室があり、宝蔵がある。数え切れず並ぶ黄金の仮面たち、平面化された微笑たち、食いちぎられた顔たち、ミイラたち、蛹《さなぎ》の脱け殻たち……ここにあるのが例のコロンバリウム、死者たちを納める棚、このなかには干からび切った、根のように黒い骸《むくろ》が時の至るのを待ちうけている。ここが大きな薬種店だ、売り物の薬類が涙壺《なみだつぼ》に、るつぼに、壺に詰めて並んでいる。何百年となく棚の上に立って、いかめしく長い列を整えているのだ、だれひとり買いにこないのに。あるいは人々はすでに蘇ったのだろうか、彼らの古巣の仕切りのなかで――そしてすっかり健康をとり戻し、香のように清潔で薫り高くなっているのではないか――囀り交す特種薬、眠りから覚めて落ちつかぬ薬剤、安息香《バルサム》たち、そして舌先で自分の早朝の味を験《ため》してみる朝方の塗り薬たち。壁に塗り込まれた小鳩たちはこつこつとついばみを繰り返す嘴《くちばし》の音と、産まれて初めてのおずおずとした晴ればれしい鳴き声とに満ちている。並木に挟まれたこれらの人影のない長い道（死者たちはそこで久しい休息から次々に目覚める）では、一切の時に先立ってなんと急速に朝へ向かうことか――全く新しい夜明けへと……

＊

しかしまだここで終りではない、われわれはさらに深くへ下ってゆく。何も怖がることはない。さあ、手をこちらに出したまえ、一歩降りれば、そこは根である。するとそこはたちまち深い森のなかのように、枝と暗がりと根ばかりの世界となる。黒土とおが屑の匂いがする、根という根は闇のなかを伸びさまよってゆき、縺《もつ》れ合い、立ち上がり、ポンプに吸い上げられるように、樹液が吸い込まれる。私たちは向う側へきている、事物の裏張りへ、燐光とからむ襞《ひだ》の多い闇のなかへ。巡り、動き、群がるもの！　混み合い、犇《ひし》めくもの、人間たちと世代と、千倍にも増大されたバイブルたち、イリアッドたち！　何という彷徨と喧噪、何という物語の絡み合いと騒々しさ。このさきにもう道はいかない。ここは底の底の、真っ暗い基盤である、私たちは〈母親たち〉[*3]のところへきている。ここにはあれら無数の地獄《インフエルノ》、あれら絶望のオシアンの領土、あれら悲哀のニーベルンク[*4]がいる。ここには物語を産むあれらの大いなる孵化場、あれらの寓話工場、昔噺《むかしばなし》とお伽噺の霧に包まれたパイプ製造所がある。いまにしてようやく春の大きな憂愁のメカニズムが理解される。ああ、春は物語の上で成長するのだ。無数の出来事、無数の事蹟、無数の運命！

われわれが、いつか読んだことのあるすべて、耳にしたすべての物語、そして耳にしたことはないのに幼年時代から漠として夢見たことのすべて、それらはここに、他ならぬこの場所に自分の家を、祖国を持つ。作家たちはここから着想を得、ここから想像への勇気を汲みとることができるはずだ、もしも彼らが自分の背後に、地下界の振動の根源であるあれらの在庫、資本、百回もの計算を感じないとすれば。土の囁《ささや》き声の何という縺れ合いか、その呟きの何というさわがしさか！　君の鼓膜には尽きることのない呪詛《じゅそ》が脈打つ。君は目を塞いで囁きと微笑との生温かいなかを歩いてゆく、何百万と襲う蚊の大軍に刺しまくられるように、果てしない質問攻めに遭い、千回となく嘆きの吸管に身を曝《さら》しながら。向うの願い――それは君がこれらの実体を持たない、囁きかける物語から、何かせめて、ひとつまみなりと持ち帰ってほしいということだし、それを自分の若い生命に、自分の血のなかに摂り入れて活かし、君自身もそれと共に生きていってほしいということだ。なぜなら、春とは物語の復活でなくて何であろうはずもないのだから。独り春ばかりが、これらの無形のもののうちで生命を持ち、現実に在り、冷たく、そして全く何も知らない。おお、あれらの亡者たちは、春の若々しい緑の血に、春の植物的な無知にいかに憧れていることか、あれら一切の幽鬼、妖怪、変化《へんげ》たちは。ただ春のほうでは、いやがりもせず平気で、彼らを自分の夢のなかへ連れてゆく、彼らと共に眠り、そして明け方、目を覚ますときには何の意識もなく、きれいに忘れている。だから春があのように重苦しいのは、こうして忘れ去ったものの全総和のためなのであり、あのように悲痛なのは、彼女（春）があれだけの数の生命たち、美しくあることを拒否され、放棄させられたあれだけの者たちのために、ただひとりで生きなければならないからなのだ……そういう彼女の慰めとなるものは、チェレームハの尽きぬ匂いばかりだ。それは万物を包蔵する一筋の永遠無限の流れとなって流れている……それにしても一体、忘却とは何のことか。古い物語を下敷きにしながら、一夜にして新たな緑が生まれ、柔らかな緑の薄化粧はなされた、一面の芽吹きは剃り上げた翌日の男の子の頭のように細かに生えそろっている。見るがいい、忘却がいかに春の緑の色を増したか、甘美で無心な、無知ゆえに衰えを知らない、記憶の重荷を知らぬ枝々は朗らかに目覚める、どれひとつ遠い物語のなかに根を深く下ろさない木はないというのに！　緑は、初めてのものとして改めて物語を読むだろう、聞き慣れぬ名にとまどいながら、そして物語たちはそのような緑によって若返り、もともと何もなかったように、もういちど始めからやり直すだろう。

　生まれ出なかった物語はあれほどにも多い。根たちのあいだの陰滅《いんめつ》のコーラス、交し合う長談義、思いつきのおしゃべりの爆発するなかでのいつ果てるとないモノローグなどを思えば足りる。気長にすれば、話を聞いてやれるというのか。耳にしたことのある最も古い物語の前には、だれも聞いたことのない別の物語があったのだ、名も知れぬ先人たちがあり、題のない話があった、巨大で――退屈な――叙事詩があり、まとまりのない英雄譚《たん》があった。不恰好な丸木船が、顔の知れない巨人が、だだっ広い地平が、夕雲のドラマをまねた暗いテキストがあった。それからまだある――伝説の本が、かつて書かれたことのない本が、永遠に主張しつづける本が、*in partibus infidelium*（異教の国々において。ラテン語）失われた偽書が……

*

身のほどきようもなく春の木の根に蝟集《いしゅう》している一切の物語のあいだで、遠い昔に夜の所有に帰して、星の空間の無窮の伴侶、背景である蒼穹の底に永久に居を定めたものがひとつだけある。春の夜ごと、そこで何が起こっていようと、その物語は、あたり一面の蛙の声と果てなく回る水車の下界を眼下に大股で歩いてゆく。夜の篩《ふるい》から散り落ちる星の礰割《ひきわり》を浴びながら、この士《おとこ》は空を横切ってのし歩く、マントの襞の陰に幼な児を抱いて、旅から旅へ、夜の無辺際を絶えず放浪しつづけるのだ。おお、巨いなる孤愁、おお、夜空のなかでの測りしれぬ孤児《みなしご》の悲哀、おお、遠い星たちの煌《きらめ》き！　この物語の内側では時間はもはや全く変わらない。どの瞬間にも、あれはまさしく星のある地平を歩いてき、まさしくわれわれのそばを大股で過ぎ、こうしていつまでも、そしていつも新たにそうしつづける、なぜならひとたび時間の軌道をはずれた以上、あれは捉えがたいもの、底知れぬもの、どのように反復しても尽きないものになっているからである。士は行く、幼な児を腕に抱えて——故意にこのルフランを、夜の哀しみのモットーを繰り返すのは、この旅の断続的な継続性を表現したいからだ、折には星々の縺れがそれを隠し、また折には声のない長い合い間——永劫がその時間を吹きわたる——全く見えなくもなるというような。遠くの世界たちが、ぐっと近くまで歩み寄ってくる——恐ろしいほどに明るく——それらの世界は永劫を通してとつぜんの信号を送ってくる、声のない、言葉にならない報告書の形で——そのときにも、彼は行く、幼い娘をしきりにあやしながら、単調に、希望なく、そしてあの囁き、夜の震えるほどの甘い誘いかけに立ち往生する、それは、だれも聞いていないとき、沈黙の口が発する唯一の言葉なのだが……

これが、拐《かどわか》されて身替りにされた小公女の物語である。

18

夜おそく庭園に囲まれた広い邸へと人々が静かに戻ってゆくと、天井の低い真《ま》っ白な部屋には横長の、艶々と光る黒いピアノが一台すべての弦の鳴りをひそめて、大温室のガラスのように大きな壁代りのガラスの向うからは、星々の雨と降る蒼ざめた春の夜全体が傾きかけ身を乗り出し――ありとあらゆる化粧瓶や容器からはチェレームハの花が苦く匂って白いベッドの冷やかなシーツの上に漂う――そのとき大きな、不眠の夜を駈け抜けてゆくのは不安と傾聴であり、すると心臓は夢のなかでうわごとを言い、飛翔し、そして躓《つまず》き、そのすすり泣きの声は、チェレームハの香りに苦く、またその花々に明るむ広大な露もしとどの蛾の犇《ひしめ》き合う夜のなかに響きわたる……ああ、苦いチェレームハのために、夜の深淵はあまりにも深まりひろがりすぎるので、飛翔に疲れ、幸せな追跡に走りくたびれた心臓が、しばし寝つこうとして、空中に何かの境界を求め、せめては、いかようにも狭い崖ふちなりとも捜そうとするのに、その蒼ざめた夜から果てしもなく次々と繰りひろがる新たな夜は、いよいよ蒼白さを増し実体を失い、微光を放つ直線やジグザグの線や、蒼ざめた飛行や星々の螺旋を描かれ、羽音もなく処女の血を吸って甘い、目に見えぬ蚊たちの吸管に刺し尽くされる。こうして根気づよい心臓は夢のなかで再び呟き始める、その眠りは星たちの入り組んだ事業に、息切れするうろたえに、月輪のふためきに紛れて読みとり不能のものとなり、昇天し、百倍に増え、蒼白い幻想、夢遊病者の眠り、昏睡する人の身震いのなかへ織り込まれてしまう。

ああ、あの夜の一切の誘惑と追跡、変節と耳打ち、黒人たちと舵手たち、バルコニーの格子と夜の鎧戸、息せき切った逃走を追って揺れるモスリン服と山高帽！……そして最後に、にわかな闇、虚ろな黒い休息の時間を経て、あの瞬間が近づいてくる——すべての操り人形《マリオネット》はそれぞれに箱のなかに横たわり、すべての紗の窓掛は閉ざされ、とうに運命の決まった一切の呼吸が舞台の広がりいっぱいにこちらへ向かうへと安らかに動き、安らぎを取り戻した広大な天空では暁が、ばら色と白のその遠い都会たちを、鮮やかな膨らみ上がったその仏塔《パゴダ》と尖塔《ミナレット》を音もなく築き上げてゆく——そんな瞬間が……

19

〈大冊〉の注意深い読者には漸くにしてこの春の正体が明白に読みとれてくる。一日は朝の身じまいをし、装いを整えながら、選択に迷い、ためらい、手間どる——郵便切手の秘密に通じた人は、それらひとつひとつの動作に、春の真髄を読みとるのである。切手たちはそのような朝の外交の煩雑な遊びのなかに、長びく交渉のなかに、一日の最終的な編集に先立つ気圧の迂回路を導き入れる。午前九時の赤褐色の靄《もや》の奥から――手にとるようにそれは見えるのだが――そばかすとしみだらけのメキシコ、鮮やかな湿疹に皮膚を荒らした熱病のメキシコが、コンドルの嘴《くちばし》にのた打つ一匹の蛇[*5]と共に現れ出ようと願っていた、だが空色の切れ目には、見上げる木々の緑のなかで、一羽のおうむが飽きもせず規則正しい間をおいて〈グアテマラ〉と同じ抑揚をいつまでも繰り返していて、その緑の単語のためにあたりは次第に艶やかにみずみずしいさくらんぼ色に染まり出す。こうして困難と対立のさなかで表決は進行し、式次第が、行進の順序が、その日の外交儀礼がおもむろに決められていく。

　五月にはエジプトに似たばら色の日々があった。広場ではあらゆる境界からの輝きが溢れては波立った。空には夏雲の積層が光の裂け目の下で渦巻きながら跪《ひざまず》き、火山のようにくっきりと浮き出し――バルバドス、ラブラドル、トリニダードは全体がルビーのめがねから覗き見たような赤みに染まった。そしてずきずきと頭へのぼってくる血が黒まり二つ三つと鼓動するその時間、血液の赤い帆を通して巨大なギアナのコルベット型帆船がすべての帆を爆発させ全天を横切っていった。それは帆布《ほぬの》を風にはためかせ、曳船たちの張りつめた帆索《ほづな》の叫びのあいだを重々しく曳かれながら、騒ぎ立てる鷗《かもめ》と赤い海の輝きを縫っていっぱいに膨らんで疾走した。するとロープと梯子と帆柱の縺れ合う巨大な帆装が空全体に立ち上がり伸び広がった、と、高く繰り出した空中スペクタクルがいくつも重なり合って展開された、その隙間隙間には身軽な黒人の子たちのちいさな姿が束の間現れたとみると、帆布《ほぬの》の迷路のなかへ駈け散らばり、幻想の熱帯の空《そら》の文字と記号のなかへ消えた。

やがて舞台は移り変わり、天上には雲の大建築のなかで同時に三つものばら色の日蝕が最高潮に迫っていて、コロナが眩く煙を上げ、雲の恐ろしげな輪郭を明るい線で縁《ふち》どると――キューバ、ハイチ、ジャマイカという世界の芯は奥に退き、いよいよ色鮮やかに熟し、核心に到達しようとして、にわかにあれらの日々の純粋なエッセンスが溢れ出た――それは回帰線の、群島を巡る紺碧色の、幸せな珊瑚礁と渦巻の、赤道の塩からい季節風の持つ波さわぐ海洋性である。

切手のアルバムを手に私はその春を読みとっていた。切手帳は時の偉大な解説書、あれらの日と夜の文法書ではなかったか？ あの春はありとあらゆるコロンビア、コスタリカ、ベネズエラによって語形変化した、なぜならメキシコもエクアドルも、シェラレオーネも実体は何であるのか、もしもそれが新発明の特効薬、世界の味の刺戟剤、想を凝らした究極の非常手段、香気の袋小路（世界はすべての鍵盤を鳴らし試みながら、その探求のすえにそこへと突き入ってゆく）でないとすれば？

大切なのは、アレクサンドロス大王がそうしたように忘れぬことである――どのメキシコも最終的なものではないことを、それは世界が通りすぎる通過点であって、ひとつひとつのメキシコの向うには新しいメキシコがいよいよ鮮やかに、色濃く、香り高く開かれることを……

20

ビアンカは見るからに灰色をしている。彼女の小麦色の肌は冷え切った灰の希薄な溶液めくものを含んでいる。思うに、彼女の手に触れられる感触は想像できる一切を超えるに違いない。

　彼女の従順な血のなかには幾世代にわたる厳しい躾《しつけ》が引き継がれている。規範の命ずるところに淡々として従うそのさまは感動的だ、それは乗り越えた意固地さと、抑圧された反抗心と、夜ごとのひそかなすすり泣きとを物語り、自尊心をひしぐ暴力のあかしでもあるのだから。些細な行動のひとつひとつさえ彼女は善意と寂しい優しさに満ちて、それを定められたままの形式に当てはめる。必要の枠を超えたことは何もしない、彼女の身ごなしのいちいちは吝嗇《りんしょく》なまでに計られていて、単に形式を満たすに止《とど》め、もっぱら受身の義務感からそうするかのようにただ無心に形式のなかへ入っていく。ビアンカが早熟な経験を、あらゆる事物の知識を酌みとるのは、そのような自己抑制の底からである。ビアンカは何でも分かる。しかもその知恵にほほえむことはしない、彼女の知恵は生まじめであって悲哀に満ち、知恵を秘めてつぐんだ口元は飽くまでも美しく、眉の線は厳しく正確である。その知恵をひけらかすあまり緊張を解き、姿勢を和らげ、寛《くつろ》ぐことが許されるとは彼女は夢にも考えない。むしろその逆である、彼女の憂愁の目の見据える真実に耐えてそれと比肩するには、細心の注意と形式の厳守が唯一の方法であるかのように。そしてこのような揺るぎない規範と、形式に対する忠実とのなかには、悲しみとまた辛うじて打ち克った苦しみとの大海が広がっている。

　それにしても、ひとたびは形式に屈しながらも、彼女は首尾よくそこから脱したのだった。だが、その勝利のための犠牲の大きさはいかばかりであったか！

　ビアンカが――形のよい軀を姿勢正しく――歩いてゆくとき、その歩みの気どりのないリズムに乗って運ばれてゆくものが何ものの矜持《きょうじ》であるのかは自らも知らない、克服された彼女の自負心であるのか、それとも彼女を支配した原則の勝利であるのかも。

それに引き替え、彼女が悲しみの視線をまっすぐに上げて見つめるとき、彼女はたちどころに何もかも分かってしまう。彼女自身の若さはいささかも妨げにはならず、どんな秘密の事柄でも見抜いてしまう。彼女の物静かな陽気さは、嗚咽《おえつ》し、すすり泣いた夜々の果ての慰めである。だから、彼女の目の周りには隈が目立ち、その目は濡れた情熱を湛えていて、わき見もしないその視線は決して狙いをはずすことがない。

21

ビアンカ、世にも美しいビアンカが私には謎だ。私は切手帳を頼りに執拗に、熱心に――そして絶望的に――彼女を究めようとする。まさか？　切手帳が心理学まで扱うとは？　愚問！　切手帳は万般の書であり、人間に関する一切の知識の総覧である。むろんそれは暗示的に遠回しな言葉で書かれているのだが。手がかりを捉えるために、ページを貫くあの燃える足跡、あの電光を見いだすために必要なのは、ある洞察力と勇気と機智である。

この場合、狭量と衒学趣味《ペダントリー》と無神経な字義どおりの解釈とは排さねばならない。すべての事柄はたがいに繫《つな》がり合い、どの糸口もひとつの糸玉に通じている。ある種の書物ではその行間から一群れの燕――細かく尖った震える燕たちの形づくる詩行の数々――が飛び立つのにお気づきだろうか？　読みとるべきものは、それらの鳥の飛翔である……

しかし話をビアンカに戻そう。彼女の身ごなしの何という心打つ美しさであろう。動きのひとつひとつは慎重に測られていて、何世紀いらい定着し、あたかも彼女自身、自分の運命のあらゆる経緯、避けようもないその順序を予め知悉しているかのように、諦めと共に採用されたものだ。時おり、私は彼女に目で問いかけようとする、思考のなかの何かを求めようとする――公園の並木道を挟んで彼女の向かい側に腰を下ろしながら――自分の願いを言葉に組み立てようと試みる、私がそれを果たさぬ先に、彼女のほうから早くも答えてくれる。悲しそうに、すばやく深いまなざしで答えるのだった。

なぜ彼女はうつむいているのか？　思わしげな注視は何に向けられているのか？　彼女の宿命の底はそれほどまでに底なしに悲しいものであるのか？　だが、何はとまれ、例の諦めを彼女は気位と誇りと共に持ち回っていはしないか、まるでまさしくそうあるべきことのように、また、あたかも彼女から喜びを奪うあの知恵が半面、一種の侵しがたさを、自発的な服従の底に見いだされる何かしら高度の自由を彼女に付与したかのように？　それが彼女の従属を克服して勝利の魅力に変えるのだ。

ビアンカは私の向かい側のベンチに養育掛の女と並んで坐り、揃って本を読んでいる、彼女の白い服――別の色のを着るのを私は一度も見たことがない――の裾がひらいた花のようにベンチの上にひろがっている。小麦色の細い足は得もいわれぬ美しさで組まれている。あの肉体に触れれば痛みを感ずるに違いない、それほどの神々しさが集約されているからだ。

やがて二人は本をたたんで立ち上がる。すばやい一目《ひとめ》でビアンカは私の熱烈なあいさつを受けとめ、それに応え、それから軽々とした散歩の足どりで家庭教師の弾むような大股の歩度のリズムに合わせて美しく伴奏しながら遠ざかる。

22

私は地所全域の周辺の踏査を済ませた。高い塀に仕切られた広大な宅地を幾周りもしてみたのだ。大邸宅の白壁は、テラスを巡らせ、ベランダもいくつか見えて次々に新しい様相を現した。屋敷の向うには公園が伸び、その果ては草地へと連なる。そこには半ば工場のような半ば富農の邸ともみえる一続きの奇妙な建物が建っている。塀の隙間に目を当てて私が覗き見たもの、あれは確かに幻影であったのだろう。陽光のため希薄となった春の空気のなかでは、幾マイルもの陽《かげ》炎《ろう》の反射で遠方の事物が見えてしまうことが時にあるものだから。それにしても私の頭のなかは矛盾する様々な思いではち切れそうだ。いまは切手帳に相談してみるにかぎる。

23

あり得ることか？　ビアンカの邸が治外法権区域だとは？　あの家が国際協約の保護下にあるとは？　切手調べは何という驚くべき発見へと私を導くことか！　この不可思議な事実をつかん

でいるのは、果たして私ひとりなのだろうか？　それにしても、この問題を巡って切手帳から続々と得られる状況証拠や論証はすべて軽視してはならない。

　きょうは邸宅をすぐ近くから観察できた。ここ一週間いらい、私は造りの美しい、紋章付きの大きな鉄門のあたりを徘徊して機会を狙ってきたのだ。邸内から大型の箱馬車が二台、空《から》のまま出ていった、その隙を私はうまくつかんだ。門は広くあけたままで、それを閉める人影もなかった。私は何くわぬ顔で門を潜り、ポケットから写生帳を取り出して門柱に寄りかかり建物の細部をスケッチするふうを佯《よそお》った。足元には砂利を敷きつめた小道があった、ビアンカの軽やかな足が何度も通ったところである。今にもベランダに向いた戸のどれかがひらき白いドレスをまとった軽装の彼女のほっそりした姿が現れ出るかしれない、そう思うと私の心臓は幸せな恐怖に縮み、そのまま停止しかねなかった。だがどの窓も扉も緑色のブラインドを下ろしたまま、家のなかに秘めた生活の徴《しるし》となる何の物音もない。地平線に近い空は雨雲に覆われ、遠くで稲妻が光った。生温《なまぬる》い希薄な大気にはそよとも風の気配はなかった。灰色の日の静けさのなかで邸宅の白亜の壁ばかりが贅沢にいくつもの棟に分かれた建築の、声もないしかし多くを語る雄弁さで語りかけていた。淀みのないその語り口は、輪に輪をかけることを厭《いと》わず、同一の主題について一千ものバリエーションを用いるのだった。白く鮮やかな飾壁《フリーズ》に沿って浅浮彫の花環模様が快い旋律で走り、左へ右へ伸びては角までくると決めかねたように立ち停まっていた。中央のテラスには大理石の階段が感性豊かに厳かに刻まれ、そそくさと大きく道を譲る欄干と飾り鉢のあいだを下って、幅ひろく庭へ流れ落ち、そこで衣服の乱れを整えて恭《うやうや》しく身じまいするかのように見えた。

様式に対する不思議に敏感な感覚が私にはある。この邸宅の様式には説明のつかぬ何かがあって、それが私の焦燥と不安をかき立てた。辛うじてまとまりをつけた燃えるような古典趣味や見かけには冷たい優雅さとは別に、捉えがたい戦慄がそこには隠されていた。それはあまりに体温の高い、鋭角の尖《とが》りすぎる思い設けぬ強烈な薬味に満ちた様式であった。この建築様式の血脈に流し込まれた未知の毒物の一滴のために、その血は暗くなり、爆発の危険性を帯びた。

内的な混乱を覚え、矛盾する衝動に震えながら、私は爪先立って邸宅の正面をひとわたり巡った、テラスの階段に眠っていた蜥蜴《とかげ》が算を乱して逃げた。

丸い池は水が涸れ、岸では裸の土が陽に乾いてひび割れていた。その割れ目からは、ところどころわずかに草が生えていた、狂信的《ファナティック》な熱っぽい草だった。私は一つかみの雑草をむしり取って写生帳にしまい込んだ。興奮から全身が小刻みに震えた。涸れ池の上には灰色のあまりにも透明でぎらぎらする空気が淀み、蒸し暑さに波立った。近くの柱に懸けた気圧計は破局的な低気圧を示していた。静寂があたりを支配して、木々の枝をそよがせる微風ひとつなかった。お邸は日除けを下ろして眠りこけ、灰色の天候の無限の仮死のなかで白亜の白さだけが光った。とつぜん、その無風状態が飽和点に達したかのように、空気はけばけばしい醱酵に衝き動かされ、散乱して色ある花びらへ、微光を放つ羽ばたきへと変わった。

それは愛の戯れに余念のない大きく重たげな一番《ひとつがい》ずつの蝶であった。不器用に震える翅《は》ばたきが死んだような空気のなかにひとときつづいた。蝶たちは離ればなれになり、二、三寸あまり隔ててかわるがわる追いかけ交し、それから飛びながら再び結ばれ合い、暗くなりかけた空中に色あでやかな輝きのカードの一組を切りさばいて見せた。それは放散する大気のすばやい腐敗分解、大麻《ハシシュ》と気紛れがいっぱいな空気の生んだ蜃気楼《ファタモルガナ》であったのか？　私は帽子をとって一撃した、柔らかなプラッシ天の重たい蝶の一羽は地面に墜ち、翅をばたつかせた。私はそれを拾い上げ、しまい込んだ。もうひとつの物証が増えた。

24

あの様式の秘密が私には解けた。あの建築の線が、長いこと、そのくだくだしい雄弁のなかで幾度も不可解な言葉を繰り返すのを聞きとるうちに、そのいわくありげな暗号が、横目の合図が、くすぐるようないたずら心が読めたのだ。それは実際、あまりに見えすいた仮装なのだった。行きすぎた洗練さを持つ線の、あれらの選び抜いた、動きのある線のなかには何か極端に舌を刺す蕃椒《ばんしょう》が、利きすぎる辛さがあり、鋭敏で熱烈なものが、目立ちすぎる身振りがあった——ひとことで言うなら何か色彩の派手な、植民地風な、色目を使うようなものが……。そうなのだ、あの様式はその底に甚だ嫌悪を唆《そそ》る何かを持っていた——放埒で、気紛れで、熱帯的で、恐ろしく冷笑的《シニカル》な様式を。

25

この発見にいかに私が慄然《りつぜん》としたか、説明の要はあるまい。遠く離れた線が近づき合い、結びつき、交差する線や平行線たちが思いもかけぬ撃ち合いをしていたのだったから。私は驚いてルドルフに私の発見を打ち明けた。ところがルドルフはまるで驚かなかった。却って見下げ果てたという顔つきになり、大げさだ、出まかせだと私を責めた。近ごろ私は出たらめや手の混んだぶらかしを言うやつ、と彼から責められることが多くなっている。アルバムの持主としての彼に私はなおある種の感情を抱いていたが、半面それに応ずる彼の歯に衣《きぬ》きせぬ嫉妬心の爆発は次第に私を彼から離れさせてゆく。だからといって私は彼に恨みを持ちはしない、いやでも私は彼に依存する身なのだ。切手帳なしに私に何ができるというのか。ルドルフはそれを知って、その優位を利用している。

26

あまりに数多くのことがこの春のなかでは行われつつある。あまりに数多い希求、際限のない要望、膨らみすぎて抱え切れない野心がその暗い深部に犇《ひしめ》いている。春の膨脹は限界を知らない。このように膨大な、枝分かれして、伸びひろがった事業を取りしきるのは、私の力にあまることである。重責の一部を分け合うため、私はルドルフを私と同格の執政官に任命した。むろん名を伏せてである。われわれ二人と彼の切手帳を含めた非公式の三頭政治が形成され、その底知れず際限も知らない事業全体に対する責任の重みは挙げてここに係《かか》ることとなった。

27

邸のぐるりを抜けて向うの側へとゆく勇気が私にはなかった。そんなことをすれば間違いなく勘づかれてしまうだろう。だが、なぜこんな気がするのか、向うへ行ったことが私には以前にあるような、遠い昔にあるような。突き詰めて言えば、私たちが一生のあいだに見るはずの風景のすべては見ぬ先からすべて知っているものではないのか。いったい、完全に新しい何かが起こり得るものなのか、私たちの心の奥底で以前から予感の芽生えているものの他に？　私には分かっている――いつか夜遅い時間にあの庭園の入口のところに私は立つに違いないと、ビアンカと手に手を取りながら。私たちはあれらの忘れられた隅へ入ってゆく、そこの古い壁のあいだには毒を盛られた園が、エドガー・ポウの人工楽園が閉じ込められ、茂るにまかせた毒芹《どくぜり》、芥子《けし》と朝鮮あさがおの花々が古びたフレスコ画の茶色い空の下で燃えさかっている。私たちの足音で白い大理石の立像が目を覚ますだろう、萎《な》えしぼんだ午後の境界の向うの余白の世界で石像はがらんどうの目のまま眠っていた。その女身《にょしん》の唯一の恋人も私たちの気配に驚くことになる、それは赤い色の吸血蝙蝠《こうもり》で翼をたたんで彼女の胸元に眠り込んでいる。蝙蝠は声も立てず、柔らかく流れ波打ちながら飛び立つ、それは骨格も実質もなく五体さえ持ち合わせぬ力の抜けた鮮紅色の肉塊となって旋回し、羽ばたき、死に絶えた空気をかき乱す。ちいさな木戸を抜けて私たちは完全に空虚な林間の空き地へ踏み込んでゆくだろう。遅れた小春日和の大草原《プレーリー》のように、そこでは植物は刻みたばこのように燃えている。それはあるいはニューオルリーンズかルイジアナでもあろう——だが土地柄は口実にすぎない。二人は四角い池の石の縁に腰を下ろす。ビアンカはいっぱいに黄葉の沈んでいる生温《なまぬる》い水のなかに青白い手を浸す。向う側に坐ることになるのは全身に長いベールをまとった姿のよい、真っ黒な人影である。その女のことを尋ねるとビアンカは頭を振り、声をひそめて言うだろう。「心配しなくて大丈夫よ、聞こえないから。あれは私の亡くなった母で、ここに住んでいるの」それから私の耳元に最上の甘い秘めやかな、また哀しい事どもを語り告げてくれるだろう。もはやどのような慰めもない。夕闇が落ちる……

28

事件は気違いじみたテンポで矢継ぎ早に継起する。ビアンカの父親が到来した。きょう、噴き上げ通り《フォンタナ》と甲虫通り《スカラベ》の角に私が立っていたところへ磨き上げた四輪馬車が大きな貝殻のように幅ひろく浅い幌を立てて近づいてきた。その純白の、絹のような貝殻のなかにビアンカが薄絹の服をまとって半ば臥せているのを私は認めた。彼女の優しい横顔には帽子《ボンネット》の鬟飾りが翳《かげ》を落としていた。目深《まぶか》にかむった帽子はリボンで頤《おとがい》に結ばれていた。全身を真っ白な薄絹のなかに沈めている彼女と並んで旧式のダブルジャケットに白いピケ織のチョッキの紳士が坐っていて、その胸のあたりにはペンダントの飾りをいくつも垂らした金の鎖が重々しく光った。黒い山高帽は目の高さとすれすれで、その下に頬ひげのある閉ざされた沈鬱な顔が灰色に見えた。その風采を一瞥《いちべつ》して私は身も凍るばかりだった。紛れない、それはde V《ドゥ　ヴェ》氏その人であった。

瀟洒な馬車が軽やかな蹄を控えめに響かせながら私の前を過ぎてゆくとき——ビアンカは何やら父親に言った、と父親はつと視線を私に向けて黒い大きなめがねの奥からこちらを窺った。その顔はさながら鬣《たてがみ》のない灰色の獅子だった。

矛盾する様々な感情のためにほとんど無意識で、私は興奮のあまりに叫んだ。「ぼくに任せてください！……最後の血の一滴まで……」そう叫ぶと、私は内ふところから取り出したピストルを空中に発射した。

29

多くの兆候によれば、フランツ・ヨーゼフ一世は実のところ強大ながらまた悲哀の造物者であった。細い目、ちいさな鉛《ボタン》のように鈍いその目は顔の皺の三角州《デルタ》のなかに収まっていたが、あれは人間の目ではなかった。もじゃもじゃの、牛乳のような白い頬ひげを日本の夜叉《やしゃ》・羅刹《らせつ》のたぐいのように、後ろに撫でつけたその容貌は老いた狐の憂わしげな顔つきであった。遠くから、シエンブルン宮のテラスの高みに眺めるその顔は、横皺、縦皺の特別な按排のせいで微笑するかのように見えた。近くではその微笑は仮面を脱いで苦々しさと現世的なもののものしさの渋面《じゆうめん》に変わり、その面《おもて》を照らし出すどのような理念の輝きも見えなかった。世界の晴れの舞台に現れ、元帥帽に緑色の羽飾りをそよがせ、足元まで届くトルコ石色の長外套をまとって、やや猫背の姿勢で敬礼するそのとき、世界はその発展のさなかで、ある幸せな限界にまで到達しようとした。一切の形式は無限な変容《メタモルフオーズ》のなかにその内容を汲み尽くし、いまは物たちの上に緩やかに懸っていた。それは半ば外被からはみ出して危うく落ちこぼれようとする物々であった。世界は急激に蛹《さなぎ》から成虫へと脱皮してゆき、若々しい、饒舌で強烈な色彩のなかで卵を産みつけ、それが済むと幸せそうに全身の環や筋の力を抜いて休らうのだった。そのあいだ世界地図——色とりどりの継ぎはぎだらけのあのぼろ布は間一髪ひらひらと舞い上がり霊感に満ちて空中高く飛び立ちかねなかった。フランツ・ヨーゼフ一世はそれを一身に降りかかる危険と感じ取った。散文の法則に縛られ、退屈という労働法規に従う世界こそが彼の生命力の支えであったのだし、お役所とお達しの精神が彼の精神であった。しかも不思議なのは、この耄碌《もうろく》し切った傲慢不遜の老人が、何ひとつ人間的な魅力を持たぬにも拘らず、人々の大半を自分の側へ引きつけ得たことである。だから強大な悪魔ともいうべきこの人物が物たちの上に全身の重みでのしかかり、世界の飛び立つのを取り抑えた時、先見の明あって君主と共に一身の安危を気遣っていた忠節なる家長たちは挙げて安堵の吐息を洩らしたのだった。フランツ・ヨーゼフ一世は世界に縦横の罫線《けいせん》を引いて細かく区分し、勅許制度の助けを借りて世界の走行を規制し、手続きの厳正さをもってこれに臨み、世界が脱線して予想できぬ危険きわまる、凡そ計算はずれの方向へ突っ走らぬよう保障の手を打った。

フランツ・ヨーゼフ一世は神への信仰に根ざす卑しからぬ喜びを決して敵とはしなかった。英明なる大御心《おおみこころ》に発して考案したことのなかには、庶民のための帝国富籤《とみくじ》、エジプト式夢占い叢書、絵入り暦、帝国たばこ専売局があった。皇帝はまた天上の奉仕隊を確立、統合して、これに象徴的な空色の制服を着せ、*6 部門、階級の別を設けて世に送り出し、天使の代行者として郵便配達人、車掌、税関吏などを置いたのだった。このような空色の走り使いたちのうちでも最も下賤な奴は、その顔に、創造主から借りた永遠の知恵の輝きと頬ひげの枠をはめられた慈愛の陽気な微笑を湛えており、たとえ、地上をさんざんに歩き回ったすえに、足から悪臭を放っているときでさえ、そのことに変わりはなかった。

それにしても、だれか耳にしたことがあるだろうか、玉座の膝元で瓦解した陰謀のことを、全能者の栄光溢るる政府のそもそもの初め、萌芽のうちに鎮圧された大宮廷革命のことを？　いったい王位とは、血によって養われなければ力を失う——損なうもの、命を否定するもの、王位によって排斥、否定された永遠に異を立てるもの、それらがあってこそその活力はいや増すのだ。ここで禁忌の極秘事項を打ち明けよう、これは国家機密であり、念入りに匿《かくま》われ、沈黙の一千の封印で封じ込まれた秘事にわれわれは触れることになる。造物者には、気性も考え方もまるで違う一人の弟があった。だれしも形こそ違え、反定立《アンチテーゼ》として、永遠の対話の相手として、影のようにつきまとうような、そういう弟を持ってはいはしないだろうか？　一説によると、その人物は従弟《いとこ》にすぎぬと言い、別の説では、実は生まれたことさえないと言われる。その存在は夢のなかで怯《おび》え、うなされる造物者のうわごとの立ち聞きの結果、引き出されただけなのだと。

おそらく彼はいい加減にそんな男をつくり出した、だれかを別の男に当てはめたのだ、それは千回繰り返しても尽きることのないあのドラマ、あの宿命的な空想の一幕を、もう一度、いや、もう何度目かと知らず、儀式のように畏《かしこ》まって、ほんの象徴的に演ずるためである。この条件づきで生まれ、その役目上、いくらか損をしている不幸な敵対者は、その名をマクシミリアン大公[*7]といった。この名前をそっと囁いてみるだけで、われわれの体内の血は新たになり、鮮やかな赤さを増し、狂熱と郵便の封蠟と赤鉛筆の明るい色彩、向うから届く幸せな電報に引かれるあの色となって鼓動を早める。大公はばら色の頬と藍色の輝く目を持っていて、心という心は挙げて大公を走り迎えた、燕たちは、歓喜に囀りながら、お出ましの道を切り裂き、小刻みに顫《ふる》える引用記号《クオーテーションマーク》のなかへと幾度も幾度も大公を抱きとるのだった——幸福を呼ぶその引用は、祝祭の飾り文字で書き記され、鳥たちの啼き声に包まれた。造物主は大公を亡き者にすべく思案を巡らせながらも、自身ひそかに彼を愛していた。初めには東地中海艦隊の総司令長官に任じた、艱難の海上生活を送るうちには、やがて南海の藻屑と消えることもあろうと願ってのことである。だが、その後、間もなく帝《みかど》はナポレオン三世と密約を結び、三世はうまうまと大公をメキシコ干渉戦へと引き入れた。万事は仕組まれていたのだ。夢多き弱冠の貴公子は、太平洋の岸に新楽土を築く望みに燃えるあまり、ハプスブルク家の王冠と財産の継承権など一切を放棄した。フランスの定期船ル・シッド号で船出した皇子は、彼の地に渡るや、仕掛けられた罠《わな》に嵌り込んだ。この密約の文書は今日に至るも陽の目を見ていない。

かくて不満分子らの最後の望みは勢いを得た。大公が非業の死を遂げたあと、フランツ・ヨーゼフ一世は、王室の喪に名を借りて赤の色の使用を禁じた。黒と黄の喪章の色が、公式の色となった。真紅の色——波打つ熱狂の旗は爾来、その信奉者たちの胸うちだけで、ひそやかにはためくことになった。もっとも造物主といえども、その色を自然から締め出すまでにはいかなかった。そもそも太陽の光そのものが、潜在的にこの色を含んでいる。春の陽光のなかにいて目をつぶりさえすればよい、たちまちその色が瞼《まぶた》の陰に波立ち波打つのがみられる。印画紙が焼けるのも、すべての国境をはみ出して溢れる春の光のなかにある赤みである。角《つの》に布切れを巻いて、街の通りの日溜りを曳かれていく牛たちも、鮮やかな切れにその色を見咎め、頭を低く下げて攻撃の構えをとる——燦々たる闘牛場を突っ切り騎馬の闘牛士が泡を食らって逃げ出すのを空想して。

時には、まる一日が太陽の爆発のなかで、また、重なり合う彩雲のなか、洩れ出る光に茜《あかね》に染まって眩《まばゆ》く過ぎる。人々は陽光の毒に酔い、目をつむって歩いてゆく、その目の底には、火箭《ひや》が、ローマ時代の狼火《のろし》が、火薬の樽が爆発をつづける。やがて夕方が近づくと、吹きすさぶような、その火は穏やかになり、地平は円さと美しさを増し、薄青《うすあお》の色に満たされる、それは庭の飾りのガラス玉が世界の明るいミニアチュアのパノラマを映し出し、幸せそうに区画された市街図を見せているようであり、その地図の上方には、至高の王冠のように、見渡すかぎりの雲が、金色の金属の円筒を寝かせて並べたように、あるいは、長い祈りのばら色に応ずる鐘の響きのように、長く伸びひろがっている。

人々は広場に群がり、黙々としてこの燦然たる巨大な円屋根の下に立ち、それと知らず、そこここに固まり合い、偉大な不動のフィナーレに、待機の緊張の舞台に趣向を添える、幾重にも重なり立つ雲のばら色は、いよいよばら色の濃さを加え、どの人の目の底にも深々とした静けさときらびやかな遠方の反射とがある、すると、にわかに——人々の待ち構えるなかに——世界はその絶頂に達して、最後の脈が二つ三つと打つあいだに、至上の絶美へと熟し切るのだ。庭々は地平線のクリスタルの丸い酒杯に盛られて早くも最終的に配置を整え、五月の緑は泡立ち、きらきらと輝くぶどう酒となって沸き立ち、たちまち縁《へり》を越えてこぼれ出し、丘々は雲に倣って隊形を組む。絶頂を超えたあと、世界の美しさは、きれぎれになり蒸発する——無限大の香気となって永遠のなかへと入ってゆくのである。

こうして人々が、かがやかに飛び立つ世界の大飛翔に魅せられ、いまなおその鮮明で巨大な光景に満たされた頭を垂れ、身じろぎもせず立ち尽くしているとき、人混みを縫って、だしぬけに男が駈けぬけてくる、それは無意識のうちに待たれていた人、息せき切った伝令である、美しい木苺《きいちご》色の編物《トリコット》の上下をまとい全身ばら色のこの男は、鈴や記念章《メダル》や勲章をいっぱいに飾り、無言の群衆の取り巻く清らかな市《いち》の広場を横切って走る、活気と預言に満ちて——それは予定外のおまけであり、全体の輝きのなかから幸せにもこの走者を節約したこの一日の投げ捨てた純益である。六周、七周、男は神話的な美しい輪を、美しく折れ曲がり彎曲する輪を描いて走る。衆目の見守るなかを、彼はゆっくりと走る、恥ずかしそうに伏し目になり、両手を腰に当てながら。やや肥りすぎの腹が突き出て、リズミカルな走行に揺れている。ボスニア風の黒い口ひげを生やし、激しい運動で赤紫にみえる顔が汗に光り、記章や勲章や鈴は赤銅《しゃくどう》色の胸の上で規則正しく跳ね、婚礼の馬車馬の飾りのようだ。遠くからも見える——男が張りつめた抛物線の突端を回り、めでたい婚礼の鈴音高く近づくのが。神々しいほど美貌の、信じられないほどにばら色の男は、上半身をまっすぐ立てたまま、吠えかかる犬の群れに、するどい横目の光を鞭代りに振り下ろして追い払う。

折もおり、フランツ・ヨーゼフ一世は国民全体の一致に屈して暗黙の特赦を公布し、赤い色を許し（キャラメルのように甘っちょろい水で薄めた形でだが）五月のその一夜に限って赤い色を使うことに勅許を与える、そして世界とまた世界の反定立《アンチテーゼ》と妥協してシェンブルン宮の明け放った窓べに立つ、こうして今、全世界で、すべての地平で皇帝の姿が見える――それらの地平線のあたりでは、無言の人群れに囲まれた清潔な市の広場という広場に、ばら色の疾走者たちが走っている――空の雲を背景に、堂々の威厳を具えた皇帝は、手袋の両手を窓の手摺《てすり》にかけ、トルコ石色のモーニングコートにマルタ騎士修道会総会長*8の綬を懸けている――その目は皺のデルタ地帯から微笑を浮かべようとするかのように細まり、空色の鈕《ボタン》は好意や慈悲の片鱗すら覗かせはしない、そのようにして皇帝は立っている、雪白の頬ひげをうしろに撫でつけた風貌は、宏大なる大御心、辛辣な狐を思わせ、ユーモアも才気も影さえないその顔で、恐る恐る微笑のまねごとをするのだ。

30

長らく躊《ため》らったあと、ここ数日来の出来事を私はルドルフに話して聞かせた。抑えに抑えてはきたものの、それ以上、秘密にしては置けなかったのだ。ルドルフはたちまち顔を曇らせ、大声を挙げて嘘つき呼ばわりし、次には大っぴらに嫉妬を爆発させた。ぜんぶ出たらめだ、まっかな嘘だ、ルドルフは両手を振り回しながら叫んだ。治外法権！　マクシミリアン！　メキシコ！　笑わせるな！　棉の栽培農園《プランテーション》だなんて！　いい加減にしろ、もうだめだ。おれの切手帳を二度とそんな出たらめに使うのはよせ。共同事業はおしまいだ。契約破棄。ルドルフは興奮して髪をかきむしった。たまりかねて何ごとでもやりかねない勢いだった。

私は怖くなり、立腹するルドルフをなだめようと弁解に力《つと》めた。確かに、一目では、およそありえないこと、いや信じられないことに見える。私自身にしたって、いまでも不思議な思いから抜け切れずにいる。こんなことを、いきなり聞かされて、すぐさまそうだと呑み込むわけにいかないのは、無理もない。しかし君の情けと体面に訴えたい。今や問題は決定的な段階にきている、そういうとき、私に手を貸すのを断って身を退《ひ》けば、一切は台なしになる、それでも君の良心が許すだろうか？　しまいには切手帳を引き合いに一言ひとこと万事、嘘偽りのないことを私は証拠立てた。

ルドルフはいくらか気が静まって切手帳をひろげた。柄にもなくあれほど熱を込めて雄弁にまくし立てたことは、あとにも先にも、私にはなかった。あくまでも切手帳を手がかりに私はあらゆる非難に反論を加え、すべての疑念を解いてみせた。それればかりでない、話をさらに押し進め、いまや目前に開かれた展望を前に私自身、目も眩《くら》む思いで立ち尽くしているという啓示的な結論さえ引き出して聞かせた。ルドルフは黙って頷《うなず》いていた、もう協力関係の解消どころではなくなっていたのである。

31

あれは偶然と認めるべきであろうか、ちょうどそのころ幻影の大劇場、すばらしい蠟人形館が巡回してきて聖三位一体《シフイエンタ・トルイツア》の広場に天幕を張ったのは？　私はかなり以前からそのことを予見していたから、勝ち誇ったようにルドルフにそれを知らせた。

風のある落ちつかぬ夕方であった。空模様はやがて雨かと見えた。黄色くたそがれた地平では一日が出発の準備を整えていて、夜更けの冷たい他界へ向けて長い列を連ねる馬車のひとつひとつに灰色の防水布を慌ただしく掛けひろげていた。早くも半ば下ろされ刻々と暗さを増してゆく緞帳《どんちょう》には、なおしばし、夕焼けの遠い最後の通り道が浮き出し、広大な湖沼地帯と照り返しに満ちた無限の大平野を下っていく道がみえた。その明るい道すじから発する脅えるような黄色い短命な反射光が半空を斜めに横切っていた、帳《とばり》は急速に落ちてゆき、家々の屋根は濡れてにぶく光った、暗くなりかけたと見ると間もなく雨樋《あまどい》の単調な歌が始まった。

蠟人形館にはもう灯《ひ》が灯っていた。この気ぜわしい薄暮、雨傘をさした人々の黒いシルエットが落日の黄ばんだ残光のなかを、天幕の明るい入口へと群れていった、人たちはそこで恭しげにお金を払った、木戸番は丸い襟をひろく空《あ》けた華やかな服の上品な女で、きらびやかな宝石を飾り、歯並びにはひとつだけ金冠を光らせていた——薄化粧した胸元のあたりには紐が結ばれていたが、その下半身は定かではなくビロード地の蔽いの陰に消えていた。

私たちは入口の開かれたカーテンを潜り明るく照らされた空間へと踏み込んだ。なかはもうかなり混んでいた。人々は雨に濡れたコートの襟を立て、黙りこくって一所《ひとところ》から次の場所へと移ってゆき、そのたびに密集した半円を描いた。その合い間から私は難なく、あの人たちを見分けた——それはこの世に属しているのは、もう見せかけばかりで、実際には防腐を施され、台座に据えられて、別個の模範的な生活を晴れがましい見世物として、空虚な生活を送っている人物たちのことである。彼らは誂え仕立ての上等な生地のフロックやシングルや裾長のダブルに威儀を正して、ぞっとするほどの沈黙のなかに立ち尽くし、蒼ざめた面《おもて》には彼らがそれで死んだ最後の疾患のせいで病的な赤みがさし、ぎらぎらと光る目があった。彼らの頭のなかには、もうずっと以前からどのような思考もなく、あるのはただ八方からの視線を受けとめる習性と、虚しい生存を人目に曝《さら》しつづける惰性とばかりで、それだけがようやく彼らを支える力であった。一匙《ひとさじ》薬を呑んだあと、彼らはもうとっくに冷たい寝具にくるまり、目をつぶってベッドに臥せていなければならぬはずだ。それを、こんなに夜遅くまで、狭苦しい台座や椅子に、窮屈なエナメル靴のまま固くなってまだ坐らせておく、しかも目ばかりが光り、記憶のかけらもない彼らを、昔の生活からあまりにもかけ離れたこんな場所に連れ込んで——それは不当な越権と呼ぶほかない。

彼ら一人ひとりの口からは、彼らの最期の叫びが、絞殺死体の舌のようにぶら下がっていた、それはここへくるまで、ある期間、狂人と目されて煉獄に送られるように入院していた精神病院をあとにしたとき以来の叫びなのだった。たしかに、それは実のところ、正真正銘のドレフュス、エジソン、またルッケーニら[*9]ではなく、ある程度、擬《まが》いものなのだった。あるいは彼らは本物の狂人であり、あの目も眩む *idée fixe*（偏執）に襲われた瞬間に *in flagranti*（現行犯）として捕われたのかもしれなかった、そのわずかの間《ま》だけ真実であった狂気が巧みに処理されたうえ、彼らの新しい存在の核――元素のように純粋で、この一枚のカルタ札にすべてが賭けられ、そのまま梃子でも動かぬもの――となったのでもあろう。それからというもの、彼らには、ただそのことだけがまるで感嘆符のように頭にあり、彼らはその考えの上に片足立ち、飛び立つばかりの姿勢をとりながら半ばで思い止《とど》まっていた。

私は不安に駆られながら人混みのなかにあの人を目で探した、この人だかりから次の人だかりへと。ついに私は彼を見つけた、それはあの年、メキシコ皇帝の玉座を占めるべく旗艦ル・シッド号に打ち乗ってツーロン港から出航したときのあの東地中海艦隊提督の晴れやかな軍服姿でもなければ、またその晩年とくに好んで着用した騎兵隊将官の緑色の礼服姿でもなかった。長い裾を波打たせたふつうのフロックに明るい色のズボンをはき、糊《のり》で固めたシャツから突き出た高いカラーが顎ひげを下から支えていた。彼の周りに半円を描く人だかりに混じって、私とルドルフの二人は光栄と感動に立ち尽くした。と次の瞬間、私は全身の感覚を失った。私たちの三歩前、見物の最前列に白い服のビアンカがいて、傍らには養育掛の女が付き添っていたのだ。ビアンカの立ち姿は眺めていた。彼女のちいさな顔は、ここ幾日かのあいだに青ざめ、やつれ、隈のできた陰のあるその目は死の悲哀をさえ漂わせた。

こうして組んだ手を服の襞深くに秘め、眉を曇らせながら哀しみの溢れる目で身じろぎもせずに彼女は見つめていた。その様子に私は痛むほど心臓が締めつけられた。私は思わず、彼女の死ぬほどに哀しい視線の先に目をやった、するとどうだろう——彼の顔が目覚めたように動き、口元が微笑にほころび、目は光をとり戻してぎょろりと動き始め、勲章の輝く胸は溜息に膨らんだ。奇蹟ではない、それはよくある機関《からくり》の手柄だった。ぜんまいのほどけるにつれ、大公は生けるがごとく、見事に厳かに一同を見わたすしぐさをする仕掛になっていた。順ぐりに居並ぶ人たちを見回すのだが、それもいちいちに目を停めて一瞬、じっくりと見つめるのだった。

ついに視線の交される瞬間がきた。大公は身を震わせ、躊《ため》らい、唾を呑み、何か言いたげにしたが、それも束の間、仕掛の動くままにその視線は先へと移され、人を勇気づけるような明るい笑顔が向けられた。果たしてビアンカに気づいたろうか、彼女の存在は彼の胸に届いただろうか？だれが知ろう？　なにしろ、正確に言って、彼は彼自身ではなく、わずかに本人の遠い生き写しにすぎず、しかもひどく縮小され、深刻な衰弱状態にあるのだったから。しかし突き詰めて考えれば、それでもだれか父方のいちばんの近親者ともとれないではなかったし、死後、あれだけの年月が経った今では望むかぎり最高の程度にまで元のその人自身であるかもしれなかった。ただし、同じ復活といっても、こうした蠟人形では、その内部にある己自身に過《あやま》たず行き届くのはむずかしいことであった。従って、意図に反してその内部には何か新しいもの、恐ろしげなものをやむなく紛れ込ませざるを得なかったし、誇大妄想の発作のなかでこの作品を着想した天才的狂人の妄想からくる異質なものもそこに混入したはずである、そしてそのことがビアンカを恐怖の念で満たしたに違いなかった。そもそも人は重病に陥ると、いつもの本人からは遠く離れた存在になってしまうものだ。不当にもこうして復活させられてしまった人間の場合はいわずもがなである。いちばん身近な身内に対して、本人はどのように振るまったか？　彼は陽気さと豪放さを装い、上機嫌に笑いながら、道化と皇帝をかねた喜劇を演じていたのである。どうしてもそうやって仮面をかぶり通さずにはいられなかったのか？　この蠟人形の病院――蠟人形たちはだれかれとなく厳重きわまる病院の規則に縛りつけられて戦々兢々《きょうきょう》としてそこで暮らしていた――に陳列された自分を八方から見張る監視員たちにそれほど恐れを抱いていたのか？　何人《なにびと》かの妄想のなかから苦心のすえに溜出され、ついに治癒し、生き延び、純粋なものとなり得た現在の彼としては、彼らの手で狂態と混沌のなかへ連れ戻されることを気遣う要はなかったのではないか？

私の視線が再びビアンカを探し出したとき、私はハンケチに顔を埋《うず》めている彼女を認めた。養育掛の女は片腕で彼女の肩を抱き、琺瑯《ほうろう》のような目を空虚に光らせていた。ビアンカの苦しみをそれ以上、見るに忍びなかった、泣き出したい衝動に捉えられていることを感じて、私はルドルフの袖を引いた。私たちは出口へ向かって歩いた。

私たちの背後で、あの化粧をした先祖、あの働きざかりの祖父は、いかにも王君らしい輝くばかりのあいさつのしぐさを周囲に送りつづけていた、アセチレン灯が音立て、天幕を濡らす雨音《あまおと》がひっそりと聞こえるだけのこの動きのない静寂のなかで、彼は好意を示そうとするあまり片手を挙げて私たちにキスを投げかけんばかりだった、病み衰えて、ここに並ぶだれにも劣らず、死んだあとの亡骸《なきがら》に憧れていながら、彼は最後の力を振り絞って爪先立った。

出口までくると、木戸番の女の薄化粧の胸元が、魔法めいた仕切りの布地の黒を背景にダイヤモンドと金冠とをきらきらさせながら、私たちに話しかけてきた。私たちは雨に生温《なまぬる》い露っぽい夜のなかへ出た。屋根屋根は雨水を流しながら鈍く光り、雨樋は単調に泣いていた。私たちは雨に鳴るガス灯の焰に照らし出されるどしゃ降りの雨のなかを駈けた。

32

おお、人間の卑劣の深み、おお、げにも非道な陰謀よ！　あのような毒を含んだ悪魔的な企みが、だれの頭に、浮かび得よう、その大胆不敵ぶりにおいて、どのような空想の限界も超えているあの思いつきが？　その企みの奈落の底にある低劣さを突きとめれば突きとめるほど、無限の裏切りに対して、またこの犯罪の着想の核心である天才的な悪の閃きに対して私の驚異は募るばかりである。

やはり私の予感に誤りはなかった。私たちの見えないところで、見せかけの合法政治の陰で、国際条約の十全な有効性と全般的な平和のさなかに、身の毛もよだつような犯罪が行われていたのだ。陰惨なドラマはあまりにもひそやかに、ひた隠しに仕組まれて進行したために、だれひとりそれに勘づかなかったし、あの春の何げない見かけのあいだを探ろうと思いつく人はなかった。だれが疑い得ただろう、口を塞がれ、目をぎょろりとさせているこのマネキン人形と、このかよわい、あれほど躾も行儀もいいビアンカとのあいだに一族同士の悲劇が演じられていようとは？　ビアンカとは果たして何者であったのか？　われわれはついに秘密の糸口をつかむことになるのか？　ビアンカはメキシコ皇帝の正妃の血筋でもなく、また巡業のオペラ舞台からその美貌をもって大公を惑わし、玉の輿に乗った側室イザベラ・オルガスの直系でもない、だが、それがどうだというのか？　コンチタの愛称を皇帝から賜ったかの小柄な黒白混血女《クレオール》――そしてその名はいわば裏口から入って歴史に名を留めている――を祖母に持つとして、それがどうなのか？　切手帳を基に私が集めたビアンカの身の上を巡る消息は、手短にまとめれば、次のようになる。

皇帝の失墜後、コンチタは幼い娘を伴ってパリへ渡ったが、生計はもっぱら未亡人として受け取る年金に頼り、亡き皇帝への操を全《まっと》うした。歴史はそこまででこの感動的な人物の足跡を失い推察や直感に譲ってしまう。娘の結婚、その後の娘の運命についても皆目分かっていない。ところが一九〇〇年、de V夫人と名乗る異国風の絶世の美女が、幼い娘と夫君を同行して偽造旅券でフランスからオーストリアへ入国した。バイエルンと境を接するザルツブルクでウィーン直行の列車に乗り換えるときになって、親子はオーストリア憲兵に逮捕された。一考に値するのは、偽造旅券の調べが済むとde V氏だけは即日釈放されたが、その後、妻子の釈放について何らの努力もしていないことである。同じ日、直ちにフランスへ発《た》っていったことは分かっている、だがそのあと杳《よう》として跡を絶つ、一切の糸口は完全な闇に紛れてしまうのである。その足跡が紅蓮《ぐれん》と燃える赤い線を描いて切手帳に現れ出ているのを発見したとき、私は気も遠くならんばかりだった。思い設けぬよその国に全くの別名を用いて現れるさる奇々怪々たる人物が、ほかならぬde V氏その人であることを突きとめたのは私の手柄であり、今後とも永遠に私の名はその発見者として残るであろう。だが、しーっ！……その話はまだ洩らしてはならない。確認されたビアンカの系図には一点の疑う余地のないことを言うに止《とど》めよう。

33

正しい歴史は以上のごとくである。だがこれを記述する官製の歴史は不完全の域を出ない。そこには故意の空白があり、長い中断と秘匿があって、それらの箇所にはたちまち春が嵌り込んでしまうのだ。春はすぐさま勝手気ままな小見出しをそこに茂らせ、無限に先を争って伸びひろがる葉簇《はむら》を惜しげなくひろげ、鳥たちのたわごと——翼あるものたちの撞着や虚偽や、回答のない素朴な質問や、執拗で押しつけがましい反復などにみちた論争によって人を惑わせる。この縺れ合ったまぜこぜの向うに適切なテキストを見いだすには多大の忍耐を要する。それをするには、注意深く春を分析し、文法的に春の語句を解剖することである。だれが、何が？　だれを、何を？　なすべきことは小鳥たちの紛らわしいおしゃべりを取り除き、嘴のように尖った副詞や前置詞を、遠慮がちな再帰代名詞を除外することである、そうすれば徐々に意味の健全な種つぶが取り出せる。切手帳はこの点では私にとってこの上ない道案内なのだ。おろかで、お調子者の春！　所嫌わずはびこり、夢と無意味とをないまぜ、永遠に道化役、阿呆の役を演じる底なしの軽薄な春。その春もまたフランツ・ヨーゼフ一世の共犯であるのか、共謀の絆によって春は皇帝と結託しているのか？　断って置かねばならぬが、この春のなかから取り出される意味のかけらのひとつひとつは、百回も繰り返される冗談によって、出任せのナンセンスによって即座にやじり倒される。小鳥たちは、ここで痕跡を抹殺し、不正な句読法の使用によって語順を誤らせる。このようにして真実は、一寸の隙間さえあれば、すぐさまそこに葉を茂らせる旺盛な春に四方八方から排撃されている。呪われた真実はどこに隠れたら、どこに避難所を見いだせばよいのか、だれもがそれを求めない場所、縁日のあれらの絵ごよみのなか、乞食やじじいたちの歌うあれらのご詠歌のなか、すべて切手帳からの直系のもののなか以外に？

34

明るい陽射しの幾週間かのあとに曇天の暑い日々がやってきた。空は古いフレスコ画のように黒ずみ、ナポリ画派の画面に描かれた悲劇の戦場に似て、いきれる静けさのなかに雲の重なりが渦巻いた。それらの鉛色や褐色の渦巻を背景に、白亜の家々がぎらつく白さで明るく輝き、それは軒蛇腹《コルニス》や付け柱《ピラストロ》の鋭い影によっていっそう浮き出した。人々は首をうなだれて歩いていた、彼らの頭のなかは、嵐を前にして音もない充電のさなかに蓄積されるような闇に満ちていた。

ビアンカはもう公園に姿を見せない。察するに彼女には警告があったのだし、外出は許されずにいるのだ。人々は危険の空気を嗅《か》ぎつけていた。

きょう、町で私はフロックコートにシルクハットの一団の紳士を見かけた、それは広場を規則正しい足どりで進んでいく外交官たちであった。鉛色の空気のなかで純白の烏賊《いか》胸が眩く光った。一同は黙りこくって家々の建物を、値踏みするかのように眺めていた。彼らはすべすべに剃り上げた顔に炭のように黒い口ひげを立て、その光る目は眼窩《がんか》の奥でオリーブ油を塗ったかのようによく回転し、しかも雄弁なのだった。時おり彼らはシルクハットを脱いで額《ひたい》の汗を拭った。一様に背が高く、痩せた中年の男で、浅黒い顔がギャングを思わせた。

35

雲の垂れた灰色の暗い日がつづいた。昼も夜も遠方の地平には嵐をはらんだ雨雲が空を籠めるのに、夕立は一度も降らせないままであった。大いなる静寂のなかで、時おりは鋼《はがね》の空気を突き抜け、オゾンの息吹きが、雨の匂いが、湿った新鮮な微風が横切る。

しかし、そのあとは再び庭々ばかりが大きな溜息で空気を薄め、日に夜に、われ勝ちに葉簇《はむら》を茂らせていく。すべての旗は重く垂れて黒ずみ、濃さを増した空気のなかへと色彩の力ない最後の波を送り込んでいる。時おりだれかが道の曲がり角で、そこだけ闇から切りとられた顔の明るい半分を空に向けて、脅えた目を光らせながら、耳を澄ませて天空のざわめきを、流れる雲の帯電した沈黙を聞きとっている――すると空気の深みを、小刻みに震え白と黒の先の尖った燕《つばめ》たちが切っていく。

エクアドルとコロンビアが総動員令下に入る。不吉な静けさのなかで波止場いっぱいに歩兵の隊列が詰めかけている――白いズボン、胸に十字にかけた白い帯革《おびがわ》。一頭のチリ産の犀があと脚立ちに突っ立った。それが見られるのは夕方で、蹄を空中に向け、威迫を込めてじっと動かぬままの哀愁の動物の姿が空を背に浮き出る。

36

日々は影と瞑想のなかへといよいよ深く下ってゆく。空は閉ざされて立ちはだかった、それはますます暗さを加える鋼の嵐をはらみ、低く渦巻いて沈黙している。灼《や》かれて斑《まだら》となった大地は呼吸をとめた。ただ庭々だけが喘《あえ》ぎながら伸び、葉簇をひろげ、もうろうと酔いしれ、わずかに空いた隙間を見つけては、そこに冷たい葉の成分を茂らせている。（木の芽の吹出物たちは痛がゆく疼《うず》く湿疹のようにねばねばしていたが、いまでは冷たい緑の薄皮をかぶり、次から次へと葉の一枚一枚の傷を癒《いや》していき、予備用に、必要の限度を超えて、計算抜きに百倍の健康によって補いをつける。郭公鳥の失われた叫びは、とっくに濃い緑の陰に蔽い隠され、包み消されてしまい、いまは深い中庭に隠れ幸福な花盛りの出水の下に没した遠いくぐもり声が聞こえるばかりである）

この暗くなりかけた風景のなかで、家々が明るく光るのはなぜなのか？　公園のさざめきに曇りがかかるにつれて、家々の壁は太陽の隠れたあとも灼けた大地の熱い照り返しのために白光を放つ、その大地自体はいよいよ眩く、いますぐにも何やら色鮮やかで多彩な病《やまい》の黒い斑点を身にまとおうとしているかのようであった。

犬たちは鼻づらを上げて酔ったように走ってゆき、けば立つ草むらのなかを転げ回っては、何かを嗅ぎ、気の遠くなるほどの興奮に身を委ねる。

これらの曇天の日々の濃縮されたざわめきのなかからは、何かが——天啓的な何かが、あらゆる尺度を超えて巨大な何かが醱酵しようとしている。

待つことの負の総計《マイナス》は、陰電気のとてつもない量《マッス》となって蓄積をつづけている、その正負のバランスが回復されるためには、どのような出来事が起こり得るのか、この破局的な気圧の低下と均衡をとり得るものが何であるかについて私はその測定を試みる。

そのものは早くもどこかで成長し、巨大化しつつある、それに対応して私たちの全本能のなかでは、公園のライラックの酔うような匂いの満たすことのできないあの凹みが、あの形が、あの息切れした途切れができあがってゆく。

37

黒人、黒人、市内に黒人の群れ! ここにもそこにも市内の数カ所で同時に彼らの群れがみられた。ぼろ服のくろんぼらは喚声を挙げる大群衆となって通りを駈け巡《めぐ》り、食料品の店々を襲い掠奪を繰り返している。悪ふざけと、打ち叩く音と、高笑いと、よく動く白目と、喉にかかる発声と、真っ白く光る歯並びと。警官隊が動員されるより早く暴徒の姿は霞のように消えた。

私はこのことを予感していた、まさしくかくあるほかはなかったのだ。それは気象的な緊迫の当然の帰結であった。今にして私は悟るのである、私はそもそもの初めから感じていたのではなかったかと――この春を裏打ちしているものは黒人たちにほかならないことを。

黒人たちはどこからきてこのような領域に出現したのか、縞模様の木綿のパジャマを着たニグロの大群はいったいどこから流れ込んできたのか？　興行師、大バーナム[*10]が、このあたりに野営地を設け、人間たち、動物たち、デモンたちの引きも切らぬ行列を連れ込んできたのか、それともこの近くにバーナムの列車――天使たち、けだものたち、軽業師たち、しきりに喧噪する彼らをぎっしり積んだ満員の列車が停まっているのか？　そんなことではない。バーナムは遠方にあった。私の疑いは全く異なった方向を目ざしている。何も言わずにおこう。ビアンカよ、君のために私は口を閉ざすのだ、そしてどのような拷問も私から告白を引き出すことはないであろう。

38

その朝、私は時間をかけて丹念に身なりを整えた。やがて身じまいが済むと、私は鏡に向かい沈着かつ断乎たる決意の表情を自分の顔に刻み込んだ。私はピストルの手入れに気を配ったうえで、それをズボンの後ろの隠しへ入れた。もういちど私は鏡に目を投げ、上着の胸を手で押えた、その内ふところには書類が隠されていた。あくまでもあの男と対決する私の覚悟はすでに固かった。

私は心の奥底に至るまで落ちつき、また決意を飜そうとしない自分自身を感じとった。何しろ事はビアンカに関わるのだ、彼女のためとあれば、何のやってのけられないことがあろうか？

ルドルフには何も打ち明けまいと私は心に決めた。より親しく知るにつれてあの男は低くしか飛べない鳥なのだ、世俗の上高く舞い上がる力はない——という信念が私の内部にはいよいよ強く定着していった。私が何か新発見をするごとに呆れ返っては心配げに眉をひそめ、一方では羨望から色青ざめるあの顔を見るのは、もうたくさんだった。

思いを巡らせるうちに、遠からぬ道のりを早くも私はきてしまっていた。大きな鉄門が響きを押し静めた振動音に震えながら閉まると、私はたちまち別の風土のなかへ、別の風の吹くなかへ、偉大な年の見知らぬ冷たい界隈へと入り込んでいた。木々の黒々とした枝々が、別個の切り離された時間のなかへと枝を絡ませ、まだ葉のない梢は黒い柳細工を編み交して、どこか知らない異域の高々と流れる白い空へ突き刺さっていた——それは八方を並木道で塞がれ、出口のない湾《いりうみ》のように孤立して忘れられた空だった。小鳥たちの声は、その伸びひろがる空の遠い空間のなかに吸いとられ失われながらも、それなりの鋏《はさみ》を静寂に切り入れては裁断を繰り返し、ひっそりと池に映し出された重い灰色の静謐《せいひつ》を思案深げに取り上げて裁縫室へと持ち込んでいった、すると世界はしゃにむにその映された姿のなかへ飛んでいった、衝動に駆られ分別を忘れて引き込まれたしたコルク栓抜きのなかへ、限界も目標もないあの大きなゆらゆらと揺れる蒼白のなかへと。のである——大きい普遍的な灰色のその思考のなかへ、果てしなく逃亡する木々のあれらの倒立

冷静そのものの私は毅然たる姿勢で接見を申し入れた。私は暗いホールへ導かれた。そこには粛然とした壮麗さに微動する薄暗がりが支配していた。縦長の大きな窓からはフルートの吹き口を通してのように庭からの風がささやかな波となって吹き込んだ、それはだれか不治の病人が臥《ふせ》

っている部屋にそよぐような芳香油《バルサム》を含んだ控えめの空気の流れであった。庭の空気に軽く膨らんだ薄地のカーテンのかすかに息づくフィルターを通して目に見えず忍び込む音のない風の流れに、生気を与えられた物たちは溜息と共に目を覚ました、きらきら光るひとつの予感が、両側にベネツィア硝子を嵌め込んだ不安げな通路を突き抜けて走り、壁紙の木の葉たちは脅えたように銀色の葉をそよがせた。

やがて壁紙は暗がりのなかへ吸われるように消え、暗い思わくに満ちた木々の茂みのさなかに何年となく押し込められていた壁紙たちの物思いはその歩みを緩めた、それというのも、盲目の幻想にとつぜん古い薬草標本に似た香気が思い浮かんだためであったが、それらの押し花の乾き切った大草原には蜂すずめたちの編隊が、バイソンの群れが、野火が、鞍の脇に生首をぶら下げた追っ手の勢《ぜい》がよぎっていくのだった。

奇妙なのは、これらの古いインテリアーが己《おのれ》の暗い興奮の過去と離れて平安を見いだすに至らぬままでいることであり、またこの静まり返ったなかで、裁きの終り滅び去った歴史の新たな再演が試みられ、同一の状況が、壁紙の不毛な弁証法によって様々に捏《こ》ねくり回され、無限のバリエーションで展開されることである。こうして完全に腐り、頽廃し切った静寂は、光のない稲妻のなかを狂ったように壁紙を駈け巡りながら、千回も繰り返す熟考と孤独な思慮のなかで変質してゆく。何を隠すことがあろうか？　ここでは夜ごとそれらの過度の興奮を、それらの病熱の度重なる激発を和らげることが、秘薬の注射によってほぐすことが絶対に必要とされないはずのないことを――それは破れかけた壁紙の合い間合い間に――遠い湖や川や水の照り返しのある広大な安らぎの風景のなかへと連れ込んでくれる薬なのだ。

私は何やら衣擦《きぬず》れの音を聞きつけた。従卒の先導につづいて階段を降りてくるのは、動作の大儀そうなずんぐりとした男で、角製の大きなめがねの玉の反射に隠れてその目は見えなかった。面《めん》と向かって顔が合うのは、これが初めてだった。いかにも測りがたい不可解な人物ではあったが、私の言葉をひとことふたこと聞いたとたんその面《おもて》に憂わしげな当惑の皺がふた筋深く刻まれるのをいちはやく見てとった私は内心ほくそ笑まなかったとは言えない。めがねのレンズをきらり光らせている以外にも、その顔は謹厳、人を寄せつけない仮面をかぶっていた、それでもその顔の彫りのあいだをひそかによぎる蒼白い狼狽の色を私は見逃さなかった。相手が次第に話に身を乗り出してくるのが顔色から窺えた、今になって私なる人間が分かり始めたのだった。彼は続きの間の書斎へ私を招じ入れた。そちらへ移ろうとしたとき、白い服の女がつとドアから離れ、立ち聞きでもしていたかのように、そそくさと奥へ姿を消した。あれはビアンカの養育掛であったのか？　書斎の閾《しきい》を跨《また》ぎながら私はジャングルのなかへ踏み込む思いだった。部屋を籠める漠とした緑の薄闇には窓に下ろした木製の鎧戸の光と影が水のなかめく縞を落としていた。壁の上には植物類の図版がいちめんに懸けられ、いくつもある大きなケージのなかでは色鮮やかな小鳥が飛び回っていた。時間稼ぎと私は睨んだのだが、これも壁のあちこちに飾られた原始的な武器のいろいろ——槍、ブーメラン、トマホークについて、彼はいちいち説明を加えた。私の鋭くなった嗅覚はインディオが毒矢に用いるクラレの匂いを嗅ぎつけた。彼が蛮族の使うある種の鉾槍《ほこやり》を操っているとき、私は十分な慎重さと行動の自制とを彼に命じ、私の警告の支えとしてやにわにピストルを取り出した。彼は照れ隠しに微笑し、どぎまぎしながら、手にした武器を元の場所へ戻した。私たちは黒檀の堂々とした執務机を挟んで椅子に着いた。私はさし出された葉巻を、禁煙を理由に辞退した。そういう私の警戒が、却って彼の信頼を取りつけた。垂れ下がった唇の片隅に葉巻をくわえたまま彼はひとしきり私に目を当てた、居心地の悪い不気味な親切心の籠る目つきだった。それから放心したように無造作に小切手帳をめくりながら、彼は思いがけぬ和解を申し出た。ゼロのいっぱい並ぶ数字を口にしたとき彼の瞳は目の隅に引っ込んでいた。私の嘲笑に彼はすぐさま話題を転じた。溜息と共に彼は帳簿をひろげて収支の現状の説明を始めた。二人のあいだでビアンカの名こそ一度も出なかったが、口に出す一言ひとことのなかに彼女はいた。私は瞬きもせずに彼を見守った、そのあいだも嘲笑は私の口元を去らなかった。やがて彼は弱々しく肘かけに体を支えながら、独り言のように言った。「なかなか手ごわいお方だ、正直なところ、どうしろとおっしゃるので」私は再び話し出した。興奮を抑えながら押し殺すような声で話したのだ。私の頬は紅潮した。震え声で私はなんどかマクシミリアンの名前を出した、力を入れてその名を発音しながら、私はそのたびに相手の顔に次第に蒼白の色が深まるのを見てとった。私は喘ぎながらようやく話し終えた。彼は打ちのめされたように坐っていた。すでに表情をとり繕う気力もなく、にわかに老けて疲れた顔が覗いた。「あなたの下す決定によって判断しましょう」と私は結んだ。「あなたが新事態を理解できるほどの大物であるかどうか、実際行動をもってそれを容認する用意があるかどうかについて。私の要求するのは事実、あくまでも事実です……」

震える手を彼はベルのほうに伸ばそうとした。私は掌《てのひら》の動きで彼を押しとどめ、指は引き金にかけたままあとずさりで部屋から出た。出口にくると召使が帽子を手渡した。私は陽光の溢れるテラスに出た、私の目のなかにはいまだに闇が渦巻き、振動していた。私は振り向くこともせず勝ち誇ったように階段を降りた、私には確信があった——鎧戸を下ろした館《やかた》のどの窓からも二連銃の銃口がひそかに私の背に向けられはしないであろうと。

39

重大な用件、最重要の国事の必要から、いまでは私はたびたびビアンカと極秘に会談するようになっている。その会談の準備で私は夜遅くまで机に向かい極めて微妙な国政にまつわる処理案件について念入りに下準備をする。時は過ぎてゆく、開け放った窓辺の夜は卓上ランプの上にまつわり、更けるにつれて厳かさを加え、ひとつまたひとつ深まる夜陰の層を剝き出しにし、秘奥を明かす度合いをいよいよ深め、ついには武装を解き、無力なものとなって、窓のあたりで名状しがたい溜息を繰り返す。暗い部屋は深々とまたゆるゆると公園の森の木立《こだち》を腹の奥底まで呑み込んでは、冷やかな輸液のうちにその中身をば、闇に膨らんで近づいてくる大きな夜と入れ替え、脅えて音もなく飛びながら壁に群がる羽のある種子たち、暗い埃たち、プラッシ天の声のない蛾たちの散りこぼれを自分のなかに吸い込む。壁紙の茂みは闇のなかで恐怖に毛を逆立て銀色にけば立ち、伸びひろがる葉簇《はむら》のあいだから、真夜中をとっくに回り、局限を超えた五月の夜のなかに満ちみちているあれらの茫漠《ぼうばく》とした悪寒を、あれらの冷たい恍惚と飛翔を、あれらの超経験的な恐慌と忘我を篩《ふるい》にかけて撒きちらすのだ。夜の透明なガラス細工の動物群、蚊たちの軽やかなプランクトンは書類の上に屈み込む私にたかりつき、それは次第に増えていよいよ高く高く空間に伸びひろがっていき、更けた夜を刺繍《ぬいとり》するあの白く泡立つ精巧な刺繍をつくり上げる。書類の上には夜の瞑想の透き徹った薄絹でほとんど全身をつくられた馬追い虫や蚊とんぼたち——ガラス造りのへんてこなもの、肉細《にくぼそ》のモノグラム、夜が考え出したアラベスク——が座を占め、それらはますます大きくなり怪奇の度を増して、美しい筆遣いと空気とでできた蝙蝠や吸血鬼《ヴァンパイア》ほどの大きさにもなってしまう。薄地のカーテンはその放浪するレース網の細工とこの空想の白い動物群の静かな侵入とで賑わっている。

そのような局限をはみ出し、限界を弁えぬ夜、空間はその感覚を喪失する。明るい蚊柱の立つなかを、ようやく整った文書の束を抱えて私は定かならぬ方向へ、夜の袋小路へと足を運ぶ、突き当たりにはドアがあるはずだ、まさしくビアンカの白いドアが。私は把手《とって》を押して彼女の部屋へ入ってゆく、部屋から部屋へと移るかのように。それでいて閾《しきい》を跨ぐそのとき、私の炭焼党員《カルボナロ》の黒い帽子は、遠方から吹きわたる風になぶられたかのようにはためき、首に巻いた古風なタイは吹き抜けの風に縺《もつ》れて奇体にさらさらと鳴り立てる、私は機密書類でいっぱいのカバンをしかと胸に抱き寄せる。まるで夜の入口から本当の夜のなかへ入ってきたかのようだ！　夜のオゾンはなんと深々と呼吸のできることか！　ここは女王蜂の窩《すみか》、ここはジャスミンに膨らんだ夜の核心だ。ばら色の笠をかぶった大きなランプがベッドの枕元に灯っている。そのばら色の薄明のなかでビアンカは巨大なクッションのあいだに休らっている、広く開け放たれ、息づいている窓の下で夜の上げ潮に運ばれるようにふっくらと脹らんだ寝具に彼女は浮かんでいる。蒼白い肩をもたせてビアンカは読書に余念がない。私の深いお辞儀に彼女は本から目を上げ短い一瞥をもって応える。近くから見る彼女の美しさは消えたランプのように遠慮がちに内に隠《こも》っている。私は聖物冒瀆の喜びを覚えながら観察する、ビアンカの鼻つきは決して上品な形ではないし肌の色も理想的な完璧からは程遠い。私はそれを見てある種の安堵を感ずる、もっとも彼女の輝きが控えめなのは単に思い遣りに基づくものであり、相手が息づまったり、口が利けなくなったりしないようにとの心遣いからにほかならないことも私は承知している。その美しさは、あとでは遠ざかるにつれて速やかに生まれ代り、耐えがたく、度を越えた苦しいほどのものになるのだ。

ビアンカが頷くのに励まされて私はベッドの側《そば》に坐り、用意の書類を基に報告を始める。ビアンカの頭の後ろの開け放った窓からは公園の狂ったようなざわめきが流れてくる。森全体は窓の向うに犇き、木々同士、手に手を繋ぎながら押し寄せ、壁を突き抜け、のさばり広がってゆき、随所に存在し随所に場を占める。ビアンカはある放心と共に聴いている。気になるのは、そうするあいだにも本を読むのをやめないことだ。いちいちの案件に各方面から光を当て、すべての理非曲直を私から披露させておいたうえでビアンカはやおら本から目を上げ、いくぶん茫然とするふうにその目を瞬《しばたた》き、それからとっさに裁決を下す、それが一見、投げやりに見えて実は核心を衝いているのに驚かされる。ビアンカの一言ひとことに気をつけながら、その隠れた真意を聞き落とすまいと、私は声の抑揚を追ってゆく。やがて私は署名を求めて恭しく法令をビアンカの前にさし出す、ビアンカは長い影を落とす睫《まつげ》毛を伏せ署名を済ませてから、その睫毛越しのやや皮肉な目つきで、私がする副署を観察している。

恐らく、真夜なかを回った遅い時間は、国事に専念するには不向きであるようだ。最後の限界を超え出てしまった夜は、ある種の放逸へと人を誘いがちだからである。こうして話を交しているあいだにも、部屋の幻影はいよいよ乱れ、私たちは実のところ森のなかに身を置いている、部屋の四隅には羊歯《しだ》が生い茂り、ベッドのすぐ向うには木立の壁が迫ってそよぎ、枝々を絡ませている。その木《こ》の葉の壁からはランプの灯りを慕って円《つぶら》な目の栗鼠《りす》、きつつきなど夜の小動物たちが現れ、きらきら光る突き出た目で灯りを見つめている。ある刻限が過ぎると、私たちは入り込んでしまうのだ、非合法の時間のなかへ、自制を失った夜、ありとあらゆる夜の気紛れといたずらのなすがままにされる夜のなかへと。いまなお目の前で行われていることは、いわばもはや勘定書から外れた計算にならない事柄、つまらぬこと、夜の意想外なはめはずしや悪ふざけばかりとなってしまう。ビアンカの気分の奇妙な変化も、それと結びつける以外には説明がつけがたい。いつもは沈着で謹厳、行儀と規律そのものの彼女がいまや、むら気と意地悪と不安定で満たされる。書類の紙は、彼女の掛ぶとんの広い平地に散らばっている、ビアンカはその一枚をぞんざいに取り上げ、つまらなそうな目を投げ、そして力ない指を離して無関心にはらりと落とす。口を尖らせ、蒼白い腕の上に頭を投げかけたまま、ビアンカはいつまでも結論を長びかせて私を待たせる。あるいは向う向きになって私に背を見せ、手で両の耳を塞ぎ、私の頼みや説得に耳を貸そうとしない。また、いきなり何も言わずに、ふとんの下の足を乱暴に跳《は》ねて書類を残らず床にばら撒いてしまい、枕の高みから腕越しに、謎めいて大きくひらいた目を向け、しゃがみ込んだ私が紙にかかった針葉樹の葉をふうふうと口で吹き払いながら、一心に書類を拾い集める様子を見守ったりする。そういう気ままぶりにこそ女らしい魅力は溢れるばかりではあったが、私の摂政としての困難な大任がそれゆえに軽減されるわけではない。

私たち二人のやりとりのつづくあいだ、冷たいジャスミンの香りに膨らんだ森のざわめきは部屋を通り抜け、何マイルにもひろがる風景をさまよってゆく。次々に森の新しい部分部分が繰り出し、進んでくる、木立や茂みの横隊が、森の景観の全体が、押しひろがりながら部屋を抜けて流れる。そのときようやく明らかになってくる——私たちがいる場所は、そもそもの初めから一種の列車のなかなのだと——私たちを乗せた森林鉄道の夜行列車は都会の周辺の森の多いあたりを峡谷の断崖《きりぎし》に沿ってゆっくりと走っている。酔わせるような深々とした吹き抜けの風が通っているのはそのせいだ、風は車室の仕切りを駈け抜け、予感の果てしない展望に新たな一続きを加え、それを次々に繰りひろげる。車掌までがカンテラを手にどこからともなく現れ、木々のあいだを潜り抜けてきた私たちの切符に鋏を入れる。こうして私たちはますます夜の深みへと乗り込んでゆき、夜の新築の部屋の一続きをひらく。そこでも扉はかたかたと鳴り、風が吹き抜けている。ビアンカの目が深まり、その頰が燃え、魅惑する微笑がそのかわいらしい口をひらかせる。何を私に打ち明けたがっているのか？　何かいちばんのひめごとを？　ビアンカは密通について話す、すると彼女の幼い顔は恍惚に紅潮し、ふとんの陰で、蜥蜴《とかげ》のように身もだえながら突き上げてくる快感に目を細めて、至聖なる使命を裏切るように遠回しに私に誘いかける。私の蒼ざめた顔を優しいまなざしでじっと測るように見つめる、その目は斜視のように寄り合う。「そうなさい」彼女はせがむように囁《ささや》きつづける。「そうして。そしたら、あんたも、あの人たち――あの黒いニグロたちの一人になれるのに……」私が絶望のあまり哀願の身振りで唇に指を当てるのを見ると、ビアンカの愛くるしい顔はにわかに毒を含んで険しくなる。「あなたって滑稽な人ね、そんなにかたくなに忠義立てするなんて、使命をあくまで後生大事にして。自分のことをそれほどかけがえのない人間と思い上がってるのね。せめてルドルフを選んでいたらよかった！　あの人のほうが千倍も増しよ、あんたみたいな退屈で偉ぶった人より。ああ、あの人なら従順だと思う、犯罪をしでかすほどに、自分の存在を抹消するほどに、自分を滅してしまうほどに言うなりになってくれたでしょうに……」それから急に勝ち誇った顔つきになって尋ねる。「ロンカのこと覚えてる？　洗濯女のアントシアの娘で、ちいさいころあんたの遊び友だちだった？」私は驚いてビアンカの顔を見やった。「あれは私だったの」そう言ってくすくすと笑った。「ただ、あのころはまだわたし男の子だったけど。好きだった、あたしのこと？」

ああ、春の核心のただなかで何かが毀《こわ》れ、散りぢりになる。ビアンカ、ビアンカ、君までがぼくを欺くのか？

40

最後の切り札を見せてしまうのが私には怖い。そういう冒険をするには、私はあまりにも多くを賭けすぎているのだ。ルドルフにはかなり前から事件の現状報告をするのを私はやめた。ひところから彼の態度が変わった。負けず嫌いは彼の性格の目立った特徴であったが、いまではそれがある種の心の大きさに場を譲った。幾度か偶然、顔を合わせるたびごとに、ぎごちなさと入り混じったこまめな親切心が彼の身振りや不器用な言葉遣いのはしばしに現れるのだ。以前には、無口な彼の脹《ふく》れ面《つら》の陰に、何かを待ち望む慎重さの陰に、問題についての新たな詳細、新たな変化のいちいちに飢えた猛烈な好奇心が見え隠れしていた。今では不思議なほどに落ちついて、もはや私から何ひとつ知ろうとはしない。これは私にはたいへん都合のよいことである、夜ごと蠟人形館でのあれらの極めて重大な会談（当分のあいだ、その内容は秘中の秘として置かねばならない）をつづけている現在の私としては。守衛たちは、私がふんだんにふるまう酒に酔い伏し、めいめい恰好の寝場所を見つけて高鼾《たかいびき》をかいている、そのあいだも私は煤を上げてくすぶる何本かの蠟燭の光のなかで高貴な人々との会談に余念がない。何しろ列席の人々のなかには、頭に冠《かんむり》を戴く方たちもあって、彼ら相手の折衝は容易ではない。遠い時代からこの人たちは、いまでは空虚で無意識なものでしかない対象のないヒロイズムを保ちつづけてきた――ある考え方の炎を燃やし燃焼させたただ一枚のカードに全生命を賭ける態度を崩さぬままできている。彼らがそのために生きた理念はひとつまたひとつ日常の散文のなかで評判を落としてしまい、彼らの火縄は燃え尽きた、飽くなき活力を十分に湛えつつ、裳脱《もぬけ》の殻となって彼らは立ち尽くし、うつけたように目を光らせながら自分の役割を果たすべく最後の言葉を待っている。この瞬間、思いつきの、いい加減な理念を彼らに吹き込み、そういう最後の言葉をかってにでっち上げるのはいかにも容易なことだ——何しろ彼らほど無批判で無防備な人間はいないのだから！ そうすれば私の任務はすばらしく軽減される。だが半面、彼らの本心に到達すること、そこに何かの思想の灯《ひ》を灯すことは極度にむずかしい、彼らの魂のなかにはそれほどの通り風が吹き、それほどの虚ろな風が彼らを吹き貫いているためである。だいいち彼らを眠りから覚ますこと自体がたいへんな苦労であった。彼らはベッドに横たわっていた、一人残らず死んだように蒼ざめて息ひとつしない。私はいちいちその上に屈み込むようにして、その耳に彼らにとって最も大切な言葉を囁いた、それは電流のように彼らを突き貫くに違いないはずの言葉である。彼らはそっと目を明けた。守衛を恐れるあまり死人を伴《よそお》い、耳の聞こえないふりをしていたのだ。私のほかだれもいないと知ると、彼らはベッドの上に起き直った——いっぱいに繃帯を巻かれ、ばらばらの部分から組み立てられた五体を起こして、木製の総入れ歯、模造の偽の肺と肝臓を再び操った。初めから彼らはひどく疑い深く、むかし教え込まれた台詞《せりふ》しか口にしようとしなかった。それ以外のことができるとは、自分で思いも寄らなかったのだ。こうして彼らはぼんやりと坐りつづけたまま、たまに低く唸った——それは貴顕の紳士たち、人類世界の華ともいうべきドレフュスとガリバルディ、ビスマルクとヴィットリオ・エマヌエレ一世、ガンベッタとマッツィーニ、そのほか数多くの人士であった。分かりの最も悪かったのは他ならぬマクシミリアン大公だった。私がいくら熱を籠めてしきりにビアンカの名を耳打ちしても、彼はぼんやりと瞬《まばた》きし、その顔はもっぱら腑に落ちぬふうでいささかの了解の光さえ表情に射すわけではなかった。私がゆっくりと明瞭にフランツ・ヨーゼフ一世の名を発音して聞かせたときばかりは、さすがに露骨な顰蹙《ひんしゅく》が顔をよぎったが、それも彼の心とは繋がらない純然たる条件反射にすぎず、このコンプレクスは彼の意識から逐《お》い出されて久しい。かのベラクルスの街の銃殺刑で血を流したあと、ようやくにして組み立てられ、傷を癒された彼としては、そんなコンプレクスを抱《いだ》き、そんな身を引き裂くような憎しみの緊張を抱えていては生き永らえるべくもないのだ。私はどうしても彼の生涯の始めからのことを、もういちど本人に教え込まねばならなかった。彼の記憶は極端なほどに薄れ切っていたから、私としては相手の感覚の底にある意識下の閃きを手がかりにした。私はそこに愛憎の要素も注入することを忘れなかった。だが次の夜になると、彼はそんなことはけろりと忘れてしまっていた。彼より出来のいい仲間たちが援助を買って出、この場合はこう反応すべきだなどと彼に吹き込んでくれたりして、緩慢な歩みではあったが教育は前進した。これまで彼はほったらかしにされつづけてきた、というより、守衛たちのせいで精神的に荒廃していたのだが、それでも私はなんとかして、フランツ・ヨーゼフ一世という名を耳にするやいなや一閃、サーベルの鞘《さや》を払うところまで彼を仕込んだ。それどころか一度などは逃げ足の遅いヴィットリオ・エマヌエレ一世をすんでのところで一刀両断にしかねない場面もあった。

そうするうちに、覚えの悪い哀れな大公よりは他の仲間たちのほうが熱を上げ、ひと足も二足も先に思想に共鳴するようになった。彼らの熱意は限界を知らなかった。私の方が懸命に彼らを押しなだめねばならなかったほどである。彼らが戦う気になったのはその思想を全面的に受け入れたうえであるかどうかは言いがたい。大局的な面は彼らにはどうでもよいことだった。もともと何らかのドグマの火に身を投ずる性向の具《そな》わる彼らとしては、私のお蔭でひとつの信条を得たこと、その大義のためには狂熱の嵐のなかで命を賭けて戦えること、それが最大の感激であったのだ。私は催眠術の助けを借りて、秘密を見破られないことこそ大切であると苦心惨憺、彼らに教え込んだ。私は彼らを誇りとした。かつて己の麾下にこれほどのすばらしい幕僚を持ち、これほど士気に燃え立つ将官連に取り巻かれた指導者があったであろうか！　確かにそれは傷兵ばかりからなる親衛隊ではあったが、いずれも粒ぞろいの天才たちではなかったか！

ついにその夜は到来した。疾風に膨らみ上がる雷雨の夜、そこに企まれた事の無限の大きさによって、その深みの底の底まで震撼された夜が。稲光《いなびかり》が時おり闇を引き裂き、腹を割られた世界は臓物の奥までまざまざと曝け出し、だらりと垂れたその不気味な腹わたを元に押し込もうと世界は鈍い音を響かせた。それでも世界は公園のざわめきと森の行進と円舞する地平と共に先へ先へと流れた。夜陰に乗じてわれわれは蠟人形館をあとにした。私は気に逸《はや》る一隊の先頭を進んだ、足を引きずる音と、剣を振り上げる音、松葉杖や木をことこと鳴らせる音の喧《かしま》しいなかを一隊は前進をつづけた。サーベルの白刃に稲妻の光が走った。こうしてわれわれは闇のなかをお邸《やしき》の門までできた。門はあいていた。私は何かの計略を予感して、松明《たいまつ》を灯すことを命じた。松脂《まつやに》を塗った木片の火であたりが赤らんだ、気配に驚いて舞い立った鳥たちが真《ま》っ赤《か》に照らし出されたなかを高く飛んだ、そのベンガル花火の照明のなかにくっきりと邸の建物が浮かび上がり、テラスもバルコニーも火事の炎に包まれているかのようであった。屋根の上から白旗が翻った。不吉な予感に捉えられ、わが勇者たちの陣頭に立って私は敷地に足を踏み入れた。テラスに立ち現れたのは家令であった。家令はしきりに頭を下げながら宏壮な石段を降り、躊《ため》いがちに近づいてきた、蒼ざめた顔、自信のない足どり、それが松明の明かりで次第に鮮やかに目に映った。私は刀の切っ尖《さき》を家令の胸元に当てた。部下たちは煙を上げる松明を高々と掲げ、身じろぎもしなかった、静まり返ったなかで炎が風に鳴る音が聞こえた。

「de V殿はどこか?」私は詰問した。

家令はあやふやに腕をひろげた。

「お出かけになりました」彼は言った。

「嘘つくな、すぐに分かることだ。では、王女さまは?」

「王女さまとお出かけでして、皆さま出払っておいでで……」

事態は明白であった。だれかが敵に内通したに違いない。一刻の猶予も許されない。

「馬に付け!」私は叫んだ。「先回りして道を塞ぐのだ!」

私たちは厩舎《きゅうしゃ》になだれ込んだ、真《ま》っ暗いなかで動物のいきれと臭気がわれわれを包んだ。一瞬ののち、逸り立って嘶《いなな》く駿馬に跨がった騎馬の一隊が勢揃いした。疾駆また疾駆、石だたみに鳴る蹄の音も高く、馬を連ねた縦列は夜の路上に出た。「森を抜けて川岸へ」私は後ろに呼ばわり、森の径《こみち》へ乗り入れた。周りじゅうの鬱蒼たる木立が荒れ狂っていた。真っ暗闇のなかに幾重にも重なったかのように破局と大変動の光景がひらけた。瀧としぶく雨のなかを、乱れさわぐ木々のあいだを縫って、われわれは飛ぶように馬を駆った、松明の火はわれわれの長い疾駆の列を追うように幾条もの縞となって移動した。頭のなかを思念のハリケーンが駈け抜けていった。ビアンカは誘拐されたのか? それとも彼女の体内で、父親の低劣な遺伝が母親の血に、また私が彼女に教え込もうとして果たさなかった使命感に打ち勝ったのか？　森の路はいよいよ細まって、狭い谷道に変わり、その果ては林間の野がひろく開かれた。そこまできてわれわれは彼らに追いついた。向うは遠くからこちらに気づいて馬車を停めた。de V氏が車を降り、胸の上で十字に両手を組んだ。われわれは大きな半円を描き黙々と近づいた、馬は並足で進んだ、私は額に手をかざしてよくよく眺めやった。松明の火が馬車を照らし、私は坐席の奥にビアンカが死んだように蒼ざめているのを見てとった、そしてその横には——ルドルフの姿を。ルドルフは彼女の手をとって胸に押し当てていた。私はおもむろに馬を降り、よろめく足どりで馬車へ歩み寄った。ルドルフが私を迎えに出ようとするかのように、ゆっくりと身を起こした。

馬車の傍らに立ち停まると私は、大きく横にひろがり、剣を構えつつ静々と相手に詰め寄る騎馬の列に振り向いて言い放った。「御一同、わざわざここまできていただいたが無用のこととなった。諸卿《しょけい》にはお役御免を言いわたす、どうかお引きとり願いたい、手出しはだれにもさせぬ。髪一本危害を与えることは絶対にさせぬ。諸卿は任務を果たし終えたのである。剣はお納めあれ。ここまで諸卿をその大義のために引き込んだあの理念を、どこまで理解してくれたか、またそれがどこまで深く諸卿のなかに根を据え、諸卿の血肉となったか、私は知らない。あの思想は、ごらんのとおり、ここに破綻した、全面的に破綻したのである。かつておのれ自らの理念の破綻を経験したことのある諸卿にとって、今回の苦杯はさほどの打撃とはならないものと思う。私にしてみれば……いや、私自身のことについて多くを言うまい。ただ願わくば（ここで私は馬車にいる二人に顔を向けた）このような状況に立ち至ったことは、私にとっては決して不測の事態でな

である。傍目《はため》には、私が予見していたとおりかもしれない、だとすれば、以前から私が悪い男に映ったかもしれない、だとすれば、事前に出来事を

かったと知ってほしい。そうではない。万事は以前から私が予見していたとおりである。傍目《はため》には、私はいつまでも間違いをつづけている分かりの悪い男に映ったかもしれない、だとすれば、その理由はただひとつ、私の職権を超えた事項について私は知る権利がないし、事前に出来事を預言する権限も私にはなかったからに他ならない。私は運命から授かった私の部署にいつまでもいたかった、私の計画を最後まで完成したかった、私が自ら簒奪《さんだつ》した役目に忠実でありたかった。そうだ、いまとなっては悔恨の念と共に告白すれば、私の野心の赴くところとは裏腹に私は単なる簒奪者でしかなかった。盲者は蛇に怖じず——私はあえて聖書の講釈にとりかかった、神の御心の解釈者となりたかったのだ、偽りの霊感のままに、切手帳を貫くあるかなきかの形跡や輪郭を取り出してきた。そしてそれらを繋ぎ合わせてひとつの姿を作り上げた、だが、それは残念ながら自分勝手なものであった。私はこの春に自分の演出を押しつけた、春の豊満の花盛りに対して自分のプログラムを突きつけ春をねじ曲げ、自分の計画どおりにそれを進めるのが私の望みだった。春は、ある時間、その爛熟の頂きに私を乗せて運んだ、我慢強く淡々たる春は、ほとんど私の存在を感じることもなかった。そういう彼女（春）の闊達さを、私は寛容と誤解した、それどころか、それを連帯、合意と取り違えた。私は思い込んでいた——彼女の表情から、彼女の最も深い意図を察することが、私には彼女自身にも増して巧みにできるのだと、彼女の心が私には読めるのだと、彼女がその豊満に紛れて、自分では表現できずにいるものを、私は予感として感得できるのだと。私は春の思いのままな野放しの独り立ちの一切の兆候を無視した、春の内奥を衝き動かしている激しい不測の動揺を見逃した。誇大妄想に駆られて私はあまりにもゆきすぎ、

強大中の強大を誇る王室の内部問題に厚かましくも立ち入って、造物主《デミウルゴス》に反抗するために諸君を総動員した、思想に対する諸君の無抵抗と潔《いさぎよ》い無批判につけ込んで、世界破壊の謬《あやま》った教義を諸君に植えつけ、諸君の理想主義の熱情を利して気違い沙汰の行動へ駆り立てようとした。果たして、この私が、野望の対象とした至高の事業にふさわしい人物であったかどうか、自ら結論を下したいとは思わぬ。恐らく私は単にそれに着手するだけの資格しかなかったのだ、壮図は破れ、ついに私は捨てられた。私は私の限界を踏みはずした、だがそれは予見されたことである。実際のところ、私は初めから自分の運命を見抜いていた。こちらにおられる不幸なマクシミリアンの運命と同じように、私の運命はアベルの運命であった。かつては私の献身は神にとって馨《かぐわ》しいものの、愛すべきものであった、そして、ルドルフよ、君の煙などは低く地を這うものでしかなかった。しかしカインはつねに勝者である。この賭けはもともと勝負がついていたのだ」

その瞬間、遠い砲声が空気を揺るがせ、向うの森の上に火柱《ひばしら》が上がった。皆の顔がいっせいにそちらへ向けられた。「安心するがよい」私は言った。「あれは蠟人形館が燃えているのだ、火薬樽に火縄を仕掛けたのは、この私だ。諸卿にはもう住む家がない、高貴な身分の御一同よ、卿らは家なしの身となった。このことが諸卿にとってそれほど嘆くことではないと願っているが?」

だが当の強烈な個性たち、この選ばれた人間たちは、押し黙って途方にくれたように目ばかりを光らせ、遠い火の手の明かりのなかで戦列を組んだまま茫然と立ち尽くした。それからたがいに顔を見交したが、その目は虚ろで、瞼ばかりがぱちぱちと動いた。「大公」私はマクシミリアンに向かって言った。「卿《けい》は間違っていた。これは卿の側においても誇大妄想だったのだろう。

卿の名において世界の改革を断行しようとした私もいけない。もっとも、あれは卿の意図とは似ても似つかぬものだったのかもしれぬ。赤い色だってほかの色と変わらない、すべての色が全部揃って初めて完全な光を作るのだから。卿の名を、卿とは関わりのない目的に濫用したことを許せ。フランツ・ヨーゼフ一世万歳！」

大公は、一世の名を耳にすると、サーベルに手をかけたが、すぐさま気をとり直したのか、化粧を施したその頬はいっそう生き生きとした赤に彩られ、その口元は微笑を浮かべるように上がり、眼窩の奥の目はくるくると動き出した、それから大公は、威厳ある落ちついた態度で居並ぶ人々にいちいち目礼して、輝くばかりの微笑を順ぐりに向けるのだった。人々は気まずい思いで引き退った。こういう場違いな折も折、皇帝時代の名残りを見せつけられるのはうんざりである。

「公、おやめなさい」私は言った。「王室の典礼に卿が精通していることは疑わない、だが、いまはその時ではないのだから」

「では、貴顕の諸卿ならびに王女殿下――ここで私の廃位に関する文書を読ませていただく。摂政《せっしょう》は全面的にその任より退く。三頭執政制度は解消する。摂政の任はこれをルドルフに委ねる。なお諸卿は（私はわが幕僚に向かって言った）――自由の身である。諸卿の熱誠を多とし、思想の名においてここに厚く感謝する、その思想は栄誉を奪いとられ――（私の目は涙に曇った）――にも拘らず……」

そのときどこか近くで銃声がとどろいた。一同の目がそちらに注がれた。そこにはde V氏がまだ煙のくすぶるピストルを手に、奇妙に体を硬ばらせ、長身をやや斜めに立っていた。その顔が醜く歪んだ。と、不意によろめいて、前倒しにどっと倒れた。「お父さま、お父さま！」ビアンカが叫び、横たわる人へ駈け寄った。騒然となった。実戦の経験から傷に通じたガリバルディが不幸な男を検《あらた》めた。銃弾は心臓を貫いていた。ピエモンテの国王とマッツィーニとが注意深く抱え上げて担架に乗せた。すすり泣くビアンカをルドルフが支えていた。いつのまにか木々の下に集まってきた黒人たちは、彼らの主人の前に道をゆずった。

「主よ、主よ、われらがよき主よ……」黒人の合唱が起こった。

「まことに宿命の夜ではある！」私は声を高めて言った。「夜の記憶すべき歴史のなかで、これが最後の悲劇とは思えぬが。それにしても告白するが、これだけは予想外の事件だ。彼を傷つけたのはこの私だ。ほんとうは彼の胸中には高貴な心臓が高鳴っていたのだ。これまで彼をみる私の目は誤っていた、近視眼的であり、盲目であった。実は彼はよき父親であり、また奴隷たちにとってはよき主人であった。私の考えはここでも破綻を喫した。私は惜しみなく私の考えを放棄する。ルドルフよ、傷心のビアンカを慰めるのは君だ、父親に代って二倍の愛をもってビアンカを愛するのだ。船出には亡き父上も伴いたいと君らが言うのなら、われわれは葬列を組んで埠頭まで見送ろう。蒸気船はさっきからサイレンを鳴らして君らを待っている」

ビアンカは馬車の席に戻り、私たちは再び馬に跨がり、黒人たちが担架を担ぎ上げて一行は埠頭へと動き出した。哀しい葬列のしんがりは騎馬の一隊が務めた。雷雨は私の演説するうちに収まっていた、松明の光は森の奥に深い隙間をひらき、長い黒い人影が行列の左右に、頭上に揺れ動き、われわれの背後から大きな半円となって忍び寄ってきた。やがて行列は森をあとにした。

はるか遠く外輪のある蒸気船が早くも望まれた。

もはや付け加えるべきことは少ない、われわれの物語は終ろうとする。ビアンカと黒人たちのすすり泣くなかを遺骸《なきがら》は甲板に運び上げられた。われわれは、これを最後と岸壁に整列した。「ルドルフ、もうひとつ言うことがある」私は彼のコートの釦《ボタン》をつまんで言った。「君は巨万の遺産の相続人として船出してゆく。君に無理なことを言いたくはないが、残されるぼくの身にもなってくれ、住む家もないこの老人たちの世話をみなければならぬのに、残念ながらぼくには一文の金もない」ルドルフはそれを聞くなり小切手帳をとり出した。私たち二人はしばらく脇へ離れて話し合い、すぐに了解に到達した。

「諸卿！」私は私の親衛隊に向かって大声で言った。「わが高潔なる友が、諸卿からパンと住む家を奪った私の行為を償ってくれることとなった。今度のことがあった以上、諸卿を受け入れてくれる蠟人形館はどこにもない、まして競争の激しい昨今である。諸卿は多少とも諸卿の望みを諦めねばならぬことになろう。その代り諸卿は自由な人間となる、この点を諸卿は十分に評価してくれるものと信じている。残念ながら諸卿は人の上に立つことを運命づけられたためこの世に生きるべきたつきを知らない、そこでわが友は、シュヴァルツヴァルト製の手回しオルガン十二台分の購入資金を提供してくれた。諸卿は世界各地を巡ってこのオルガンを鳴らし人々の心を力づけてやるのだ。メロディーの選曲は諸卿に任せる。多言を要するまでもないが、諸卿は完全にほんもののドレフュスでもエジソンでもナポレオンでもない。諸卿がそれらの人になっているのは、いわば——単にそれよりましな代りがないからである。諸卿はこれから諸卿の数多くの先輩たち——何千人となく人に知られず世界をさまよっているあれらの無名のガリバルディたち、ビスマルクたち、マクマホンたちに立ち混じることになる。心の奥底では諸卿は永遠にこれら偉人のひとりでありつづけるであろう。さて親愛なる友人諸君、貴顕の紳士諸卿よ、新婚の二人の幸せを祈って私に唱和されたい、——ルドルフ、ビアンカ万歳！」「ばんざあい！」一同は声を揃えた。黒人たちが霊《スピリチユアル》歌を歌い出した。歌声がやむと、私は手を挙げてもういちど一同を集め、それからその中央に立ちピストルを取り出して叫んだ。「では、さらば、諸卿。間もなく目撃することから、どうか諸卿は警告を引き出してほしい——何びとも神の意図したまうことを探ろうとしてはならないのだと。いまだかつて春のもくろみを深め究めた者はひとりもなかった。諸君、*Ignorabimus, Ignorabimus!*（「われわれは知ることはないであろう」の意のラテン語。動物電気現象の研究に新分野をひらいたドイツの生理学者で不可知論者、デュ・ボア・レイモン Emil Du Bois-Reymond（一八一八－九六）に「現在、将来にわたってわれわれは無知である」の意味の Ignoramus et ignorabimus の定言がある。その著『自然認識の限界について』は有名）

私は銃口をこめかみに当てて発射した、その瞬間、私のピストルはだれかの手で跳ね飛ばされた。私のわきに一人の憲兵が立っていて書類を手に質問した。

「ユーゼフ・Nだね」

「そうですが」私はけげんに思いながら答えた。

「しばらく以前に」将校が言った。「聖書のヨセフと似た夢を見なかったか？」*11

「たぶん……」

「やはりそうか」将校は書類に目を落として言った。「あの夢は畏《かしこ》きあたりで探知され、厳しく弾劾された、それを知っておるか？」

「自分の夢に責任は持てない」私は言った。

「いや、この責任はとってもらう。皇帝兼国王陛下の御名において逮捕する！」

私は微笑した。

「のんきなものだ、取締り当局のやることは。皇帝兼国王のお役所はすこしのろますぎるんじゃないか。あの夢はとっくの昔のことだ、その後、もっと大《だい》それた実践行動を私はやった、そのことでなら喜んで裁きにかけられてもよいと思っていた、それなのに、その時効となった夢のために、命を助けられるとは。ではよろしいように」

私は近づいてくる憲兵の縦列を認めた。私は自分から手をさし出し、手錠をかけるに任せた。それからもういちど振り返った。ビアンカの見納めであった。ビアンカは甲板の上からハンケチを振った。傷兵たちの親衛隊が黙として私に敬礼していた。

＊1　本篇はシュルツの小説中では最も長い。作者自身はこの形式を nowela と呼んだ。中篇小説と訳せよう。本書のポーランド語タイトル Wszystkie opowiadania Brunona Schulza は〈全短篇〉の意だから、中篇を含めるのは標題に背くことになる。命名上、やむを得ない。

＊2　Franz Joseph I 一八四八年、オーストリア皇帝に即位。一八六七年から一九一六年までハンガリー国王も兼ねた。皇太子ルドルフは三十一歳で情死する「うたかたの恋」の主人公。あとつぎに選んだ甥フランツ・フェルディナント夫妻の暗殺が第一次大戦へ導いた。一八三〇－一九一六。

＊3　ゲーテ作『ファウスト』第二部の女神たちをけなし、あれが〝母親たち〟だというメフィストの吐く

台詞から採ったものとヤジェンプスキ教授は推測する。出典はプルタルコスに遡るという。

*4 オシアン Ossian はケルトの古歌に歌われる王子の名。ひとりだけ生き残った王子が一族の戦士たちの思い出を語る愛と死の歌物語である。詩人マクファースンが一七六〇年に書き、一八〇七年に印刷に付された北欧神話の「ニーベルンゲンの歌」の前半では王子で英雄のジークフリート Siegfried の死が主題とされる。

*5 コンドルに啣《くわ》えられた蛇はメキシコの国章。この図柄は古い切手に用いられた。

*6 原語のポーランド語では「天の、天上の、天国の」と「空の、空色の」はともに niebieski で同語。従って〝天上の、あるいは空色の奉仕隊〟とは、空色の制服をまとう警察官などの官吏を指し得る。制服を空色とする仕来たりはオーストリアにもあったのだろうが、帝政ロシアからソビエト・ロシアに、さらには人民ポーランドなどにも継承された。

*7 史上に実在のフェルディナン・マクシミリアン Ferdinand Maximillien 大公はフランツ・ヨーゼフ一世の二つ年下の弟。一八三二—六七。ナポレオン三世によって〈メキシコ皇帝〉にかつぎ出されるが、民主・共和勢力の武力抗争に敵せず、ついに銃殺される。皇妃シャルロットは援軍要請のためのヨーロッパ遊説に失敗して発狂した。

*8 騎士団とも訳す。テンプル騎士団、ドイツ騎士団と並ぶ三大騎士団の一つ、聖ヨハネ騎士団の別称。いわば〝僧兵〟から成る武装軍団として、異教徒から巡礼を守るのを任務とした。十六世紀以後はマルタ島に拠ったのでこの名がある。十九世紀、プロシャ皇帝はこの騎士団の名をついだプロテスタントの一派を創立した。

*9 ドイツに軍事機密を売ったとして流刑されたドレフュス Dreyfus 大尉のち中佐（一八五九—一九三五）をめぐるドレフュス事件は無罪が確定するまで十年余にわたりフランスの世論を二分する政治的、

思想的な出来事であった。エジソンはむろん発明王。ルッケーニ Luccheni は、フランツ・ヨーゼフ一世の皇后で文才も高かったエリーザベトを一八九八年に暗殺したイタリアの無政府主義者。

＊10 フィーニアス・テイラー・バーナム Barnum はニューヨークに珍奇な見世物館を開き、当時アメリカ最大のサーカスを持った興行師。一八一〇−九一。

＊11 「創世記」三七章一−一一節。末子ヨセフが兄弟の長として敬拝される夢を見、このことを兄弟に語って憎まれ、殺されそうになる。トーマス・マン『ヨセフとその兄弟たち』などで文学化されている。

原題 Wiosna

七月の夜

私が初めて夏の夜を認識したのは、高等学校《ギムナジウム》の卒業試験を終った年の夏の休暇のあいだであった。終日、開け放した窓を抜けて微風と騒音と暑い夏の日々の輝きが通りすぎてゆく私たちの家には新しい住人がきていた、むずがっては泣くちいさな生きもの——それは私の姉が産んだばかりの男の子であった。この赤ん坊のためにわが家はある程度、原始的な人間関係に復帰し、社会の発展段階でいえば母系家族制の遊牧民や、ハーレムがあったりする雰囲気にまで後退して、そこには寝具、おむつ、始終、洗ってはアイロンをかける下着類の野営の天幕が張り巡らされ、女たちはなりふりかまわず思い切って肌を露出することを求め、植物のように無邪気となり、乳で膨《ふく》らんだ胸と赤ん坊の甘ずっぱい匂いを漂わせた。

姉は難産のあと鉱泉に出かけてしまい、義兄《あに》は食事どきにしか現れず、両親は夜遅くまで店に出たきりだった。家にはもっぱら乳母の権力が支配した、彼女の横溢《おういつ》する女臭さはいやが上にも羽を伸ばし、自分に課せられた育て親の役割から得られるかぎりの認許を汲《く》みとっていた。その重責のいかめしさのなかで彼女は横幅も重みもたっぷりした自分の存在によって家じゅうの至るところに女性支配《ジャイノクラシー》の印璽《いんじ》を押したが、それは同時に飽食、豊満の肉体に最優先を与えることでもあった、その点については彼女は手伝いの二人の若い女と見事に分け合い、彼女らの仕事のひとつひとつが、広げた孔雀《くじゃく》の羽のように、自己充足の女性性のあらゆる尺度を発達させることを許していた。葉ずれの音、銀色の煌《きらめ》き、そして翳《かげ》りある物思いに満ちた庭の静かな開花と成熟に対して、私たちの家は白い洗濯物と花盛りの肉体とから漂う女性と母性との香りで答えていた、そうして恐ろしいほどに眩《まばゆ》い午後の時間、向かい合わせに開かれた窓の紗《しゃ》の窓掛がいっせいに陽射しに脅えて舞い上がり、また索《つな》に掛け並べたおむつが光を放つ列をなして立ち上がるとき、その薄絹や木綿地の白い警報を冒して綿毛のついた種子《たね》や花粉や散った花びらが舞い込んだ、すると庭は光と影の流れと共に、さざめきと物思いの去来と共に、ゆっくりと部屋を歩みすぎていった、それはあたかもこの牧羊神《パーン》の時間、どのような仕切りも壁もとり払われ、万物一体の戦慄《せんりつ》が思念と感覚の潮に乗って全宇宙に伝わっていくかのようであった。

その夏、私は夕方になると街の活動写真館[*1]で時を過ごした。私は最後の興行がはねるまで小屋にねばるのだった。

飛び回る光と影のパニックに引き裂かれた映写ホールの闇から抜けて静かな明るい表廊下へ出るのは、無辺際の嵐の夜からひっそりした宿屋に踏み込むような思いがした。

空想のなかでフィルムのでこぼこ道を追いかけたあと、大きな哀感の夜の圧力を壁で遮ったあの明るい待合所に出ると、スクリーンの上の激動に疲れた心が安らいだ。あの安全な停泊地、そこではすでに久しく時間は停まり白熱電球が不毛の光を空しく放っていて、波立つ光は虚ろな音を立てる電動機《モートル》の永久不変のリズムに揺れ、切符売り場のちいさな部屋までがかすかに震えた。

表廊下は最終列車がとっくに去ったあとの鉄道駅の待合室のように深夜の時間の倦怠《けんたい》のなかに沈み、一切の出来事が過ぎ去りおびただしい喧噪《けんそう》の消えたあとに残るであろう生活の最涯《さいはて》の背景かと思われた。色つきの大きなポスターの上ではアスタ・ニールセン[*2]が、黒い死の刻印を額につけて最期のよろめく歩みを辿り、その口は最期の叫びのために開かれていたが、彼女の見据《みす》えたまなざしには人間とは思えぬ絶対の美しさがあった。

切符売りの女はだいぶ前に帰宅した。いまごろ彼女は自室のあたりを行きつ戻りつしているに違いなかった、寝台はもう夜具が広げられ小舟のように彼女を乗せるのを待ち、眠りの黒い珊瑚《さんご》礁《しょう》を縫って冒険とアバンチュールの縺《もつ》れ合う夢のなかへ連れ去ろうとしていた。切符売り場に坐っていた彼女は彼女の脱け殻にすぎない、けばけばしく塗り立てた疲れた目で光の虚空《こくう》に見入り、電灯から果てもなく散り落ちる睡気《ねむけ》の金色の粉を振り払うために、しきりに睫毛《まつげ》を瞬《しばた》く幻影でしかない。時おり彼女はぼんやりとした微笑を消防士に送った、男はこれもとっくに現実の脱け殻のようになって壁に倚《よ》りかかって立ったまま永遠にじっと動かなかったが、きらきらと光るヘルメットをかぶり、肩章、銀モールの飾り紐《ひも》、勲章の空しい派手やかな装《なり》だった。遠くに音立てているのは、七月の遅い夢へと導くドアのガラスが電動機のリズムに震える音だった、しかしシャンデリアの電灯の反射はガラスの目をくらませ夜を否定し、巨大な夜気に脅《おびや》かされない安全な港の幻想を懸命にとり繕った。ついには待合室の魅力も消え去らねばならなかった、ガラス戸は開かれ赤い窓掛は夜の吐息に膨れ、とつぜん夜がすべてとなった。

虚弱な蒼白い少年がガラス戸を抜けて安全な港からただ独り七月の無辺際の夜へ入ってゆくと

き、少年の胸に震えるひそかな深い冒険心を読者は感じとることができるだろうか。少年はいつの日か無限の夜の黒い沼地を、深淵《しんえん》を越え了《おお》せるだろうか、いつか安全な港に上陸する朝がくるだろうか。闇のなかの長旅は何十年つづくのだろう。

だれもまだ七月の夜の地形図を書き上げた人はない。心の宇宙の地理書はそれらのページを空白のままに残している。

七月の夜！　それを何に喩《たと》えよう、いかにそれを描き出そう。私たちを眠りの数千枚ものビロードの花びらで包み込む巨大な黒ばらの内側にそれを喩えるべきか。夜の風はその花の奥深い産《うぶ》毛《げ》に息を吹き込み、香り高い花の底の私たちのところへ星々の視線が届くのだ。

それは閉じた瞼の裏に見える空、踊り回る細かな埃《ほこり》や星と狼火《のろし》と流星の白い芥子《けし》粒でいっぱいなあの黒い空に喩えればよいのか？

それともあれは終りのないトンネルの暗がりを走りつづけるまるで世界のように長い夜行列車なのか？　七月の夜を衝《つ》いて歩いてゆくのは、客車から客車へ狭苦しい通路を抜け、眠たげな乗客、息づまる車室のあいだをかき分けて縦横に吹き込む通り風に悩みながら進むことなのだ。

七月の夜！　闇の秘密の流体！　生きている敏感な流動する暗黒の物質！　それは混沌《カオス》のなかから絶えず何かを形づくってはすぐさまその形を次々に捨ててゆく！　眠たい放浪者の周りに地下室や円天井、壁龕《へきがん》や凹所をつくり上げている黒い材木！　しつこいおしゃべりのように夜は孤独な放浪者につきまとい、倦《あ》きもせず思いつきと妄想と幻想を繰りひろげて、自分の幻影の輪に相手をとざし、星のある遠景、白い銀河、円形演芸場《コロセオ》と広場《フォーロム》の無限につづく迷路の幻想を起こさせる。夜気――あの黒いプロテウス（預言力と変幻自在の姿をもったギリシャ神話の海神。獅子、龍、豹、水、火、木に変身することができた）は興に応じてビロードのような凝縮体となるかと思えば、ジャスミンの香気、オゾンの瀑布《ばくふ》となり、にわかに真空の寂寞《せきばく》の地を形づくり、それが無限のなかで黒い球形のように数と大きさを増し、暗い果汁に膨らむ巨大な闇のぶどうの房をつくる。私はそれらの狭苦しい壁の凹所のあいだを抜け、低く垂れたアーチや円天井の下を首を竦《すく》めてくぐってゆく、するとつぜん天井が裂け、星の溜息と共に一瞬、無窮の円屋根が開かれるのだが、やがてまた狭い壁、通路、凹みのあいだへと私は導かれる。息をひそめたこの静謐《せいひつ》、この暗がりの湾《いりうみ》には、夜の歩行者たちの残した会話の端々《はしばし》が、ポスターの文字の断片が、失われた笑いの抑揚が、一続きの囁《ささや》き声が夜風に吹きさらされないままに止《とど》まっている。時おり夜は私たちを閉じ込め、出口のない狭い部屋にいるような気持ちにさせる。私は睡気の虜《とりこ》となり私の足が確かに歩んでいるのか、それともこの夜のホテルの小部屋でさっきから休憩しているのか、まるで分からなくなる。だが、ふと私はビロードのように柔らかな熱い口づけを感じる、香り高い唇が空間に落としていった接吻なのだ、どこかの鎧戸《よろいど》が開かれ私は高々とその窓の手摺を跨ぎ越え、そして墜《お》ちてくる星々の抛物線《ほうぶつせん》の下を私はさらに歩む。夜の迷路から二人の男がさまよい出る。無駄話をしながら二人は闇のなかから会話の長い絶望的な編毛を引き出す。一方の男の持つ蝙蝠傘《こうもりがさ》が舗道にこつこつと鳴り（それは星や流星の雨の晩にさす傘なのだ）、一人はまん丸い帽子をかぶった大きな頭を酔ったようにふらつかせている。あるときは黒いやぶにらみの片目が何ごとか企むような目つきで瞬間、私の歩みをとめさせ、青筋の盛り上がった骨っぽい大きな手がステッキを頼りに跛《びっこ》を引いてゆく、その手は鹿の角の握りをしっかりとつかんでいる（こういう杖にはよく細身の刀が仕込まれている）。

ようやく街の尽きるところで、夜はいたずらを諦め、仮面を投げ捨てまじめな永遠の顔を見せる。もはや幻覚と妄想の幻の迷路に私たちを閉じ込めるではなく、私たちの前に星の永遠性を繰りひろげるのだ。夜空は無辺際のなかへ伸びひろがり、星座たちは古代そのままの配置を守って美しく焔《ほのお》を上げ、その恐ろしい沈黙によって何かを予告し、何やら究極的なことを告知しようと欲するかのように魔法の図形を天上に描き出している。それら数々の遠い世界の煌《きらめ》きから、しきり鳴く蛙《かえる》の声、星々の銀色の声高《こわだか》な話し声が流れてくる。七月の夜空が音もなく流星の芥子粒を振り撒くと、それは静かに宇宙に吸い込まれてゆく。

夜の何時ごろか——星座たちは空で昔ながらの夢を見ていた——私は家の通りに戻っていた。通りの角にはどこかの星が立っていて、なじみのない匂いを発散していた。その通りを暗い廊下を吹き抜けるような風が駈けていくころ私は家の表戸をあけた。食堂はまだ灯《あか》りが灯り、銅製の燭台には四本の蠟燭《ろうそく》が煤《すす》を上げていた。義兄《あに》はまだいなかった。姉が出かけてから彼は夕食に遅れるようになり、夜遅くやってくるのだった。ふと眠りから醒めると、義兄が考えに耽《ふけ》るような虚ろな目つきで服を脱いでいるところを見かけることがあった。やがて義兄は蠟燭を消し、素っ裸となり、そうして冷たいベッドの上で長いこと寝つけずに横になっていた。不安な仮眠は容易に義兄を訪れず、彼の大きな肉体を次第に無力化するには長い時間がかかった。彼はいつまでもなにやら呟《つぶや》き息をつき深い溜息を吐《は》き、胸の上にのしかかる何かの重みと格闘していた。時おりは声も立てず涙も出さず不意にすすり泣くこともあった。私ははっとして暗闇のなかで声をかけた。「どうしたの、カロル兄さん」しかし彼は鼾《いびき》の絶壁を苦しげによじ登りながら、眠りの苦難の道をさらに先へと進んでしまっていた。

開け放しの窓を通して夜は緩やかな脈動のなかで息づいていた。形をなさない夜の巨塊《マッス》のなかには冷たい香気ある流体が溢れ、暗い構成体の緩んだ接目《つぎめ》から匂いの細い流れがこぼれた。暗闇の生命のない物質はジャスミンの匂いの霊感を帯びた放散のなかに解脱《げだつ》を求めていたが、その匂いの届かぬ夜の底はいまもなお囚《とら》われのまま死んでいた。

隣室へ通ずるドアの隙間には金色の絃《げん》が光っていた、それは向うの揺籃《ゆりかご》でむずがり泣いている赤児の眠りのように、よく響く過敏な絃であった。そこから愛撫の囀《さえず》りが、乳母と子のあいだの牧歌が、初恋の、愛の苦しみと不満の田園詩が聞こえた、窓の外にくすぶる生命の温かい火花に誘われて集まり、そこの闇を濃くしている夜の悪魔たちが、よってたかってその恋の邪魔立てをした。

反対側はだれもいない暗い部屋で、その次の間が両親の寝室だった。耳を欹《そばだ》てると、父が眠りの乳房にぶら下がったまま恍惚のなかで空中の道に舞い上がり、全存在をその遠い飛翔に任せているのが聞こえた。歌うような父の遠い鼾は不可知な夢の難路の旅物語を語っていた。

こうして魂は徐々に暗い遠日点のなかへ、生きている人はだれもその形を見たことのない太陽のない人生の側へと入っていった。人々は恐ろしげに喘《あえ》ぎ泣き立てながら、しかし死者のように横たわり、そのあいだ人々の心のなかには黒い日蝕が声のない鉛《なまり》となって沈んでいた。そして人人がついに黒い天底を、魂の奥底の冥府《オルクス》（ローマの死の神の名、転じて冥府の意）を通り過ぎたとき、その不思議な岬を死の汗を流してようやく越えたとき、肺臓のふいごは別のメロディーによって再び膨らみはじめ、夜明けに向かう霊感の鼾によって大きくなった。

寂《せき》とした濃密な闇が大地を踏み潰した、大地の巨体は舌を垂れ、よだれを流して黒く動かぬけだものの死骸のように横たわっていた。しかし何か別の匂い、何か別の闇の色がまだ遠くではあるが夜明けの近いことを告げていた。新たな一日の毒ある醗酵《はっこう》のせいで闇は膨らんだ、闇の練り上げた幻想の粉はパン種が入ったように大きくなり、気違いめいて増え、あらゆる練り桶《おけ》から溢《あふ》れ、慌てふためいて醗酵を急いだ。それは身持ちの悪い彼女の多産の現場を暁《あかつき》の目に見つからぬようにするためであったし、またあれらの病気の落とし子、夜のパン桶から成長した自己生殖の怪童たち（赤ん坊用の風呂に二匹ずつきて湯に浸《つか》っている悪魔たちもその兄弟だ）を永久に釘《くぎ》づけされたくなかったからだ。どんなに目覚め眠けをおぼえぬ頭にも、たちまち眠りの闇が忍び寄るのはそういう瞬間である。そして悲しみに引き裂かれた病人たちが一瞬の安らぎを味わうのもそのときである。夜が自身の奥で行われていることに幕を閉ざす時間、それがどれほど長くつづくのかだれも知らない。しかし、その短な幕間《まくあい》は書割を片づけ、巨大な装置を取り払い、夜の大興行をその暗い幻想の華やかさごと抹消するには十分である。君は目覚め、ぎくりとする、寝過ごしたのではないかと。そして事実、地平線に明るい黎明《れいめい》の一捌《ひとは》けとその手前に黒々と固まる大地の広がりを見るのだ。

＊1　ドホロビチの活動写真館はシュルツの兄、イスィドルが一九一一年に設けた「ウラニア」が最初であ

るらしい。初期アメリカ映画界とドロホビチ出身者の関係は浅からぬものがあるようだ。

＊2　Asta Nielsen（一八八三―一九七二）サイレント映画末期のドイツ映画の主演女優、「喜びなき街」ではガルボと共演した。「女ハムレット」も有名。デンマーク生まれ。

原題　Noc lipcowa

父の消防入り

十月の初め、私たちは母と一緒に隣県にある避暑地から帰るところだった、それは森の多いスウォトヴィンカの川沿いで何千という川の水音高い源がこの一帯から発していた。小鳥たちの囀りに貫かれた榛《はん》の木のざわめきをまだ耳元に残しながら、私たちは暗い旅籠《はたご》屋を思わせる旧式の大きな箱馬車に荷物ごとぎっしりと積み込まれて走っていた、車のなかはビロードの布で仕切った深い奥の間《アルコーブ》のようで、色つきの風景画が手から手へとゆっくりと切られるカードのように一枚また一枚と窓から落ち込んできた。

夕方近く、私たちは風に吹き曝された高原、この国の広い驚愕《きょうがく》の表情の十字路へさしかかった。空は十字路の上までくると深みを増し息をひそめ、派手やかな〈風の薔薇《ばら》〉（方位盤）となって天頂を中心に回転した。ここには国じゅうで最も僻《へき》地《ち》の関門があって、この最後の曲がり角の向うには眼下はるかにひろびろと秋の夕景色がひらけていた。ここが国境であった、そしてそこに立つ一本の境界線は朽《く》ちて文字も消えかすれ風に鳴っていた。

大型馬車の車のたがい《い》が砂に食い込んでぎしぎしと音立て、きらきらと光るおしゃべりの輻《や》は黙し、大きな箱だけが虚ろにとどろきを上げ、荒野《あれの》に乗り上げた方舟《はこぶね》のように四辻の十字に吹く風のなかで暗く羽ばたいた。

母が通行税を払った、関門の踏み切りが軋《きし》りながら上がった、すると馬車は重々しく秋のなかへと乗り込んでいった。

私たちは広漠とした平原の萎《しお》れ切った倦怠のなかへ、色のない蒼《あお》ざめた風のなかへ乗り入れた、風は黄色い遠景の上に甘美にかすむ無限を繰りひろげた。色の消えた彼方《かなた》からは、何か夕暮れの巨大な永遠性が立ち上がり、風を送ってきた。

古い物語のなかでのように風景の黄色に変色したページがめくられると、一枚ごとにいよいよ色は薄れ力弱いものとなり、風に玩《もてあそ》ばれる大きな白紙となって果てようとするかのようであった。風荒れるその虚無のなか、その黄色い涅槃《ニルバナ》のなかに車を停め、時間と現実を超えて永遠にこの風景のただなかに、暗い不毛の風のなかに私たちは留まることもできたであろう――空の羊皮紙の雲のあいだに埋《う》まり大きな車輪に乗って動かないままの乗合馬車、一時代むかしのページのばらばらになった物語のなかの古い挿絵、忘れられた版画――そのとき馭者《ぎょしゃ》は最後の力を振り絞って手綱を鳴らし、あれらの風の甘い昏睡《こんすい》状態から馬車を導き出し、森へと曲がっていった。

車は濃密な乾いたけばけばのなかへ、たばこの葉の萎れたなかへ入っていった。急にあたりは静まり焦茶色になって*Trabucos*（葉巻たばこの名前）の箱のなかのようだった。ヒマラヤ杉の森は半ば暗く、通り過ぎてゆく乾いた切り株が葉巻のように匂った。ゆくにつれて森は、次第に暗さを増し、ますます強くたばこの香気を漂わせた、そうしてしまいに森は私たちをビオロンチェロのからからに乾いた胴体のなかへ閉じ込めてしまい、虚ろに風がその絃を調律するのだった。馭者はマッチがなくカンテラを灯せなかった。馬たちは鼻を鳴らしながら暗闇のなかを本能の力で道を見つけた。輻《や》の音が緩やかになり静まり、車輪のたがは香り高い針葉樹の落葉のつもる上を柔らかに走った。母は寝入ってしまった。時間は計られることなく流れ、その流れのなかに奇妙な結び目を、省略の部分をつくり出した。暗黒は一寸先も見通せなかった。馬車の上ではまだ森の乾いた葉ずれが聞こえた、そのとき馬のひづめの下で不意に地面が固くなり舗装道路に替わった、馬車はそこを曲がり、そして停まった。壁すれすれにぶつかりそうなほどの停まり方だった。馬車の扉のすぐ先が家の表口であることを母は手探りで確かめた。馭者が荷物を降ろした。

私たちは広い枝分かれした玄関口に入った。暗く暖かくひっそりしていた、それは朝まだき、かまどの火を消したあとの人けのないパン焼き場のようでもあれば、また夜遅く水滴の音に測られる闇の静寂のなかで空《から》になった浴槽や湯桶《ゆおけ》が冷めてゆく風呂場のようでもあった。一匹のこおろぎが暗がりから光の偽りの縫い目を、細かな縁《へり》かがりを根気よくほどいていたが、それで明るくなるわけもなかった。私たちは手探りで階段を見つけた。

階段の曲がりのみしみしと鳴る踊り場にきたとき、母が声をかけた。「ねぼけちゃだめ、ユーゼフ、転びますよ、ほら、もう二、三段で終り」けれども眠さに意識を失った私はいっそう母に寄りかかり、そのまま眠り込んだ。

その夜、私が重い眠りに苛《さいな》まれ、死んだような無感覚に絶えず落ち込みながら、つぶった瞼《まぶた》の向うに見たことが、どれだけ現実のものであるのか、またどの程度、私の空想の所産であるのか、その後、私は一度も母にそれを確かめることができなかった。

その晩、父母とアデラとのあいだに何か大きな言い争いがあったのだ、その一幕の主役はアデラで今にして思えば、あれは何か根本的な意味を持つ諍《いさか》いに違いない。もし私が絶えず手元から逃れていくその意味を捉えようと無駄骨を折っているとすれば、それは確かに私の記憶の脱漏《だつろう》、眠りの盲目の汚点のせいであり、私はその隙間をせいぜい推測、仮定、仮説によって埋めるほかない。軀も利かず意識も喪失した私がいよいよ茫漠《ぼうばく》とした無感覚のなかへ引きずり込まれるころ、閉じた瞼の上には開け放った窓にまで広がる星月夜の微風が降りてきた。夜は清らかな脈搏《みゃくはく》のなかで息づいていたが、それからにわかに星々の透明なベールを跳ねよけ、昔ながらの永遠の顔を向けて高みから私の眠りを覗き込んだ。遠い星の光線は私の睫毛《まつげ》に絡み、盲《めし》いた白目の上に白銀を撒きちらした、すると瞼の隙間を通して金色の線とジグザグの縺《もつ》れからむ蠟燭の灯りに照らされた部屋が見えた。

あるいは、あの光景はいつか別のときであったかもしれない。どうやら、あれを目撃したのは、それよりもかなりのちのある日、店を締めてから母と店の者たちと一緒に家へ戻った夜のことであったように思える。

家の入口に入ったとたん、母は驚きと感嘆の叫びを上げ、丁稚《でっち》らはあっけにとられて声も立てなかった。部屋の中央には真鍮《しんちゅう》をまとったみごとな騎士、紛れもないかの聖ゲオルギオス*1その人が、胴鎧と金ぴかの肘《ひじ》当てのある腕甲、金属音を発する磨き立てた金色《きんいろ》の装束に身を固めて威風堂々と立っていたのだ。古代ローマの親衛隊風の兜《かぶと》の下にぴんと立てた口ひげといい濃い顎ひげといい、ほかならぬ父の顔を認めて私は感嘆驚喜した。胸当ては父のはずむ胸の上に波打ち真鍮の環は巨大な昆虫の体の関節のように息づいていた。金色燦然《こんじきさんぜん》たる甲冑《かっちゅう》に恰幅《かっぷく》のついた父の姿は天上の軍勢の総大将を思わせた。

「困ったことだ、アデラ」父は言った。「おまえは、高尚な問題については、ついぞ話の分かったためしがない。事あるごとに、いつも、ただわけもなく怒りを爆発させて、おまえはわしの所業の邪魔立てをした。だがな、きょうはこうして鎧すがた、これまで非力なわしをいじめおったおまえのくすぐりなど平気の平左だ。いま、無力な怒りがおまえの舌を哀れむべき雄弁へと駆り立てる、だが、そのおしゃべりはたわけ者の寝言だわい。全くおまえの話は、わしに悲しみと哀れを催させるばかりだ。おまえは幻想の高尚さを知らぬ、だから、並みはずれた者を見ると、思わず知らず嫉妬《しっと》に燃え上がるのだ」

アデラは無限の軽蔑《けいべつ》のまなこで父を見守ったが、やがて母に向かい、覚えず悔《くや》し涙を落としながら、上ずった声で言った。「この人は、うちのシロップを独り占めにするの！　この夏、ご一緒にこさえた木苺《きいちご》のシロップ、あれを入れた瓶を残らず家から持ち出すなんて！　ろくでもない消防の連中に飲ませようというんですよ。そのうえ、私にいろいろいやがらせまでして」アデラはちょっとすすり泣いた。「消防団長だなんて、ならず者の団長です！」彼女は憎しみの目を父に当てて叫んだ。「何しろ、そこらじゅうにごろごろしているんですよ。朝、パンを買いに降りていくと、戸があかない。玄関の閾《しきい》のところに二人がごろ寝していて、出口を塞いでいる。階段にだって、一段ごとに一人ずつ陣取って、真鍮のヘルメットをかぶったのが眠っている。台所に押しかけてきては、戸の隙間から、真鍮の箱に入ったウサギのような顔を突き出して、小学生みたいに指を鳴らしてねだる――砂糖をくれ、砂糖をくれ……私から小桶をもぎとると、水を汲みに飛び出していく、私をとりまいて踊り回る、ごきげんをとる、しっぽを振らんばかりに。そうしながら、真っ赤な瞼をしきりにぱちぱちさせ、いやらしく舌なめずりをする。私が睨《にら》みつけてやると、相手は赤い顔の肉を七面鳥みたいに臆面もなく膨らませる。そんな連中にうちの木苺のシロップをやるなんて！……」

「おまえの俗悪な本性は」と父は言った。「触れるものすべてをけがしてしまう。おまえの描いて見せた火の勇者たちの姿は、おまえの狭量の枠に嵌《は》めたものにすぎない。わしに言わせれば、わしはひたすら同情を寄せているのだ、あの不幸な火とかげ《サラマンダー》の一族に、廃嫡の憂きめにあっている気の毒なあれら焔の生き物に。かつては栄華を誇った種族の唯一の罪は、人間のために奉仕したことだ、人間の貧しい食事の一匙《ひとさじ》と引き替えに身売りしたことにある。そのお返しは軽蔑でしかなかった。賤民《せんみん》どもの愚鈍は際限を知らぬ。こうして彼ら繊細な生き物たちは、没落のどん底へ、決定的な凋落《ちょうらく》へと追い込まれてしまった。あんなむかつくようなお粗末な給食が、あの連中の口に合わぬのに不思議はない、何しろ小学校の小使女が市立監獄の囚人向けと一緒くたにひとつの鍋で煮炊きしたものなのだ。彼らの舌、火の精たちの繊細きわまる舌が求めるのは、高貴な暗い芳香油、香り高い色、美しい液体の様々だ、だからこそ祭典の夜には、街の〈スタウロピギア〉（学術研究ないし慈善を目的とする正教関係の機関）の大ホールで、われわれみんなが正装に身を固め、真っ白い布をかけたテーブルに着くだろうとき――明るい照明に映える高い窓が秋の夜の深みにその輝きを放散させているあのホール、そして周囲では街が数千のイルミネーションに輝いている――われわれの一人ひとりは火の一族に特有の美食ぶりを見せながら敬虔《けいけん》に木苺のシロップの鉢《ボウル》にパンを浸《ひた》し浸し、あの上品な濃い飲みものをゆっくりとすするだろう。こうして初めて消防士の内的な存在は新たな活力を得、仕掛花火、打上げ花火、ベンガル花火など彼らが自分のなかから投げ出す色彩の豊かさが生気をとり戻す。わしの心は彼らの窮状、彼らの不当な格下げに対する同情でいっぱいだ。わしが彼らの手から隊長のサーベルを受けとったのは、他でもない、この種族を没落から引き上げ、屈辱から抜け出させ、彼らの上に新しい理想の旗をはためかせたい一心からなのだ」

「まるで見違えましたよ、ヤクブ」母が言った。「すばらしいわ。でも一晩じゅうの外出はやめてください。忘れては困りますよ、私が戻ってきてから、ろくに話し合うこともできなかったじゃないですか。消防の人たちのことでは……」彼女はアデラのほうに向き直って言った。「どうもおまえには何か偏見があるようだね。ろくでなしかもしれないけど、みんないい人じゃないか。私なんかは、仕立てのいい制服を着たあの恰好のいい若い人たちを見ると、いつも楽しくなりますね、あんまり強くバンドを締めすぎるけど。自然な品はあるし、淑女と見れば、お役に立とうと常時気を配るあの熱意と気構えは大したものです。私が道を歩いていて、うっかり傘を落としたり、靴のリボンが解《ほど》けようものなら、決まってあの連中のだれかが一所懸命に駈け寄ってくる。その気でいるのを、がっかりさせるのも悪いから、私はいつも手を貸してくれるのをじっと待ってあげる、それがとても嬉《うれ》しいらしいんだよ。騎士の責任を果たしてもらって、向うへ行くと仲間がその人をどっと取り巻いて、いまの出来事を賑やかに話題にする、すると、ヒーローのほうはいまやったままを一部始終、身振り手振りで再演して見せるわけね。私があんたなら、女に対するああいう優しさをたいせつにしたいよ」

「あれは無駄めし食いですよ」手代のテオドルが言った。「あんな子どもみたいに無責任な奴《やつ》らに火事を消してもらうなんてまっぴらです。あの連中はウサギみたいに幼稚な頭しか持っていない、その証拠に見てごらんなさい、壁にボタンをぶつけて遊んでいる子どもたちのそばで、羨《うらや》ましそうな顔をして突っ立っているじゃありませんか。通りから遊びさわぐ大声がして、窓から見ると、決まってあの連中ですよ、おおぜいの子どもに混じって、夢中で逃げ回ったり追いかけたり。火事を見ると気違いみたいに大喜びして、手を拍《う》ったり野蛮人のように踊り出す。とんでもない、連中が火消しに使えるものですか。消防くらい煙突掃除や市の警察がやってくれます。せいぜい行事や祭日のときですよ、あの連中がなくてはならないのは。たとえば、秋の暁闇《ぎょうあん》を衝いてカピトル（ユピテルの神殿。古代ローマの七つの丘のひとつにあった。米国では国会議事堂をいう）を急襲する遊びのときがそうです。連中はカルタゴの軍勢の服装をして、会堂《バジリカ》の丘を取りかこみ、大さわぎする。みんなで声を合わせて歌う。

「*Hannibal, Hannibal ante portas*（ハンニバル、ハンニバルは門外にあり）」

「それも済んで秋が終るころ、奴らは何もする気がなくなり、立ったまま居眠りしている、そして初雪の降るころには、薬にしたくも見つからない。ある年寄りの煖炉職人から聞いた話では、煖炉を修理するとき、煙の通路に連中が貼りついているのを見つけることがあるそうだ、あの緋《ひ》色《いろ》の制服に光るヘルメットをかぶって蛹《さなぎ》のようにじっと動かぬのだそうです。木苺のシロップをたらふく飲み、べたべたするキャンデーや焔で腹ごしらえして、立ったまま眠るのです。そうやって眠りに酔って正体もない奴らの耳を引っぱり営舎へと連れてゆく、朝早い秋の街路は初霜で美しい、すると通りの群衆が奴らの後ろから石を投げる、連中は恥ずかしそうな申しわけなさそうな微笑を浮かべ、酔っぱらいのように縺れる足どりで歩いてゆく」

「何てったって」アデラが言った。「うちのシロップはやりません。あんなろくでなしたちにすっかり飲まれるために、だれが手を染めてまで砂糖漬けに精出したりするもんですか」

返答する代りに父は呼子笛を口に当て鋭く一吹き吹いた。鍵穴で盗み聞きでもしていたかのように、すらりとした長身の若者四人が跳び込んできて壁沿いに整列した。部屋はヘルメットの輝きで明るくなった、彼らは兵士のように直立不動の姿勢で明るい兜の陰に陽焼けした黒い顔を並べて命令を待った。父の合図でそのうち二人が柳の枝の編み籠に入った太瓶《デミジョン》(中には紫色の液体が詰まっている)を両側からつかみ上げ、アデラが遮ろうとするより早くばたばたと階段を駆け降り、貴重な戦利品を運び去った。残っていた二人は軍隊式の敬礼をしてから、さっきの二人のあとを追った。

一瞬、アデラは気違いじみた行動に出るかと思われた、彼女の目はそれほど烈しい焔に燃えていた。だが、父は彼女の激怒の爆発まで待たなかった。一跳びで父は窓框《まどがまち》に飛び上がり両手をひろげた。私たちはそこに駈け寄った。明るく照らし出された広場には多色の群衆が群がっていた。家の真下には八人の消防隊員が大きな帆布《ほぬの》をひろげていた。父はもう一度振り返った、華麗ないでたちの全体が燦と光った、父は何も言わず私たちに敬礼をして、それから両腕をひろげたまま、流れ星のように明るく、数千の火が光を放つ夜のなかへ飛んだ。それはまことに美しい光景で、一同はうっとりとして拍手を送った。アデラまでが恨みを忘れ、跳躍のあまりの見事さに思わず手を叩いた。一方、父は軽々とシートから降り鎧の小札《こざね》をちゃらちゃらと鳴らして一隊の先頭に立った。一隊は歩くうちに二列から一列縦隊となり暗い人垣のあいだを真鍮の兜を光らせながらゆっくりと遠ざかった。

＊1　三世紀の中央アジアの殉教者。信仰の英雄として、中世には好んでイコンの画題となった。しばしば甲冑を着て白馬上から龍を退治している姿に描かれる。英語では St. George と呼ばれる。

原題　Mój ojciec wstępuje do strażaków

第二の秋

父が、安定と心の平穏の時間――それは冒険に富んだ嵐のような生涯につきものの失敗や破局の合い間に稀に訪れるものであったが――その時間に取り組んだ数多い学術研究のうちで最も気に入っていたのは比較気象学の研究であり、なかでも一種独特な特徴を持つ私たちの地方の特定な気候風土に関する研究だった。気象形成の専門的な分析の基礎を築いたのは、私の父にほかならない。父の『秋の一般的系統学概論』は、この季節の本質を最終的に解明した労作である。私たちの地方的風土では、秋は冗漫、多岐、寄生生長的な形態をとり、いわゆる〈支那の夏〉（小春日和のこと。英、仏などでは〈インドの夏〉という）と呼ばれて多彩な冬の奥深くまで長びくことがあるのだ。何を話せばよいのだろう。そうだ、父はその季節後《おく》れの形成の第二義的、派生的性質を初めて明らかにした。父によれば、これは気候のある種の中毒症状であって、その毒は私たちの美術館に所狭しと置かれている爛熟《らんじゆく》退化したバロック美術に発する。倦怠と忘却のなかで腐敗していく美術館の藝術は、出口もなく密閉されているため、古い砂糖漬けのようになり過度の糖分を気候に与えてしまう、これが長すぎる秋を苦しめる美しいマラリア熱、多彩な妄想の原因となる。美とは病《やまい》なのだ――と父は教えた――美は秘密の感染による一種の震えであり、腐敗の暗い予兆である、その予兆は完璧性の奥底から立ち上がり、そしてその完璧性から至福の溜息による歓迎を受けたものなのだ。

　ここで、私たちの地方美術館について若干の実際的説明を施すことは、問題をよりよく理解する上に役立つだろう……美術館の発祥は十八世紀に遡《さかのぼ》り、東方正教会《バジリアン》の司祭たちの驚嘆すべき収集熱と結びついている。実はこの人たちが、あの寄生的なこぶ、つまり美術館を市に譲り渡し、このため市の財政は法外な非生産的支出という重い負担を引き被《かぶ》ることになったのである。共和国の国庫は貧窮した教団からこれらのコレクションをばか安い値段で買いとったのだが、数年後には、どこかの王室並みの藝術保護の鷹揚《おうよう》さから破産寸前となった。ところが、市の次の世代の長老たちは、はるかに実際的で経済的な必要にも目を塞がない人たちであったから、美術館をそっくり買い上げさせるために大公のコレクションの主事室に働きかけ、その交渉が実を結ばないと見届けるや、美術館は閉鎖、理事会も解消した、ただし館長に対する終身年金だけは忘れなかった。交渉の進行中、専門家の鑑定の結果、このコレクションの価値が地元の愛国者たちによってはなはだしく過大評価されていたことが歴然と実証された。お人好しの神父たちは賞嘆すべき熱意のあまり、ひとつならず偽物をつかまされていたのだった。結局、この美術館には第一級の巨匠の作品は何ひとつなく、収蔵の作品は地方の流派の三流四流の物ばかりだった。それらはこの方面の専門家には知られていても、美術史のなかでは忘れられた袋小路でしかない。

　奇妙なことがある。それは尊敬すべき僧たちの好みが軍事的なものに流れ、絵画作品の大部分は戦争画であったことだ。老朽したキャンバスの上では、燃え尽きた黄金の闇が黒ずみ、そこにはガリー船や軽走帆船《カラベル》の船隊、忘れられた昔の艦隊が潮の流れもない湾《いりうみ》に腐ってゆき、風をはらんだ帆の上に遠く滅び去った共和国の威厳を静かにゆすっていた。煙のかかったように黒ずんだ画面の底から騎馬合戦の光景がもうろうと浮かび出てくる絵もあった。焼け尽くしたカンパニア地方の広漠、暗い悲劇的な空、恐ろしい静寂、そこを行く騎馬の将兵の長い列、その列を挟んで両端には砲火が幾重にも花を咲かせていた。

ナポリ画派の画面の上では、黒っぽい瓶《びん》を通して覗いたような、いぶしをかけた燻《くす》んだ午後が涯しなく年老いてゆく。暗くなった太陽は、宇宙の終焉《カタストロフィー》をあすに控えているかのように、それらの失われた風景のなかでみるみる消え去ってゆくかのように思われる。だから、慣れた手つきで旅回り役者の一座に一山の魚を売る金色の漁師たちの微笑やしぐさはあのように空《むな》しい。ここに描かれた全世界はすでに遠い昔に裁きが片づき、遠い昔のものなのだ。そのせいで、ただひとついまも続く最後のそのしぐさ、それ自体に対してさえ遠く失われたものでありながら、絶えず新たに繰り返され、もはや不変のものとなったしぐさは無限の甘さを持つ。

そして、その地《くに》、陽気な人々、アルルカン、鳥籠を持った小鳥商人たちの住むその地の奥のさらに向う、重みも現実もないその地では、幼いトルコの少女たちが板の上に並べた蜂蜜《はちみつ》ケーキを、ぽってりした手で叩いていたり、ナポリ風の帽子をかぶった少年が二人、啼《な》き立てる鳩《はと》でいっぱいの大きな籠を棒にさして担いでゆく、その棒はくうくうと咽喉《のど》を鳴らす翼のある重荷のためにいくらか撓《しな》っている。そうしてもっと奥、夕暮れの周辺の尽きるところ、大地の最後の切れ端《はし》、ぼやけた黄金色《こがねいろ》の虚無の境界線に萎《しぼ》んだアカンサスの花の束が揺れているそこの場所では、いまだにトランプの勝負がつづけられている、それは近づく大いなる夜を前に、人間のする最後の賭けなのだ。

昔の美を寄せ集めたこの物置小屋は倦怠の年々の圧迫のもとで痛々しい蒸溜作用にさらされている。

「おまえたちには理解できるだろうか」と父は問いかけた。「この断罪を受けた美の絶望が、その日々が、また夜が？　美は絶えず偽りの競《せ》り売りに飛びつき、見せかけの売り立て、さわがしい雑踏の競売《オークション》を演出し、のるかそるかの賭けに没頭し、有価証券を投げ売りし、浪費家の身振りを撒きちらし、己《おのれ》の富を蕩尽《とうじん》する、それもこれも、あとで醒めかけてくる目で見届けるためだ、一切が無益であること、いまさら自分に断罪された完璧さという閉ざされた輪のそとには出られず、苦しみの余剰は和《やわ》らげるべくもないことを。美がそのような焦燥とそのような無力感を味わっているとき、それがついにはわれわれの空に反映し、われわれの地平線に空焼けを燃え上がらせ、あれらの大気の奇術、あれらの雲のかかった巨大な幻想的な配置図へと変貌《へんぼう》しても何の不思議もないではないか、これこそ、わしが名づけて第二の秋、偽の秋と呼ぶものだ。われわれの地方の第二の秋とは、各地の美術館に閉じ込められ死にかけている美が、とてつもなく大きな映写機を空に向けて映し出す病める蜃気楼《ファタモルガーナ》なのだ。こうした秋は、詩によって人をたぶらかす旅回り役者の大一座であり、一枚一枚皮の剝けるごとに新しいパノラマを繰りひろげる巨大な色ある玉葱《たまねぎ》だ。そしてついにどのような核心にも達することはできない。ひとつひとつの書割がざわざわと音を立ててしぼみ巻き上がると、その陰に新しい光溢れる眺望がひらける、だが、生きた真実の姿を束の間みせるだけで立ち消えたあとは紙の正体が曝け出される。こうしてあらゆる眺望は塗り上げ描かれたものだし、あらゆるパノラマはボール紙細工、そして匂いばかりが本物なのだ、萎《しお》れてゆく楽屋の匂い、紅《べに》と香《こう》に満ちた大きな衣裳部屋の匂い。日暮れ時には、あの楽屋の大きな無秩序と混乱、脱ぎ捨てた衣裳の混沌《カオス》——人はそのなかを涯《はて》もなくかき分けて進む、かさかさと音立てる枯葉を踏み分けてゆくように。大混乱が現出する、そしてめいめいが勝手に幕の紐を引く、すると空は、大きな秋の空は眺望のぼろ屑《くず》のなかにぶら下がり、滑車の軋《きし》りに満たされる。あの慌ただしい狂熱、あの息を切らした時節はずれのカーニバル、夜明け前の舞踏場の恐慌《パニック》、そして仮面たちのバベルの塔——それは自分たちの本物の衣裳を探《さぐ》りあぐねている仮面なのだ。

秋、秋、それは己の数々の膨大な図書館に太陽の一巡の三百六十五日の不毛の知恵を積み上げるアレクサンドロスの時代。おお、あれらの年古りた朝々、羊皮紙のように黄色く、遅い夕べのように知恵の甘さを湛えている朝！　知恵ある重ね書きの羊皮紙《パリンプセスト》のように狡猾《こうかつ》な薄笑いを浮かべ、黄ばんだ古書のように幾重にも積まれたあれらの午前！　ああ、秋の日、それは色褪せた部屋着を着て梯子《はしご》を登り、あらゆる世紀あらゆる文化の砂糖煮を味利きする年寄のいかさまの図書係！　風景はどれも彼にとっては古い物語の序文だ、昔の小説の主人公たちを、あのけぶった蜜のような空の下へ、あのぼやけたうら寂しい季節後れの甘い陽光のなかへと出してやりながら、彼はいかにもみごとに遊び楽しんでいるではないか！　ドン・キホーテはどんな新しい冒険をソプリツアで知ることだろう。ロビンソン・クルーソーの生活はボレフフの故郷に戻ってから、果たしてどうなるのか」

空焼けに黄色に染まる息の詰まるような、微動だにない日暮れごと、父は自筆の原稿の断片を私たちに読み聞かせた。奔放な空想は恐ろしいアデラの存在を時として忘れることを父に許していた。

モルダビアの暖風《だんぷう》がやってきた、あの黄色い巨大な単調さ、南から吹くあの甘い不毛の風が吹き寄せてきたのだ。秋は終ろうとはしなかった。シャボン玉のように、日々は次第に美しさと精気《エーテル》を増して起き上がった、そしてその一日一日がぎりぎりの極限にまで洗練の度合いを高めるかに見えた、そのために刻一刻は、ほとんど苦痛なほどまでに、とてつもなく長びく奇蹟となった。

奥深く美しい日々の静けさのなかで、木《こ》の葉は目に見えず変質していった、そしてついにある日、全く非物質化を遂げた葉が燃え上がらせる束の間の藁火《わらび》に包まれて木々は立つのであった、その火は穀類の花のように、また舞い飛ぶ多彩な紙吹雪《ふぶき》のように軽やかな色をしていた——いま立木は目を奪う孔雀となり不死鳥《フェニックス》となった、薄紙よりも軽くきらびやかな、抜けかけてもはや無用となった羽毛は、ひとたび身を震わせて羽ばたくだけで、たちまち払い落とされてしまうに違いなかった。

原題　Druga jesień

死んだ季節*1

1

午前五時――夙《はや》い太陽の眩《まぶ》しい朝、私たちの家屋《いえ》はもうとっくに明け方の燃える静かな燦光《さんこう》のなかで湯浴みを済ませていた。この陽光の溢《あふ》れる時刻、だれにも覗《のぞ》き見されずに、家屋は足音を忍ばせて入ってきた――そのころブラインドを下ろした薄暗がりの部屋部屋には眠っている人たちの安らかな息遣いがまだ仲よく歩いていて――陽に灼《や》ける正面《ファサード》のなかへ、早朝の暑気の静けさのなかへ、家屋は嵌《はま》り込むのだった、家屋の表面には熟睡している瞼《まぶた》の形がずらりと並んでいるかのようだ。こうして、厳かな時間の静寂をよいことに家屋は早朝の最初の炎《ほのお》を一飲みに飲み干した。眩しさに失神しかけている眠り足りた顔で、この緊張の時間の夢想のためにかすかに震える面持ちでそれを飲み干すのである。家の前のアカシアの木の影は、ピアノを弾くように、熱っぽいあれらの瞼の上に眩しく波打ちながら微風に洗い浄《きよ》められたきらきら光る旋律をひとつ覚えにいつまでも鳴らしていた――それはあの金色の眠りの奥深くに入《はい》り込もうとする空しい努力なのだ。赤銅《しやくどう》色に酒焼けした布のブラインドは一口一口朝火事を呷《あお》り、無限の眩《まばゆ》さのなかで気を失っていった。

そんな早朝の時間、父はそれ以上眠られなくなると、いっぱい帳簿を抱え込んで一階にある店を明《あ》けに階段を降りていった。一瞬、父は表口のところにじっと立ち、太陽の火のしたたかな攻撃を目を細くしてやっと受けとめた。陽射しを浴びた外壁は気持ちよげに、すり減るほどに磨き上がった平面のなかへ甘やかに父を引き入れた。一瞬、正面《ファサード》の壁に植え込まれた平べったい父ができた、父は震える温かい手が大きく広がり、金色の漆喰《しつくい》の壁のなかに貼りつくのを感じた。(朝の五時、階段の最後の段を降りたとたん、こうして家のファサードに吸い込まれてしまった父はもう何人になるだろう。このようにして、幾人の父が、壁の浮彫《レリーフ》となり、家の表口の玄関番になってしまっただろう、その片手はドアの把手《とつて》を握ったまま、顔は平行線を描く幸せな皺《しわ》に解体されて。その皺の筋の上を、のちに息子たちの愛を込めた指が、父の最後の痕跡《こんせき》を求めて辿《たど》ることになるのだが、求めるものはファサード全体にひろがっている微笑のなかにすでに永遠に溶け込んでいた)。だが、そのあと父は残る意志の力をふり絞って軀をもぎ放し、三次元を回復してから店の扉《とびら》を鉄の閂《かんぬき》と錠から解放するのだった。

鉄具を使った重い扉の片翼を明けて、不平顔の闇が入口から一歩あとへ退くと、父は店へ足を入れ、奥でのんびりと座を占めた。まだ冷やかな歩道の舗石に目に見えぬ煙を立てながら、朝の爽気《そうき》が、細い震える空気の筋となって閾《しきい》の上に遠慮がちに立った。奥には過ぎ去った多くの日々と夜々の暗さがまだ手を着けていない巻板の布地の上に横たわり、幾重にも層をなし、列をつくって音もなくさらに奥へ進み、最後に店のどん底の暗い倉庫まできて力なく立ち尽くした、そこでそれ以上は微分されることのない飽和状態となり、虚《うつ》ろに微光を放つ布地の原物質《プラマテリア》へと解体した。

父はチェビオットやコール天の高い壁沿いに歩きながらまるで女の着ている服の襞《ひだ》に触れるように、反物の縁布《へりぬの》に指先を触れていった。盲目の胴体は絶えず戦々兢々《きょうきょう》として列を乱そうと構えているのだが、父の指が触れると落ちついてきて、布地の階級組織《ヒエラルキー》と秩序のなかで力をとり戻した。

父にとって店は永遠の苦悩と呵責《かしゃく》の場であった。父の腕ひとつで作られたものが、きょうに始まることではないが、日いちにち、大きくなりながらますます容赦なく父の上にのしかかって、危険なばかりに、しかも無理解に父を凌《しの》ぎ出していた。店は父のためには過大な務め、力を上回る仕事、高尚で手に負えぬ課題となっていた。そうした無量の重圧に父は胆を潰した。自分の一生をかけても到底引き受けかねるその重みに恐怖の目を見据えながら、一方でこの大問題とはかけ離れたところで行われていること――店の者たちの軽はずみ、のんきさ加減、遊び半分の仕事ぶりを眺めて、父は絶望しないわけにはいかなかった。苦々しい嘲笑《ちょうしょう》と共に父は何ひとつ悩み知らぬ顔を、何の理念に鍛えられたこともない額を見わたし、懐疑の影もない信じ切った目の奥を探ったものである。いかに貞節で献身的な母とはいえ、父の手助けに何ができただろう？　単純で不安を知らない母の心には、そのような桁《けた》はずれの事柄などという考えの入り込む余地はなかった。彼女は女傑向きには作られていなかった。父の背後で、母が店の者たちとすばやい視線を交して意を伝え合っているのを父は見過ごしていたのだろうか、母にしてみればこうして店の者たちの愚行に仲間入りできる監視なしのひとときごとが嬉しいことなのだったが。

父は野放図なその世界からますます隔絶し、厳とした自分だけの規則のなかへ逃亡していった。周囲にはびこる投げやりに呆《あき》れ、父は独り閉じ籠って高尚な理想に献身したのだ。父の手は引き締めた手綱を決して緩めず、甘やかしもごまかしも絶対に自分に許さなかった。

そういうことのできたのは、バワンダ商会をはじめその他の道楽半分《ディレッタント》の店であった、完璧への渇望も、一流商人の厳しさも弁《わきま》えぬ連中だからである。父はそのような商道の衰退に悲哀を禁じ得なかった。今日の世代の生地商人仲間のなかで、だれが昔ながらの藝術を心得ていようか、たとえば、布地を棚に並べる場合も商業藝術の基本に応じ、布地の列が、上から下へと滑らせる指の運びにつれて、ピアノの鍵《けん》を鳴らすように音調を奏でなければならないことを、いまでも知っているものがあるだろうか。近ごろの商人のうち、送り状、通知書、書状のやりとりにおける文体の極度の微妙さを解する者があるだろうか。商業上の良き古き外交の魅力、あの緊張に満ちた取引の進め方を、いまだに知るものが果たしてあるか、外国商社の全権が立ち現れるさいのこちこちに固くなった態度、余裕のなさから始まり、外交官の不撓《ふとう》不屈の奔走ととりなしによって少しずつそれが溶けてゆき、やがて事務机の上に、書類の上に会食の夜食が運び込まれ、ぶどう酒が出され、いちだんと昂揚した気分のなかで、給仕に立つアデラのお尻をつねり、この時この席では何がふさわしいかを心得ているいかにも紳士の間柄らしい薬味の利いた自由気ままな雑談に花咲かせ、そのあげく双方に有利な契約書をとり交すことで終る——あの外交の魅力をだれが知ろう。

一日の暑さが成熟していく早朝の静寂のなかで、父は霊感の衝動の到来を、〈機械紡織業、クリスティアン・ザイペル父子商会〉宛の書状を書き上げる気分の盛り上がりを待っていた。それは、ザイペル父子の理不尽な要求に鋭くやり返す回答だった、文体を力づよい、気のきいた絶頂へと盛り上げておいて、その決定的な箇所へきたとたん、反論はぶっつりやめる、その瞬間、かすかな心の震えによって感じとられるような電気の短絡《ショート》を起こさせるわけだが、そのあとはもうもって回った上品な調子の言い回しに落として、そのまま文を閉じてしまう。父はその肝腎《かんじん》な箇所の形を感じていた、それはここ数日、父から逃げて回り、ほとんど指先につかみながら、いつも捉えそこなっていたものだ。父が小当たりにぶつかっては、挫《くじ》けてきたその障碍《しょうがい》を一気に突破するには、この瞬間、然《しか》るべき気分と気力が不足していた。努力を嘲笑《あざわら》っている難関を新たな勢いで乗り越えようと、父は一枚また一枚、新しい紙へ手を伸ばすのだった。

丁稚《でっち》たちがぽつぽつと店に姿を見せはじめていた。朝の暑気に赤い顔をした彼らはずっと手前のほうから父の事務机を避けるようにして、おどおどと申しわけなさそうにそちらを盗み見した。弱みだらけの丁稚たちは、抵抗しようもない父の無言の叱責《しっせき》の重みを感じていたのだ。どう出ようと、人知れぬ悩みごとに閉じ隠《こも》ったきりの主人からお許しを頂戴することはかなわなかったし、どう転んでも、事務机の向うに蠍《さそり》のようにひそみ、毒々しげにめがねを光らせ、書類に埋もれて二十日鼠《はつかねずみ》のようにかさこそと言わせている当人の機嫌をとり結ぶ術《すべ》はなかった。太陽の暑熱が加わるにつれて、父の興奮は高まり、得体の知れぬ熱情が膨らんでいった。床の上には白光の四辺形が燃えていた。光る金属の虻《あぶ》たちが、店の入口を閃光《せんこう》で切りまくり、扉の上にほんの一瞬停まるとき、虻たちは金属ガラスを膨らませてできたかのように見えた——燃える日のガラス工場で、太陽の暑いパイプによって吹かれた小さなガラス玉は、いまにも勢いよく飛び立たんばかりに羽をひろげてそこに停まり、それから怒り狂ったジグザグを描いては、しきりに場所を替わり合った。開いた扉の矩形《くけい》の向うでは、市立公園の遠い菩提樹《ぼだいじゅ》たちが白光のために失神し、はるかな教会の鐘楼が、透明に震える空の向うに遠めがねで覗くように間近に見えた。トタンの屋根が燃えていた。世界の上には巨大な金色《きんいろ》の炎熱の浴室が湯気を上げていた。

父の苛立《いらだ》ちは募った。苦しげに背を屈め、下痢にやつれ、父は途方に暮れた目を周囲にさまよわせた。父は唇ににがよもぎよりも激しい苦い味を感じているのだった。

暑熱は増大し、蠅《はえ》の憤りをかき立て、彼らの金属の腹部に火の斑点を光らせた。光の四辺形が事務机にまで届き、書類は黙示録《アポカリプス》（新約聖書の最後の巻、ヨハネの黙示録、ここで世界の終末が預言されている。またその預言を描いた絵など）の火のように燃えた。氾濫する光線に目はもはやその白い一体性を維持しかねた。厚い色つきレンズを通して、父の目には一切のものが紫色にとり巻かれ、菫緑《きんりよく》色に縁《ふち》どりされて映る、そうして世界の上に光の狂宴となって荒れ狂うあの色彩たちの爆発、彩りの無政府状態《アナーキー》に対する絶望が父を捉える。父の手が震えている。口のなかは発作寸前のように苦く乾いている。皺の陰にひそんだ目は、奥に起きる出来事の展開を油断なく追う。

2

正午すぎ、すでに狂わんばかりの父が、暑熱にとまどい、対象のない興奮に震えながら、上階の部屋へ退《しりぞ》くと、二階の天井は身構えてうずくまる父の重みのために、静寂のなかで向うまたこちらと軋った、すると店には休息と寛《くつろ》ぎの瞬間が近づく——午睡の時間がやってくる。

丁稚たちは反物の上にひっくり返り、棚の上に布地の天幕を張りわたし、生地《きじ》のぶらんこを吊した。彼らはつんぼの反物をひろげ、けば立つ幾重にも巻かれた百年来の闇を解き放った。幾年もそこに立ち込めていたフェルトの闇は、ひとたび自由になると、別の時代の香り、遠い昔の冷やかな秋いらい無数の層をなして辛抱強くたたみ込まれてきた過去の日々の匂いで上方《じょうほう》の空気を満たした。盲目の蛾《が》の群れが薄暗くされた空間にこぼれ出た、鵞毛《がもう》と羊毛地の細かな毛がそれらに混じって店いっぱいに巡った、そして深い、秋めいた仕上げ染めの匂いが、布地やビロードの暗い野営地を込めた。そこに野宿しながら、店員たちは悪ふざけやいたずらに頭をひねっていた。彼らはおたがいに暗く冷たい布で耳のところまで巻き込んでもらい、その恰好できちんと並び、反物を積み上げた下で気持ちよげに身動きもせずに横たわった——生きている布地、生地のミイラは自分の身動きできないことを怖がって見せるふうに目をきょろきょろさせた。あるいはひろげた大きな布地に乗せ、天井高く胴上げし合って遊んだ。布地のはたはたと鳴る音、煽《あお》られる空気の動きが、彼らを夢中にさせた。それは、店全体が飛び立とうとし、反物が霊感を帯び、丁稚らは預言者のように裳裾《もすそ》を翻して、束の間の昇天を試みるかと思われた。母はそうしたいたずらを大目にみていた、午睡の時間の寛ぎは、彼女の目のなかで、どんなにむちゃな悪ふざけも正当化するのであった。

夏のあいだ店の周りには、おどろに草が茂った。窓は中庭の側《がわ》も倉庫の側もいちめん刺草《いらくさ》などの雑草で青ばみ、きらきらと光る葉の波立つ反射のために水中のようであった。そのなかで蠅《はえ》が、緑色の古い瓶の底に嵌ったように、長い夏の午後の薄暗がりのなかで、癒《いや》しがたい憂愁にぶんぶんと羽音を鳴らした——父の甘いぶどう酒で育った病身の奇怪な品種、毛むくじゃらの世捨て人たちは、ひねもす呪《のろ》われた運命を泣きながら、長ったらしい単調な叙事詩を聞かせた。こういう店の蠅たちは、突然変異しやすい退化した品種で、近親交配によって生まれた奇形児が多く、体の重すぎる巨大なもの、深い訴えるような羽音をもつ強者《ベテラン》、忍耐心のつよい粗野で憂鬱《ゆううつ》なドルイド僧（ドルイド教は、古代ケルト族の魔術的宗教。馬、熊、猪などをあがめ、ローマ軍による征服まで栄えた）などの超品種に退化していた。夏の終るころ、最後に種族の末裔《まつえい》、孤独な父なし子たちが発生する。大きな空色の甲虫に似た彼らは、翅《はね》は萎《な》え声も音も立てない、そして緑の窓ガラスの上を飽きもせず、出たらめに歩き回りながら悲しい生涯を送るのだ。

めったに開け閉《た》てしない裏戸には蜘蛛《くも》の巣が張っていた。母は事務机の向うの棚のあいだに布地を吊ってこしらえたハンモックで眠っていた。丁稚たちは蠅にせめられるたびにぴくぴくと軀を動かし、顔をしかめながら、落ちつかぬ夏の眠りのなかで寝返りを打った。そのあいだにも中庭の雑草は生い茂った。烈《はげ》しい陽光の下で、ごみための穴は太い刺草や立葵《たちあおい》の世代を殖やしていた。

その一隅には地中のなけなしの水分と日光の作用から、雑草の有害な物質が、癇癪《かんしやく》持ちの煎《せん》じ薬が、葉緑素の有害な分泌物が沁《し》み出していた。この熱病性の醱酵はそこの陽光のなかで煮えたぎりまた増殖して軽小なとりどりの葉の形を茂らせた、それらの形はひとつの原型に合わせ、隠れた単一の意匠に従って千回となく反復され複製され、歯形を持ち皺《しわ》立っていた。そうした伝染性の着想、その炎と燃える意匠は、時を得顔に野火のように広がった——太陽の魔力に浮かされて、それは緑色のしつこい物言いで空《から》っぽの薄っぺらな減らず口を窓の下でのべつひろげた——見かけ倒しの夏草は百倍にもはびこり、野暮なばかげたたわごとをぶつくさ呟《つぶや》き、ぺらぺらの粗末な壁紙はおどろに膨らみながら、いやましに音やかましく紙の音を立て倉庫の外壁に一枚一枚ぺたりぺたりと貼りついていく——。丁稚たちは束の間の浅い眠りから上気して目覚めた。妙に浮かれた気分で寝場所から半身を起こすと、彼らはとてつもない道化芝居を打ちたくてうずうずした。手持ちぶさたに彼らは高い棚の上で転げ、足を踏み鳴らし、何か気晴らしがないかと、白熱にさらされた広場の人けない空間に空しく目を配るのだった。

そのとき、跣《はだし》にぼろ服の田舎百姓が店の入口におずおずと立ち停まり、遠慮がちになかを覗いた。退屈していた店の者には、これこそ天の恵みだった。蠅を見つけた蜘蛛《くも》のように、彼らがするすると梯子を降りてくると、たちまち百姓はとり巻かれ引かれ押され、百もの質問を浴びせられ、気まずそうな薄笑いを見せて孤立した。彼は頭をかき微笑し、言葉優しい道楽者たちに不信の目を向けた。たばこでございますね？　どんなお品を？　極上物のマケドニアの琥《こ》珀《はく》色の葉はいかが？　じゃなくて？　並みのパイプ用で？　最下級品《マホルカ》？　さあ、もっとこちらへどうぞ。ご心配なく。丁稚たちはお世辞を並べながら、男を軽く押しやって店の奥へ、壁沿いの横の売場へ案内した。丁稚のレオンが売り台の向うに入り、ありもしない抽出《ひきだ》しを無理やりに開けるふりをした。ああ、その苦労ぶり、唇を噛んで無駄な力を入れるそのさま！　だめだ！　こんどは両のこぶしを振り上げて売り台を力任せに叩きつけた。店の者におだてられて、百姓が代ってそれをやった、熱心に大まじめに。それでも効き目がないと知ると、彼はついに机に登り、背を曲げ白髪を振り乱し、跣で卓を踏み鳴らした。私たちは腹を抱えて笑った。

私たちを悲嘆と羞恥《しゅうち》に満たす悲しむべき事件が起きたのはそのときである。やったことには決して悪意はなかったにせよ、私たちのだれ一人として非がないとは言えない。むしろ、私たちの軽率、父の高尚な関心事への無理解、また私たちの不注意——それが、いつなんどき爆発して極端に走るか予測しがたい性格の父を真に宿命的な成り行きへ追いやったのだ。

私たちが半円をつくって遊びの最高潮に達していたとき、父が音もなく店に戻った。

私たちはいつ戻ったとも知らずにいた。私たちが父に気づいたときには、父は稲妻のすばやさで事態を察し、荒々しい怒りの爆発で顔を歪めたあとであった。母ははっとして父に駈け寄った。「どうしたんです、ヤクブ」彼女は息を切らせて叫んだ。彼女はわれにもあらず、喉を詰まらせた人にするように父の背なかを叩こうとした。だが時すでに遅かった。父は全身の毛を逆立て、もの凄い表情となった、顔はたちまちに恐怖の左右均斉《シンメトリー》のいくつもの環節に分かれ、正体不明の打撃の重みのもとで、あれよと見守るうちに蛹《さなぎ》から脱皮していった。何が起きたのか、私たちがあっけにとられているうちに、父は猛烈な勢いで体を震わせ羽音を立て、みるみる鋼色《はがねいろ》の巨大なぶんぶんと音立てる毛むくじゃらな蠅となり、狂い飛びながら店の壁という壁にぶつかった。私たちは店の暗い天井の下を底知れぬ痛みの、癒しがたい苦しみのあらゆる音域に応じて、上へ下へと飛び回る雄弁な抑揚のある絶望の嘆き、声のない訴えに茫然《ぼうぜん》自失して耳を傾けた。

　私たちはこの悲しむべき事実を深く恥じらい、たがいに視線を避けつつ立ち尽くした。そして危機的な瞬間に、深刻な失態からの脱出口を自ら父が見つけたことに心の奥である慰めを感じた。いまや引き返す術《すべ》もないかにみえる絶望の袋小路に、何の躊《ため》らいもなく飛び込んでいった父の妥協を知らぬ勇気に、私たちは舌を巻いた。もっとも、父のこのような行為は *cum grano salis*（割引して。「一粒の塩を入れて」というラテン語の成句）考える必要があった。それはむしろ内的な身振りであり、極微量の現実しか含まぬ乱暴な絶望的デモンストレーションであった。忘れてならないのは、ここに物語る事柄は大部分が、死んだ季節の周辺に保証もなしに生起するあの夏の錯乱、あの真夏の半現実、あれらの無責任な些事《さじ》のせいにすることができるということである。

　私たちは黙って聞き耳を立てていた。それは私たちの良心に向けた父のみごとな報復であり、仕返しであった。そのとき以来、私たちはいよいよ迫るようにいよいよ痛ましげに訴えるかと思うと、不意に黙りこくるあの悲しげな低い羽音の唸《うな》りを聞くように永遠に運命づけられた。一瞬、私たちはその静まりを、その奇特な休止をほっとして味わい、そのあいだ遠慮がちな望みが私たちのなかに目覚めた。しかしたちまち、ますます激しく怒り泣くとりなしようもないものが戻ってくる、すると私たちは、当てもなくそこらじゅうの壁に突き当たる宿命を持ったこの無限の苦痛、この唸りを上げる呪いには際限も仮借もないことを悟るのだった。どのような説得にも耳を貸さぬあの泣くような独白《モノローグ》、そして、あれらの休止時間（そのあいだだけ一瞬、父は自分を忘れるふうだったが、すぐに目覚め、たったいまの安静の瞬間を死にもの狂いに取り消そうとするかのように、いちだんと大声の怒りの泣き叫びを上げた）は、私たちを心底から苛立たせた。涯知らぬ苦悩、偏執の輪のなかに一途に閉ざされた苦悩、憤懣《ふんまん》を込めて自らを鞭《む》打《ち》つ苦悩——それは不幸を見守る当惑の目撃者たちにとって、ついには耐えがたいものとなる。私たちの同情心に絶え間なく呼びかけるその怒りの訴えには、私たち自身の安泰へ向けたあまりにもあけすけな非難が、あまりにもどぎつい告発が含まれていて、反撥を覚えさせた。私たちは後悔に代る腹立たしさから心のうちで抗弁した。こんなみじめな絶望的な状態にやみくもに飛び込む以外、真実ほかに出口はなかったのだろうか、そしてだれのせいかは別にして、いったんそこに落ち込んでしまったあとも、おとなしくそれに耐えるのではなく、もっと毅《き》然《ぜん》として威信を保てなかったのか？　母はようやく怒りを抑えていた。丁稚たちは呆《ほう》けたように梯子に腰を下ろし、残酷な光景を夢見、革の蝿叩きを手に棚から棚へ追い回すことを空想して目を赤くした。入口の上の日除けの布が熱暑に燃えて波打ち、午後の陽射しは足元のはるかな世界を荒廃させながら、明るい地面を足早に過ぎていった、店の薄暗がりでは、父が暗い天井の下で自身の飛行の網目に捉えられて踠《もが》き、気の狂ったように絶望的なジグザグを描いていた。

3

こうしたエピソードが、見かけはどうであれ実際にはあまり意味のないものであることは、もうその同じ日の夕方には、父がいつもと少しも変わらず、書類を相手に坐っていたことからも明らかである——あの事件はとっくに忘れ去られ、深い傷はすでに克服され抹消されたふうであった。当然のことだが、私たちはたとえ遠回しにもあのことに触れるのを避けていた。私たちは、父が一見、完全な心の平衡を保って気持ちよげに一枚また一枚と一心に達筆のペンを走らせるのを満足して眺めていた。引き替え、哀れな百姓の見るも気恥ずかしい姿の痕跡はなかなか消え去ろうとしなかった——こういう事柄の名残りがある種の土壌では執拗《しつよう》に根を張るものであることはよく知られている。あれらの空虚な数週、私たちは、売り台の暗い隅のほうで踊っている男、日いちにちとちいさくなり、日いちにち灰色に薄ぼけていく彼の姿を見て見ぬふりをした。ほとんど目に映らなくなってもまだ、彼は相変わらず自分の持ち場の例の場所で跳びはねるような恰好をし、人の良さそうな薄笑いを浮かべ、背を屈め、いつまでもとんとんと足を踏み鳴らし、一心に聞き耳を立てながら、何やら小声で独り言を言っていた。そうやって足を鳴らすことが、いまでは彼の職業となり変わってしまい、彼はそのなかに引き返しようもなく迷い込んだのだった。私たちは男を呼び戻すことはしなかった。追いつくためには、彼はあまりにも遠くへ行ってしまっていた。

夏の日にたそがれ時はない。気づかぬうちに店のなかは夜になっていて、大きな石油ランプが灯され、その下で店の仕事はさらにつづけられた。短い夏の夜なのでわざわざ家に戻るまでもなかった。夜の時間の流れるあいだ、父は一心不乱を装って坐り込み、手紙類の余白にペンを走らせては、黒い流星を、インキの小悪魔を、毛の生えた小匣《こばこ》をいたずら書きした、それは視界のなかに妖《あや》しく浮かび上がってくる物の形、戸のそとに広がる大きな夏の夜から切り離された闇の原子たちであった。ドアの向うの夜はほこり茸《だけ》のように粉を撒きちらし、ランプの笠《かさ》の影には、あの黒い闇の小宇宙《ミクロコスモス》が、感染性の夏の夜の疱疹《ほうしん》が降りしきった。めがねは父を盲目にし、石油ランプは父の背後に火花の飛び交う火事のように懸っていた。父は待ち受けていた、いらいらと待っていた、そして眩い紙の白さに目を当てながら耳を澄ました、あれらの黒々とした星や埃からなる暗がりの銀河は、その白光から流れてくるものだった。父の背の向うでは、父を仲間はずれにした形で、店の問題を巡る大きな対決が進行していた、その対決が行われているのは、奇妙なことに、父の頭の向う、帳簿と鏡のあいだに懸った絵の上で石油ランプの灯りに照らし出されていた。それは護符の絵で、わけのわからぬ謎《なぞ》めいたその絵は、果てしない解釈が下されながら何代も前から引き継がれてきていた。いったい何が描かれているのか。二つの相反する原則のあいだで幾世紀も昔からつづいている論議、いつ果てると知れぬやりとりの絵なのだ。二人の商人が向き合っている——二つのアンチテーゼ、二つの世界が……。「わしは貸し売りだった」と痩《や》せた男が叫んでいる、ぼろをまとった、間の抜けたような男で、その声は絶望のためにとぎれがちだ。「わしは現金売りだった」安楽椅子に収まった肥った男が答えている、膝を重ね、親指を組んで手のひらをこすり合わせている。父はこの肥った男をいかに憎んでいたことだろう。この二人は子どものころから父のなじみだった。小学校にいたころから、早くもこの肥った利己主義者《エゴイスト》──休み時間になると、こいつはバターつきの丸パンを数え切れないほどぱくついた──は父をぞっとさせた。かといって、痩せたほうともしっくりいったわけではなかった。父は一切の主導権が、この言い争う二人に抑えられて、自分の手から落ちこぼれてしまうのを茫然と見つめた。父は息を凝らし、めがね越しにじっと動かぬ斜視を見据え、論争の成り行きをはらはらと見守った。

店──店とは得体の知れぬものだった。店は父の一切の思考の、夜の物思いの、恐怖の夢想の対象であった。のっぺらぼうな正体不明のまま、店はすべての出来事から超然として、闇に包まれ普遍的なものとしてそこにあった。昼間、あれらの布地の世代は家父長的な権威に満ち、老若の順に配列され、世代、出身に応じて整頓《せいとん》されていた。しかし夜になると、反抗心に燃えた布地の黒が脱け出し、無言劇《パントマイム》の長広舌、反逆天使《ルシファー》の即興演説で天空を強襲した。秋には店はざわめき立った、そして何へクタールもの森が風にさわぐ大きな風景となってその場を離れて動き出したかのように、取り揃えた冬物の商品の黒っぽい色で膨らんだ店は外へと流れ出すのであった。夏の死んだ季節には、店は闇を深くし、小暗《おぐら》い保存林のなかへと退き、その布地でできた女王蜂の巣のなかで近づきがたい陰気なものとなった。丁稚たちは夜ごと、からさおを振るように、木の物さしで反物の虚ろな壁を叩き回り、布製の熊の睾丸《こうがん》のなかに包み込まれた店が痛がって大声を挙げるのに耳を傾けた。

そのような人けのないビロードの階段を昇り降りしながら、父は家系図の奥へ、時間の底へと踏み入った。父は種族の末裔であり、大いなる聖約書《テスタメント》の重みを両の肩に負うアトラスであった。昼も夜も、父は約書《テスタメント》の意味について頭を痛め、その真髄をとつぜんの閃《ひらめ》きのなかで理解しようと努力した。時おり父は期待に満ち、問うような目で丁稚たちを見守った。父自身の心には何の徴《しるし》も光も指針も見えないのであったが、たったいま蛹から脱皮したばかりの若い無邪気な彼らに、自分には隠されている店の意味がとつぜん現れることを父は期待していたのだ。父は執拗な瞬《まばた》きによって彼らを壁に追いつめた、しかし鈍い丁稚たちはぶつぶつと呟きながら父の目を避け、視線をそらし、どぎまぎしてばかげたことを口走った。朝早く父は、長い杖にすがりながら、羊飼いのようにあれらの盲目の毛織物の群れ、犇《ひし》めき合う雑踏、水飼い場のわきでめえめえと鳴き喚く波打つ体たちのあいだを歩き回ることがあった。父は、彼のすべての民が立ち上がり荷鞍《にぐら》を負わされ、蟻《あり》のように群がる百倍のイスラエルの民となって音さわぐ夜のなかへと動き出すのをなお待ちつづけ、その時を先延ばししていた……

表戸のそとの夜は鉛のように、空間もなく風もなく道もなかった。二、三歩歩くと、もう行き止まりだった。人は半ば眠りこけたように、その急変する境界の傍らに足踏みした、そして、希薄な空気に息切れして足萎《な》えてしまうと、思考だけが先へ先へと涯もなく走り、絶えまなく訊問され、反対訊問にかけられ、あの黒い弁証法のありとあらゆる迂回路《うかいろ》に連れ込まれてゆく。夜は自らの微分解析を展開していた。そしてついに足は風通しのない虚ろな袋小路で疲れ果てた。こうして夜の最も内密な片隅の闇に包まれたまま、人はがらんとした静けさのなかで、小便壺に向かっているかのように、幾時間も快い自嘲の念を抱《いだ》いて立ち尽くした。ただ思考だけは、勝手気ままにゆっくりと転がってゆき、糸玉の解《ほど》けるように大脳の入り組んだ解剖図が繰り出された、そして、意地の悪い弁証法のあいだを縫って、夏の夜の抽象論はいつまでもつづき、それは、疲れを知らぬ忍耐づよい訊問、詭弁《きべん》的な質問（それらに対する回答はない）に両側から支えられて、論理のこじつけのあいだをでんぐり返しを打っていくのだった。このようにして、その抽象論は、夜の思弁的な空間を突き抜けて辛くも哲学し了《おお》せ、やがて実体を失い、究極の寂寞《せきばく》へと入っていった。

真夜中をだいぶ回ってから、父はとつぜん書類から顔を上げた。父は重々しく立ち上がり、目を大きくひらき、全身を聴覚に変えた。「きたぞ」父は顔を輝かせて言った。「あけてきなさい」手代のテオドルが夜に遮られたガラスつきの戸に駈け寄るより早く、大きな荷物を提げた男が、割り込むようにそこから入ってきた。黒い顎ひげを生やし、男前の顔に微笑を浮かべている――それが待ちかねた客だった。感激した父は駈け寄って出迎え、あいさつをし両手をさし出した。二人は抱《だ》き合った。瞬間、背の低い黒光りのする機関車が一台、音もなく店の入口のすぐそとに乗りつけたかと思われた。鉄道の帽子をかぶった運搬人が大型のトランクを担ぎ込んできたのだ。

この立派な客が事実何ものであったのか、私たちはついに知るに至っていない。手代のテオドルに言わせれば、あれは間違いなく〈クリスティアン・ザイペル父子商会（機械紡織業）〉の当主であったという。これはあまり当てにはならず、母はこの説に留保を隠さなかった。何はともあれ、疑う余地のないのは、これが有力な悪魔であり、〈全国債権者同盟〉の大物のひとりであったということである。黒い顎ひげはいい匂いがして、肉づきのよい艶光りのする堂々とした顔の周りをとり巻いていた。父の腕に抱えられるようにして、彼は人々のお辞儀のあいだを事務机のほうへ案内された。

外国語が分からぬままに、私たちはその儀式めく会話を畏敬《いけい》の念と共に耳に入れた、二人はそのあいだにも、しきりに微笑し、目を細め、おたがいに相手の肩をそっと優しく叩き合った。こうした前置きの儀礼の交換が済むと、両人は用件に移った。机には帳簿や書類がひろげられ、白ぶどう酒の栓《せん》が抜かれた。舶来の葉巻を口の端にくわえ、気むずかしく顔をしかめながら、父と客とは短い言葉を、暗示を含んだ単綴音《モノシラブル》の暗号を交し、帳簿の特定の場所を引きつったような指先で押し、視線のなかに易者の妖しげな光を漂わせた。議論はようやく熱を帯び、抑え切れぬ興奮の色が窺えた。二人は唇を嚙みしめ、葉巻は立ち消えて苦く垂れ下がり、その面《おもて》にはにわかに不快の色がひろがった。二人は内的興奮に身を震わせていた。父は鼻で息していた、目の下に赤みがさし、汗ばんだ額に髪が貼りついていた。情勢は発火点に達した。ある瞬間、二人は席を立ち上がり、荒々しく息を弾ませ、めがねのレンズを眩く輝かせ無我夢中で向かい合った。驚いた母は大事を回避したい一心から訴えるように父の肩を軽く叩き始めた。女の姿が目に入ると、二人はわれに返り、友人同士の法典を思い出し、微笑しながら軽く一礼を交し、椅子に戻ってさらに仕事をつづけた。

夜なかの二時ごろ、父は本帳簿の重い表紙をついにぱたりと閉じた。私たちは、勝利がどちらの側に傾いているのか知ろうと、話し合う二人の顔を不安げに見守った。父の上機嫌はわざとらしいもののように見え、一方、黒ひげの男は、足を組んでゆったりと安楽椅子に背を凭《もた》せ、全身、優しさと楽観とに息づいていた。彼は気前の良さを見せびらかせて丁稚たちにご祝儀を配っていた。

書類や勘定書を片づけ、二人は事務机から離れて立ち上がった。彼らの顔つきはひどく頼もしげであった。二人は丁稚たちに向かって意味ありげに目くばせし、いまや大いに冒険心に燃えていることを知らせた。したたかの夜遊びに乗り気なことを、母の目を潜って合図したのだ。あれは空《から》いばりだった。丁稚たちにはそれが分かっていた。夜はどこへも導きはしない。夜は下水溝のところで、なじみの場所で終り、虚無と恥ずべき汚辱の行き当たりの壁となっている。夜のなかへと通ずるすべての小道は、ぐるりと店へ逆戻りするだけである。夜の空間への脱出はすべて、そもそもの初めから折れた翼をもつにすぎないのだ。丁稚たちは礼儀上、目くばせで答えていた。

黒ひげの紳士と父は腕を組み、店の者たちの寛大なまなざしに見送られて、勇躍、店をあとにした。店の表口を出たとたん、夜のギロチンは一息に二人の頭を刎《は》ね、黒い水に嵌るように二人は夜のなかへ沈んだ。

底なしの七月の夜の深さをだれが測ったことがあろう、何ごとも起こることのない空虚のなかに、その夜が幾尋《いくひろ》の深さにまで達しているか、調べた人があろうか？　父と客は、その黒い無辺際を飛びわたり、まるでたったいま出てきたかのように、再び店の表口の前に立ち、失われた頭をとり戻した。その口にはゆうべついに使わなかった単語が乗っていた。どのくらいの時間か二人はそうやって立ち、ぼそぼそと話していた、それははるかな遠征の旅から戻って、いわゆる夜の冒険やアバンチュールの仲間意識に結ばれた者同士のように見えた。二人はほろ酔いの手つきで帽子をとって背なかへ回し、千鳥足で軀をふらつかせた。

明るい店の入口をやりすごしてから、二人はこっそりと家の出入口を潜り、足音を忍ばせながら、みしみしと鳴る階段を上がっていった。ようやくアデラの部屋の窓のそとの裏のバルコニーに出ると、二人は彼女の寝すがたを覗こうと目を凝らせた。だが、見えなかった、闇のなかで彼女は太腿《ふともも》をひらき、眠りの抱擁に身を任せて意識を失うまでに痙攣《けいれん》し、燃え上がる頭をのけぞらせ、狂信者のように眠りにかしずいていた。二人は暗いガラスを叩き、猥褻《わいせつ》な歌をうたった。しかしアデラはぽっかりあけた口に昏睡の微笑を漂わせ、硬直し麻痺《まひ》した軀で遠い道へと、手の届かないはるかな場所へとさまよい込むのだった。

すると二人はバルコニーの手摺に寄りかかり、声を出して大きくあくびをし、すっかり諦めてしまい、爪先《つまさき》で欄干の板をとんとんと蹴《け》った。夜の何時とも知れぬ遅い時刻、二人はどうして見つけたものか、幅の狭い小さなベッドを二つ並べ、夜具を高々と積んだ上に軀を横たえた。力いっぱい鼾《いびき》のギャロップを競わせながら、あとになり先になりして眠りの舟は並行に進んだ。

眠りの何キロメートル目に当たるころか——眠りの流れが二人の軀を結び合わせたのか、それとも、二人の眠りが知らず知らずひとつに合体したのか——黒い空間のある地点まできたとき、二人は横になったまま取っ組み合い、無意識の激しい格闘をしていることを感じた。実りない奮闘をつづけながら、たがいに相手の顔に荒い息を吹きかけた。黒いひげの男はヤコブを抑えつける天使のように父の軀の上になっていた。けれども父は、両膝で力いっぱい相手を締めつけ、そうして漠とした放心のなかへしびれたように流れ込んでゆきながらも、第一ラウンドと第二ラウンドのあいだには、ひそかに短い仮眠を盗んで元気づけるのだった。そうやって格闘するのは何のためなのか。名前のためか、神のためか、契約のためか。二人は全身の力を振り絞り、必死の汗にまみれて戦った。そのうちにも、眠りの流れはいよいよ遠く、夜の不思議な界隈《かいわい》へと二人を運び去っていった。

4

翌日、父は軽く片足を引きずって歩いた。父の顔は輝いていた。明け方近く、父は幾日も幾晩も空しく苦心惨憺してきたあの手紙の肝腎な場所に打ってつけの名文句をようやく見つけたのだった。黒ひげの姿はもう見えなかった。彼は朝早く大トランクと荷物を両手にし、だれにも別れを告げずに発《た》っていった。あれが死んだ季節の最後の夜であった。あの夏の夜から、店にとっては七年間もの長い実りの年が始まったのである。

＊1 martwy sezon（死んだ季節）。辞書には「商業取引、生産、活動などが乏しく、事業の停滞する時期」と説明され、不況、閑散期、また農閑期等の意。

原題 Martwy sezon

砂時計《クレプスイドラ》サナトリウム＊1

1

　旅は長くつづいた。忘れられたこのローカル線には週に一度しか列車の運行はなく、乗り合わせたのはせいぜい数人の客であった。これほど古風な客車をかつて私は見たことがなかった、広さはいくつかの部屋を連ねたほどもあり暗く、そして奥まった隅がむやみと多い、ほかの鉄道ではとっくに引退させられた型式の車輛《しゃりょう》だった。様々な角度に曲折する通路、迷路のようなだれもいない冷たい車《コンパートメント》室には妙に荒れ果てたほとんど恐怖を感じさせる何かがあった。私はほっとできる一隅はあるまいかと客車から客車を探し歩いた。どこでも風が吹いていた、ひやりとする風は車内を通り抜け、列車の先頭から後尾まで吹き貫いていた。ぽつりぽつりと見かける乗客は荷物包みをそばに置き、床《ゆか》に坐っていた、座席が高すぎてわざわざそこへ登ろうとする人はいない。それに蠟《ろう》引《び》きの布を張ったよれよれの座席は氷のように冷たく、使い古されてねとねとした。停まる駅には人影がなく、新しく乗ってくる客はなかった。音もなく汽笛も鳴らさず、汽車は考え込むようにゆるゆると走った。

しばらくのあいだ私は破れた鉄道員の制服を着た男と道づれとなった。彼は黙りこくって物思いに耽り、時おりハンケチで腫《は》れぼったい痛む顔を押えた。やがてこの男もどこかへ消えた、気づかぬうちにいくつ目かの停車駅で降りたのだ。あとには床に敷いた藁《わら》の上の凹みと、置き忘れた黒い壊れたトランクが残った。

敷き藁やごみ屑をかき分け私はよろめく足どりで車輛から車輛へと歩いた。開け放しの車室の開き戸が吹き抜けの風にふらふらと揺れていた。どこにも乗客の姿はない。ようやく私はこの路線の黒い制服を着た車掌に行き合った。彼は大きなハンケチを首に巻き、手回り品、カンテラ、勤務手帳などを荷物にまとめているところだった。「到着です」彼はすっかり白目だけの目を私に向けて言った。汽車は蒸気の音もなく、がたりともせず徐々に速度を落とした——蒸気の最後の吐息と共に命も緩やかに去ってしまうかのように。汽車は停まった。静寂そして空虚——駅舎らしいものの影はない。降りるとき車掌はサナトリウムのある方角を私に示した。トランクを提げ白く細い道をしばらく行くと、公園の暗い茂みに出た。好奇心から私は風景に目を配った。私の辿る道は上り坂になり、緩やかな高みの背に出、そこから広い視界が見渡せた。いちめん灰色に塗り潰された光も陰影も消えた日であった。そのような重苦しい、色彩のない大気のせいであろうか、大きな地平の水盤は全体が薄暗く見えた。その上に配置された森の多い広大な風景は、遠くなるにつれて書割のように緑の連なりや積み重ねをあしらい、いよいよ遠く、次第に灰色を深めて、左からまた右からなだらかに傾斜する条痕を見せていた。目に映るかぎりの暗い風景は威容に満ち、薄雲《うすぐも》の層に覆われた空に隠れた動きのあるように、全体がそのまま流れ、目に見えず進んでいるかと思われた。森の帯や筋は液体となってざわめき、上げ潮がいつ知れず岸に盛り上がるように、そのざわめきにつれて高まるふうに見えた。森に埋まった大地の暗さの強弱の演奏のあいだを縫って、高まる白い道は、強大な音楽的量《マッス》が押し出す幅広い和音に乗ったメロディーのようにうねくねと曲折し、ついにはその量のなかに呑み込まれていた。私は道ばたの木の一枝を折りとった。葉の緑はまるで暗く、ほとんど黒に近かった。それは不思議に深く滲《し》みわたるような黒さで、活力と元気を与えてくれるぬばたまの夢のように優しかった。そうして風景のとりどりの灰色も、すべてこの一色に源を発しているのだった。われわれのところでなら、霖雨《ながあめ》を吸い込んだ夏の薄暮の曇り空の下の風景が時おりこれに似た色を見せる。その深い静かな自己放棄、諦めに徹した麻痺状態にとっては、もはや色彩の喜びは必要ではない。

森のなかは夜のように暗かった。私は音もない針葉樹の落葉を踏み、手探りで歩いていった。立木が疎《まば》らになったころ、足の下で橋板が鈍い音を立てた。橋の向うの袂《たもと》には、窓の多いホテルの灰色の外壁が黒い樹間にぼんやりと浮き出し、そこにサナトリウムの文字が見えた。ガラスの嵌った二枚扉の入口のドアはあいていた。白樺《しらかば》の枝でできたぐらぐらする欄干を渡した橋を降りると、まっすぐそのドアに入っていけた。廊下は半ば闇で、厳かな静寂が支配していた。私は指先でドアからドアを探り、ひとつひとつの部屋番号を暗がりのなかに読みとりながら進み始めた。曲がり角まできて初めて私は病室係の女に行き会った。女は、だれかの執拗な腕から逃れてきたかのように息を弾ませて、部屋を駈け出てきたのだった。女は私の言うことがすぐには呑み込めないふうであった。私は同じことを繰り返さねばならなかった。女はとまどって軀をよじった。

私の電報は届きましたか？　女は両手をひろげ、視線を脇にさまよわせた。彼女は半開きのまま、そのドアに戻る機会ばかりを窺って、そのほうに斜《はす》かいに目を向けた。

「遠方からきまして、電報で部屋をひとつこちらに予約してあるのですが」私は多少いらいらして言った。「どちらにお願いすればよろしいでしょう？」

女は知らなかった。「食堂にいらしたらいかがです」彼女は口ごもった。「いまは皆さん睡眠中です。博士《せんせい》がお起きになったら、知らせますから」

「睡眠中？　まだ昼ですよ、夜までには間がある……」

「こちらではいつでも眠っているのです。ご存じありません？」女は好奇の目を私に向けた。「それにここでは夜になることがないんですよ」媚《こ》びるふうに彼女はつけ加えた。もう逃げ出す様子はなく、エプロンのレース飾りを両手でつまみ軀をくねらせた。

私は彼女をあとにした。私は半暗がりの食堂に入っていった。ちいさなテーブルが並び、大きな棚が壁いっぱいを占めていた。長い時間が過ぎ、私はいくらか食欲を覚えた。売り台の棚にふんだんに陳列してあるケーキやパイが私の目に楽しかった。

私はトランクをテーブルのひとつに置いた。どのテーブルも空《あ》いていた。私は手を叩いた。だれも答えなかった。私は隣接の広間を覗いてみた、ここよりよほど広く、そして明るいのだった。広間の片側は大きな窓あるいは回廊《ロッジア》となって、すでに私の知った風景に向かって開かれ、こうして窓枠のなかに仕切ってみると、その景色は深い悲しみと諦めを漂わせ、故人を追悼する一幅の画のようだった。テーブル掛の上には、まだ間もない食事の食べ残しや、コルクの栓を抜いた瓶《びん》、飲み残しのグラスなどが見えていた。ところどころには給仕の集め残したチップさえが置き去りになっていた。私は売り台へ戻り、もう一度ケーキやパイを見回した。見るからにうまそうだった。勝手に取っても構わないだろうか、私は思案した。私は常にない甘い物ほしさを感じた。とくにりんごのジャムを載せた、かりかりするケーキの一種が、無性に口に入れたかった。勇を鼓してまさしくそのひとつを銀の平匙《さじ》ですくい上げようとしたとき、私は背後に人の気配を感じた。病室係の女が音のしないスリッパで入ってき、私の肩を指で突いた。

「博士《せんせい》がお呼びです」女は自分の手の爪を見つめながら言った。

女は先に立って歩いた――そして自分の腰の動きが引き起こす磁力を確信して、いちども後ろを振り返らなかった。番号のついたドアを数十も通り過ぎるあいだ、彼女は私との軀の距離を調節しながら、その磁力を強めることを楽しんだ。廊下はだんだんと暗さを増した。完全な闇になったとき、女は束の間、私に凭《もた》れかかった。「ドクトルはこちらです。どうぞお入りになって」と彼女は囁《ささや》いた。

ドクトル・ゴタールは部屋の中央に立って私を迎え入れた。それは小柄な肩幅の広い黒い髪の男だった。

「あなたの電報はきのう着きました」と彼は言った。「専用の馬車を駅にさし向けたのですが、別の汽車でおいでのようで。困りますよ、鉄道連絡が悪くて、ところで、ご気分はいかがですか」

「父は生きていますね」私は彼の微笑している顔に不安の目を当てながら尋ねた。

「生きておいでですとも」彼は私の熱い視線を静かに受けとめながら答えた。「もちろん状況の許す限界はありますが」彼は目を細めて言い足した。「ご承知のように、あなたのご家庭、それにあなたのお国の観点からすれば、あの方《かた》は亡くなりました。こればかりはどうにも取り返しはつきません。こちらでの生活でも、あの死は多少の影を落としていますよ」

「でも本人は知らないし、思い当たらない？」私は呟くように質問した。医者は深い確信を込めて首を振った。「ご安心ください」彼は声を落として言った。「うちの患者さん方はだれも気がつきません、気がつくはずはないのです……」

「これがその仕掛で」医者は彼の器械を説明してみせようと、さっきからそんな手つきになっていた。「時間を後退させたわけです。一定期間だけ時間を後《おく》らせる、それがどれぐらいと申し上げるわけにはいきませんが。要するに簡単な相対性理論の応用です。つまり、お父上の死にしても、ここではまだ結果に行き着いていないのです、あなたのお国では、すでに行き着いたことですけれども」

「すると、父は瀕死というか、死に近いというか……」

「お分かりにならないようですね」もどかしいが、それも仕方ないという調子で医者は言った。「こちらでは、過去の時間をそのあらゆる可能性ごと生き返らせ、次に恢復の可能性に手を着けるのです」

彼は顎ひげを握りながら、私に微笑を向けた。

「では、そろそろまいりましょう。お申し越しのように、お父上の病室にもう一台ベッドをとってあります。ご案内しましょう」

暗い廊下に出ると、ドクトル・ゴタールはもう囁くようにしか話さなかった。私は、彼がさっきの女と同じようにフェルトのスリッパを履いているのに目をとめた。

「うちでは患者さんには長くお休みになるようにさせています。生活エネルギーの節約ですね。だいいち他に皆さんのやれるようなことはここにはないし」

どこかのドアの前で医者は立ち停まった。彼は唇に指を当てた。

「静かにお入りください。お休みになっていますから。あなたも横におなりになるとよろしい。それがいちばんですよ。じゃあまた」

「ではまた」私は心臓の鼓動が喉にまで伝わってくるのを覚えながら小声で言った。私はハンドルを回した、ドアはおとなしく開《ひら》いた、眠っている人が無抵抗にあける口のように開いたのだった。私は中央まで足を運んだ。部屋は灰色で、ほとんどむき出しの空っぽだった。小さな窓の下の変哲もない木製のベッドに父はたくさんの夜具をかけて眠っていた。父の深い呼吸は眠りの奥底から幾重にも鼾《いびき》を引き出した。部屋は床から天井までいっぱいにその鼾の層を積み上げているように思え、しかも新しい補充の品が絶えず持ち込まれるのだった。私は感動に打たれ、いまは鼾をかく仕事に浸りきっている父の痩せ窪んでやつれた顔を見守った、その顔は地上での外被を捨て去ってしまい、遠い恍惚のなかで、どこか遠い岸辺で、自分の分秒を厳かに数えることによって彼自身の実在を明かしていた。

もう一台のベッドは見当たらなかった。窓からは刺すような冷気が吹き込んだ。煖炉には火の気はなかった。

あまり患者の世話はしてくれないのだな——と私は考えていた——こんな重病人を平気で隙間《すきま》風にさらすとは！　それに掃除もしてないようだ。床はひどい埃《ほこり》だし、この枕元の小棚も埃だらけだ、薬や飲みさしのコーヒーが置いてあるのに。食堂の棚にはケーキばかりだし、何か栄養物を与える代りに患者にブラックコーヒーを飲ませるなんて！　もっとも時間を後退させてもらっているお蔭を思えば、もちろんつまらぬことかもしれない。

私はゆっくりと服を脱ぎ、父のベッドに入り込んだ。父は目を覚まさなかった。ただ父の鼾——それは見るからに高く積み上げすぎていた——だけは、大音声《だいおんじよう》を諦めて一音階だけ低まった。それはいわば私的な、自己消費用の鼾のようなものに変わった。私は父の周りにしっかりと羽ぶとんをかけてくるみ、できるかぎり窓から吹き込む隙間風を避けるようにしてあげた。間もなく私は父の横で眠った。

2

目を覚ましたとき、部屋には暗黒があった。父はもう着替えを済ませてテーブルに着き、紅茶をすすっており、糖衣をまぶしたビスケットを茶に浸しては食べていた。着ているのは英国製の生地で作らせたまだ新しい黒服で、去年、新調したばかりのものだった。ネクタイの結び方はすこしだらしがなかった。

私が目をあけたのをみると、父は病み蒼《あお》ざめた顔に優しい微笑を浮かべて言った。「うれしかったよ、よくきてくれた、ユーゼフ。全く思いがけなかった！　ここは寂しいからね。わしの立場では文句を言えた柄でもないが、前にはもっとひどいこともあった、そこで一切帳尻を締めてみると……いや、それはつまらん。そうそう、こっちへきた最初の日にのっけから、大した*Filet de bœuf*《フィレ・ド・ブフ》（牛のヒレ肉。フランス語）が出た、茸《きのこ》つきで。それがひどい肉でな、ユーゼフ。そのうちおまえにも *Filet de bœuf* が出されたら、よくよく気をつけることだな……いまでも腹がしくしくするほど……下痢また下痢……どうなるかと思ったよ。ところで、おまえに耳よりなニュースがある」父はつづけた。「笑わんでくれよ、実は、わしはここで店をひとつ借りたのさ。そうなんだ。いい思いつきだったと、われながら喜んでるところだ。正真正銘、退屈だったもんなあ。おまえには思いもよらん、ここの退屈さときたら。そんなわけで、少なくとも気に入った仕事ができたってわけだ。ただし、そいつも大したものと思ってもらっちゃ困る。とんでもない。昔の店に比べれば段違いに地味なとこだ。あれから見れば、バラックってとこかな。うちの街ではとても恥ずかしくて持てないような粗末なところだ、しかし、こっちにきちゃ昔の体面もありゃせんだろ、なあ、ユーゼフ」父は苦い微笑を見せた。「そうやって、何とか生きている」それを聞いて私は胸が痛んだ。うっかり不適当な表現に自身気づいてどぎまぎする父を見るのがつらかったのだ。

「おまえ、まだ眠そうだな」やがて父は言った。「もうしばらく眠るがいい、目が覚めたら店にきてごらん。いいだろ？　わしはこれから店に急ぐ、仕事が心配だから。借り入れが大変だったよ、こっちでは昔からの商売人、以前、大きくやっていたことのある商人にはひどく信用がないもんでな……広場のとこのめがね屋を覚えてるだろう。あの隣がうちの店だ。看板はまだないが大丈夫、すぐに見つかる」

「外套《がいとう》も着ずにお出かけですか」私は気になって尋ねた。

「入れ忘れてあったよ。お棺のなかに見つからなかった、しかしわしはなくて平気だ。気候はいいし、空気はうまいし！……」

「とうさん、ぼくのを着ていらっしゃい」私は頼んだ。「いけませんよ、着なくては」だが、父はもう帽子をかぶっていた。私に手を振って父は部屋を出ていった。

いや、私は眠たくなどなかった。疲れはとれたようだったし、そのうえ空腹だった。私はずらりとケーキの並んだ食堂の棚を快く思い出していた。着替えをしながら、私はあのうまそうななかからどれを食べようかと思案した。真っ先にりんごジャム付きのかりっとしたケーキがいい、ママレードを載せたきれいなビスケットもあったっけ。私はネクタイを締めるために鏡の前に立った、だが鏡は凹面鏡のように、もうろうとした渦巻を作り、どこかの深みに私の影を隠してしまった。近寄り、また遠ざかり、距離を調節しても無駄であった——銀色に流れる霧のなかからはどのような姿も浮かんでこなかった。鏡を取り替えるように頼まなくてはいけないと私は思い、部屋を出た。

廊下は真っ暗であった。貧弱なガス灯がひとつだけ、曲がり角で青い焔を燃やしているのが、重々しい静寂の印象をいっそう深めていた。ドア、壁の凹凸、そしてまた奥まった隅の連なる迷路に紛《まぎ》れ込んだ私には、食堂へ通ずる入口を思い出すこともおぼつかなかった。街へ出かけてみよう——私はとっさに心に決めた——街で何か食べることにしよう。うまい菓子屋があるかもしれない。

　表玄関を出ると、この地特有の重い湿った甘い空気が私を吹いた。一面の灰色はいっそう暗い影を深めていた。それは喪章の地を透して覗いたかのような日であった。

　眼前の色彩に私は見飽きなかった、ビロードのみずみずしい黒は闇の最強音《フォルテシモ》を奏で、プラッシ天の褪《さ》め果てた灰骨色の全音階が、鍵盤の響止《ひびきど》めで中断される忍び音《ね》の音節を次々に流していた——あの風景の夜想曲《ノクターン》。襞《ひだ》のあるたっぷりした空気が柔らかな布で私の顔をはたはたと打った。そこには淀んだ水溜りのような気の脱けた甘さがあった。

　再び、あの絶えず自分のなかに戻ってゆく黒い森のざわめき、聞きとれる限界の向うで空間を呼び覚ましている音のない和音！　私はサナトリウムの裏庭にきていた。私は馬蹄型《ばていがた》の本館から分かれているこちらの棟の高い外壁を見やった。窓はどれも黒い鎧戸《よろいど》で閉ざされていた。サナトリウムは深々と眠っていた。私は鉄格子のある門を通り抜けた。門のわきに犬小舎《ごや》があった、なかは空《から》だったが、その大きさが異様だった。再び黒い森が私を呑み込み、私を抱いた、私はその闇のなかを目隠しされたかのように手探りで針葉樹の音のない落葉を踏みながら歩いていった。目先がいくらか明るくなったとき、樹々のあいだから家々の輪郭が見え始めた。やがて私は広場へ出た。

　そこは私たちの故郷の街の広場と見紛《みまご》うほど不思議にそっくりだった。この世の広場と名のつくものはどれもいかに似かよっていることか。建物も店もほとんど同じようではないか！

歩道にはほとんど人けがなかった。しかとは時刻を捉えがたい陰然とした時ならぬ薄明が、漠とした灰色を降らせていた。看板も広告も楽に読みとることができるのであったが、たとえ、いまが深夜だと告げる人があっても意外とは思えなかったに違いない。開《ひら》いているのは数軒の店きりだった。あとは鎧戸を半分だけおろしていた、慌てて締めたままらしかった。濃密な厚みのある空気、酔うような豊醇《ほうじゅん》な空気がところどころ風景の一部を呑み込み、水を含んだ海綿のように二、三の家を、街灯を、看板を吸い込んでいた。瞼は不思議な衰弱感あるいは睡気のために垂れてしまい、ときどき目を明くのが億劫《おっくう》だった。私は父が話していたためがね店を探すことにした。父はどこか私の知っている店のことを言うようにその店について言い、地理についても私のなじみの場所であるかのように話していた。ここが私には初めての土地であることを父は知らないのだろうか。あれはきっと思い違いなのだ。だが、半分の現実でしかない父から何が期待できたろう、父は条件つきの、相対的な、数多くの保留に制約された生命を生きているにすぎないのだから！　父にある種の実在を認めるには、多くの善意が必要とされたことは秘すべくもない。それは哀れな命の代用品であり、ひたすら周囲の寛大さに、*consensus omnium*（大方の同意）――それがわずかな生命の水の源なのだが――に懸っていた。その痛ましい命の見せかけがしばらくでも現実のなかに織り込まれていられるのは、人々が指のあいだからそれに目を向け、だれの目にも明らかな欠陥に目をつぶっているからこそであった。わずかな一押しでそれはよろめき、かすかな疑いの息を吹きかけるだけで地に倒れかねない存在なのだ。ドクトル・ゴタールのサナトリウムは果たして、そのような好意ある寛容の温室の雰囲気を父のために確保し、冷厳な批判の冷たい風を防ぎとめることができるのだろうか。そんな足元のぐらついた、あやふやな状況にありながら、父がいまだにこうしてりっぱな姿を保っていられるのは、驚きに値する。

私はケーキやパイのぎっしりと並んだ菓子屋の陳列窓を見かけて雀躍《こおどり》した。食欲が蘇《よみがえ》った。私は〝アイスクリーム〟と札の懸ったガラス戸を押して暗い店のなかへ入った。コーヒーやバニラの香りがした。店の奥から出てきた若い女――顔は薄暗がりのなかに消えて見えない――が注文を訊《き》いた。ようやく久しぶりで私はコーヒーに浸しながら、おいしい揚げ菓子《ポンチキ》を堪能できた。暗がりのなかで、私はくるくると踊る薄暮のアラベスクにとり巻かれ、次々にポンチキを口に入れたが、そのあいだも、旋回する闇が私の瞼を押し、生温かい波動と何万回と知れぬ微妙な接触によって、ひそかに私の内部を支配してゆくのを感じていた。ついには完全な暗黒のなかで、窓の矩形ばかりが灰色の染《し》みとなって光った。私は匙でとんとんとテーブルを叩いてみたが、無駄であった。だれも代金を受けとりに現れなかった。私はテーブルに銀貨を一枚置いて通りに出た。並びの書店にはまだ灯《ひ》が灯っていた。店員たちは本の仕分けに忙しかった。私は父の店のことを尋ねてみた。ちょうどこの二つ先です――という返事だった。親切な若者はわざわざドアのところまで出て、向うの表口を指さしてみせた。入口はガラス戸で、陳列窓はまだ間に合わないらしく、灰色の紙が貼ってあった。表戸に近づいてみると驚いたことに、店は客でいっぱいなのだった。父は売り台の向うに立ち、鉛筆をなめなめ長い勘定書《がき》の足し算をしているところだった。勘定書を待ち受ける男は、売り台の上に乗りかかるようにし、足されてゆく数字にいちいち人さし指を当てて、口のなかで計算していた。残りの客は黙ってそちらへ目を向けていた。父はめがね越しに私に視線を投げ、計算の済んだ場所を指で押えたまま声をかけた。「おまえに手紙か何かがきていたよ、他の書類と一緒に机の上にある」――そう言うと、父は再び計算に没頭した。店員たちはそのあいだにも、売れた品物を取り出し、紙に包み、紐《ひも》をかけていた。棚はわずか一部に生地が並べてあるだけで、あとはがらんとしていた。

「とうさん、なぜ立っていなさるんですか」私は売り台の向うに入りながらちいさな声で訊いた。「大切にしなくちゃいけませんよ、お病気なんですから」父は私のお説教を遠ざけるように防禦《ぼうぎょ》の形に手を挙げ、計算の手を休めなかった。父は見るからにひどくやつれていた。明らかに、人為的な興奮と熱っぽい仕事だけが、父の体力を保ち、完全な崩壊の時をいまだに近づけずに済んでいるに違いなかった。

私は書類机の上を探した。それは手紙というよりは小包みだった。私は数日前、ある春本のことで書店に手紙を出してあった、それが早くも私の住所を見つけてこちらへ送られてきたのだ、というより、やっと開店したばかりで、看板もなければ、持家もない父の住所を探り当てたのだ。実にあきれるほどの探知ぶり、驚くべき発送の手際よさではないか！　しかもその異常な早さ！

「奥の帳場で読むといいだろう」父は不満そうな目を向けながら言った。「何しろ、この狭さだ」

帳場はまだがらんとしていた。店のほうからくる光がガラス扉を通してわずかに射していた。壁には店員たちの外套が掛かっていた。私は手紙を披《ひら》き、扉からの弱い光のなかで読み始めた。

注文の本は残念ながら在庫を切らしている、さっそく捜しているところだが、まだ見込みは分からない、取りあえず勝手ながら、貴殿の必ずや興味を抱かれるに相違ない品物をお送りする、お断りは自由——という意味のことが書かれ、そのあとに、〈組立て式天体用屈折望遠鏡〉について、高倍率を始め数々の特色ありと詳しい説明書がつづいていた。私は興味をそそられ、包みの中から黒い油布や固い布地製の、たたみ込んだアコーデオンの形の器具を取り出した。私は永年、望遠鏡に憧れていたのだ。私は幾重にも包んだ器具の包装を一枚一枚剝《は》いでいった。細い棒状のものを何本か繫ぐと、私の手元には巨大な蛇腹のような望遠鏡が組み上がってくるのだった、それは暗箱の迷路となって中空の筒を部屋いっぱいに伸ばした、それでも入れ子になった箱は長さの半分までがすっぽり相手に収まっていた。形は黒塗りの幌《ほろ》をかぶったとてつもなく細長い自動車のようでもあったし、柔らかな材料やごつごつのズックの布《きれ》などを使って現実のどっしりした重みをまねる芝居の小道具のようでもあった。私は黒い漏斗《じょうご》形の箇所に目を当てた、するとずっと奥にサナトリウムの裏正面の輪郭がおぼろげに見えてきた。私はおもしろくなって、先端の筒を縮めてみた。こんどはレンズの視野にサナトリウムの暗い廊下が浮き出し、私は盆を片手にそこを歩いてゆく病室係の女を追った。女はこちらに顔を向けて微笑した。おれが見えるのかな——と私はふと思った。抵抗しがたい睡気が私の目を靄《もや》で蔽った。実は私は望遠鏡の太いほうの筒に、自動車にでも乗るかのようにどっかりと坐り込んでいた。軽くハンドルを動かすと、器械は紙で作った蛾のようにぱたぱたという音を立て、私は、にわかにそれが進み出し、のたくるように表口のほうに向かうのを感じた。

大きな黒い毛虫のように望遠鏡は照明の灯る店のほうへ動いていった——それは先端に二つの

ヘッドライトのイミテーションをつけた多環節の虫の胴体、巨大な紙製のあぶら虫であった。客たちは一塊《ひとかたまり》になって、この盲目の紙の龍《ドラゴン》の前に後ずさりし、店員たちは通りへ出るドアを広く開け放った、そして不気味な出発をあきれ返ったままなこで見送る人垣を抜け、私の紙の自動車はゆっくりと走り出た。

3

この街では人々はそのようにして暮らし、そして時は流れる。一日の大部分は眠りに過ごされる。それもベッドのなかと限らない。いや、その点ではさして困難はない。どんな場所どんな時間にも、ここでは人間は甘い仮眠を貪ることができるのだ。レストランのテーブルに頭を凭《もた》せながら、あるいは馬車の上で、それどころか道に立ち停まったままやら、ついちょっと立ち寄った家の玄関でさえ、抗しがたい睡眠の要求にしばらく屈することは容易なのである。

目が覚めると、まだ寝ぼけた頭でよろめきながら私たちは中絶された会話をつづけ、苦しい道行きを続行し、始めも終りもない厄介な仕事を前進させる。そういうわけで、道を歩いているうちに時としてある長い時間がとびとびにそこだけばっさりと行方不明になり、私たちは一日の連続性に対する統制を失って、ついにはそれを当てにすること自体をやめる、こうしてかつて惰性から、また日常の細心の規律から油断なく守ってきた切れのない時間という大枠《おおわく》を私たちは放棄することになる。過ぎ去った時間の勘定書を作るという不断の心がけや、使われた時間を一銭一厘に至るまで細かく換算するという綿密さは——それこそわれらの経済学の誇りであり野心である——とっくにご破算となった。かつては躊《ため》らいも違反もあり得なかったあの最高の美徳を犠牲にしてすでに久しい。

二、三の実例を挙げてこの間の事情の説明に役立てよう。昼か夜か、一日のいずれかの時刻——時が移ろうとて、空の明暗は目にみえて変わらない——私はサナトリウムへ通ずる例の橋の欄干に倚《よ》りかかりながら目を覚ます。あたりには薄明がある。睡気《ねむけ》に苛《さいな》まれていた私は、意識もうろうとして長いあいだ街なかをさまよったすえ、死んだように疲れ果てて橋に辿り着いたのだった。その途中、ずっとドクトル・ゴタールと一緒だったのかどうか、私には断言できない。その博士はいま私の前に立ち、最終的な結論を引き出しながら長い論議を終えようとするところなのである。話の勢いで、彼は私の腕をとり自分のほうへ引き寄せるようにしてさえいる。私は一緒に歩き出す、そして鈍い音を響かせる橋板を渡り切らないうちに、早くも私は再び眠り込んでしまうのだ。閉じた瞼を通してドクトルの懸命な身振りと黒い顎ひげの奥の微笑が、私にはぼんやりと見えている。私は相手の重要な論点を、彼が議論の大詰めにきて足をとめ両手をひろげ、得々として見せつけているその最後の切り札を理解しようと努力するのだが、空しいのである。こうして通じ合わぬ話をしながらこの先、どのくらいの時間、並んで歩くものか見当もつかない、そのうちに私ははっと目覚め、ドクトル・ゴタールがすでにその場にいず、あたりが真っ暗なこと、それも私が目をつぶっているせいだと、はっきりと意識する。私は目を開く、と私はベッドのなかであり元の部屋にいる、だが、どうやってここまできたのか、それが私には分からない。

さらに極端な例を挙げよう。

昼食の時間、私は街のレストランへ入ってゆく、食べている人々の雑多な話し声でそこは賑わっている。すると、中ほどのテーブルに着き、卓も撓《しな》わんばかりの料理を前にしている人を見かける。だれあろう、それが父なのだ。みんなの目は父に向けられている。父はダイヤモンド入りのネクタイピンのように輝き、いつになく元気づき、天使のように有頂天で、気どったふうに、周りじゅうに軽く頭を下げ、満座を相手に滔々《とうとう》と話を交している。父は、私がはらはらするほど虚勢を張って次々に新しく料理を言いつけ、テーブルにはそれがぐんぐんと積まれてゆく。父は周囲に料理の山を築き満悦している、まだ最初の一皿さえ片づいていないというのに舌を鳴らす、食べる、しゃべる——それを同時にやりながら父は身振りと表情とでこの宴席に満足至極の様子を見せる、そして惚《ほ》れぼれとした目つきで給仕の青年、アダショを追い回して、かわいくてたまらぬといった微笑を湛《たた》え、さらに新しい注文を出すのである。そして青年がナプキンを翻しながら、注文を通しに小走りに去ってゆくとき、父は取り巻きの一同に訴えるような手振りをし、一人ひとりをこのガニメデス（ゼウスに寵愛された美少年。オリンポスでは神々の宴席にはべって酌をとった）の争いがたい魅力の証人に仕立てようとするのであった。

「あんな子はいたもんじゃあない」父は目を細め恍惚の微笑と共に叫ぶ。「天使のような子だ。ねえ、皆さん、うっとりするじゃありませんか」

私は気まずい思いで、父に知られぬようこっそりとホールをあとにする。たとえ父がホールの経営者から頼まれて、客を沸かせるためにわざわざ宣伝するにしても、あれほど見え透いた、けしかけるような行動に出ることはなかったに違いない。私は睡気から次第に霞んでくる頭で、よろけつつ帰途についた。しばらく郵便ポストに倚りかかり、私は短い昼寝を貪った。それから闇のなかを手探りでサナトリウムの玄関を探り当て、私はなかに入る。部屋は暗い。スウィッチを回すのだが、電気はつかない。窓からは冷たい風が吹き込んでくる。ベッドが暗闇で軋《きし》む。父が寝具の下から頭をもたげ、口を利く。

「ああ、ユーゼフ、ユーゼフ！　わしはもう二日間も寝たきりなのに、だれも構ってくれやしない。ベルは壊れているし、様子を見にくる人もない。しかもわが子ともあろうものが、重病人のこのわしを置き去りにして、女どもを追っかけて街をうろつき回っていようとは。見てくれ、心臓はこんなに鼓動が早い」

これはどういうことなのか。父はレストランに坐り、病的な健啖《けんたん》にとり憑《つ》かれているのか、それとも父は部屋のなかで重病の身を横たえているのか。あるいは二人の父がいるのだろうか。そうではない。一切の原因は、絶えざる監視の目を免れている時間の急速な分裂崩壊にある。

だれしも知るとおり、時間というじゃじゃ馬が何とか手綱に収まっているのは、不断の手入れ、行き届いた世話、それと、はめをはずした場合に精いっぱい叱り矯《た》めることを怠らないからこそなのだ。ひとたび目を放せば、時間はすぐさま道をはずれ、好き勝手に走り、いたずら放題を尽くし、目も当てられぬばかまねをしでかしがちである。個人個人の時間の両立しないことが次第に目立ってくる。こうして父の時間と私の時間とはもはやたがいに嚙み合わなくなっている。

ついでに言っておくが、父が私に浴びせた淫蕩《いんとう》無頼の非難は、全くの濡れ衣である。私はこちらへきてまだいかなる女に近づいたこともない。ひとつの眠りから他の眠りへと、酔ったようによろめき歩く私が、たとえ頭脳明晰なそのひまにもこの地の女性に関心を向けることはまずない。だいいち、街の通りは絶えず闇のなかにあり、しかと顔の見分けさえつきはしない。ただ、この方面については何はともあれ多少の心を残している若い男として、ひとつだけ気づいたことがある――それは娘たちの一種独特な歩き方である。

それは完全にまっすぐな歩き方で、どんな障碍物も物ともしない、その歩みはひたすら何か軀の内なるリズム、何やらの法則だけに従っていて、彼女らは糸巻から繰り出す一直線の糸のように、精確に、測定された優雅さをもって、そのリズム、法則を展開して見せるのである。

女は一人ひとり、自分の内側に人と違う自分だけの規則を発条《ばね》仕掛のように持っている。

女たちが、その規則を見詰め、一心不乱にまっすぐ前方へと歩いていくのを見ると、厳重な規則だけははずすまい、一ミリたりと乱すまい、と、そのことばかりに心を傾けているように思われてくる。するとそのとき、彼女がそうして後生大事に背負っているものが実は、個人の完全美への固定観念《イデー・フィクス》にほかならないことが――もっとも、その完全美は彼女たちの自惚《うぬぼ》れによってわずかに現実となっている――明らかとなるのである。それはだれの保証もなしに個人の危険において抱かれた期待であり、一切の懐疑を超越した侵すべからざるドグマなのだ。

どのような瑕《きず》も欠点も、どのようにあぐらをかき、あるいは平べったい鼻も、どんなにきびや吹出物も、その虚構《フィクション》の旗のもとで堂々と大手を振っていられないものはない！　そしてどんな醜さも品のなさも、この信念の昂揚によって完全美の虚構の空へ投げ捨てられないものはない。

かかる信念があればこそ、肉体は目立って美しさを増し、非の打ちどころのない靴に収まった形の良いしなやかな脚は、その足の運びによって口を利き、誇らかに閉ざされた顔が黙して語らないあのお頭《つむ》のなかの豊かさを、流れるような煌《きらめ》く足さばきのモノローグによって一心に説くのである。女たちはぴっちりした短いジャケットのポケットに両手を入れている。喫茶店や劇場に入ると、彼女たちは高々と脚を組んで膝がしらを見せ、その脚で雄弁に沈黙する。以上はことのついでにこの街の特徴のひとつを述べたにすぎない。この土地の黒い植物についてはすでに書いた。ひとつだけとくに挙げておきたいのは、黒い羊歯《しだ》類の一種である、それを大きく束ねたものが、個人の住居といわず、公共の場所といわずどこでも花瓶を飾っているのを見かける。それはほとんどこの都会の喪のシンボル、死の紋章というに近い。

4

サナトリウムの生活は日と共に耐えがたいものとなってゆく。私たちが罠《わな》に落ち込んだのではないか、という疑惑は打ち消しがたいのである。到着のときこそ、いくらか客を迎える礼は、見せかけだけにせよ私に尽くしてくれたものの、あれ以来、病院側では何かしら心遣いめいた幻影を残そうという最小限の努力さえしない。私たちは要するに自分のことは自分に任されている。だれも構ってくれはしないのだ。だいぶ以前に確かめたことだが、病室のベルにしてもドアのところで線が切れていて、どこにも通じていはしない。一切のサービスがここにはない。廊下は昼も夜も闇と静寂のなかに沈んでいる。私には確信に近いものがある、このサナトリウムの客は私たち父子だけであり、病室係の女が、あちこちの部屋に出入りしていちいちドアを締めるときの秘密めかしい様子は、実はたぶらかしにすぎないのだと。

　部屋のドアを次々に開けてゆき、大きくひらいたままにして、私たちを巻き込んでいるこの卑劣な陰謀の化けの皮を剝がしてやりたいと、私は何度そんな欲望に駆られたことだろう。

だが、それでいて、私の疑惑が確かであるかどうかについて私自身、完全な確信はない。時おり夜なかに廊下で私はドクトル・ゴタールが白い手術服をつけ、灌腸器《かんちょうき》を携え、病室係の女を先立てて、どこやらへ急ぎ足で行くのを見かけることがある。そんなとき、勢い込んで彼を引きとめ、決定的な質問をぶつけて追いつめることはむずかしい。

　街にレストランと菓子店がなかったら餓死もしかねなかっただろう。いまだにもう一台のベッドは手当てされない。シーツ類の交換は思いもよらぬ。文化的な慣習の一般的弛《し》緩《かん》は私たちにも及んだことを認めねばなるまい。

　服を着たまま靴も脱がずベッドに入るなどは、文明人として久しく私には考えられないことであった。だが、いまでは、私は眠たさから酔ったようになり、夜遅く暗闇の部屋に戻ってゆく、窓のカーテンは冷たい風に膨らんでいる。私は意識を失ってベッドの上に倒れ、羽ぶとんのなかに身を沈めてしまう。こうして私はある不規則な時間を眠る、何日間、あるいは何週間、そのあいだ私は夢の空虚な風景につきまとわれる、夢のなかで私は絶えず歩いている、いつも呼吸の坂道を辿り、あるときはなだらかな傾斜を軽々と降りてゆき、またあるときは、鼾《いびき》の切り立った絶壁をよじ登る。頂きに到達すると、私は岩だらけな夢の無人境の広大な展望を見はるかす。いつと知れず、いずれの場所と覚えず、どこか鼾の急カーブで私は半ば目覚め、足元に父の軀を感じる。父は仔猫のように軀を丸くして寝ている。私は口を開けたまま再び眠りに落ちる、すると山々のつづく風景の大きなパノラマが堂々と波打ちながら私のそばを辷《すべ》ってゆく。

店では、父は生き生きと立ち働き、取引し、客の説得に力の限りを尽くす。元気づいた父は頬を赤くし、目を輝かせている。サナトリウムでは、父は家にいたころの最後の幾週間のように重病の身を横たえている。経過が歩度を早めて致命的な結果に近づいていることは蔽《おお》うべくもない。父は弱々しい声で私に話しかける。

「もっと始終、店に顔出ししてくれんと困るよ、ユーゼフ。店のやつらは泥棒ばかりだから。ところが、わしにはもうとてもその気力がない。わしはこうして何週間も寝たきりだし、店は運命に任せて細々とやっている始末だ。どうかね、うちから何か郵便がきていなかったかい」

私はこんな企てに乗り出してしまったことを後悔し始めている。宣伝の華やかさにつり込まれて、こんなところへ父を送り出したのは、決して好い考えであったとは言えない。時間を遅らせる——なるほど立派そうに聞こえはする、だが、実際には何だというのだ。ここで手に入る時間、そいつは値打ちのある、本物の時間だろうか、ニュースもインクもぷんぷんと匂うような広げたばかりの新鮮な時間だろうか。全く逆だ。それは擦り切れた、他人の着古した時間、あちこち織目が浮き、穴だらけの時間、篩《ふるい》のように隙間だらけの時間である。

驚くには当たらない、いわば吐き戻された時間なのだし——この点をよく理解していただきたい——古ものの時間なのである。堪《たま》ったものではない！……

しかも、これこそは、はなはだしく不当な時間の小細工である。悪質な馴《な》れ合い、時間のメカニズムへの搦《から》め手からの潜入、時間の精緻《せいち》な秘密を手玉にとる危い手品！　卓を叩き、声を限りにこう叫びたくなることもしばしばであった。「たくさんだ、時間から手を引け、時間とは触れてはならぬもの、挑発してはならぬものなのだ！　空間だけで不足なのか。空間は人間のためにある、空間のなかでは、人間は心ゆくままに飛び回ることができる、転ぶこと、でんぐり返し、そして星から星へ跳ぶことだって可能なのだ。だから、神かけて、時間に手出しするのはやめてくれ！」

翻って考えるなら、私のほうからドクトル・ゴタールとの契約破棄を申し出れば、と人は言うだろう。だが、父の実在がどのような見すぼらしいものにせよ、曲がりなりにも私は父を見ることができるのだし、一緒にいて言葉を交しもする……ドクトル・ゴタールは私にとって無限の恩人である。

何度か、私は彼に会い、率直な話をしてみようと思ったこともある。しかしドクトル・ゴタールは捉《とら》えがたいのである。いま食堂のほうへ行かれましたよ、と病室係の女が知らせてくれる。私がそちらへ歩いてゆくと、彼女が追いかけてきて、思い違いでした、ゴタール先生は手術室です、と告げる。ここではいったいどんな手術をやるのだろうと思案しながら、私は二階へ急ぎ、手控え室に入ってゆくと、なるほど、待つように言われる。間もなくゴタール博士が出てくる、手術を終えたばかりだから、そこで手を洗っている。私の目には博士の姿がちらりと映る、大股に足を運ぶ小柄な軀、大きく広がった白衣、そしてずらりとつづく病室に沿って急いでゆく。だが、一瞬後、あることが明らかとなる、それは何か。ドクトル・ゴタールはこんなところにきていなかったということ、ここではもう何年となく一切の手術など行われてはいないということなのだ。ドクトル・ゴタールは自分の部屋で眠っている、黒い顎ひげが風に乱れている。部屋は雲の渦のような鼾に満たされ、渦は高まり、積み上がり、博士をベッドに乗せたまま、高く高く上へ昇ってゆく——鼾と膨れ上がった夜具の波に乗って、偉大で悲愴《ひそう》な昇天をするのだ。

ここではもっと驚くべきことが起こる、私はそれを自分自身にも隠しているのだが、それほどばからしい幻想的なことなのである。私が部屋を出ると決まって、とたんにだれかがドアの所から離れ、横の廊下へ逃げ込んでゆくように思われる。あるいは、だれかが私の先に立って歩いてゆき、決してこちらを振り向かないこともある。それは看護婦ではない。それがだれか、私には分かっている！「ママ！」私は感動に震える声で叫ぶ、すると母は私に顔を向け、やさしい微笑を見せて一瞬、私を見つめる。ぼくはどこにいるの？ 何が起こっているの？ いったい、ぼくはどんな罠に落ちたの？

5

それが一年の終りの季節のせいなのかどうか、私は知らない、だが、ともかくも日々はいよいよ色濃くなり、闇を深め、黒ずんでゆく。ちょうど、真っ黒な色めがねを通して世界を眺めたような暗さなのである。

風景は全体が薄墨色に沈み、巨大な水槽の底のようになる。木も人も家も、黒い影絵に溶け合って、墨色の色調を背景に海草のようにゆらめいている。

サナトリウムの付近には黒い犬たちがうようよと犇《ひし》き合う。形も大きさもまちまちな黒犬は、彼らの犬の事業に熱中して、声も立てず緊張と警戒に溢れ薄明かりのなかに体を低くして道という道、小道という小道を走る。

犬は二匹、三匹と群れをなし、敏感な首を伸ばし、耳をぴんと立て、思わず知らず喉を洩れる静かな唸《うな》り声――それは最も気の立っていることを示す――をもの悲しく上げながら飛ぶように走る、犬たちは自分のことにかかずらって、慌ただしく、絶えず走り回り、絶えずわけの分からぬ目的に囚《とら》われているので、めったに通行人には注意を向けない。ただ時おり、走りながら、じろりと睨むことがある。そんなとき、黒い賢い斜視《やぶにらみ》の目には怒りの色が燃えた、その怒りの爆発を妨げるものは時間の不足でしかない。時にはまた、犬たちは怒りに任せて頭を低く下げ、不吉な唸り声を上げて、すぐ足元まで飛びかかってこようとすることさえあるが、必ずその途中で気を変えて、大きく跳ね飛びながら先へ駈けてゆく。

そのような犬の跳梁《ちょうりょう》は仕方がないにしても、サナトリウム当局が何のために一頭の巨大な狼《おおかみ》犬《いぬ》を飼っているのかは納得できかねる、それは鎖に繋がれてはいるが、悪魔のように粗暴な化け物、身の毛のよだつ犬なのだ。

犬小舎のそばを通り過ぎるとき、私はいつも鳥肌立ってしまう、犬は短い鎖をつけ身動きもせずにそこに構えている、首のあたりだけ色変わりの毛は頭の周りに逆立ち、口にも顎にもひげを生やし、全身は剛毛に覆われ、牙《きば》だらけの頑丈《がんじょう》な顎を持っている。犬は吠《ほ》えない、ただその野蛮な顔が、人の姿を見分けると、いちだんと凄《すご》みを増し、底なしの怒りの表情に固くなる、そして犬は恐ろしげな鼻面《はなづら》をゆっくりともたげ、憎悪の深みから絞り出した低い燃えるような唸りを発する、それは悲哀と絶望の響く声である。

私たちが連れ立ってサナトリウムを出るとき、父は犬のそばを無関心な様子で通り過ぎる。だが、私のほうはそのたびにあの無力な憎しみの激しい表出に、全身で脅えてしまうのだ。父は背の低い瘦せた軀を老人臭くちょこまかした足どりで運んでゆく、その横にいる私は、父より頭二つも高いことに今さら気づく。

広場に近づくと、いつにない人の動きに私たちは気づいた。群衆が通りを駈けてゆく。敵の軍隊がこの街に攻め込んだという信じられないニュースが、私たちの耳にも入ってくる。

皆がただあっけにとられるなかを、急を告げる錯綜した情報が入り乱れて伝えられる。何たることだ。事前の外交交渉抜きに突然の戦争なのか。紛争ひとつない安穏な平和のただなかに戦争とは。だれを相手に何を巡っての戦争なのか。情報によると敵軍の侵入でこの街の不満分子の政党が血気に逸《はや》り、不満派は武器を執って街頭に飛び出し平和な住民にテロを加えているのだといら。事実、私たちは黒い礼服の暴徒たちが白い弾帯を十字に胸にかけカービン銃を構えながら沈黙のうちに行進してゆくのを見た。群衆は彼らの前に退き、歩道に犇き合った、すると、彼らはシルクハットの下から皮肉な暗い視線を投げながら進んでいった、その視線は優越感と他虐の喜びと、そして、この瞞着《ミステフィカション》の仮面を剥ぎとる高笑いを堪《こら》えているかのような一種の目くばせに彩られていた。彼らのなかに群衆は顔見知りを見つけた、しかし賑やかな歓声は突きつけられる銃身の脅《おど》しによって圧殺された。一隊は、だれに手を出すではなく通り過ぎた。再び街の通りは、不安に駆られ陰気に黙りこくっている群衆で溢れた。重くるしい喧噪《けんそう》が街の上を流れる。遠方から大砲と弾薬車の進軍する鈍い轟音《ごうおん》が聞こえてくるようだ。「わしはどうしても店に行くぞ」父は蒼ざめてはいたが、固く決心した様子で言った。「おまえはついてこなくていい。かえって邪魔になる」そしてつけ加えた。「サナトリウムに帰りなさい」臆病神がその言葉に従うよう私に忠告した。私は父がぎっしりとした人垣に割り込んでゆくのを見送ったが、やがて姿を見失った。裏通りを抜けて私はひそかに街の小高い丘を目ざして道を辿る。坂道の上に立てば立入り禁止となった中心部の半円が見わたせるに違いない。

　ここまでくると人出は稀になり、しまいにはだれもいなくなった。私はがらんとした道を静かに市立公園のほうへ歩いていった。公園には青い焔の暗い街灯が灯り、死の花アスフォデロス[*2]を思わせた。灯りのひとつひとつには、甲虫《こうちゅう》が群れ飛び、翅《はね》を唸らせて横から斜めから銃弾のように重い体をぶつけていた。地面に落ちた虫は堅い殻をかぶった背を丸めて砂の上に不様《ぶざま》に重なり合い、弱々しげな薄い膜のような翅をたたもうとあがいた。芝生に、小道に、人々は何げない会話をつづけながら散歩していた。公園のはずれでは木々は塀《へい》に凭《もた》れるようにしている目の下の家々の中庭のほうにまで枝を垂れている。私はその塀に沿ってゆっくりと足を運んでいたが、塀は私の側からはやっと胸までしかないのに、反対側は庭から二階建てぐらいの崖になっていた。

庭と庭のあいだはところどころ土塀で仕切られ、それがちょうどこちらの塀の高さに届いた。私はやすやすと塀を乗り越え、細い土塀伝いに混み合った家々の建物のあいだを通り抜けて通りへ出た。私の方向感覚による計算に狂いはなかった。私はサナトリウムの建物へほとんどまっすぐのところに出てきたのだった。黒い木々を背景にサナトリウムの裏側がぼんやり白く見えていた。いつものように私は裏庭を通り、鉄格子のある門を潜る、すると早くも私の目は見張りについている犬の姿を遠くに認めた。それを見ると、例によって私は全身を駈ける嫌悪の震えに襲われる。心臓の底から絞り出されるあの憎しみの唸り声を聞かずに済むように、私はできるだけ足早に犬の横を通り抜けようとした。そのとたん、私はあまりの恐ろしさにわが目を疑った。犬は犬小舎を離れて飛び出し、樽《たる》のなかから聞こえるような響きのない吠え声を挙げ、私の逃げ道を塞ごうと走り回るのが見えたのだ。

恐怖に身を固くして私は中庭の反対側のいちばん遠い隅に逃げ、本能的に何か隠れ場所を捜し、空しい努力と知りつつ、そこに建つちいさな庭小舎《ごや》にもぐり込んだ、毛むくじゃらの犬は跳ね飛びながら近づき、早くも小舎《こや》の入口に鼻面を突き入れる、私は罠に落ちたも同然であった。生きた心地もない私がやっと気づいたのは、庭を引きずってきた犬の鎖が伸び切ってしまい、この小舎は犬の牙の届かぬところにあるということだった。精根尽きた私も、ようやく安堵《あんど》を覚えた。あわや失神しかねない足元をふらつかせながら私は目を上げた。これほど近いところから彼を見るのは初めてだった。すると、そのとき、私の目から梁《うつばり》が落ちた。なんという先入観の強さ、恐ろしさとはこうも人の目をくらますものか！　目の前にいるのは一人の人間なのだった。鎖に繋がれた人間――私はどうしてか、大まかな単純化によって、それを犬と思い込んでいたのだ。どうか誤解しないでいただきたい。それは紛《まぎ》れもなく犬なのだ、しかし姿は人間という意味である。犬の属性が内的な属性である以上、姿は人間であれ、けだものであれ、それが同等に発揮されるはずではないか。庭小舎の入口に立ち、頭を裏返ししたように全部の歯を剝き出し、恐ろしい唸りを挙げているのは、人間――中背の黒い髪の男だった。顔は黄色く骨ばり、陰険で不幸そうな黒い目をしている。黒い服、手入れの届いた顎ひげから判断すれば、知識人《インテリゲント》、学者ととれないこともない。あるいはドクトル・ゴタールの兄で失意の男なのだとも思えた。だが、それはあくまで最初の見かけにすぎない。糊《のり》によごれた大きな手、鼻のわきから顎にかけて走る二本の残酷で意地の悪い線、狭い額の下品な横皺《よこじわ》、それらが最初の幻影をたちまち押し流してしまう。それはむしろ製本職人、政治集会のさくらか弁士、党員――暗い爆発的な企みを抱いた乱暴な男であった。そして、いま激怒の深淵にあって、ひきつったように全身の毛を逆立て、自分に向けられた棒切れに狂ったように吠えかかる狂態は、まさしく百パーセント犬に違いなかった。

小舎の奥の手すりを乗り越えれば――と私は考える――あいつの怒りの届かぬ場所へ逃げられる、そうすれば横道を抜けてサナトリウムの門にゆけるはずだ。私はそこの手摺に足をかけたのだが、ふと途中で思いとどまった。このまま逃げてしまうのは、無限の怒りをもてあましているあいつを置き去りにするのは、あまりに残酷ではないだろうか、と私は思う。まんまと罠を脱け、永遠に遠去《とおざ》かる私を見るときの彼の恐るべき絶望感と非人間の苦痛を私は想い描いてみる。私は踏みとどまった。私は彼に近寄り、自然な落ちついた声で語りかける。「おとなしくなさい。いま鎖をはずしてあげますよ」

それを聞くと、ちぎれ、ひきつり、歪み、震え、唸り声を挙げていた渋面《じゅうめん》は収まって、その底から、ほとんど完全な人間の輪郭が浮かび上がった。私は臆せず歩み寄り、彼の首輪をはずす。そして私たちは並んで歩き出した。製本職人はきちんとした黒の背広をまとっているのに、足もとは跣《はだし》であった。私は会話を交そうと試みるのだが、彼の口からはわけの分からぬ声が洩《も》れてくるだけだった。ただ目のなかに、その黒い雄弁な目のなかに、恐怖を忘れさせる愛着と共感の荒々しい熱狂を私は読みとる。時おり彼は石や土くれに躓《つまず》いた。すると彼の顔はたちまち歪み、崩れ、飛びかからんばかりの怒りをまず半ばほど浮かべ、次には激怒の表情となり、その顔はいまにもしゅうしゅうと音立ててからみ合う蛇の塊に変わるかと思われた。私は仲間らしい乱暴な口調でそれをたしなめ、軽く肩を叩きさえした。そんなとき、向うの顔はあやふやな微笑を浮かべようととまどう。ああ！　その恐ろしい友情はいかに私にとって重苦しいものであることか。その異様な共感はいかに身の毛のよだつものであるか。私の傍らを歩み、その目で、その犬の魂の熱意のすべてを注いで私の顔に甘えかかってくるこの男からどうやって姿をくらませばよいのか。かといって、私の焦燥を相手に気づかせてはならない。私は紙入れをとり出し、事務的な調子でいう。「おかねがいるのなら、喜んで貸してあげますよ」そのとたんに彼の顔はきっと凶暴な様相を加えた、私は慌てて財布をしまった。それから長い時間、彼は、ひきつるような唸り声のせいで絶えず歪められる顔の表情を収め鎮めることができないのだった。だめだ。これ以上、おれは耐えられない。これだけはいやだ。問題はすでにあまりにも錯綜《さくそう》し、絶望的な状況にある。

街の上空が火事に赤く染まっているのが見える。父は革命の火のただなかに紛れ、燃えさかる店にいる。ドクトル・ゴタールは捉えがたい、そのうえ、姿をやつして理解できぬ出現をする母は何やら秘密の使命についている！　それらは私個人の周りに迫る正体不明の陰謀のひとつひとつの環なのだ。逃げよう、ここから逃げ出すのだ。どこでもよい。この気味の悪い友情を、この悪臭を放ち、私から目を放さない製本職人である犬を捨てるのだ。私たちはサナトリウムの門の前に立っていた。「どうぞ、私の部屋に」私は丁重な身振りと共に言う。品のいい身ごなしが彼を魅了し、彼の野性を眠らせる。私は彼を先立たせて部屋に入った。私は彼を椅子に着かせる。

「食堂でコニャックを買ってきます」と私は言う。

私に同行しようと、彼は困ったように腰を浮かせる。私はきっぱりと、しかし物柔らかに彼の逸《はや》り立つ気持ちをなだめる。

「あなたは坐っていらっしゃい、おとなしく待っているんですよ」私は振動する深い声で言ったが、その底には隠された恐怖が響いた。彼はあやふやな微笑を見せて坐る。

私は部屋を出る、ゆっくりと廊下をゆく、そこから階段を降りる、廊下伝いに出口へ、玄関を通り抜け、中庭を歩いてゆく、鉄の小門を音立てて締めてしまうと、こんどは息をもつかず駈け出した。心臓が高鳴り、こめかみがずきんずきんと鳴る、真っ暗い並木道を私は鉄道駅へひたすら走りつづけるのだ。

私の頭のなかに、恐ろしい光景が次々に浮かぶ、欺かれたと知ったときの化け物の苛立ち、困惑、絶望。激怒のぶり返し、野放しの勢いで破裂する憤怒の再発。サナトリウムへ父が戻る、何も知らずにノックする、そうして恐ろしいけものとの思わぬ鉢合わせ。

よかった、父は結局、生きていないのだし、実際にはこの事件が父にふりかかることはない——私はほっとして思う、目の前には黒々とした列車が出発を待っているのが見えた。

私がその一輛に乗り込むと、汽車はそれを待っていたかのように、そろそろと動き出す、汽笛も鳴らさずに。

窓のそとでは、再びあの巨大な地平線の鉢が滑りそして回転する、風に鳴る暗い森がそこに注がれ、その樹間にサナトリウムの外壁がしらじらと見える。さらば、父よ、さらば、二度と見ないだろう街よ。

あのとき以来、私は乗っている、乗りつづけている、いわば、私は鉄道に居着くようになってしまい、人からも大目に見られて、客車から客車へとさまよっている。部屋のように大きな車輛のなかはごみ屑と敷き藁がちらかり、色の消えた灰色の日々、風はそれらを吹き貫いてゆく。

私の服は裂け、ほころび切った。着古した鉄道員の制服が私に恵まれた。顔にはよごれた布が巻きつけてある、片方の頰が脹《は》れたためである。私は藁のなかに坐り、まどろむ、そして腹がすいてくると、二等の客室の前の廊下に立ち、歌をうたう。すると、小銭《こぜに》が私の車掌用の帽子に投げ込まれる、黒い鉄道員の帽子、その庇《ひさし》はとうにちぎれてしまった。

＊1　原語の Sanatorium Pod Klepsydrą の表記は固有の名称を表す。klepsydra には(1)水時計、砂時計、(2)死亡ないし葬儀の通知または掲示という両様の意味がある。

＊2　死の花アスフォデロス asfodelos。ホメロスによると、冥府ハデスにある〈エリュシオンの野〉にはアスフォデロスの花が咲き乱れ、高潔に生きた人々の死霊がそこを散策しているという。〈エリュシオンの野〉は「夢の共和国」にも登場（四二六頁）するが、フランス語に訳せば、これはシャンゼリゼ Champs-Elysées となる。神々に愛された人々が死後、幸多き日々を送ると信じられ、理想郷・桃源郷の転意を生んだ。ベートーヴェンの第九交響曲の合唱でも歌われる。

原題　Sanatorium Pod Klepsydrą

ドド

土曜日の午後になると、決まってドドがわが家にやってきた、黒っぽい上着に白の畝織《うねおり》のチョッキを着て、大きすぎる頭には特別誂《あつら》えに相違ない山高帽をかぶっていた、やってくると言っても、十五分か三十分そこら、木苺《きいちご》のジュースを溶いたコップ一杯の水を前に腰を下ろし、膝のあいだに支えたステッキの骨作りの握りに顎《あご》を預けて夢想したり、巻たばこの煙を青くなびかせて物思いに耽《ふけ》りにくるだけだ。

その時間、たいていは他に親戚たちも客にきており、気がねなく交される会話のあいだ、ドドは目立たぬほうへ席を移し、活気づく寄合いの座で受身のエキストラ役に回った。口をさし挟むではなく、立派な眉毛の下から表情豊かな目をひとりの話者から別の話者へと移し替えるうちに、ドドの顔はどこか関節が緩んだように次第に長くなって、すっかり間《ま》が抜けてしまい、自然な傾聴には全く身が入らなくなった。

口を利くのは、直接に何か訊かれるときだけ、答えるのはごく短なひとことで、気のないふうにそっぽに目をはずす、それも答え易い単純な用件の枠を出ない質問に限った。ときには、その先、そんな範囲を越える二、三の問いかけにも応じて会話をうまく切り抜けたが、それは彼特有の顔つきや身振りの表現の豊かさのお蔭で、多様な意味にとれるところから万能の効能を発揮し、口にした言葉の隙間をそれが塞《ふさ》ぎもし、また生き生きした顔の表情は頭のいい反応と思わせた。ただし、それはあくまで幻想にすぎない、早呑み込みはすぐさま解消して、会話はみじめにも断ちきられ、質問者の視線は考え込むようにゆっくりとドドから離れてゆき、取り残されたドドは元どおりに格落ちして、このやりとりの座には打ってつけのエキストラ役へ、見物人の役へと戻った。

何しろ、会話が成立しないのだ、一例を挙げるなら、村へ帰省したのはおふくろさんも一緒かね、と訊かれて、彼の泣き声に近い返事は「どうだったかねえ」と答える。それが悲しくも恥ずかしい正直な答えなのだった。実際、ドドの記憶はほんの一瞬前、つい今さっきのことまでしか及ばないからである。

ずっと昔、まだ子どものころ、ドドは何やら重い脳の病を患ったことがある、そのときは何カ月ものあいだ意識を失った状態のまま寝かされていて、生より死に近かったのだが、ともかくにも丈夫になれたときには、もはや世に通用しない体となり、頭の働く人々の仲間入りはできなくなっていた。教育は家庭内で行われ、それも体裁の上ばかり、もっぱら控えめなものであった。他の子には厳しくきつく当たっても、ドドにだけは手加減をして甘やかされた。

彼の周りには奇妙な特典の領界のごときものができあがり、その保護区域、中立地帯が彼を実生活の圧迫や要求から守っていた。この領域のそとにいる者はみんな生活の大波にまともに襲われ、じたばたと無我夢中でその波の寄せるなかを渉《わた》り、波に攫《さら》われ、玩《もてあそ》ばれ、拐《かどわか》されたが、安全地帯のなかにいれば、そんな大騒ぎから隔離されて一息つける平穏があった。

こうして彼はおとなとなり、彼の運命の番外扱いもそれにつれて成長し、当たり前として受け取られ、どこからも文句は出なかった。

ドドは新調の服を着たことが一度もない。いつも兄のお古を着る。同い年の人たちの人生がいくつかに区切られて、ある段階、時期、境目《さかいめ》を付ける出来事に分かれ、「名の日の祝い」、試験、婚約、昇進など——厳粛で象徴的な折々があるのに引き替え、彼の人生は細かな区分のない単調さのなかに流れ、苦楽の波風もない。同様に未来にしても、まるで起伏のないのっぺらぼうの街道が延びるばかりで、出来事や意外性の影もなかった。

こういうありようにドドが心のうちに抵抗感を抱いていたと見ては誤りである。彼はこれこそが自分にふさわしい生き方だと単純に受け入れ、違和感もなく、すなおに同意し、楽観に徹し、無事泰平の凡々たる暮らしの限界のなかで日常の細部を工夫した。

毎日の昼前、街へ散歩に出ると決まって同じコースを一周りした、三本の通りをきっちり終りまで歩き、そのあと同じ道を引き返すのだ。兄の着古しとは言え瀟洒《しょうしゃ》な上着をまとい、ステッキを握った手を背なかに回し、行儀よく急がず足を運んだ。旅行を趣味とする紳士がたまたま街を訪れたという風情であった。急ぎもせねば行く先も目的もないことは、彼の動きに現れるかに見えたが、ときにはそれが不名誉な形をとる結果となった。というのも、ドドには物見高い気《け》があったからで、お店の戸口の前、何かとんとんと叩いては細工する作業場の前、立ち話する人たちの前でさえ、立ち止まってぽかんと見とれた。

彼の風貌《ふうぼう》は早くから成熟し始めた。奇妙なことに、人生の経験や衝撃は生活の入口で止まり、彼の空っぽの不可侵性、番外待遇までは干渉されずに残ったのに、顔つきのほうは、彼を素通りしたそれらの経験を元に形成され、ある実現されない一代記を前もって暗示した。その伝記が可能な範囲で漠とながら描出し、成形し、刻み出した容貌は、偉大な悲劇役者の幻想のマスク、すべての時代の知恵と悲しみを満面に湛えた面《おもて》であった。

彼の眉毛はみごとな弓なりに弧を描き、深々と沈む大きな悲しい目の陰影を深めた。鼻の周りには二本の筋が彫られ、現実味のない苦難と見かけ倒しの知恵とを表したが、その筋は口角まで降り、さらにその先へと延びていた。ちいさいながら脹《ふく》らみのある唇は痛々しげに閉ざされ、長めのブルボン王朝風の下顎にある粋《いき》なほくろが、経験豊かで女好きの老人に見せた。

こうした彼の特権的な例外扱いが、小ずるく隠されているが、つねに獲物に飢えた人間の悪意という嗅覚の鋭い肉食動物につけ狙われるのは避けられなかった。

というわけで、彼の朝の散歩には仲間たちが連れ立つようになり、それがますます頻繁となった。例外扱いの人物に関わるわけだから、これは特別な種類の仲間、それもたがいに仲がいいとか、利益を共にするとかの意味ではなく、あまり感心しない好ましからぬ一味であった。大体がはるかに年若の青年たちは、気品と威厳を慕って寄ってきたのだが、彼らの交す会話は特殊で陽気で冗談ぽく、ドドにしてみれば、それが愉快でもあり、気分のいいものであったことは、異議を唱える余地がない。

こうしてこの陽気でいささか軽はずみな取り巻き連よりも頭ひとつ抜きん出てドドの歩くさま

には、弟子に囲まれた逍遥《ペリパトス》学派の哲学者の風格があり、威厳と悲哀のマスクの陰の彼の顔にはたわいない微笑がこぼれて、その容貌の悲劇的な主調と争った。

今ではドドは朝の散歩の帰りが遅くなり、戻ってくるときには髪が乱れ、服装も乱れがちなのは別として、生気に溢《あふ》れ、家に戻るなりレティツィア叔母さんに引き取られた哀れな従姉妹《いとこ》のカロラとふざけて口喧嘩をしたがった。もっとも、そういう散歩があまり褒められたことではないと感じるせいか、ドドは家のなかではこの点について口外せず完全な秘密を保った。

かの単調きわまる生活にも一度か二度、日ごろの凡庸の浅瀬を見下ろすほど突出した特大の事件が起きた。

ある日、朝、外出したきり彼は昼食に戻らなかった。夕食になっても、翌日の昼食にもまだ帰ってこない。レティツィア叔母さんは絶望の寸前となった。しかし、その夕方、帰宅した彼はいくらか乱れた服で、山高帽は潰《つぶ》れ、かぶり方も傾《かし》いでいたが、元気であるし気分も平静であった。

この出奔の経緯を再構成するのは困難だった、それについてドドは全く沈黙したからである。恐らくは、散歩の途中、ぼんやり見とれ、いつか街の知らない界隈へと迷い込んだと思われ、ドドを珍しい未知の生活環境に触れさせる目的で、たぶんそれには逍遥学派の若者も一役買ったのだろう。

恐らく、あれはお荷物の哀れな記憶に休暇をくれてやった日のひとつで——お蔭で住所も、自分の名前や生年月日さえも忘れてしまったのかもしれない、もっともふだんなら、ドドはそのくらいはちゃんと覚えていた。

いずれにせよ、この冒険行のこれ以上の詳細はついに突き止められずに終った。ドドの兄が外国へ出てしまったあと、一家は三人というか四人に減った。ヒェロニム叔父さんとレティツィア叔母さんのほかは、カロラがこの家の大きな財産を切り回す家政婦役を務めた。ヒェロニム叔父さんはもう何年となく部屋から一歩も出たことがない。浅瀬に乗り上げた生活のぼろ船の舵《かじ》とりの手を、神の摂理が優しくはずしてくれたときから、叔父は玄関の間《ま》と暗い小部屋のあいだの狭い空間で隠居暮らしを送っていた。

床《ゆか》まで届く長い部屋着を着て小部屋の奥に腰かけた叔父は、日いちにちといよいよ幻想の度合いを増すひげを生やしていた。胡椒色をした、先端の部分だけがほとんど白い長い顎ひげは、頬ひげと混じって顔の周りから頬の半分にまで及び、そのあいだから灰鷹《はいたか》のような鼻と目ばかりを覗《のぞ》かせた。その目はもじゃもじゃの眉毛に隠れて白目がくるくると動いた。

暗い小部屋——それは叔父を閉じ込めた狭い座敷牢で、囚人は大型の猫族のようにそのなかを行ったり来たりする——にはガラス戸がサロンへと通じていて、叔父夫婦の寝るオーク造りの巨大な寝台が二つ置かれ、その背後の壁を埋めて大きなゴブラン織が懸っているが、暗がりのせいで図柄ははっきりとしない。闇に目が慣れると、竹林と椰子《やし》の木々のあわいから一頭の巨大な雄獅子が姿を見せた。それは聖書の預言者のように力づよく暗鬱で、族長のように威厳があった。

背を向け合っていながら、この獅子と叔父とは相手の存在を意識し、憎しみ合っていた。たがいに牙《きば》を剝《む》き出し、威嚇するような唸りを発しては、相手を見ずに睨み合った。時おり、獅子は苛立《いらだ》って前脚で立ち、突き出した頸《くび》の鬣《たてがみ》を逆立て、恐ろしげな遠吠えを陰気な地平のあたりにまで轟《とどろ》かせた。

時には、ヒェロニム叔父が獅子を下に見て預言者風の長広舌を振るうと、言葉で膨《ふく》らみ上がった叔父の顔は偉大な言葉から厳しく造形されてゆき、ひげが霊感に波打った。獅子は痛そうに目を細め、力の隠《こも》る神の言葉に身を縮めながら、ゆっくりと頭を向うに回した。

獅子と叔父のこの永遠のいがみ合いは、叔父夫婦の小部屋を満たしていた。

ヒェロニム叔父とドドはこの広くはない家のなかでほとんど無関係に暮らした、交差はするが触れ合うことのない別々の次元に住んでいたのだ。両人の目の合うことがあると、二人の視線は相手からはずれた遠方へ走り、品種の縁遠い動物同士が相手を眼中に入れないのと同じであった。この場合、おたがいの姿は意識の端から端までを駆け抜けるだけで、そこに映像を結ばず、定着が不可能なのである。

たがいに口を利くことも絶対になかった。

食卓に着くとき、レティツィア叔母さんは、夫と息子のあいだに腰かけ、二つの世界の境界となり、狂気の二つの海を分ける地峡となった。

ヒェロニム叔父の食べ方は落ちつきがなく、長いひげが皿に嵌り込んだ。台所のドアが軋《きし》む音を立てると、叔父は椅子から半ば腰を浮かせ、スープの入った深皿をつかみ、自分の割当て分を確保したうえで、よその人が家へ踏み込んできたら小部屋へ逃げ出そうと身構えた。すると、レティツィア叔母さんが夫をなだめるのだった——「だいじょうぶ、だれでもない、女中だよ」そんな折、ドドは憤懣やる方ない光る目を慌てふためく父に向け、呆《あき》れ果てたように呟《つぶや》いた——

「ひどい気違いだ……」
ヒェロニム叔父が罪の赦《ゆる》しを得て実生活の紛糾から釈《と》き放たれ、小部屋での孤独な避難所に退く許可を取りつける以前、叔父は全くの別人であった。若いころから叔父を知る人々に言わせると、もともと不羈《ふき》奔放な気性で自制も遠慮も躊《ため》らいも知らぬ怖いものなしであった。不治の病人があれば、おっつけあいつは死ぬと満足そうに口に出した。弔問の機会には、辟易《へきえき》する遺族の前で、人々の涙もまだ乾かぬうちに、生前の故人のことをみそくそにやっつけた。身辺に個人的な悩みごとを隠している人があると、面と向かい大声で嘲《あざけ》るようにすっぱ抜いた。ところがである。ある夜、商用先から戻ってきた叔父は、がらりと人間が変わり、恐怖に脅《おび》えしゃにむにベッドの下へ潜り込もうとした。数日後、ヒェロニム叔父が廃位して一切の仕事から降りたとの知らせが親戚じゅうに伝わった、怪しげで危険な商売をもてあましてのことである。廃位はすべての系列にわたる最終的なもので、以後は新生活に入った。その新生活を律する法則は厳格かつ精緻《せいち》を極めたが、私たちにその正体は不明であった。

日曜日の午後、私たちは揃ってレティツィア叔母さんのところに集まった、親族一同のささやかなお茶の会が催されるからだ。ヒェロニム叔父はだれの顔にも覚えがなかった。叔父は小部屋に陣取り、集まった人たちにおどおどした目をガラス戸の向うから向けた。しかしながら、時たま思いがけなく叔父は隠れ処《かくが》を抜け出し、例の床まで届く部屋着姿でひげを波立たせながらやってくると、私たちを隔離するかのように手まねをして言った――「さあさあ、あんたたち、こんなところにいないで、帰んなさいよ、そっと、こっそりと、勘づかれないようにな……」それから、脅すように秘密めかしく一本指を立て、声を落として言い足した——「世間じゃ、みんなが言っておるぞ、でぃ、だあ……とな」

叔母は優しく叔父を小部屋に押し返すのだったが、叔父はドアのところで怖い顔を振り向け、またもや一本指を立てて繰り返した——「でぃ、だあ……とな」

ドドはすぐには事態が呑み込めず、しばらく黙ってぼんやりしているうちに、ようやく状況が判明するのだった。そうすると、何やら滑稽なことが起きたのを確かめるように二、三の客を見回したあと、わっと笑い出し、耳ざわりなほど悦に入って大笑いしてから、哀れむふうに首を振り、笑いの底から繰り返した——「ひどい気違いだ……」

レティツィア叔母さんの家の上に夜の帷《とばり》が落ちた、乳搾《ちちしぼ》りを済ませた牛たちが羽目板に体をこすりつけ、台所ではもう下女たちが眠りこけ、菜園から流れてくる夜のオゾンの玉は開け放った窓のところで弾《はじ》けた。レティツィア叔母さんは大きな寝台の深みで寝息を立てていた。隣の寝台ではヒェロニム叔父が枕を尻に敷き梟《ふくろう》のように坐っていた。闇のなかにその目が光り、立てた膝《ひざ》がしらをひげが蔽《おお》った。

叔父はゆっくりと寝台を降り、爪先立って叔母に忍び寄った。寝ている叔母を見下ろし、眉毛もひげも逆立て、跳びかかる猫のように身をひそめて立った。壁の上の獅子が短くあくびをし、それから頭を背《そむ》けた。叔母は眠りから覚め、目をぎらぎらさせ鼻を鳴らす顔に、ぎょっとした。

「ベッドに戻んな、ほら、ほら」雄鶏《おんどり》を追い立てるように、叔母が手を振って言った。

叔父は鼻息を立て、小刻みに頭を振り振り、あたりを見回しながら戻っていった。

隣室ではドドが横になっていた。ドドは眠れないのだった。病んでいる彼の頭のなかでは睡眠中枢が正しく機能しない。彼は夜具の下で転げ回り、向きを替え、輾転《てんてん》とした。マットレスがきいきいと鳴った。ドドは深い溜息をつき、鼻息を鳴らし、困り抜いてときどき身を起こしては枕に体を預けた。

生きられなかった生活が苦悩し、絶望に苛《さいな》まれ、檻《おり》のなかの猫のように転げ回った。ドドの体のなか、半人前しか頭の働かない体内で、だれかが経験も持たずに老いてゆき、かけらひとつの中身もなしに死へと成熟しつつあった。

出しぬけに、彼は暗闇のなかですすり泣いた――不気味に。

レティツィア叔母さんが寝台から跳び出し、駆け寄った――「どうしたの、ドド、どこか痛むのかい？」

面食らったドドが顔を向けた。「だれが？」

「なんで泣くのさ？」叔母が訊いた。

「おれじゃない、あいつだよ……」

「あいつって？」

「壁に埋められたやつ……」

「いったいだれさ？」

しかし、ドドは諦《あきら》めて手を振り下ろした――「なんでもない……」そして向うを向いた。

レティツィア叔母さんは足音を忍ばせて寝台へ戻った。ヒェロニム叔父の一本指が突き出され、彼女の行く手を遮った――「世間じゃ、みんなが言っておるぞ、でぃ、だあ、と……」

原題　Dodo

エヂオ

1

私たちと同じアパートの同じ階、細長い翼棟《ウィング》の中庭側から入る居宅にエヂオは家族と暮らしている。

エヂオはもうとっくにちいさな子どもではなく、一人前のおとなだし、よく響く男らしい声をしている、エヂオはその声でときどきオペラのアリアを歌う。

エヂオは肥満の傾向がある、といっても、よくあるあの海綿みたいなぶくぶく肥りではない、むしろレスラー風の筋肉質である。肩はがっしりして熊のようだ、だが、それがなんになろう、彼の脚は両方とも普通でなく、奇形《きけい》で役に立たないのだから。

具合が悪いといっても、一見してエヂオの脚のどこがどうなのかは分からない。膝から始まって踝《くるぶし》で終るあいだに余計な関節があるように見える、関節は普通の脚よりも二つは多い。この多すぎる関節を使って歩くのだから、ぎくしゃくする、それは傍目《はため》にも胸が詰まるほどだ、それも左右と限らず、前後にも、いやあらゆる方向に揺れ動く。

そこで、歩くにはＹ字型の松葉杖の世話になる、これはなかなか上等の細工でマホガニーそっくりの美しい艶がある。その松葉杖を頼りに毎日、下へ降り新聞を買いに出る、それが唯一の散歩、たったひとつの気晴らしである。階段を降りるのは見るも痛ましい。左右の脚が不規則に脇へ後ろへふらふらと揺れ、思いがけない場所が折れ曲がる、足は足で、馬の蹄《ひづめ》のように厚みがあって短い、それが板張りの階段にぶつかってこんこんと鳴る。ところが、平たい場所では、エヂオは急に変わるのだ。背筋を伸ばせば、上半身が立派に脹らみ、全身に活力がみなぎる。杖を平行棒式に使って、前方にぐんと脚を投げ出し、足先が不均等な音を立てて地面にぶつかる、すると、杖を次の場所に移し、再び新たな勢いで前へと下半身を投げ出す。そのように身を投げ出すことで彼は空間を獲得する。こうして、長時間、家で腰かけて休息を取り精力がありあまるときなど、彼は松葉杖を操って中庭に現れ、元気いっぱい、この英雄的な移動法の実演をやって見せ、一階や二階の家に雇われている女中たちの喝采を浴びることも一度や二度ではない。そんなとき、彼の首筋ははち切れそうに脹らみ、顎《あご》の下には二重顎が現れ、斜めにかしいだ顔と緊張して固く食い縛った口に、隠し切れない苦しみの渋面《じゅうめん》が滲み出た。エヂオは定職もないし、仕事もない、宿命は彼に障害という重荷を負わせた代りにアダムの子らにかけられるそうした呪いを解いてくれたのだ。障害の暗い陰に嵌り込んだエヂオは、怠け暮らせる特典を十全に享受し、宿命とのあいだに言わば私的に結んだ取引に内心ひそかに満足している。

では、二十数歳の若い身空で彼がその暇な時間をどのように埋めているのか、そこは私たちが幾度か頭をひねる一件である。新聞を読むのに彼はたっぷり時間をかける。エヂオは徹底した読み手である。どんな短信もどんな案内も見逃さず細心に目を通す。ようやく新聞の最終面を読み終えた残りの一日、退屈に苛《さいな》まれることは決してない。これからやっとほんとうの仕事が始まるのだ、エヂオは早くからそれを楽しみにしている。午後、ほかの人々が食後の昼寝で横になるころ、エヂオは大きな厚いスクラップブックを取り出して窓際の机の上に置き、糊《のり》と刷毛《はけ》と鋏《はさみ》を用意し、好きな楽しい仕事に取りかかる、最も興味深い記事を切り抜き、それを一定のシステムに従って貼ってゆく。二本の杖は念のため窓に立てかけてあるが、手の届くところに何もかもあるからエヂオはそれを必要としない、こうして夕方のお茶の時間までの数時間は丹念な仕事のなかで過ぎていく。

三日に一度、エヂオはひげを当たる。この手作業も気に入っているし、用具も好きなのだ——熱い湯、泡立つ石鹼《せっけん》、肌触りの快い剃刀《かみそり》。石鹼を溶きながら、研ぎ革で剃刀の刃を立てながら、エヂオは歌い出す、その声は目下、修業中とも聞こえず、素人ばなれともいかない、むしろ、胸いっぱいに歌うのだが、押しつけがましさはない、エヂオって気持ちのいい声してるわ、とアデラは言う。

それはともかく、エヂオの家ではどうやら万事が順調というわけではないらしい。まずいことに、彼と両親とのあいだには相当に深刻な対立がある様子なのだ、その陰の事情は何も分かっていない。勝手な推測や噂《うわさ》はさておき、ここでは経験的事実のみに話を絞ろう。

ふつう日暮れどき、エヂオの窓が開け放たれる暖かい季節と限るのだが、そうした諍《いさかい》のやりとりが、わが家にも聞こえてくることがある。正確に言えば、聞こえるのは対話の半分、つまりエヂオのパートだけである、というのは、対立の敵対者はアパートの奥の部屋に隠れていて、そっちの反論がこちらには届かないからだ。

そのせいで、エヂオにぶつけられる文句がどんなものか、見当はつきかねる、ただし、エヂオのやり返す調子からすれば、いきり立って、ほとんど堪忍袋の緒が切れる寸前と思える。言葉は乱暴だし、言いたい放題、すべて抑え切れぬ腹立ちの赴くままだが、しかし、腹いせにしては、どこか臆して、みじめっぽい調子が漂う。

「それはそうさ」半泣きの声がどなる。「だから、どうなんだ？……」——「いつ、きのうのこと？」——「うそだ」——「そうだとしたら？」——「おやじのうそつき！」

こんな具合に十五分間も続く、そこに変化を添えるのがエヂオの怒りの爆発で、われとわが頭を叩き、髪の毛をむしる、それ以外に激怒のやり場がない。

だが、ときには——そこがこの戦慄《せんりつ》の場面の山場だが——私たちの息を凝らして待ち受けたことが始まる。アパートの奥で何かがどすんと倒れ、どこかの戸がばたんと閉まり、何かの家具が轟音《ごうおん》と共に倒れ、やがてエヂオの裂帛《れっぱく》の悲鳴が響きわたる。

私たちは身を竦《すく》め、嫌な思いでその声を聞く、半面、異常な満足感が私たちを捉える——脚こそ不自由といえ、逞《たくま》しい肉体の若者に、野放しの想像を絶する暴力が下されるさまを思って。

2

陽が落ちてから、早めの夕食の片付けが済むと、アデラは中庭に面したベランダへ出て椅子にかける、そこからエヂオの窓は遠くない。長いベランダが――途中で二回、中断がある――中庭に向かう一階と二階の高さに繞《めぐ》らせてある。木造りのベランダの隙間からは雑草が生え、ひところには、一本の細いアカシアまでが板のあいだにひょろひょろと突き出し、中庭を見下ろして夕風に揺れている。

アデラの他にもここあそこのベランダには、思い思いに椅子を持ち出し、戸口を背に涼む隣人たちがある、薄暮に包まれて、その姿はぼやけている、一日の暑熱を全身に残して椅子に坐る人影のひとつひとつは、口を封じた沈黙の麻袋に似ている、夕闇が優しく紐を解いてくれるのを待っているのだ。

下の中庭が急速に闇を吸い込んでゆく――一波また一波と。引き替え、見上げる高空《たかぞら》は光を諦《あきら》め切れず、下界のすべてがいよいよ炭化して服喪の黒を増せば増すほど、上に明るさが澄み透る。その光は、震えつつ瞬《まばた》きつつ、蝙蝠《こうもり》たちの見分けがたい飛翔のために次第に弱まる。

だが、下界では夕闇の手早く静かな作業が始まった、そこには足早の貪欲な蟻《あり》が群がっている、蟻は物たちの実体をばらばらに細裂《こまざ》き、食い散らし、運び出す、食われた物たちは、白骨、肋骨、骸骨だけを残し、悲しい戦場に燐の微光を放つ。ごみ捨て場に散らばるそれらの白い紙屑、ぼろきれ、消化されなかった光の脛骨《けいこつ》は、虫のうごめく闇にいつまでも燃え、消え絶えようとしない。もはや薄暮に呑み込まれたかと、しきりに思われるとき、それらはまたも現れて発光を続けるのだが、震動と鳥肌に満たされた目は絶えずそれを見失う、しかし、人はもはや物たちの残りものと目の錯覚とのあいだに区別をつけることをやめる、まさにそのとき人の目は夢のなかでのように譫言《うわごと》を呟《つぶや》き出す、そしてしまいにひとりひとりは、蚊柱のなかに入るようにそれぞれ自分の霊気《アウラ》のなかに身を置く、脈打つ脳のリズムに乗ってその周りを踊るのは星の群がり、微光を放つ幻覚の解剖図である。

すると、中庭の底から微風の葉脈が伸長を始める、それは自らの生存についてまだおぼつかなく、生存そのものを諦めかけている、そのうち、それが涼気の縞《しま》模様となって私たちの顔のあたりに触れる、その布地は襞立《ひだだ》つ夏の夜の内側に絹の裏地のように裏打ちされているのだ。そして瞬《しばた》き、また息を吹きかけられながら、早い星々が夜空に灯るころ、渦巻と幻影の織り込まれた鬱陶しい残照のあの一枚のベールが極めてゆっくりと分けられてゆく、そのとき、深々とした夏の夜が溜息と共にひらく——その奥底いっぱいに詰まるのは星の微粉と蛙《かえる》の遠い鳴き声とである。

アデラが明かりをつけないまま、前夜、汚れて揉《も》みくちゃになった寝具のベッドに横になる、瞼《まぶた》を閉じたかと思うと、建物のすべての階、すべての居宅を駈け回る疾走が開始される。

夏の夜は、ただ秘密に通じない人々にとってだけ休息であり、忘却であるにすぎない。日中の行動がやっと終り、疲れた脳が眠ろう忘れようと願っている、ちょうどそのとき、七月の夜のあの無秩序な奔走、あの絡み合った巨大な騒ぎが始まる。どの居宅もどの部屋もどの小部屋も残らず、このとき、喧噪《けんそう》と移動と入室と退室とに満たされる。どの窓にも笠付きの卓上ランプが置かれ、廊下までがあかあかと照明され、ドアが休みなく開いては、また閉ざされる。ひとつの大きい乱雑な、なかばアイロニーを帯びた会話が、この巣箱の巣房のすべてに及ぶ絶え間ない誤解のあいだに縺《もつ》れ、枝をさし伸ばした。二階の人々は一階の人々の言い分を正確に知らず、急ぎの訓令を携えた使者たちを送り出す。伝書使らは飛ぶように残りなく全所帯を巡り、階段を駈け昇り、階段を駈け降り、途中で訓令を忘れ、始終、新しい指示を取りに呼び戻される。そしていつも何か補足することが起こり、いつまで経っても事情は説明されずに残り、笑い声と冗談のさなかのこの大騒ぎは解決に到達しないままである。

この夜の大混乱に巻き込まれないで済む脇部屋だけが、独自の時間を持っている、それは掛時計のかちかち鳴る音、静けさのモノローグ、眠る人々の呼吸で計られる時間だ。それらの部屋には乳母たちが、乳で膨らみひろがって眠っている――貪るように夜の胸に吸いつき恍惚に頬を上気させながら。乳呑《ちの》み子《ご》は乳母の見る夢のなかを迷い、匂いを辿って嗅ぎ回る動物のように、瞼を開けぬままで乳房《ちぶさ》の白い平地に描かれた静脈の青い地図の上を甘えてさまよい、温かい乳房を、その深い夢の入口を探し求めて盲目の顔で這い寄り、やがて感じやすい唇は、ついに夢の乳首《ちくび》、甘美な忘却に満ちた確かな乳首を見つける。

ベッドのなかで眠りを捉えた人々は、もうそれを放さず、天使と戦うように眠りと戦う、天使はその手を逃れようと踠《もが》くが、ついには負かされ、寝具に押しつけられて、眠る人と代り番こに鼾《いびき》を立てる――まるで、言い争うかのように、憎しみの歴史をたがいに怒気鋭くなじり合うかのように。それらの恨みごとや不和が収まり、そしてあの疾走のどたばたのすべてが跡形なく消え建物の隅々に失われ、この部屋あの部屋に静寂と非在が訪れるころ――丁稚《でっち》のレオンが手探りで表の石段を昇ってくる、脱いだ靴を片手に持ち、鍵を握った別の手で暗がりに鍵穴を捜す。これは毎晩のことで、娼家からの帰館なのである――充血した目、しゃっくりに引きつる体、半分あけた口からは涎《よだれ》の糸が垂れる。

主人、ヤクブの部屋の机にはランプが灯り、本人は机に背を屈《かが》めて〈機械紡織業 *Christian Seipel & Sons*〉宛の商用文を認《したた》めている、数枚もつづく長文だ。床の上には書き終えた用紙が幾枚も連なっているが、書き上がるのはまだまだ先である。時おり、父は机を不意に離れ、部屋のなかを駈け回る、くしゃくしゃの蓬髪に両手を突っ込みながら、そうしてぐるぐる回るうちに、ついでに壁を登り、漠としか見えぬ大きな蚊のように壁紙のアラベスク模様にぶつかってはちらちらと光り、それからふたたび床を走り出し、霊感に打たれた円形走行を続ける。

アデラは深々と眠っている、口はぽかんとあけ、顔は間伸びして不在だが、閉ざされた瞼は透明で、その薄い羊皮紙には夜が自筆で書き入れをする――半分が文章、半分は画像、そこには抹消、訂正、乱筆が多々ある。

エヂオは自室で上半身、肌ぬぎとなり、亜鈴《バーベル》で体操中だ。体力がすごく必要だし、利かない脚の穴埋めとして、肩には二人力の力を籠めねばならない、そこで体力づくりに熱が入る、人目に付かぬように訓練は夜中を利用する。

アデラが後ろへ、不在のなかへと身を引く、こうなっては叫ぶことも呼ぶこともできず、エヂオが窓から身を乗り出す邪魔も彼女にはできない。

エヂオは杖なしにベランダへと出て手摺《てすり》に縋《すが》る、アデラはそれを見るたびに、ぎょっとする――あの人、脚が動くのかしら。だが、エヂオは歩こうとは試みない。

白い大型犬のように彼は腹這いで前進する、ベランダの板をぎしぎし言わせながら、跳《は》ねるように近づくと、早くもアデラの窓際にきている。毎晩、そうするように、彼は痛々しい渋面《じゅうめん》に歪《ゆが》む脂ぎった蒼白《あおじろ》い顔を月に光る窓ガラスに押しつけ、泣き声で執拗に何ごとか言う、泣きながら彼は話す――彼の二本の杖は朝まで衣裳簞笥《いしょうだんす》のなかに隠されるので、こうして犬みたいに四つん這いになるほかないのだと。

だが、体を横切る眠りの深いリズムに身を任せたアデラは無力だ。剝き出しの太腿《ふともも》を上掛《うわがけ》で隠す力もなく、横並びにまた縦並びに列を組み、体の上を這い回る南京虫にも手が打てない。葉のような胴の軽くかぼそい彼らは、そっと彼女の体を走るので、アデラはむずとも感じない。血を入れる扁平な袋、目も顔もないちいさな茶色の血袋が徒党をなして行進してゆく――幾世代、幾種族となく細分された人間の大移動を思わせて。虫の集団は無数のプロムナードとなって脚を駈け登り、次第に大きさを増し、蛾ほどになり、平たい札入れほどに、頭のない赤い吸血鬼ほどにもなってゆく――蜘蛛《くも》の巣よりも繊細な脚に支えられた紙のように軽量な虫たち。

さりとて、遅れた最後のほうの南京虫のグループが通り過ぎて消え、さらにもうひとつだけ巨大なのが、それからほんとの殿《しんがり》の虫のひとつが姿を消すと、あたりは完全に静まり返り、やがて暁《あかつき》の灰色が徐々に部屋部屋を浸《ひた》すころ、人けのない廊下や居宅には深い眠りがひたすら流れる。

すべてのベッドに横たわる人々は、膝を立て、顔を激しく脇に背け、全身を集中して眠りに沈み込み、無限にそこに没入している。

人は眠りを手にすると、放心するまでに必死の形相となり、それをつかんで離さない、ただし、呼吸はその人を置き去りにして、遠い道へと勝手気ままに迷い込んでゆく。

実はこれこそが睡眠中の人々のあいだに分配されるひとつの偉大な物語であり、その物語はそれぞれのパートに、章に、ラプソディーに細分されている。一人が語りやめて黙すると、別の一人が話の筋を引きとり、こうして物語は次々に先へと進み、広い叙事詩のジグザグを一人気ままに歩んでゆく、実際には、語り手の面々は、森閑とした巨大な芥子《けし》坊主の仕切りのなかの芥子粒のように、この建物の各部屋にだらしなく眠りこけ、呼吸の栄養の力により夜明けへ向けて成長をつづけるのだ。

原題　Edzio

年金暮らし

私は年金暮らしの身だ、言葉どおり完全な意味でそうなのだが、病《やまい》、膏肓《こうこう》に入《い》るというか、その進展の度合いは遠くかつ深刻であり、言わば十分に鍛え抜かれた隠居の身なのである。たぶん、その観点からすれば、私は許されるぎりぎりの限界さえ跨《また》ぎ越えてしまったのかもしれない。私はそれを隠し立てしようとは思わない、これが並はずれた珍事であろうか。何ゆえに、たちまち大きな目を見ひらき、偽りの尊敬や大仰な厳しさを込めた視線を私に向ける必要があろうか。そういう反応には、とかく身近なものを痛めつける隠微な喜びが潜んでいる。そもそも、初歩的な礼儀を弁《わきま》えた人々が、かくも少数に過ぎぬとは！　大したことではないのだから、極めて当たり前な顔つきで受け止めるべきで、よくある話とぼんやり聞き流せば足りる。あるいは、かかる話題に対しては、足どりも軽やかに、何か鼻唄まじりに近づけばよろしい、私自身がそれを足下にして飄々《ひょうひょう》と気楽に歩いているように。恐らくそのせいか、私の足どりは、いささかおぼつかなく、気をつけながら、ゆっくり一歩一歩と足を運ばねばならず、しかも歩く方角には多大の留意が肝要である。簡単に道からずれてしまうのだ。読者は私の存在がやや明確を欠くことを諒《りょう》とされよ。私の存在形態は大部分が思い遣りに委ねられていて、多くの善意を必要とする。このあとも、一度ならず、そのような善意――それも非常にデリケートな陰影のある――に訴えることになる所以《ゆえん》であり、その訴えかけもある種のさりげない目くばせを以《もっ》てして初めて可能なのだ、ところがこの合図が私には困難だ、というのも、口よりも目に物言わせる習慣の絶えて久しい私は顔面硬直をきたしているからである。もっとも、私はだれかの世話になろうというのではない、私がこうしてありがたくも安住の場を与えられているのは、どなたかの思い遣りによるのだが、これに対して平身低頭する気も毛頭ない。この恩恵に対しては、無感動に冷たく、全くの無関心を以て対応するまでである。迷惑千万なのは、私に向かって理解という善行と引き換えに感謝の勘定書を突き出されるときである。反対に、いちばん愉快なのは、むしろ、ある種の軽々しさ、ある種の健康な無定見を以て、冗談まじりに、仲間らしく扱われることだ。その点、打ってつけな調子を身につけたのは、かつての勤め先の気のよい、さばけた同僚、年下の仕事仲間である。

私が時おり、つい惰性から元の仕事場に顔出ししてしまうのは、たいてい月初めの一日《ついたち》（ふつう給料日に当たる）ごろだ。そんなとき、私は仕切りの脇にひっそりと立ち、人が気づいてくれるのを待つ。すると、次のような情景が展開される。ある瞬間、所長のパン・カヴァルキエヴィチが手にしたペンを置き、所員一同に目顔で知らせてからとつぜんに言う。その目は私を見ずに中空のあらぬところに当てられ、片手は耳のそばに添えられる。「空耳かな、そうじゃない、とすれば、参与が見えたかな、あなたですね、この部屋のどこかにいるのは！」私の頭よりはるかな高みを見据える彼の目は、そう口にするとき、藪睨《やぶにら》みとなり、顔にはいたずらめいた微笑が浮かぶ。「虚空に声あり、それを聞いたとたんに、ああ、これはわれらが親愛なる参与のお出ましに相違ないと勘づきましたよ！」彼は大声を張り上げるのだが、あたかもだれか遠くの人に呼びかけるふうだ。「さあ、何か合図をしてください、あなたの浮かぶあたりの空気をかき混ぜるとか」「そんなご冗談を、カヴァルキエヴィチさん」私は面と向かって静かに言う。「年金をいただきにまいりましたが」「年金ですと」そう叫ぶカヴァルキエヴィチ氏の寄り目がまだ空中を仰いでいる。「年金、そう言いましたね。冗談じゃない、参与さん。あなたの名前はとっくに年金支給者名簿から消されていますよ。この先いつまで年金を受け取るおつもりかな」

　こんな具合いに皆が私をからかう、温かく元気づけるように、しかも人間味のあるやり方で。がさつな、ほとんど不躾《ぶしつけ》とも言えるその態度、がっちりと肩をつかむその手の不遠慮さが奇妙に私をほっとさせる。元気づいてその場を出ると、私はいつもよりは生き生きした歩調で大慌てに家路を急ぐ、胸のうちの温《ぬく》もりが冷め切らないうちに部屋へと持ち帰りたい一心からである。

　ところが、他の人たちときたら……決して口に出さぬまま、彼らの目には執拗な問いかけがあるのを私はいつも読みとってしまう。あの質問から逃れることはできないらしい。それはそのとおりにしても――いったいなぜなのか、あれらの不満げな表情、勿体ぶった顔つき、敬遠がちに引きさがるあの沈黙、あの脅えた慎重ぶりは？　それもただ、私の在《あ》り方について一言も口をさし挟まないため、体裁よく黙っておくためなのだ……。私には見え透いたゲームにすぎない。あれはあの連中の自分自身を味わい尽くそうとするシバリス人（シバリス Sybaris は紀元五一〇年に滅びた古代ギリシャの都市。富と奢りで知られ、奢侈佚楽に耽ったとされる。南イタリアにあった）の流儀にほかならない、つまり、幸いにして他ならぬ他人であり得たことに無上の喜びを見いだし、偽善の仮面をかぶって、そそくさと私の在り方に別れを告げるのだ。彼らは曰《いわ》くありげな目を交し合って口をひらかず、この事柄が沈黙のなかで大きく育ってゆくに任せる。私の在り方！　あるいは、それは根っから不正なものなのかもしれない。ひょっとして、何かささやかながら本質的な欠陥があるのでは！　はてさて、だからどうなのか？　それだけではまだ、あのそそくさと、脅えたような慎み深さの理由づけとするには足りない。わが身の在り方に対して、いわば座を譲る体《てい》の、あのにわかに勿体ぶる親切心とか、見せつけがましい敬意とかを目にすると、時に私は空虚な失笑を禁じ得ない。あれは、まるで不可抗力の、最終的な、動かしがたい立場であるかのようではないか。何ゆえ、彼らはあのようにその場所に固執《こしゅう》するのか、何ゆえ彼らにとっては、それが何ごとにも劣らず重要なのか、そしてなぜ、それを認めることが、彼らに深い満足感を与えるのか。おどおどした敬愛の仮面の背後に、彼らはそんな満足感を秘めている。

例えば、この私が、言うなれば、身軽な旅行者であるとしよう――実際には度を越した軽量なのだが――あるいはまた、例えば、ある種の質問（私がどれほどの老人であるのか、とか、私の〈名の日〉の祝いはいつなのかなどなど）に私がいつも困惑しているとしよう。ここにこそ、事態の核心があるとばかりに、こうした質問の周辺を堂々巡りするほど、いったい、それが大事なことなのか？　私の在り方に恥ずかしい思いをさせないでほしいものだ。これっぱかりも、である。ところが、細い髪の毛一本ほどの些細なある事実やある種の差異の意味を誇大化する大げさぶりが私には堪《た》えられない。この一件の上に積み上げられたそんなまやかしのお芝居、儀式めく荘重さ、暗い華やかさに満ちた悲劇のコスチュームに身を包み込むしぐさが私にくすぐったい思いをさせる。省みて実体はいかがか。かくも荘重の影もなく、かくも自然そのもので、かつは月並みを極めたものは世上に絶えてない。軽快、不羈《ふき》独立、無責任……。加えて音楽性、言わば、四肢のすべてに満ち溢れる非凡なる音楽性。手回しオルガンの鳴り立てる傍らを通りかかれば、手足が踊り出さずにはおかない。心が浮き立つからではない、私たちにとって、そんなことはどうでもよろしい、ただ、メロディーには自《おのずか》らなる意志があり、確乎たるリズムがあるのだ。そこで屈伏してしまう。「マウゴジャータ、わが胸の宝……」調べはいかにも軽やかで、抵抗するにはあまりにも頼りがない、もっとも、何のために抗《あらが》うことがあろう――押しつけるふうもなく呼びかけ、何げなしに誘い込むその曲の前に。だから私は踊り出す、というよりは、メロディーにつれて隠居くさい小刻みなトロットを踏み、時たまぴょんと跳ね上がるにすぎないが。それが人の目に止まることの稀なのは、あくせくと日常の奔走に取り紛れているせいだ。ひとつお断りしたい、私の状態について読者があまりにも誇大な想像を働かせてほしくないからである。この点でプラスにもマイナスにも評価を誤らないでもらいたいと、はっきりとお願いしておく。ただし、感情論は御免こうむる。状態は他《ほか》と変わらない、他の状態と同様で極めて自然な分かり易さ、月並みさという特性を内蔵している。問題をこの側面から見れば、一切のパラドクスは解消する。大いなる酔い醒め――私の在り方はこうも呼べるかもしれない、あらゆる重みからの離脱である、代って踊るような軽み、空虚、無責任、差異の地均《じなら》し、あらゆる結びつきの弛緩《しかん》、境界線の撤廃。私を支える何もなく、私を結ぶ何もない、抵抗もなく、無限の自由。奇妙な無関心、お蔭で生活のすべての次元を端から端まで足どりも軽く私はゆく――それは気楽だろうって、さあ、どうかね？　この底なし、このどこにでも足を運ぶという状態、のんきで、どうでもよくて、軽いこの状態――これを嘆くつもりはない。こんな言い回しがありますね――椅子の温まる暇もないって。それですよ、坐る場所を温めなくなってもう久しい私だ。

部屋の窓の高みから私は街を見下ろす――秋の明け方の暗褐色の光のなかに家々の屋根、外壁、煙突が見える、密集した風景の鳥瞰図は夜の服をおずおずと脱いだばかりで、黄色い地平を背にぼんやりと明るみ、かあかあと啼《な》くカラスの波立つ黒いナイフがその地平をいくつもの明るい小片に切ってゆく、それを見ているとと感じるのだ――これが生活だと。人間ひとりひとりは自分のなかに、彼が目覚めるどの日かに、彼に属するどの時刻どの瞬間かに、じっとしている、半ば暗いどこかのキッチンでコーヒーが沸き、料理番の女は去り、炎の汚れた照り返しが床に踊っている。静けさに騙《だま》された時間が一瞬、後ずさりし、計算外のその合間に戻ってきた夜が猫の波立つ毛並みの上で成長する。二階の部屋ではゾーシアが長々とあくびをし、しばらく大きく伸びをし、それから掃除のために窓を明ける、たっぷり睡眠をとり、鼾《いびき》をかき終えた夜の空気がだるげに窓へと歩み寄り、そこを抜けて朝の茶褐色にけぶる灰色世界へのろのろと入ってゆく。ゾーシアは面倒臭そうに、寝台のまだ生温《なまぬる》い夢で醱酵したパン生地に手を突っ込む。やがて、目のなかを夜でいっぱいにしながら、窓際から出した大きく豊かな羽ぶとんを心の震えと共に振るう、すると羽の柔毛《にこげ》が、羽毛の星が、夜の夢想のけだるい播種《はしゅ》が――街へと飛んでゆく。

そのとき、私は夢想する――パンの配達人か、電気の配線工か、それとも健康保険の集金人になってみたいものだと。いや、煙突掃除がいいか。朝、夜が明けるが早いか、馬車の出入り用のどこかの門をくぐる、ちょっと体を傾《かし》げ、門番の懐中電灯の明かりを頼りに。そうして帽子の庇《ひさし》に投げやりに二本指を当てながら、口元には冗談を浮かべ、あの迷路へと足を踏み込む、夕方、遅くなってからそこをあとに街のもうひとつのはずれへと急ぐために。一日じゅう、一軒一軒、ドアからドアを回り、街の端から端まで、果てしない入り組んだひとつの会話をつづけ、それぞれの居住者に部分部分を分け、一軒の家《うち》で何かを訊けば、その答えを次の家で受け、ある場所で言った冗談の笑いの実は、だいぶ経ったあとずっと先の場所で収穫する。開け閉《た》てするドアのがたぴしする音のあいだを縫って、狭苦しい通路を、家具で塞《ふさ》がれた寝室を通り抜け、おまるを引っくり返し、乳呑み子の眠るきしきし鳴る乳母《うば》車にぶつかり、落ちたガラガラを拾うために屈み込む。下女たちが掃除中のキッチンやら玄関やらで不必要に長居をする。娘たちは忙しく立ち働き、若々しい脚に力を入れ、ふっくらした足の甲を緊張させ、安物の靴を玩《もてあそ》び、きらきらさせ、緩すぎる部屋履の踵《かかと》で床をこつこつと鳴らす。

これが無責任な欄外の時間の私の夢想だ。くだらない夢とは承知だが、追い払うことはしない。各人はすべからく自分の在り方の限界を弁え、何が己《おのれ》にふさわしいかを知るべきである。

われわれ年金暮らしにとって、秋は概して危険な季節である。われわれの在り方において何かしら安定を得るのがいかに困難であり、自分の手を離れて自身がばらばらに四散したり、迷い出たりするのを避けることが、年寄にはいかにむずかしいか——その点に理解ある人なら、秋が、秋の疾風が、この季節の気象上の変動と乱れとが、そうでなくても危ういわれわれの存在に不利な事情はご承知のはずである。

とは言え、秋の日にも、平穏と瞑想とに満たされ、われわれに親しい別の日々がある。太陽は出ていないが暖かく、遠い周辺には靄《もや》がかかって琥珀《こはく》色に見える日がときたまある。建物のあいだの切れ目には遠方の光景が忽然《こつぜん》としてひらけ、低く垂れた天空の一部がますます低まり、はるか遠い涯《はて》の地平に展開する極限の黄色に達する様子が眺望されるのだ。一日の深みに向かってひらかれるこの眺望のなかを視線は、あたかも古文書《こもんじょ》のカレンダーのなかでのようにさまよい、黄色く明るい永遠へ向けて並木道を逃げ去ってゆく日々の積み重なり、未完成な時間の記録文書を、切り株の断面に読みとるように感得する。そのすべては黄灰色の天空の失われた陣形に倣《なら》って層をなし、整列していて、その第一列にはいまという日が、瞬間があるのだが、しかし、目を挙げてあの幻想のカレンダーの置かれる遠い本棚のほうを遠望する者は稀である。みんなは前屈みになってどこやらを目ざし、慌ただしく通り過ぎ、道はそれらの志向、出会い、回避のとりどりの線で描かれている。だが、建物の間隙——視線はそこから街の下方全体へ、背後の明るみの筋によって照らされ、光のぼやけた地平線に向けて消えてゆくあの建築の全パノラマへと飛ぶ——にはぽっかりと喧噪の中絶、休止がある。遠くないところに敷地が明るくひろがり、人々が製材作業に立ち働いている、街の小学校のための用材である。そこには四角形、また立方体に組まれて、硬く引き締まった健康な原木が立ち、人夫の鋸《のこぎり》や鉈《なた》にかかって、木《こ》っ端《ぱ》を残しながら、それらは次々に溶けていく。ああ、伐られた木——現実をつくる物質として、それは頼もしく優しく得がたく、心底明るく誠実で、良心の権化、人生の散文の体現なのだ。その真髄のいちばんの奥底を探ろうとも、すでに隠し立てなく表に現れた以外の何も見つからない、人間の身体に似せて織り上げられた繊維性木質部の温かく確かな明るさからくるつねに変わらぬ笑顔と明朗さの他には。生々しい材木の切り口には、新しい顔が次々と現れ、いつも変わらぬその笑顔は金の色に光る。ああ、樹木の不可思議な肌色よ、それは華やぐことなしに温かく、まことに健やかで、匂やかで、愛らしい。

荘厳と象徴性に満ちた真に秘蹟にも似た作業——それが製材の仕事ではないか！　遅い午後の時間の深みに、この明るい空き地に何時間も立ち尽くして、鋸たちの演奏するメロディー、間合いのよい鉈の音に聞き惚《ほ》れ、この作業を見つめていたい。そこには人類の歴史ほどに古い伝統がある。一日のこの澄明《ちょうめい》な隙間、黄色の萎《しお》れ切った永遠へとひらかれた時間の空隙で、樺《かば》の大木の材に刃《やいば》が当てられるのはノアの時代からのことだ。あの族長の古式ゆかしい動き、手を振り上げ背を屈める形も不変である。人々は金色の製材作業に肩まで浸《つか》り、ゆっくりと角材や丸太のなか深く降りてゆき、おが屑にまみれ、細かな火花の照り返しを目に受け、温かく健康な木質部、金を織り混ぜたマッスのなかへといよいよ深みに切り込み、切り下げるたび目のなかに金色の閃光を持つ——それは絶えず真髄の奥へ奥へと逃げ込む金のサラマンダー、甲高《かん》く鳴く火の動物を掘り出すのが彼らの願いかと思われた。否、そうではない、彼らは単に時間を細かな薪《たきぎ》に切り分け、時間を管理し、冬の月々に備えて均等に切り揃えた良き未来によって地下室を満たすにすぎない。

この危機の時間を、二、三週間を持ち堪《こた》えさえすればよい、にわかに早くも朝ごと、寒気が訪れ、そして冬が始まる。この冬の初めが私は大好きなのだ——まだ雪は降らず、凍結の匂いと煙の匂いとを空気に感じるその時が。晩秋のそんな日曜日の午後たちを思い出す。思ってもほしい――それまでの丸一週間、秋のぐずつく天気に祟《たた》られ雨降りつづきのあと、雨水《あまみず》を吸い尽くした地表が乾き始め色艶も変わり出したいま、その地面がぴしぴしと健康な寒気を発散させている。きれぎれの雨雲を包み込んだ一週間の空は泥濘《ぬかるみ》のように凍え縮み、天空の片側で黒ずみ、襞立《ひだだ》ち、皺《しわ》くちゃなありさま、他方、西のほうからは少しずつ秋の夕べの健康かつ壮健な色彩が滲《し》み出して地上の沈鬱な風景に彩りを添えてゆく。そして、空が西方からおもむろに清らかさを増すころ、透明な輝きを撒《ま》きちらしながら、晴着姿の女中たちが繰り出してくる、女たちは三人、四人と手を繋ぎ合い、乾き始めて日曜日にふさわしく小ざっぱりとなった人けの乏しい道を通り、郊外の家々のあいだを抜けてくる。家々は夕暮れ時を控えて赤らむ外気の甘酸っぱい色合いに染まって派手やかだ。健康的な寒気に、肌は浅黒く顔の丸まった女たちは、ぴっちりと合う買い立ての靴に軽々と弾む脚を運んでゆく。記憶の片隅から抽《ひ》き出した懐かしくも胸の高まる思い出!

このところ、私はほとんど連日、役場に顔出しした。だれかが病気休みで、その人に代って私に仕事の許可が出るようなこともたまに起こる。時には、急用でやむなく外出する人があれば、事務の代役を頼まれることもある。残念ながら、定職とはいかない。それでも、たとえ二、三時間とは言え、革張りクッション付きの椅子に腰かけ、自分の定規、鉛筆、ペンを持てるのは愉快だ。仕事仲間から突つかれたり、声をかけられたりするのも楽しい。だれかが話しかけ、だれかが何かを言い、からかい、ふざける――そして一瞬の花が咲く。男がだれかに言いがかりをつけ、家なしだとか、生気も体温もないと絡《から》む。言われたほうが歩き出す、彼は私の体重を感じない、私を背負っているのに気づかない、彼に寄生する私を忘れている……。

しかし、新任の所長が赴任してから、万事は終った。

いまでは天気さえよければ、私はよくベンチで過ごす、そこはちいさな広場でお向かいが街の小学校だ。隣の通りから木材を加工する鉈の音が聞こえる。娘や若い女たちが、露店市場《いちば》から戻ってくる。ある者はきちんとなぞった眉の下から生まじめな目をして歩く、すんなりとした体つき、沈んだ様子はさながら天使だが、下げた編み籠からは野菜と肉が溢れている。ときどき、女らは店の前で立ち停まり、ウインドウのガラスでまじまじと姿を映して見る。それから、そこを離れると、誇らしく厳しい視線をまっすぐ前方に向け、または靴の足先にその目をやる。十時ちょうど、小使が学校の門口に現れ、かしましく鐘を鳴らす、その音が耳うるさく通りに響く。そのとたん、たちまち学校のなかで建物を吹き飛ばさんばかりの激しい騒音が沸き立つ。この大騒《そう》擾《じょう》を抜け出して見すぼらしい形《なり》をしたちびたちが、脱獄者のようにどっと門のなかから飛び出してくると、石の段々を歓声と共に駈けおり、自由の身になったいまは、何やら狂ったように跳ね回り、瞬《また》く間に捻《ひね》り出す気違いじみた遊びにがむしゃらに飛び込んでゆく。無我夢中のこの追いかけっこをするうち、時には私のベンチのところまで走ってくることもあり、突っ走りながら、意味不明の雑言《ぞうごん》を私に浴びせる。そのついでに、顔の蝶番《ちょうつがい》が外れたかと思うようなしかめ面《つら》を不意にこちらへ向ける。一団は割れるような歓声のあいだに身振りを交えながら、そばを通り過ぎてゆく——自分らの滑稽な妙技をパロディー付きで熱心に解説する猿の一群のように。そのとき、私は目に留める——上を向いた、なけなしの鼻——洟《はなみず》は垂れっぱなし——、大声に裂かれ、おできだらけの唇、ちっぽけな握り拳《こぶし》。たまには彼らも私のところで足を停める。おかしな話だが、私を同じ年ごろと思い込んでいる。なるほど、だいぶ以前から私は背が低くなる一方なのだ。たるんで間のびした顔は子どもっぽくもなってきた。それでも面と向かって無遠慮に〈おまえ〉と呼ばれるのは、落ちつきが悪い。子どもの一人に初めて胸を軽く小突かれたときは、ベンチから転げ落ちた。しかし、腹は立てなかった。子どもは親切に引き起こしてくれた、そんなことは初体験でもあり、感激もしたが、元気づけられもしたのだ。彼らの本能的な *savoir-vivre*《サヴォワール・ヴィヴル》（処世術。フランス語）の乱暴さに憤慨しない人という評判が生まれ、私はだんだんと人気が高まった。それ以来、お察しのとおり、私のポケットにはボタン、小石、丸い糸巻、消しゴムなどの宝ものがせっせと贈られることとなった。こうなると意見の交換もぐっと容易となり、友情の橋渡しが完成してくる。もっとも、彼らは実際的な興味に夢中だから、私自身にはさして興味を示さない。ポケットから取り出す各種の用具に守られて、彼らの私に対する興味、干渉が執拗《しつよう》となるのをあえて恐れる必要はない。

そのうちに、私は以前のある時から思い描いてきた考えを、実行に移そうと心に決めたのである。

風のない穏やかで侘《わび》しげな晩秋のとある日のことだ、それは一年がこの季節のすべての色合いと陰影を使い果たして、暦の春の諧調に戻るかに見える日のひとつだった。太陽のない天空は艶《あで》やかな幾筋もの横縞に分かれ、コバルト、緑青《ろくしょう》、薄緑の親しげな色層のいちばん外側は、とっくに忘れられた四月の得も言えぬ色、水のように純粋な白の筋で仕切られていた。いちばん上等の服を着ると、私は街へ出たが、後込《しり》みする気分がなかったとは言えない。その日のひっそりとした霊気《アウラ》のなかを、直線から逸《はず》れる脇道には曲がらず、遮るものもない道を私は急ぎ足に歩いた。学校の石段を私は息せき切って駈け登った。*Alea jacta est*（賽は投げられたり。ラテン語。大軍を率いてルビコン川を渡るカエサルの言葉）——校長室のドアを叩いて、私はそう自分に言い聞かせた。私は校長先生の大机の前に畏《かしこ》まって立った、私の新しい役割ではそうするのがふさわしいのだ。私はいくらか混乱していた。

　校長先生はガラスの蓋《ふた》付きの箱から昆虫針で刺した一匹の甲虫《こうちゅう》を取り出し、斜《はす》かいに目に近づけ、光に当ててそれを観察した。指はインクで汚れていて、爪はどれも短く平ったく切ってあった。先生はめがねの奥から私を見上げた。

「参与さんが一年生に入学の手続きをなさると？」彼は言った。「ご立派だ、感心なことです。ごもっとも、基礎から、根本から勉強のやり直しをなさりたい、それが参与さんのご希望ですね。私もつねづね申すんです——文法と九九、これが教育の基礎だと。参与さんのことですから、むろん、他の児童並みに校則で縛るわけにはいきません。むしろ、教生というか、まあ、アルファベットのベテランが、長い放浪のあげく、再び小学校の椅子に坐るということで。言うなれば、老船、母港へ帰るでしょうな。そう、そうですとも、参与さん、めったにないことです、こういう形でわれわれ教育者に感謝の気持ちを表してくださる方などは。永年、お仕事に就き、ご苦労なさったあと、こんどは自発的な終身の聴講生として、こちらへ戻っておいでの方は実に珍しい。参与さんは、特別扱いにしてさし上げるつもりですよ。私はいつも申してまいったのですが……」

「失礼ですが」私は言葉を挟んだ。「その特別扱いというのは、お断りします、と申し上げたいですね、絶対に……。特典は辞退します。それには反対です……。どんな区別も要りません、そうなんです、大事なのは、一年生のクラスに溶け込むこと、灰色のマッスのなかに消えることです。万が一、他と違う特権を与えられては、私の目的は果たされない。たとえ、体罰の場合にせよです」私はここで一本指を立てた。「私は体罰を有益と考え、その道徳的効果をはっきりと認める者です。念を押して申します——私に対する例外的待遇は一切なさらないでください」

「さすが見上げたものだ、しかも非常に教育的です」校長さんは感銘して言った。「もうひとつ指摘させてもらうと」彼は言い足した。「せっかくお受けになった教育ですが、長年月のあいだ、実用しなかった結果、実際のところ、抜け穴が生じているはずです。この点に関しては、通常、われわれは楽観的思い違いに陥っています、まあ、陥りやすい錯覚ですがね。例えば、どうでしょう、覚えておいでですか——5かける7はいくつでしょう」

「5かける7は」私はどぎまぎして繰り返した、温かく快い波となって心臓に押し寄せる動揺が、私の思考の靄《もや》のかかった明るみに蔽いかぶさるのを感じながら。われながらの無知蒙昧《もうまい》ぶりに天啓ほどの目の眩《くら》む覚えを味わった私は、ああ、おれは子どもの頭に戻りつつあるんだと半ば驚嘆しながら、どもりどもり繰り返した——「5かける7は、5かける7は……」

「そうれ、ごらんなさい」校長が言った。「いい潮どきですよ、学校に通うには」それから私の手を引いてちょうど授業中の教室へ案内した。

五十年の昔に身を置いたあのざわめき、きょろきょろ動く頭たちの蟻《あり》の巣の賑やかな暗い教室のなかへ私はまたもや戻った。校長先生の上着の裾を握りしめながら、ちいさい私が教室のまんなかに立つと、五十対《つい》の幼い目が、同種の仲間を見る動物の恐ろしい冷淡と無関心さでこちらを見た。あっちからこっちから、私に向けて嫌な顔をして見せ、即座のありふれた敵意を渋面《じゅうめん》に露《あらわ》にし、舌が突き出された。これらの挑戦に私は反応しなかった、その昔、操行点に最高の5点がついたことを意識したからだ。それらのよく動く顔、不恰好な面《おもて》を眺め回しながら、私は五十年前の同じ状況を思い出した、あのときは傍らに母がいて私のことで女の先生と話していた。いまは母の代りに校長さんが担任の男の先生に耳打ちし、先生はなんども頷いては、重々しい顔を私に向けた。

「この人はみなしごです」ようやく先生はクラスに向かって言った。「お父さんもお母さんもいない。あまりいじめないでくださいね」

そのあいさつを聞くうちに、涙がはらはらと落ちた、心からの感動の涙であった、すると、同じように感じ入った校長さんが、私を最前列のベンチに押し入れた。

このときから私にとって新しい生活が始まった。学校はたちまちに私をそっくり呑み込んだ。それまでの生活で一千もの用件、企み、利害関係に私がこれほど熱中したことは一度となかった。私の頭の上には様々な一千もの利害が交錯した。私に宛ててシグナルが、電報が届き、了解の合図が送られ、シーッという叱声や目くばせが交され、ありとあらゆる手段、身振りによって私の約束した何千とない履行事項に注意が喚起された。授業の終るのが待ち遠しかった、休み時間のあいだ、私は持って生まれた生まじめさからどんな攻撃にもストイックに堪えた、先生の教えをもっぱら拳々服膺《けんけんふくよう》する心がけからである。鐘の音が再び鳴りわたるやいなや、がやがや騒ぐ一団は私を襲い、猛烈な勢いでつかみかかり、ほとんど私を八つ裂きにせんばかりであった。背後からベンチをいくつも突っ切って走り寄り、机をどんどんと踏み鳴らし、私の頭上を飛び越え、すぐそばででんぐり返った。ひとりずつが私の耳に要求をがなりたてた。私は一切の利害の中心に立っていた、最高に重要な取引や厄介で微妙極まる商売となると私の仲立ちなしには済まなかった。私が通りを歩くときは、乱暴に身振りする騒然たる一団をいつも周りに引き連れた。犬どもは遠くから見かけると、尻尾を巻いて敬遠したし、猫どもは私たちが近づくと屋根に跳び移ったし、独り遊びのちいさい子らは、道で擦れちがうと、最悪の事態に備えて首を竦《すく》めた。

学校の勉強は私にとり新奇の魅力をいささかも失わなかった。例えば、スペリングである。先生は要するに、われわれの無知に訴え、それを巧みに要領よく引っぱり出し、結局、学問の基盤であるわれわれのなかの *tabula rasa*（白紙状態。ラテン語。ジョン・ロックが用いた）に到達した。こうして一切の偏見、惰性を取り除いたうえで、先生は根本に立ち戻って勉強を進めた。私たちは苦心惨憺《さんたん》、響き高いシラブルを調子をつけて声に出し、休止のあいだは洟《はな》をすすり上げ、読本の一字一字を指で押した。私の読本にも、級友たち全員の読本にも、同じように人指し指の痕《あと》が付き、面倒なつづりのところには、それが濃く残った。

あるとき、どんなことだったかもう覚えがないが、校長さんが教室にやってくると、急にしーんと静まったなかでクラスの三人を指さした、そのひとりが私だった。私たちは校長と一緒にすぐに校長室へ行かされた。私たちにはおよその見当がついたから、共犯の二人は連れてゆかれる前から早くもべそをかき出した。私は時ならぬ二人の改悛《かいしゅん》の情や、とつぜん泣き出して歪《ゆが》んだ顔に冷淡な目を向けた。それは涙と共に二人から人間の仮面が剝《は》がれてしまい、不様《ぶざま》な泣き喚く肉塊が剝き出しになったかのようだった。私に関するかぎりは平静だった、道徳を弁え、正義を尊ぶ人格の然《しか》らしむるところ、己《おのれ》の行状がもたらす結果にストイックに堪え、成行に任せるほかないと覚悟した。そういう男らしさは強情とも映る、校長室で校長先生の前に三人の犯人が並んだとき、この態度が校長の気に障ったようだ（そこには担任が葦《あし》の笞《むち》を手に同席していた）。なるようになれ——私は淡々としてズボンのベルトを緩めた、それを見咎《みとが》めて校長がどなった。「なんだ、それは、恥ずかしくないのか？　そんな歳《とし》をして？」そして激怒の目を担任に移した。「性根《しょうね》が腐っておる」校長は嫌悪の情も露に言った。そのあと、ちびたちを連れ出すと、私だけを相手に諄々《じゅんじゅん》と厳しいお説教を垂れた——悲嘆と不承認に煮えくり返る調子であった。だが、私には納得できなかった。ぼんやり爪を嚙みながら、私は虚《うつ》ろな目を前に向けていたが、おもむろに言った——「ちぇんちぇい、ちぇんちぇいのパンにちゅばちゅけたの、ワツェクだもん」私はもうほんとうの子どもになっていたのだ。

体操と絵の時間には別の学校へ出かけた、そこには特別な設備が揃い、そのための大教室があったからだ。二列に並ぶ行進中はおしゃべりのしつづけで、行く先々の通りには角を曲がるごとに私たちのソプラノのがやがやがついて回った。

その小学校は大きな木造の校舎で、昔の芝居小屋を改造したものだったから古臭く、やたらと付属建物があった。絵画室の造りは巨大な浴場そっくりで、天井は木の柱で支えられ、天井の下の部屋のぐるりには回廊がとり巻いていた。私たちは階段に突進し、嵐のように踏み鳴らして、たちまち回廊に登った。回廊に沿って小部屋がいくつもあり、隠れんぼ遊びに打ってつけだった。絵の先生は一度も現れたことがない、私たちは気ままに遊びほうけた。ときどき、この学校の校長が教室を見回りにくると、いちばん騒いでいた数人を教室の隅に立たせ、乱暴の過ぎる二、三人の耳をひっぱったが、校長が背なかを見せてドアに向かったとたん、その背後でまたもや喧噪が渦巻いた。

終業を知らせる鐘の音はだれの耳にも入らなかった。そとには釣瓶《つるべ》落としの華やかな秋の午後がきていた。何人かの男の子には母親が迎えにきて、利かぬ子を叱りつけたりぶったりしながら、連れ帰っていった。心配してくれる家庭を持たない残りの者にとっては、それからがいよいよ本物の遊び時間だった。やっと夕方遅くなってから、年寄の守衛が校門を閉めて、私たちを追い出した。

この季節、朝の登校の時間には濃い闇が込めていて、街はまだ深々とした眠りに横たわっていた。私たちは、通りに積もる枯葉をかさかさと踏み鳴らしながら、伸ばした両手で手探りして進んだ。家々の外壁にぴたりと寄り添って歩くのは迷わないための用心である。どこかの建物の窓《まど》框《がまち》などで不意に手に触れるのが、反対方向から通ってくる同級生の顔だったりした。そのたびに、どれほどの笑いさざめきや、謎《なぞ》かけや、思いがけないことがあったことか。なかには獣脂の蠟燭《ろうそく》を手にしている者もあった、灯《ひ》を灯すと街にはそれらの明かりをもった漂泊者の姿が点々とばら撒かれる、明かりは震えるジグザグを描きながら低く地面を伝って進み、たがいに行き合い、それから立ち停まり、何かの木を、丸い地面を、枯葉の吹き溜りを照らし出し、その枯葉の陰に子どもたちはマロニエの実を捜している。ところどころの家では、もう二階の部屋に電灯が灯りはじめ、ぼやけた光が窓ガラスの四角形に拡大されて街の夜に落ち、その家の前の広場に、市庁舎に、家々の盲目の正面《ファサード》に大きな人影を置く。まただれかがランプを手に取って部屋から部屋へと移動してゆくと、戸外では巨大な光の四角形が巨人の書物のページのようにめくられ、そして広場がそこらの建物を訪ね歩いては影と家とを取り替えるように見える。それは大きなトランプカードの束から〈独り占い《パシアンス》〉の札を次々と置くのに似た。

やっと私たちは学校に辿り着いた。蠟燭が消されて闇が私たちをとり巻き、そのなかで私たちはめいめいベンチの席を探り当てるのだった。それから先生が入ってきた、先生は蠟燭を瓶の口に挿してから単語や名詞の格変化について退屈な質問を始めた。明かりがないために授業は記憶と口述に限られた。だれかが抑揚のない声で暗誦《あんしょう》しているあいだ私たちは目を瞬《しばたた》かせながら、蠟燭から金色の矢や乱れたジグザグが放たれるさまを、また蠟燭が軽く閉じた睫毛《まつげ》の奥で藁《わら》しべのように摩擦音を立てて泣く様子を見つめた。先生はインクをインク壺《つぼ》に注《つ》いで回り、あくびを繰り返し、低い窓の向うの黒い夜に眺め入った。ベンチの下には深い影が支配していた。私たちはその下へ潜り込み、忍び笑いを洩らしながら四つん這いとなり、動物みたいに鼻を利かせ、ひそひそ声でいつもの取引をこっそり実行した。学校の早朝のあの至福の時間を私は決して忘れない――窓ガラスのそとでは次第に黎明《れいめい》がひろがっていった。

そうするうちにも、秋の大風《おおかぜ》の季節がやがてやってきた。その日、朝のうちから空は夕暮れの黄色に染まった、空はそれを背景として空想の風景画の——あるいは霧のただなかの大いなる荒《あれ》地《ち》の——濁った灰色の線で描かれていた。それは遠近法に従ってちいさく遠ざかる丘や襞《ひだ》であり、密集化と微小化の度を増して遠く東へ達すると、そこで舞台幕の波立つ裾《すそ》のようにとつぜん風に断ち切られ、いちだんと奥の遠景、より深い空、恐怖の蒼白の隙間、さらにその先の遠景の蒼白と恐怖の光を露呈した——地平線はここで終り閉ざすのだが、この最後の遠景は水のように澄んだ明るい無色の驚愕による究極の茫然自失なのだった。レンブラントの銅版画のように、このころになると、その光の筋の下に顕微鏡で見るような遠い辺境がくっきりと見られた——きょうだけは例外的に。その辺境はあの空の明るい切れ目の下の地平の向うからパニックめく蒼ざめた光に注がれて高まっていたが、それは別の時代、別の時間からひょっこりと出現した憧れる人々の目にほんの一瞬だけ姿を見せる約束された国のようであった。そのミニアチュア風の明るい風景のなかに、うねくねとうねる軌道に沿って、肉眼に映るか映らぬほどかすかな遠方を鉄道列車が動いていった——汽車の吐き出す銀白の煙の細い筋が明るい無の世界にひろがった。

　だが、強風が巻き起こったのはその直後である。風は天空のあの隙間から転落したかのように、街なかを転がり、駈け巡った。本来は柔和で軟弱な性質《たち》であるはずの風が、わけの分からぬ誇大妄想に陥って狂暴な乱暴者ぶりを誇示しているのだった。風に捏《こ》ね回され、蹴倒され、苦しめられた空気は、喜悦のあまり死なんばかりとなった。風はとつぜん大気中で身を硬《こわ》ばらせ、後ろ脚で立ち上がり、むやみに大きな帆のようにひろがり、張りつめて脹らみ、棒で叩かれたシーツのようにばたばたとはためき、緊張に身震いするいくつもの結びこぶを持ち、転げ回る自力で空気全体を真空にする構えかと見える物凄い形相となったが、次の瞬間、頼りにならぬ一端を引き寄せて偽《にせ》の首かけの輪を振りほどき、たちまち一マイルも先でひゅっという音と共に投げ縄を投じた、しかし動物の前脚を捉えるはずの投げ縄に獲物《えもの》は一頭もなかった。

代って、煙突から立ちのぼる煙に対して風はどんなこともやってのけた。哀れな煙は懲《こ》らしめから逃れる術《すべ》を知らず、殴りかかる風の手を避けるには頭を右によけるか左によけるべきかも知らなかった。風はわがもの顔に街を荒し回った、永久にこの教訓を頭に焼きつけるためここを先途と暴れているかのようだった。

朝から私には不幸の予感があった。疾風のなかを四苦八苦して私は歩いた。通りの角々で、吹き抜ける風の激しさに級友たちは私の裾をつかまえて助けた。そうやってさえいれば街を歩くに不安はなかった。それから体操の授業にもうひとつの学校へ行った。途中、私たちはオブヴァジャンキ（obwarzanki「春」の3章にある輪型堅パンと同一種の固いビスケット。輪型で塩味がする。大道商人の売りもの）を買い食いした。二列になった長い蛇は、濃密なおしゃべりを続けながら門を潜り、中へ入った。もう一歩、それで大丈夫、あとは夜まで安全な場所にいられる！

必要とあれば体育館に泊まれないこともない。忠実な級友が夜じゅう一緒にいてくれる。不幸の始まりはヴィツェクの独楽《こま》だった。門に入るなり彼はその日、買ってもらったばかりの新品の独楽を勢いよく回し始めたのだ。独楽は唸りながら回転し、入口の周りに人だかりができ、そのため私は門のそとへ押し出された。風に攫《さら》われたのはその瞬間である。「助けてくれ、おい、みんな！」そう叫んだとき、私はもう宙に浮いていた。まだそのときは、級友のさし出す手も、大声に喚《わめ》いてあけた口も、はっきりと見えたが、次の瞬間、私は空中にもんどり打ち、そのままみごとな垂直線を描いてぐんぐんと上昇した。早くも屋根屋根がはるか足下に見下ろせた。一気に舞い上がりながら、私は空想の目に思い描いた――クラスメートたちが手を高々と挙げている、夢中で指さしている、先生を呼んでいる――「先生、たいへんだ、シムチォが飛んだよ！」

先生はめがねの目で振り返る。静かに窓際までゆき、手をかざして遠方に目を凝らす。だが、もはやその視界に私はなかった。枯葉色の空のぼやけた照り返しのなかの先生の顔が羊皮紙の色に蒼ざめた。「名簿から削除しなくちゃな」――彼は苦々しい表情で呟《つぶや》き、椅子に戻った。私のほうは高く高く舞い上がってゆく――見知らぬ黄色な秋の空中へと。

原題　Emeryt

街へ出ることができるようになった――以来、私にとってそれがいかに大きな安堵であることか。それにしても、なんと長いあいだ私は私の部屋から出ずにいたことだろう！　あれは辛い幾月、幾年であった。

そこが幼年時代からの久しい私の部屋であるという事実の説明が私にはできない。ベランダのほうから入った最後の部屋で、すでにあの当時からめったに足を踏み入れず、あたかもわが家には属さないものとして、いつも忘れられた部屋であったことも含めて。あの部屋に私がどうやって立ち寄ったのか、もはや記憶にない。あれは明るい夜、月のない、水のように白い夜であったような気がする。灰色の薄明かりのなかで私はいちいちの細部を見届けた。ベッドには寝具が敷かれ、だれかがたったいま起き出したあとのように見え、他に寝息《ねいき》が聞こえはせぬかと私は静寂に耳を欹《そばだ》てた。こんな場所でだれが呼吸していようか？　あれから、私はここに住んでいる。何年となくここに腰かけ、そして退屈している。もしも私が貯えをすることにもっと早く思いついていたなら！　ああ、まだそうできる君ら、その時間のある君ら、貯えを集めたまえ、おいしい滋養のある穀粒、甘い穀粒をこつこつと貯めたまえ、なぜなら大いなる冬がくる、実り乏しく飢えた年々がやってくる、エジプトの国の冬は豊かな実りをもたらさないのだから。遺憾ながら私は骨身を惜しまぬ栗鼠《りす》のようではなく、あさはかな野鼠《ねずみ》に似て、あすを思い煩《わずら》わず、その日暮らしに生きて、食うや食わずで暮らせる才能だけが自慢だった。鼠らしく私は思っていた――飢えなんかに負けるもんか？　いよいよとなれば、私は木でも齧《かじ》ることができる、それともちいさな口先で紙を細かく食いちぎってもいい。いちばんに貧乏な動物、教会の灰色の鼠――創世記[*1]の灰色の巻末に登場する――なら、何がなくとも生きてゆける。実際に私はこの死んだ部屋で何もなしに生きている。蠅《はえ》たちはもうとっくに死に絶えた。私は木に耳をつけ、その奥に虫がかさこそと音を立てぬかと耳を澄ます。墓のなかの静けさ……。私だけ、不死身の鼠、孤独な墓守《はかもり》一人が、この死滅した部屋でかすかな音を立て、テーブル、棚、椅子を果てもなく駈ける。テクラ伯母さんとそっくりに、小柄な体に床まで届く服を着ながら身軽ですばやく、私はすいすいと動く、尻尾《しっぽ》をさらさらと曳いて。昼日《ひるひ》なかのいま、私はテーブルに坐って、ぬいぐるみのように動かない、私の目は二粒の真珠のように脹らみ、きらきらと輝く。ただ、口の先ばかりは脈打つようにほとんど目立たず微動している、細かな口の咀嚼《そしゃく》運動は習性による。

以上は、むろん、あくまで隠喩と解すべきである。私は隠居の身であり、鼠ではない。隠喩に寄生するのは、私の実在の特質の然《しか》らしむるところ、最良の隠喩が頭に浮かぶとあっさり有頂天となる。こうして夢中になると、後戻りが苦労で、平常心に戻るのには暇がかかる。

人相はどうか？　私もときどきは鏡に映して見る。奇妙、滑稽、かつ痛恨の一事！　打ち明けるも恥ずかしや。映すときは、絶対に *en face*（正面。フランス語）ではない、面と向かいはしないのだ。そうではなく、すこし奥、すこし遠く、鏡の深みに私が立ち、いくらか横向きに、ちょっとプロフィールを見せて、考え込んだふうにして横に目を向ける。そこにいて、動かずに立つ、横というより、いくぶん自分の後ろに目をやって。私たちの視線は行き合うことをやめた。私が身動きすると、向うも動く、しかし、半分、後ろに顔を向けて——あちらは私のことを知らぬげに、幾枚もの鏡の向うに行ってしまう、もう戻れないかのように。あんなによそよそしく、無関心でいる、その悲しさに胸が締めつけられる。私は叫びたく思う——だって君じゃないか、ぼくの忠実な写し絵であったのは、あれほど何年も一緒だったのに、ぼくのことが分からないとは！　ああ！　見知らぬ男は、どこか横を見ながら、そこに立ち、どうやらどこか奥のほうに耳を澄ますふうだ、何かの言葉を待ち受けて、あくまでも向う、鏡の奥から、だれか他人のいうことに従おうと、よその命令を待ちながら。

私はテーブルに向かい大学生時代の黄ばんだ講義のノートをめくる——これが唯一の読書なのだ。

私は陽灼けしたぼろぼろの薄地のカーテンを見やる、窓から吹き込む冷気でかすかに脹らむのが見える。あそこのカーテンレールなら体操用に使えそうだ。立派な鉄棒である。そこにつかまって軽く尻上がりをするのもよい、もう飽きるほど吸った不毛な空気のなかで。ほとんど嫌々*salto mortale*（とんぼ返り。「死の跳躍」の意のイタリア語）を身軽にやるもよし——ただし、冷やかに、内心の参加なしに、言わば純然たる賭《か》けとして。こうして体の平衡を保ちつつ、天井に頭をつけて鉄棒の上に爪先立てば、この高みでは室温もいくらか高く、より温暖な風土というかすかな幻想に囚われるかもしれない。部屋を鳥瞰《ちょうかん》するのが、子どものころからの私の好みだ。

私は腰かけて、静寂を聴く。部屋は漆喰《しっくい》を塗ってあるきりだ。時おり、その白い天井に亀裂の〝カラスの足跡〟が走る、時たま、上塗りが剝落してさらさらと鳴る。私は打ち明けるべきだろうか——私の部屋は四方が壁で固められた開《あ》かずの間《ま》なのだと？　まさか？　塗り固めて？　どうやったら外へ出られるのか？　それはこうだ——善良なる意志にとって妨げはなく、激しい意欲に抗するものなしと。私がすべきことは、ドアを思い描くこと、わが幼年時代のキッチンのような、そこに鉄製の把手と掛金のついた良き古きドア……。どんな開《あ》かずの間にせよ、いつかはそのように頼もしいドアの開かない部屋は存在しない、それだけの強い念力さえあればこそ。

＊1　「創世記」には「教会の灰色の鼠」は登場しない。作者が「灰色の巻」と限定したのはそのためか。なおエジプトの飢饉、七年の豊作につづく七年の凶年についての記述は「創世記」四一章にある。よく知られたas poor as church-mouseという表現の初出は一七三一年とＯＥＤにあり、バラードの一行が引かれ、ドイツ語の同意語Kirchenmausが示される。またサッカレーは『虚栄の市』（一八四八）二三章に「若い夫妻は貧乏だった、教会のマウスたちのように」と用いたとの指摘がそこにある。教会では目ぼしい食べ物の皆無なのが、この言い回しを生んだかと思われる。

原題　Samotność

父の最後の逃亡

　それは後年の完全な崩壊の呪《のろ》われた時期、わが家の経営が最終的に解消した時期のことだった。店の入口の上にあった看板はもうとっくに取りはずされていた。半分だけ下ろした鎧戸《よろいど》の陰で、母はこっそり半端《はんぱ》物を売っていた。アデラはアメリカへ旅立った。人づてでは、彼女の乗った船は沈没して乗客ひとり残らず命を落としたという話だった。その噂《うわさ》はついに確かめられなかったが、あの娘についての便りはとだえ、それっきり彼女のことは何も耳にしなかった。新しい時代が近づいていた、空虚で素面《しらふ》で喜びのない時代——それは紙のように白かった。新しい女中、ゲニアは貧血性《しょう》の蒼白い、骨のない娘で部屋から部屋を音もなく歩いた。肩に愛撫《あいぶ》されると、彼女は蛇のように軀をくねらせ、猫のように喉を鳴らした。彼女は白く沈んだ肌をして、琺瑯《ほうろう》質の瞼《まぶた》の裏にさえ赤みはなかった。うっかり放心のなかで、彼女は古い送り状や手紙の写しのバター炒《いた》め——など胸の悪くなるような、食べられない料理をこしらえることがあった。

　そのころ父は決定的に死んだあとだった。父は幾度も死んでいたが、そのたびに完全な死とは言い切れず、いつもある種の留保条件がついて、そのため死の事実に修正を加えざるを得なかった。これには、それなりの良い面もあった。父はこうして自分の死を細かく分けて賦《ぶ》払《ばら》いにすることによって、彼の出立《しゅったつ》の事実に私たちを慣れさせてきたのだった。私たちは父の帰還に無関心になってゆき、そのつどそれは影を薄くし、そのたびに哀れさが深まった。すでに不在の人間となった人の表情は、彼が暮らしてきた部屋のなかに何とはなしに伸びひろがり、またいくつにも分かれて、信じられないほどの明確さを持った相似の驚くべき結び目を、特定の場所場所で作り出していた。壁紙は所どころで父の顔の神経のひきつるさまを模倣し、アラベスク模様は父の笑いの痛々しい解剖模型を形づくった、それは化石となった三葉虫の刻印のように左右均斉《きんせい》の節足をひろげていた。ひところ、私たちは、臭猫《においねこ》の皮で仕立てた父の毛皮を遠巻にして歩いたものだった。毛皮は呼吸していた。仲間同士で咬《か》み合い、こうして、縫い込められた小動物たちの恐怖が、無力にひきつりながら毛皮を駈け巡って、裏張りの襞《ひだ》のなかに消えていた。耳を押し当てると、彼らの息の合った眠りが調子よく喉を鳴らすのが聞きとれた。このよく鞣《なめ》された毛皮――それは臭猫自身の臭いのほかに鏖殺《おうさつ》の、また発情《さかり》期の夜の臭気を漂わせた――という形でなら、父は一年間は保《も》ちそうに思われた。だが、こんども長くはつづかなかった。

あるとき、街に出た母はうろたえた顔をして戻ってきた。「見てごらん、ユーゼフ」彼女は言った。「何ということだろう。入口の階段のところであの人を捕《つか》まえたんだよ、一段一段跳ね上がってたのさ」そう言うと彼女は皿にかぶせたハンケチをとった。私はたちどころに父を認めた。こんどはざりがにか、大きな蠍《さそり》になってはいたが、言いようのないほどよく似ていた。私たちはそのことをたがいに目を交して確かめ合った、あれほど変化し、変身を繰り返しながら、いまなお抗しがたい迫力で迫ってくるその酷似の強烈さに私たちは驚嘆の息を呑んだ。「生きているの？」私は尋ねた。「もちろん、やっと捕まえていられるくらい」母が言った。「床《ゆか》に放してやったほうがいいかしら？」床に皿を置き、私と母とは、その上に屈み込んで、こんどは仔細に彼を観察した。何対かある弓なりの脚のあいだに沈み込んだようになり、それはかすかに脚を動かしていた。いくらかもたげ気味にした鋏《はさみ》とひげは傾聴する気配であった。私は深皿を傾けてやった、すると父は注意深く躊《ため》いがちに床に降りたが、足元が平坦であることを確かめると、とつぜん、十本ほどの脚をいっせいに動かして駈けた、節足動物の硬い骨がかたかたと音立てた。私は行く道を塞いだ。父はゆき惑《まど》い、波状に動くひげで障碍物に触れ、それから鋏を上げて脇へ折れた。私たちは決めた方向に彼を走るようにさせた。そのほうだと隠れ場所になるような家具はひとつもないのだった。波立つように痙攣《けいれん》しながら、たくさんの脚を操って彼は走り、壁まできた、と見るより早く、彼はそこに停まりもせずに、歩脚の全装備を動員して軽々と壁を這い登った。私は、壁紙をかさかさと鳴らして進んでゆく多足の歩行を、本能的な気味悪さを抱《いだ》きながら目で追った。父はやがて壁に嵌め込みになった台所のちいさな食器棚まで行き、その角のところで一瞬身を折り曲げ、鋏で棚のなかを探ってからそのなかへ入った。

父は甲殻類《こうかくるい》としての新たな遠近法から新しく家の様子を知ったらしかった、そして恐らくは嗅《きゅう》覚《かく》によって対象の判別をつけていたのだろう、なぜなら、いくらこまかく観察してみても、私には父にどのような視覚器官も発見できなかったからである。父は通り道で対象にゆき合うと、それが何であるかを思案する様子を見せ、そのそばに立ち停まったまま、かるく波打つひげでそれに触れ、試すかのように、鋏で抱《だ》くようにさえした、こうして対象が自分の知っているものであることを確認したうえで、やっとそこを離れ、床すれすれに腹部を引きずりながら先へ急いだ。私たちが、餌《えさ》のつもりで床に投げてやるパンや肉の切れ端にも全く同じような行動しかとらなかった。ただそそくさとそれに触れるだけで、食べられるものとは思いつかないまま、通り過ぎてしまう。

そのように部屋いっぱいの広がりを丹念に偵察しているのを見ると、根気よく執拗に何かを捜しているように思えた。ときどき台所の隅へ走ってゆき、水の洩る桶《おけ》のそばの水溜りまできては、それを飲むふうだった。一日じゅうどこかへ見えなくなってしまうこともよくあった。食べ物なしに十分にやってゆけるらしく、食べないからといって生命力の発現を多少とも失う様子は何もなかった。昼のあいだ、羞恥と嫌悪の入り混じった気持ちで、私たちは、父が夜になったらベッドのなかの私たちを訪問にくるのではなかろうかとひそかに恐れた。けれども、そんなことは一度も起こらなかった。昼間は家じゅうの家具の上を歩き回り、なかでも衣裳箪笥《だんす》と壁とのあいだの隙間が最も気に入りの場所であった。

ある種の理性の表れ、それどころか、ある種の意地悪な態度の表現も見逃せなかった。たとえば父は、食事どきには必ず食堂に姿を現した、もっとも昼食に加わるといっても、それは純粋に精神的《プラトニック》なものであった。昼食時に食堂のドアがたまたま閉まっていて、父が隣の部屋にいたりすると、ドアの下の隙間を右に左に走って、いつまでもがさごそとやり、ドアのあくまではやめようとしなかった。その後、その隙間から鋏と脚をさし入れ、体をむりやり平たくして、横ざまにドアの下を潜って部屋へ入り込むことを覚えた。それがうれしいらしかった。そういうときはテーブルの下でじっと動かず、音ひとつ立てるでなく、腹部をかすかに脈打たせた。輝く腹部のリズミカルな脈打ちが何を意味していたのか、私たちには見当がつかなかった。それは何となしに皮肉で不謹慎で意地悪なものであり、同時に、何か低劣で卑猥《ひわい》な満足感を表現しているように思われた。犬のネムロドはゆっくりと自信なげに近づいてゆき、慎重に匂いを嗅ぎ、くしゃみをし、結局、明確な判定を下すことなしに、無関心な態度で離れてしまう。

わが家の解体はますます大きな円周を描くようになっていった。ゲニアはくる日もくる日も終日眠りこけ、彼女の細い軀は深い呼吸によって骨のないもののようにうねった。私たちはスープのなかにしばしば糸巻を見つけたのだが、それは彼女が、不注意からまた奇妙な放心から、野菜とまぜこぜに投げ込んだものであった。店は相変わらず昼も夜もひらかれていた。半ば鎧戸を下ろしての商売は一日いちにち駆引と説得のあいだで錯綜したコースを辿った。叔父のカロルの到来がこれに輪をかけた。

叔父はいっぷう変わった人物でろくに口も利かなかった。彼は、最近、悲しいことがあったため生活の心がけを改め、語学の研究に切り替えたのだと溜息混じりに宣言した。彼はいちばんはずれの部屋――ゲニアはこの新来の客を嫌って、カーペットから壁掛までとり払った――に陣どって外出もせず、古代の物価の研究に没頭していた。叔父は幾度かさも憎々しげに父の腹部を踏みつけようとした。私たちは叫びを上げ、驚いて父を守った。そんなとき叔父はそのわけが呑み込めず、自嘲の笑いを浮かべるのだが、そのあいだ父は身の安全の判断がつかないまま、どこか床の上の染《し》みのあたりに体を固くしていた。

父は、体を長く伸ばし、脚で立っていてこそ身軽に機敏に動いたが、あらゆる甲殻類の例に洩れず、いったん裏返しとなると、全く無防備になってしまう。脚という脚をむやみに動かしながら、背なかを軸に途方に暮れて回転するさまは、不様《ぶざま》であり、また哀れでもあった。彼の解剖図――仰向けに寝て、何の蔽いもない剝き出しの節々に分かれた腹部のひどくあけすけな仕組みのようなものを見せつけられるのはやりきれなかった。そういうとき、叔父のカロルは椅子から跳び上がって、踏みつけようとした。私たちは救援に駈け寄り、父のそばに何か物を置いてやった、父はしゃにむに鋏でそれにつかまり、うまく正常の姿勢に戻る、起き直るや否や、稲妻のようにジグザグを描きながらふだんの二倍もの早さで走り出すのだが、それはみっともない転倒の記憶を消し去ろうとするかのようであった。

以下の不可解な事実を真実に則《のっと》って語るには、やり切れない気持ちをあえて振り払う必要がある、あの現実を前にして私の全存在は後ずさりせざるを得ないのだ。われわれがあらゆる見地からあの事実の意識的な作為者であったとは、今日に至るもなお私には納得がいかない。そういう光に照らせば、あの事件は何か不思議な宿命性の影を帯びてくる。なぜなら、宿命性はわれわれの意識や意志をすどおりするものではなくて、自分の機構のなかにそれらを引きずり込むものだから。こうして平常の状態でなら後込《しりご》みするような事柄をわれわれは昏睡に陥ったときのように、認め、そして受け入れてしまうのである。

遂行されてしまった事実に驚いて、私は絶望と共に母を責めた。「かあさんがこんなことを！せめてゲニアがやってしまったことならともかく、まさか、かあさんが……」母は泣いていた、手を揉《も》み絞っていた、答えることができないのだった。そうすれば父が楽になると思ったのだろうか、希望のない父の境遇からの唯一の出口をそこに見たのだろうか、それとも単にわけの分からない軽率と無分別とからやってしまったのか？……宿命とは、その不可解な意志を強制するためとあれば、一千もの口実を見いだすものである。われわれの決断のスキュラとカリュブディス[*1]のあいだを擦り抜けてある行為を密輸するためには、われわれの分別の実《じつ》にわずかな瞬間的昏迷、眩惑《げんわく》あるいは看過の一瞬さえあれば足りる。その動機についてはのちに涯《はて》もなく事後の解釈を下し、説明を加え、誘因を見いだすことができるだろう――しかしすでに遂げられた事実はとり消しようもなく、そのまま永久に動かぬものとなって残るのだ。

　私たちが意識をとり戻し、眩惑を脱し切ったそのとき、父は皿に載せて運び込まれてきたのだった。そこに横たわっている父は料理されたために大きく膨らみ上がり、ぼやけた灰色をして、ゼリーをまとっていた。私たちは毒を盛られたように静まり返って坐っていた。ひとりカロル叔父だけは、フォークを皿のほうへ伸ばしかけたが、私たちにいぶかしむ目を向けると、自信なげに中途でその手を下ろした。母はその皿を居間に下げるよう言いつけた。父はビロードのクロスを掛けたテーブルの上の写真アルバムやオルゴール付きのたばこ入れのそばに置かれ、私たちに敬遠されたまま動かなかった。

　しかしながら、父の地上での旅はそれで終ることにはならなかった、そしてその続き、すでに最終的な、許容できる限界を超えているかに思われるその歴史の延長は、父の旅のなかでも最も痛々しいものである。なぜ父はあくまでも負けを認めなかったのか、ついに敗者たることを自認しなかったのか、事実、そうするためのあらゆる理由はあったのだし、運命は彼を完全に打ちのめす上でこれ以上もはや一歩も進めないところへきていたというのに？　数週間、身動きしないまま横たわったあと、父はわずかながらも体力を回復し、少しずつ自分をとり戻してくるようであった。ある朝、皿は空《から》になっていた。一本の脚だけが皿のふちに残っていた、それは父の逃亡の痕《あと》を止《とど》める干上がりかけたトマトソースとゼリーのなかに落ちていた。料理され、脚をなくしながら、それでも父は残る力を振り絞ってさらに放浪の旅へ出かけていった、こうして私たちは二度と父を見なかった。

＊1　海の渦巻の擬人化と解される怪物の女。スキュラ *Scylla* は六つの頭を持ち、通りがかる船の水夫六人を飲み込み、カリュブディス *Charybdis* は一日に三度海水を吸い込み、三度吐き出して船をことごとく難破させたという。のちにメッシナ海峡に住むとされた。ギリシャ神話。

原題　Ostatnia ucieczka ojca

*

秋

君らはこんな時を知っている——ついこのあいだまで繁茂し、活力に溢《あふ》れていた夏——思いつくすべて（人々、出来事、物事）をその広い圏内に抱擁する普遍的な夏、その夏にある日、ほんのかすかな瑕《きず》のつくその時を。太陽の光はまだ惜しげなく豊かに降り注ぎ、風景には大地主風の古典的な身振りがいまだにある——名作のなかでその身振りを夏に伝授したのは天才プーサン（ニコラ、フランスの画家。一五九四—一六六五）だ——というのに、不思議なことだが、早朝の遠出から戻る私たちは奇妙に鬱屈と空《むな》しさを拭い切れない——私たちに失態でもあったというのか？　どことなくふて腐れて私たちはおたがいの目を避ける——なぜなのか？　しかも、私たちは知っている——夕暮れ時ともなれば、あの人この人が申しわけなげに微笑しながら、人里離れた夏の一隅を訪ねて、壁を叩き、中身が確かに詰まっているか、ごまかし仕事ではないかを音で確かめることを。そういうテストには、裏切りや正体暴露のよからぬ快楽、醜聞《スキャンダル》の軽い戦慄がある。とはいえ、公式には私たちはまだ十分に尊敬と忠誠心とを保《たも》っているのだ——あれほどしっかりした会社、かなりな資金を抱えるあれほどの会社だからと……。にも拘らず、次の日、倒産の噂が世間にひろがる——それは実際には二日前のニュースに過ぎないからスキャンダルの爆発力はすでにない。それゆえ、競売《きょうばい》が真剣かつ活潑に進行している一方で、けちのついたアパート住宅が引き払われ、裸にされ、冷たく響きわたる谺《こだま》に姿を変えていようとも、いかなる悲哀も感傷も呼びはしない。夏の破産整理そのものには、遅れたカーニバルが〈灰の水曜日〉までも延々と続いたような、なんとない軽さ、だらしなさ、不まじめさがつきまとう。

だが、やはり、ペシミズムは早合点かもしれぬ。交渉はまだ続行中であり、夏の余力はなお尽きてはおらず、あるいは完全な復権もあり得るやもしれない……。しかし、そんな慎重、冷静ぶりは避暑客にふさわしくない。なんせホテルマンでさえ――夏の株券にどっぷり浸《つか》ったホテルマンたちまでが、降参しかかっているのだ。よしてくれ！　かかる忠誠心の不足、誠実な同盟者に対する尊崇の念のこれほどの欠如は、他ならぬ商人道を証拠立てるものとは言えない！　こういうのは屋台店根性、遠大な目標を疎《おろそ》かにする腰抜けの小人《しょうじん》どもだ。連中はどっさり詰まった財布を、しっかりお腹《なか》に押し込む。彼らは親切の仮面を脱ぎ捨てた、そのうちスモーキングもかなぐり棄てる。だれを見ても、金ばかり……

そこで私たちもトランクの荷作りにとりかかる。私は十五歳、だから実生活に負う義務は皆無である。出発までにはまだ一時間ある、だから、もう一度だけちょっと出かけるとしよう――避暑地に別れを告げ、この夏の収穫を再検討し、何を持ち帰り、絶滅寸前のこの街に何を永遠に残していくかを確かめる――それが目的だ。ところが、公園のちいさな円形広場、いまは人けもなく午後の陽射し眩《まぶ》しいそのロンドにきて見ると、ミツキエヴィチの銅像[*1]のあたりには、夏の盛《も》り返しという真実が私の心にありありと映るではないか。この天啓の幸福感に酔い痴《し》れて、私は銅像の石段を二段上がり、周囲を見渡し、張り詰めた弓のように両手をひろげて、この避暑地全体に届けと声をかける——さらば、汝《なんじ》、季節よ！　君はまことに美しく豊かであった。他のどの夏も君には比べようもない。きょう、私はそれを認めよう、君のせいで一度ならず甚《はなはだ》しく不幸で悲しい思いをしたけれど。公園に、街の通りに、また庭園に種を落としたすべての私のアバンチュールを私は記念に君に残そう。私の十五歳を持ち帰ることはできない、それもここに残してゆこう。それから、私の住んだ一戸建てのベランダの二本の桁《けた》のあいだに私は君のために描いた絵を入れておいた。君はこれから影のなかへと降りてゆく。君と共に貸別荘と庭園とのこの街も影の国へと去ってゆくだろう。君らに子孫はない。君も街も死ぬ——種族の最後の末裔として。

しかし、君とて罪なしとしない、季節よ。君に言おう、どこに君の罪があったかを。君は望まなかった、おお季節よ、現実の境界に甘んずることをだ。いかなる現実も君を満足させなかった。君はいちいちの実現達成のそとへと逃走した。現実に充足を見出せない君は、暗喩と詩的文飾による上部構造を創《つく》り出した。君は事物のあいだの連想、ほのめかし、また不確定要素を玩《もてあそ》んだ。ひとつの物は別の物へと赴き、それがさらに別の物を呼び出し、こうしていつ果てることもない。君の美辞麗句は結局、人をうんざりさせた。無限の誇大表現の波の上の揺蕩《たゆたい》に飽き飽きしたから。そうなのだ、誇大表現——こんな用語を許してほしい。それが明らかとなったのは、ここかしこ、多くの魂のなかで実体に対する憧れが目覚め始めたときである。そのとき以来、君はすでに敗北の身であった。君の普遍性の限界が正体を現し、君の大仰な様式、君の美しいバロックは、君の全盛時代にこそ現実にふさわしいものであったが、いまではその正体は気取りと知れた。君の甘さ、君の憂愁は若さの客気の痕跡を止《とど》めていた。君の夜は恋に落ちた人々の誇大妄想の昂《たかぶ》りに似て巨大かつ無限であった、あるいは幻覚にうなされる譫言《うわごと》めいた妖怪の溜り場だった。君の香りは誇張がすぎて人間の共感から遠く離れていた。君の手の魔力のもと、触れられた一切の事物は非物質化し、より高遠より高尚な形式を目ざして背伸びした。君のりんごは、風景という天国の果実を夢見つつ、食べられた、そして君の桃は、嗅覚のみで味わうべき香気の実として思い描かれた。君は明度の高い色しか君のパレットに持たず、暗色、土色、油性など各種のブロンズ色の持つ充実感と硬質感を知らなかった。秋とは人間の魂が物質性へ、実体へ、限界へと向ける憧れに他ならない。不可測の原因により隠喩と企図と人間の夢想とが実現達成を憧れ始めるとき、秋の時節がやってくる。これまで人間世界のなかでも最も遠い圏内にちらばり、世界の蒼穹《そうきゅう》を自らの幻影で彩ってきた妖怪たちが、いまや人間を慕い、息遣いの温もりを求め、住居の窮屈な居心地の良さに惹かれ、ベッドの置かれている小部屋《アルコーブ》に焦がれる。人間の家は、ベツレヘムの馬小屋のように、ひとつの核となり、その周囲の空間には、ありとあらゆる悪魔が、上方《じょうほう》と下方の圏域のすべての悪霊がうようよとする。美しい古典的な身振りの、ラテン的な美辞麗句の、南方風の演劇的な丸みの時代は終った。秋はデューラーやブリューゲルといった画家たちの硬質性と素朴な力とを求めている。あの形式は物質過多のために破裂し、節々《ふしぶし》と結節点を鍛え上げたうえ、物質を万力《まんりき》とペンチで捉え、それを虐《しいた》げ、犯し、押し潰し、そのあとで格闘の痕もなまなましいその手から造りかけの木の塊《かたまり》を投げ出す、そこには顔をしかめた不気味な生《せい》の烙印があるが、彫られた顔にその渋面《じゅうめん》を押したのは形式自体なのだ。

それやこれや、私は公園のがらんとした半円形に向かって話しかけた、広場は私の前から退くかのようだった。私が以上のモノローグのうちいくつかの言葉だけを投げつけるに止めたのは、適切な言葉が見つからなかったためと、演説はまねごとで、言葉の足りぬところは身振りで補足したからだ。私は胡桃《くるみ》の実を示した――部屋の家具とも縁戚関係にある秋の古典的な果実、滋養に富み美味で長持ちする実を。私はまたマロニエの実のこと――ニス塗りの果実の原型、子どもらの遊戯のために創られた玉――また、家々の窓辺に家庭的で散文的な懐かしい赤みを帯びて色づく秋のりんごのことも思い出した。

ペンションに戻り着くころ、夕暮れが空気を黒ずませ始めていた。中庭には大きな馬車が二台、私たちの出発を待っていた。アーチ型の輪付きの鞍《くら》をはずされた馬は秣袋《まぐさぶくろ》に頭を沈めながら鼻を鳴らした。どのドアも思い切り開かれていて、私たちのテーブルに立てた蠟燭《ろうそく》の火が吹き抜ける風に揺れた。足早に忍び寄る夕闇、薄明に顔を失い、大急ぎでトランクを運び出す男たち、そして開け放たれ、犯された部屋の取りちらかした様子――それらが何か慌ただしく悲しい遅まきのパニックの何やら浮き足立つ悲劇的な破局の印象を作り出していた。ようやく私たちは深々とした馬車の座席につき、車は走り出した。畑を抜けてくる底深く暗い強風が私たちに吹きつけた。馭者《ぎょしゃ》たちは長い鞭を振っては、その狂おしい風からぱしぱしと爽快な音を引き出し、馬たちのリズムが揃うように努めた。頑丈で立派な馬の二つ離れた尻が、ふさふさした尻尾の振られるあいだから、闇のなかで揺れた。こうして馬の二つの集団は後先になり、もの寂しい夜景のただなかを疾駆した――馬たちは音を響かせる箱であり、ふうふうと鳴る革の鞴《ふいご》であった。時おり、走行中にばらばらな部分に分かれてしまう蟹《かに》のように、馬たちが分解し四散するかと思われた。そんなとき、馭者は手綱を強めに引いて、ばらけた蹄鉄《ていてつ》の音を整えさせ、懲罰の正規部隊に馬をまとめあげた。カンテラの明かりが夜の深みに長い影を落とし、その影が長まり、とぎれると、それは大きく跳躍して荒れ野へと飛び去った。長い脚で疾走して逃げたのは、どこか遠く森のあたりで、身振りたっぷり馭者たちを嘲《あざけ》ってやろうというのだ。馭者は間《ま》を置いて馬に鞭《むち》をくれながら、そんな挑発に乗ろうとはしなかった。家並《やな》みのあいだに馬車が乗り込んだとき、街はすでに眠っていた。ところどころ、だれもいない通りに街灯が灯っていた、その役目はどこか低い建物とかベランダを照らし出したり、閉ざされた門の番地を記憶に留めさせることかと思われた。厳重に表を閉ざした店々、滑りやすい閾《しきい》を持つ門、夜風に揺れる看板——それらは、こんな夜更け、不意を衝かれて目覚め、人々に忘れられ自分たちだけで放置された物たちの絶望的な寂しさ、心細さを見せるのだった。姉を乗せた馬車が脇道へ折れ、私たちは広場を走った。広場の深い影に乗り込むと、馬は走行のリズムを変えた。明けた店先の角に立っていた跣《はだし》のパン焼き職人が、暗い目つきの視線で私たちを縫い綴《と》じた、まだ眠らずにいる薬局の窓が、大きなガラスの容器に入れた木苺《マリーナ》入りの芳香油《バルサム》をさし出して、また引っ込めた。馬の脚の下で石畳が固まり、馬蹄の喧噪の乱れのなかから際立ってあの蹄《ひづめ》の音、もうひとつ別の蹄の音が聞き分けられるようになると、その響きは明瞭になるにつれて稀となり、擦り傷だらけの正面をもつわが家がゆっくりと暗闇のなかを移動し、馬車の脇まできて停まった。女中が門をひらいた、彼女は反射鏡つきの石油ランプを提げていた。私たちの影法師は階段の上で背伸びし、途中で折れて階段シャフトの円天井にまで届いた。この時間、家のなかの照明は蠟燭ばかりで、明けた窓から吹き込む風に焔《ほのお》がいっせいに揺れた。黒ずんだ壁紙は病んだ幾世代かの悲嘆と苦渋の黴《かび》に蔽《おお》われていた。年古りた家具たちは夢から覚め、久しい孤独からやっと引き出されて、苦い理解と辛抱強い知恵の籠《こも》る目で帰ってきた人々を眺めるように見えた。われわれから逃げ出さないことです——家具はそう話しかけるようだった——結局、われわれの魔術の輪に戻らねばならないのだから、なぜって、われわれと君らとは、とっくに分け合ったではないか、君らの動きと身振り、起立と着座、君らの未来の日々も夜々も。われわれは待つ、われわれは知っている……と。巨大な深々とした寝台が、積み上げた冷たい家具と共に私たちの肉体を待っていた。夜の水門は、早くも軋《きし》る音を発していた——眠りの暗い嵩《マッス》、濃密な溶岩がかける重圧に堪えかねて。溶岩は煮えたぎり、閘門《こうもん》から、ドアから、古い衣裳棚から、ペチカから溢れ出ようとしている。ペチカのなかで風が呼吸していた。

＊1　銅像はシュルツの愛した郊外の療養地、南東八キロ離れたトルスカーヴィエツの公園内に立つ。少年時、病弱だったシュルツ自身、療養の身をここで送った経験がある。アダム・ミツキエヴィチ（一七九八—一八五五）は長篇叙事詩『パン・タデウシュ』などの作品で敬愛されるロマン主義時代ポーランドの生んだ〈国民詩人〉。詩人とは直接に無関係なこの地にさえ現在もこの当時のまま銅像が遺されている。

原題　Jesień

初出「スィグナウィ」Sygnały　一九三六年第一七号

夢の共和国

ここワルシャワの石畳の上にいて、喧噪と炎熱と狂気の日々にあるとき、私は私の夢想に浮かぶ遠い街へと思いを移し、高々と舞い上がって見はるかす、と、あの境域が襞打《ひだう》ち低くひろがるのを眼下に見る——色鮮やかな布地として天空の入口に投げかけられた神のマントのような境域。なぜなら、あの地域の全体は天空に位置し、幾重ともなく色彩に満ちた穹円に脹らむ天空を身にまとい、柱廊《ギャラリー》とトリフォリウム（装飾アーケード）と丸窓と永遠に向けた窓を連ねているのだから。あの境域は年ごとに天空の高みへ成長し、朝焼けに踏み入れ、偉大な大気圏の反射のなかで天使へと変身する。

境域の地図を思い切り南へ下ったところ、陽灼《ひや》けして黄ばみ、何年ものあいだの気象の変化に黒ずみ焼かれたそのあたりに、陽溜りの猫のように、あの選ばれた地方、あの特別の州、世界にひとつしかないあの街が寝そべっている。空《むな》しいことだ、あの世俗なるものについて語るのは！説明するのも空《むな》しいが、長く波打つ大地のあの舌——炎暑の夏、あの境域はその舌で呼吸する——〈南方〉へ向ける盛夏の地峡、ハンガリーの浅黒いぶどう園のあいだへ一本だけ突き出された支脈によってあの辺陬《へんすう》の地は一帯の州から分けられ、未踏の道を通って断りなしに決闘へと乗り込んでゆき、だれの力も借りず自分が世界になって見せようと試みる。あの街とあの地方は自給自足のミクロコスモスに自らを閉ざした——自分の危険においてまさしく永遠の岸に身を置いたのである。

郊外の菜園は世界の周縁にあるかのように並び、柵越《さくご》しに匿名の平地の無限のひろがりに目を向けている。関門を過ぎると間もなく、境域の地図は地名を記さず、カナンの地のように宇宙的となる。喪失された狭隘《きょうあい》なこの炎熱の地の上空にはどこよりも深く広い天空が再び開かれた。円天井のように広大な空、幾層にも重なり、吸い込むような空、未完成のフレスコ画と即興と、飛行する衣文《トラペリー》と急激の昇天とに満ちた空。

どう表現すべきか？　他の都市が経済の面で発達し、統計数字、計数において成長してきたとすれば、私たちの街は本質性に下降した。ここでは無駄に行われるものは何もない、深い意味なしに、熟慮を経ずに起こることは何もないのだ。ここでは出来事は表面だけのはかない幻影ではない、ここではそれらは事物の深部に根を持ち、本質に達している。ここでは各瞬間に何かが解決される——模範的に、それも全時代にわたって。ここではあらゆる事柄が一度しか行われず、すべては取り返しがつかない。いま起きていることに、重大な関心を抱き、深刻なアクセントを置き、悲哀を注ぐのはこのためである。

さて、例えば、どこの庭も刺草《いらくさ》や雑草に埋《うず》もれ、物置も納屋も傾《かし》いで苔《こけ》むし、板葺《いたぶ》きの庇《ひさし》まで伸びた巨大な牛蒡《ごぼう》の葉の茂みに落ち込んでいる。街全体も雑草の徴《しるし》、狂暴で熱っぽい狂信的な植生、安っぽく貧弱、有毒でまた寄生的な伸び上がる青草の徴の下《もと》にある。太陽に嫌われて雑草が焼け、葉の導管は燃える葉緑素で呼吸し、旺盛《おうせい》かつ貪欲な刺草の大群生は、花畑を食い平らげて菜園を侵し、家々や穀物倉の見張りのない背後の壁を一夜で覆《おお》い、道端《みちばた》の溝に繁茂する。狂妄の無駄で非生産的な生命力が青い物質のその貪欲な微量のなかに、太陽と地下水のその派生物のなかに、いかほど根ざしているかは、不思議なほどである。それらの日々の火災のなかでこの生命力が葉緑素の頂点から引き出し拡大するのは、育ちすぎた空虚なあの繊維であり、緑色の柔組織であった、それは百回の繁殖で百万の葉の金属板となって緑に照射され、水っぽい植物性の緑の血液によって透ける葉脈を与えられ、苔が生え、柔毛《にこげ》に蔽われ、野草《のぐさ》と草原《くさはら》の強烈な匂いを発散させた。

それらの日々、庭に面した店の倉庫の窓は緑内障を患って失明に近かった——緑の煌《きらめ》き、葉の反射、薄葉《うすよう》の牛蒡、波打つ青の布切れ、庭の猛烈な冗漫過剰の化け物めく繁茂に満たされて。倉庫は、深い陽《ひ》かげに引き下がり、緑のあらゆる陰影をぱらぱらとめくった。倉庫のなかでは緑色の反射が小波《さざなみ》と散り、ざわめく森のなかのように、天井の深みまで光の波がいっぱいにひろがった。

百年の眠りに落ちるように街はこの冗漫な繁茂のなかへ落ち込み、火事にも気づかず、陽光に耳を塞《ふさ》がれ、百回も蜘蛛《くも》の巣に巻かれ、雑草に囲まれ、裳脱《もぬ》けの殻となった街は息苦《いきぐる》しげに眠りこけた。窓際の昼顔に青く染まったうえ、古いガラス瓶《びん》の底のように不透明の水中へ沈んだ部屋部屋では、蠅《はえ》の種族が死に絶えようとしていた——痛苦の断末魔に永遠に囚われ、閉ざされ、単調で冗長な愁訴へと導かれ、怒りと悲哀の羽音を立てながら。窓は死を前にした最期の滞在の透かし細工づくりのとりどりの動物相《ファウナ》を徐々に自分のなかへ集めていた——迷える飛行の音のない震動で長いこと壁をノックし続けたすえ、死んで動かなくなり、ついに窓ガラスに貼りついた巨大な蚊とんぼたちと、また、この窓で育った蠅類や昆虫類の系統樹の全体——窓ガラスの上を漫歩するうちに枝分かれし、繁殖して世代を重ねた金属あるいはガラス製の翅《はね》のあるあれら藍色《あいいろ》の不思議な昆虫たち——とを。

店々の飾り窓の上には、大きな明るい盲目の陽射しよけの布地が熱い風に吹かれて音もなく鳴り、縞模様が立って陽光に燃えている。死んだ季節は空っぽの棚の上で、風に掃き払われた通りの上で得たり顔だ。方々の菜園で脹らみ上がった遠い地平は、天空の輝きのなかに立ち、めくるめき茫然自失する、地平は、ほんの今し方、巨大なけばけばしい布地となって天空の荒野《あれの》から飛来したかのようだ、布は明るく、燃え立ってはいるが、空中で裂けて、間もなくぼろぼろとなるため、新鮮さを取り戻そうと陽光の新たな補給を待ち受けている。

それらの日々、人は何をすべきか、熱暑から、午後の暑い時間、夢魔が胸にのしかかる重苦しい眠りから人はどこへ逃げるべきか？　そんな日、母はときに馬車を雇い、その黒い箱にみんながぎゅう詰めに乗り込み、店の者たちは荷物ごと馭者《ぎょしゃ》台に並んだり、発条《スプリング》の上に身を支えたりして、街を出て、郊外の〈グルカ〉[*1]を目ざすことがあった。大型の箱馬車は、街道の黄色い熱い埃《ほこり》を掘り上げながら、炎暑のなかを野原の凹凸を乗り切って孤独に走った。

馬たちの鬣《たてがみ》が緊張に盛り上がり、毛艶のよい尻がせわしなく輪を描き、太い尻尾がしきりにその埃を払った。車輪は車軸に鳴きながらゆっくりと回転した。平坦な牧場《まきば》に箱馬車がさしかかると、点々ともぐら塚のあるあいだにちらばって牛――骨や節や尖塔を備えた不恰好な革袋――が思い思いに角《つの》を立て腹這いになっていた。牛はモニュメントか、ちいさな古墳のように寝そべり、その穏やかな目に遠く流れる地平線を映した。

　私たちの馬車は〈グルカ〉の上の旅籠屋《はたごや》の横でようやく停まった、塀に囲まれ、たっぷり広い。宿は二つの斜面を分ける険しい境の分水線にぽつんと建ち、ひろがった屋根が空と仕切っていた。馬たちはその高い境に到達するのに手間どり、二つの世界を分ける関所にきたかと感慨深げにそこに立った。その関から見はるかすと、向うには広大な風景がひらけ、ぼやけたゴブラン織のようにオパール色に褪《さ》めたなかを幾本も街道が切り、全景を果てないがらんどうの紺碧《こんぺき》の空が包んでいた。その遠く波打つ平野から吹き上がってくる風が馬の首筋の鬣をなぶり、見上げる清らかな天空の下を流れた。そこに必ず一泊したあと、翌朝、ときには父も現れ、私たちはまるで地図のようにところどころ街道が枝分かれする広大な境域へ乗り込んでいった。眼前には遠くうねくねと縫う道に、さっき私たちを追い抜いた馬車が、もう見えないかなたに霞んでいたりした。桜桃の木々のあいだを、まっすぐに馬車客が目ざすのは、当時はまだほんの小規模だった森深い渓谷に抱かれた鉱泉地[*2]で、狭い山間《やまあい》の道は湧泉のせせらぎと水の落ち込む音と木々のざわめきに満たされていた。

　その遠い日々、私は仲間たちと語らってあの実現不能な愚にもつかぬ着想に取りかかった――鉱泉場《ば》の先さらに遠く、だれにも属さない、神のものである境域へ、係争下にある中立の国境地帯へ行こうというのである、そこでは国境線が失われ、積層した高い天空の下で〈風の薔薇《ばら》〉の狂った磁石がくるくると回りつづけていた。私たちの夢は、そこに砦《とりで》を造ること、おとなたちから独立すること、おとなの支配圏から完全に脱すること、少年たちの共和国を宣言すること、であった。そこに私たちは自立した新しい法体系を打ち立て、尺度と価値の新たなヒエラルキーを作り上げるはずだった。それは詩と冒険の徴《しるし》のもとの、不断の魅惑と驚異の生活となるはずであった。そのためには――と私たちは夢想した――仕来りの柵と境を、世事の流れを左右する河床を移すだけで十分だ、そうすれば自然力《エレメント》が、不測の大洪水が、ロマンティックな冒険と不思議な物語が、私たちの生活に侵入してくるのだ。筋立てを工夫する自然力のその流れに、歴史と出来事の霊感の上げ潮に私たちの生活を委ねること、その盛り上がる大波に運ばれ、受身のまま、それに従うこと、これが私たちの夢であった。自然の魂、そもそもそれは、大いなる語り手であった。その真髄からは寓話と小説、恋歌《ロマンス》と叙事詩の抑えがたい雄弁の流れが溢《あふ》れ出ていた。全大気圏には寓話の筋立てがいっぱいに犇《ひし》めき合っていた。なすべきことは、幻《まぼろし》に満ちた空の下にただ罠《わな》を置くこと、杭を打ち込むことである、細工は流々、いままで空中を舞っていた小説の切れ端は捉えられて、梢《こずえ》のあたりにぱたぱたと音立てている。

私たちは決定した――よろしく自給自足たるべきこと、生活の新原則を創出すべきこと、新時代を設定すること、たとえ小規模にせよ、もっぱらわれわれのための、われわれの趣味と好みに適《かな》う世界を策定することと。

それは砦《とりで》、防塞《ブロックハウス》、一帯を睥睨《へいげい》する強固な拠点――半ば要塞、半ば劇場、半ば映像実験室でなければならぬ。自然全体はこの実験室の軌道に従うべきであった。シェークスピアにおけるごとく、その劇場は自然のなかへ飛び出していった——何ものにも遮られず、現実のなかで成長し、すべての自然力から衝動と霊感を汲みとり、自然の循環の大いなる潮の満干《みちひ》と共に波打ちながら。そこには自然の大いなる肉体を通り抜けるすべてのプロセスの結節点があるはずだったし、自然の大いなる、そして茫漠とした魂のなかにほの見える一切の筋立てが、そこを出たり入ったりするに違いなかった。私たちは、ドン・キホーテのように、すべての物語や恋歌《ロマンス》の河床を私たちの生活に通すことを願い、生活の境界を一切の陰謀、縺《もつ》れ、波瀾《はらん》のために開放することを望んだ——それらすべては奇想に駆られ次々に糶《せ》り落としをつづける大いなる気圏のなかでたがいに結びつく。

私たちは夢想していた——この一帯は不明確な危険に脅かされており、謎の脅威がばら撒かれているのだと。砦に潜んでいれば、その危険、その恐怖からは安全でいられた。一帯の森には狼の群れ、盗賊の一味がしきりに出没した。私たちは安全と防備を怠らず、戦慄のスリル、恐怖の快感の包囲に自衛した。私たちの衛門には野獣たちに曳かれた軽装の馬車が乗りつけた。私たちは高官たち、見知らぬ謎の人々を客に迎えた。彼らのお忍びを見抜こうとして、あれこれ思い惑った。夜ごと、私たちは全員、大きなホールに集合して、瞬《また》きがちな蠟燭《ろうそく》の火の下で次々と初耳の物語や秘話を聴いた。あるとき、そうした物語を貫くある陰謀が、話の枠から抜け出て、私たちのあいだに入り込んだ、犠牲に飢えた陰謀は、その危険な渦に私たちを巻き込んだ。波瀾に巻き込まれ、自力な再会、突然の啓示、意外な出遇いが私たちの個人生活に紛れ込んだのだ。慮外で切り抜け、私たちは面目を潰《つぶ》した。遠くから狼の遠吠えが聞こえ、私たちは、そこに半分、足を取られながらも、ロマンティックな紛糾なるものについて考究したが、そのあいだにも、窓のそとでは真の暗闇が泡立ち、実らなかった願望、情熱的な測り知れぬ秘話に夜は満ち、底なしの汲み尽くせない、それ自体のなかに千回と縺《もつ》れ込んだ夜であった。

きょう、そんな遠い夢想が立ち戻ってくるのも理由のないことではない。心に浮かぶのは、いかなる夢想も、たとえ不条理な実現不能のことであろうとも、宇宙のなかでは無駄にはならないという思いである。夢想には現実への飢えとでもいうもの、債務や要求、負債証書に対して気づかぬうちに増大するある請求権——現実はそれに応ずる義務を持つ——のようなものが含まれている。私たちは皆の夢を遠い以前に放棄したのだが、あれから何年かしてある男が現れた、その男は私たちの夢想に飛びつき、それを大まじめに取り、素朴かつ魂に対して実直な人間であるために、言葉どおりに受け、本物だと信じ、議論の余地ない単純明快な事柄としてそれを取り上げた。私は彼と会い、話もした。男は信じられないほど青い目をしていたが、見られる容貌ではなく、ただ夢想に浸って底なしに青く染まることにしか向かない人だった。彼は話した——あの地域、あの匿名の国、だれにも属さない処女地に踏み込んだとたんに、彼はすぐさま詩と自然の匂いを嗅ぎとった、空気には出来合いの輪郭があり、神話の幻が一帯の空中に下がっているのを見た。彼は大気圏にあの構想、計画、正面図、製図の実現を発見した。ノアが神の命令と指示を受けたときのように、彼は呼びかけを、内なる声を聞いた。

気圏にさまようあの構想の魂が彼を襲った。彼は夢の共和国を、詩の主権領土を宣言した。何万エーカーとかの地域、森のあいだに投げ込まれた布切れ——そこに彼は幻想の専制を声明した。

国境線を標示し、砦の基礎工事を済ませ、一帯を巨大なばら園と変えた。訪問客用の部屋数室、瞑想用の個室、食堂《じきどう》、寮、図書室……庭園には点々と亭《ちん》が、さらに四阿《あずまや》と眺望台が……。

狼や盗賊に追われた人は砦の門に辿り着けば救われる。勝利のなかで迎えられ、埃まみれの服を脱がされる。生気を取り戻し、歓喜に満ちて、彼は〈エリュシオンの野〉*3の風のなかへ、ばらの花の甘い香気へ踏み入ってゆく。街々も数々の問題も日々もその熱気も、彼の背後に遠く残された。彼は新しい、祭日めく、眩しい適法の世界へと入り、殻を脱ぎ棄てるように自らの肉体を棄て、顔に付着した渋面《じゅうめん》のマスクを投げ、蛹《さなぎ》に変身し、こうして己《おのれ》を解放した。

藍色の目の男は建築家ではない、むしろ演出家である。風景と宇宙的舞台の演出家なのだ。自然の意図をつかみとり、その秘密の希求を読みとることができる——それが彼の腕前である。なぜなら自然は潜在的な建築学、設計法、建造法に満ち満ちているからだ。偉大な何世紀、何十世紀の建築家たちは、それ以外のことをしただろうか？　彼らは広大な広場のパトスを、遠景の力学的な遠近法を、左右対称の並木道のパントマイムを盗み聞きした。ベルサイユよりはるか以前から、ひろがる夏の夜空に雲たちは、誇大妄想的で壮大な宮殿、邸宅の空中楼閣を形づくったのだし、巨大で普遍的なものを使いこなして、演出、積層、配置の実験が行われてもきた。無辺際な大気の一大看戯場《テアトルム》は、構想、計画、空中のデザインに事欠かない、そして霊感に膨らむ巨大な建築物を、雲へと到達する超経験的な都市計画を幻覚するのである。

人間の生む作品は、いったん完成すると、それ自体のなかに閉じ籠り、自然と断絶し、自らの原則の上に安定するという特性を有する。藍色の目の男の作品は、宇宙の大いなる結びつきから抜け出さず、却ってそこに根ざし、ケンタウロスのような半人半獣となり、自然の大いなる周期に縛られ、未完成でいながら成長をつづける。藍色の目の男は万人を継続へ、建造へ、共同制作へと呼びかける——われわれはひとり残らず天性の夢想家であり、牙を徴《しるし》とする種族の兄弟、天性の建築家ではないかと……

＊1　グルカ Górka とは山 gora の指小形（「小山」の意）だが、ここでは固有名詞。ドロホビチ市民の行楽地トルスカーヴィェツへ赴く途中の小高い丘の呼び名。ここには屋号をプウツァ *Płutza* という宿屋があったとシュルツ研究の詩人、フィツォフスキは記し、その著『大いなる異端の領域』旧版にはその外観の写真を掲載した。

＊2　鉱泉地とは右の「行楽地トルスカーヴィェツ」と同一である。ある意味でシュルツ文学は、生地ドロホビチに加え、このトルスカーヴィェツから生れた。

＊3　エリュシオンの野については、「砂時計サナトリウム」末尾の＊2を見よ。

原題　Republika marzeń

初出「ティゴドニク・イルストロヴァニ」Tygodnik Ilustrowany　一九三六年第二九号

彗星

1

その年の冬の終りは殊のほか好ましい天文上の出会いの徴《しるし》の下《もと》にあった。暦の色つきの占いが朝々の境目《さかいめ》の雪のなかで赤く花ひらいた。日曜日と祭日の燃える朱色は週の半分の上にその照り返しを落とし、それらの日々が偽《にせ》の藁火《わらび》となって冷たく燃えると、欺《あざむ》かれた心臓は一瞬ときめいた、それは預言者めく朱色に眩惑されたせいだが、その色は実は何を預言するでもなく、ただ早すぎる警報であり、その週の暦の表紙にけばけばしい朱で彩色された出たらめにすぎなかった。三王来朝の祝日（一月六日、御公現ともいう）から始まって私たちは燭台と銀食器で眩《まぶ》しい食卓の白のパレードに向かって座を占めては、夜ごと果てもなく〈独り占い《パシアンス》〉のカードを並べた。更けるにつれて窓外の夜は明るみを増し、全体に粉砂糖を浴びて輝き、際限もなく発芽するアーモンドや砂糖菓子に満たされた。月――疲れを知らぬ早変わり役者――は夜更けごとの稽古に専念して、次々に已《おのれ》の相《すがた》の変化を披露し、次第に明るく明るく、プレフェランス（カード遊びのひとつ）のすべての絵札となって身を乗り出し、四種の札のすべてでダブルキャストを演じて見せた。まだ日のあるうちから早ばやと支度を済ませて舞台脇に立っていることも珍しくなく、真鍮色の艶の悪い月は、メランコリックなジャックの役できらきらとクラブの徴《しるし》を光らせながら出番を待つのだった。そういうとき全天の羊の群れは、無言の白々と延びひろがる放浪の道すがら、月の孤独な横顔をよぎると、夕方近い空を彩る真珠貝色から移り変わる鱗色《うろこいろ》でわずかに月影を隠した。そのあとはもう日々は空白なまま捲《めく》られていった。大風《おおかぜ》が音立てて屋根の上を飛んでゆき、冷めきった煙突を底の底まで吹き脹《ふく》らませた、大風は街の上に空想の足場を組み、数階建ての家々を建て、梁《はり》や桁木《けたぎ》の軋《きし》みと共にごうごうと唸り立てるそれらの空中楼閣をみずから取り毀《こわ》した。時おり遠い町はずれに火事が起こった。煙突掃除人たちはずたずたに裂けた緑青《ろくしょう》色の空の下の屋根や続きバルコニーの高みを伝って町じゅう駈け巡った。ここの空あちらの空と渡り歩いて、避雷針や風見鶏の脇で風に吹きまくられる光景を見下ろしていると、彼らは——この風に屋根の蓋《ふた》が瞬間めくれ上がって、その下の小部屋には若い女の姿がありはしないか、と夢見るのだった、風は、高く舞い上げた大冊の市《し》の記録文書ですぐさま屋根代りの蓋をしてしまうだろう、それは気の遠くなるような読み物で、幾日幾晩かかっても読み切れないのだが。やがて大風は疲れ、そして収まった。店の窓《ウインドウ》に丁稚《でっち》たちが春の生地を懸け並べると毛織の軟らかな色合いのため気象はにわかに和《やわ》らいでいった。空気は浅藍《ラベンダー》色に色づき木犀草《レセダ》の薄い色に花咲いた。雪は縮み皺《しわ》よりは乳児の柔毛《にこげ》となり、乾《ひ》からびて空中に消え、コバルトの微風に呑まれて、太陽も雲もない落ちくぼんだ広い空に吸い込まれた。ここかしこの住居のなかではもう西洋夾竹桃《オレアンダ》が咲いて窓が開け放たれ、雀らの取りとめもない囀《さえず》りが紺青の日の漠とした物思いに沈む部屋を満たした。小ぎれいになった広場という広場では、しばし真鶸《まひわ》と鷽《うそ》と四十雀《しじゅうから》のすさまじい縄ばり争いが繰りひろげられ、甲《かん》高い鳴き声が挙がった――そのあと鳥たちは四方八方へ散ってゆき、風の一吹きに吹き払われ、虚ろな青さのなかでかき消され殲滅《せんめつ》された。鳥のいなくなったあとも、しばらくは目のなかに色鮮やかな無数の斑《まだら》、明るい空間に出たらめに撒かれた一握りの紙吹雪が残ったが、それも目の奥底で中間色の藍色のなかに溶けて消えた。

早すぎる春の季節が始まった。見習い弁護士たちは螺《ら》旋《せん》形に巻き上げた口ひげを立て、糊で固めた高いカラーをはめ、お洒落と洗練の手本となった。出水《でみず》のように大風に洗われる日々、強風が吼《ほ》えながら街の上高く吹きまくるとき、彼らは遠くから色つきの山高帽をとって知り合いの貴婦人たちにあいさつした、風に背をもたせ上着の裾をはたはたとなびかせて献身と優しさに満ちる目を向けるのだ、この愛らしい女たちに陰口の口実を与えないためである。淑女たちは一瞬、足元を失い、驚きの悲鳴を挙げ、翻《ひるがえ》る衣服に打たれていたが、次には平衡を取り戻してにこやかにあいさつに応《こた》えた。午後、風が静まる折々、アデラはポーチへ出て大きな赤銅《あかがね》の平鍋《ひらなべ》をきれいに磨き上げた、鍋は彼女に触れられてからからと金属音を立てた。空は板葺きの屋根の上で動かず、息をひそめ、天上の道という道にいくつにも枝分かれしていた。丁稚らは何かの用事で店から使いに出るたびに、長いことアデラのそばに付きまとって台所の閾《しきい》のところに立ったり、ポーチの手摺《てすり》に倚《よ》りかかったりした、彼らはまる一日じゅうの風に酔い、人を聾者《ろうしゃ》にする雀の囀《さえず》りのために頭がぼうっとなっているのだった。遠くから風に乗って手回しオルガンの迷子のルフランが運ばれてきた。丁稚たちの歌う歌詞は聞きとれなかった。彼らはわざと気のなさそうな小声を出して何くわぬ顔でいたが、それはアデラをじらすためであった、アデラは機嫌をそこね、たまりかねてきつく男たちを罵《ののし》った、すると血の気の薄い、春の夢想に曇るその顔が怒りと小気味よさとに上気した。丁稚たちは半ばは、はしたない憧れから、半ばはアデラを逆上させるのに成功した野卑な満足感から目を伏せた。

日々が、午後が過ぎた、わが家のポーチの高さから眺められる街の上を、灰色の幾週間の薄明《うすあ》かりに沈む屋根や家々の迷路の上を、日常の出来事が雑然と流れていった。その街を鋳掛屋《いかけや》たちが呼ばわりながら駈けた、時おりシュロマ（男の人名。「天才的な時代」に登場）の大きな嚔《くしゃみ》が、折から街の遠くに起こっているさわぎを、うまく言い当てた――どこか離れた広場で気違い娘のトウーヤ（「八月」に登場）が、いたずらっ子たちにからかわれた腹いせに、彼女流儀の乱暴なサラバンドを踊り出し、高々とスカートを捲《まく》り上げて一同を喜ばせたとか。一吹きの風はそれらの爆発をなだめ、和らげて単調で無色な喧噪《けんそう》に薄め、牛乳色に煙《けぶ》った昼下がりの空気のなかの板葺きの甍《いらか》の海の上へと一様に吹きひろげた。アデラはポーチの手摺に倚って、沸き立つ街の遠いざわめきのほうに身を乗り出し、なかでも最強音のアクセントを捉え出しては、微笑を浮かべつつ、それらの失われた音節《シラブル》を組み直し、ひとつにまとめ上げようとした、それはこの一日の膨《ふく》らんでは萎《しぼ》むあの大きな無色の単調さから何かの意味を読みとろうとする努力でもあった。

時代は器械と電気の徴《しるし》の下《もと》にあり、群れなす発明が人類の天才の翼の下から世の中へ溢れ出た。家庭には葉巻用の喫煙具一式が現れた。電気式の点火器つきだった。スウィッチを回転せば電気の火花を多量に発し揮発油に浸《ひた》したる火縄に点火す。これが未曾有の希望を刺戟した。支那の仏塔《パゴダ》を象《かたど》った自鳴琴《オルゴール》は捻子《ねじ》を回すと即座にささやかなロンドを奏で始め、回転木馬のように回った。回るにつれてちいさな吊り鐘がちんちんと鳴り、ちっぽけな観音開きの戸が間《ま》をおいて明いては回るからくり、たばこ入れの三連音符《トリオレ》を覗かせた。どこの家にも電鈴が取りつけられた。いまや家庭生活は直流電気《ガルヴァニズム》の徴《しるし》の下にあった。絶縁線を巻きつけたコイルが時代の象徴となった。あちこちのサロンでは瀟洒《しょうしゃ》な青年たちがガルヴァニ現象をお目にかけては、貴婦人方の光るまなざしを集めた。電気の伝導体が女ごころへの道をひらいた。実験が成功すると、この日の英雄たちは割れ返る拍手喝采に応えて投げキスをした。

久しく待つこともなく、街には大きな、形も様々な速脚機《ヴェロシペード》が氾濫した。哲学的な世界観が義務づけられていた。進歩的な思想に身方する人々は結論を引き出し、この新しい器械に跨《また》がった。先頭を切ったのは、むろん見習い弁護士たちだった。撥《は》ね上げた口ひげに色とりどりの山高帽をかぶる新思想の前衛、われら青春の希望と華たる彼らだった。口さわがしいやじ馬をかき分け、彼らは巨大な二輪車や三輪車の針金の輻《や》の音もさわやかに人混みのなかへ乗り入れた。両手は幅ひろいハンドルに突っぱり、高いサドルの上から巨大な車輪を操って、うねくねと波を描いては楽しげな見物のなかへ割り込んだ。なかには使徒めいた熱狂にとり憑《つ》かれる連中もあった。鐙《あぶみ》を踏みしめるかのように、ぐらつくペダルの上に立ち、いちだんの高みから民衆に説法して、人類の幸福な新時代——自転車による救済を彼らは預言した……。それから聴衆の拍手のなかを、まんべんなく頭を下げながら、また先へと走り去った。

それにしても、この勝ち誇った、すばらしい乗り物には何か哀れなほどの気恥ずかしさ、何やら耳ざわりな夾雑音があって、そのため勝利の絶頂にありながら、車は下り坂に向かい自らのパロディーへと転がり込んでいった。乗り手自身もそれは感じていたに違いなかった、彼らが銀の透かし細工のような器械のただなかに蜘蛛《くも》のように懸り、両足をペダルに踏んばって、まさに跳ね飛ぶ大蛙《おおがえる》の姿勢となり、大きく回る車輪のあいだで家鴨《あひる》のような身動きをするそのときに。彼らを滑稽から隔てるのは、わずか一歩だった、そしてその一歩はハンドルに身を傾けて速度を二倍にすると、絶望と共に乗り越えてしまう——激しい曲藝《アクロバット》で鍛え上げたお尻のとんぼ返り。なんの不思議があろう。この場合、人間は、許されぬ冗談の力を借りてかつてない便利の分野を侵したのに、その便利は原価を下回る安価、ほとんど無料で手にすることができた、出費と効果のあいだのこのような不均衡、明白に自然を欺《あざむ》く行為、天才的な発想に対する不当な支払い——それは自嘲《オートパロディー》に等しかった。激しい爆笑のなかを悲しみの勝利者、天才の殉教者たちは乗っていった——それら技術の奇蹟の持つ喜劇性はかくも大きかったのである。

兄が初めて学校から電磁石を持ってきたとき、そして心を震わせながら家じゅうの者が電気回路のなかに閉じ込められた妖《あや》しい生命の振動を手に触れて体験したとき、父は優越感を込めて微笑した。かつて父の頭のなかでは遠大な発案が熟し固まってきていたのだが、一連の仮説はいったん鎖《とざ》されてしまっていた。父がなぜひそかに微笑したのか、涙さえ浮かべ滑稽に感動を伴《よそお》いながら、なぜその目が眼窩《がんか》の奥へ向けてくるりと回ったのであったか。だれが答えられよう。秘密の力の人を驚かす現象の向うに父は粗末なトリック、月並みな計略、見え透いた仕掛を予感したのだったか。その時から父の科学実験への復帰は始まっている。

父の実験室は簡素だった、電線を巻きつけたコイルが数個、酸を満たしたビーコンが二つ、亜鉛、黒鉛、木炭——それが怪しい秘教徒の作業場のすべてだった。「物質は」と恥じるように目を落とし、鼻息をひそめて父は語った。「物質とは、皆さん……」そこまでで父は言いやめ、ひどい冗談がそれにつづくのか、それともその場の皆がからかわれているのか、人々の思案に任せた。伏し目のまま、父は声には出さずに、かの永遠の呪物崇拝《フェティシズム》を嘲った。「*Panta rei!*」（万物は流転するの意のヘラクレイトスの言葉。ギリシャ語）父は呼ばわり、両腕の動きで物質の永劫の回帰を表した。以前から父が夢見たのは、物質中に巡っている隠れた力を動員すること、物質の固さを液体に変えること、相互浸透へ、転換へ、物質の唯一の本性である万物循環への道を切りひらくことであった。「*Principium individuationis furda*」（個体の原理何するものぞ。ラテン語の最初の二語はニーチェの『悲劇の誕生』から借りたと言われる。そのあとに続けた単語は死語に近いポーランド語で、「たわごと」ほどの意）、それが父の口ぐせで、個物は他に転ずることなしとする人間生活の最高の原則に向けた無限の軽蔑をそれによって表すのだった。父は電線に沿って小走りに走りながら何げなくその言葉を吐き、また目を細めては、電流の強さのかすかな差を感じとりつつ、回路の様々な部分にそっと手を触れた。電線《コード》に刻み目をつけ、背を屈めて聴き耳を立て、次にはそこから十歩も先へきて同じことを別の場所で繰り返した。見ていると、父には十本の手と二十種の知覚があるかと思われた。その研《と》ぎすまされた注意力は同時に百の場所で働いていた。どの空間の一点も父の不審から自由ではなかった。回路の或る箇所で電線を釘止めするために屈んでいるかと見ると、猫のようにすばやく身を翻して目をつけた場所へ跳び、照れたように口ごもった。「すみませんが」父の手元を見守る見学者の一人があっけに取られるほど出し抜けにそのほうへ向き直って父は言った。「失礼、問題はあなたの坐っているそこの空間だ。しばらくそこをよけてくれませんか」それから電光石火に測定を済ますのだったが、その身軽さ、器用さ、それに神経を込めた指先の震えまでが一羽のカナリヤに似ていた。

酸溶液に沈められた金属は、その苦痛な水浴のために塩と青さびを吹き、闇のなかで電流を流し始めていた。無感覚な仮死状態から呼び覚まされて金属は単調に鳴り、金属的に歌い、服喪と夜ふかしの日々の不断の薄暗がりのなかで分子間《インタモレキュラー》的な光を放った。目に見えぬ荷電は電極へ向かって集まり、次にはそこを越えて振動する闇黒へと脱け出た。あるかなきかのむず痒《がゆ》さ、蟻《あり》のように群がる盲目の電流は、極化された空間を貫いて電力の同心円を、磁場の円周や螺旋《らせん》を走り巡《めぐ》った。時にはここ、時にはそこで装置たちは眠たげに信号を発し、間《ま》はずれに遅れてから、虚ろな放心状態の切れ間に絶望的な単綴音《モノシラブル》でツー・トンと自答した。父は彷徨する電流たちのさなかに立ち、悲痛な微笑を浮かべた、そのような吃《ども》りがちの発声、永久に閉ざされた出口のない悲境、囚われの奥底からの不揃《ふぞろ》いな半綴音《はんてつ》による単調な信号に父は圧倒されていたのだ。

そうした実験のすえ父は驚くべき結果に到達した。父の証明では、ネーフ（Neef「発明者の人名であろうが不詳）による電磁式電鈴は完全なたぶらかし《ミスティフィカシオン》だった。それによると、人間がこの自然実験室に足を踏み入れるのではない、かえって自然のほうが自分の仕組みのなかに人間を引き入れ、人間の実験を通じて自分の目的――それが何を目ざすかは不明だが――を遂げるのである。昼食のとき父は親指の爪でスープ皿に浸っている大匙《おおさじ》の柄《え》に触れたものだった、するとランプのなかでネーフ式電鈴が鳴り立てた。装置自体は不要な口実であって、とるにたらぬものにすぎない、ネーフ式ベルの場合、それは人智を通じて自分の道を求めている物質のある種の衝動が合流する場なのである。自然は自ら望んで作り出す、人間は自然の意のままに、こちらを指しあちらを指しする動く指針、織機の梭《ひ》である。人間自身は電磁石の一部分、つまり部品にすぎないのであった。

メスメリズム[*1]という言葉が言われ出すと父はこれに飛びついた。父の理論の円周は閉ざし、その最終の環《わ》を見いだした。この理論によれば、人間は単なる中継駅であり、永遠の物質のふところに抱かれてここかしこに関わり合うメスメリックな電流の一時的な結節点であるだけなのだ。だが父が鬼の首をとったように凱歌を挙げた発明の一切は、自然がそこへ父を誘い入れた罠《わな》、未知なるものの陥穽《おとしあな》であった。父の実験は魔術や奇術の性質を、パロディー的な手品の味わいを濃くし始めた。鳩を使う種々の実験については語るまい、鳩は細い棒を操るうちに二羽、三羽、十羽と増え、そのあとではまた一羽ずつ苦心のすえ棒のなかに収められてしまう。父が帽子を傾けると、鳩たちは順々に羽音を立てて飛び出して現実に戻り、その数も元どおりで、食卓の上いっぱいに羽ばたき、動き回り、喉を鳴らす群れとなった。時おり父は実験の途中の思わぬところで手をとめ、目をつむったまま、意を決しかねるふうに突っ立っている、と次の瞬間、小刻みに表廊下へ出たとみると、煖炉の通風口に首を突っ込むのだった。なかは真っ暗な、煤《すす》だらけのがらんどうで、無の真中《ただなか》ほどに心地よく、温かい空気が上へも下へも流れていた。父は再び目をつむり、しばらくこの温かく黒い無のなかに顔を入れていた。一同は、これはなんでもない、いわば番外の出来事、全く別の秩序に属する些事《さじ》として心の目を塞《ふさ》いだ。

父の演《だ》し物のなかには、胸の悪くなるような、憂鬱きわまる藝もあった。うちの食堂の椅子には美しい彫刻付きの高い背凭《せもた》れがついていた。それは写実風の葉や花を組み合わせた模様だったが、父の暗示ひとつで、その彫刻がたちまち何とも言えぬ珍妙な顔に見えてき、瞬きしたり、目くばせしたりし始める、ひどくくすぐったいような、堪《たま》らない気持ちにされるうちに、その目くばせははっきり決まった方向をとるようになり、圧倒されかけるとたん、同席のだれかれが叫んだ。「ヴァンダ叔母さん、これはこれは、ようこそ！」ヴァンダ叔母さんとあまりに生き写しなので、女たちは黄色い声を挙げた。いや、そのヴァンダ叔母さんならさっきから客にきていて、そこらに腰をかけ、長々とかってにしゃべりまくり、だれにも口出しを許さなかったはずではないか。父の奇蹟はおのずと自滅した、というのは、それは幻《まぼろし》ではなく、正真正銘、変哲もないヴァンダ叔母さんその人だったからで、奇蹟など考えるのもいやというのが、この叔母の人柄であった。

あの記憶すべき冬のあれこれの話をさらに進める前に、ある事件について短く触れておくのが順当であろう、わが家の年代記のなかでは、つねづね口止めとなっているのだが。それはエドヴァルド叔父さんの身の上である。そのころ、うちに泊まりにきていた叔父は何の不安もなく至極丈夫で、いつもの事業心に富んでいた、田舎には帰りを待つ妻と一人娘を置いてきていたが、着いた当初は、家を離れてすこしは楽しまなくてはと上機嫌を見せていた。そして何が起きたか。父の実験から雷《かみなり》に打たれるほどの感銘を受けたのだ。父の藝を初めて一わたり見終ったとたんに、叔父は立ち上がって外套を脱ぎ、そのまま父の言うなりになった。無条件に！　このままの言葉を、断乎たる目の色とがっしりと握る握手と共に口にした。父は理解した。そこで *principium individuationis*（個体の原理）について俗世間流の謬見《びゅうけん》は持たぬかどうかを父は確かめた。ない、何もない、ぜったいに——と叔父は答えた。自由主義《リベラル》なのだから、少しも偏見は持たない。科学に奉仕すること、それが唯一の情熱であると。

初めのうち父はまだいくらかの自由を叔父に残しておいた。叔父は基本的な実験の準備を任されていた。エドヴァルド叔父は自由時間を利用して市内を見物した。見事に大きな自転車を買い、その巨大な車輪で大広場を乗り回し、サドルの上から二階の窓々を覗いた。わが家のあたりまで戻ると、帽子を優雅に振り窓際《まどぎわ》の奥さまがたにお辞儀した。叔父は捻《ひね》り上げた口ひげと、先の尖《とが》った短い顎ひげを生やしていた。しかし間もなく、叔父は、自転車には機械工学のより奥深い神秘へ導く能力のないこと、この天才的な装置も形而上的な戦慄を絶えず提供してくれるものではないと悟った。こうして彼の実験が開始されたが、それに伴い *principium individuationis* に対する叔父の無条件支持の不可欠なことが明らかとなった。エドヴァルド叔父は何らの留保もなしに、学問のためとあれば自らの肉体が滅びてネーフ式電磁石の剝き出しの原理そのものに還元されるのも厭《いと》わなかった。叔父は自分の最も深奥な本質を暴き出すため、自分の一切の特性を徐々に還元することに文句なく同意したのだ、叔父が以前から感じとっていたところによると、彼の本質は、探り出そうとする原理そのものと同一であるはずだった。

書斎に閉じ籠って、父はエドヴァルド叔父の複雑な本質を逐次、解きほぐす作業、日に夜をつぐ呵責《かしゃく》にも似た精神分析を開始した。書斎の机の上には、叔父の我《エゴ》からほどき出されたコンプレクスが山積し出した。初めのころ、叔父はまだわが家の食事に顔を出していた、ひどく痩せ細ってはいたが。話にも加わろうと試みたし、自転車を乗り回すことも、もう一度だけはあった。やがてその気を失った、めっきり衰え出したことを自分でも知ったからである。その病気の兆候である一種の羞恥心が現れた。人前を避けるようになったのだ。時を同じくして父の研究はいよいよ目標に近づきつつあった。父は次々に不必要なものを取り除いて叔父をぎりぎりの最小限まで痩せ細らせた。父は階段の壁の凹《くぼ》みの上高くに叔父を入れ、ルクランシェ電池（一八七八年に考案された初歩的電池。乾電池の祖とされる）の原理に基づいて彼の諸成分を組織した。壁のこの部分は黴《かび》が生え、菌が白っぽい編みの仕事を大きくひろげていた。父は叔父の資本《もとで》である熱意のすべてを遠慮なく使い、表廊下の長さいっぱいに、また家の左側の棟に沿って叔父という糸巻をほどき伸ばした。暗い廊下の壁沿いに梯子《はしご》を移しながら、父は叔父の人生生活の全過程を表す鋲釘《びょうくぎ》を打ち込んでいった。煙った黄色っぽいあれらの午後はほとんどほの暗かった。父は蠟燭を灯し、崩れかかった古壁すれすれに当てがい一寸刻みにそれで照らしていった。一説によれば、それまでは英雄らしく泰然自若としていた叔父も、さすがに最後のころにはかなり堪忍の緒を切らしていたといわれる。どころか、遅きに失したとはいえ激烈な癇癪の爆発を起こして、ほとんど完成間近な労作をあわや台なしにしかねない一幕もあったとさえいう。しかし全設備はすでに出来上がった、こうしてエドヴァルド叔父は、生涯を通じて模範的な夫、父、事業家であったのと同じく、彼の最終の役柄においても結局は最高の必然に献身したのだった。

叔父はみごとに作動した。故障は絶対に起こさなかった。入り組んだ複雑な状態（叔父は昔から幾度もそんな状態にはまって混乱した）から脱すると、単一かつ直線的な原則の純粋性を見いだし、以後、忠実にそれに従った。容易に抑制の利かない自分の多面性を犠牲にすることによって、叔父はいまや明瞭で疑う余地のない不死を手に入れた。叔父は幸せであっただろうか。問うのも空しい。そのような問いが意味を持つのは、豊富な選択と可能性を内包する人間に限られる、それさえあれば、いまある現実と半ばしか実現していない可能性とを対置し照合することができるからだ。ところがエドヴァルド叔父には選択の余地はなく、幸福か不幸かの対立は存在しなかった、叔父はぎりぎりの限界まで自分自身と同一だったからである。叔父があのように几帳面《きちょうめん》に、あのように精密に作動するのを見ては、だれしもある種の賛嘆を禁じ得なかった。伴侶《つれあい》のテレサ叔母さんでさえ、しばらくして夫のあとを追ってやってきたあいだ、何かというとついつい押し釦《ボタン》に手がいったほどだ、それは、よく透る、吼えるような大声を聴くためだったが、彼女に言わせると、その声は苛々《いらいら》しているときの昔の叔父の声色に生き写しなのだった。一人娘のエヂャのほうは、父親の出世に有頂天だったと言ってもよい。もっとも、のちになって彼女は私の父のことで私にある仕返しをしたが、それはもう別の話に属する。

2

日々が過ぎて、午後はいよいよ長さを増した。それらの午後を役立てるべき何もなかった。まだ生《なま》で、まだ空《から》な用途のない時間の過剰が、空虚な薄暮を持つ夜々を引き伸ばした。アデラは早めに食器を洗い、台所の片づけを済ませたあと、手持ちぶさたにポーチに立って、遠い夕空が薄赤らむのをぼんやり眺めていた。彼女の美しい目、いつもはよく物をいうその目が物思いから一点を見据えていた、ぷっくりした大きな光る目であった。アデラの顔の肌理《きめ》は、冬の終りごろは張りを失い、台所の煙で煤《すす》けていたのに、いまでは盈《み》ち虧《か》けする春の月の引力のために若返り、牛乳色の照りとオパールの陰影と七宝の艶《つや》とを増した。アデラはいまや丁稚《でっち》たちの上に勝ちを占めていた、彼らはアデラのほの暗いまなざしの前に自信を失い、安酒屋や娼家の擦れっからしの常連というこれまでの役から降りた、そして彼女の新たな美しさに胸打たれて、別の接近の足がかりを探り、新しい事態に対する譲歩でも、肯定的事実の容認でも、何でもしようと身構えていた。

父の実験はあらゆる期待に反して日常生活の急転回をもたらさなかった。メスメリズムを現代物理学の体に注射しても豊かな成果の挙がらぬことが判明した。父の発見が一顧だに値しなかったというのではない。だがある理念の成功とは、真理がこれを決定づけるものではない。形而上に対するわれわれの飢餓には限りがあり、早急に満たされ易いのである。父は当時まさしくひとつならず新たな驚天動地の発見の門口に立っていたが、折悪しく私たち皆、父の支持者や賛同者の隊伍には、意気沮喪と頽廃の色が濃くなり初《そ》めていた。焦りや苛立ちの兆候がますます頻繁となり、それらは公然たる抗議の形をとった。われわれの本性が基本的法則の弛緩《しかん》に反対して反乱した、奇蹟はもうたくさんだった、われわれは、永久不変の秩序という古めかしい、いかにも頼りがいのある堅固な散文への復帰を願った。父はそれを悟った。遠くへ行きすぎたと知って、その理念の飛翔を抑制した。装《よそお》いも美しい淑女たち、ひげを撥ねあげた紳士たちから成る崇拝者の一団は日を追って溶けるように減っていった。父は名誉ある撤退を果たすため最後の講演で花道を飾ろうと意図していたが、折も折、とつぜんの新事態によって世間の関心はあらぬ方向へそれた。

ある日、学校から戻った兄が、思いもよらぬ、しかし紛《まご》うかたない知らせをもたらした、近々に世界の終末がくるというのである。私たちは、もういちど繰り返すように言った、聞き違いということもあろうかと思ったからだ。まさかそんな！　あり得《う》べからざる、どうにも呑み込めないこの知らせは、そう受けとるほかはなかった。だが、そうなのだ、今あるまま、中途半端で未完成のまま、時間と空間の偶然の一点において、勘定を締め切りもせず、いかなる目標に達することなく、書きかけの文章に終止符も感嘆符も打たず、神の裁きも怒りも受けないままで、――言うならば、あれほど円満に忠実に双方の契約に基づき、しかも相互に認め合った原則に立ってきたその世界が消滅する、あっさりと、そして取り返す術《すべ》もなしに。いや、陳腐な終末論などではない、昔から預言者たちが口にした悲劇的な終焉《しゅうえん》とか、神曲の終幕とかとは違う。否、これはむしろ自転車的・サーカス的な、奇術的・魔術的な、教訓的・実験的な、世界の終末なのだ――それもあらゆる進歩の精神の歓呼のただなかにあって。これが即座に納得できない人はまず皆無に近かった。驚きうろたえる者、反対を唱える者にはたちまち罵声が浴びせられた。なぜ、理解しないのか、これがまさに未曾有の機会であることを、世界の最も進歩的・自由思想的な終末、時代にふさわしい名誉ある終末、〈至高の知恵〉に栄光をもたらす終末であることを。人々は熱心に説得し合った、手帳からちぎった紙きれの上に *ad oculos*（目にもあらわ。ラテン語）にも見取図が描かれた、反論の余地ない証明が行われた、反対派、懐疑派の頭がなぐられた。絵入り雑誌には全ページ大の挿絵が、また効果的な舞台装置まである終局《カタストロフィー》の想像図が現れた。そこには、深夜の恐慌《パニック》に巻き込まれた大都会の群衆が昼をあざむく煌々たる空の下に逃げ惑う模様が見えた。はるか遠方の火球の驚くべき作用は早くも歴然たるものがあった――その抛物線状の尾は絶えず地球に狙いをつけ、不動の飛行のまま天空に停《とど》まっていたが、実は時速何々マイルの速さで接近しつつあったのだ。サーカスの茶番劇でのように、帽子《ハット》や山高帽が高々と舞い飛び、毛髪は逆立ち、傘《かさ》はおのずと開き、かつらが飛んで禿頭《はげあたま》が剝き出しとなった――その上にひろがる空は黒々と巨《おお》きく、全天の星々が瞬《また》いていっせいに危険信号を送っていた（ハレー彗星は一九一〇年五月十八日、最接近し、地球はその尾のなかを通過した）。

何やらお祭めいた気分が私たちの暮らしに流れ込んだ、ある種の狂熱と熱意、ある種の厳粛と荘重が私たちの活動に入り込み、私たちの胸を宇宙的《コスミック》な溜息でひろげた。地球は夜ごと晴れがましい喧噪《けんそう》と数百、数千万人の連帯的な恍惚で沸いた。夜は次第に黒さと巨きさを加えた。星雲は数え切れぬ群れをなして地球の周辺にいよいよ濃密となった。漆黒《しっこく》の惑星空間のなかでそれらの群れは様々な位置に配られて動かぬまま、深淵から深淵へ流星の埃《ほこり》を振り撒いた。無限の空間のなかへ迷い込んで私たちは足元の地球をほとんど失ってしまい、方向感覚を奪われて方角を誤り、反宇宙の住民たちのように天頂に頭を下にして逆さまに吊り下がった、そして星たちの群衆のあいだを縫って放浪しながら、唾《つば》をつけた一本指でひとつの星からもうひとつの星への何万光年を走るのだった。こうして天空のかなたで私たちは延長された混乱する直線に沿ってさまよった、夜の無数の階段を出たらめに駈ける私たちは、尨大《ぼうだい》な星々の掠奪を働く、棄てられた地球からの移住者なのであった。最後の関門が開け放たれると、自転車の人々までが黒い星空に乗り入れた、彼らは自転車で後脚《あとあし》立ちしたまま、新しい星団によって次々にひらかれてゆく惑星空間のなかで動かない飛行に釘づけされていた。盲目のコースを疾走しつつ、彼らは不眠の宇宙図に道をつけ、往還をあとづけていったつもりだったが、実際には星の世界の昏睡のなかにじっと立ち停まっているにすぎなかった。彼らの顔は煤《すす》のように黒かった。あれら一切の盲目飛行の究極の行く先、目的地である煖炉の通風口に頭を突っ込んだかのように。

短な混乱の一日、裾《すそ》のほうで寝すぎた日のあとには、広大で賑やかな祖国のように夜がひらいた。人の群れは通りに溢れ、広場という広場は流れ込む人々の頭でぎっしりと埋まった、その光景はまるでキャビアの樽《たる》が割れ、光る粒々が奔《ほとば》しり何本もの大河となって、瀝青土《ピッチ》のように青黒い、星々よりも騒然とした夜の下を流れるかのようだった。階段はどこも何千人もの重みで崩れ、どのひとつの窓にも絶望のカードの絵札、人間たちが見えた――動く板の上に立ち並べたマッチの棒たちは熱狂して柵《さく》を乗り越え、蟻のように生きた鎖をつくり出し、また肩の上、肩の上へと積み重なって、動く積層と列柱を築き上げ、瀝青土《ピッチ》の樽たちの反射光のせいで明るく照らされた広場の演壇を目ざして窓から流れ出した。

読者にお宥《ゆる》しを願いたいのは、こうして重なりさわぐ巨大な群衆の光景を描くにあたって、つい誇張に陥り、人類の悲惨と破局の大いなる書に収められた数々の古い銅版画を思わず知らず下敷きにしていることである。それらの絵はひとつの初元的絵画を意図したものだが、誇大妄想的《メガロマニア》な誇張、あれらの光景の圧倒的な情感《パトス》は、われわれが記憶の永遠の樽《たる》、神話の初元的な樽の底を突き破ってしまったこと、また自然力の呟《つぶや》きや太古の記憶のぶつくさ声の充満する人類以前の夜に踏み入ってしまったこと、そして膨らみ上がる洪水を防ぎ止めるのにわれわれはもはや無力であること――を示している。ああ、魚《うお》めいた、群がりに満ちたあれらの夜、星々の撒き餌が撒かれ、鱗片にきらきらと光る夜、ああ、魚たちはちいさな口をあけては、あれらの黒い大雨の夜々の溢れて呑み尽くせない流れのすべてを、飽きもせずぱくぱくと呑み込んでいるではないか！どのような宿命の簗《やな》へ、どのような哀しい網へと、千倍にも繁殖したあれらの暗色の世代は泳ぎ進んでいったのだろうか。

おお、光の信号と流れ星に照らし出され、天文学者たちの計算によって線を引かれ、千回となく複写され、記号を打たれ、代数の透かし刷りによって印《しるし》をされたあれらの日々の天空よ、あれらの夜の栄光に顔を青く染めながら私たちは、鋼色《はがねいろ》の眩光のなかで遠くの太陽たちの爆発に誘われて脈打つ天空をさまよい歩いた――全天にわたって溢れ流れる銀河の浅瀬づたいに、幅ひろい道となって泳ぐようにゆく群れなす人々、人の流れ、それを見下ろして進むのは蜘蛛の巣めく器械に乗ったサイクリストたちだ。おお、夜の星々の円形劇場よ、それは遠い涯までもあれら弾性に富んだ走行の旋回と螺旋と曲線と索き綱《ひづな》の形に埋め尽くされている、おお、夜の対角線上の霊感のなかで描かれる擺線《サイクロイド》と外擺線《エピサイクロイド》たち、針金の輻《や》を失い、無関心にぴかぴか光る車輪を失い、もはや裸身となり、もはやただ純粋な自転車的理念に乗って光り輝く目標点を目ざしてゆくおまえたち！　あの日々から、新たな星座の誕生が始まる、天宮図《ゾディアク》のひとつとして永久に迎え入れられた十三番目の星座、以来、われらの夜空に輝くその名は〈自転車乗り《サイクリスト》〉座と呼ぶ。

あの夜々、どこの居宅も向かい合わせのドアや窓を開け放ち、しきりに燻《くすぶ》るランプの明かりのなかでがらんとしていた。紗《しゃ》の窓掛は遠く夜のなかへ投げ出されて波打ち、こうしてあれらの続き部屋はすべて抱擁する絶え間ない通り風に吹きさらされたが、急を告げる激しいひとつの声が、いつまでもその風に乗ってきては、部屋部屋を突き貫くのであった。それはエドヴァルド叔父の叫ぶ声だった。そうなのだ、叔父は遂に自制を失って、あらゆる枷《かせ》を断ち切り、至上命令を踏みにじり、自分の高い道徳性の厳格な掟を破って、いまはただ警告の叫びを挙げていた。長い棒を使って急遽、その口が塞《ふさ》がれ、激しい爆発を鎮めるべく台所の雑巾が動員された。だが、いかに猿ぐつわをかまされようと、叔父は激しく暴れ、無意識に、われを忘れて喚き立てた、もう、叔父にとってはすべては同じことなのだった、こうして叔父の喚きの一声は、叔父から出てゆく生《せい》のひとかけらずつとなった。叔父は皆が見守るうちに、救う手だてもなく宿命的な狂気のなかで血を流した。

時たま、だれかが焔《ほのお》を高くして燃えるランプの光のなかを、この怒声に貫かれた空っぽの部屋部屋に立ち寄った、闖入者《ちんにゅうしゃ》は爪先《つまさき》立ちで入口から数歩のところへ駈け、何かを探るように、ためらいながら立ち停まった。鏡たちがいっせいに透明なガラスの奥にいきなり彼を捉え、押し黙ったままそれを分け合った。エドヴァルド叔父は声を限りに明るい空っぽの部屋部屋を震わせて悲鳴を挙げた、すると星々からの逃亡者は何やら悪いことをしにきたかのような申しわけない気持ちになり、そっと部屋を出ようとして、怒声に耳をつんざかれながらドアを目ざすと、壁の両側に光る鏡が彼を突き放し、注意深く見送った、そのあいだ、鏡の奥では、脅《おび》え切って人さし指を唇に当てた分身たちの群れが、様々の方向に浮き足立って逃げ散っていた。

　再び私たちの頭上には星屑《ほしくず》をばら撒いた無辺際の夜空がひらかれた。その空には毎晩、夜も早い時間から斜めに傾き抛物形の尾を引いた宿命の火球が姿を見せるようになった、毎秒何千マイルという速さも空しく、それは地球を目がけたまま身じろぎもしなかった。あらゆる視線がそのほうへ注がれた、そのあいだも楕円形に伸びる火球は金属光を放ち、丸い核の部分だけ他よりやや明るく輝きつつ、数学的な正確さで日々の受け持ち時間を果たした。数え切れぬ星の群れ群れのあいだに何の罪もなげに光っているあのちいさな蛆《うじ》が、バルタザル[*2]の火の指、天の黒板に地球の滅亡を書き記しているその指であろうとは、いかにも信じがたいことであった。だが、たばこのパイプの形に並んだあの運命的な積分の数式は、どんな子どもでも宙で覚えていて、その極限を越えたあとは、人類の破滅は免れるべくもなかった。われわれが救われるためには果たしてどんな手を打つことができたのか。

　人々が大いなる夜を駈け回り、星の光と星の現象のさなかに迷い込んでいるひまに父はひっそりと家に隠《こも》っていた。追いつめられたこの袋小路から脱け出す秘密、宇宙図の舞台裏を知っているのは父ひとりしかなかった、父はひそかに微笑していた。エドヴァルド叔父が雑巾で口を塞がれながら必死に叫びつづけているとき、父は煖炉の通風口にそっと顔を入れた。なかは何も聞こえず、真の闇だった。温かい空気と煤《すす》が匂い、隠れ処《が》と波止場の感覚があった。父は寛《くつろ》いで坐り、気持ちよげに目を閉じた。屋根の上の星の夜に潜《もぐ》っているこの黒い潜水筒のなかには、ある星の偏光が落ち込み、それが望遠鏡のレンズのなかでのように屈折して、焦点に絞られた光によって芽生え、煖炉の暗いレトルトのなかで卵子となって育ち始めていた。父が慎重に測微計《マイクロメーター》を調節すると、望遠鏡の視野のなかにゆっくりとその宿命の落とし子が現れ出た、それはレンズを通して目と鼻の先にまで引き寄せられ、惑星空間の沈黙の暗がりのなかで生き生きと石膏像の光を放つ月のように明るかった。いくらか腺病質で、痘《あばた》だらけではあったが、それは月の実の兄弟で、母なる地球へ何百億年もの放浪のあとに戻ってきた行方不明の分身であった。父はそれをいっそう手前に近づけ感嘆のまなこで観察した、それはちいさな穴がぽつぽつあいた薄黄色でスイス・チーズを丸く切りとったように見え、レプラのように白い吹出物に蔽われながら強く光った。片手を測微計にかけたまま、めがねにぎらぎら光る目で石灰色の球体に冷静な視線を当てていくうちに父はその表面に体内から発した病気の描く混み入った線を見た、チーズめき蛆《うじ》めく表面をふなくい虫が掘り抜いた通路の噴火口であった。父はぞっと身震いした。初めて錯覚に気づいたのだ、違う、これはスイス・チーズではない、これは紛れもなく人間の脳髄、脳の複雑な構造を示す解剖学用の生体標本であった。父ははっきりと脳葉の分かれ目を、灰白質の襞《しわ》を見た。さらに目を凝らすと、半球の説明図の上をとりどりの方向に走る微小な文字までが読みとれた。脳髄はクロロフォルムをかけられているらしく、深々と眠っており、夢のなかで幸せそうにほほえんでいた。その微笑の核に達すると表面のもうろうとした図の向うにこの微笑の本源が父の目に映った、それを見届けて父もまた独り笑いを浮かべた。薄ぼけた黒一色と見えたわが家の信頼すべき煖炉が、何と多くのことを私たちに明かしてくれることか。灰白質の襞《ひだ》を透《すか》して、浸潤巣のちいさな顆粒を透して、父の目は胎児の透き徹《とお》った輪郭を認めた、それは胎児特有のでんぐり返った体位で、顔のすぐ脇にちいさなこぶしを固め、羊膜の明るい水のなかに逆さ吊りのまま快適な眠りを眠っていた。父はそれをそのままの姿勢であとにした。父はほっとして立ち上がり、通風口の扉を閉じた。

　ここまでで話は行き止まりである。どうして。世界の終末はどうなったのか、あれほど見事に展開された導入部のあと、あのすばらしいフィナーレはどうしたのか（伏し目がちの微笑）。計算に誤りが紛れ込んだのか、足し算にちいさな間違いがあったのか、数字を印刷するさいに誤植が出たのか。そのどれでもない。計算は正確だった、並んだ数字に何の誤りも紛れ込んではいない。では、何が起こったのか。どうか聞いてほしい、彗星《コメット》は堂々と疾駆した、野心に燃える競馬の馬のように遅れずゴールに達すべく蹄《ひづめ》に火花を飛ばした。季節のモードがそれと共に走った。しばらくはコメットが時代の先頭を切った、それがこの時代に自らの形と名を与えたのだった。そのあとこの二頭の勇ましい走者はすれすれに並び、猛烈な疾走で競り合い、私たちの心臓は二頭の足並みにつれて連帯の鼓動を打った。だが次にはモードがじりじりと前へ躍り出て鼻の差となり、不屈のコメットを追い抜いた。その僅差がコメットの運命を決した。すでに勝ち目はない、永遠に引き離されたのだ。もはや私たちの心臓はモードと共に走って、すばらしいコメットをあとに残した、私たちは無関心に眺めた――コメットが色褪《さ》め、ちいさくなり、遂には諦《あきら》めて地平に立ち止まるのを、また体を横に傾けて弓なりの走路の最終カーブを空しく回り、遠く青く永久に無害なものとなるのを。コメットは不がいなくも競走から脱落し、時代性の迫力は消え、だれも負け馬のことを気遣う者はなかった。独り残されて人知らぬ間に、それはひっそりと萎《しぼ》んだ。

私たちは首うなだれて日常の課業に戻った、ひとつの幻滅のぶんだけ富んで。宇宙的なパノラマはたちまちに丸く巻き戻され、生活は平常の軌道に復していった。私たちは昼も夜も休みなしに眠り、失われた睡眠を取り返した。いまは明かりを消した居宅で、私たちは枕を並べて横たわり、睡《ねむ》けに圧倒され、星のない夢想の行きづまりの走路を自分の呼吸に乗って走った。こうして流れながら、私たちは波打ち（泣き声を挙げる腹やバッグパイプ）歌うような鼾《いびき》で、いまは星のない閉ざされた夜のあらゆる悪路と闘っていた。エドヴァルド叔父は永久に沈黙した。まだ空中には叔父の怒号する絶望の残響があったが、叔父自身はもう生きていなかった。生命はあの喚き声を挙げる発作《パロクシズム》と共に叔父から脱け出た、回路が開かれ、そして叔父本人はいよいよ高い不死の段階へと妨害なしに昇っていったのだ。暗い家のなかでは父ひとりが、眠りの合唱に満ちた部屋部屋を静かに歩きながら寝ずにいた。時々、父は煖炉の通風口をひらき、薄笑いを浮かべながら、どす黒い深淵の奥を覗いた、そこには永遠に微笑する精子微人《ホムンクルス》*3が明るい眠りを眠っていた、それはガラスの試験管に封じ込まれ、ネオンに似た光をいっぱいに浴び、すでに裁決を終り、抹消され、処理済みとなっていた――それは天の宏大な文書館に収められた一件の保管物なのである。

＊1　メスメリズム動物磁気催眠術と訳される治療法。磁気は宇宙に遍在する力であり、生物はそれによりたがいに感応すると説いたドイツ人医師フランツ・メスメル Franz Anton Mesmer（一七三三―一八一五）の〝学説〟に基づく。

＊2　旧約ダニエル書第五章の故事による。バルタザル（ベルシャザル）王は一夜、大酒宴を設けたさい、エルサレムの聖堂から奪った金銀のうつわを持ち出させ、一同、これで酒を飲み、偶像の神を讃え合った。時に人の指が現れ、壁に文字を記した。王がダニエルにその文意を訊ねると、メネ＝数えられ、テケル＝秤られ、ペレス＝分けられ――であると説いた。その夜、王は殺された。

＊3　「肉桂色の店」末尾の＊2を見よ。

原題　Kometa

初出「ヴィアドモシチ・リテラツキェ」Wiadomości Literackie　一九三八年第三五号

祖国

運命の様々な有為転変（ここにそれを書くつもりはない）を経たあと、私はようやく外国へ出た――わが青春の夢、熱烈な憧れの国へと。永年の夢の成就はあまりにも遅くやってきたし、しかもその状況は思い描いたのとはまるっきり違った。勝者としてではなく、人生の落伍者として私はそこへ出たのだった。空想のなかで私の勝利の舞台となるはずだったその国は、いまや惨めな屈辱のくだらぬ失敗の場だった、私の誇り高い大望はこの失敗で次々に崩れた。もともと私は最低の生活を守るために苦労し、なんとか体面は保ったものの、押しつぶされそうな殻《から》を負うのに堪え切れず、こちらまたそちらと、変転する運命に追い立てられ、そのすえに中程度の大きさのこの地方都市へ舞い込んだのだ。若い日々、私が邸《やしき》を持つ夢を描いていたのはこの街に他ならない――それは高名な老巨匠となった私が世間の煩わしさを避けるための避難所だ。そんな偶然の運命の皮肉も忘れて、どこにしがみついてでも、せめてしばらくはここに滞在する腹づもりだった、次の風が吹き起こるのを待ちながら、それまで冬眠してもいいと。運命がどこへ連れていくか、それはどうでもよかった。故国で受けた学業は取り返しようもなく消え、貧窮にうちひしがれた私はもっぱら平穏を願った。

だが、事態の展開は違った。どうやらわが道の転換点へ、人生の曲がり角へ私はきていたらしく、意外にも生活は安定し始めたのだ。私は何やら順調な流れに乗れたような気がした。どこへ顔を出しても、お誂《あつら》え向きの状況が待ち受けていて、人々は私を待ちかねていたかのように、仕事の手を止めた、彼らの目のなかに無意識な輝きを、私に役立とうとする即座の決心を見るたびに、私はそれが何かより高くに御座《おわし》ますものの命《めい》によるかと思えた。これは、もちろん、錯覚である、あまりにも事がうまく運び、運命の節々を偶然の確かな指先が見事に結ぶその器用さに感じ入ったためにすぎない。驚いている暇はほとんどなかった、順調な運命の運びと相俟《あいま》って、ある種の妥協的な運命論、至福の消極ないし諦観とでも名づけるものが定着して、事件の重力の前には無抵抗で屈することを私に命じたからである。満たされない欲求の償いとして、冷遇された藝術家の永遠の飢えを充たすものとして、その諦観を私は受け入れた、そのとたん、にわかに私の才能は公認された。カフェ稼ぎのしがない弾き手、仕事とあればなんでも飛びつく男だった私が、とんとん拍子に市立オペラの第一バイオリン奏者に昇進したのだ。私の前に藝術好きの上流のサークルがいくつもでき、私は昔からそんな権利を持っていたかのように、最良の仲間たちのなかへ入っていった――それまでは脱落者の、無賃乗車の旅客の生きる、世間よりはるか下のどん底に半ば足を入れていたこの私が。私の魂の深みでいじましいどん底暮らしを送っていた私の大望は――押し殺され反逆を孕《はら》む要求に姿を変えていたが――たちまち合法的なものとなり、陽の目を見た。

言わば、運命の流れの一側面として、話を手短にして、奇妙な出世の細部には立ち入らないが、実はすべてがこの先にくる話の前置きにすぎないからである。いや、勘ぐってはこまる、私が幸運をつかんだのは、いささかも公序良俗に反する行為とか性的放縦のお蔭ではない。私を捉えたのは深い平安と確信の感情以外ではなかった、その感情はひとつの兆候であり、その顔の動きのひとつひとつを敏感に感じとる熟達の運勢占いの私としては、そこになんの下心もないと知って大いに安堵した。私の幸運の質は恒久的かつ本物《ほんもの》であった。

家なき身の当てどない放浪の過去、地下生活の悲惨な過去は、私から離れ後方へと飛び去った――喩《たと》えて言うなら、沈みかける斜陽のなかで斜めに傾いた大地の連なりが、夜の地平にもう一度姿を見せるとき、私を運ぶ列車は最後のカーブを曲がり、夜の急スロープを疾走し、その顔を叩く未来――すこしばかり煤煙に黒ずんだ、洋々たる酔わせるような未来――で胸をいっぱいに膨らませている、とでもなろう。いちばんに大切な事実をここで思い出しておきたい、あの順調で幸福な時期の最後を飾ったエリザのことだ。それは出遇いと、そして短な陶酔の婚約期間のあと、妻として私が迎えた女性である。

幸せの計算書は十全なものとして完結している。オペラでの私の地位は不動である。交響楽団指揮者のペレグリーニ氏は私を評価して、何ごとにつけ決断を下すときには私の意見を求めてくる。引退を目前に控えた氏とオペラの主宰者との両人は、市の音楽協会とのあいだにひそかに話を進め、氏がバトンを渡す後継者は文句なしに私とするとの暗黙の了解ができているという。そのバトンなら、私はすでに一度ならず手にしたことがある――月例のオーケストラのコンサートに指揮棒も執れば、病気の折には代理でオペラの棒も振る、ご老人が気に染まない人気の新曲にも代りを務めるからだ。

オペラはこの国では最高の給与に恵まれる分野に属する。私の給金にしても快適な生活を楽しむに十分だし、ある種の贅沢《ぜいたく》の余裕もないわけではない。私たちの暮らす数室の部屋は、エリザの趣味に合わせて彼女が調度を整えた、私はとくに注文があるわけではない、こういう方面にはまるっきり不調法だからだ。その半面、エリザにははっきりした(といっても、始終、変わる)好みがあり、首をひねりたくなるほど強引に好みを押し切る。業者相手の折衝が絶えず、届いた製品の質や値段を巡って勇敢に争い、この面でも成功を収めて、かなり鼻高々でいる。彼女のこういう吝嗇《りんしょく》ぶりを私は大目に見ているが、はらはらしないでもない、断崖絶壁の上で遊ぶ子どもを見る気分なのだ。なんたるナイーブな発想であろう——生活の一千の些事《さじ》を巡る争い、これすなわち、われわれの運命の形成なり、などとは!

幸運にもこの静かな湾《いりうみ》へ船を乗り入れた私としては、むしろもう運命の警戒心を眠らせたい、いまさらそいつの目に投じたくない、気づかぬように幸福のそばにぴたりと身を寄せ、見えない存在でいたいのだ。

私が平和で幸せな船着場《ふなつきば》を得たこの街の名所のひとつに、住宅地のはずれの高みにひっそりと建つ由緒ある古い聖堂がある。街はそこでとつぜんに終り、桑や胡桃《くるみ》の茂みのある急斜面となって落ち、崖の上からは遠望がひらける。この崖は白亜の高原山塊がとぎれようとする最後の高地で、この地方に延びひろがる平野を見張り、全体が西から吹きわたる暖かな風に向かってひらかれている。その温和な気流の上に建てられた街は静穏な気候に閉じ籠り、周囲の全般的気象からは独立の小地域を創り出している。一年じゅう、ここではあるかなきかの静かな空気の流れが吹き、秋のすえ近くにはそれは徐々に澄明な気象上の湾岸海流ともいうべき一本の絶えまない蜜の流れとなり、その広汎で単調な甘い風に吹かれると記憶は遠く薄れ、放心の恍惚が得られる。

涯《はて》しなく増えたステンドグラスの豪華な薄明かりのなかで数世紀にわたって手が加わり、何代となくせっせと至宝を溜め込んできた聖堂は、いまでは世界じゅうの観光客を惹《ひ》きつけている。四季を問わず、ベデカーの案内書を手に通りを駈ける彼らの姿が見られる。街のホテルの客室の大半を占めるのは彼らだし、商店や骨董《こっとう》屋でめぼしい品を買いあさるのも、娯楽の催し場を埋めるのもこの人たちだ。遠い世界から彼らは海の香りを運んでくる、そればかりか、大規模なプロジェクトの構想や大儲け仕事の話も持ち込む。気候、聖堂、生活のテンポに魅せられ、長く滞在する人が珍しくない、土地に慣れて永住する人々まである。そうでない場合、引き揚げるときにはこの街生まれの配偶者を連れ帰る、商店、工場、レストランの経営者の美人令嬢たちである。この結びつきのお蔭で街の企業に投資する外国資本もしばしばで、当地の産業には力こぶが加わる。

もっとも市の経済は何年来、大揺れも危機もなしにやってきた。砂糖産業の急進展は、その甘味溢れる大動脈のなかに人口の四分の三を養っている。このほか街の誇りには、有名な陶器工場があり、美の古き伝統で知られる。製品は輸出向けなのだが、故郷訪問のイギリス人は決まって名品一揃えを注文するのが名誉と心得ており、象牙色のティーカップ何個、絵付けは聖堂と街を希望などとセットを所望してくる。制作に腕を振るうのは当地の美術専門学校卒業の女子工員たちである。

と言っても、街の経済的繁栄はこの国の多くの市と変わるものではない——ただし、どれほど利益に目を光らせ、市民の福祉・安楽に心を砕き、野心とスノビズムを抱くかにより程度の差はある。淑女たちはそのお化粧において大都会風の華美を流行させ、紳士たちは首都の生活様式を模倣し、数カ所ずつあるキャバレー、クラブを通じて一種、儚《はかな》い夜の生活を無理にも保とうとする。トランプ・ゲームは花盛りである。淑女のあいだにさえ支持者があり、夕べともなれば、ほとんど毎晩のように優雅な友人宅のいずれかに寄り合ってゲームに熱中して時を過ごし、深夜にまで及ぶことも珍しくない。この点でもエリザは率先するタイプである、お仲間のプレスティージュ（体面。フランス語）のためですから、をゲーム熱の言い逃れとして、お付き合いにはなるべく出かけさせてもらいますと彼女はねだるのだが、その実、愚にもつかぬ、幾分の興奮を伴うこの時間浪費の魅力に負けているのだ。

私が見守っていると、ゲームに熱してきた彼女は顔を上気させ目をきらきら光らせて、変転定めなき波瀾の賭けに全霊を打ち込んでいる。卓上ランプの柔らかな光が笠の下からテーブルにひろがり、それを囲む一組の人々は手に扇のようにひらいたカードに夢中であり、ここに幻滅の僥《ぎょう》倖《こう》の驥尾《きび》を追う空想の競馬レースが現出する。私の目に彼女の姿は、勝負の緊張が呼び込んだ幻《まぼろし》に過ぎず、それがこの人あの人の背後にぼんやりと見え隠れするように映った。静まり返ったなかに言葉が小声で落ちる、運命の辿る筋みちの気紛れさ、曲がりくねりを嘆く言葉なのだ。私はと言えば、すべての理性が熱気ある静かな失神に捉えられ、喪失した記憶が活動をやめ、くるくると回転をつづけるかのようなテーブルの上に硬直して寄りかかる瞬間のやってくるまで、じっと待ち受ける、この呪われた輪からそっと抜け出し、私の思考の孤独のなかを歩み始めるときを待つのだ。時おりは、ゲームを外しても席を立ったと気づかれず、そっと隣の部屋へ移ることができる。そこは真っ暗な部屋で、遠い街灯からの明かりが射し込んでいる。頭をガラス窓に支え、私はそうしたままで長い時間、物思いに沈む……

公園の秋の茂みの上には夜が漠とした赤い微光にあからんでいる。人けの絶えた木々の茂みのなかで、偽りの夜明けの兆しに欺《あざむ》かれ、目を覚ました慌て者の烏《からす》が寝ぼけ声でかあと啼《な》く、やがて群れをなして飛び立つ鳥たちは、騒々しく嘆き交しながらリーダーもなしに輪を描き、舞い落ちる枯れ葉と紅茶の苦い香気の漂う赤茶けた闇を喧噪《けんそう》と波立ちで満たす。全天にほぐし出された旋回と飛翔の混乱は、徐々に収まって静まり、悠然と鳥たちは降り立ち、間に合わせの不安な群れとなって木《こ》の葉の疎《まば》らな茂みを占拠して、不安と黙りがちな会話と泣き言めく質問で茂みをいっぱいにし、それも次第に落ちついてやっとそれぞれに止まり木を見つけ、さらさらと鳴る枯れ葉の音といつ知れず一体化してゆく。何時間かが過ぎてゆく。火照《ほて》る額を窓ガラスに当てながら、私は感じ、そして悟る——もう二度と悪いことは起こりはしない、埠頭と平穏とを見つけたのだからと。この先、長い年月が続くのだ、幸せにずっしりと重く、至福の時間の無限の繫がりの詰まった年月が。浅くて甘い溜息を幾度も吐いたあと、私の胸はありあまる幸せをこぼさんばかりとなる。私は呼吸を止める。私は知っている、生きとし生けるものすべてと同じく、いつかは死が大手をひろげて私を抱きとるだろう——元気な、飽食の死が。私は横たわるのだろう、美しい、手入れのよくゆき届いたここの墓地の緑に取り巻かれた地底に。妻は——あれにはどんなにか寡婦のベールが似合うことだろう——きっと花を持ってきてくれる、明るく静かなこの街の午後に。無限に音楽に満ちた地底から重々しい、底深い音楽が、堂々たる序曲の厳かな葬送の低い拍子が立ち上がる。力強く打つそのリズムが私の耳に響く、奥底からいよいよ強く。眉を上げ、遠い一点を見つめながら、私は感じている——私の頭髪が徐々に逆立ってゆく。身を固くし、私は耳を欹《そばだ》てる……

いちだんと高まる人声が私を茫然自失から目覚めさせる。笑い声のあいだから私のことを訊《たず》ねている。妻の声がする。避難所を出て私は照明された部屋へ戻る、闇に慣れた目を瞬《しばたた》きながら。客がいっせいに立ち去るところだ。主人夫妻はドア口に立ち、帰る客と立ち話をし、別れのあいさつを交している。ようやく私たちは夜の通りで水入らずとなる。妻は跳ねるような気軽な足どりを私の歩調に合わせる。二人の足並みはよく揃い、登り坂を行きながら、いくらか俯《うつむ》き加減の妻は、歩道に散ったかさかさと鳴る枯れ葉の絨緞《じゅうたん》を片足で蹴《け》っている。彼女はゲームと思い適《かな》った幸運と飲んだワインとに元気づき、女らしいちっぽけなあれこれの計画でいっぱいなのだ。暗黙の協定に基づきそれらの無責任な空想に対して、私の側からは絶対的な寛容が要求される、そして一切の醒めた批判的な発言は甚だ怪《け》しからぬことと取られるのである。私たちが家に帰り着くころには、早くも夜明けの緑の線が暗い地平に見えている。手入れの行き届き、温められた室内のいい匂いが私たちに吹き流れる。明かりは点けないでおこう。遠い街灯が目の前の壁に薄地のカーテンの銀色の模様を描き出している。服を着たままベッドに腰かけ、黙ってエリザの片手を取り、しばらくそれを私の手に握ってみる。

原題　Ojczyzna

初出「スィグナウィ」Sygnały　一九三八年第五九号

訳者解説

1

ポーランド作家、ブルーノ・シュルツ Bruno Schulz が一八九二年（七月十二日）に生まれたとき、ウクライナ西端の生地、小都会ドロホビチ Drohobycz は、オーストリア領に属した。世界大戦を経てドロホビチがポーランド領となるのは一九二一年、シュルツは二十九歳だった。

第二次世界大戦の戦火がこの街に及ぶと、まずナチス軍に侵入されるが、ソ連の赤軍との密約により、九月二十四日、ドイツ軍撤退のあと、ドロホビチは〈ウクライナ社会主義共和国〉に編入される（十一月一日）。四一年、独ソ戦争の開戦から十日を経ずしてナチスに再占領されたのは七月一日だ。

翌年、シュルツはドロホビチの路上でユダヤ人として殺される（十一月十九日）。ドロホビチの人口は一九三一年の統計で三万二千、うちユダヤ人が三分の一を占める。戦前に総人口の一割を占めたポーランドのユダヤ人人口は、ドロホビチでは一九九二年、わずか三百人と推定される。

十八―二十世紀のポーランド史が血にまみれたものであったのと比較にならないにせよ、東洋

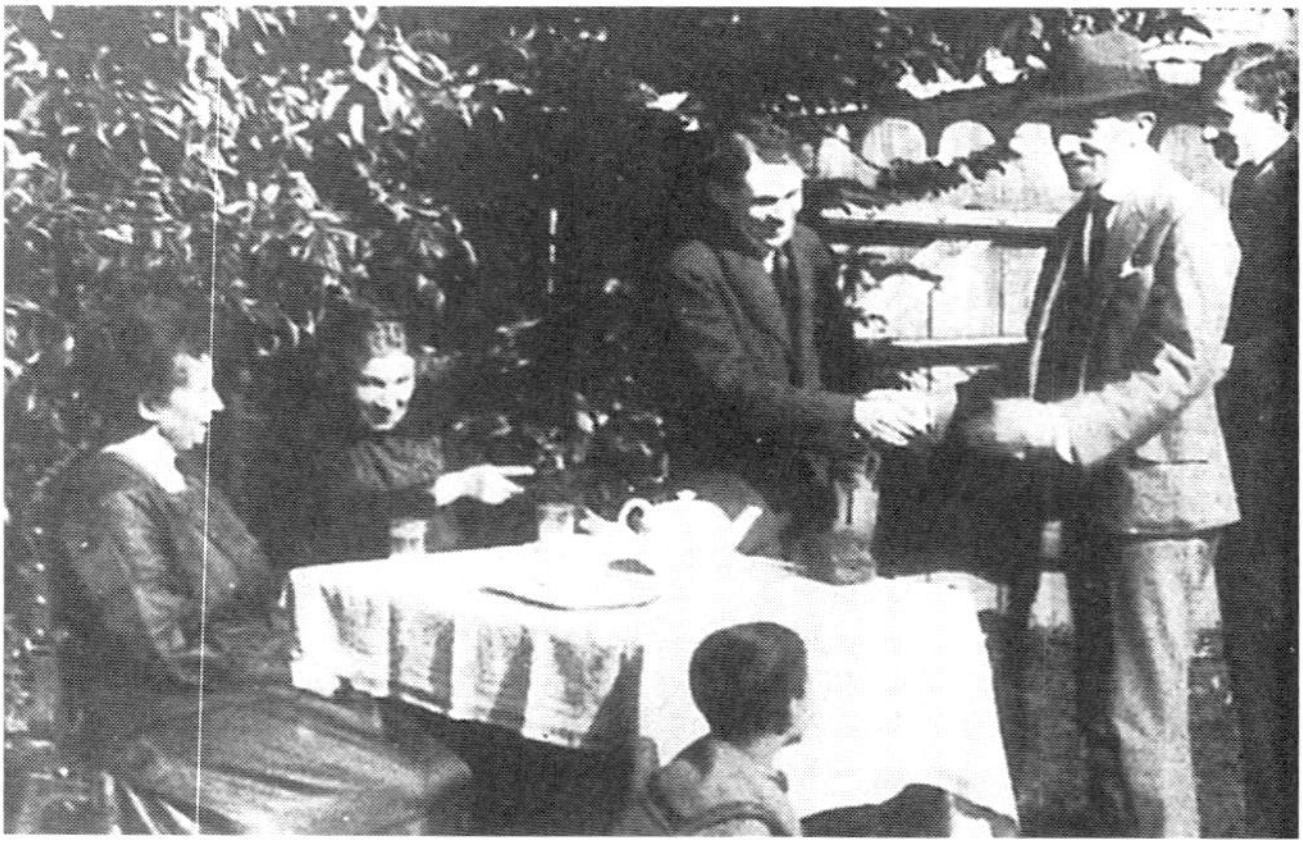

●夏の日のシュルツ一家。起立はブルーノと兄イズィドル，その後ろは甥のルドヴィク。左は姉ハニアと母，手前は甥ズィグムント（撮影場所は不明，1916年ごろ）

の一角にある日本の歴史もそうでなかったとは言い切れない。しかも、弱小の近隣国、朝鮮を侵し、中国民衆に悲惨を及ぼしもした。加えてヨーロッパにホロコーストがあり、ポーランドは〈戦勝国〉となったが、日本は原子爆弾と敗戦とを経験した。世界における〈狂態〉は、あらゆる形でいまなお終っていない（シュルツと同年生まれの日本の作家には、芥川龍之介、西條八十、堀口大學、吉川英治など）。

　シュルツは、隠れた本心は別として、その作品中に当時の世界情勢（ドイツではヒトラーが、ソビエトではスターリンが悪辣な独裁を揮う）に対して、鬱憤も悲哀も訴えることをしていない。ただ、本人が〈鬱病《デプレッション》〉に悩まされていると、親しい友人に打ち明けるだけだ。（英訳者の記述によれば）父親は十年ものあいだ精神病者として息子ブルーノの日常に生き、彼が二十三歳の年に狂死する。絹織物などの服地を売る商店を経営していたこの父の様々な〈変身〉は戯画化され、息子の文学作品中にしばしば姿をみせる。

狂った世情はブルーノの人生の予定表をも狂わせた。美術志望だった彼は、十一歳年上の兄の勧めで建築学科へ進学するが、病身（心臓病、肺結核）のため、二年間、休学して復学した翌年に世界大戦が起き、大学（ルヴッフ理工科大学）は休校となる。二十二歳の夏である。あとは絵画も版画も文学も、すべて独学を強いられる。翌一五年、広場に面した生家が戦火で焼け、父親が死ぬと、一家は首都ウィーンに疎開して、四年間を送る（フィツォフスキによる。*1 従来は短期とされた。この修正の理由は明らかでない）。総動員令下、兄は召集され、少尉となるが、弟ブルーノは、兵役に不適格として徴兵を免れた。

2

もともとブルーノは、小説家を目指したわけでない。彼の本来の願望は美術だったに違いない。自身が卒業した地元の高校《ギムナジウム》の〈契約教員〉となり、二四年九月、美術を教え始めるが、正式な教員となる二九年一月までには、なお四年あまりを要した。

美術家としての野心の現れは連作「偶像讃美の書」Xięga bałwochwalcza である（出版は一九八八年）。ガラス陰画 cliché-verre と呼ばれ、複製には写真用印画紙を用いた手法による一連の版画の制作に、彼は全身全霊を籠めた。そのなかの一点「けだものたち」Bestye の迫力は、本書の装幀に見るとおりである（訳者所蔵、「手元にあるのとダブったから」と言ってシュルツ研究の第一人者フィツォフスキより贈られた宝もの。一九七九年であったか。アジアで唯一を誇る。なお、イエジ・フィツォフスキは、四二年、シュルツの小説に感動のあまりドロホビチの作者宛に手紙を書いた。返事はなかった。一九二四年生まれの彼が十八歳の時だ）。

ブルーノの女性崇拝の性向、いや、むしろマゾヒズムすれすれの変態的な嗜好を露骨なほど勇敢・率直に作品として表現したのが「偶像讃美の書」である。そこには美術界に打って出ようとする決意や覚悟また自信が歴然と見えている。ウィーン表現主義の隆盛期に、その地元で過ごした影響であろうか。グスタフ・クリムト、その弟子エゴン・シーレの両巨匠は一八年まで健在だった。

「だが、（シュルツに対する国内）批評界の受けは非常に高い」と一九三〇年に外国誌（スウェーデンのイディシュ語月刊誌十一月号）に一文を寄せた女性詩人がある。

「ブルーノ・シュルツ」と題して寄稿したのはブルーノが愛した才女のひとりデボラ・フォーゲル（一九〇二－四二）である（『全集』II、三九九－四〇〇ページ）。

全集では、このページに続いて、もうひとり結ばれなかったブルーノの許婚、ユゼフィーナ・シェリンスカ（一九〇六－九一）との悲恋にも触れてある。シュルツ探究に欠かせないこの両人（共にユダヤ系で哲学博士の称号を持つ）については、残念ながら、ここでは詳記しない。シェリンスカはシュルツに勧められ、彼の名でカフカ『審判』を訳した才女であり、第二短篇集は彼女に捧げられてもいる。ブルーノにとって悲恋の対象である。

その代り、ここではデボラの寄稿を長めに引用しよう。デボラは書く。

「ブルーノ・シュルツ――グラフィックおよびドローイングのユダヤ人〔美術〕作家は、ある意味において、移ろい易い藝術の諸潮流に超然としながら、絵画の持つつねにアクチュアルで、かつ古びない一要素と取り組むアーティストに属する。その要素とはグロテスク手法である。〔中略〕シュルツは、不具者、病気など、それ自体が変形と受け取られる兆候を扱う。彼にとって醜さは男性の肉体に集中される。ドローイングにおいて、しきりにわれわれが出遇うのは、両目の落ち窪んだ猿ないし犬を思わせる細長く伸びた面相である。肉体の均整は乱れ変えられ、発育不全的ないし平たく細い体は透明とならんばかりだ。時として怪物の滑稽面に力を注ぐこととなると、グロテスク手法は藝術的戯画すれすれに達する。それら怪物のコミズムは、作家が女体に絞り込むコントラストによって、いっそう強められる。グロテスクに歪んだ男性のマスクの後景には、いつも女たちがある。〔中略〕シュルツの手がけたテーマには、連作「偶像讃美の書」〔版画十八点〕のほか、「出遇い」、「病める家族」、「街頭革命」、「こびと」、「メシアの時」がある。どれもが数え切れないバリアントを持ち、一切が同じテーマの繰り返し――つまり、驚嘆す

●愛人シェリンスカの肖像写真（撮影者、年月日などのデータは不明）

●「献辞」(原題：Dedykacja), 連作「偶像讃美の書」から
(ガラス陰画, 13.3×17.7cm, 1920年ごろ)

●「出遇い」(原題：Spotkanie, 厚紙に油絵, 53×70cm, 1920年)
ワルシャワ文学博物館所蔵 (『全集』 II, 補遺II)

●「辻馬車に乗るふたりの裸女」(ペン画, 1937年以前)

る男に見守られる完成した女性の美しさなのだ。〔中略〕シュルツは、時にはまた油絵や水彩画を描く。その版画技術はレンブラントのテクニークを思わせる。「偶像讃美の書」で用いたのは、稀にしか使われない cliché-verre 手法である。板ガラスにゼラチンを引いて刻むという鉄筆のさばきには、細心と器用のふたつが要求される。〔中略〕孤独のうちに彼が暮らすのは、ポーランドのちいさな田舎町、個展はめったにしない。だが、批評界の受けは非常に高い。シュルツは、独特の詩的な散文も書きつづり、独自のグロテスクな感覚と特異性、派手な色づかいの傾向、また事物のプロポーションの変改に自己表現を与えている」(『ブルーノ・シュルツ・アルバム』下巻、ワルシャワ文学博物館、一九九五年四月より)

文中には、連作「偶像讃美の書」(版画

十八点〉とあるが、これはデボラ所有のコレクションの場合にすぎず、〈十八点〉という数は一定しない。実際には〈二十点前後〉であったようだ。シュルツは版画作品集ひとつひとつを特製の帙でまとめ、別々のデザインでそのすべてを同じ「偶像讃美の書」と題しながら、作品の組み合わせはまちまちであったからである。あわよくば一攫千金をと願ったらしいブルーノだが、気弱で商売下手な彼にはもともと無理な願いであった。労多くした割には、大した実入りとならずに終った（フィツォフスキは、この制作年代を、従来、〈二〇―二二年と推定したが、新著[*1]では、〈教職を得た二四年ごろから〉と訂正した。新たに工作室が作業場となり、自宅には便所を改造した暗室があった）。

〈労多く〉と記したが、シュルツ自身、友人に宛てた手紙でこう書いた。

「技法は手間の要るやつだ。エッチングではなくて、いわゆる cliché-verre です。ガラスに黒のゼラチンを塗り、その層を針で引っ掻いて描き、できたものを写真のネガみたいに印画紙として使い、光を通す、つまり、写真の枠に嵌めて感光紙に焼き付けする、あとは現像・定着・洗浄（写真づくりと同じ工程）、経費もかかるし、仕事もたいへんだ」と嘆く。続けて「ルーイ社から十数セットの注文がきているが、手をつけていない、数百ズウォティの実入りになるというのに。大量生産向きとはいかない」（三四年四月二十四日、ヴァシニエフスキ宛）と諦めてもいる。

「偶像讃美の書」の評判が高かったことは、フィツォフスキも近著で指摘し、当時の美術批評誌（„Chwila", 1929, nr 3740, 1930, nr 4005, „SztukiPiękne", 1930, R. 6, „Głos Plastyków", 1931, nr 8）を引用している。それによると、ルヴッフその他の個展・団体展にも、このころシュルツは積極的に出品したようだ。むしろ、意気軒昂と言えるかもしれない。

3

版画に熱中するのとほぼ同時期（フィツォフスキの近著では〈一九二五―二六年〉）、シュルツの文章修業が始まる。クラクフのヤギエウォ大学の学生、ヴワディスワフ・リフ W. Riff（一九〇一―二七）との親交がきっかけである。ポーランド文学科の学生、ヴワディスワフはブルーノより十歳ほどの年下、肺を患い、ザコパネで静養中の彼との接触がどう始まったかは知れない。恐らくデボラの場合と同じくザコパネ在住のヴィトカツィを通じてであったと思われる。本名をスタニスワフ・イグナツィ・ヴィトキエヴィチ St. I. Witkiewicz と呼ぶ通称ヴィトカツィ（一八八五―一九三九）は、戦前のポーランド前衛文学の巨峰であり、戯曲三十数篇、長篇数作を書き、画家、文藝批評家、写真家を兼ねた（主要作『非充足』一九三〇年初版、五七年再版、訳書は出版準備中）。ゴンブローヴィチ（一九〇四―六九）は自分とシュルツとヴィトカツィとを「戦間期ポーランド・アバンギャルドの三銃士」と名付け、自らは〈反逆の狂人〉、シュルツを〈溺れた狂人〉、ヴィトカツィを〈絶望の狂人〉と呼んだ。彼らはしばしばザコパネのヴィトカツィ宅で会合した。

さて、リフは二七年のクリスマスに不帰の客となる。肺結核患者であったため、身辺の一切が焼却処分された。従って、文章指導の手段となったリフ―シュルツ間の往復の書簡も煙と消えた。

シュルツによるリフ回想の文章も不在である。リフの死後、二年あるいは三年、ヴィトカツィ宅でシュルツはデボラに紹介される。またも同じように二人の書簡の往復を通じて、デボラによるシュルツの文章指導が開始された。その実例も残されてはいない。こうして遅咲きの小説家、シュルツはようやくにして、文章の極意をつかみだしてゆく。それは、ガラス陰画の微細な作業と散文執筆の仕事とのあいだに、ほのかな類似点を見いだしてゆくプロセスでなかったかと想像される。線と陰影と描写の積み重ねが、ついに一幅の版画を生むように、言葉の操作による千変万化の表現から、一篇の小説が次第に体を成し、様を整えてゆく。

交際が深まるにつれ、ルヴッフに住むデボラへ向けるブルーノの思慕が深まった。彼女の母親がそれを阻止した。七年間、恋い焦がれたユゼフィーナ・シェリンスカ宛のブルーノから届いた〈約二百通の書簡〉は、戦時中に焼けたとユゼフィーナ自身がフィツォフスキに伝えている。デボラ宛の手紙も同じ運命を見た。幸いにして、デボラのブルーノ宛書簡のうち、不思議な巡り合わせから、五通だけが永らくブルーノの住んだ家の天井裏から四六年、たまたま発見された（二通は中断）。これを読むと、結婚後も恋情を保ちつづけたかに見えるデボラの心情が哀れである（『全集』II、三八五―九七ページ）。

彼女のシュルツに寄せる尊敬と友情の最大の証が、第一短篇集『肉桂色の店』出版への働きかけであった。女性作家、ゾフィア・ナウコフスカ宅にシュルツが自分で原稿を持ち込む前に電話でその旨を伝えたのは、デボラの仲間のひとり、彫刻家マグダ・グロスだった。ブルーノは一時間で戻ってきた。出かける時、タクシーを前にして「ぼくのカバン」と肝腎の原稿を置いてきたほどの興奮状態はなく、落ち着いていた。

それは一九三三年、復活祭の日曜日。夕刻、七時ごろ「あしたルーイ社に飛んで、大至急、出版させます！」とのナウコフスカからの電話にシュルツは茫然自失、その場に立ち尽くしたという（同、四一〇―一二ページ）。同じ年の十二月半ば、処女短篇集『肉桂色の店』はめでたくルーイ社から出た。小説作家としての短い活動が開始された。これを機にシュルツとナウコフスカ（八歳年長）とのエロティックな関係が始まったのも、現在では周知の事実となっている。

デボラの唯一の短篇集『アカシアは花咲く』Akacja kwitną が同じくルーイ社から出版されるのは、二年後の一九三五年である。イディッシュ語の著作を作家自身がポーランド語に訳した。翌年、ブルーノは長文の書評を書いた（彼はドイツ語に長じたが、一般のユダヤ人が用いるイディッシュ語には通じていない）。彼女の文体とシュルツ作品との共通点など、文学的発想の相互影響を探ってみたい誘惑に訳者は駆られる。だが、このデボラの仕事の戦後の再版は、なぜか実現していない。

『アカシアは花咲く』には友人の画家で、パリ留学時代にフェルナン・レジェに師事したヘンリク・ストレングがさし絵を描いた。ブルーノは書評のなかで、「実に美しくシュールレアリスト風な」とこのイラストを絶讃した。

先を急ぐが、画家ストレングは、囚人仲間と共に一九四二年八月、ユダヤ人撲滅作戦中のルヴッフ市内で死体取り片付けの使役に出される。ある日、囚人はデボラ一家と遭遇する。デボラと

●アンナ・チラーグ。「書物」（『砂時計サナトリウム』所収）が懐かしむ雑誌の広告文からは，毛髪剤がポマードであったと知れる

母親、夫、四歳の息子の四人の射殺死体であった。囚われの画家は、その不幸をシュルツに伝えようもなかった。ブルーノの死は、それから三カ月ののちである（ストレングは変名して生き延び、戦後、ワルシャワ美術大学の教授となった）。

4

三七年にルーイ社から出た第二短篇集『砂時計サナトリウム』は、主として第一短篇集よりも創作年代が早いものとされる。唯一の例外が中篇「春」である。念願かなって、自作のドローイングが紙面を飾った。『肉桂色の店』が週刊文藝紙,,Wiadomość Literackie"（文藝情報）の三五年の文学賞に推薦（アントニ・スウォニムスキ、ユリアン・トゥヴィムら）されたが、落選したのに引き続き、『砂時計サナトリウム』も重ねて、三八年の同紙文学賞の候補となる（推薦者はマリア・クンツェヴィチョヴァ、イエジ・ヴィトリン）もののシュルツは二度ともこの栄誉をとりそこねる。「ポーランド文学アカデミー金桂冠賞」を与えられたのは、三九年十一月、第二次世界大戦の勃発の結果、ドロホビチの街がソビエトのウクライナ領に編入され、ブルーノの文人としての活動がほぼ封じられたのちのこととなる。恐らくシュルツは「金桂冠賞」を受けにワルシャワへ赴く機会にさえ恵まれなかったと推定できる。あるいは、賞金（金額は不明）はアカデミーから作家の手元に送金されたのであろうか。

「金桂冠賞」が小説家シュルツに対する遅すぎる贈り物だとすれば、その前年の夏休みを利用したパリへの旅（八月二日—二十六日）は画家シュルツにとって生涯で最初で最後の長い外国旅行であった（二度ほど訪れた温泉地クドーヴァが当時のドイツ領であったのを除外すればだが。もっとも、フィツォフスキは、シュルツが三六年八月下旬の四日間、グディニャ—ストックホルム旅行を経験したとする）。

●フロリアンスカ10の家。シュルツは永らく姉一家と住んだ（撮影はフィツォフスキ，1965年ごろ）

●庭へ降りる階段でポーズをするシュルツ（1935年ごろ）

美術の首都、パリ訪問に当たって、ブルーノはドローイング約百点を携えた。しかし、個展開催の望みは高すぎる費用に妨げられて果たせなかった（この費用は千六百フラン、百十五ズウォティ）。望みと言うなら、翻訳を通じて小説が外国で知られる夢も、様々な事情で実現しなかった（さいわいヘブライ語を含めた主要言語で小説作品の出版されている現状から、ここでは〈生前には〉と限定しなければならない）。

バカンスさなかのパリ行は失敗に近かった。女友だち宛の手紙にブルーノは書く。

「あれは世界で最も排他的、自己充足的、そして閉鎖的な街です。〔中略〕パリはがらがらで、一流の美術サロンは閉まっていた。〔中略〕ある画商とは連絡がつき、ぼくの個展をひらきたいと言ってくれたが、そのあと向うから話を撤回した。にもかかわらず、パリに行けたことは満足している。すばらしいものをいくつも見たし、偉大な時代の美術を、複製という間接的にではなしに、まぢかに一度は目にした。それから最後に、世界に打って出る――という幻想から脱却したことも〔後略〕」（八月二十九日、ロマーナ・ハルペルン宛）

戦争を控えた一瞬の明るみのパリ滞在であった。シュルツは、わざわざドイツ領を迂回して遠回りの汽車の旅でパリ－ドロホビチ間を往復する――ナチス・ドイツを嫌悪した心情ゆえの選択であった。ドイツ文学、ことにトーマス・マン、ライナー・マリア・リルケ、フランツ・カフカらの作品を原語で読んだほどのシュルツの隠れた一面である。

学制がソビエト式に変えられても、まだしも教職から追放されずに済んだ赤軍による占領下と異なり、四一年七月以降のドイツ軍の軍政は一転して厳しかった。学校は閉鎖、シュルツは失職する。ユダヤ人の成人は(1)強制労働に就くこと。日当はライ麦パン四分の一、(2)〈ダビデの星〉の腕章を付ける、(3)歩行は車道に限り、歩道の通行は禁止、(4)列車・自動車・馬車の利用を禁止、(5)アーリア人用病院の利用は不可、(6)制服のドイツ軍人にはお辞儀をする――などの取り締まりが施行された。並行してユダヤ人の大量殺戮が行われた。十一月にはドロホビチにもゲットー地区が規定され、シュルツ一家も移転した。

四二年十一月十九日、〈黒い木曜日〉とのちに名付けられたこの日、通行中のブルーノ・シュルツは呼び止められ、ドイツ兵の銃弾二発を受けて倒れ、死んだ。ゲシュタポの展開する〈ワイルド作戦〉は、この日、ゲットーで二百三十人を殺害した。シュルツはナウコフスカらが中心となって作成・送付した〈アーリア人証明書〉を得て、ワルシャワへ向かうべく、旅行用のパンを受けとるためユダヤ評議会に赴く途中であった。救出を依頼したのはシュルツ自身であるという。空腹と不安の毎日から脱れる最後の手段は挫折に終った。実姉もその息子も、この年、前後して殺された。三五年一月、実兄の急死以来、精神を病む姉一家の家計はブルーノにのしかかっていた。

（一九九三年三月、ルヴッフとドロホビチとを訪れた訳者は、案内のアルフレド・シュライエルと並んでブルーノ最期の地点に立った。一九二三年生まれのシュライエルはシュルツの教え子であり、ブルーノの悲恋の愛人シェリンスカには小学生時代に教わったと、幼い子らに囲まれた女教師の写真を自宅で見せてくれた。ドロホビチの広場に面する薬屋の息子として育ち、正確なポーランド語を話す彼もユダヤ系だった。「射殺されるまえにドイツ兵は、通りがかりの少年に命じて、シュルツの腕時計を外させた。少年がおずおずと腕時計をさしだすと、ドイツ兵はどうしたと思いますか。ポケットから白いハンカチを取りだして、それを包んだのですよ――さも汚らわしい物をつかむかのように」と、シュライエルはその手つきをやって見せた。あたかも現場に立ち会った人のように。)

5

大げさな書き方をすれば、二〇〇一年二月九日、とつぜんブルーノはドロホビチで〈復活〉した――シュルツの描き残した〈壁画〉数点が見つかったのだ。没後、六十年に近い。場所は市内タルノフスキエゴ通り(旧 ulica Jana)十四番地にある俗称 willa Landau という独立家屋。戦後、何代も住人が替わるごとに壁が塗り替えられ、三重のペンキを剝がした底から現れた図柄である。willa Landau の主、ランダウとはシュルツを〈庇護〉したとされるゲシュタポ(本職は装飾木工の技術者。ウィーン出身。名前はフェリクス)である。彼がシュルツに割り当てた使役は、ドイツ兵の幼い坊やの子ども部屋に絵を描くことであった。その〈壁画〉の発見なのだ。「制作は一九四二年の春ないしは初夏」[*1]、教え子のエミル・グールスキが助手として手伝った次第は、七八―八〇年にかけて本人から、フィツォフスキに報じられていた。

シュルツを殺した下手人は、ランダウに甘やかされているユダヤ人と知ったうえで、ピストルの銃弾を撃ち込んだ。ゲシュタポ同士の仲間割れのとばっちりと言える。ランダウ姓は代表的なユダヤ人の苗字のひとつだが、フェリクスを連れ子にした母親の再婚相手がランダウであった。従って、本人にユダヤの血はない。

〈壁画〉発見の功労者は、ベンヤミン・ガイスラーGeissler、ドイツ人のドキュメンタリー映画監督である。完成した記録映画「絵画発見」がニューヨークのCenter of Jewish Historyで初公開された日は、二〇〇二年十一月十九日、ブルーノ・シュルツの死後、六十年目の命日が選ばれた。

それに先立って、遺作発見のニュースは〈世界のメディアを揺るがせた〉と新著『シュルツ事典』[*2]は書く。世界中を走り回った情報は、〈フレスコ発見〉としてであったが、実際はフレスコ画ではない。壁画は油絵にゼラチン（牛乳とチーズを材料に画家自身が調合したようだ、とフィツォフスキは書く）であった。運悪く、このニュースは日本に伝わらなかった。それどころか、この解説が初めてこの世界的事件を日本に伝えることとなる（シュルツ宣伝者たる訳者の怠慢を責められても仕方ない。知るのが後れたためである。近ごろのあちこちの責任者の口まねして「あってはならないこと」と詫びたい心境である）。

重大ニュースにポーランド、ウクライナの専門家たちが現地に駈けつけた。シュルツの仕事に間違いないとの鑑定が下された。彼らの参加を得て、残余の壁画の掘り出し作業が無事に成功した。そのうえ両国の文化担当閣僚が一致して〈保護美術品〉と指定したとさえ伝わる。その数日後である。信じられない方向へと事件は急転した。何者と知れず、壁画が持ち去られたのだ。国民的な喜びが、哀しみへと突き落とされた。

やがて、〈犯行〉はイスラエルの国家機関Yad Vashemによるという同国の公式発表があった。ポーランド文化界は挙げて騒然となった。明るみに出た実情は、Yad Vashemの委嘱を得たと称する三人がドロホビチ市当局の同意と許可のもとに、壁画をすべて剝がしとったうえで、梱包して輸送したという。国家的盗賊行為と呼べそうだ。

Yad Vashemとは「ホロコースト記念博物館」とも呼ばれ、エルサレムにある。ポーランドのユダヤ人美術家であり、小説家である不幸なシュルツ晩年の汗と涙の遺作壁画は、ポーランドに戻ることなく、思いもがけず異境の地へと攫われたのだ。

ギムナジウムの美術教師時代、教室の生徒が騒がしいと、シュルツは好んで即興のお伽噺を聞かせた――これは教え子たちが、先生の忘れられない思い出として、異口同音に語るところである。新刊のシュルツ研究書二冊[*1・2]には、フィツォフスキ著のほうにカラー印刷の壁画三点、『シュルツ事典』のほうに黒白写真三点が掲載されている（うち一点は重複）。これで見ると、「雪の女王」と題する絵はいかにも女性を讃仰したシュルツの面目躍如の観がある。完成を寸前にして、シュルツが世を去ったとすれば、屈辱的な境遇にありながらも、シュルツは死ぬまで好きな絵を描きつづけていたこととなる。

小説家シュルツは、何よりも美術家として死んだ。それがせめてもの慰めである。

フィツォフスキは、壁画を巡る不祥事について記す文章の末尾に近く、哀悼の意を籠めて次のように書いた。

「彼〔シュルツ〕の遺灰が埋まるはずであった墓標、もうひとつの墓標は、どこにもない。そしていま、これ〔壁画の形をとるこの墓標〕も冒瀆を受け、単身で移送され、身寄りのない他郷へと追放された」と。

壁画は里帰りの機会を得て、二〇〇三年、ワルシャワ、グダンスク、ヴロツワフの市民にお目見えできた。展覧会の名は「ブルーノ・シュルツ。夢の共和国」展と題された。壁画は現在もイスラエルにある。

6

訳者は漫画版『シュルツ全集』の企画を、冗談半分に提唱したことがある（『全集』II、五四二ページ）。当時、日本では「イメージ・フォーラム」が提供したクエイ兄弟 Stephen & Timothy Quay 制作のアニメーションによる傑作短篇「ストリート・オブ・クロコダイル」（一九八六）の人気が高かった。ビデオ版が五千本も売れた大成功の勢いに『全集』が便乗できないことを嘆く一文のあと、「優秀な漫画家の多いこの国で、いっそのこと漫画版『シュルツ全集』の企画の引き受け手はないものか」と呼びかけたのだ。反響のないまま時は流れた。

近著『シュルツ事典』は、ドイツ語版のシュルツ漫画選集が九五年に出たことを伝えている。ドイツに先《せん》を越された！　と訳者は歯嚙みする。そこには一ページ分が紹介されてもいる。この事典によると、作者ディーター・ユット Dieter Jüdt のデビュー作は、『ブルーノ・シュルツ短篇集、憑き物その他』と題された。選ばれた六篇は、いずれも『肉桂色の店』からで、「八月」、

「憑き物」、「鳥」、「マネキン人形」、「肉桂色の店」および「あぶら虫」。作品は話し手である子どもと父親の対話を前面に押し出し、ドイツ語の訳文（Josef Hahna 訳）もふんだんに用いられているという。しかも、短篇「鳥」の幕切れ、アデラに追い出される鳥たちの最終場面には〈日本の版画〉（浮世絵？）の手法が利用されているとある。

アニメ作家の諸君、慢心は禁物だ。〈かわいい〉の国際語化に、諸兄姉の功労を認めつつも、勉強してほしいと激励・勧奨したい。まずは、この「全小説」をじっくり読みとり、そのうえでディーター・ユットの仕事を研究すること。版元は Ehapa Verlag で、定評ある“Feest Focus”なるシリーズの一冊だそうだ（原題は Heimsuchung und andere Erzählungen von Bruno Schulz）。新人のユットは、処女出版の好評に気をよくして、恐らくは続篇『砂時計《クレプシドラ》サナトリウム』を、とっくに出し終えたころかもしれない。

次は日本の美術界への提言。シュルツの画業のすべてを集めた展覧会を近々のうちに日本で開いていただきたい。その際には「シュルツの美術全仕事」の出版も実現が期待される。全小説が出ていながら、全仕事を欠いては、敢えて〈禁語〉を用いれば、完全な片手落ちではないか。日本語訳を通してさえ、時には読者を陶酔に導きがちな散文を書いたシュルツである。小説に優るとも劣らず、美術家シュルツは、生々しい迫力でわれわれに訴えてくるはずだ――「偶像讃美の書」に注ぎ込んだ彼の全人格を通じて！　そうなれば、この『全小説』の愛好者は、数倍にも膨れあがるに相違ない。交渉相手の中心は、ポーランド外務省およびワルシャワの文学博物館（同館のシュルツ・コレクションは二百点に近い）がよかろう。

なお、本稿では個々の小説作品を採り上げる余裕はなかったが、『シュルツ事典』から見つかったニュースをふたつお伝えする。第一は最後の作品となった「祖国」について。一点の曇りなく幸せな外国生活を送る藝術家とその妻という、シュルツとしては例外的な異色作。これについて「ドイツ語で書いたシュルツ作品、Die Heimkehr（「帰郷」）の断片ではないか。しかも、文法上、正しくない箇所が散見される」との視点から「訳者は作者自身ではないかもしれない」と大胆な指摘を下す新人が現れた（筆者はJacek Scholz）。訳者が別人だとすれば、あるいは愛人シェリンスカないしデボラの仕事なのか。

第二はネット上にシュルツ関係のコーナーが数年前からあるとのこと。美術および文学の諸作品をはじめ、研究論文の紹介などを調べるにはhttp://www.brunoschulz.orgをインターネットで呼び出せば教えてもらえるという夢のような話。提供者はBranislava Stojanović女史。英語版もあるかどうか。

工藤幸雄

二〇〇五年十月十日

＊1 Jerzy Ficowski: „Regiony wielkiej herezji i okolice", Fundacja Pogranicze, 2002.

＊2 Bolecki, Jarzębski i Rosiek: „Słownik schulzowski", Wydawnictwo słowo/obraz terytoria, Gdańsk, 2003.

巻末エッセイ——歪んだ創世記

田中　純

ブルーノ・シュルツの作品は非合法的に創造された世界模型である。彼は異端の造物主《デミウルゴス》なのだ。「マネキン人形論」で「父」が告げるように、この第二の創世で生み出されるのはつかの間の存在でしかない。ひとつの身ぶりやひとつの言葉のために、顔の片側だけ、片手、片足だけがあれば十分だ。使われる物質もまた粗悪品で足りる。むしろ、色紙や紙粘土、安ペンキ、麻屑、おが屑といった材料の粗末さと安っぽさこそが、この擬似造物主を魅惑する。

世界を創造する異端的で犯罪的な方法を語る「マネキン人形論」の連作は、シュルツ自身の小説技法の解説としても読める。例えばそこでは、半ばしか有機体でない擬似植物や擬似動物のことが語られている。これらは、人間の夢想や思い出が堆積した古い住居のなかで、物質が幻想的に醱酵した結果として生まれるという。シュルツの小説中で繁茂する牛蒡やアカシア、あるいは、父が変身した挙げ句の蠅、あぶら虫、ざりがにとは、そんな擬似生物にほかならない。登場する動物が百を越えるというシュルツの作品宇宙には博物誌的な魅力が満ち満ちているが、それらの生物はあくまで擬似的な自然であって、詐欺師めいた造物主による、その場かぎりの創造物に過ぎない。この世界は幻想の凝華《さび》でびっしり覆われている。擬似動植物が織りなすこうした装飾性という点でこそ、シュルツの作品は「グロテスク」と呼ばれるに値する（この言葉はそもそも動植物が融合した古代の装飾様式を意味した）。

シュルツの作品を霊感源として作られた芝居や映画は多い。しかし、マネキン人形を手本として人間を作り直そうとする擬似造物主の世界に最も馴染んだ表現手法とは、双子の映画作家クエイ兄弟による『ストリート・オブ・クロコダイル』のように、人形アニメーションであるに違いない。なぜなら、それは徹底した見せかけの世界だからだ。そこでは運動や時間さえもが偽造されている。「砂時計《クレプスイドラ》サナトリウム」の言葉を借りてそれを、「時間の精緻な秘密を手玉にとる危い手品」と呼ぼうか。

『ストリート・オブ・クロコダイル』のプレリュードでは、寂れた劇場のような場所で、老人が覗きこむ光学装置に唾を垂らすと、それを潤滑油のようにして、レンズがとらえた古地図のなかの機械仕掛けのミニチュア都市が動き始める。クエイ兄弟はシュルツという擬似造物主が安っぽい物質に寄せる偏愛をよく理解していた。塵の積もったパサージュめいた迷宮で展開される人形劇は、その舞台空間も登場人物も――機械部品を寄せ集めたオブジェや壊れかけた猿の玩具、薄汚れた子供の人形、頭の上部を失い眼球を刳り貫かれたアンティック・ドールたち――、くすんで古ぼけ、不完全で、どこか醜く歪んでいる。つまり、いかにもそれは第二創世の産物なのだ。映画の最後で引用される「大鰐通り」の一節が語るように、人間という「材料」までもが安価で、資力不足ゆえに紙製の模造品や古新聞の切り抜きを貼り合わせたフォトモンタージュしか賄い切れないこの模型都市には、こうした半端者の被造物たちこそがふさわしい。

シュルツが第二の創造によって作り直したのは、彼の故郷であり、生涯そこをほとんど離れることがなかったガリツィア地方の街ドロホビチの、とりわけ幼年時代に記憶された姿だった。非合法的な第二の創造とは、だから、幼年時代の再現にほかならない。ヴァルター・ベンヤミンの『一九〇〇年頃のベルリンの幼年時代』にならえば、『肉桂色《にっけいいろ》の店』や『砂時計《クレプスィドラ》サナトリウム』は「一九〇〇年頃のドロホビチの幼年時代」と呼べるかもしれない。ちなみに、シュルツとベンヤミンは同じ一八九二年生まれである。誕生日も数日しか違わない（シュルツは七月十二日、ベンヤミンは同月十五日）。

この二人を強く結びつけるのは幼年時代への執心である――その神話化を徹底させたシュルツとそこに歴史の認識論を求めたベンヤミンという志向性の違いはあるにしても。とりわけ共通するのは、ベンヤミンがプルーストについて書いた言葉を用いれば、「類似において歪められた世界への郷愁」とでも呼ぶべきものだ。ベンヤミンの回想に現われる民謡の「せむしの小人」は、記憶のなかで変形された幼年時代の寓意であり、その姿はシュルツの第二創世記にいかにも馴染みそうに見える。言葉の聞き間違えを通して世界を変容させていた少年ヴァルターの想像力は、「大鰐通り」で「クロンダイク（Klondike）」という地名の響きが「大鰐《クロコダイル》（Krokodyli）」に入れ替わっていたことを連想させる。そして、ベンヤミンが子供や原始人に認めた、模倣を通した変身能力は、シュルツ作品中のあの狂った父が駆使する力でもあった。

シュルツは幼年時代へと向けた成熟こそが真の成熟であると書いている。それは幼年時代に得た決定的な意味を有するイメージへと倦まず弛まず執拗に遡行を繰り返すことである。この想起の試みのなかで、ドロホビチの街は記憶の古層に埋もれた、神話的な太古の世界になる。けれど、その世界をかたちづくるのは、粗末なマネキン人形や曖昧な擬似生物といった、第二創世のまがい物ばかりだ。幼年時代へと遡る時間のなかで、事物はことごとく醜く歪められる。しかし、この歪みと不完全さこそが、幼年時代の名残を逆に告げているのである。

類似していながら歪んだ世界とは、畢竟、夢の宇宙にほかならない。『ベルリンの幼年時代』は、古びたもの、廃れたものを通して、過去をめぐるあらたな歴史的認識に達しようとする同じベンヤミンの『パサージュ論』と深く結びついている。『パサージュ論』が問題にしたことのひとつは、資本主義社会における商品世界の眩惑だった。「パサージュ」とはガラスケース越しに商品によって囲まれた都市空間であり、ベンヤミンはそこを歩く十九世紀のパリ市民たちが見た「集団の夢」を分析しようとした。

シュルツの「大鰐通り」に読み取られるものもまた、小都市ドロホビチを侵蝕した資本主義経済がもたらした、同じような「集団の夢」であるように思われる。シュルツが生まれた当時、この街の人口は三千人程度だったという。ところが、近隣の油田開発による石油関連産業で街は急速に繁栄し、一九三一年までには住民の数が十倍以上に膨れあがっている。そこはいわばガリツィアのカリフォルニアだった。大鰐通りがゴールドラッシュで沸いたクロンダイクに譬えられているのも頷ける。

作中冒頭で触れられる、羊皮紙に描かれた詳細なパノラマ地図のなかで、大鰐通りの界隈だけはほとんど空白のまま残されている。そこは擬似アメリカニズムに支配された異質な商品世界であり、街娼が行き交う都会的な頽廃の空間だった。肉体が商品である娼婦をはじめとして、そこで売られる品々はすべて、旧世界の側から見れば、まがい物の粗悪品ばかりである。建物がボール紙作りめいて、家も車もひとも灰色で厚みがないこの一角は、第二の造物主によって創造された擬似都市なのだ。その曖昧な性格ゆえに、ここでは軽薄な思いつきが菌のように発生するばかりで、何ごとも決定的な結果には至らず、可能性は無駄に萎れて凋れ果ててしまう。頽廃的な欲望すらもがそこではいかさまで弱々しく、中途半端な宙吊り状態にある。

このように決定的な帰結を知らないまま、つねに見せかけで誘惑し、欲望を宙吊りにすることこそは、資本主義的な「流行」の本性というものだろう。大鰐通りは、華やかそうなのに実は一様に色がくすんで灰色になっている、近代的商品世界にまとわりつく倦怠した夢の空間にほかならない。シュルツの父は生地商人だったが、一九一〇年には病気のため店をたたみ、一九一五年に亡くなっている。それはドロホビチの急速な近代化のなか、石油ブームの頂点で一商人に強いられた没落と敗残の過程だったのかもしれない。とすれば、失われた父の世界を回顧的に再創造しようとするシュルツの第二創世記で語られるマネキン人形論とは、商品経済のダイナミズムに敗れ去った生地商人による、商品フェティシズムという倒錯の告白ではないだろうか。商品フェティシズムにおいて、商品は社会的生産・流通関係という出自を隠蔽し、一種の自然物として立ち現われる。シュルツの作品中で擬似動植物が繁茂、増殖するさまは、このように自然化された歴史的所産である物神的商品が繰りひろげる変容《メタモルフォーゼ》のファンタスムとも読める。

だが、これはいささかベンヤミンに寄り添いすぎた、あまりに理論的な解釈であったかもしれない。シュルツの世界は、ベンヤミンの知的で暗いメランコリーよりもはるかに、狂気じみた諧謔の味が濃い。それをいつも決まって体現するのは奇矯な頑固おやじと言うべき父、ヤクブだ。さまざまな奇行の果て、「父の最後の逃亡」でざりがにに変身した父はなんと、母の手で料理され、ゼリーに包まれたトマトソース味のおかずにされてしまう。廃位された王に似た第二の造物主の、これが末路なのである。

しかし、敗者である父は存在の階梯をすべり落ち、異形の擬似動物に変身しながら、最後はまんまとどこかへ姿をくらますことに成功する。誰も手を付けずに放っておかれた皿の上の、干上がりかけたソースとゼリーのなかに一本の脚だけ残して、父は逃亡するのである。最後の作品集『砂時計サナトリウム《クレプスイドラ》』の末尾に中途半端に残されたこの甲殻類の脚のイメージは、創世記第二の書に擬似造物主が書き記した、グロテスクで惨めだからこそひどく滑稽な署名のようにも見えて、脳裏からなかなか消え去ろうとしない。恐らくはそれもまた、奇妙な歪みによってわれわれを呪縛し続ける、幼年時代のかけらなのである。

（たなか　じゅん／表象文化論）

平凡社ライブラリー　557
シュルツ全小説《ぜんしようせつ》

発行日…………2005年11月10日　初版第1刷
2025年6月10日　初版第6刷

著　者…………ブルーノ・シュルツ
訳　者…………工藤幸雄
発行者…………下中順平
発行所…………株式会社平凡社
〒101-0051　東京都千代田区神田神保町3-29
電話　(03)3230-6579[編集]
(03)3230-6573[営業]
振替　00180-0-29639
印刷・製本……藤原印刷株式会社
装幀……………中垣信夫

ISBN 978-4-582-76557-1
NDC 分類番号989.8
B6変型判(16.0cm)　総ページ490

平凡社ホームページ https://www.heibonsha.co.jp/
落丁・乱丁本のお取り替えは小社読者サービス係まで
直接お送りください(送料，小社負担)。

平凡社ライブラリー　既刊より

【フィクション】

萱野　茂……………………アイヌの昔話——ひとつぶのサッチポロ
山本多助……………………カムイ・ユーカラ——アイヌ・ラッ・クル伝
✥………………………………山海経——中国古代の神話世界
オスカー・ワイルド ほか ……ゲイ短編小説集
ヴァージニア・ウルフ ほか ……［新装版］レズビアン短編小説集——女たちの時間
ラシルド＋森　茉莉 ほか……古典BL小説集
A・C・ドイル＋H・メルヴィル ほか ……クィア短編小説集——名づけえぬ欲望の物語
D・H・ロレンス……………D・H・ロレンス幻視譚集
E・ヘミングウェイ＋W・S・モーム ほか ……病短編小説集
✥………………………………日本霊異記
レーモン・ルーセル ……………ロクス・ソルス
レーモン・ルーセル ……………アフリカの印象
サン゠テグジュペリ ……………星の王子さま
E・デ・アミーチス……………クオーレ
ホルヘ・ルイス・ボルヘス……エル・アレフ

莫言……………………………豊乳肥臀 上・下
ミシェル・レリス ……………幻のアフリカ
G・フローベール ほか ………愛書狂
カレル・チャペック …………絶対製造工場
マルキ・ド・サド……………ジェローム神父――ホラー・ドラコニア 少女小説集成
澁澤龍彦………………………菊燈台――ホラー・ドラコニア 少女小説集成
澁澤龍彦………………………狐媚記――ホラー・ドラコニア 少女小説集成
フェルナンド・ペソア ………[新編] 不穏の書、断章
フランツ・カフカ ……………夢・アフォリズム・詩
A・チャヤーノフ ……………農民ユートピア国旅行記
泉 鏡花………………………おばけずき――鏡花怪異小品集
内田百閒………………………百鬼園百物語――百閒怪異小品集
宮沢賢治………………………可愛い黒い幽霊――宮沢賢治怪異小品集
佐藤春夫………………………たそがれの人間――佐藤春夫怪異小品集
江戸川乱歩……………………怪談入門――乱歩怪異小品集
【エッセイ・ノンフィクション】
熊谷守一………………………へたも絵のうち

イザベラ・バード……日本奥地紀行
イザベラ・バード……中国奥地紀行 1・2
白洲正子……木――なまえ・かたち・たくみ
千葉伸夫……原節子――伝説の女優
岩本素白……素白随筆集――山居俗情・素白集
岩本素白……素白随筆遺珠・学芸文集
岩井克人……会社はこれからどうなるのか
堀江敏幸……書かれる手
柳 宗理……柳宗理 エッセイ
P・クロポトキン……ある革命家の思い出 上・下
三橋 淳編著……虫を食べる人びと
由良君美……椿説泰西浪曼派文学談義
グスタフ・ルネ・ホッケ……マグナ・グラエキア――ギリシア的南部イタリア遍歴
ホルヘ・ルイス・ボルヘス……ボルヘス・エッセイ集
菊地信義……わがまま骨董
藤田嗣治……随筆集 地を泳ぐ
ピエール＝フランソワ・ラスネール……ラスネール回想録――十九世紀フランス詩人＝犯罪者の手記

アロイズィ・トゥヴァルデツキ……ぼくはナチにさらわれた
ルイス・キャロル……少女への手紙
ジョナサン・スウィフト……召使心得 他四篇——スウィフト諷刺論集
カレル・チャペック……園芸家の一年
佐伯順子……美少年尽くし——江戸男色談義
青柳いづみこ……水の音楽——オンディーヌとメリザンド

【思想・精神史】

R・A・ニコルソン……イスラムの神秘主義——スーフィズム入門
市村弘正……［増補］「名づけ」の精神史
ミハイル・バフチン……小説の言葉——付：「小説の言葉の前史より」
ミハイル・バフチン……ドストエフスキーの創作の問題——付：より大胆に可能性を利用せよ
エドワード・W・サイード……知識人とは何か
ジョルジュ・バタイユ……内的体験——無神学大全
T・イーグルトン……イデオロギーとは何か
Th・W・アドルノ……音楽社会学序説
マルティン・ハイデッガー……言葉についての対話——日本人と問う人とのあいだの
マルティン・ハイデッガー……芸術作品の根源

マルティン・ハイデッガー……技術への問い
マルティン・ハイデッガー ほか……ハイデッガー カッセル講演
ゲオルク・ジンメル……ジンメル・エッセイ集
黒田 亘 編……ウィトゲンシュタイン・セレクション
K・リーゼンフーバー……西洋古代・中世哲学史
K・リーゼンフーバー……中世思想史
S・トゥールミン ほか……ウィトゲンシュタインのウィーン
A・グラムシ……グラムシ・セレクション
K・バルト……ローマ書講解 上・下
ジル・ドゥルーズ……スピノザ――実践の哲学
ジョーン・W・スコット……［増補新版］ジェンダーと歴史学
種村季弘……ザッヘル＝マゾッホの世界
G・C・スピヴァク……デリダ論――『グラマトロジーについて』英訳版序文
イマヌエル・カント……純粋理性批判 全3巻
ポール・ヴァレリー……ヴァレリー・セレクション 上・下
C・レヴィ＝ストロース……レヴィ＝ストロース講義――現代世界と人類学
渡邊二郎 編……ニーチェ・セレクション

渡辺京二……逝きし世の面影

水野忠夫……［新版］マヤコフスキイ・ノート

岡田温司……もうひとつのルネサンス

ハル・フォスター編……視覚論

山内志朗……普遍論争——近代の源流としての

ポール・ラファルグ……怠ける権利

K・マルクス……ルイ・ボナパルトのブリュメール18日［初版］

K・マルクス……共産主義者宣言

F・ガタリ……三つのエコロジー

立松弘孝編……フッサール・セレクション

良知 力……マルクスと批判者群像

上村忠男……現代イタリアの思想をよむ——増補新版 クリオの手鏡

J・デリダ……［新版］精神について——ハイデッガーと問い

バートランド・ラッセル……怠惰への讃歌

F・ジェイムソン……政治的無意識——社会的象徴行為としての物語

杉田 敦編……丸山眞男セレクション

ルイ・アルチュセール……再生産について 上・下——イデオロギーと国家のイデオロギー諸装置

大杉　栄……………………………叛逆の精神——大杉栄評論集

レイモンド・ウィリアムズ　………………［完訳］キーワード辞典

G・アガンベン　……………………開かれ——人間と動物

飯田　隆＋丹治信春＋野家啓一＋野矢茂樹 編…大森荘蔵セレクション

ウンベルト・エーコ　……………………完全言語の探求

グスタフ・ルネ・ホッケ……………………文学におけるマニエリスム——言語錬金術ならびに秘教的組み合わせ術

G・W・F・ヘーゲル　……………………精神現象学　上・下

G・W・F・ヘーゲル　……………………ヘーゲル初期哲学論集

A・ゲルツェン　……………………向こう岸から

ポール・ド・マン……………………美学イデオロギー

ピエール＝ジョゼフ・プルードン……………………貧困の哲学　上・下

河野健二 編　……………………プルードン・セレクション

ヴァージニア・ウルフ　……………………自分ひとりの部屋

ロマン・ヤコブソン　……………………ヤコブソン・セレクション

加藤典洋……………………［増補改訂］日本の無思想

W・イェンゼン＋S・フロイト……………………グラディーヴァ／妄想と夢

H・ベルクソン＋S・フロイト……………………笑い／不気味なもの——付：ジリボン「不気味な笑い」